JULIE KAGAWA
IM SCHATTEN DES FUCHSES

JULIE KAGAWA

IM SCHATTEN DES FUCHSES

Roman

Aus dem Amerikanischen
von Beate Brammertz und Ute Brammertz

heyne›fliegt

Die Originalausgabe erscheint unter dem Titel *Shadow of the Fox*
bei Harlequin Teen, Ontario

Verlagsgruppe Random House FSC®N001967

2. Auflage
Copyright © 2018 by Julie Kagawa
Copyright © 2019 der deutschsprachigen Ausgabe
by Wilhelm Heyne Verlag, München,
in der Verlagsgruppe Random House GmbH,
Neumarkter Str. 28, 81673 München
Umschlaggestaltung: Nele Schütz Design, München,
unter Verwendung eines Motivs von © Shutterstock.com
(CARACOLLA, Dimec, Ori Artiste, umiberry, Viktorija Reuta);
Coverdesign © HQ 2018;
Karte © Andreas Hancock
Satz: Christine Roithner Verlagsservice, Breitenaich
Druck und Bindung: GGP Media GmbH, Pößneck
Printed in Germany
ISBN: 978-3-453-27205-7

Teil 1

1
Anfänge und Enden
Suki

An jenem Tag, als Suki im Sonnenpalast eintraf, regnete es, und es regnete auch an dem Abend, als sie starb.

»Du bist die neue Zofe, nicht wahr?«, wollte eine Frau mit schmalem, knochigem Gesicht wissen und musterte sie von Kopf bis Fuß. Suki zitterte und spürte, wie kaltes Regenwasser ihren Rücken hinunterrann und von ihrem Haar auf den erlesenen Holzboden tropfte. Die erste Hausdame rümpfte die Nase. »Na ja, eine Schönheit bist du nicht gerade, das ist mal sicher. Aber egal – Lady Satomis letzte Zofe war hübsch wie ein Schmetterling, mit halb so viel Verstand.« Sie beugte sich näher und verengte die Augen zu Schlitzen. »Sag mal, Mädchen. Es heißt, du hättest das Geschäft deines Vaters geführt, bevor du hierhergekommen bist. Hast du eine Portion Grips zwischen den Ohren? Oder ist da nur Luft, wie bei der Letzten?«

Suki kaute an ihrer Unterlippe und sah zu Boden. Sie *hatte* ein knappes Jahr lang im Geschäft ihres Vaters in der Stadt ausgeholfen. Als einziges Kind eines berühmten Flötenbauers musste sie sich oft um die Kundschaft kümmern, wenn ihr Vater arbeitete und zu vertieft in seine Aufgabe war, um zu essen oder mit irgendjemandem zu reden, bis sein neuestes Meisterwerk fertig war. Suki konnte so gut wie jeder Junge lesen und rechnen, doch als Mädchen war es ihr nicht gestattet, das Geschäft ihres Vaters zu erben oder sein Handwerk zu erlernen. Mura Akihito war immer noch rüstig, doch der

Jüngste war er nicht mehr, und seine vormals gelenkigen Finger versteiften sich allmählich durch die unermüdliche Beanspruchung über all die Jahre. Statt Suki zu verheiraten, hatte ihr Vater seinen kläglichen Einfluss genutzt, um ihr eine Stelle im Kaiserpalast zu verschaffen, damit sie bei seinem Ableben gut versorgt wäre. Suki vermisste ihr Zuhause, und sie fragte sich verzweifelt, ob es ihrem Vater ohne sie gut ging, doch sie wusste, dass dies sein Wunsch gewesen war.

»Ich weiß es nicht, Ma'am«, flüsterte sie.

»Pffft. Na ja, das werden wir noch früh genug herausfinden. Aber für Lady Satomi würde ich mir eine bessere Antwort einfallen lassen. Ansonsten wirst du sogar noch kürzer bleiben als deine Vorgängerin. Nun«, fuhr sie fort, »mach dich etwas zurecht, geh dann in die Küche und hol Lady Satomis Tee. Die Köchin wird dir sagen, wohin du ihn bringen sollst.«

Ein paar Minuten später balancierte Suki ein volles Teetablett über die Veranda und versuchte, sich an die Wegbeschreibung zu erinnern, die man ihr gegeben hatte. Der Sonnenpalast des Kaisers war eine eigene kleine Stadt; der Hauptpalast, wo der Kaiser und seine Familie lebten, überragte alles, doch zwischen dem Bergfried und der inneren Mauer befand sich ein Labyrinth aus Bauwerken und Befestigungsanlagen, alle daraufhin angelegt, den Kaiser zu schützen und eine einfallende Armee in die Irre zu führen. Adelige, Höflinge und Samurai stolzierten auf den Wegen hin und her, gekleidet in atemberaubenden Farben und Schnitten: weiße Seide mit zarten Kirschblütenblättern oder ein leuchtendes Rot mit goldenen Chrysanthemenblüten. Kein einziger Adeliger, dem Suki begegnete, würdigte sie eines Blickes. Nur die einflussreichsten Familien residierten so unweit des Kaisers; je näher man am Hauptfried des Palastes wohnte, desto wichtiger war man.

Suki wanderte durch den Irrgarten aus Veranden, und ihr Magen verkrampfte sich immer mehr, während sie erfolglos nach dem richtigen Quartier suchte. Alles sah gleich aus. Gebäude mit grauen Dächern, Bambus und Papierwänden, und dazwischen Holzveranden, damit die Adeligen sich nicht die Kleidung mit Schmutz und Tau besudelten. Blau geziegelte Türme erhoben sich über ihr in majestätischer Pracht, und Dutzende unterschiedlicher Singvögel zwitscherten von den Ästen der perfekt gestutzten Bäume, doch die Enge in Sukis Brust und ihr rebellierender Magen machten es ihr unmöglich, irgendetwas davon zu genießen.

Ein hoher, klarer Ton durchschnitt die Luft, stieg über den Dächern empor, und Suki blieb wie angewurzelt stehen. Ein Vogel war es nicht, auch wenn eine Drossel, die in einem Gebüsch in der Nähe hockte, eine laute Antwort trillerte. Es war ein Klang, den Suki sofort erkannte, von dem sich jede einzelne Note in ihr Gedächtnis gebrannt hatte. Wie oft hatte sie ihn gehört, wenn er sich aus der Werkstatt ihres Vaters erhob? Die süße, schwermütige Melodie einer Flöte.

Verzaubert folgte sie den Klängen und vergaß kurzzeitig ihre Pflichten und dass ihre neue Herrin ganz bestimmt sehr verärgert darüber wäre, wenn ihr Tee so spät kam. Das Lied zog sie an, eine leidenschaftliche, traurige Melodie, als würde man sich verabschieden oder beobachten, wie der Herbst verblasste. Suki erkannte, dass der Flötenspieler, wer auch immer es sein mochte, tatsächlich Talent besaß; das Lied wurde mit so viel Gefühl gespielt, dass es war, als lausche sie jemands Seele.

Derart hypnotisiert war Suki vom Klang der Flöte, dass sie nicht darauf achtete, wohin sie ging. Sie bog um eine Ecke und schrie bestürzt auf, als ein junger Adeliger in himmelblauem Gewand, eine Bambusflöte an den Lippen, ihr den Weg versperrte. Die Teekanne klapperte, und die Tassen wackelten gefährlich, während sie ihm auswich und dabei verzweifelt versuchte, den Inhalt nicht zu verschütten. Der Klang der Flöte verstummte, als sich der Adelige, sehr zu Sukis Verblüffung, umdrehte und eine Hand ausstreckte, um das Tablett zu halten, bevor es auf die Veranda fallen konnte.

»Vorsicht.« Seine Stimme war hell und klar. »Bloß nichts fallen lassen – das gäbe eine schreckliche Schweinerei. Alles in Ordnung?«
Suki starrte ihn an. Er war der attraktivste Mann, den sie je gesehen hatte. *Nein, nicht attraktiv*, entschied sie. *Schön.* Seine breiten Schultern ließen das Gewand, das er trug, straff sitzen, doch seine Gesichtszüge waren anmutig und zart. Statt des Haarknotens eines Samurai trug er das Haar lang und gerade, es fiel ihm bis weit über die Schultern und war vollkommen weiß, die Farbe von Bergschnee. Noch verblüffender war, dass er sie anlächelte – nicht das kalte, amüsierte Grinsen der meisten Adeligen und Samurai, sondern ein echtes Lächeln, das bis in die Mondsicheln seiner Augen reichte.

»Verzeihung, bitte«, sagte der Mann, ließ das Tablett los und trat rasch einen Schritt zurück. Seine Miene war gelassen, keineswegs verärgert. »Es war meine Schuld, mich mitten auf den Weg zu stellen, ohne zu bedenken, dass jemand mit einem Teetablett um die Ecke geeilt kommen könnte. Ich hoffe, ich habe keine Unannehmlichkeiten bereitet, Miss …?«

Suki öffnete den Mund zweimal, bevor sie einen Ton hervorbrachte. »Bitte vergebt mir, Mylord.« Ihre Stimme war ein Flüstern. So redeten Adelige nicht mit einfachen Leuten, selbst sie wusste das. »Ich heiße Suki, und ich bin nur eine Zofe. Bitte macht Euch wegen jemandem wie mir keine Umstände.«

Der Adelige lachte glucksend. »Es sind keine Umstände, Suki-san«, sagte er. »Ich vergesse oft, wo ich bin, wenn ich spiele.« Er hob die Flöte, und ihr Herz tat einen Sprung. »Bitte verschwende keinen Gedanken mehr daran. Du darfst dich wieder deinen Pflichten zuwenden.«

Er trat beiseite, um sie vorbeizulassen, doch Suki rührte sich nicht, da sie den Blick nicht von dem Instrument in seiner schlanken Hand lösen konnte. Es war aus poliertem Holz, dunkel und gerader als jeder Pfeil, mit einem charakteristischen goldenen Ring um ein Ende. Sie wusste, dass sie nicht mit dem Adeligen reden sollte, dass er den Befehl erteilen konnte, sie auspeitschen, in den Kerker werfen, gar hinrichten zu lassen, wenn er es wünschte, aber die Worte entschlüpften ihr trotzdem: »Ihr spielt meisterhaft, Mylord«, flüsterte sie. »Verzeiht mir. Ich weiß, es steht mir nicht zu, so etwas zu sagen, aber mein Vater wäre sehr stolz.«

Er legte den Kopf schräg, und über sein schönes Gesicht huschte ein überraschter Ausdruck. »Dein Vater?«, fragte er und schien allmählich zu begreifen. »Du bist die Tochter von Mura Akihito?«

»*Hai.*«

Er lächelte und nickte ihr kaum merklich zu. »Das Lied ist nur so schön wie das Instrument«, erklärte er ihr. »Wenn du deinen Vater wiedersiehst, richte ihm aus, dass es mir eine Ehre ist, ein solches Meisterstück zu besitzen.«

Suki schnürte es die Kehle zu, und ihre Augen brannten, während sie gegen die Tränen ankämpfte. Der Adelige wandte sich höflich ab und täuschte Interesse an einem Kirschbaum vor, um ihr Zeit zu geben, die Fassung wiederzuerlangen. »Ach, aber du hast dich vielleicht verlaufen?«, erkundigte er sich schließlich, während er einen Schmetterlingskokon an einem der schlanken Äste inspizierte. Als er sich Suki nun zuwandte, zog er die schmalen Brauen hoch, doch sie erblickte keinen Spott in seiner Haltung oder Stimme, lediglich Belustigung, wie man sie vielleicht empfände, wenn man mit einer herumwandernden Katze redete. »Der Palast des Kaisers kann für Uneingeweihte tatsächlich überwältigend sein. Wessen Quartier bist du zugeteilt, Suki-san? Vielleicht kann ich dir den Weg weisen.«

»L-Lady Satomi, Mylord«, stammelte Suki, die angesichts seiner Güte ziemlich verdutzt war. Sie wusste, dass sie sich verbeugen sollte, doch sie hatte eine Heidenangst, den Tee zu verschütten. »Bitte verzeiht mir, ich bin erst heute im Palast eingetroffen, und alles ist sehr verwirrend.«

Ein leichtes Stirnrunzeln huschte über das Gesicht des Adeligen, sodass Suki beinahe das Herz in der Brust stehen blieb, weil sie glaubte, ihn gekränkt zu haben. »Aha«, murmelte er, hauptsächlich zu sich selbst. »Noch eine Zofe, Satomi-san? Wie viele braucht die Konkubine des Kaisers?«

Bevor Suki sich fragen konnte, was seine Worte zu bedeuten hatten, schüttelte er sich und lächelte wieder. »Nun, das Glück ist dir hold, Suki-san. Lady Satomis Gemächer sind nicht weit von hier.« Er hob einen sich bauschenden Ärmel und deutete elegant mit dem Finger den Weg hinunter. »Geh links um dieses Gebäude, dann geh ganz bis zum Ende geradeaus. Es ist der letzte Eingang auf der rechten Seite.«

»Daisuke-san!« Eine Frauenstimme hallte von der Veranda wider, bevor Suki auch nur ein Dankeschön flüstern konnte, und der Mann wandte sein schönes Gesicht ab. Im nächsten Moment stolzierte ein Trio Edelfrauen in eleganten grün-goldenen Kleidern um das Gebäude. Während sie heraneilten, bedachten sie ihn mit einem gespielten Stirnrunzeln.

»Da seid Ihr ja, Daisuke-san«, empörte sich eine. »Wo seid Ihr gewesen? Wir kommen zu spät zu Hanoe-sans Lyriklesung. Oh!«, sagte sie bei Sukis Anblick. »Was ist das? Daisuke-san, erzählt mir nicht, Ihr wart die ganze Zeit über hier und habt Euch mit einer Zofe unterhalten!«

»Und warum nicht?« Daisukes Tonfall war gequält. »Die Worte einer Zofe können so interessant sein wie die einer Adeligen.«

Die drei Frauen kicherten, als sei es das Witzigste, was sie jemals gehört hatten. Suki begriff nicht, was derart amüsant war. »Oh, Taiyo Daisuke, Ihr sagt die verwegensten Dinge«, schalt eine von ihnen hinter einem weißen, mit Kirschblüten bemalten Fächer. »Kommt schon. Wir müssen wirklich los. Du«, sagte sie und richtete den Blick auf Suki, »kümmere dich gefälligst wieder um deine Pflichten. Warum stehst du hier gaffend herum? Husch!«

Suki eilte so schnell es ging davon, ohne den Tee zu verschütten. Doch ihr Herz pochte immer noch heftig, und irgendwie kam sie nicht zu Atem. *Taiyo.* Taiyo lautete der Name der kaiserlichen Familie. Daisuke-sama gehörte dem Sonnenclan an, einer der mächtigsten Familien in Iwagoto, der direkten Blutlinie des Kaisers. Das komische Gefühl in ihrer Magengegend wurde stärker, und ihre Gedanken verloren sich in der Erinnerung an sein Lächeln und die Melodie der Flöte ihres Vaters.

Irgendwie fand sie den Weg zur richtigen Tür, ganz am Ende der Veranda, mit einem Ausblick auf die prächtigen Gärten des Palastes. Das Shoji-Paneel stand offen, und Suki nahm das intensive Aroma verbrennenden Räucherwerks wahr, das aus dem abgedunkelten Innern drang. Als sie in den Raum schlich, sah sie sich nach ihrer neuen Herrin um, erblickte allerdings niemanden. Trotz der Vorliebe des Adels für Schlichtheit herrschte in diesen Räumlichkeiten eine verschwenderische Unordnung. Dekorative Wandschirme verstellten die Sicht, und dicke, weiche Tatamimatten bedeckten den gesamten Boden. Überall war Papier; Origamiblätter in jeder Machart und Textur lagen stapelweise herum. Gefaltete Papiervögel spähten ihr von jeder ebenen Fläche entgegen und beherrschten den Raum. Suki schob einen Schwarm Origamikraniche vom Tisch, um den Tee abstellen zu können.

»Mai-chan?« Eine hauchzarte Stimme ertönte aus dem angrenzenden Zimmer, und sie vernahm das Rascheln von Seide, als sich jemand näherte. »Bist du das? Wo warst du? Ich habe mir schon Sorgen gemacht, dass du – oh!«

Eine Frau erschien im Türrahmen, und einen Moment lang starrten sie sich an, während Suki vor Verblüffung der Mund offen stand.

Wenn Taiyo Daisuke der schönste Mann war, dem sie je begegnet war, dann war das hier die eleganteste weibliche Schönheit im ganzen Palast. Ihre sich bauschenden Kleider waren rot mit silbernen, goldenen und grünen Schmetterlingen auf der Vorderseite. Ihr glänzendes schwarzes Haar war zu einer kunstvollen Hochfrisur gesteckt, geschmückt mit rot-goldenen Stäbchen und Elfenbeinkämmen.

Dunkle Augen in einem makellosen Porzellangesicht betrachteten Suki neugierig.

»Hallo«, sagte die Frau, und Suki schloss rasch den Mund. »Darf ich fragen, wer du bist?«

»Ich … ich bin Suki«, stammelte sie. »Ich bin Eure neue Zofe.«

»Aha.« Die Lippen der Frau verzogen sich zu einem matten Lächeln. Suki war sicher, wenn ihre Zähne zu sehen wären, würden sie sie in ihrer Makellosigkeit blenden. »Komm doch bitte her, kleine Suki-chan. Bitte tritt auf nichts.«

Suki gehorchte, setzte vorsichtig einen Fuß vor den anderen, um keines der Papiergeschöpfe zu zertrampeln, und stellte sich vor Lady Satomi.

Die Frau schlug ihr mit der offenen Handfläche ins Gesicht.

Schmerz explodierte hinter ihrem Auge, und sie stürzte zu Boden, zu verblüfft, um dabei auch nur aufzukeuchen. Die Tränen zurückblinzelnd legte sie die Hand an ihre Wange und sah zu Lady Satomi hoch, die lächelnd vor ihr aufragte.

»Weißt du, warum ich das getan habe, kleine Suki-chan?«, fragte sie, und jetzt zeigte sie ihre Zähne. Sie erinnerte Suki an einen grinsenden Totenkopf.

»N… Nein, Mylady«, murmelte sie, während ihre Wange brannte.

»Weil ich nach Mai-chan gerufen habe, nicht nach dir«, erwiderte die Lady mit gnadenlos fröhlicher Stimme. »Du magst ein dummes Mädchen vom Land sein, Suki-chan, aber das entschuldigt nicht deine völlige Unwissenheit. Du darfst nur kommen, wenn du gerufen wirst, verstanden?«

»Ja, Mylady.«

»Lächle, Suki-chan«, riet Satomi ihr. »Wenn du lächelst, gelingt es mir vielleicht zu vergessen, dass du redest wie ein unzivilisierter Bauerntölpel und aussiehst wie eine Kuh. Es ist schwierig, bei deinem Anblick keinen Ekel zu empfinden, aber ich werde mein Bestes geben. Ist das nicht großzügig von mir, Suki-chan?«

Suki, die nicht wusste, was sie darauf erwidern sollte, hielt den Mund und dachte an Daisuke-sama.

»Ist das nicht großzügig von mir, Suki-chan?«, wiederholte Satomi, jetzt in schärferem Ton.

Suki schluckte heftig. »*Hai*, Lady Satomi.«

Satomi seufzte. »Du hast meine Kreationen zerstört.« Sie zog einen Schmollmund, und Suki senkte den Blick zu den Origamigeschöpfen, die unter ihrem Gewicht zerdrückt worden waren. Mit gerümpfter Nase wandte die Lady sich ab. »Ich werde sehr böse sein, wenn du sie nicht ersetzt. Im Winddistrikt gibt es einen hübschen kleinen Laden, der feines Lavendelpapier verkauft. Wenn du dich beeilst, solltest du es schaffen, bevor sie schließen.«

Suki sah durch einen geöffneten Schirm zu den Gewitterwolken, die sich über dem Palast zusammenbrauten. Donner grollte, während silber-blaue Fäden über den Himmel jagten. »Ja, Lady Satomi.«

Die folgenden Tage weckten in Suki eine Sehnsucht nach dem Laden ihres Vaters, nach der ruhigen, behaglichen Zeit, als sie noch kehrte, zerrissene Kleidung flickte und dreimal am Tag eine Mahlzeit kochte. Nach dem beruhigenden Geruch von Sägemehl und Holzspänen und nach den Kunden, die sie kaum eines zweiten Blickes würdigten, da es ihnen nur um ihren Vater und dessen Arbeit ging. Sie hatte geglaubt, es wäre ganz einfach, die Zofe einer herrschaftlichen Lady zu sein, ihr beim Ankleiden zu helfen, Botengänge für sie zu erledigen und sich um die profanen kleinen Aufgaben zu kümmern, die unter ihrer aristokratischen Würde waren. Vielleicht hätte es eigentlich so sein sollen – jedenfalls schienen die anderen Zofen nicht ihr Los zu teilen. Ja, sie schienen ihr sogar absichtlich aus dem Weg zu gehen, als würde man durch den Umgang mit Lady Satomis Zofe den Zorn ihrer Herrin auf sich ziehen. Suki konnte es ihnen nicht verübeln.

Lady Satomi war ein Albtraum, ein wunderschöner Albtraum aus

Seide, Schminke und betörendem Parfüm. Nichts, was Suki tat, passte dieser Frau. Sosehr sie auch schrubbte und wusch, die Wäsche geriet nie zu Satomis Zufriedenheit. Der Tee, den Suki zubereitete, war zu schwach, zu stark, zu süß, immer zu irgendetwas. In Lady Satomis Gemächern konnte nie genug geputzt werden – es ließ sich immer ein Schmutzpartikel finden, eine Tatamimatte lag schief, ein Origamigeschöpf war am falschen Platz. Und jedes Versagen veranlasste die Lady zu einem kleinen Lächeln und einer kräftigen Ohrfeige.

Und natürlich kümmerte es niemanden. Die anderen Zofen wandten den Blick von ihren blauen Flecken ab, und die Wachen sahen sie überhaupt nicht an. Suki wagte nicht, sich zu beklagen; Lady Satomi war nicht nur eine bedeutende und mächtige Lady, sie war die Lieblingskonkubine des Kaisers. Schlecht von ihr zu reden wäre eine Beleidigung für Taiyo no Genjiro, den großen Himmelssohn, und würde ihr eine Auspeitschung, öffentliche Demütigung oder Schlimmeres einbringen.

Das Einzige, was Suki davor bewahrte, vollständig zu verzweifeln, war der Gedanke, wieder Daisuke-sama über den Weg zu laufen. Er war natürlich ein hoher Adeliger, standesgemäß weit über ihr, und würde sich nicht um die Schwierigkeiten einer einfachen Zofe kümmern. Doch ein einziger Blick auf ihn würde ihr genügen. Sie hielt auf den Veranden und den Wegen vor Lady Satomis Gemächern nach ihm Ausschau, doch der schöne Aristokrat ließ sich nirgends blicken. Später erfuhr sie durch Dienstbotentratsch, dass Taiyo Daisuke den Sonnenpalast kurz nach ihrer Ankunft verlassen hatte und zu einer seiner geheimnisvollen Pilgerfahrten quer durchs Land aufgebrochen war. Vielleicht, überlegte Suki, würde sie bei seiner Rückkehr einen Blick auf ihn erhaschen. Vielleicht würde sie wieder die Flöte ihres Vaters hören und ihr folgen, bis sie ihn auf einer Veranda entdeckt hatte, wo er stand und spielte, wobei ihm das lange weiße Haar den Rücken hinabfiel.

Eine schallende Ohrfeige riss sie aus ihrem Tagtraum und warf sie zu Boden. »O je! Du bist ja so ein *ungeschicktes* Mädchen.« Lady Satomi stand vor ihr, prächtig in ihrer atemberaubenden Seidenrobe. »Steh auf, Suki-chan. Ich habe eine Aufgabe für dich.«

In den Armen trug die Lady eine Rolle edler Seidenschnur von blutroter Farbe. Als Suki taumelnd auf die Beine kam, wurde ihr die Kordel zugeschoben. »Du bist so ein dummes kleines Ding, nicht wahr? Ich hege keinerlei Hoffnung, je eine gute Zofe aus dir zu machen. Aber selbst du wirst doch bestimmt diesen kleinen Botengang erledigen können. Bring dieses Seil zum Lagerhaus in den östlichen Gärten, dasjenige hinter dem See. Wenigstens das wirst du doch hinbekommen? Und hör auf zu weinen, Mädchen. Was sollen denn die Leute von mir denken, wenn meine Zofe überall flennend herumläuft?«

Mit pochenden Kopfschmerzen kam Suki im Dunkeln zu sich. Sie sah nur verschwommen, und in ihrer Kehle war ein seltsamer Kupfergeschmack. Über ihr grollte Donner, und ein scharfer, nach Ozon riechender Wind blies ihr ins Gesicht. Der Boden unter ihr fühlte sich kalt und hart an, kantige Steine drückten sich unangenehm in ihren Bauch und ihre Wange. Blinzelnd versuchte sie, sich hochzustemmen, doch ihre Arme reagierten nicht. Im nächsten Augenblick begriff sie, dass sie hinter ihrem Rücken gefesselt waren.

Eine Eiseskälte überkam sie. Sie rollte sich auf die Seite und versuchte aufzustehen, doch ihre Knie und Fußknöchel waren ebenfalls zusammengebunden – mit demselben Seil, das sie in das Lagerhaus gebracht hatte, wie ihr klar wurde –, und ein Lumpen war ihr in den Mund gestopft worden, festgebunden mit einem Stoffstreifen. Mit einem gedämpften Kreischen trat sie wild um sich und wand sich auf den Steinen. Schmerz schoss ihre Arme hoch, als sie am Boden entlangschrammte und sich die Haut an den Felskanten aufriss, doch die Seile hielten. Vor Erschöpfung keuchend sackte sie auf den Steinen zusammen. Schließlich hob sie den Kopf, um ihre Umgebung zu betrachten.

Sie lag mitten in einem Hof, doch es war nicht der makellose, prächtige Hof des Sonnenpalastes, mit seinen gefegten weißen Steinen und gestutzten Büschen. Der hier war dunkel, felsig, eine Ruine. Die Burg, zu der er gehörte, schien ebenfalls dunkel und verlassen und ragte bedrohlich über Suki empor wie ein gewaltiges, finsteres Untier, während zerrissene Fahnen im Wind gegen die Mauern schlugen. Totes Laub und zerbrochene Steine waren im Hof zerstreut, und einen Meter von ihr entfernt lag der verrostete Helm eines Samurai. Im flackernden Licht über ihr bemerkte sie das Glitzern von Augen auf den Mauern – Dutzende Krähen, die sie beobachteten, die Federn im Wind aufgestellt.

»Hallo, Suki-chan«, sagte eine gespenstisch gut gelaunte Stimme irgendwo hinter ihr. »Bist du endlich aufgewacht?«

Suki bog den Kopf nach hinten. Lady Satomi stand ein paar Schritte entfernt, das Haar offen und windzerzaust, und die Ärmel ihres rot-schwarzen Kimonos flatterten wie Segel. Ihr Blick war hart, und die Lippen hatte sie zu einem winzigen Lächeln verzogen. Keuchend schob Suki sich in eine Sitzposition, wollte um Hilfe rufen, wollte fragen, was vor sich ging. War das hier irgendeine schreckliche Bestrafung, weil sie ihre Herrin enttäuscht hatte, weil sie nicht zu ihrer Zufriedenheit geputzt, Dinge geholt oder serviert hatte? Sie versuchte, mit den Augen zu flehen, heiße Tränen rannen ihre Wangen hinunter, doch die Lady rümpfte nur die Nase.

»So ein faules Mädchen und so zerbrechlich. Ich ertrage dein ständiges Geheule nicht.« Lady Satomi schniefte und trat etwas zurück, ohne sie noch einmal anzusehen. »Nun, sei froh, Suki-chan. Denn heute nimmt dein Elend ein Ende. Auch wenn das bedeutet, dass ich mir schon wieder eine neue Zofe zulegen muss – was ist nur mit all diesen Dienstmädchen, die wie Mäuse weglaufen? Undankbares Pack. Nicht das geringste Verantwortungsgefühl.« Sie stieß ein lang gezogenes Seufzen aus und sah dann zu den Wolken hoch, als ein Blitz aufflackerte und der Wind an Stärke zunahm. »Wo steckt dieser Oni?«, murmelte sie. »Nach all der Mühe, die ich mir wegen einer angemessenen Entschädigung gemacht habe, würde es mich sehr ärgern, wenn er nicht vor dem Unwetter eintrifft.«

Oni? Suki musste sich verhört haben. Oni waren große, schreckliche Dämonen, die aus dem Jigoku kamen, dem Reich des Bösen. Es gab unzählige Geschichten über tapfere Samurai, die Oni erschlugen, manchmal ganze Heerscharen von Oni, aber es waren Mythen und Legenden. Oni waren die Wesen, mit denen Eltern unartigen Kindern drohten – *spazier nicht zu dicht am Wald vorbei, oder ein Oni schnappt dich. Sei folgsam und hör auf ältere Menschen, oder ein Oni wird durch die Dielenbretter greifen und dich ins Jigoku hinunterzerren.* Furchterregende Warnungen für Kinder und monströse Widersacher für legendäre Samurai, aber keine Wesen, die in Ningen-Do existierten, dem Reich der Sterblichen.

Es folgten ein greller Blitz, ein Donnerschlag – und ein gewaltiges Geschöpf mit Hörnern erschien am Rand des Hofes.

Suki schrie auf. Der Knebel dämpfte das Geräusch, doch sie schrie immer weiter, bis sie völlig außer Atem war und in das Tuch keuchte. Sie versuchte trotz der Fesseln zu fliehen und stürzte hart auf den Steinboden, wobei sie sich das Kinn am Fels aufschlug, doch sie spürte den Schmerz kaum. Lady Satomis Lippen bewegten sich, während sie ihr einen vernichtenden Blick zuwarf und sie wahrscheinlich für ihr schrilles Geschrei schalt. Doch Sukis Gedanken galten nur noch dem riesigen Dämon, denn dieses Wesen, was sich da in den Schein der Fackeln schob, konnte nur aus einem Albtraum sein. Das Ungeheuer, das eigentlich nicht existieren durfte.

Es war gewaltig, ragte gute viereinhalb Meter empor und war genauso furchterregend, wie die Legenden es beschrieben. Seine Haut war von einem dunklen Karmesin, der Farbe von Blut, und eine wilde schwarze Mähne ergoss sich über Rücken und Schultern.

Scharfe gelbe Stoßzähne bogen sich aus seinem Kiefer, und seine Augen glühten wie heiße Kohlen, als der Dämon auf sie zustapfte, sodass der Boden erbebte. Obwohl Suki vor Angst erstarrt war, funktionierte ihr Gehirn noch so weit, dass sie sich plötzlich daran erinnerte, dass Oni in den Geschichten Lendenschürze trugen, die aus großen gestreiften Tierfellen angefertigt waren, doch dieser Dämon trug Platten aus lackierter Rüstung, die roten Schulterschoner, Beinschützer und Armschienen der Samurai, wenn sie in die Schlacht zogen. Mythengetreu hielt er allerdings einen gigantischen, mit Eisenstiften bewehrten Knüppel – einen Tetsubo – in einer Hand und schwang ihn über eine Schulter, als wiege er nicht mehr als ein Stück Stangentusche.

»Da bist du ja endlich, Yaburama.« Lady Satomi hob das Kinn, als der Oni vor ihr innehielt. »Mir ist klar, dass es im Jigoku keine Zeit gibt und es heißt, ein Tag gleiche achthundert Jahren im Reich der Sterblichen, aber Pünktlichkeit ist eine wunderbare Eigenschaft, etwas, wonach wir alle streben sollten.«

Der Oni grunzte, ein tiefes, kehliges Geräusch, das zwischen seinen Fängen hervordrang. »Belehr mich nicht, Menschenwesen«, donnerte er, und seine schreckliche Stimme ließ die Luft erzittern. »Das Jigoku anzurufen braucht Zeit, besonders, wenn man ein Heer heraufbeschwören möchte.«

Hinter dem Dämon tauchte eine Horde kleinerer Ungeheuer auf und sammelte sich um ihn herum. Nur ein paar Zentimeter größer als kniehoch und mit Haut in verschiedenen Blau-, Rot- und Grüntönen sahen sie selbst wie winzige Oni aus, abgesehen von ihren riesigen, ausladenden Ohren und ihrem irren Grinsen. Sie bemerkten Suki und begannen, sich vorwärtszuschieben, während sie gackernd lachten und sich die spitzen Zähne leckten. Suki kreischte in den Knebel und versuchte, sich wegzuwinden, kam aber nicht weiter als ein Fisch an Land.

Der Oni knurrte eine Warnung, tief wie entferntes Donnern, und die Horde wich zurück. »Ist das für mich?«, fragte der Dämon, dessen glühender blutroter Blick auf Suki fiel. »Es sieht lecker aus.« Er trat einen Schritt auf sie zu, und beinahe wäre sie auf der Stelle in Ohnmacht gefallen.

»Geduld, Yaburama.« Lady Satomi streckte eine Hand aus, um ihm Einhalt zu gebieten. Er verengte die Augen und fletschte leicht die Zähne, doch das schien die Lady nicht zu beunruhigen. »Du kannst deinen Lohn gleich erhalten«, fuhr sie fort. »Ich will bloß sicherstellen, dass du weißt, warum du gerufen wurdest. Dass du weißt, was du tun musst.«

»Wie könnte ich das nicht.« Der Oni klang ungeduldig. »Der Drache erhebt sich. Der Herold des Wandels nähert sich. Wieder einmal sind in diesem Reich aus schrecklichem Licht und Sonne tausend Jahre vergangen, und die Nacht des Wunsches steht beinahe vor der Tür. Es gibt nur einen Grund, warum mich ein Sterblicher zu diesem Zeitpunkt nach Ningen-Do rufen würde.« Er grinste verächtlich. »Ich werde dir die Schriftrolle bringen, Menschenwesen. Beziehungsweise ein Stück davon, nachdem sie nun in alle vier Winde verstreut ist.« Der brennende rote Blick glitt zu Suki zurück, und er lächelte langsam, entblößte seine Fangzähne. »Ich werde es erledigen, nachdem ich mir meinen Lohn geholt habe.«

»Gut.« Lady Satomi trat zurück, während die ersten Regentropfen fielen. »Ich zähle auf dich, Yaburama. Ich bin mir sicher, dass es auch andere gibt, die mit aller Macht die Stücke der Drachenschriftrolle an sich bringen wollen. Du weißt, was zu tun ist, falls du ihnen begegnen solltest. Nun ...« Sie öffnete einen pinkfarbenen Regenschirm und schwang ihn über den Kopf. »Ich überlasse es dir. Viel Vergnügen.«

Als wahre Regengüsse auf den Hof niederprasselten, drehte Lady Satomi sich um und ging davon. Suki schrie in den Knebel und warf sich ihrer Herrin hinterher. Sie weinte und flehte, betete zu den kami und jedem sonst, der sie erhören mochte. *Bitte*, dachte sie in ihrer Verzweiflung. *Bitte, ich kann so nicht sterben. Nicht so.*

Lady Satomi hielt inne und blickte mit einem Lächeln zu ihr zurück. »Oh, sei nicht traurig, kleine Suki-chan«, sagte sie. »Das hier ist dein größter Moment. Du wirst der Auslöser sein, durch den eine neue Ära eingeläutet wird. Dieses Kaiserreich, die ganze Welt werden sich wegen deines heutigen Opfers verändern. Begreifst du das?« Die Lady legte den Kopf schräg und betrachtete sie, als wäre sie ein winselnder Welpe. »Du hast dich tatsächlich als nützlich erwiesen. Mehr kann jemand deinesgleichen doch gewiss nicht erwarten.«

Hinter Suki bebte der Erdboden, eine gewaltige Klaue schloss sich um ihre Beine, und gebogene Krallen versanken in ihrer Haut. Sie schrie und schlug um sich, zerrte an den Seilen und versuchte, sich dem Griff des Dämons zu entwinden, doch es gab kein Entrinnen. Lady Satomi rümpfte die Nase, drehte sich weg und ging weiter. Ihr Schirm wippte im Regen auf und ab, während Suki zu dem Oni gezogen wurde und die kleineren Dämonen kreischend um sie herumtanzten.

Hilfe! Bitte, helft mir! Irgendjemand! Daisuke-sama ... Schlagartig richteten sich ihre Gedanken auf den Adeligen, sein schönes Gesicht und sanftes Lächeln, obgleich sie wusste, dass er nicht kommen würde. Niemand kam, denn niemanden kümmerte der Tod eines einfachen Dienstmädchens. *Vater*, dachte Suki in starrer Verzweiflung, *es tut mir leid. Ich wollte dich nicht allein lassen.*

Tief in ihrem Innern flackerte Zorn auf und überdeckte kurzzeitig die Angst. Es war schrecklich ungerecht, von einem Dämon getötet zu werden, bevor sie irgendetwas im Leben erreicht hatte. Zwar war sie bloß eine Dienerin, aber sie hatte gehofft, einen guten Mann zu heiraten, Kinder großzuziehen, etwas zu hinterlassen, das von Bedeutung war. *Ich bin nicht bereit*, dachte Suki verzweifelt. *Ich bin nicht bereit zu gehen. Bitte noch nicht.*

Klauenartige Finger schlossen sich um ihren Hals, und sie wurde hochgehoben, bis sie sich dem schrecklichen, hungrigen Lächeln des Oni gegenübersah. Sein heißer Atem, der nach Rauch und verfaultem Fleisch roch, strömte ihr ins Gesicht, als der Dämon den Rachen öffnete. Gnädigerweise entschieden die Götter, endlich einzuschreiten, und Suki fiel vor Angst in Ohnmacht, ihr Bewusstsein verließ ihren Körper in dem Moment, bevor er entzweigerissen wurde.

Der Geruch nach Blut durchzog die Luft, und die Dämonen heulten vor Entzücken auf. Von Sukis zerfetztem Körper stieg, unbemerkt von der Horde und für normale Augen unsichtbar, eine kleine Lichtkugel langsam in die Luft empor. Sie schwebte über der grausigen Szene und schien zuzusehen, wie sich die kleineren Dämonen um die Fetzen stritten und sich Yaburamas dröhnendes Gebrüll in die Nacht erhob, während er nach ihnen schlug. Einen Augenblick schien die kleine Lichtkugel hin und her gerissen zu sein, ob sie in die Wolken fliegen oder an Ort und Stelle bleiben sollte. Bei ihrem ziellos schwebenden Aufstieg hielt sie über einem Blitz aus Farbe inne, der durch den Regen leuchtete, ein pinkfarbener Schirm, der auf die Tore der Burg zuhielt. Das bläulich-weiße Glühen der Kugel flackerte in einem wütenden Rot auf.

Die Lichtkugel sauste vom Himmel hernieder und flog geräuschlos über den Kopf des Oni hinweg, sank tiefer zu Boden und glitt durch das Burgtor, kurz bevor es sich knarzend schloss, wobei sie den Oni, die Dämonen und den leblosen Körper einer Dienerin hinter sich ließ.

2
Der Fuchs im Tempel

Yumeko

»Yumeko!«

Der Ruf hallte durch den Garten wider, dröhnend und wutentbrannt, und ließ mich zusammenzucken. Ich hatte still am Teich gesessen und den dicken rot-weißen Fischen, von denen es unter der Oberfläche nur so wimmelte, Krumen zugeworfen, als mein Name, wie so oft im Zorn, aus Richtung des Tempels gebrüllt wurde. Rasch duckte ich mich hinter die große Steinlaterne am Rand des Wassers, da kam Denga um das gegenüberliegende Ufer marschiert, mit einer Miene so düster wie eine Gewitterwolke.

»Yumeko!«, rief der Mönch noch einmal, während ich mich an den rauen, moosbewachsenen Stein drückte. Ich konnte mir bildlich vorstellen, wie sich sein normalerweise strenges, friedfertiges Gesicht bis hin zu seiner Stirnglatze rot verfärbte. Längst hatte ich aufgehört zu zählen, wie oft ich es schon mit angesehen hatte. Sicher flatterten sein Zopf und die orangefarbenen Kleider, während er herumwirbelte, den Rand des Teiches absuchte und den Blick über die Bambusgewächse schweifen ließ, die den Garten umgaben. »Ich weiß, dass du hier irgendwo steckst!«, wütete er. »Salz in die Teekanne geben … schon wieder! Meinst du, Nitoru mag es, wenn ihm der Tee direkt ins Gesicht gespuckt wird?« Ich biss mir auf die Unterlippe, um mir das Lachen zu verkneifen, drängte mich gegen die Statue und versuchte, keinen Mucks zu machen. »Elendes Dämonenmädchen!«, stieß Denga vor Wut kochend hervor, während sich das Geräusch seiner Schritte vom Teich entfernte und weiter in den Garten vordrang. »Ich weiß, dass du Närrin dir jetzt ins Fäustchen lachst. Wenn ich dich erwische, wirst du bis zur Stunde der Ratte die Böden fegen!«

Seine Stimme verlor sich. Ich spähte um den Stein und beobachtete, wie Denga dem Pfad weiter in das Bambusgehölz folgte, bis der Mönch schließlich aus meinem Blickfeld verschwand.

Aufatmend lehnte ich mich an die verwitterte Steinlaterne und empfand ein köstliches Triumphgefühl. *Na, das war ein Spaß! Denga-san ist immer so angespannt; ein anderer Gesichtsausdruck wäre zur Abwechslung mal gut, sonst erstarrt seine Miene noch völlig.* Bei der Vorstellung, wie der Gesichtsausdruck des armen Nitoru sich verwandelt hatte, als der andere Mönch merkte, was sich in seiner Teetasse befand, musste ich grinsen. Leider besaß Nitoru den gleichen Sinn für Humor wie Denga, also gar keinen. *Höchste Zeit, mich aus dem Staub zu machen. Ich stibitze mir ein Buch aus der Bibliothek und verstecke mich unter dem Schreibtisch. Oh, Moment mal, den Ort kennt Denga schon. Schlechte Idee.* Der Gedanke an all die langen Holzveranden, die gründlich gefegt werden müssten, falls ich gefunden wurde, bereitete mir Unbehagen. *Vielleicht ist es ein guter Tag, um nicht hier zu sein. Jedenfalls bis heute Abend. Was wohl die Affenfamilie im Wald heute so macht?*

Mich durchzuckte freudige Erregung. In den Ästen einer uralten Zeder, die alle anderen Bäume im Wald überragte, lebte ungefähr ein Dutzend gelber Affen. Wenn man an klaren Tagen bis oben in die Baumkrone kletterte, konnte man die ganze Welt sehen, von dem winzigen Bauerndorf am Fuß der Berge bis hin zum fernen Horizont. Jedes Mal, wenn ich dort oben im Baum saß und mit den Affen auf den Ästen schaukelte, schweifte mein Blick über den bunten Landschaftsteppich, der sich vor mir erstreckte, und ich fragte mich, ob heute der Tag war, an dem ich mutig genug wäre, um nachzusehen, was jenseits des Horizonts lag.

Ich war es nie, und der heutige Nachmittag würde keine Ausnahme bilden. Doch wenigstens würde ich nicht hier sein und abwarten, dass ein zorniger Denga-san mir einen Besen in die Hand drückte und mir befahl, jede Oberfläche im Tempel zu kehren. Einschließlich des Hofes.

Während ich mich von der Laterne löste, drehte ich mich um ... und stand genau vor Meister Isao.

Ich jaulte auf, zuckte zurück und stieß gegen die Steinlaterne, die größer und schwerer als ich war und sturerweise nicht weichen wollte. Der uralte Mönch mit dem weißen Bart lächelte gelassen unter seinem Strohhut mit der breiten Krempe.

»Unterwegs, Yumeko-chan?«

»Ähm ...«, stammelte ich und rieb mir den Hinterkopf. Meister Isao war kein großer Mann; spindeldürr und einen Kopf kleiner als ich, wenn er seine Geta-Holzschuhe trug. Doch niemand im Tempel genoss größeren Respekt, und niemand hatte sein Qi derart unter Kontrolle wie Meister Isao. Ich hatte schon mit angesehen, wie er mit einem Wink seiner Hand einen Baum in zwei Hälften spaltete und einen gewaltigen Felsblock zertrümmerte. Er war der unumstrittene Herr des Tempels der Stillen Winde und konnte allein durch sein Erscheinen einen Raum voller willensstarker Qi-Meister zum Schweigen bringen. Auch wenn er nie die Stimme erhob oder wütend wirkte; die strengste Miene, die ich je an ihm gesehen hatte, war ein leichtes Stirnrunzeln, und das war Furcht einflößend gewesen.

»*Also* ...«, stammelte ich wieder, während er belustigt seine buschigen Augenbrauen hochzog. Lügen hatte keinen Zweck. Meister Isao wusste immer alles über alles. »Ich wollte ... die Affenfamilie im Wald besuchen, Meister Isao«, gestand ich, da ich das noch für mein kleinstes Vergehen hielt. Zwar war mir nicht ausdrücklich *verboten*, den Grund und Boden des Tempels zu verlassen, aber die Mönche sahen es auf jeden Fall nicht gern, wenn ich es tat. Die viele Hausarbeit, das Training und die Pflichten, die sie mir auferlegten, sobald ich wach war, ließen darauf schließen, dass sie versuchten, mich möglichst ständig zu beschäftigen. Die einzige freie Zeit, die ich hatte, war normalerweise gestohlen, so wie heute.

Meister Isao lächelte nur. »Ach. Affen. Nun, ich fürchte, deine Freunde werden ein bisschen warten müssen, Yumeko-chan«, sagte er, ohne auch nur im Geringsten zornig oder überrascht zu wirken. »Ich muss einen Moment lang deine Zeit in Anspruch nehmen. Bitte folge mir.«

Er machte kehrt und begann, den Teich zu umrunden, in Richtung Tempel. Ich klopfte mir den Staub von den Ärmeln und ging hinter ihm her, den Bambuspfad entlang, der von Sonnenschein und grünen Schatten gesprenkelt war, vorbei an den singenden Steinen, wo die Brise spielerisch durch die Löcher in den verwitterten Felsen summte, und über die rote gebogene Brücke, die den Bach überspannte. Ein Vogel mit mattbraunem Gefieder flog zu den Ästen eines Wacholderbusches, schwellte die Brust und erfüllte die Luft mit dem schönen, trillernden Lied einer Nachtigall. Ich pfiff zurück, und sie warf mir einen entrüsteten Blick zu, bevor sie in den Blättern verschwand.

Die Bäume lichteten sich, und das Blattwerk verschwand, als wir an dem winzigen Steingarten mit seinem sorgfältig gerechten Sand vorbei zu den Tempelstufen gingen. Beim Betreten der düsteren, kühlen Eingangshalle erspähte ich Nitoru, der mir quer durch den Raum einen wütenden Blick zuwarf, und wagte ein freches Winken, da ich wusste, dass er sich mir nicht nähern würde, solange ich bei Meister Isao war. Wahrscheinlich würde ich die Treppen bis zum nächsten Winter fegen, doch die Miene des Mönches war es wert.

Meister Isao führte mich durch mehrere schmale Gänge, und wir kamen an einzelnen Zimmern zu beiden Seiten vorüber, bis er ein Türpaneel zurückschob und mich hineinwinkte. Ich betrat ein vertrautes Zimmer, klein und ordentlich, leer, abgesehen von einem riesigen Standspiegel an der gegenüberliegenden Wand und einer daneben aufgehängten Schriftrolle. Auf der Schriftrolle war ein gewaltiger Drache abgebildet, der über ein tosendes Meer dahinglitt, und darunter ein winziges Boot, das von den Wellen hin und her geschleudert wurde.

Ich überspielte ein Seufzen. In diesem Zimmer war ich schon ein paarmal gewesen, und das Ritual, das folgte, war immer das gleiche. Da ich wusste, was Meister Isao von mir wollte, ging ich leichtfüßig über die Tatamimatten und kniete mich vor den Spiegel, dem einzigen im ganzen Tempel. Meister Isao folgte mir und ließ sich mir zugewandt daneben nieder, die Hände im Schoß. Einen Moment lang saß er da, die Augen milde, obwohl es sich anfühlte, als dränge sein Blick direkt durch mich hindurch zur Wand hinter meinem Kopf.

»Was siehst du?«, fragte er, wie er es immer tat.

Ich betrachtete den Spiegel. Mein Spiegelbild starrte mir entgegen, ein schmales Mädchen von sechzehn Wintern mit schwarzem Haar, das ihr, ungebunden, bis zur Mitte des Rückens hinabfiel. Sie trug Strohsandalen, eine weiße Schärpe und einen kurzen purpurroten Kimono, der stellenweise zerrissen war, besonders an den langen, weiten Ärmeln. Ihre Hände waren schmutzig, weil sie am Teich gekniet und mit den Fischen gesprochen hatte, und Erde klebte an ihren Knien und im Gesicht. Auf den ersten Blick sah sie wie ein zerlumptes, aber völlig normales Landmädchen aus, vielleicht das verwahrloste Kind eines Fischers oder Bauern, das auf dem Boden des Tempels kniete.

Wenn man zufälligerweise *nicht* den buschigen orangen Schwanz bemerkte, der hinter ihrem Gewand hervorlugte. Und die riesigen dreieckigen Ohren mit den schwarzen Spitzen, die oben an ihrem Schädel abstanden. Und die funkelnden goldenen Augen, die sie ganz offensichtlich als nicht normal, als nicht menschlich kennzeichneten.

»Ich sehe mich, Meister Isao.« Ich fragte mich, ob es diesmal die richtige Antwort war. »In meiner wahren Gestalt. Ohne Illusion oder Abwehr. Ich sehe eine *Kitsune*.«

Kitsune. Fuchs. Beziehungsweise genauer gesagt Halb-Kitsune. Wilde Kitsune, die Füchse, die in den verborgenen Orten von Iwagoto umherstreiften, waren Meister des Illusionszaubers und Gestaltwandler. Obwohl es der Wahrheit entsprach, dass manche Kitsune ein Leben als gewöhnliche wilde Tiere wählten, besaßen alle Füchse magische Fähigkeiten. Kitsune waren Yokai, Geschöpfe des Übersinnlichen. Einer ihrer Lieblingstricks bestand darin, Menschengestalt anzunehmen – üblicherweise als schöne Frau verkleidet – und Männer in die Irre zu führen. Für das bloße Auge war ich ein gewöhnliches menschliches Mädchen; kein Schwanz, keine spitzen Ohren oder gelben Augen. Nur vor Spiegeln oder reflektierenden Oberflächen wurde meine wahre Natur enthüllt. Lackierte Tische, eine stille Wasseroberfläche, selbst die Kante einer Klinge. Ich musste sehr achtgeben, wo ich stand und was um mich herum war, damit ein aufmerksamer Beobachter nicht bemerkte, dass das Spiegelbild auf einer glatten Oberfläche nicht ganz mit dem Mädchen davor übereinstimmte.

Jedenfalls hatten mich die Mönche davor gewarnt. Sie wussten alle, was ich war, und riefen es mir gern ins Gedächtnis. Halbblut, Dämonenkind, Fuchsmädchen: Ausdrücke, die zu meinem täglichen Leben gehörten. Nicht dass irgendeiner unter den Mönchen grausam oder herzlos war, nur pragmatisch. Ich war eine Kitsune, etwas nicht ganz Menschliches, und sie sahen keinen Grund, so zu tun, als wäre dem nicht so.

Ich warf Meister Isao einen Blick zu und fragte mich, ob er mir diesmal etwas anderes sagen, irgendeinen Hinweis darauf geben würde, was er wirklich von mir hören wollte. Wir hatten das *Was siehst du?*-Spiel in der Vergangenheit unzählige Male gespielt, und keine meiner Antworten – lauteten sie nun Mensch, Dämon, Fuchs oder Fisch – schien ihn zufriedenzustellen, denn ich landete immer wieder hier und starrte die Kitsune im Spiegel an.

»Wie geht es mit deinen Lektionen voran?«, fuhr Meister Isao fort, ohne ein Anzeichen, ob er meine Antwort gehört hatte oder ob es die richtige war. Ich hegte starke Zweifel daran.

»Gut, Meister Isao.«

»Zeig es mir.«

Zögernd sah ich mich nach einem passenden Ziel um. Viele Möglichkeiten gab es nicht. Vielleicht der Spiegel. Oder die Schriftrolle an der Wand. Doch beide hatte ich früher schon verwendet, und Meister Isao würde sich nicht von den immer gleichen Tricks beeindrucken lassen. Auch dies war ein Spiel, das wir schon oft gespielt hatten.

Da erblickte ich ein gelbes Ahornblatt, das sich am Ende meines Ärmels verfangen hatte, und grinste.

Ich griff danach, drehte es zwischen Fingern und Daumen und legte es mir dann vorsichtig auf den Kopf. Kitsune-Magie brauchte einen Anker, etwas aus der natürlichen Welt, um das sie eine Illusion aufbauen konnte. Es gab Geschichten von sehr alten, sehr mächtigen Kitsune, die Illusionen aus dem Nichts weben konnten, doch ich brauchte etwas, in dem sich die Magie verankern ließ. Nachdem der magische Mittelpunkt an seinem Platz war, schloss ich halb die Augen und setzte meine Kräfte ein.

Schon seit ich denken konnte, war mir die Magie von Natur aus zugeflossen, eine Gabe von der Yokai-Seite der Familie, wie mir gesagt wurde. Selbst als Kleinkind hatte ich ein beeindruckendes Talent an den Tag gelegt und kleine Kugeln Kitsune-bi, das kalte, blau-weiße Fuchsfeuer, durch die Gänge des Tempels schweben lassen. Als ich älter wurde und meine Magie angewachsen war, fanden ein paar Mönche, Meister Isao sollte mich mit einer Fessel belegen und meine Kräfte versiegeln, damit ich niemanden verletzen würde, auch mich selbst nicht. Wilde Kitsune waren berüchtigte Unruhestifter. Zwar waren sie nicht von Natur aus niederträchtig, doch ihre »Streiche« konnten von nur ärgerlich – Essen stehlen oder kleine Gegenstände verstecken – bis hin zu wahrhaft gefährlich reichen: ein Pferd auf einem schmalen Gebirgspfad aufschrecken oder jemanden tief in einen Sumpf oder Wald führen, auf dass er nie wieder gesehen wurde. Besser, mir blieb diese Versuchung erspart, jedenfalls nach Meinung von Denga und ein paar anderen. Doch der Meister des Tempels der Stillen Winde hatte den Vorschlag entschieden abgelehnt. Fuchsmagie gehörte zum Leben einer Kitsune, sagte er, etwas so Natürliches wie schlafen oder atmen. Sie zu leugnen, würde mehr schaden als nutzen.

Stattdessen übte ich meine Magie jeden Tag mit einem Mönch namens Satoshi, in der Hoffnung, dass ich lernen würde, mein füchsisches Talent zu kontrollieren und nicht umgekehrt. Anfangs waren die Mönche skeptisch gewesen, aber da ich Meister Isaos Vertrauen in mich kannte, dass ich meine Fähigkeiten nicht für Unfug nutzte, versuchte ich, der Verlockung nicht nachzugeben. Auch wenn es an manchen Tagen sehr schwer war, die Katze nicht als Teekanne erscheinen oder eine geschlossene Tür so aussehen zu lassen, als stünde sie offen, oder einen Holzscheit vor den Treppenstufen unsichtbar zu machen. *Fuchsmagie ist nichts als Illusion und Trickserei*, hatte Denga-san bei mehr als einer Gelegenheit vor Wut schäumend erklärt, gewöhnlich nachdem er einem Streich zum Opfer gefallen war. *Es kann niemals etwas Nützliches daraus erwachsen.*

Das mag stimmen, dachte ich, als die Hitze der Fuchsmagie in mir aufstieg. *Aber sie macht auf jeden Fall viel Spaß.*

Eine Welle wogte durch mich hindurch, als bestünde mein Körper aus Wasser, in das jemand gerade einen Kieselstein hatte fallen lassen, und eine Wolke aus weißem Rauch schloss sich vom Boden her um mich. Während sich die Rauchzungen auflösten, schlug ich die Augen auf und lächelte dem Abbild im Spiegel zu. Meister Isao starrte mich im Spiegelbild an, eine perfekte Kopie des neben dem

Spiegel sitzenden Mannes, wenn man das ziemlich selbstgefällige Grinsen in seinem verwitterten Gesicht nicht mitrechnete. Und den Schwanz mit der weißen Spitze hinter ihm.

Der echte Meister Isao lachte glucksend und schüttelte den Kopf. »Hast du das mit Satoshi geübt?«, fragte er. »Ich will mir gar nicht vorstellen, wie ›ich‹ eines Tages Denga-san vorschlage, er solle einen Affen fangen gehen.«

»Oooh, glaubt Ihr, das würde er tun? Das wäre urkomisch! Ähm, also natürlich würde ich so etwas niemals tun.« Ich griff hoch und entfernte das Ahornblatt von meinem Kopf, die Illusion zerfiel, und die Fuchsmagie löste sich in Luft auf, bis ich wieder nur ich war. Während ich das Blatt in den Fingern drehte, fragte ich mich, wie viel Ärger ich mir einhandeln würde, wenn ich mich *doch* als Meister Isao verkleidete und Denga befahl, in den Teich zu springen. Angesichts der fanatischen Hingabe des Mönches an seinen Meister würde er es zweifellos tun. Und mich dann wahrscheinlich umbringen.

»Sechzehn Jahre«, stellte Meister Isao mit leiser Stimme fest. Ich blinzelte ihn an. Das war neu. Normalerweise war unser Gespräch zu diesem Zeitpunkt beendet, und er wies mich an, zu meinen Pflichten zurückzukehren. »Auf den Tag sechzehn Jahre, die du nun bei uns bist«, fuhr er beinahe wehmütig fort. »Seitdem wir dich vor dem Tor in einem Weidenkorb fanden, mit nichts außer einem zerschlissenen Kleid und einer an den Stoff gehefteten Nachricht. *Verzeiht mir, aber ich muss dieses Kind in Eurer Obhut lassen,* stand in dem Brief. *Verurteilt sie nicht, sie kann nichts für das, was sie ist, und die Straße, auf der ich wandele, ist kein Ort für ein unschuldiges kleines Mädchen. Ihr Name lautet Yumeko, Kind der Träume. Erzieht sie gut, und möge der Große Drache Eure Schritte lenken und ihre.*

Ich nickte höflich, da ich diese Geschichte schon unzählige Male gehört hatte. Meinen Vater oder meine Mutter hatte ich nie kennengelernt, und ich hatte keine großen Gedanken an die beiden verschwendet. Sie gehörten nicht zu meinem Leben, und ich sah keinen

Sinn darin, mir den Kopf über Dinge zu zerbrechen, die ich nicht ändern konnte.

Auch wenn es eine vage Erinnerung an ein Ereignis aus meiner ganz frühen Kindheit gab, die mich immer wieder in meinen Träumen heimsuchte. An jenem Tag war ich im Wald vor dem Tempel herumgestreift, hatte mich vor den Mönchen versteckt und Eichhörnchen gejagt, da spürte ich plötzlich, dass ich von hinten beobachtet wurde. Ich hatte mich umgedreht und einen weißen Fuchs erblickt, der mich von einem umgestürzten Baumstamm aus anstarrte und dessen gelbe Augen im Schatten leuchteten. Wir hatten uns einen langen Moment gemustert, Kind und Kitsune, und obwohl ich noch ganz klein war, hatte ich eine Verwandtschaft mit diesem Geschöpf verspürt, eine Sehnsucht, die ich nicht verstand. Doch als ich einen Schritt auf den Fuchs zugemacht hatte, war er verschwunden. Ich hatte ihn nie wieder gesehen.

»Sechzehn Jahre«, fuhr Meister Isao fort, ohne etwas von meinen Gedanken zu ahnen. »Und in der Zeit haben wir dir unsere Gepflogenheiten beigebracht, dich auf den, wie wir hofften, richtigen Weg gelenkt, dir beigebracht, das Gleichgewicht zwischen Mensch und Kitsune zu suchen. Du hast immer gewusst, was du bist – wir haben nie einen Hehl aus der Wahrheit gemacht. Ich habe sowohl die Schläue des Fuchses als auch menschliches Mitgefühl in dir beobachtet. Ich habe Gefühlskälte und Liebenswürdigkeit in gleichem Maße gesehen, und ich weiß, dass du im Moment auf einem schmalen Grat zwischen Yokai und Mensch wandelst. Wofür du dich auch immer entscheidest, welchen Weg du auch immer einschlagen möchtest, selbst wenn du versuchst, beide Pfade zu betreten, du musst es selbst entscheiden, und zwar bald. Die Zeit ist gekommen.«

Er gab keinerlei Erklärung, was er damit meinte. Er fragte mich nicht, ob ich ihm folgen konnte. Vielleicht wusste er, dass ich die Hälfte der Zeit seine Rätsel nicht entwirren konnte und ich die andere Hälfte nicht richtig zuhörte. Doch ich nickte und lächelte, als wüsste ich, worauf er hinauswollte, und sagte: »Ja, Meister Isao. Ich verstehe.«

Seufzend schüttelte er den Kopf. »Du hast keine Ahnung, wovon ich hier rede, Kind«, meinte er, woraufhin ich zusammenzuckte. »Aber das ist in Ordnung. Es ist nicht der Grund, weshalb ich dich heute hierhergebracht habe.« Sein Blick glitt in die Ferne, und seine Augen verdunkelten sich. »Du bist nun fast erwachsen, und die Welt da draußen verändert sich. Es ist an der Zeit, dass du von unserem wahren Zweck erfährst, davon, was der Tempel der Stillen Winde wirklich beschützt.«

Ich blinzelte, und im Spiegel stellten sich meine Kitsune-Ohren auf. »Was wir ... beschützen?«, fragte ich. »Ich wusste nicht, dass wir irgendetwas beschützen.«

»Natürlich nicht«, stimmte Meister Isao mir zu. »Niemand hat es dir je gesagt. Es ist unser größtes Geheimnis. Aber es ist eines, das du kennen musst. Der Drache erhebt sich, und ein weiteres Zeitalter neigt sich dem Ende zu.«

»Vor sehr langer Zeit«, begann Meister Isao im schwärmerischen Tonfall eines begnadeten Geschichtenerzählers, »gab es einen Sterblichen. Ein junger Lord, der eine große Armee befehligte und mehr Diener hatte, als es Reiskörner auf dem Feld gibt. Sein Name ist nicht überliefert worden, aber es heißt, er sei ein arroganter, törichter Mensch gewesen, der ein unsterblicher kami werden wollte – ein Gott. Zu diesem Zweck versammelte er seine größten Krieger und befahl ihnen, ihm den Tama no Fushi zu bringen, einen Edelstein, der jedem, der ihn besaß, Unsterblichkeit verleihen sollte. Leider befand sich der Edelstein der Unsterblichkeit in der Stirn des Großen Drachen, der unter der Meeresoberfläche lebte. Doch dem Lord stand der Sinn nach Unsterblichkeit, und er befahl seinen Kriegern, Tama no Fushi zu holen, egal wie.

Seine Untertanen, die ein wenig vernünftiger als ihr Herr waren, taten nur so, als würden sie sofort zu seiner Suche aufbrechen, und der Lord war sich ihres Erfolges so sicher, dass er seine Gemächer mit Gold und Silber schmückte und Seidentücher über das Dach seines Hauses legte, wie es einem Gott geziemte.

Etliche Monate vergingen ohne Nachricht, und der junge Lord wurde ungeduldig, reiste zu den heiligen Klippen von Ryugake, wo der Drache, wie es hieß, unter den Wellen lebte. Wie sich herausstellte, hatte kein einziger Krieger des Lords ein Boot genommen, um nach dem Drachen zu suchen, sondern sie waren allesamt bei der ersten sich bietenden Gelegenheit aus der Provinz geflohen. Wütend über diese Nachrichten schlug der Lord alle Vorsicht in den Wind, heuerte einen Steuermann samt Schiff an und begab sich selbst auf die Suche.

Sobald das unglückselige Schiff den tiefen Ozean erreicht hatte, erhob sich ein heftiger Sturm, und das Meer wandte sich wie ein wütendes Untier gegen den Lord und seine Besatzung. Es kam noch schlimmer, denn den Lord ereilte eine schreckliche Krankheit, und er lag im Sterben, während das Meer um sie herum tobte und heulte. Nach vielen Tagen wurde der Sturm so heftig, und das Boot stand so kurz vor dem Kentern, dass der Steuermann rief, die Götter seien gewiss zornig auf sie und der Lord solle beten, um den Großen Kami der Tiefe zu beschwichtigen.

Als der Lord seinen Fehler endlich einsah, befolgte er bereitwillig den Rat des Steuermannes. Er betete nicht weniger als tausend Gebete, bereute seinen törichten Einfall, den Drachen zu töten, und schwor feierlich, den Herrscher der Gezeiten in Ruhe zu lassen.

Manche Legenden erzählen nun, der Lord sei in seine Heimat zurückgekehrt und es sei nichts geschehen, abgesehen davon, dass die Krähen das erlesene Seidentuch von seinem Dach stahlen, um ihre Nester damit zu bauen. Doch in einer Legende heißt es, nachdem der Lord sein tausendstes Gebet gesprochen habe, brodelte das Meer, und ein mächtiger Drache stieg von den Tiefen des Ozeans auf. Er war dreimal so lang wie das Schiff, seine Augen brannten wie Fackeln in der Nacht, und mitten in seiner Stirn war eine Perle eingebettet.

Der Lord hatte große Angst, zu Recht, denn das Untier sah zutiefst verärgert aus. Er fiel bäuchlings hin und flehte das mächtige Geschöpf an, Erbarmen mit ihm zu haben. Da stellte der Drache den Lord vor eine Wahl. Er würde dem Sterblichen einen Wunsch erfüllen, alles, was er verlangte – Reichtum, Unsterblichkeit, die Macht über den Tod selbst –, oder er würde ihm seine Seele lassen. Der Lord entschied sich, seine Seele zu behalten, und kehrte als klügerer Mann nach Hause zurück.

Jetzt erhebt sich der Drache alle tausend Jahre – ein Jahr für jedes Gebet, das der Lord sprach – für den Sterblichen, der ihn ruft. Wenn die Seele des Sterblichen unschuldig ist, wenn seine Absichten ehrenwert und sein Herz rein sind, wird der Drache ihm seinen Herzenswunsch erfüllen. Doch wenn die Seele für unlauter befunden wird, reißt der Drache sie ihm aus dem Leib und nimmt sie als Strafe für die Arroganz des Sterblichen, der vor so langer Zeit ein Gott werden wollte.«

Schweigen legte sich über uns, nachdem Meister Isao zu Ende erzählt hatte. Ich saß da und fand seine Geschichte faszinierend, hatte aber keine Ahnung, was sie mit unserem Tempel und dem Gegenstand, den wir beschützen sollten, zu tun hatte. Meister Isao beobachtete mich einen Moment lang und schüttelte dann den Kopf.

»Du weißt nicht, warum ich dir die Geschichte erzählt habe, oder?«

»Doch«, widersprach ich, und Meister Isao hob die buschigen Augenbrauen. »Es ist, damit ich … ähm … nun ja. Nein, keine Ahnung.«

Er sagte nichts, sondern wartete nur geduldig und beharrte wie so oft schweigend darauf, dass ich selbst dahinterkam. Ich zermarterte mir das Hirn bei dem Versuch, es zu verstehen. Er hatte einen Drachen erwähnt, sowohl in seiner Geschichte als auch vorhin beim Spiegel, also musste er wichtig sein. Was genau hatte er gesagt?

»Der Drache erhebt sich«, wiederholte ich und erntete ein wohlwollendes Nicken. »Und dieser Legende nach kann man ihn alle tausend Jahre rufen. Damit einem Sterblichen erfüllt wird, was auch immer er sich wünscht.« Ich hielt inne und kräuselte leicht die Stirn. »Also ... *warum* erfüllt der Drache Wünsche? Er ist ein Gott, nicht wahr? Bestimmt hat er doch wohl Wichtigeres zu tun, als alle tausend Jahre vorbeizuschauen. Erfüllt er gern Wünsche?«

»Der Drache ist keine Wünsche erfüllende Marionette, Yumeko-chan«, sagte Meister Isao. »Er ist ein Großer Kami – der Gott der Gezeiten und der Herold des Wandels. Jedes Mal, wenn er in Erscheinung tritt, zum Guten oder Schlechten, wandelt sich die Welt und schlägt einen anderen Pfad ein.«

»Das muss also bedeuten ... ist es an der Zeit, dass der Drache sich wieder erhebt?«

»Sehr gut, Yumeko-chan.« Meister Isao nickte mir feierlich zu. »Du hast recht. Die Zeit des Drachen ist beinahe gekommen. Und es gibt viele, selbst jetzt noch, die nach einer Möglichkeit suchen, ihn zu rufen. Doch der Drache wird sich nur erheben, wenn er richtig gerufen wird, und die einzige Art, das zu tun, ist, die Gebete des jungen Lords aufzusagen, Wort für Wort. Alle eintausend.«

»Eintausend Gebete?« Ich legte den Kopf schräg. Es fiel mir schon schwer, mir zu merken, welchen Wochentag wir hatten. Die Vorstellung, eintausend Gebete aus dem Gedächtnis aufsagen zu müssen, war überwältigend. »Das hört sich unglaublich schwierig an«, stellte ich fest. »Es ist wohl nicht das gleiche Gebet, immer und immer wieder? Jemand hätte sie aufschreiben sollen ...«

Oh.

Da fügten sich die Puzzleteile jäh zusammen. Das Geheimnis des Tempels, die heilige Pflicht der Mönche. Ich warf einen Blick auf die hängende Schriftrolle an der Wand, den Drachen und das dem Untergang geweihte Schiff, und endlich wurde mir deren Bedeutung klar. »Das beschützen wir«, vermutete ich. »Das Gebet, um den Drachen zu rufen. Es ist … hier.«

»Ein Stück davon«, sagte Meister Isao mit ernster Stimme. »Hör zu, Yumeko-chan, vor langer Zeit benutzte jemand die Macht des Drachenwunsches zu etwas Schrecklichem. Dunkelheit und Chaos herrschten, und das Land wurde beinahe entzweigerissen. Man entschied, dass eine derartige Macht nie wieder eingesetzt werden sollte, also teilte man das Gebet in drei Teile und versteckte sie in ganz Iwagoto, damit sich solche Dunkelheit nicht zum zweiten Mal erheben konnte.«

»Aber … ich dachte, der Drache erfüllt nur einem ehrenhaften Sterblichen einen Wunsch«, warf ich ein. »Einem, ›dessen Herz rein ist‹. Wie konnte der Wunsch für Böses eingesetzt werden?«

»Der Pfad ins Jigoku ist mit ehrenhaften Absichten gepflastert«, erwiderte Meister Isao. »Und absolute Macht kann sogar das reinste Herz verderben. So töricht sind die Menschen. Wie dem auch sei, da du nun weißt, was wir beschützen, Yumeko-chan, müssen wir sehr vorsichtig sein. Deshalb leben wir hier so isoliert, deshalb empfängt der Tempel keine Besucher. Mit dem Erscheinen des Drachen wird etwas aus dem Gleichgewicht kommen. Außerhalb dieser Mauern herrscht Chaos im Land. Menschen kämpfen um Macht, unnatürliche Dinge rühren und erheben sich, angezogen von Blut und Gewalt, und die Welt verfinstert sich. Es ist unsere Pflicht sicherzustellen, dass das Drachengebet niemals wieder ausgesprochen wird, dass wir dieses Stück der Schriftrolle vor allen bewahren, die ihre Macht benutzen wollen. Das hier ist unsere größte Verantwortung, und jetzt ist es auch deine. Verstehst du das, mein Kind?«

Ein Schauder lief mir über den Rücken, doch ich nickte. »Ich glaube schon, Meister Isao.«

»Ein Schatten nähert sich diesem Ort, kleine Füchsin.« Meister

Isaos Stimme war leise geworden, wirkte abwesend. Er sah mich nicht an, sondern betrachtete stattdessen die Wand über meinem Kopf. »Er kommt immer näher, und manche von uns werden es vielleicht nicht überleben. Aber dich wird er nicht erwischen, wenn du den Pfad der Mitte findest und dich an das Licht hältst.« Blinzelnd sah er mich wieder an, und die geistesabwesende Miene verschwand mit einem Lächeln. »Ach, aber da rede ich schon wieder einher, nicht wahr?«, sagte er in heiterem Ton. »Und ich glaube, du hattest heute etwas zu tun, oder, Yumeko-chan? Oh ... und wenn du Denga und Nitoru heute Nachmittag aus dem Weg gehen willst, würde ich mich über die westliche Mauer davonstehlen.« Er zwinkerte mir zu, als er sich erhob. »Ich sehe dich heute zum Abendessen. Grüß die Affen von mir.«

Meister Isao schlurfte hinaus und schloss die Tür hinter sich, und ein paar Minuten lang saß ich nur da, und die Geschichte des Drachenwunsches spukte unheilvoll in meinem Kopf herum. Ich hatte keine Vorstellung davon gehabt, dass dieser Tempel etwas derart Mächtiges bewachte, dass Meister Isao und die anderen keine einfachen Mönche waren, sondern die Beschützer eines bedeutsamen und schrecklichen Artefakts. Eines Gebets, das einen Gott herbeirief.

Der Drache erhebt sich.

Ein Schauder ergriff mich. War das der Grund, weshalb ich hier war, in diesem Raum? Ich hatte immer den Verdacht gehegt, Meister Isao würde mich prüfen, war allerdings nie dahintergekommen, in welcher Hinsicht. Meine eigene Zukunft war stets ungewiss, und ich hatte mir nur selten Gedanken darüber gemacht, zu beschäftigt war ich mit der Gegenwart, damit, was ich an diesem Tag tun konnte. Tief in meinem Innern hatte ich immer angenommen, dass ich, wenn ich alt genug oder mutig genug war, eines Tages den Tempel der Stillen Winde verlassen würde. Erwartete Meister Isao, dass ich eine Beschützerin der Drachenrolle wurde? Dass ich hierblieb und sie vor denjenigen bewachte, die die Macht des Drachen herbeirufen wollten? Für immer?

Ich schüttelte mich. *Mein restliches Leben in diesem Tempel bleiben und auf einer verstaubten alten Schriftrolle herumhocken? Das kann er nicht gemeint haben.* Ich dachte an meine täglichen Lehrstunden mit Jin zurück, in denen ich so viel von der Welt da draußen erfahren hatte, und wie das Leben außerhalb der Tempelmauern aussah. Zwar hatte ich noch nie einen echten Samurai gesehen, aber ich hatte in Büchern und Schriftrollen alles über sie gelesen. Ich kannte die Namen der Clans, ihre Bräuche und die Geschichte der letzten dreihundert Jahre von Iwagoto. Warum sich die Mühe machen, mir das beizubringen, wenn ich doch nur im Tempel bleiben und eine Schriftrolle beschützen würde? Warum sollte Meister Isao mich so viel über eine Welt lernen lassen, die ich nie zu Gesicht bekommen sollte?

Das würde er nicht. So grausam ist er nicht. Mit gerümpfter Nase stand ich auf und klopfte meine Knie ab, während ich diese Vorstellung bereits wieder verwarf. *Ich bin nicht stark, ich bin keine Wächterin oder Kriegerin oder Meisterin des Qi. Ich bin eine Kitsune, die eine Teekanne wie verrückt tanzen lassen kann. Außerdem hat Meister Isao Denga, Jin, Satoshi und all die anderen, um das Drachengebet zu beschützen. Sie brauchen meine Hilfe nicht.*

Ich trat an die Tür und versuchte, das flaue Gefühl in meiner Magengegend zu ignorieren. Das Gefühl, dass sich die Welt verändert hatte. Dass da draußen etwas war, das näher kam, ohne dass es in meiner Macht stand, es aufzuhalten.

Hör auf, Yumeko! Bloß weil du von der Schriftrolle weißt, bedeutet das nicht, dass sofort etwas hereinschneien und versuchen wird, sie zu stehlen. Ich legte die Ohren flach an und versuchte mir einzureden, dass diese Grübelei dumm war, dass mir nur die Kälte den Rücken hinaufkroch, weil Meister Isao ein genialer Geschichtenerzähler war. Es war kein Omen kommender Dinge. *Ich verhalte mich ja paranoid.*

Schauergeschichten habe ich noch nie gemocht. Vielleicht bekomme ich einen klaren Kopf, wenn ich ein wenig in den Wald gehe.

Ermutigt ließ ich die Tür einen Spalt aufgleiten … und sah mich einem streng blickenden, verärgerten Augenpaar gegenüber, das mich von der anderen Seite aus betrachtete. Wortlos nahm ich den Besen von Denga-san entgegen und trottete aus dem Zimmer. Als ich endlich die Böden, die Veranden, die Treppen, die Wege, die Säle und jede ebene Fläche inner- und außerhalb des Tempels gefegt hatte, war die Geschichte der Schriftrolle und des Drachenwunsches schon fast wieder in Vergessenheit geraten.

3
DER SCHATTENKRIEGER
Tatsumi

Die Nacht roch nach Tod. Sowohl gegenwärtigem als auch kommendem. Zusammengekauert im Astwerk des knorrigen Blauregenbaumes ließ ich den Blick über die Anlagen von Lord Hinotakas Anwesen schweifen, und mein Augenmerk lag auf jedem Wächter, jedem Posten und jeder Patrouille, die ihre Runde drehten. Ich war schon seit fast einer Stunde hier, prägte mir den Grundriss der Anlage ein und hatte den Rundgang der Patrouillen fast auf die Sekunde abgezählt. Jetzt, da der Mond ganz aufgegangen war und die Stunde des Ochsen ihren Höhepunkt erreichte, ging endlich das Licht im obersten Fenster der Burg aus.

Ein warmer Wind fuhr durch die Äste meines Sitzplatzes, zupfte an meinem Haar und meinem Schal, und der leichte Geruch nach Blut erreichte meine Sinnesorgane.

In meinem Hinterkopf nahm ich ein Flackern wahr, eine ungeduldige Regung, die nicht meine eigene war. Kamigoroshi beziehungsweise der Dämon, der in Kamigoroshi gefangen war, war heute Nacht ruhelos, denn er spürte die Gewalt, die gleich entfesselt werden würde. Das Schwert, dessen Name *Gottestöter* bedeutete, hatte einen festen Platz in meinem Bewusstsein, solange ich zurückdenken konnte, seit dem Tag, an dem ich dazu auserkoren wurde, die Klinge zu tragen. Es hatte über die Hälfte meiner siebzehn

Jahre gebraucht, um die unberechenbare Waffe zu meistern, und ohne das Training und die Anleitung meines Sensei hätte ich der Wut und unersättlichen Blutgier des darin gefangenen Dämons nachgegeben. Er zog jetzt an mir und drängte mich, das Schwert zu zücken, nach unten zu springen und die Anlagen des Anwesens rot zu färben.

Geduld, Hakaimono, sagte ich zum Dämon und spürte, wie er nachließ, wenn auch nur ein wenig. *Ich komme deinem Wunsch noch früh genug nach.*

Ich kletterte den Ast hinunter und ließ mich auf die Außenmauer fallen, lief dann an der Brüstung entlang, wobei das gezackte Ende meines blutroten Schals hinter mir her wehte, bis ich eine Stelle erreichte, wo das blau geziegelte Burgdach bis dicht an die Mauer herabreichte. Es war immer noch gute viereinhalb Meter über mir, doch ich nahm das Seil und den Enterhaken vom Gürtel, schwang ihn zweimal und schleuderte ihn auf das Dach über mir. Der klauenförmige Haken gab ein leises Klicken von sich, als er sich an einer der steinernen Fischfiguren an der Ecke verhakte, und ich hangelte mich das Seil empor auf die Ziegel.

Genau in dem Moment, als ich das Seil hochzog, kam ein Samurai um das Burggebäude und ging unter mir vorüber, um die Innenmauer zu patrouillieren. Ich erstarrte sogleich, lauschte den vorüberschlurfenden Schritten und atmete langsam, um mich und meine Gefühle im Zaum zu halten. Es durfte keine Angst, keinen Zweifel, keinen Ärger und keine Reue geben. Nichts, womit Hakaimono in meinen Gedanken Fuß fassen konnte. Wenn ich mich von Gefühlen übermannen ließ, würde der Dämon die Kontrolle an sich reißen, und ich würde mich an Hakaimonos Wut und Blutgier verlieren. Ich war ein leeres Gefäß, eine Waffe für den Schattenclan, und meine einzige Bestimmung war, meine Mission zu erfüllen.

Der Samurai ging weiter. Reglos, ein Schatten vor den Ziegeln, beobachtete ich ihn, bis er um die Burg bog und nicht mehr zu sehen war. Dann kletterte ich geräuschlos über das Dach und bahnte mir einen Weg zur Spitze des Bergfrieds.

Während ich auf ein offenes Fenster zukroch, erschollen Stimmen von innen, was mich erstarren ließ. Mein Puls beschleunigte sich, und Hakaimono stürzte sich auf den Moment der Schwäche und drängte mich, sie niederzumetzeln, sie zum Schweigen zu bringen, bevor ich gesehen wurde. Ohne auf den Dämon zu achten, drückte ich mich gegen die Mauer, während zwei Männer – ihrem Marschschritt nach zu schließen Samurai – vorübergingen und sich mit verstohlenen Stimmen unterhielten.

»Das hier ist Irrsinn«, sagte gerade der eine. »Yoji ist unauffindbar, und jetzt verschwindet auch noch Kentaro spurlos. Es ist, als würden uns die Wände selbst in einem Stück verschlingen. Und Lord Hinotaka erklärt auf einmal die oberen Stockwerke für tabu?« Seine Stimme senkte sich beinahe zu einem Flüstern. »Vielleicht ist es der Geist von Lady Hinotaka. Es gehen Gerüchte um, sie sei vergiftet worden ...«

»Halt den Mund, du Narr!«, zischte der andere. »Lady Hinotaka ist tragischerweise an einer Krankheit gestorben, nichts weiter. Halt dein loses Mundwerk im Zaum, bevor es dir echten Ärger einbringt.«

»Sag, was du willst«, erwiderte der erste Samurai und klang defensiv. »Diese Burg fühlt sich Tag für Tag dunkler an. Ich jedenfalls bin froh, dass wir morgen mit den Männern losmarschieren, selbst wenn es sich um eine törichte Mission handelt. Warum unser Herr ein Dutzend Männer braucht, die ihm irgendwo in den Bergen des Erdclans ein uraltes Artefakt holen, ist mir allerdings unbegreiflich.«

Die Stimmen verhallten, und die Burg lag wieder still da. Ich schlüpfte durchs Fenster und fand mich in einem langen schmalen Gang wieder, mit Wänden und Böden aus dunklem Holz. Es war finster; das einzige Licht kam vom Mond draußen, und an allem hafteten Schatten. Ich drang tiefer in das Innere der Burg vor, die Sinne wachsam auf Stimmen oder sich nähernde Schritte gerichtet, doch abgesehen von den beiden Patrouille schiebenden Wachmännern wirkte das Stockwerk verlassen. Keine Dienstboten gingen durch die Säle, keine Samurai spielten *Go* auf ihren Zimmern oder saßen beisammen und tranken Sake. Eine Atmosphäre der Angst hing in der Luft. Der Dämon in Kamigoroshi spürte es ebenfalls und bewegte sich unruhig in meinem Geist, ein lebendiger Schatten, der begierig der Dinge harrte.

Der Treppenaufgang zum letzten Stockwerk des Bergfrieds lag unbewacht in einer abgedunkelten Ecke der Burg, am Ende des langen, schmalen Gangs. Hier war die Aura des Bösen stärker, und Ranken aus purpur-schwarzem Miasma ergossen sich die Stufen herunter, unsichtbar für das normale menschliche Auge. Die Brüstung und die Holzstufen verfaulten allmählich, und der Boden um die Treppe wirkte ramponiert und morsch. Eine weiße Motte flatterte durch das nahe gelegene Gitterfenster herein und trudelte sofort zu Boden. Tot.

Mit angespanntem Kiefer stieg ich die Treppe hinauf, ohne auf den schmutzigen Dunst zu achten, der um mich herumwirbelte, wobei ich versuchte, ihn nicht einzuatmen. Das oberste Stockwerk erstreckte sich vor mir, dicke Holzwände mit Gitterfenstern, die den offenen Himmel preisgaben. Dunkler Nebel wand sich am Boden entlang, drang aus den Ritzen einer dicken zweiflügigen Holztür an der Wand gegenüber.

Ich ging zu der Tür und legte eine Hand an das Holz, spürte das Kranke, das es von innen verzog, und stieß sie dann entschlossen auf.

Ein Nebel aus violett-schwarzer Fäulnis wogte aus dem Zimmer und waberte durch die Luft. Auf der Türschwelle hielt ich inne und starrte ins Dunkel. Die Wände und der Boden des gewaltigen quadratischen Raumes waren mit Lagen weißer Spinnweben bedeckt, die von der Decke hingen und am Boden klebten. Sie waren um Pfeiler gewunden und hingen von den Dachsparren wie zerfetzte

Vorhänge, die sich in der Brise kräuselten. Hier und da baumelten Ansammlungen ausgebleichter Knochen in den Netzen, die wie groteske Windspiele aneinanderschlugen. Ein paar gewaltige, mannsgroße Kokons klebten an den Wänden und wurden von den Netzsträngen an jeglicher Bewegung gehindert.

Ich trat durch den Türrahmen und hörte, wie die Tür hinter mir knarzend zuging. Die Spinnweben am Boden klebten an meinen Tabi-Stiefeln, allerdings nicht so sehr, dass sie meine Schritte verlangsamt hätten. Beim Gehen verursachte ich ein Rascheln, da ich durch meine Schritte die Stränge aus Spinnweben um mich her vibrieren ließ, wodurch sich die Knochenwindspiele klappernd in Bewegung setzten. Ich versuchte gar nicht erst, leise zu sein. Mein Ziel befand sich hier. Grund zur Heimlichkeit bestand jetzt nicht mehr.

Ein tiefes Lachen erklang in der Dunkelheit, es war die leise Stimme einer Frau, und ich bekam eine Gänsehaut an den Armen. »Ich höre das Getrappel von kleinen Männerfüßen«, säuselte eine Stimme, die überall um mich her widerhallte, auch wenn ich nichts durch die Spinnennetze und Webstränge erkennen konnte. »Hat mir Lord Hinotaka noch etwas zum Spielen geschickt? Etwas Junges und Schönes, das sich nach ein bisschen Liebe sehnt? Komm her, mein Süßer«, ging es in gespenstischem Flüsterton weiter, während ich das Heft von Kamigoroshi fest umklammerte, da ich die wilde Vorfreude des Dämons spürte. »Ich werde dich lieben. Ich werde dich in meine Liebe einspinnen und dich nie mehr loslassen.«

Die letzten Worte hallten direkt über mir wider, just als Hakaimono mir einen warnenden Impuls gab. Ich warf mich instinktiv nach vorn, ohne erst nach oben zu sehen, und spürte, wie etwas meinen Jackenärmel erwischte. Während ich mich wieder auf die Beine rollte, wirbelte ich herum und sah mich einer riesigen und knollenförmigen Gestalt gegenüber, die von der Decke hing, acht chitingepanzerte Beine um die Stelle geschlossen, wo ich gerade eben noch gestanden hatte.

»Raffinierter kleiner Menschenkäfer.«

Das riesige Geschöpf spreizte die Beine und ließ sich zu Boden fallen. Als es sich unter klackenden Geräuschen zu mir umdrehte, kam der mit dem Leib einer Riesenspinne verwachsene Torso einer schönen Frau zum Vorschein. Ein eleganter schwarz-roter Kimono bedeckte ihre menschliche Hälfte, wirkte allerdings lächerlich klein, wo der Brustraum der Spinne darunter zum Vorschein kam. Die Jorogumo, die bedrohlich vor mir aufragte, legte den Kopf schräg und lächelte. Zwischen ihren leicht geöffneten roten Lippen glitten winzige schwarze Mundwerkzeuge hin und her.

»Was ist das?«, hauchte sie, als ich blitzschnell in die Hocke glitt und abermals das Heft meines Schwerts packte. Hakaimono brüllte in meinem Kopf, begierig und grausam, schärfte mir die Sinne und ließ die Luft nach Blut schmecken. »Ein Junge? Bist du auf der Suche nach mir in meine Höhle gekommen?« Sie neigte den Kopf zur anderen Seite. »Du bist nicht wie die anderen, die Männer, die Hinotaka hoch in meine Höhle schickt, so stolz, aber dann so verängstigt. Anfangs schlagen sie wild um sich wie aufgescheuchte Hühner. Aber du ... hast keine Angst. Wie reizend.«

Ich gab keine Antwort. Angst war das Erste gewesen, wovon man meinen Körper gereinigt hatte; das gefährlichste aller Gefühle. Angst, hatte mir mein Sensei beigebracht, war nur die Abneigung des Körpers gegen Schmerz und Leiden. Ein Samurai, der einem ausgehungerten Bären begegnete, hatte keine Angst vor dem Bären an sich, sondern davor, was der Bär ihm antun konnte. Er fürchtete die Krallen, die sein Fleisch zerfetzen, die Zähne, die das Leben aus seinen Knochen mahlen konnten. Mir war antrainiert worden, Dinge auszuhalten, die viele nicht ertrugen, man hatte mir die Schwäche aus dem Körper geprügelt, gebrannt, geschnitten und gerissen, bis nur noch eine Waffe übrig blieb. Ich hatte keine Angst vor Schmerzen, ebenso wenig vor dem Tod, denn mein Leben gehörte mir nicht. Eine riesige menschenfressende Spinnenfrau war kein bisschen beunruhigender als ein ausgehungerter Bär. Das Schlimmste, was sie tun konnte, war, mich umzubringen.

Die Jorogumo kicherte. »Komm her, kleiner Menschenkäfer«, säuselte sie und hielt mir schlanke weiße Arme entgegen. Ihre Stimme bekam einen besänftigenden, fast hypnotisierenden Tonfall. Sie dröhnte durch meinen Kopf, umgarnte meine Willenskraft und meinen Geist. »Ich spüre das einsame Verlangen in deinem Herzen. Lass mich dich lieben. Lass mich die Sorge und den Kummer lindern, die deine Seele bedrücken. Du kannst die Süße meines Kusses kosten und meine weiche Umarmung spüren, bevor ich dich sanft in Ekstase versetze.«

Die Jorogumo kam lächelnd näher, und ihr Gesicht füllte mein Blickfeld aus, bis ich nichts mehr außer ihr sehen konnte. »Du hast wunderschöne Augen«, schnurrte sie. »Wie die Blütenblätter einer Nachtschattenblume. Ich will sie auszupfen und in meinem Salon aufhängen.« Sie griff nach unten, und gekrümmte schwarze Nägel berührten mich an der Schläfe. »Hinreißendes kleines Menschlein ... wir sollten uns heute Abend nicht wie Fremde begegnen. Wie heißt du, Menschenkäfer? Verrate mir deinen Namen, damit ich ihn liebevoll flüstern kann, während ich dich in einem Stück verschlinge.«

Ich fühlte, wie der Dämon in mir triumphierte, und hörte meine Stimme zu der Spinnenfrau sprechen, auch wenn es nicht meine Worte waren. »Du kennst meinen Namen bereits.«

Ich zückte das Schwert, und Kamigoroshi flammte auf, bevor er den Raum in ein bedrohliches purpurnes Leuchten tauchte. Die Jorogumo kreischte auf und jagte rückwärts, ihr Gesicht verzerrte sich vor Hass.

»Kamigoroshi!«, zischte sie und bleckte ihre Mundwerkzeuge. Die schwarzen Augen zu Schlitzen verengt, taxierte sie mich. »Dann bist du der Dämonenjäger der Kage.«

Mit einem kalten Lächeln trat ich vor und spürte, wie sich die

Kraft des Schwerts ausweitete und meine Adern mit Wut und Blutgier erfüllte. Die Jorogumo wich weiter zurück, etliche Beine klackerten über den Boden, und ihr Gesicht war bleich im flackernden Purpurlicht von Kamigoroshi. »Warum?«, wollte sie wissen, und während sie mich anstarrte, krümmten sich ihre langen Finger zu Klauen. »Ich habe hier alles, was ich will. Genommen habe ich mir nur die Männer, die Hinotaka nicht treu ergeben sind, von denen er meinte, sie seien es nicht wert, ihm zu dienen. Was bedeutet dir das Leben von ein paar Samurai, Dämonenjäger?«

Ich antwortete nicht, sondern schritt weiter vorwärts, während die Klinge in meiner Hand pulsierte. Es stand mir nicht zu, die Befehle meines Clans anzuzweifeln, oder mich zu fragen, warum sie den Tod dieser Yokai wollten. Auch wenn ich davon ausging, dass das Auftauchen der Jorogumo im Territorium des Schattenclans Grund genug war einzuschreiten. Wir, die Familie Kage, waren auf die Dunkelheit spezialisiert; wir kannten die Geheimnisse der Schatten und die darin lauernden Geschöpfe besser als jeder andere Clan im Kaiserreich. Ich war der Dämonenjäger der Kage, das war meine Aufgabe.

Vor Hass und Wut schwoll die Jorogumo an. »Elender Mensch«, fauchte sie, während sich ihr Kiefer ausrenkte und gebogene schwarze Mundwerkzeuge zwischen ihren Lippen hervorglitten. »Du wirst mich nicht töten, wie du Yaku Hundertauge niedergemetzelt hast, oder den Nezumi-Stamm aus dem Dorf Hana. Ich werde dir den Kopf abbeißen und dein Blut genießen, während du meine Kehle hinabgleitest.«

Sie stürzte los, ein gelbes und schwarzes Wuseln auf dem Boden, erschreckend schnell für ihre Körpermasse, und meine Sinne waren auf das Höchste geschärft. Als eines ihrer Beine nach unten fuhr, sprang ich beiseite, und es knallte so heftig gegen das Holz, dass eine Bodendiele entzweibrach. Ich wirbelte herum und schlug mit Kamigoroshi zu, durchschnitt eine andere Gliedmaße in einer Fontäne aus schwarzem Wundsekret, und die Jorogumo schrie wütend auf.

Hakaimono heulte triumphierend auf in meinem Geist, er hatte seine wahre Freude an der Gewalt und drängte mich, seine volle Kraft zu entfesseln. Ich konzentrierte mich auf meine Selbstbeherrschung, während ich der wütenden Vergeltungsmaßnahme der Jorogumo auswich, deren lange Beine bei ihrem Angriff von oben auf mich zuschnellten. In die Enge getrieben flüsterte ich rasch eine Beschwörung in der Schattensprache, und ein weiterer Tatsumi spaltete sich von mir ab, und wir liefen in entgegengesetzte Richtungen.

Die Jorogumo zögerte, verwirrt über das Auftauchen meines Spiegelbilds, sodass uns genug Zeit blieb, sie zu umkreisen. Zischend wirbelte sie in Richtung des Tatsumis zu ihrer Linken und ließ ein Bein niederfahren. Es durchdrang das Spiegelbild ohne den geringsten Widerstand und krachte gegen einen Pfeiler, während mein Abbild sich in unruhig waberndes Dunkel auflöste und verschwand. Jetzt, da ich hinter der gewaltigen Yokai stand, hob ich Kamigoroshi und ließ es quer über ihren sich wölbenden Unterleib sausen.

Gelbes Wundsekret spritzte auf, perlte zischend zu Boden, und der Schrei der Jorogumo ließ die Netze um uns herum vibrieren. »Böses Menschlein!«, kreischte sie, drehte sich blitzschnell zu mir um, wobei sie eine tropfende Schleimspur hinterließ. »Wie kannst du es wagen, meinen schönen Körper anzurühren?« Sie taumelte, ihre Beine suchten eilig Halt, und ich stürzte vor und zielte auf die Stelle, wo Mensch und Spinne miteinander verschmolzen waren, um sie ein für alle Mal zu zerteilen.

Die Jorogumo fletschte die Zähne, als ich auf sie zukam. »Verflucht seien deine Augen!«, fauchte sie, und von ihren Kiefern schoss ein Strahl grüner Flüssigkeit hervor und verteilte sich als Nebel in der Luft. Ich drehte mich weg, um ihn nicht abzubekommen, spürte jedoch Spinnennetznebel auf dem Gesicht, und in der nächsten Sekunde begannen meine Augen zu brennen. Rasch blinzelnd taumelte ich davon und hielt Kamigoroshi weiter erhoben, während ich mir mit einem Ärmel über das Gesicht wischte. Durch meine Tränen sah ich ein verschwommenes Gelb und Schwarz, das mein Blickfeld ausfüllte, und hieb blind darauf ein. Die Schwertkante schnitt in etwas Großes, als mich das chitingepanzerte Bein wie ein Hammerschlag traf und beiseiteschleuderte. Kamigoroshi wurde meinem Griff entrissen, als ich über den Boden rollte und mich in klebrigen Spinnweben verhedderte, bevor ich gegen die Wand prallte.

Benommen, immer noch halb blind und mit Hakaimonos wütendem Knurren im Kopf, richtete ich mich auf und suchte verzweifelt nach meinem Schwert, doch auf einmal wurden mir die Füße unter dem Leib weggezogen. Ich fiel bäuchlings zu Boden und sah nach hinten, wo sich dicke Spinnwebenstränge um meine Beine wickelten, Seile, die aus dem Unterleib der Jorogumo hervorkamen. Die riesige Yokai lächelte, ihre schwarzen Mundwerkzeuge begierig bewegend, als sie begann, mich wie einen Fisch einzuholen.

»Komm zu mir, leckerer kleiner Menschenkäfer«, säuselte sie, als ich unausweichlich auf sie zurutschte. Ich warf mich auf den Rücken und versuchte, die Spinnweben von meinen Beinen zu reißen, aber sie waren stark wie Seidenseile und wollten einfach nicht nachgeben. Verzweifelt sah ich mich nach etwas um, womit ich meine Gliedmaßen befreien könnte. Ich war wütend auf mich und meinen Fehler und stellte mir vor, was Ichiro sagen würde, wenn ich mich von einer Jorogumo auffressen ließe. Hastig suchte ich den Boden nach einem spitzen Knochen oder einer liegen gelassenen Klinge ab, doch abgesehen von Staub und ein paar in Spinnweben verhedderten Fingerknochen lag nichts Greifbares in meiner Nähe herum.

»Ich habe etwas ganz Besonderes für dich, Menschlein«, fuhr die Yokai fort, während sie mich immer weiter über den Boden zog. »Du kannst der Wirt für meinen nächsten Wurf Kinder sein. Ich werde hundert Eier in deinem Bauch ablegen und dich am Leben erhalten bis zu dem Tag, an dem sie schlüpfen und dich von innen auffressen.« Sie kicherte durch die Mundwerkzeuge hindurch und fuhr fort, mich mit übernatürlicher Kraft quer über den Boden zu zerren.

»Ich frage mich, ob meine Babys dann stärker als all ihre Vorgänger werden«, sinnierte sie, »weil sie sich am Dämonenjäger der Kage gelabt haben?«

Jetzt befand ich mich nur noch einen guten Meter von der gewaltigen Yokai entfernt, nahe genug, um den Triumph in ihren schwarzen Augen und das von ihren lächelnden Lippen triefende Gift zu sehen. Vor Ekel drehte sich mir der Magen. Mir blieb keine andere Wahl. Ich ließ mich auf den Rücken sacken, entspannte mich, schloss die Augen und öffnete meinen Geist für den Dämon im Schwert.

Er reagierte sofort, ein grelles Auflodern in der Dunkelheit, und erfüllte mich mit Wut. Ich spürte, wie sich das Schwertheft in meine Handfläche grub, als ich sie zur Faust ballte und die Augen aufschlug.

Das Gesicht der Jorogumo war über mir, mit weit geöffneten Kiefern und schwarzen Mundwerkzeugen, die sich auf meine Kehle senkten. In ihrem Blick erspähte ich mein eigenes Spiegelbild, meine blutrot lodernden Augen, und erhaschte das kurze Aufblitzen von Angst in den ihren, als sie zu spät erkannte, was sie da wirklich gefangen hatte. Kamigoroshi leuchtete auf, fuhr über ihr Gesicht, und sie taumelte, die Hände vor die Augen schlagend, schreiend zurück.

Ich schnitt durch die Spinnweben an meinen Beinen, sprang auf und rammte das Schwert in den knollenförmigen Leib der Yokai direkt über mir, sodass es bis zum Heft versank. Bevor sich die Jorogumo bewegen konnte, stürzte ich mich unter sie und riss mit der Klinge immer weiter ihren sich wölbenden Unterleib auf, bis mein Schwert am hinteren Ende wieder herauskam.

Keuchend ließ ich Kamigoroshi sinken. Gelbes Wundsekret spritzte zu Boden, während die Jorogumo hinter mir mit einem Schrei zusammenbrach und die einzelnen Glieder der Beine hilflos herumrudernd auf den Boden polterten. Sie drehte sich auf den Rücken, schlug wild um sich, und aus ihrem Mund drangen würgende Geräusche, bis sich ihre Beine über dem aufgeschnittenen Bauch einrollten und endlich starr verharrten.

Es reicht nicht. Hakaimono tobte immer noch durch meinen Geist und verlangte nach mehr. Mehr Blut, mehr Gemetzel. Seine Wut war nicht einmal annähernd gestillt, aber das war sie nie. Obwohl ich der Klinge nur ein kleines Stück meiner Seele angeboten hatte, krallte der Dämon sich tief hinein und kämpfte darum, sie sich nicht wieder entreißen zu lassen. Mit einem tiefen Atemzug blockierte ich meinen Geist und meine Gefühle und wurde zu einem leeren Gefäß ohne Schwachstellen, die eine Angriffsfläche geboten hätten. Der Dämon wehrte sich, wollte auf keinen Fall die Kontrolle über mich verlieren und in die Dunkelheit zurückkehren, doch ich konzentrierte mich darauf, nichts zu empfinden, nichts zu sein, und nach einer Weile verflüchtigte sich Hakaimonos Präsenz.

»Was hast du getan?«

Eine entsetzte Stimme erscholl hinter mir. Ich drehte mich um, das Heft des Schwerts gepackt, und sah einen gedrungenen Mann mittleren Alters im Türrahmen stehen. Sein blau-grauer Kimono war äußerst erlesen, und er hatte das weiche, fleischige Aussehen eines Mannes, der gut aß und nur auf den weichsten Kissen saß. Sein teigiges Gesicht war bleich, als er sich verzweifelt im Raum umsah.

»Du hast sie umgebracht«, stieß er keuchend hervor, als sein Blick auf die verrenkte Gestalt der toten Jorogumo fiel. »Du hast sie umgebracht! Warum? Ist dir klar, was du getan hast?«

Ich gab keine Antwort. Natürlich war mir klar, was ich getan hatte – ich hatte die Yokai umgebracht, die zu töten mein Clan mich hergeschickt hatte. Die Gründe spielten keine Rolle. Ich war nur eine Waffe. Eine Waffe hinterfragte nicht die Absichten derjenigen, die sie führten.

»Wie konntest du nur?«, fuhr der Mann fort und trat stöhnend vor. »Dieses Geschöpf war das einzige Wesen, dem etwas an mir lag. Das einzige Lebewesen, das mir je Liebe schenkte. Meine abscheuliche Ehefrau hatte nur boshafte Missbilligung zu bieten. Selbst meine Männer verhöhnen mich und reden hinter meinem Rücken über mich. Dieses Geschöpf ...«, wehmütig betrachtete er den Leichnam auf dem Boden, »hat mich befreit. Sie hat versprochen, sie könnte mir dabei helfen zu erreichen, was mein Herz begehrt, meinen größten Wunsch.« Sein Blick verhärtete sich, und Hängebacken und Doppelkinn erbebten, als er die Kieferpartie anspannte. »Aus Dankbarkeit für das, was sie mir bot, hätte ich ihren Hunger liebend gern mit tausend Männern gestillt.«

Lord Hinotakas Beine zitterten, und er sank auf die Knie, ohne auch nur eine Sekunde den Blick vom Leichnam der Jorogumo hinter mir abzuwenden. »Wer auch immer du bist«, sagte er mit bebender Stimme, »verlasse meinen Bergfried, bevor ich die Wachen rufe. Ich gehe davon aus, dass du geschickt wurdest, das Ungeheuer auf Burg Usugurai zu töten, und du hast deine Pflicht getan. Nun geh, und möge dich der Fluch von tausend Rachegeistern dein restliches Leben lang begleiten. Du hast dein Ziel getötet, nun überlass mich meinem Elend.«

»Noch nicht«, sagte ich leise und hob Kamigoroshi erneut. »Es gibt noch ein Ungeheuer, das ich töten muss, bevor meine Mission vollendet ist.«

Hinotaka runzelte die Stirn, doch dann riss er die Augen auf und griff nach dem Schwert an seinem Obi – zu spät. Kamigoroshi durchschnitt seinen Hals in einer glatten Bewegung, und der Kopf des Mannes purzelte von seinen Schultern und rollte bis zum Leichnam der Jorogumo. Der kopflose Körper stürzte polternd zu Boden und durchtränkte den Spinnwebenteppich mit flüssigem Blutrot.

Ich wischte das Blut von Kamigoroshi und beobachtete einen Moment lang, wie der Lord neben seinem Ungeheuer ausblutete. Es bereitete mir kein Vergnügen, Hinotaka umzubringen. Der Clan hatte seinen Tod gefordert; ich war lediglich das ausführende Instrument. Der Lord von Burg Usugurai hatte seine Ehefrau ermordet, um die Jorogumo zu beschwichtigen, und hatte seine Männer ihren Begierden geopfert, doch er war nur eine Marionette. Diese Jorogumo war eine zweihundertjährige Yokai, die viele Jahre lang in Iwagoto ihr Unwesen getrieben hatte. Sie beanspruchte stets einen einsamen Teil einer Burg für sich, verführte deren Lord mit Versprechungen von Liebe oder Macht und verzehrte dann langsam alle Männer von innen. Wenn der Zeitpunkt gekommen war, wandte sie sich unweigerlich gegen den Lord, lähmte und versteckte ihn in ihrer Höhle, bevor sie die Burg verließ und in die Dunkelheit verschwand. Ihr letztes Opfer würde Tage später gefunden werden, wo es in den Spinnennetzen hing, von innen ausgehöhlt von den Hunderten Babyspinnen, die sich ihren Weg freigefressen hatten. Eine Weile blieb die Jorogumo dann verschwunden, verblasste zu einem Gerücht, einer Legende, aber ungefähr zwanzig Jahre später tauchte sie wieder auf und hatte es auf eine weitere Burg abgesehen, und der Kreislauf begann von Neuem.

Schluss. Die Yokai war tot, und ihrem Hunger würden keine Menschen mehr geopfert werden. Hinotaka wäre der letzte. Wie die Kage wussten, wann und wo sie auftauchen würde, und warum ich ausgerechnet jetzt geschickt worden war, um sie zu töten, war mir ein Rätsel. Es stand mir nicht zu, Fragen zu stellen; wichtig war nur, die Mission zu erfüllen.

Als ich auf Hinotakas Leiche hinunterblickte, regte sich kaum merklich Mitleid in mir. Er war bloß ein weiterer Todesfall in der langen Reihe der Opfer der Yokai, doch was konnte einen Mann dazu bringen, einem solchen Ungeheuer Zutritt zu seiner Burg zu gewähren, geschweige denn zu seinem Herzen? Ich verstand es nicht, aber es war egal. Er war tot, und sein Tod war viel schmerzloser gewesen, als wenn die Jorogumo zu Ende geführt hätte, wozu sie hergekommen war.

Ich steckte meine Klinge in die Scheide und verließ den Raum, schlüpfte durch ein Fenster auf das Dach des Bergfrieds und verschwand in die Nacht.

Strömender Regen trommelte auf die Straße, als ich den Stadtrand erreichte, etwa eine halbe Meile von Burg Usugurai entfernt. Ich kroch am Dach eines zweistöckigen Gebäudes entlang, das während der Mission als Treffpunkt diente, ließ mich dann auf einen vorspringenden Gebäudeteil fallen und schlüpfte durch ein offenes Fenster.

Instinktiv duckte ich mich und rollte mich ab, als ein Shuriken im Fensterbrett landete und sich der vierzackige Metallstern ins Holz grub. Ich sprang in die Hocke, um mich zu verteidigen, und legte eine Hand an das Heft meines Schwerts. Da erklang ein Kichern in der Dunkelheit, und aus der Ecke löste sich ein Schatten.

»Oh, tut mir leid, Tatsumi-kun.« Die Frauenstimme klang belustigt. Im nächsten Moment kam Ayame in Sicht und grinste mich an. Wie ich war sie in Schwarz gehüllt, trug Armschienen und Tabi-Stiefel, das lange Haar im Nacken zusammengebunden. Das Heft eines kurzen Schwertes lugte über ihrer Schulter hervor, und von ihrer Taille hing eine Kusarigama – eine Kette mit einer am Ende befestigten Sichel. »Ich habe dich für eine dicke, nasse Ratte gehalten, die durchs Fenster geklettert ist.«

»Ayame.« Vorsichtig richtete ich mich auf und beobachtete, wie die andere Shinobi zum Fenster schlenderte und den Shuriken aus dem Holz zog. Von Kindesbeinen an waren wir gemeinsam großgezogen worden, hatten die Grundlagen des Shinobi-Trainings zusammen durchlaufen. Heutzutage war es nur schwer vorstellbar, aber sie hätte meine beste Freundin sein können. Das war, bevor der Kreis der Maho-Tsukai, der Magier des Schattenclans, mich zum neuen Träger von Kamigoroshi auserwählt und ich Privatunterricht erhalten hatte. Ayame hatte ich erst Jahre später wiedergesehen, und wir hatten uns beide verändert. Jetzt war ich der Drachenjäger der Kage, und sie war eine ausgebildete Shinobi. Es ergab Sinn, dass sie jetzt hier war und aus den Schatten heraus beobachtete und beschützte.

»Wo ist Meister Ichiro?«

»Hier.«

Die Tür glitt auf, und ein Mann betrat das Zimmer, ohne ein Geräusch zu verursachen, als er über die Schwelle trat. Man könnte ihn als unscheinbar beschreiben, ein kleiner Mann mittleren Alters mit Gesichtszügen, die man sofort wieder vergaß. Und dies war von ihm genau so beabsichtigt. Er bewegte sich mit einer fließenden Geschmeidigkeit, die sein bescheidenes Erscheinungsbild Lügen strafte, und seine wachen schwarzen Augen waren so scharf wie die eines Adlers.

Ayame wich zurück und verschmolz abermals mit den Schatten. Ich sank auf die Knie und verbeugte mich, den Blick zu Boden gerichtet, während Meister Ichiro sich mir näherte. Ich spürte seinen Blick auf meinem Nacken.

»Ist es vollbracht?«, fragte er mit tiefer Stimme.

»Ja, Sensei«, erwiderte ich, ohne aufzusehen.

»Hinotaka ebenfalls?«

»Sämtliche Zielobjekte wurden eliminiert, Sensei.«

»Gut.« Ich spürte sein Nicken. »Der Clan wird zufrieden sein. Wurdest du verletzt?«

»Die Jorogumo hat mir Gift in die Augen gespien«, antwortete ich, »aber es hat nachgelassen.«

Er ächzte. »Dann hast du nicht aufgepasst. Ich habe dir gesagt, Spinnen spucken, wenn sie sich in die Enge getrieben fühlen. Musstest du Hakaimono herbeirufen?«

»Ja.«

»*Baka.*« Ich spürte einen heftigen, brennenden Schlag auf dem Kopf, sodass ich leicht nach vorne kippte. Mit dieser Reaktion hatte ich gerechnet und rührte mich nicht vom Fleck, während Ichiro seiner Empörung Luft machte. »Das ist das zweite Mal in den letzten beiden Monaten, Tatsumi. Du wirst leichtsinnig.«

Ich legte die Hände auf den Boden und verbeugte mich noch tiefer, sodass meine Stirn die Tatamimatten berührte. »Vergebt mir, Sensei. Ich werde mir nächstes Mal mehr Mühe geben.«

»Wenn du weiter Fehler begehst, wird es kein nächstes Mal geben«, knurrte Ichiro. »Wenn du weiterhin die Macht des Dämons benutzt, wirst du sie eines Tages nicht mehr kontrollieren können. Ein Ausrutscher, ein Tod, den der Clan nicht in Auftrag gegeben hat, und sie *werden* dich umbringen, Tatsumi. Und dann bleibt mir keine andere Wahl, als Seppuku zu begehen für mein Versagen, dir keine Selbstbeherrschung beigebracht zu haben.«

»Aber, aber, Ichiro-san«, ertönte eine neue Stimme, hoch und rauchig, und im Zimmer war das Rascheln einer Hakama-Hose zu hören. »Sei nicht zu streng mit dem Jungen. Wir haben ihm befohlen, eine gefährliche, zweihundert Jahre alte Yokai zu töten, die sich seit Jahrhunderten von Männern ernährt, samt dem verräterischen Lord, der dabei war, eine Verschwörung gegen die Kage anzuzetteln. Er hat seine Pflicht erfüllt, und der Clan ist zufrieden.«

Ich hob den Kopf und blinzelte, da mir das Licht einer Laterne entgegenstrahlte und den Fremden erleuchtete, der soeben das Zimmer betreten hatte. Hochgewachsen und spindeldürr trug er eine schwarze Robe mit Scharen aus weißen Sakurablüten, und zwischen langen Fingern hielt er einen weißen Seidenfächer. Ein leichter Hauch von einem Spitzbart umschmeichelte seine zierliche Kinnpartie, und er hob eine Augenbraue, die so dünn wie ein Tintenstrich war, während er mich betrachtete, als würde er ein sonderbares Insekt auf dem Boden studieren.

»Das hier ist also unser kleiner Dämonenjäger, ja?« Der Fremde legte den Kopf schräg und hielt sich den Fächer vor die Nase. Ich spürte, dass er mich hinter dem Seidenstoff höhnisch angrinste. »Wie überaus ... faszinierend. Nun, Ichiro-san, sei nicht so ungehobelt. Wirst du mich nicht vorstellen?«

Ichiro seufzte. »Tatsumi-san, das ist Kage Masao«, sagte er schroff. »Er beehrt uns mit seiner Gegenwart, denn er ist der Hauptberater von Lady Hanshou persönlich.«

Lady Hanshou? Die Daimyo der Kage-Familie? Das überraschte mich. Lady Hanshou war die schwer fassbare Anführerin des Schattenclans, eine geheimnisvolle Frau, um die sich Gerüchte und Legenden rankten, die nur selten gesehen und von der so gut wie nie gesprochen wurde, damit ihre persönlichen Spione es nicht hörten und einschritten. Sie verließ fast niemals ihre Gemächer auf Burg Hakumei, und nur sehr wenige Menschen hatten je zu Gesicht bekommen, was sich jenseits der Burgtore befand. Es hieß, Hanshou sei von den tödlichsten Shinobi im ganzen Land umgeben, einer Gruppe, so unerschütterlich loyal, dass sie sich die eigenen Zungen herausschnitten, um keinesfalls je ihre Geheimnisse zu verraten. Was Hanshou selbst betraf, so lauteten die dunkelsten Gerüchte, sie sei unsterblich, aber selbst ihr eigener Clan wusste nicht genau, wer sie war, noch nicht einmal, wie sie aussah. Die meisten gaben sich damit zufrieden, nicht an dem Geheimnis zu rühren.

»Zieh nicht so ein entsetztes Gesicht, Tatsumi-san.« Masao ließ seinen Fächer zuschnappen und legte die langen Finger mit den Spitzen aneinander. »Lady Hanshou hat sich deine Heldentaten angesehen, und deine ständigen Triumphe haben ihre Aufmerksamkeit erregt. Ja, aus diesem Grund bin ich hier. Sie wünscht, dich persönlich kennenzulernen, junger Dämonenjäger. Ich soll dich zu ihr bringen, noch heute Abend.«

»So hör doch auf, wie ein gestrandeter Fisch nach Luft zu schnappen«, fuhr Ichiro mich an, bevor ich etwas sagen konnte, »und geh dich frisch machen. Bei deinem Treffen mit der Daimyo des Schattenclans kannst du schließlich nicht wie eine ertrunkene Ratte aussehen.«

Ich verbeugte mich vor den beiden Männern und gehorchte, indem ich aus dem Raum schlüpfte und die Treppe ins Erdgeschoss hinabging.

Ich soll die Daimyo der Kage, die Anführerin des Schattenclans kennenlernen. Ein beklommenes Flattern machte sich in meiner Magengegend bemerkbar. Sofort regte Hakaimono sich, fasziniert von diesem Aufflackern eines Gefühls, und ich unterdrückte es sofort und befahl mir, nichts zu empfinden. Ich wusste, dass es sich um eine große Ehre handelte; nur wenige wurden zu Lady Hanshou zitiert, noch weniger konnten behaupten, die Daimyo des Schattenclans habe persönlich mit ihnen geredet. Meine Missionen wurden mir durch Ichiro und die anderen Sensei ausgerichtet, es bestand kein Grund, warum die Anführerin der Kage mich persönlich beauftragen sollte. Ich hatte von Samurai gehört, die sich durch Großtaten und besonderen Wagemut Belohnungen, Anerkennung und Ehre verdienten, doch solche Gelegenheiten boten sich einem wie mir nicht. Ich tötete Dämonen, Ungeheuer und Yokai, denn das war mein Daseinszweck. Eine Waffe brauchte weder Lob noch Anerkennung, um ihrer Aufgabe nachzukommen.

Warum sollte Lady Hanshou mich also sehen wollen?

Ein Diener wartete am Fuß der Treppe auf mich, und ich folgte ihm in das kleine Bad, wo ich, wie immer, zwei Heiler des Schattenclans antraf. Sie waren in aschgraue Gewänder gekleidet und grüßten mich mit der gleichen nüchternen Distanziertheit, die sie bei jeder Untersuchung nach einer vollendeten Mission an den Tag legten.

»Leg deine Waffen und Kleidung ab«, befahl mir der eine in gelangweiltem Tonfall und wies auf einen Schemel in der Raummitte, »dann setz dich. Bringen wir es schnell hinter uns.«

Gehorsam legte ich meine Waffen ab – Shuriken, Enterhaken und die in meinen Armschienen versteckten Kunai-Wurfmesser –, bevor ich Kamigoroshi in die Ecke brachte. Während ich das Schwert niederlegte, hielten sich der Diener und auch die beiden Heiler davon fern, als wäre es irgendein schreckliches Untier, das sie anfallen würde, falls es die Gelegenheit dazu bekäme. Ich wusste, dass sie das Gleiche über mich dachten. Alle Kage wussten über Kamigoroshis Fluch Bescheid und gaben sich so wenig wie möglich mit mir ab, um den Dämon nicht zu reizen. In meiner Kindheit war ich schrecklich einsam gewesen, weil jeder vor mir zurückschreckte, als hätte ich die Pest. Heutzutage war es mir egal.

Nachdem ich mich aus dem durchnässten schwarzen Anzug geschält hatte, setzte ich mich auf den Schemel, während die beiden Heiler mich untersuchten. Einer hob meinen Kopf an, um sich meine Augen anzusehen, während der andere mir mit den Fingern in die Seite bohrte, was einen heftigen Schmerz verursachte.

»Hmm«, murmelte er, grub die Finger weiter in meine Haut, drückte und zwickte mich. Ich spannte den Kiefer an und gab keinen Ton von mir. »Eine angeknackste Rippe und mehrere tiefe Blutergüsse an seiner Seite, nichts gebrochen.«

Der andere zog mein Augenlid herunter und riss meinen Kopf in Richtung Licht. »Giftspuren in seinen Augen, zum Glück nicht genug, um zu erblinden. Hat die Jorogumo dich gebissen?«, fragte er mich.

»Nein.«

»Also verwandeln sich deine Innereien in diesem Moment nicht in Suppe, schön zu hören. Und es ist dir gelungen, den Großteil deines Blutes diesmal im Körperinnern zu behalten, gut gemacht. Es wird allmählich ermüdend, wenn du ständig mitten in der Nacht halb tot auftauchst.« Er ließ mein Kinn los und drehte sich um, um dem Dienstboten ein Zeichen zu geben. »Wir sind hier fertig. Bade ihn, verbinde die Wunden, und schicke ihn zu Meister Ichiro, sobald du fertig bist.«

Der Diener verbeugte sich schweigend, als die Heiler das Zimmer verließen, dann griff er nach dem Eimer, der neben dem Schemel stand, und schüttete ihn über meinem Kopf aus. Das kalte Wasser durchnässte mein Haar und schien mit Eiskrallen über meine Haut zu kratzen, doch ich rührte mich nicht, während der Diener den Schmutz von meinem Körper spülte und meine Wunden schrubbte, bis sich das angrenzende Fleisch rosa verfärbte. Als ich sauber war, schüttete er noch einen Eimer Wasser über meinem Kopf aus, verband die Verletzungen und ging dann ohne ein Wort weg.

Im Stehen sah ich mich um und merkte, dass ein anderer Diener frische Kleidung am Rand der Wanne zurückgelassen hatte: eine Hakama-Hose, einen taubengrauen Obi-Gürtel und eine schwarze Haori-Jacke mit einer von einem dunklen Mond verfinsterten weißen Sichel – dem Wappen des Schattenclans – auf der Rückseite.

Ichiro und Masao erwarteten mich im Nebenzimmer und unterhielten sich leise bei zwei Bechern Sake. Zwar sah ich Ayame nicht, aber ich wusste, dass sie in der Nähe war. Mein Sensei stieß nur ein Ächzen aus, als ich auf den Tatamimatten niederkniete und mich tief verbeugte, aber ich spürte, dass Kage Masao mich mit einem beinahe raubtierhaften Lächeln beobachtete, während ich mit der Stirn den Boden berührte.

»Da bist du ja«, stellte Ichiro fest, als ich den Kopf hob. »Nun ja, du siehst aus, als hätte dich ein Hund in die Mangel genommen, aber wenigstens ähnelst du nicht mehr einer ertrunkenen Ratte. Masao-san hat zwei Norimono-Sänften, die draußen warten, um euch durch die Stadt zu bringen. Bist du bereit?«

»Ja, Sensei.«

»Ausgezeichnet!« Masao-san erhob sich, wobei sein Gewand raschelte. »Dann komm, kleiner Dämonenjäger. Wir dürfen Hanshou-sama nicht warten lassen.«

Er eilte aus dem Zimmer. Ich erhob mich, um ihm zu folgen, doch Ichiro ergriff meinen Arm, als ich an ihm vorüberging, und seine rauen Finger gruben sich in mein Fleisch. Er beugte sich dicht zu mir.

»Hör mir zu, Junge«, flüsterte er, während ich reglos im Griff meines Sensei verharrte. »Du stehst kurz davor, der wichtigsten Person der Kage zu begegnen, der Anführerin des Schattenclans höchstpersönlich. Blamier mich *nicht*. Solltest du mir vor der Lady Schande bereiten, kann ich dir versichern, dass die Prügel, die du heute Abend eingesteckt hast, im Vergleich zu dem, was ich dir antun werde, nur eine kleine Abreibung waren. Verstanden?«

»Ja, Meister Ichiro.«

»Denk dran, was wir dir beigebracht haben. Wiederhole es mir. Jetzt.«

»Ich bin nichts«, sagte ich automatisch. »Ich bin eine Waffe in den Händen der Kage. Ich existiere nur, um der Träger von Kamigoroshi zu sein und den Befehlen des Schattenclans zu gehorchen.«

»Gut.« Mit einem Nicken ließ er mich los. »Vergiss das ja nicht, wenn du mit der Lady sprichst. Nun geh.«

Kage Masao stand auf der überdachten Veranda und betrachtete angewidert den Regen, einen bunten Schirm über dem Kopf. Zwei Norimono – Ein-Mann-Sänften aus lackiertem Holz, die von jeweils vier ausgebildeten Trägern gehalten wurden – warteten am Fuß der Treppe. Ich war noch nie in einer Norimono-Sänfte gereist; gewöhnlich waren sie Adeligen und wichtigen Persönlichkeiten vorbehalten, nicht niederen Assassinen. Doch ein Blick auf Kage Masao und seine wallende Robe zeigte mir, dass er nicht zu Pferde und schon gar nicht zu Fuß hergekommen war.

»Welch grässliches Wetter!« Seufzend hob er den Fächer ans Gesicht, als sei der Regen eine persönliche Kränkung. »Passt zu diesem kleinen Provinznest. Ich freue mich schon darauf, es hinter mir zu lassen.« Er sah mich mit einem strahlenden Lächeln an und deutete auf eine Norimono-Sänfte. »Nun, Tatsumi-san? Sollen wir aufbrechen?«

Die Fahrt war kurz, da die Stadt nicht sonderlich groß war, und schon bald ließen die Diener die Tür der Norimono zurückgleiten, sodass eine große, zweistöckige Ryokan – eine Herberge – zu sehen war, die am Rand der schlammbedeckten Straße emporragte. Wir betraten die Ryokan, und ich folgte Masao die Treppe hinauf zu einem Zimmer am Ende eines Flurs und wartete draußen, während er eintrat. Im nächsten Augenblick ließ ein Diener die Tür zurückgleiten, sodass uns etwas grauer Rauch entgegenwallte, und winkte mich herein. Das Zimmer war abgedunkelt und roch nach Sandelholzräucherstäbchen und Tabak. Vorsichtig trat ich durch die Tür, und als sie hinter mir zuglitt, ließ ich mich auf die Knie fallen und drückte die Stirn auf die Tatamimatten.

»Kage Tatsumi«, säuselte Masao. »Der Dämonenjäger.«

»Tritt vor, Junge«, krächzte eine Stimme, deren Heiserkeit mich überraschte. »Tritt ins Licht. Lass mich den Träger des legendären Kamigoroshi sehen.«

Rauch wegblinzelnd, hob ich den Kopf und schob mich auf den Knien vorwärts. Ich kniff die Augen zusammen, um an der Lampe, die am Rand eines niedrigen Tisches stand, vorbeisehen zu können. Sakeflaschen säumten die polierte Oberfläche wie Reihen aus Kriegern.

Als ich durch die Rauchschwaden an den Flaschen vorbeispähte, erhaschte ich einen Blick auf die Sprecherin und spannte die Kieferpartie an, um nicht scharf die Luft einzuziehen. Nur dank jahrelangem Training und ständiger Übung gelang es mir, eine ausdruckslose Miene zu bewahren. Es sah aus, als wäre Lady Hanshous Gesicht ausgepeitscht, geschlagen und zu lange der sengenden Sonne ausgesetzt worden, bevor man es ihr wieder auf den eingefallenen Hals gesetzt hatte. Hautfalten hingen von ihren dürren Armen; ihre Hände waren runzelige Vogelklauen, eine davon umklammerte eine langstielige Pfeife, als wäre es eine Rettungsleine zur Welt der Lebenden. An ihrer Kopfhaut kringelten sich immer noch ein paar dünne weiße Fäden, die sich wie Spinnenseide im leichten Luftzug bewegten. Ein milchiges Auge war halb geschlossen, das andere leuchtete mit verstörender Intensität.

Lady Hanshou quittierte mein Schweigen mit einem breiten, zahnlosen Grinsen. »Nicht ganz, was du erwartet hast, was, Dämonenjäger?«, gackerte sie. »Starre mich ruhig weiter an, aber ich werde deswegen nicht hübscher.« Sofort drückte ich das Gesicht wieder auf die Tatamimatten, doch Lady Hanshou stieß ein verächtliches Schnauben aus. »Ach, steh auf, Junge«, fuhr sie mich an.

Sie klang ungeduldig. »Lass mich dir in die Augen sehen. Gütiger Kami, bist du jung!«, entfuhr es ihr, als ich mich erhob. »Wie alt bist du, Junge? Vierzehn?« Ohne eine Antwort abzuwarten, schlug sie Kage Masao mit dem Handrücken gegen das Bein. »Masao-san! Wie alt ist er denn nun?«

»Er ist siebzehn, Mylady.«

»Ach ja?« Hanshous Gesicht verzog sich zu einer Miene, die beinahe überrascht wirkte. »Er sieht jünger aus. Ach, aber ihr seht für mich alle wie Babys aus.« Blind tastete sie nach einer Sakeflasche, und es gelang ihr irgendwie, die leeren nicht umzuwerfen. Masao griff nach der Flasche und goss ihr einen Becher von dem Reiswein ein, den sie in einem einzigen Zug austrank, um ihm den Becher dann zum Nachschenken hinzuhalten.

»Du verbirgst deinen Ekel gut.« Erschrocken wurde mir klar, dass sie mit mir redete. Ihr ungetrübtes Auge rollte aufwärts, um mich unverwandt anzustarren. »Besser als Ichiro-san, seine herumlauernde kleine Schülerin oder gar Masao-san hier. Ich war nicht schon immer so, musst du wissen.« Sie schniefte und blies eine Rauchwolke aus, die sich wie zudringliche Ranken um mich wand. »Einst war ich so schön, dass Kaiser Taiyo no Gintaro persönlich mich zu seiner Braut haben wollte und sich nach mir verzehrte, als ich ihm einen Korb gab.«

Ich kannte den Namen dieses Kaisers nicht. Taiyo no Genjiro war der gegenwärtige Kaiser, der vom Goldenen Palast aus herrschte, und Taiyo no Eiichi war der Kaiser vor ihm gewesen. Da ich nicht wusste, was ich sagen sollte, schwieg ich weiterhin. Hanshou betrachtete mich, ihre Stimme nahm einen verschlagenen Tonfall an, und ihre Lippen verzogen sich zu einem anzüglichen Grinsen. »Ich hätte sogar dein Herz stehlen können, Dämonenjäger«, behauptete sie mit krächzender Stimme. »Hätte dich dazu bringen können, nach mir zu lechzen, wie der Dämon in deinem Schwert nach der Schlacht lechzt. Du wärst nicht in der Lage gewesen zu widerstehen. Was denkst du?«

Masao räusperte sich. »Mylady, die Zeit wird knapp«, sagte er. »Ihr werdet bei diesem Wetter nicht viel länger draußen bleiben können. Wir müssen noch heute Abend zur Burg Hakumei zurückkehren.«

Hanshou zog einen Schmollmund. »Ach, na schön«, seufzte sie. »Ich sollte den Jungen wohl nicht länger necken. Aber du kennst keinen Spaß, Masao-san.« Sie setzte sich etwas aufrechter hin, steckte sich die Pfeife in den Mund und starrte mich grimmig von oben herab an. »Dämonenjäger der Kage, ich habe dich für eine wichtige Aufgabe persönlich herzitiert. Heute Abend werde ich dich zu der Mission aussenden, für die du geboren wurdest.«

Sie gab ein Zeichen, und Masao trat vor, um mehrere Blätter Papier auf dem Tisch vor mir auszubreiten. Ich griff danach. Bei einigen handelte es sich um Reisedokumente mit dem Siegel der Daimyo der Kage; Papiere, mit denen man die Territorien der anderen Clans durchqueren konnte, ohne an den Kontrollpunkten aufgehalten zu werden. Es überraschte mich, allerdings nur im ersten Moment. Eigentlich befand sich das Land im Frieden. Der letzte Kaiser hatte offenen Krieg verboten, und die Clans hatten nach Jahrhunderten voller Kämpfen und Blutvergießen eine außergewöhnliche Zeit der Ruhe genossen. In letzter Zeit jedoch waren wieder Kämpfe ausgebrochen, ohne dass es jemanden überrascht hätte. Es gab zu viel Feindseligkeit, zu viel Groll, zu viele Fehden und persönliche Rachefeldzüge zwischen den Großen Clans. Es brauchte nur einen einzigen Akt der Aggression, eine Beleidigung, die sich nicht ignorieren ließ, und die Daimyos würden sich erneut die Köpfe einschlagen. Wenn man entdeckte, dass ich ohne Genehmigung im Territorium eines rivalisierenden Clans herumschlich, könnte dies als Akt der Aggression ausgelegt werden, den es für eine Kriegserklärung benötigte. Und obwohl ich sicher war, dass ich mich nicht erwischen lassen würde, verstand ich Lady Hanshous Vorsicht.

Unter den Papieren befand sich auch eine Schriftrolle, die ausgebreitet eine Karte von den Bergen irgendwo im Territorium des Erdclans zeigte. Ein Fluss schlängelte sich quer über die Karte, durchschnitt Wald und Ebenen, strömte nordwärts. Ich glaubte in ihm den Hotaru Kawa zu erkennen, den Fluss, der schließlich nach Kin Heigen Toshi führte, der großen Hauptstadt mitten im Territorium des Sonnenclans. Allerdings war die Hauptstadt nicht mein Bestimmungsort. Anhand des *X*, das den höchsten Berggipfel markierte, konnte ich schließen, dass dieser mein Ziel darstellte.

»Der Tempel der Stillen Winde befindet sich hoch oben im Niwakigebirge, entlang des südöstlichen Randes unseres Territoriums«, sagte Lady Hanshou und bestätigte damit meine Vermutung. »Du wirst ans Tor gehen, dich als Pilger ausgeben und dir ein Nachtlager erbitten. Wenn sie dich einlassen, umso besser. Wenn nicht, dringst du auf andere Weise in den Tempel ein. Es ist egal, wie du hineingelangst, wichtig ist nur, dass du findest, wonach du geschickt wurdest.«

»Verstanden«, erwiderte ich. Ein Tempel voller Mönche war nicht mein übliches Ziel; die meisten Orden waren friedliche, der Kontemplation gewidmete Gemeinschaften, die sich aus der Politik und den Kämpfen zwischen den Clans heraushielten. Doch es stand mir nicht zu, meine Daimyo anzuzweifeln. »Wen soll ich ausschalten?«

»Hier geht es nicht ums Töten«, antwortete Lady Hanshou zu meiner großen Überraschung. »Ich entsende dich, damit du mir einen Gegenstand besorgst. Es wäre mir lieber, dass es kein Blutvergießen gibt, allerdings könnte es Momente geben, in denen sich deine besonderen Talente als nützlich erweisen werden. Ich entsende dich, Tatsumi-san, weil Ichiro glaubt, dass du unter deinen Shinobi-Mitstreitern der Beste bist, und an den Gegenstand heranzukommen könnte sich als schwierig erweisen, selbst für jemanden wie dich.« Ihr gutes Auge verengte sich, und ihr Ton wurde härter. »Aber es ist *zwingend* erforderlich, dass du in den Besitz des Gegenstands kommst. Es ist mir gleich, was du tun, wen du umbringen musst. Wage es nicht, ohne ihn zurückzukehren – das ist ein Befehl deiner Daimyo.« Ihre Stimme klang noch schärfer, wurde zu einem heiseren Knurren, das mir einen Schauder über den Rücken jagte. »Dämonenjäger der Kage, wisse, dass die Folgen entsetzlich sein werden, solltest du versagen. Wir werden dich beobachten, und der Schattenclan toleriert keinen Ungehorsam. Hast du das verstanden?«

»Mylady, mein Leben gehört den Kage.« Ich verbeugte mich abermals tief und sagte die Worte auf, die erwartet wurden. Es war gleich, ob ich sie auch wirklich meinte; sie entsprachen auf die eine oder andere Art der Wahrheit. »Und Euch. Ich werde nicht versagen. Erklärt mir nur, wonach ich suche, und es wird vollbracht. Was muss ich in unseren Besitz bringen?«

Lady Hanshous gesundes Auge brannte fieberhaft hell in der Dunkelheit des Zimmers, und ihre Lippen verzogen sich zu einem matten Lächeln. »Eine bestimmte Schriftrolle, die ich verloren habe«, flüsterte sie, »vor vielen Jahren.«

4
TANUKI-TEE

Yumeko

Ich hasste es, die Kerzen im großen Saal anzuzünden.

Zweihundertsiebenundsiebzig. Es gab zweihundertsiebenundsiebzig Kerzen, die angezündet werden mussten, eine nach der anderen, im ganzen Raum. Jeden Abend, vor Sonnenuntergang, damit die Mönche ihre nächtlichen Meditationen abhalten konnten. Ich weiß nicht mehr, wann mir offiziell die Aufgabe zufiel, die Kerzen zu entzünden; mein Verdacht war, dass Denga oder Nitoru Meister Jin, dem alten Mönch, der sich um den Saal kümmerte, die Idee eingegeben hatten, um mir »Geduld und Hingabe beizubringen«. Für diese Aufgabe brauchte man definitiv beides. Der große Saal war riesig, mit hoch aufragenden Pfeilern und Böden aus dunklem Holz, die auf Hochglanz gebohnert waren, sodass sich jede einzelne flackernde Kerzenflamme darin spiegelte. Am Saalende stand die gewaltige grüne Statue der Jade-Prophetin, deren Lehren alle Mönche eifrig folgten. Fenster gab es keine, und das einzige Tageslicht drang durch den gewaltigen hölzernen Türbogen am Eingang, sodass der ruhige Raum immer im Dunkeln lag. Wenn sämtliche Kerzen angezündet waren, bewirkten sie ein diffuses oranges Leuchten im Raum und verwandelten den Saal in einen surrealen Zufluchtsort aus Schatten und tanzenden Lichtern.

Doch es dauerte eine Ewigkeit, sie alle anzuzünden.

Mit einem Seufzen ließ ich den Kerzenanzünder sinken und

blickte mich wehmütig im Raum um. Noch so viele. Ich hatte nicht einmal die etwa dreißig Kerzen auf dem Altar geschafft. Wenn es doch nur einen Weg gäbe, alle auf einmal anzuzünden …

Ich hielt inne, und der Gedanke zauberte ein breites Grinsen auf mein Gesicht. Tatsächlich *konnte* ich alle auf einmal anzünden. Immerhin war ich eine Kitsune. Kitsune-bi war Feuer, oder etwa nicht? Hitzeloses, magisches Feuer, aber viel einfacher zu handhaben als normale Flammen. Den Mönchen würde es natürlich nicht gefallen. Nitoru und Denga würden es ganz bestimmt nicht billigen, andererseits billigten sie nichts, was ich tat.

Ich blies die Kerze in meiner Hand aus und stellte sie dann auf den Boden. Während ich mich aufrichtete, schloss ich halb die Augen, hob die offene Handfläche vors Gesicht und beschwor meine Magie herauf.

Mit einem Zischen erwachte eine gespenstische, bläulich-weiße Flamme zwischen meinen Fingern zum Leben. Sie flackerte und tanzte harmlos an meiner Haut, warf unheimliche Schatten an die Wände und Pfeiler und wuchs stetig an, bis ich eine leuchtende Kugel aus Fuchsfeuer in der hohlen Hand hielt. Nur einen Augenblick lang sah ich meinen Schatten an der Tempelwand: eine menschliche Gestalt mit spitzen Ohren und einem buschigen Schwanz, der hinter ihr zuckte.

Ich hob den Kopf, beschrieb mit der Hand einen schwungvollen Bogen, und Kitsune-bi flog wie Sternschnuppen quer durch den Raum. Dann ließ ich den Arm sinken und betrachtete zufrieden mein Werk. Jetzt erstrahlte der Saal in bläulich-weißem Fuchsfeuer, leuchtende Flammen, die an den nicht entzündeten Dochtenden der Kerzen schwebten. Meiner Meinung nach war es viel hübscher als gewöhnliches Feuer, auch wenn es dem Raum eine etwas unheimliche, gespenstische Note verlieh.

Doch das Wichtigste war, dass alle Kerzen angezündet waren. Und bis zur Abendmeditation war immer noch eine gute Stunde

Zeit. Bis dahin hatte ich frei. Ich klopfte die Hände ab und ging auf den Ausgang zu.

Stimmen von draußen ließen mich erstarren. Ich schlich mich an der Wand entlang zum Türbogen und spähte vorsichtig hindurch. Jin kam gerade die Treppe zum großen Saal herauf, und was noch schlimmer war: Neben ihm war Denga.

O nein! Meine Ohren legten sich vor Schreck an, und ich wich schnell zurück. Wenn sie mich erwischten, würde ich mir wahrscheinlich wieder mal eine Predigt anhören müssen: vielleicht über den Wert von *Geduld* und *Hingabe an eine Aufgabe*. Vielleicht würden sie mir auch verbieten, Magie zu verwenden. Aber zumindest würden sie mich von vorn anfangen lassen, und ich müsste eine Kerze nach der anderen anzünden, und zwar diesmal unter Aufsicht.

Versteck. Ich brauche ein Versteck. Schnell!

Ich eilte zur gegenüberliegenden Wand und duckte mich mit einer geflüsterten Entschuldigung hinter die riesige Statue der Jade-Prophetin, just als am Eingang ein erboster Schrei ertönte.

»Fuchsfeuer!« Dengas Schritte pirschten in den Raum, und ich lugte hinter der Statue hervor, um ihn zu beobachten. Das Kitsune-bi warf ein flackerndes weißes Leuchten über sein empörtes Gesicht, als er hektisch gestikulierend herumwirbelte. »Das Dämonenmädchen hat die Kerzen mit Fuchsfeuer angezündet! Von allen …« Er zischte vor Wut. »Wenn ich sie finde …«

»Immer mit der Ruhe, Denga-san.« Jins Stimme hallte hinter Denga wider, gelassen und belustigt. »Sie ist schließlich noch ein Kind und obendrein eine Kitsune. Sie versteht es nicht.«

»Nein.« Denga wirbelte noch einmal herum und sah sich wütend im Saal um, bevor er kehrtmachte und wieder auf den Ausgang zumarschierte. »Das hier geht zu weit. Mittlerweile ist völlig klar, dass sie mehr Fuchs als Sterbliche ist, ihre Yokai-Natur überschattet ihre Menschlichkeit. Es muss etwas geschehen. Ich werde ihre Streiche nicht länger dulden.«

Jin sah ihm blinzelnd nach. »Was hast du vor, Denga-san?«

»Mit Meister Isao sprechen und ihn davon überzeugen, sie mit einem Fesselzauber zu belegen«, erwiderte Denga, woraufhin sich mir der Magen umdrehte. Seine Stimme tönte die Treppenstufen hoch, als er den Saal verließ. »Diese teuflische Fuchsmagie ein für alle Mal zu versiegeln. Bevor wir aufwachen und einen wahren Dämon mitten unter uns vorfinden.«

Mein Herz hämmerte. Jin beobachtete, wie Denga davonstürmte, seufzte dann und begann, die Kitsune-bi-Flammen über den Kerzen auszublasen. Er löschte eine nach der anderen, langsam und bewusst, die ganze Aufmerksamkeit auf seine Aufgabe gerichtet. In ein paar Minuten würde er fertig sein, doch ich wollte nicht länger hierbleiben, falls Denga mit Meister Isao zurückkehren sollte und sein Versprechen einlöste. Bei dem Versuch hinauszuschlüpfen, während Jin sich im Raum befand, würde ich wahrscheinlich erwischt werden, doch ich hatte einen letzten, absolut verbotenen Trick im Ärmel.

Am Fuß der Statue kniete ich nieder, steckte die Finger in die Spalte bei einem bestimmten Dielenbrett und hob es an, sodass eine schmale Öffnung zum Vorschein kam, die unter den Boden des großen Saals führte. Sie war zu klein für einen Menschen, selbst einen zierlichen. Aber ich war nicht nur ein Mensch. Ich war auch eine Kitsune.

Mit geschlossenen Augen beschwor ich abermals meine Kräfte herauf und spürte, wie mein Herz erwartungsvoll zu klopfen anfing. Die meiste Fuchsmagie bestand aus Illusion und Trickserei, genau wie Denga gesagt hatte. Abbilder, die die Wahrheit überlagerten und einen Dinge sehen und hören ließen, die nicht da waren. Perfekte Kopien, aber kein bisschen greifbarer als ein Spiegelbild. Doch es gab eine Gestalt, die ich wirklich annehmen konnte, auch wenn mir untersagt war, dies ohne Genehmigung zu tun.

Heute schien ein guter Tag zu sein, um gegen sämtliche Regeln zu verstoßen.

Mein Körper erwärmte sich, und im nächsten Moment schrumpfte ich rasant, begleitet von der vertrauten weißen Rauchwolke. Als ich die Augen aufschlug, war ich dem Boden viel näher. Geräusche klangen schärfer, Schatten existierten kaum, und die Luft war voll neuer Gerüche: die modrige Erde, der scharfe, säuerliche Geruch von Metall und der Hauch von Kerzenrauch, der immer noch in der Luft hing. Von meinem undeutlichen Spiegelbild am Podest der Statue starrten mir eine spitze Schnauze und goldene Augen entgegen, samt einem um die Beine gewundenen, buschigen Schwanz mit weißer Spitze.

Meister Isao hieß es nicht gut, wenn ich ein Fuchs war. *Du bist ein Mensch*, hatte er mir mehr als einmal erklärt. *Ja, du bist eine Kitsune, aber Yumeko zu sein, ist viel schwieriger, als ein Fuchs zu sein. Wenn du zu viel Zeit in diesem Körper verbringst, vergisst du eines Tages vielleicht, was es heißt, eine Sterbliche zu sein.*

Ich war mir nicht ganz sicher, was er damit meinte, und im Moment spielte es keine Rolle. Mit eingezogenem Kopf schlüpfte ich problemlos in die Öffnung im Boden, glitt unter die Dielenbretter und kam unter der Veranda wieder heraus. Nachdem ich mich versichert hatte, dass keine Mönche und insbesondere kein Meister Isao in der Nähe waren, hielt ich auf den Garten mit dem alten Ahornbaum zu, dessen Stamm sich an die Tempelmauer schmiegte. Fuchspfoten waren flink und beweglich, und das Holz war sehr rau. Ich kletterte rasch den knotigen Stamm hoch, ließ mich auf der anderen Seite nach unten fallen und entkam in die kühle Stille des Waldes.

Später am Abend saß ich, wieder in menschlicher Gestalt, auf einem flachen Felsen neben meinem stillen Lieblingsteich und ließ meine nackten Füße ins Wasser baumeln, während ich mir überlegte, was ich als Nächstes machen sollte. Libellen in Juwelentönen sausten über die spiegelglatte Oberfläche, und kleine schnurrbärtige Fische schwammen träge unter meinen Füßen und beäugten meine Zehen. Die Sonne hatte den Felsblock erwärmt, und eine Brise flüsterte durch den Bambushain, der den Teich umgab. Es war ein guter Ort, um die eigenen Sorgen zu vergessen, und ich kam oft hierher, wenn mir das Leben im Tempel zu öde war oder ich mich vor Denga versteckte. Normalerweise vertrieben das Wasser, die Brise und die Fische meine Sorgen im Nu. Doch heute ging mir nicht aus dem Sinn, was die Mönche im Saal des Tempels gesagt hatten.

Meine Magie versiegeln? Einfach so? Es so einrichten, dass ich keine Illusionen weben, keine andere Gestalt annehmen und kein Fuchsfeuer heraufbeschwören konnte? Das schien mir völlig übertrieben. Mit meinen Streichen hatte ich im Grunde nie etwas *beschädigt*, abgesehen von Dengas Stolz. Und vielleicht ein oder zwei Türpaneelen.

Ich warf einen Blick auf mein Spiegelbild im Wasser. Ein Mädchen mit spitzen Ohren und gelben Augen starrte zurück, den buschigen Schwanz im Rücken zusammengerollt. *Sie ist mehr Fuchs als Sterbliche*, hatte Denga wütend geschrien, als er am Abend aus dem Saal gestürmt war. *Ihre Yokai-Natur überschattet ihre Menschlichkeit.*

»Das stimmt nicht«, erklärte ich der Kitsune, die mich unverwandt betrachtete. »Ich bin vor allem Mensch. Jedenfalls glaube ich das.«

»Führst du Selbstgespräche, kleiner Fuchswelpe?«

Ich blickte auf. Eine untersetzte alte Frau kam langsam um den Teich. Sie trug ein zerschlissenes Gewand, einen breitkrempigen Strohhut und hohe Holzsandalen, die im Gras versanken, während sie am Ufer entlangtrippelte. In einer gichtknotigen Hand hielt sie einen Bambusstab, der auf ihrer Schulter ruhte; die andere hielt ein Bündel winziger Fische umklammert, die an einer Schnur baumelten. Ihre Augen schimmerten gelb unter der Krempe ihres Hutes hervor, als sie zu mir aufblickte.

Ich lächelte. »Guten Abend, Tanuki-baba«, grüßte ich höflich. »Was macht Ihr hier draußen?«

Die alte Frau schnaubte verächtlich und hob das Fischbündel in die Höhe. »Blumen anpflanzen, wonach sieht es denn aus?«

Verwirrt runzelte ich die Stirn. »Aber ... das sind Fische. Warum solltet Ihr Blumen anpflanzen, Tanuki-baba? Ihr esst sie nicht.«

»Genau. Manche Leute müssen tatsächlich für ihre Mahlzeiten arbeiten, im Gegensatz zu gewissen verwöhnten, naiven Halbfüchsen, deren Namen ich nicht nennen möchte.« Sie musterte mich und hob eine schmale graue Augenbraue. »Aber was treibst *du* so spät hier draußen im Freien, Welpe? Deine Menschen sehen es nicht gern, wenn du herumstrawanzt.« Sie lachte glucksend, sodass gelbe Zähne aufblitzten. »Ist Denga-san auf dem Kriegspfad? Hast du wieder die Katze in eine Teekanne verwandelt?«

»Nein, schon lange nicht mehr – sie kratzt mich, wenn ich versuche, ihr ein Blatt auf den Kopf zu legen. Aber ...« Zitternd hielt ich meine Arme umschlungen. Auf einmal fühlte sich der sonnenwarme Fels kalt an. »Denga-san war sauer«, erzählte ich ihr. »Schlimmer als jemals zuvor. Er sagte, ich sei mehr Yokai als Mensch und dass Meister Isao mich mit einem Fesselzauber belegen sollte. Und wenn Meister Isao auf ihn hört? Und wenn er meine Magie wirklich versiegelt? Ich ...« Unwillkürlich geriet ich ins Stocken, da sich mir beim Gedanken an den Verlust meiner Kräfte der Magen verkrampfte. »Ich kann es mir nicht vorstellen, über keine Magie zu verfügen. Es wäre schlimmer, als mir die Finger abzuschneiden oder die Augen herauszureißen. Wenn das geschieht, was mache ich dann?«

Tanuki-baba schnaubte. »Komm mit.« Sie deutete mit dem Ende ihres Bambusstabs den Pfad entlang. »Ich koche dir Tee.«

Ich hüpfte zu Boden und folgte der gebückten Gestalt weg vom Teich auf dem schmalen, sich schlängelnden Pfad durch den Bambuswald. Ihr Stab wippte beim Gehen auf und ab, und die Spitze eines buschigen braunen Schwanzes lugte unter dem Saum ihres

Gewands hervor. Ich tat so, als fiele es mir nicht auf, genau wie ich wusste, dass sie so tat, als sähe sie *meine* Ohren und den Schwanz nicht. Es war ein unausgesprochenes Gesetz unter Yokai: Man lenkte die Aufmerksamkeit nicht auf ihre ... Yokai-haftigkeit, wenn man nicht heimgesucht, belästigt und von großem Pech verfolgt werden wollte. Nicht dass ich fürchtete, Tanuki-baba würde das tun. Mir gegenüber war sie immer eine gutmütige alte Yokai gewesen, und die Geschichten von den Streichen, die sie früher Menschen gespielt hatte, als sie noch eine junge Tanuki war, waren immer unterhaltsam, wenn auch manchmal Furcht einflößend.

Wir traten aus dem Bambusgehölz in einen tieferen, dunkleren Teil des Waldes. Hier wuchsen uralte Bäume dicht beieinander, und deren verschlungene Äste ließen kaum Sonnenlicht durchdringen. Dünne Lichtstrahlen fielen schwach durch die Blätter, sprenkelten den Waldboden, und die Luft hatte etwas Stilles, beinahe Ehrfürchtiges an sich. Neugierige Kodama, die Baumgeister des Waldes, betrachteten uns aus dem Blattwerk oder folgten uns den Pfad hinab. Ihre ätherischen Körper waren nicht größer als mein Finger.

Tanuki-baba führte mich einen vertrauten, plätschernden Bach entlang, über eine von Giftpilzen und Schwämmen zerfressene, winzige Bogenbrücke und auf eine Holzhütte zu, die das Moos vollständig verschluckt hatte. Vor sehr langer Zeit, hatte sie gesagt, habe sie einem Yamabushi gehört, einem Wanderpriester, der Harmonie und Gleichgewicht in der Natur suchte, der kami sehen und direkt mit ihnen kommunizieren konnte. Doch dieser Sterbliche war weitergezogen oder lebte nicht mehr, und jetzt gehörte die Hütte ihr. Das strohgedeckte Dach war teilweise eingestürzt, die Mauern waren von Bäumen und dichtem Unterholz umgeben. Wenn man nicht wusste, dass sich dort eine Behausung befand, konnte man sie inmitten der Vegetation leicht übersehen. Im Innern herrschte, wie immer, ein heilloses Durcheinander, und in jeder Ecke und an jeder Wand stapelte sich Plunder.

»Setz dich«, befahl Tanuki-baba schroff und wies auf einen niedrigen Holztisch mitten auf dem Boden, die einzige freie Stelle im ganzen Zimmer. »Ich koche uns Tee – jedenfalls vorausgesetzt, ich finde die Kanne.«

In dem Verhau standen zwei oder drei Teekannen an unterschiedlichen Plätzen herum. Ich sagte nichts, denn meine Vorschläge stießen immer auf Ablehnung. *Die* Teekanne hatte einen Sprung oder war schmutzig oder war die Niststätte einer Vogelfamilie. Nein, die *richtige* Teekanne war hier, irgendwo, und nur Tanuki-baba konnte sie finden. Ich kniete an dem Holztisch, bis sie schließlich auf das Gesuchte stieß – eine uralte und zerkratzte Eisenkanne – und sie aus dem Stapel riss.

»Leer«, seufzte sie, als sie oben hineinspähte. »Das ist gut. Diesmal keine Mäuse. Bedeutet allerdings, dass ich sie auffüllen muss. Bin gleich wieder da«, erklärte sie mir und watschelte wieder nach draußen. »Fass nichts an!«

Ich wartete geduldig und ließ kleine Flammen Kitsune-bi über die Tischoberfläche rollen, während Tanuki-baba die Teekanne füllte, auf den Rost stellte und die Kohle darunter anzündete. Dann ging sie geschäftig im Zimmer herum, griff Dinge aus dem Durcheinander entlang der Wände und murmelte vor sich hin. Nach einer Weile kehrte sie mit der Teekanne, zwei angeschlagenen Tassen und einem Tablett mit den Fischen zurück, die sie gefangen hatte. Sie lagen darauf, immer noch roh und nicht entschuppt, in einer Reihe ausgebreitet.

»Aaah«, seufzte sie und ließ sich mir gegenüber auf einem durchgewetzten Kissen nieder. Nachdem sie sich eine Weile zurechtgesetzt und es sich bequem gemacht hatte, nahm sie den Hut ab und schleuderte ihn in eine Ecke, wo er im Tohuwabohu verschwand. Höflich senkte ich den Blick und hütete mich, die runden pelzigen Ohren anzusehen, die von ihrem grauen Schopf abstanden. »Gieß den Tee ein, Welpe«, befahl Tanuki-baba und winkte mit der Hand in Richtung Kanne und Tassen. »Mach dich wenigstens ein bisschen nützlich.«

Behutsam goss ich eine dünne grüne Flüssigkeit in die beiden Tassen und bot ihr dann eine an. Sie nahm sie mit schiefem Lächeln entgegen und stellte sie vor sich ab.

»Es macht dir doch nichts aus, wenn ich während der Mahlzeit die Gestalt wechsle, oder?«, fragte sie, den Blick auf das Tablett voll Fisch in der Tischmitte gerichtet. »Dieser Körper ist praktischer fürs Teekochen, aber ich würde mich in meinen eigenen vier Wänden gern wohlfühlen.«

Ich schüttelte den Kopf. »Nicht das Geringste, Tanuki-baba. Nur zu.«

Mit einem Schnauben hob sie den Kopf und schüttelte sich. Staub flog in alle Richtungen, stieg wie eine Wolke von ihrem Körper auf und wirbelte im Zimmer umher. Ich nieste, wandte mich von der Explosion ab, und als ich wieder hinsah, hockte ein pelziges Wesen mit dunkler Gesichtszeichnung und einem buschigen Schwanz an der Stelle, wo die alte Frau gewesen war. Ich schob die Teetasse näher vor sie hin, und sie ergriff sie mit zwei dunkelbraunen Pfoten und hob sie an die schmale Schnauze.

»Ah, viel besser!« Sie stellte die Tasse mit einem Klirren ab und nahm sich einen Fisch vom Tablett, um ihn sich in einem Stück ins Maul zu schieben, bevor sie mit scharfen gelben Zähnen darauf herumkaute. »So«, fuhr sie fort, während ich an meinem Tee nippte. Er war viel bitterer, als ich ihn mochte, aber es war unhöflich, so etwas zu sagen. »Dann erzähl mal, Welpe. Was für einen Ärger hast du dir mit deinen Menschen eingehandelt?«

In kurzen Zügen erzählte ich ihr von meinem Streich mit den Kerzen am Abend und wie er die Mönche in Rage versetzt hatte, besonders Denga-san. Als ich zu dem Teil kam, dass Denga meine Magie von Meister Isao versiegeln lassen wollte, stieß Tanuki-baba ein heftiges Schnauben aus und warf beinahe ihre Teetasse um.

»Lächerlich!«, knurrte sie, nahm den letzten Fisch und biss hinein, wobei das Knacksen zarter Gräten zu hören war. »Die Magie einer Yokai zu fesseln, ha! Es ist gotteslästerlich, so etwas auch nur vorzuschlagen. Ich würde mir so einen Unsinn nicht gefallen lassen.«

»Was soll ich tun, Tanuki-baba?«

»Na, ich weiß, was *ich* in dieser Situation täte«, antwortete Tanuki-baba, über deren Gesicht mit der dunklen Fellzeichnung ein erboster Ausdruck huschte. »Aber du bist wahrscheinlich zu jung für so ein Chaos. Und die Lösung liegt auf der Hand, nicht wahr? Du musst gehen.«

»Das wollen die Mönche nicht«, sagte ich. »Sie sind immer sehr sauer, wenn ich einfach so weglaufe. Wahrscheinlich werde ich bei meiner Heimkehr heute Abend ausgescholten.«

»Nein«, knurrte Tanuki-baba. »Du musst weggehen … und nicht zurückkehren.«

»Ihr meint … den Tempel für immer verlassen?«

»Natürlich.« Die alte Yokai wies auf die Tür ihrer Hütte. »Meinst du, der Tempel ist der einzige Ort, wo man leben kann? Und dass die Lebensweise der Mönche die einzige ist?« Ihre Schnauze kräuselte sich. »Da draußen ist eine riesige Welt, Welpe. Voller Wunder, Reichtümer, Chaos und Dingen, die sich deiner Vorstellungskraft entziehen. Du verschwendest dein Leben und deine Talente, wenn du hinter diesen Tempelmauern bleibst und auf Menschen hörst, die etwas von Moral schwafeln. Eine Kitsune gehört nicht in einen Käfig. Möchtest du nicht von dort ausbrechen und sehen, was du verpasst?«

Etwas in meinem Innern regte sich, meine Sehnsucht, meine Neugier flackerten wieder auf; die Welt jenseits der Mauern übte eine ungebrochene Faszination auf mich aus. Ich wollte sehr wohl wissen, was es da draußen gab. Ich wollte die Orte sehen, von denen Meister Isao sprach – die riesigen Städte und die verschlungene Wildnis, die nicht für Menschenfüße gemacht war. Ich sehnte mich danach, Kin Heigen Toshi, die große goldene Hauptstadt, zu besuchen und zur Spitze des Gottesfingers zu reisen, dem höchsten Gipfel in ganz Iwagoto, von dem es hieß, er berühre den Himmel. Ich wollte Samurai und Kaufleute sehen, Adelige und Bauern, Geishas und Banditen und Viehhalter und Fischer. Ich wollte alles sehen.

Und obwohl ich es mir selbst kaum eingestehen wollte, drängte sich mir ganz leise der Gedanke auf, dass ich es leid war, dass ich in der Ausübung meiner Magie immer eingeschränkt wurde. Fuchsmagie nur unter Aufsicht auszuüben oder jedes Mal bestraft zu werden, wenn ich sie für lustige Streiche einsetzte oder, um mich vor der Arbeit zu drücken. Wäre ich wahrhaft frei, gäbe es keine Einschränkungen; ich könnte ganz nach Lust und Laune auf meine Kitsune-Fähigkeiten zurückgreifen.

Doch um das zu tun, müsste ich die Mönche, den Tempel und das einzige Leben, das ich kannte, hinter mir lassen. Und auch *wenn* der Orden des Tempels der Stillen Winde klein, einschränkend und streng war, so bot er doch auch Sicherheit. Ich war nur eine einzelne Kitsune, nicht einmal eine vollblütige Yokai. Das erforderte eine Menge Mut, und dafür war ich noch nicht ganz bereit.

»Ich kann nicht gehen, Tanuki-baba«, erklärte ich der vornübergebeugten Gestalt mir gegenüber am Tisch. »Wohin würde ich gehen? Wie würde ich leben?«

Tanuki-baba blinzelte. »Was meinst du, wie würdest du leben?«, fuhr sie mich an. »Du bist eine *Kitsune*, Mädchen! Du würdest hingehen, wohin du willst. Du lebst, wie auch immer du möchtest.«

»Ich bin nur eine halbe Kitsune«, stellte ich fest. »Und ich habe mein ganzes Leben bei den Mönchen verbracht. Ich weiß nicht, wie man ein Fuchs ist.«

»Weißt nicht, wie man ein Fuchs ist?« Tanuki-baba warf den Kopf zurück und lachte schallend. Speicheltröpfchen flogen in die Luft, während sie lachend den Kopf schüttelte. »Arme kleine Kitsune«, spottete sie. »Du lebst schon zu lange bei diesen Menschen und lässt dich von ihrer Sterblichkeit anstecken.« Sie lachte glucksend und warf mir einen verärgerten Blick zu. »Du bist ein *Fuchs*. Du musst nicht erst erlernen, wie man eine Kitsune ist. Du bist es einfach.«

»Aber ...«

»Und komm mir nicht mit Ausreden von wegen deiner ›menschlichen‹ Seite.« Tanuki-baba zog verächtlich die Lefzen zurück, sodass spitze gelbe Zähne zum Vorschein kamen. »Selbst ein Tropfen Yokai-Blut reicht aus, um jede Spur an Menschlichkeit zu unterdrücken, wenn man es will. Du musst dich nur entscheiden, mehr Kitsune als Sterbliche zu sein.«

Mich entscheiden, mehr Kitsune zu sein? Wie machte ich das? Gab es dafür ein Ritual? Mir fiel wieder ein, was Denga-san am Abend gesagt hatte, dass meine Yokai-Natur meine Menschlichkeit überschattete. War es das, wovor die Mönche Angst hatten? Fürchteten sie, ich könnte mich in eine Nogitsune verwandeln, eine böse wilde Füchsin, die sich an Angst und Chaos ergötzte und Menschen schadete, wann immer sie konnte?

Ich schluckte heftig. »Aber was, wenn ich nicht mehr Kitsune sein will?«, fragte ich, woraufhin Tanuki-baba die Stirn runzelte. »Und wenn ich als Mensch und als Fuchs glücklich bin?«

Sie schniefte. »Dann bist du eine Närrin«, behauptete sie unverblümt. »Und du führst einen aussichtslosen Kampf. Es ist sehr schwer, menschlich zu sein, kleine Füchsin. Selbst die Menschen bekommen es nicht sonderlich gut hin. Die sterbliche Welt ist voller Hass, Verrat, Traurigkeit und Tod. Die meisten Yokai und kami stellen fest, dass es ihnen zu viel ist. Alles, was die Menschen zu schätzen glauben – Liebe, Ehre, Einfühlungsvermögen, Mitleid –, wir Yokai brauchen nichts davon, zumal diese Dinge so häufig zu Leid und Verzweiflung führen. Es ist viel leichter, alles Menschliche hinter sich zu lassen und einfach nur eine Kitsune zu sein. Die Welt der Geister und Yokai ist viel weniger kompliziert als die der Menschen.«

»Ich verstehe das nicht, Tanuki-baba.«

»Natürlich nicht.« Tanuki-baba schüttelte den zotteligen Kopf, gab allerdings keine weiteren Erklärungen. »Du bist noch ein Welpe, ohne großes Weltwissen. Aber du wirst es schon noch lernen. Wenn du weiterhin versuchst, deine beiden Wesensarten im Gleichgewicht zu halten, wirst du es merken. Und mit der Zeit, wenn du schließlich erlebst, wie die Menschenwelt wirklich ist, wirst du zu der Entscheidung kommen, dass es viel einfacher ist, ein Fuchs zu sein als ein Mensch.« Mit zuckender Schnauze warf sie einen Blick auf den Tisch. »Doch jetzt sind unsere Teetassen leer und die Fische verspeist. Das bedeutet, es ist Schlafenszeit.«

Ich stand auf und verbeugte mich vor der greisen Tanuki. Man hinterfragte die Gewohnheiten und das Benehmen von Yokai nicht, die so alt wie sie waren. »Ich sollte nach Hause gehen«, sagte ich und trat einen Schritt zurück. »Wahrscheinlich warten die Mönche schon mit einer Strafpredigt auf mich. Danke für den Tee und das Gespräch, Tanuki-baba.«

»Fuchswelpe!«, rief die alte Yokai, als ich die Tür erreichte. Ich blickte zurück und sah das gedrungene, pelzige Geschöpf, wie es in seinem schmutzigen Haus saß und mich mit Augen beobachtete, die gelb in den Schatten leuchteten. »Was du da versuchst, ist ein Drahtseilakt, kleine Kitsune«, sagte sie, und ihre Worte klangen wie eine Warnung, wenngleich ich nicht wusste, wovor sie mich warnte. »Der Ort zwischen dem Reich der Geister und dem Reich der Sterblichen ist in der Tat kompliziert. Denk daran, du kannst deine Menschlichkeit jederzeit aufgeben, wenn die Dinge zu schwer werden. Es fällt einer Kitsune, selbst einer Halb-Kitsune, viel leichter, von ihr abzulassen, als jemandem, der vollständig sterblich ist.«

Ich wusste immer noch nicht, was sie damit meinte, also nickte ich nur und ging, entschlüpfte in die dunkle Stille des Waldes.

Im selben Augenblick spürte ich, dass etwas nicht stimmte.

In der Zeit, die ich in Tanuki-babas Hütte verbracht hatte, war die Nacht hereingebrochen, und eine Totenstille hatte sich über den Wald gelegt. Statt Vogelgesang oder dem Rascheln kleiner Geschöpfe, die durch das Unterholz wuselten, hing eine unheilvolle Stille in der Luft. Die Waldkami waren verschwunden, als hätte es sie nie gegeben, und hatten einen leeren, leblosen Wald zurückgelassen. Und ein neuer Geruch kroch durch die Bäume und führte dazu, dass sich meine Nackenhaare aufrichteten. Der scharfe, beißende Geruch nach Rauch.

Ich rannte durch den Wald, lief denselben Weg zurück, vorbei an der Senke, dem Bach und dem Bambushain, bis ich schließlich den Teich erreichte. Die grün-silberne Wand öffnete sich und offenbarte den Nachthimmel mit einem verblassten Halbmond über mir und einem im Westen untergehenden blutroten Streifen.

Mein Herz krampfte sich zusammen. Ein dunkler Fleck stieg über der Baumgrenze empor, sich windend und unheilvoll, wie ein schrecklicher schwarzer Drache. Er schlängelte sich in die Luft, verdeckte die Sterne und hing direkt über meinem …

»Zuhause«.

5
DÄMONEN IM BAMBUS
Tatsumi

Ich war fast da.

Selbst zu Pferde hatte es mehrere Tage gedauert, das Territorium des Erdclans und das Niwakigebirge zu erreichen, wo sich der Tempel der Stillen Winde befinden sollte. Die winzige Bauerngemeinde in dem Tal unterhalb der bewaldeten Gebirgsgipfel starrte mich mit aufgerissenen Augen an, als ich an terrassenartig angelegten Feldern und strohbedeckten Hütten vorbeiritt und dem Weg folgte, der sich auf die Berge zuschlängelte. Zwei kleine Kinder liefen meinem Pferd hinterher und näherten sich mir mit offenkundiger Neugierde, bis sie von besorgt dreinblickenden Erwachsenen am Schlafittchen gepackt wurden. Reisende Samurai waren in diesem Teil des Tals wahrscheinlich eine Seltenheit, Mitglieder des Schattenclans natürlich erst recht, und Bauern machten grundsätzlich einen weiten Bogen um die Kriegerkaste. Für diese Mission war ich wie ein Samurai der Kage gekleidet, in Hakama-Hose und schwarzer Haori-Jacke, das Wappen des Schattenclans auf dem Rücken. Meine Shinobi-Ausrüstung war in den Satteltaschen meines Pferdes verstaut, falls ich sie brauchen sollte, auch wenn sich ein Schattenkrieger niemals Außenstehenden gegenüber zu erkennen gab. Sollte man mir am Tor den Zutritt verwehren, würde ich mich über die Mauern schleichen und so leise wie ein Yurei-Geist in den Tempel eindringen, doch vorerst war ich ein Samurai auf Kriegerpilgerschaft, der in den Schreinen ganz Iwagotos nach Weisheit suchte.

Ein dünner Bauer in einer zerschlissenen Tunika und mit einem um die Stirn gebundenen Tuch verbeugte sich so tief wie möglich, als ich an ihm vorüberkam, und senkte den Blick zur Erde. Ich hielt das Pferd an und sah auf ihn hinunter, beziehungsweise auf seine Glatze.

»Ist der Tempel der Stillen Winde in der Nähe?«, fragte ich leise. Der Mann blickte nicht auf, sondern wippte nur kurz vor und zurück, die Augen bei dieser Antwort auf seine in Sandalen gekleideten Füße gerichtet.

»*H-hai*, Mylord! Der Tempel befindet sich genau diesen Weg hinauf, auf dem Berggipfel.«

»Danke.«

Ich versetzte dem Pferd einen leichten Stoß und ritt weiter, ließ die Bauern und das Dorf hinter mir. Der Weg verengte sich zu einem schmalen, verschlungenen Pfad, der immer tückischer wurde, je weiter er sich durch den Wald schlängelte. Ich vermutete, dass die Mönche dieses Tempels nur selten Besuch empfingen oder gar zu sich einluden. Vielleicht wünschten sie einfach, in Frieden zu meditieren und sich ihren Studien zu widmen, abgeschieden und weitab vom weltlichen Chaos, oder vielleicht versteckten – beschützten – sie etwas.

Als die Nacht hereinbrach und die Schatten lang wurden, verschwand der Pfad fast völlig und verschmolz mit dem Gestrüpp und dichten Unterholz, als nähme der Wald selbst Anstoß an Eindringlingen. Doch ich war darauf gedrillt, das Verborgene und Unsichtbare zu bemerken, und Dunkelheit stellte für mich kein Hindernis dar. Ich ritt weiter, vorbei an Bambushainen und riesigen Bäumen, an die dünne, geweihte Bänder gebunden waren, was sie als Heimstätte einfacher kami auswies.

In meinem Kopf rührte sich Hakaimono. Ich zügelte das Pferd in den Stand und saß bewegungslos da, versuchte, abgesehen vom schweren Atem des Tieres unter mir etwas zu hören. Um uns herum lag der Wald schweigend und reglos da, über alles legte sich die Dunkelheit der heranbrechenden Nacht, abgesehen von ein paar Stellen, die noch das Abendrot verfärbte.

Ganz leicht öffnete ich mich dem Schwert und spürte das Entsetzen im ganzen Wald, das heftige Herzklopfen vieler Lebewesen. Kamen sie auf uns zu? Im Gebüsch vor uns raschelte es, und mein Pferd erstarrte, jeder Muskel angespannt.

Blätter und Pflanzenteile wurden aufgewirbelt, als plötzlich eine Herde Sikahirsche zwischen den Bäumen hervorsprang und auf mich zustürzte, sodass mein Pferd sich laut wiehernd aufbäumte. Mein Puls schnellte hoch. Ich hielt mich auf dem Rücken des Tieres, das durchzugehen versuchte, übte mit den Knien Druck aus und riss die Zügel zurück, wodurch ich es wieder in meine Gewalt brachte. Es schnaubte und zitterte, die Ohren flach an den Schädel angelegt, während das Wild an uns vorübersprang und weiter in den Wald lief. Hakaimono leuchtete auf, und ich kämpfte auch die Präsenz des Dämons nieder.

Während sich das Pferd beruhigte, atmete ich vorsichtig ein und erhaschte im Wind eine Spur Rauch. Ich spähte durch das Blätterdach über mir, sah die sich kräuselnde Schwärze, die über den Baumwipfeln aufstieg, und trieb das Pferd an. Wir preschten den Pfad entlang, während Hakaimono in meinem Geist begierig umherjagte, da er wusste, dass nicht weit von hier Gewalt regierte und Tod ihr dicht auf dem Fuße folgen würde.

Die Luft wurde dunstig und scharf, roch nach brennendem Bauholz, und mein Magen krampfte sich zusammen. Als ich aufsah, erblickte ich ein blutrotes Leuchten am Himmel. Kleine Waldtiere, Kaninchen, Eichhörnchen und andere Geschöpfe flohen durch das Unterholz, rannten in die entgegengesetzte Richtung, und mein Pferd begann zu scheuen und wollte sich meinen Befehlen widersetzen. Grimmig rammte ich ihm die Absätze in die Rippen und ritt weiter. Mir war klar, dass es nicht das Feuer war, das mein Pferd erschreckte. Hier war etwas, im Wald. Und was auch immer es sein mochte, ich konnte ihm nicht erlauben, meine Mission zu behindern. Ich musste zu der Schriftrolle gelangen.

Als wir eine schmale, halb zerfallene Treppe in einem Bambuswald erreichten, flog eine wild kreisende Kama-Sichel aus dem Gebüsch und traf mein Pferd am Hals. Es stürzte laut wiehernd auf die Stufen, während ich blitzschnell aus dem Sattel sprang und mich abrollte. Ich spürte den heftigen Aufprall in der Schulter und kam erst ein paar Meter weiter auf die Beine.

Eine Flut kleiner grotesker Wesen stürzte aus dem Bambuswald, lachte gackernd und fuhr mit Speeren und einfachen Klingen durch die Luft. Sie fielen in einem Schwarm über das Pferd her, sprangen auf seinen Rücken, kreischten und stießen es, während es sich mühsam aufrichtete. Panisch ergriff das schwer verletzte Pferd die Flucht und lief wild bockend den Pfad hinunter, während sich seine dämonischen Mitreisenden am Sattel festklammerten und sich der Rest der Horde mir zuwandte.

Amanjaku? Mich durchlief ein kalter Schauder, obwohl Hakaimono angesichts so vieler Wesen, die getötet werden konnten, in wilde Erregung geriet. Ich hatte schon früher mit Amanjaku zu tun gehabt, doch noch nie in diesen Mengen. Wieso waren hier so viele?

Ich zückte Kamigoroshi, während die Dämonen aufschrien, ihre Fänge entblößten und zum Angriff übergingen. Ein Schwerthieb teilte die erste Woge entzwei, trennte Köpfe und Rümpfe voneinander, und die Amanjaku heulten auf, als sie ins Jigoku zurückgeschickt wurden. Durch einen Satz nach vorn wich ich einem Speer aus, ich stach einem Dämon ins Auge und köpfte einen anderen, während ich die Klinge wieder herauszog. Dann war ich mitten unter ihnen, und es gab nur noch Zähne und Klauen und aufblitzende Klingen. Ich überantwortete mich dem Tanz des Todes, und meine Adern durchströmte Hakaimonos hemmungsloses Entzücken.

Unter entsetztem Geschrei und Geheul zogen sich die übrig

gebliebenen Amanjaku in dem Bambuswald zurück, und ihre kleinen Gestalten waren schon bald nicht mehr auszumachen. Keuchend ließ ich Kamigoroshi sinken und sah mich um, fragte mich, woher sie gekommen waren und wer sie hergeschickt hatte. Amanjaku waren niedere Dämonen aus dem Jigoku. Aus dem Nichts konnten sie nicht einfach erscheinen, doch die Blutmagie, die benötigt wurde, um sie herbeizurufen, war eine gefährliche Macht, die im ganzen Kaiserreich streng verboten war. Das Hauptelement für die Magie aus dem Jigoku war natürlich Blut. Manchmal waren auch andere Dinge erforderlich: Seelen, Organe, Körperteile, aber hauptsächlich benötigte diese Magie die Lebenskraft, die durch alle sterblichen Adern floss. Je größer und mächtiger der Zauber, desto mehr Blut war erforderlich, um ihn zu bewirken.

Doch das Gefährliche an der Sache war, dass das Blut nicht von demjenigen stammen musste, der die Magie ausübte. Dem Jigoku war es gleich, wessen Blut vergossen wurde, ob von Mann, Frau oder Kind, solange es Menschenblut war und solange der Preis entrichtet wurde. Auch wenn, wie es für das Reich des Bösen und der Verderbnis bezeichnend war, die daraus resultierende Magie umso mächtiger ausfiel, je mehr man für den Menschen, dessen Blut vergossen wurde, empfand. Der Verrat an einer Geliebten, einem Bruder oder dem eigenen Kind brachten einem viel mehr Zauberkraft ein als das Opfer eines namenlosen Fremden. Aus diesem Grund verbot das Kaiserreich Blutmagie, und das Ausüben dunkler Künste wurde umgehend mit dem Tod bestraft. Selbst ein einziger Amanjaku musste mithilfe eines Blutopfers in das Reich der Sterblichen gerufen werden. Welche Menge man für eine ganze Horde benötigte, überstieg meine Vorstellungskraft.

Ich wusste nicht, *wer* die Dämonen herbeigerufen hatte, aber es ließ sich ohne Weiteres erraten, *warum*. Nachdem ich Kamigoroshi in die Scheide zurückgesteckt hatte, rannte ich den Pfad in Richtung Tempel hinauf und hoffte, dass ich nicht zu spät kam.

6
DIE FLAMMEN DER VERZWEIFLUNG

Yumeko

Der Tempel brannte lichterloh.

Keuchend stürzte ich aus dem Wald und starrte voller Entsetzen auf die leuchtend orangen Flammen, die zum Nachthimmel hochzüngelten. Die Dächer der eleganten, vierstöckigen Pagode waren in Brand geraten, ein schreckliches Inferno, und der Gestank nach Rauch, Asche und verkohltem Holz schwängerte die Luft. Hitzewellen versengten meine Haut, als ich mich der hinteren Mauer näherte, schwerfällig nach oben kletterte und mich auf den Gartenboden plumpsen ließ.

Wie war es dazu gekommen? Wer würde es wagen? Ich kannte Geschichten von der Welt jenseits der Tempelmauern, Erzählungen von sich bekriegenden Clans und wilden, stolzen Samurai. Geschichten von rivalisierenden Daimyo-Lords und ihrem ewigen Gezänk, wie sie wegen irgendeiner imaginären Ehrverletzung den Krieg erklärten und ganze Armeen aufeinanderhetzten. Doch laut Meister Isao respektierte sogar der grausamste, kriegslüsternste Daimyo die Mönche oder wollte zumindest nicht den Zorn der kami riskieren, indem er einen friedlichen Tempel angriff.

Es sei denn, er wusste von der Schriftrolle.

Ein Aufschrei ließ mir das Blut in den Adern gefrieren, und ich duckte mich hinter einen Wacholder. Als ich um den Stamm spähte und dabei versuchte, nicht Rauch und Asche einzuatmen, grub ich meine Nägel in die Rinde, um ein entsetztes Aufkeuchen zu unterdrücken.

Eine Meute kleiner grotesker … Wesen tanzte zuckend um den Teich herum, und ihre Silhouetten zeichneten sich im höllischen Feuerschein ab. Zuerst hielt ich sie für eine Horde verlotterter, missgestalteter Kinder; sie trugen verschlissene Tuniken, hatten große, knollenförmige Köpfe und reichten mir bis knapp übers Knie. Doch dann sah ich die Hörner, die Mäuler voll spitzer Zähne, die zerfransten Ohren und hervorstehenden Fänge. Ihre Haut war entweder blau oder rot gefleckt, und in den Klauen trugen sie primitive Waffen: Kama-Sicheln, Speere und kurze Messer.

Mir stockte der Atem. *Dämonen? Um Jinkeis willen, warum sind hier Dämonen?* Ich hatte Bilder von Dämonen in der Tempelbibliothek gesehen, schreckliche rot- und blauhäutige Oni mit Hörnern, Fängen und gewaltigen Knüppeln, Folterknechte für die bösen Seelen, die ins Jigoku geschickt worden waren. Diese Geschöpfe hier, die auf die armen, hektisch im Teich kreisenden Karpfen einstachen, waren nicht so groß wie die Ungeheuer in den Büchern, aber dass sie Dämonen waren, war trotzdem unübersehbar.

Ich ballte eine Hand zur Faust und spürte, wie sich die Baumrinde in meine Fingerknöchel grub. Warum waren hier Dämonen? Warum griffen sie den Tempel an? Wegen der Schriftrolle? Aber ich hatte gedacht, die Geschöpfe aus dem Jigoku lebten nur für Blutvergießen und Chaos; die Schriftrolle dürfte keinerlei Bedeutung für Dämonen haben. Es sei denn, etwas anderes oder jemand anderes erteilte ihnen Befehle …

Das hier ergibt keinen Sinn. Ich muss Meister Isao finden. Aber zuerst muss ich an diesen Dämonen vorbei.

Nachdem ich ein Blatt von dem Wacholder gepflückt hatte, glitt ich um den Stamm, legte das Blatt auf meinen Kopf und konzentrierte mich auf meine Fuchsmagie. Kurz kam mir der Gedanke, wie absurd es war, dass ich mir erst am Nachmittag gewünscht hatte, meine Magie häufiger einsetzen zu können. Mein Herz pochte, doch ich behielt das Bild dessen, was ich wollte, vor meinem geistigen Auge und sendete dann die entfesselte Magie durch meinen Körper. Geräuschlos erhob sich Rauch, und als ich die Augen aufschlug, war meine Haut rot gefleckt, und meine Füße hatten gekrümmte gelbe Krallen an den Zehenspitzen.

Mit einem tiefen Atemzug trat ich genau in dem Moment, als einer der Dämonen am Teich aufblickte und mich bemerkte, von dem Baum weg.

Er blinzelte kurz, runzelte die Stirn, und ich hielt den Atem an und hoffte, er sähe, was er sehen sollte: einen anderen Dämon, rothäutig und hässlich. Ich wagte ein Grinsen, entblößte schiefe Fänge, und der Dämon kehrte schnaubend zu seinem schaurigen Spielchen zurück, die Karpfen abzustechen. Das zuvor kristallklare Teichwasser war mittlerweile rot vor Blut. Ich überließ die Fische ihrem grausamen Schicksal und eilte weiter.

Das Dröhnen des Feuers begrüßte mich, als ich die Gärten verließ, und Funken von aufwirbelnder Glut brannten auf meiner Haut, während ich im Schutz der Büsche und Schatten an der in Flammen stehenden Pagode vorbei auf den großen Saal zulief. Eine sogar noch größere Dämonenmeute schwärmte vor dem Gebäude herum, fuchtelte mit Fackeln und tollte auf den Stufen, die zum Eingang führten. Als ich durch das Blattwerk spähte, krampfte sich mein Magen vor Schmerz zusammen. Einen guten Meter entfernt lag eine Leiche ausgestreckt auf den Steinen des Hofes, und aus ihrer Brust ragten zwei Speere. Die leeren Augen starrten ins Nichts.

Jin. Ich schlug mir beide Hände vor den Mund, um einen Aufschrei zu unterdrücken, und spürte, wie meine Augen zu brennen anfingen. Jin war immer gütig zu mir gewesen, immer geduldig und verständnisvoll, war nie böse geworden oder hatte die Stimme erhoben. Und jetzt war er tot. Hinter dem Mönch erblickte ich noch zwei weitere Leichen, die in Blutlachen lagen, die Gesichter abgewandt, sodass ich sie nicht erkennen konnte. Aber das würde ich. Sobald ich sie deutlich vor mir hätte, würde ich sie kennen.

Zitternd ließ ich die Arme sinken und wandte den Blick gewaltsam von den Leichen ab. *Ich kann jetzt nicht um sie trauern,* ermahnte ich mich und kämpfte die Tränen nieder. *Ich muss weiter.* Ich fragte mich, warum keiner der Dämonen einen Fuß in das Gebäude gesetzt hatte; der Haupteingang lag offen und unbewacht da, denn der Saal hatte keine richtigen Türen. Noch während ich die Szene betrachtete, stieß ein größerer blauer Dämon einen heiseren Schrei aus und hob einen Holzhammer über den Kopf, um den Eingang zu stürmen. Er eilte auf die Treppe zu, doch sobald er die unterste Stufe erreichte, zuckte blitzartig etwas Helles auf, und der Dämon prallte zurück, als wäre er gegen eine Steinmauer geknallt, und seine Kumpanen brachen in gackerndes, schrilles Gelächter aus.

Ich riss die Augen auf. *Eine Qi-Barriere?* Gesehen hatte ich so etwas schon: Meister Isao hatte manchmal den anderen Mönchen die Macht des Qi demonstriert, indem er undurchdringliche Kraftmauern schuf oder einen Gegenstand mit einer unsichtbaren Barriere umgab, die es unmöglich machte, das Ding im Innern zu berühren. Doch ... ein ganzes Gebäude? Die Konzentration, die dazu erforderlich sein musste, war unvorstellbar.

Und außerdem, wie soll ich dann durchkommen? Die Barriere umgibt das ganze Gebäude. Es sei denn ...

Mein Herz schlug schneller. Sehr mächtige Qi-Meister besaßen eine derartige Kontrolle über ihr Qi, dass sie sich aussuchen konnten, wer durch die Barriere hindurchkam und wer nicht. Wenn Meister Isao das Herannahen der Dämonen gehört hatte und ihm klar gewesen war, dass ich mich nicht im Tempel befand, hätte er es bestimmt so eingerichtet, dass ich die Barriere durchdringen konnte. Oder?

Mit angespannter Kieferpartie trat ich einen Schritt von dem Gebüsch weg, da ging jäh ein Beben durch den Boden. Als ich zum

Saal zurückblickte, bemerkte ich, wie ein gewaltiger Schatten mit Hörnern auftauchte. Mir blieb fast das Herz stehen. Zunächst war nur die dunkle Silhouette des Untiers vor den Flammen zu erkennen, als es langsam um die Ecke des Gebäudes bog. Zum Vorschein kam etwas Riesiges und Schreckliches.

O...Oni? Entsetzt taumelte ich rückwärts und sah zu, wie das gewaltige rote Geschöpf auf den Eingang zutrottete, sodass kleinere Dämonen vor ihm auseinanderstoben. Kalter Schweiß rann meinen Rücken hinunter, als es in Sicht kam und seine Fänge, Hörner und ein riesiger, mit Eisenspitzen bewehrter Knüppel im Fackelschein glänzten. *Das* war das Ungeheuer aus den Märchenbüchern. Die berüchtigsten Bewohner des Jigoku waren die Schreckensgestalten aus den Legenden, furchterregend und so gut wie unaufhaltsam. *Warum ... warum ist hier ein Oni? Warum?*

Doch das war eine dumme Frage. Ich kannte die Antwort bereits: Er war wegen der Schriftrolle hier.

Oh, warum habe ich Meister Isao nicht zugehört? Als er mir von der Schriftrolle erzählte und davon, warum sie so wichtig sei, warum habe ich nicht zugehört?

Oben an der Treppe hielt der Oni inne und blickte zum Eingang des Saals, den schweren spitzenbewehrten Tetsubo über einer Schulter. Dann schwang er den Knüppel in einer Hand, stieß mit dem Ende der Waffe gegen die Barriere und beobachtete, wie die Wand bei jedem Stoß flackerte und pulsierte. Die kleineren Dämonen drängten sich um die Beine des Oni und warteten begierig ab, ihre Augen leuchtend rot wie Feuerschein. Der Oni stieß ein Schnauben aus, ließ die gewaltigen Schultern kreisen und hob den Knüppel mit beiden Händen in die Höhe.

Er schmetterte den Tetsubo auf die Qi-Barriere, und die Schockwelle, die sich ausbreitete, peitschte die Äste der umstehenden Bäume auseinander und ließ die Dämonenhorde zurücktaumeln. Kurzzeitig wurde die bebende Qi-Kuppel sichtbar und schlug Wellen wie eine Luftspiegelung, bevor sie wieder verblasste und nicht mehr zu sehen war. Ich zuckte zusammen und fragte mich, ob die Barriere zerbersten würde, denn ich wusste, dass jeder Hieb auch ein Angriff auf die Konzentration der Mönche war, während sie mit aller Kraft versuchten, ihre Aufmerksamkeit zu bündeln. Die Barriere hielt stand, doch der Oni hob den Knüppel, um erneut zuzuschlagen, und die Dämonenhorde lachte gackernd, während sie auf den nächsten Hieb wartete.

Ich musste hineingelangen, und zwar sofort.

Kami, beschützt mich! Ich holte tief Luft, trat aus dem Gebüsch und überquerte so gelassen wie möglich den Hof, während ich betete, dass meine Tarnung nicht auffliegen würde. Etliche Dämonen blickten stirnrunzelnd auf, aber ihre Aufmerksamkeit galt hauptsächlich dem riesigen Oni, der wieder mit seinem Knüppel gegen die Barriere schlug. In dem infernalischen Licht schlug die Kuppel Wellen, und ich sah silberne Risse an der Oberfläche, die mir einen eiskalten Schauder über den Rücken jagten. Sie würde nicht viel länger standhalten.

Da ich nicht an den gewaltigen Oni geraten wollte, schlüpfte ich zur Seite des Gebäudes und duckte mich mit einem erleichterten Seufzer um die Ecke ... wo ich mit einem Dämon zusammenstieß, der just in diesem Augenblick um die Mauer gerannt kam. Sein blauer Knollenkopf rammte in meinen Magen, sodass mir kurz die Luft wegblieb. Ich taumelte rückwärts, fiel keuchend zu Boden und spürte, wie meine Kontrolle über die Illusion in einer weißen Rauchwolke zerbarst.

Der Dämon, den es ebenfalls zurückgeschleudert hatte, rieb sich unter Schmerzen mit einer Klaue die Stirn und starrte mich dann wütend an. Entsetzt riss er die roten Augen auf, als er keinen anderen Dämon erblickte, sondern ein Mädchen mit bepelzten Ohren und einem Schwanz, das da vor ihm im Dreck saß. Mit einem Heulen sprang er auf und stürzte auf mich los. Ich wich schnell zurück und entging knapp dem Schwert, als es an der Stelle, wo ich mich eben noch befunden hatte, in die Erde sauste.

Zwei weitere Dämonen tauchten aus den Schatten auf; einer hielt einen Speer, der andere fuchtelte mit zwei Kama-Sicheln herum. Bei meinem Anblick lachten sie gackernd und rannten auf mich zu, während der blaue Dämon weiter mit dem Schwert nach mir schlug. Als die anderen näher kamen, knurrte ich verärgert und schleuderte dem blauen Dämon eine Kugel Kitsune-bi ins Gesicht.

Mit einem Zischen zuckte er zurück und hob die Klauen an die Augen, als rechnete er damit, verbrannt zu werden. Die bläulich-weißen Flammen leuchteten einen Moment lang auf und verblassten dann harmlos. Doch die Ablenkung verschaffte mir genug Zeit, um an dem Dämon vorbeizurennen, mich dabei in einen Fuchs zu verwandeln und mich unter die Veranda zu ducken. Als ich die Qi-Barriere durchdrang, spürte ich ein scharfes Kribbeln am ganzen Körper, wie ein leichter Stromschlag, und dann umgab mich die beruhigende Dunkelheit des Bereichs unterhalb des Saals. *In Sicherheit.*

Mit zitternden Beinen kroch ich unter den Fußbodenbrettern entlang, glitt über kalte Erde und schob mich durch Spinnennetze, während ich nach dem lockeren Dielenbrett suchte, das hinter die Statue der Prophetin führte. Über mir erschütterten die dröhnenden Hiebe des Oni-Knüppels das Gebäude, ließen Staub auf mich herabregnen und schreckten Spinnen auf, die eilig davonkrabbelten.

Durch einen Spalt glitzerte oranges Licht über mir in der Dunkelheit und erleuchtete ein schmales Rechteck. Ich eilte darauf zu, quetschte mich durch die Latten und zog mich mit den Krallen auf den Boden des großen Saals, wo die Statue der Jade-Prophetin über mir aufragte. Ich taumelte weg von der Statue und sah mich nach Meister Isao um.

Mir krampfte sich der Magen zusammen. Er saß vor der Statue der Prophetin, die Hände hohl im Schoß, die Augen geschlossen und das Gesicht gelassen. Die restlichen Mönche saßen um ihn herum, ebenfalls in Meditation versunken, auch wenn ich sah, dass Schweiß an ihren Gesichtern hinabrann und ihre Brauen konzentriert zusammengezogen waren. Jedes Mal, wenn der Knüppel des Oni die Barriere draußen traf, zuckte einer von ihnen zusammen, spannte die Kieferpartie an oder presste die Lippen zusammen. Ich sah Denga, der hinter Meister Isao saß und dem Blut aus der Nase rann, während er um den Erhalt der Barriere kämpfte. Seine Augenbrauen zuckten bei jedem Hieb, und seine Kieferpartie war fest angespannt, selbst noch als das Blut von seinem Kinn tropfte und seine Hände besudelte.

Als ich mich wieder in meine Menschengestalt zwang, öffneten sich Meister Isaos Augen, und er sah mich direkt an. Mit einem Lächeln, als würden wir uns beim Abendessen begegnen und ich hätte mich verspätet, hob er eine Hand und winkte mich zu sich heran.

»Ah, da bist du ja, Yumeko-chan. Ich habe auf dich gewartet.«

»Meister Isao!« Ich warf mich neben ihn. »Was sollen wir tun? Der Oni durchbricht schon fast die Barriere. Wie werden wir entkommen?«

»Es gibt kein Entkommen«, sagte Meister Isao ruhig, und mir sank das Herz in die Hose. »Nicht für uns. Wir haben unsere Pflicht getan. Aber du, Yumeko-chan. Du musst weitermachen.«

Völlig entsetzt starrte ich ihn an. »Ich ... Ich begreife nicht, Meister Isao«, flüsterte ich. »Was meint Ihr damit, ich muss weitermachen? Wie denn?«

Ich verstummte, während der runzelige Mönch in den Ärmel seines Gewands griff und etwas hervorzog. Ein einfaches, zylinderförmiges Etui aus dunklem, lackiertem Holz, um das ein rotes Seidenband gebunden war. Ich stieß ein Keuchen aus, als er es hochhielt.

»Ist das ...?«

»Nimm sie, Yumeko-chan«, befahl Meister Isao und hielt sie mir entgegen. »Sie darf nicht in die Hände der Dämonen fallen. Du musst sie beschützen, koste es, was es wolle.« Ein weiteres Donnern ließ die Balken über uns ächzen, und einer der Mönche hinter uns zog scharf die Luft ein. Meister Isao sah mir unverwandt in die Augen. »Nimm die Schriftrolle«, sagte er wieder, »und verlass diesen Ort. Lauf weg und blick nicht zurück.«

Aufgeregt schüttelte ich den Kopf. »Das kann ich nicht«, flüsterte ich. Meine Augen brannten, und mir liefen Tränen die Wangen hinab. »Ich kann Euch nicht verlassen. Wohin soll ich gehen? Ich weiß nicht das Geringste über die Welt da draußen. Wie kann ich die Schriftrolle beschützen?«

»Fuchsmädchen.« Meister Isaos Stimme war streng, und ich blinzelte ihn erschrocken an. Obwohl die anderen Mönche mich oft so nannten, verwendete er sonst nie Ausdrücke, die sich auf meine wahre Natur bezogen. »Hör mir zu. Es gibt da etwas, das ich dir nicht gesagt habe, einen Teil deiner Vergangenheit, den ich dir offenbaren muss. Als du damals zu uns kamst, in dem Weidenkorb und mit der Nachricht, die an deiner Decke festgesteckt war …« Er hielt inne, und ein Ausdruck des Bedauerns blitzte in seinen Augen auf, so kurz, dass es genauso gut meine Einbildung hätte sein können. »Ich habe dir das meiste davon erzählt, was in dem Brief stand«, fuhr Meister Isao fort, »aber nicht alles. Der Teil, den du nicht zu hören bekommen hast, lautet …«

Seine Worte hallten seltsam in meinem Kopf wider, als kämen sie aus weiter Ferne.

Demütige Mönche, ich bitte Euch, geduldig zu sein und nicht vorschnell zu urteilen, denn mir ist eine Vision von der Zukunft erschienen. In dieser Vision habe ich Blut und Flammen und Tod gesehen, kreischende Dämonen und Flüsse aus Knochen, und die Welt verdunkelt sich vor Angst. Doch eine einzelne Füchsin steht über allem, unberührt, in ihrem Schatten ein großer Drache. Sie heißt Yumeko, Kind der Träume, denn sie ist unsere Hoffnung gegen die heraufziehende Dunkelheit.

Ich gefror innerlich zu Eis. Meister Isao lächelte sanft und hob die Schriftrolle ein weiteres Mal. »Du siehst also, Yumeko-chan«, sagte er, »unser Schicksal war längst vorhergesagt. Wer auch immer dich am Tor des Tempels ausgesetzt hat, wusste, dass das hier kommen würde und du eine Rolle in der Geschichte, dem vierten Nahen des Drachen, spielen würdest.«

Benommen starrte ich ihn an, ohne eigentlich zu verstehen, was er mir eben gesagt hatte. Ein dumpfer Schlag hallte durch den Saal wider, und einer der Mönche hinter uns brach stöhnend zusammen und hielt sich den Kopf. Zum ersten Mal trat eine Schweißperle auf Meister Isaos Stirn hervor und rann sein Gesicht hinab. Ich schüttelte mich, um wieder zu mir zu kommen, und packte ihn am Ärmel. »Warum?«, flüsterte ich. »Ich bin nicht bereit. Warum muss ich es sein?«

Seine faltige Hand schloss sich um meine. »Weil du die Einzige bist, die das hier tun kann. Hör gut zu, Yumeko-chan.« Master Isao drückte meine Hand, und die Kraft in seinen Fingern beruhigte mich ein wenig. »Wir sind nicht allein bei unserer Mission, ebenso wenig sind wir die einzigen Hüter. Es gibt noch einen Tempel, noch einen Orden, der ein Stück der Schriftrolle bewacht. Dorthin musst du gehen. Warne sie vor dem, was sich hier zugetragen hat. Sie werden dich beschützen und das Gebet des Drachen. Es ist ihre heilige Pflicht.«

»Wo sind sie?«

»Das kann ich dir nicht sagen«, antwortete Meister Isao. »Ich weiß es selbst nicht. Es ist ein legendärer Ort aus Mythen und Gerüchten, und im Laufe der Zeit geriet in Vergessenheit, wo er sich befindet. Ich weiß nur seinen Namen – der Tempel der Stählernen Feder. Und dass er irgendwo sehr weit weg von hier ist.«

»Aber ...«, fügte er hinzu, bevor ich verzweifelt Einspruch erheben konnte. »Es gibt jemanden, der weiß, wo sich der Tempel befindet. Du musst nach Kin Heigen Toshi reisen, der Hauptstadt in der Mitte des Sonnenlands. In der Stadt befindet sich der Hayate-Schrein – geh dorthin und frage nach dem Oberpriester, Meister Jiro. Er kann dir sagen, wie du zum Tempel der Stählernen Feder kommst.«

»Meister …« Tränen liefen meine Wangen hinunter. Mein Magen verkrampfte sich vor Entsetzen und Kummer. »Ich kann das nicht. Allein kann ich es nicht.«

»Du kannst es«, sagte Meister Isao energisch und hielt die Schriftrolle abermals hoch. »Du musst. Dies ist meine letzte Bitte. Bring die Schriftrolle in den Tempel der Stählernen Feder. Warne sie vor dem, was sich hier zugetragen hat; sage ihnen, dass jemand erneut die Teile der Drachenrolle zusammenfügen möchte. Lass unseren Tod nicht vergeblich sein.« Draußen ertönte ein weiteres Krachen, und er schloss die Augen. »Versprich es mir, Yumeko-chan. Du musst die Schriftrolle beschützen. Das Schicksal dieses Landes hängt davon ab.«

Ich streckte meine bebenden Hände aus und nahm die Schriftrolle entgegen, schlang meine zitternden Finger um das Etui. Es lag überraschend leicht in meiner Handfläche. »Ich verspreche es«, flüsterte ich. »Ich schwöre, ich werde den Tempel der Stählernen Feder finden, die anderen Mönche warnen und die Schriftrolle beschützen. Ich werde Euch nicht im Stich lassen.«

Er lächelte. »Nimm auch das hier.« Er drückte ein Tanto-Messer, einen kurzen, geraden Dolch, in meine Handfläche. »Es wird sich als nützlich erweisen, wenn Worte und Schläue nicht zu deiner Verteidigung ausreichen. Und das hier.« Er legte ein Furoshiki – ein Wickeltuch, in dem sich Kleidung, Geschenke oder Habseligkeiten transportieren ließen – um meine Schultern. »Um deine Bürde vor den Augen der restlichen Welt zu verbergen. Nun geh.« Er nickte in Richtung Statue. »Mach dir keine Sorgen um uns und weine nicht. Wir werden uns wieder begegnen, Yumeko-chan, in den Ländern der Reinheit oder in einem anderen Leben.«

Mit einem heftigen Krachen, das den ganzen Saal erschütterte, zerbarst die Barriere. Mönche keuchten oder schrien auf, sie griffen sich mit den Händen an ihre Köpfe, und der Boden erbebte, als der riesige Oni in den Raum stampfte, hinter ihm eine Dämonenflut.

»Geh, Yumeko-chan«, sagte Meister Isao, und seine Stimme war eisig. Mit steinerner Miene erhob er sich und trat auf das Ungetüm am Eingang zu. Ich kam mir wie ein Feigling vor, als ich halb hinter die Jade-Prophetin huschte. Zwar wusste ich, dass ich fliehen musste, doch ich konnte den Blick einfach nicht abwenden. Meister Isao und die anderen warteten gelassen ab, während der Schatten des Dämons größer wurde und seine Augen wie rote Kohlestücke im Dunkeln glühten.

Der Oni lächelte beim Betreten des Saals und zog den gewaltigen Schädel ein, als er durch den Türrahmen kam. Dann richtete er sich wieder zu seiner Furcht einflößenden Größe auf. Er war so gewaltig, dass seine Hörner beinahe die Decke schrammten. »Mönche des Tempels der Stillen Winde«, grollte er, und seine schreckliche Stimme ließ die Luft erzittern, »ich heiße Yaburama, vierter Dämonengeneral des Jigoku, und ich bin wegen der Drachenrolle hier.« Er hob seinen Tetsubo und ließ ihn mit einem satten Knall in seine Handfläche sausen. Die kleinen Dämonen zischten und glucksten ausgelassen hinter ihm, während sie auf das Signal zum Angriff warteten. »Gebt mir, weswegen ich hergekommen bin, und ich werde euren Tod vielleicht schmerzlos gestalten.«

»Abscheulichkeit!« Dengas Stimme erscholl über dem Knurren und dem Gekicher der Dämonenhorde. Furchtlos schritt er vorwärts, bis er nurmehr einen guten Meter vor dem hünenhaften Oni stand. »Wir werden die Schriftrolle niemals in derart böse Hände fallen lassen. Ihr seid hier nicht willkommen. Bei der Jade-Prophetin, scher dich davon, und nimm deine Lakaien mit dir!«

Der Oni legte den Kopf schräg. Unvermittelt schwang er seinen Knüppel, rasend schnell, traf Denga an der Seite und schleuderte ihn gegen einen Pfeiler. Der Mönch schlug mit einem schrecklichen

Krachen gegen den Balken und sackte zu Boden. Aus seiner Nase und seinem Mund strömte Blut, und seine Augen starrten blind geradeaus. Es kostete mich Mühe, einen Schrei zu unterdrücken, aber der Oni kräuselte nur die Lippe.

»Eure Jade-Prophetin bedeutet mir nichts«, stellte er fest, während die Dämonen vor Lachen kreischten und in den Raum wuselten.

Unter wütendem und empörtem Geschrei stürzten die Mönche nach vorn und trafen in der Saalmitte auf die Dämonen. Sie waren unbewaffnet, und ihre Gegner kämpften sowohl mit Klingen und Speeren als auch mit ihren Klauen und Zähnen. Doch wehrlos waren die Mönche ganz gewiss nicht. Qi-Energie pulsierte, verwandelte Fäuste in Hämmer und Füße in zerstörerische Waffen. Der Schädel eines Dämons wurde zertrümmert, als Nitoru dagegentrat, und Dämonenblut spritzte auf, bevor der Dämon sich in rot-schwarz züngelnden Rauch verwandelte und verschwand. Ein Dämonentrio umzingelte Satoshi, der einen Speerangriff abwehrte, den Speer dem Griff des Dämons entwand und ihn durch dessen aufgerissenes Maul trieb. Doch er bemerkte die Gefahr in seinem Rücken nicht, als ein zweiter Dämon eine Kama-Sichel tief in seinem Bein versenkte. Satoshi strauchelte und fiel auf ein Knie, und die Monster kletterten scharenweise auf ihn und zerrten ihn zu Boden.

Yumeko!, erscholl Meister Isaos Stimme in meinem Kopf, obwohl der Meister des Tempels der Stillen Winde, umgeben von knisternder Qi-Energie, direkt auf die Raummitte zuschritt, wo der schreckliche Oni wartete. *Geh, jetzt!*

Ich drehte mich zu der Öffnung im Boden um und wollte im nächsten Moment wieder Fuchsgestalt annehmen. Doch ein blauer Knollenkopf schob sich zwischen den Dielenbrettern hervor, und ein Dämon kämpfte sich mit den Klauen aus der Öffnung, gefolgt von zwei Kumpanen. Bei meinem Anblick zischten sie und hoben ihre Speere, und ich wich rasch zurück.

Jinkei hilf mir, ich saß in der Falle! Vorwärts konnte ich nicht, während das Trio die Öffnung versperrte, und nach hinten in den Raum, wo der Kampf zwischen Mönchen und Dämonen tobte, konnte ich auch nicht. Der Lärm war ohrenbetäubend, Schreie und Geheul vermischten sich mit Qi-Blitzen, herumwirbelnden Körpern und Blut. Während das Dämonentrio sich boshaft grinsend bereit machte, hob ich den Arm, und eine Kugel bläulich-weißes Fuchsfeuer leuchtete in meiner Handfläche auf. Der blaue Dämon warf einen Blick auf die gespenstischen Flammen und grinste höhnisch, sodass mir der Mut sank. Ein zweites Mal würde eine Kugel Kitsunebi ins Gesicht anscheinend nicht funktionieren.

Mit einem Brüllen kippte die massige Gestalt des Oni nach hinten und stürzte gegen die Statue der Jade-Prophetin, sodass sie von ihrem Podest gestoßen wurde. Die Statue schwankte einen Moment lang, was mir gerade genug Zeit gab, um zur Seite zu hechten, bevor sie mit einem ohrenbetäubenden Krachen von Holz und Stein durch die Wand barst. Die drei Amanjaku wurden unter dem Schutt begraben, und durch das Loch, das die umgestürzte Statue geschaffen hatte, wehte eine warme, nach Rauch riechende Brise in den Saal.

Ich duckte mich hinter einen der Pfeiler, die den Raum säumten, als der Oni den Kopf schüttelte und zu Meister Isao blickte, der mitten im Saal stand. Der Mönch atmete schwer, Blut rann unter seiner Kopfbedeckung hervor und sein Gesicht hinunter, die Hände hatte er beide erhoben.

Ein tiefes Knurren ertönte von dem Oni, der vor der zerstörten Statue saß. »Du kämpfst hart für einen Sterblichen«, grollte das Ungeheuer und stand auf. »Gut gemacht, aber retten wird es euch nicht. Die Amanjaku reißen deine Brüder in diesem Moment in Stücke. Keiner ist mehr übrig.« Er streckte den Hals von einer Seite zur anderen, ließ die Schultern vorwärtskreisen und hob den Knüppel. »Es ist an der Zeit, diese Spielchen zu beenden. Schauen wir mal, ob du über genug Qi verfügst, um das noch einmal zu tun!«

Der Oni stürzte mit einem Brüllen los. Während er vorwärtsstürmte und den Knüppel hoch über den Kopf hob, huschte Meister Isaos gelassener Blick zu mir. In dem Moment, als sich unsere Blicke trafen, lächelte er.

Geh, Yumeko-chan, flüsterte seine Stimme in meinem Kopf, sanft und ruhig. *Lauf.*

Diesmal wartete ich nicht ab, um zu sehen, was passierte, ob der schreckliche Hieb vom Knüppel des Oni sein Ziel traf oder nicht. Ich wirbelte herum und rannte durch das Loch, das die vom Sockel gestürzte Prophetin hinterlassen hatte, kletterte über zersplitterte Balken und Jadescherben und flüsterte eine Entschuldigung, als ich über einen zerborstenen grünen Arm stieg. Dann war ich im Freien, und die Luft war heiß und stickig. Blind vor Tränen stolperte ich über eine Planke und schürfte mir bei meinem Sturz die Hände auf. Das lackierte Etui mit der Schriftrolle kullerte weg und glänzte im Feuerschein.

Mir gefror das Blut in meinen Adern. Ich packte rasch das Etui, und halb lief ich, halb stolperte ich in die Gärten hinaus, vorbei an dem Teich voll toter, im Wasser treibender Karpfen, zu dem alten Ahornbaum, dessen Stamm an der Mauer lehnte. Nachdem ich die Schriftrolle schnell in das Furoshiki und das Tanto in meinen Obi gesteckt hatte, zog ich mich an den knotigen Ästen hoch und fragte mich, wie sich diese von jeher vertraute Handlung plötzlich derart fremd und surreal anfühlen konnte. Das hier würde ich nie wieder tun.

Oben auf der Mauer schenkte ich meinem Zuhause, dem Tempel, in dem ich mein ganzes Leben verbracht hatte, einen letzten Blick und spürte, wie sich ein Kloß in meiner Kehle bildete. Die Pagode war jetzt nurmehr eine skelettartige, von Flammen umzüngelte Ruine, und das Feuer hatte sich auf die anderen Gebäude ausgebreitet, einschließlich des großen Saals. Über den Baumwipfeln konnte ich nur das Dach ausmachen, aber ein verirrter Glutfunke an einer Ecke hatte sich in eine zehrende Flamme verwandelt, die sich schnell ausbreiten und das Holzgebäude verschlingen würde. Es würde nichts übrig bleiben. Ich wagte nicht, mir vorzustellen, was sich gerade im Innern abspielte, all die Leben, die verloren waren, die Mönche, die sich tapfer einer Dämonenhorde entgegenstellten. Jeder, den ich je gekannt hatte – Jin, Satoshi, Nitoru, Denga, Meister Isao und alle anderen –, sie waren tot. Sie waren freiwillig in den Tod gegangen, nur um die Schriftrolle zu schützen.

Eine winzige Lichtkugel, blass vor dem Rauch und der Dunkelheit, erhob sich vom Dach des brennenden Saals. Zu ihr gesellte sich eine weitere und dann noch eine, bis sich dort mehr als ein Dutzend leuchtender Kugeln, gefolgt von Lichtschweifen, langsam in die Lüfte erhob. Meine Kehle schnürte sich zu, und frische Tränen strömten meine Wangen hinab. Nicht eines der runden Lichter hielt inne oder blieb in der Nähe des Tempels, alle stiegen stetig zu den Sternen empor. Unter ihnen gab es kein Bedauern, keinen nachklingenden Kummer und keine Rachegedanken, nichts, das sie an diese Welt fesselte. Sie waren frei.

Tief in meiner Brust flackerte eine winzige bläulich-weiße Flamme des Zorns auf. Ich atmete tief durch, um die Tränen zu verbannen.

»Ich werde nicht versagen«, versprach ich, während die Lichter langsam entschwebten, in Richtung Meido oder der Länder der Reinheit oder was auch immer ihr Ziel sein mochte. »Wenn … wenn das hier wahrlich meine Bestimmung ist, dann werde ich nichts unversucht lassen. Keine Sorge, Meister Isao, Ihr anderen. Ich werde den Tempel der Stählernen Feder finden und die Schriftrolle beschützen, das gelobe ich.«

Meine Worte hatten keinerlei Wirkung auf die rasch verblassenden Lichter. Sie stiegen weiter zum Himmel empor, bis sie nicht größer als die Sterne selbst waren und schließlich verschwanden.

Ich blinzelte mehrmals. *Gute Reise, Ihr alle! Mögen wir uns in diesem Leben oder dem nächsten wiedersehen.*

Da erregte ein Zischen im Garten meine Aufmerksamkeit. Als ich nach unten blickte, sah ich direkt in die blutroten Augen eines Dämons, der ebenfalls zusammenzuckte, als er mich sah. Während er einen schrillen Alarmschrei ausstieß und die Waffe hob, ließ ich mich an der Außenseite der Mauer zu Boden plumpsen und rannte in den Wald.

7

Ein unerwarteter Vorschlag

Tatsumi

Der Pfad war verschwunden.

Ich zögerte und lauschte in den Schatten des Waldes, die Hand um das Heft meines Schwerts gelegt. Während ich den Berg hinaufgejagt war, war der Pfad, dem ich folgte, irgendwann entweder verschwunden, oder ich hatte ihn irgendwie verloren, denn jetzt umgab mich nichts als dichter, dunkler Wald. Sonderlich beunruhigend war das nicht. Ich konnte immer noch das Brüllen der Feuersbrunst hören, und die Brise durch das Geäst trug den Geruch nach Rauch und Blut. Ich ging in die richtige Richtung.

Angst machte mir, was ich bei meiner Ankunft dort vorfinden würde.

Im Gebüsch vor mir ertönte ein Rascheln, und Kamigoroshi gab ein warnendes Pulsieren von sich, gerade als plötzlich etwas aus der Dunkelheit hervorbrach und auf mich zustürzte. Im nächsten Augenblick war meine Klinge aus der Scheide und fuhr auf das Gesicht meines Angreifers zu. Er – sie? – jaulte auf und kam schlingernd zum Stehen, während ich begriff. Hakaimono brüllte auf und stachelte mich an, die Bewegung fortzuführen, den Stahl in Blut zu tauchen. Gewaltsam entzog ich mich Hakaimonos Blutgier und zwang mich innezuhalten.

Die Klinge erstarrte zwei Zentimeter von ihrem Hals entfernt. Keuchend blickte ich über die glänzende Kante des Schwerts in das Gesicht und die aufgerissenen schwarzen Augen eines Mädchens.

Sie war in meinem Alter, vielleicht ein bisschen jünger. Klein, zierlich, in einem kurzen karmesinroten Gewand mit einem Muster aus weißen Wirbeln. Ihr schwarzes Haar hing lose um ihre Schultern und auf ihren Rücken, und ihre großen dunklen Augen, die zu mir aufblickten, waren vor Entsetzen gerundet.

Im ersten Moment starrten wir einander an, umstrahlt von Kamigoroshis leichtem Purpurschein. Ihr Gesicht war schmutzig, mit Asche und Dreck verschmiert, und sie atmete schwer, als sei sie mit der restlichen Tierwelt dem Feuer entflohen.

Dann ertönte in den Bäumen hinter ihr ein Knacken, und mir wurde klar, warum sie gerannt war.

»Zurück«, sagte ich und schob sie hinter mich, als ein Amanjaku mit einem Heulen durch die Büsche gesprungen kam, eine Sichel über dem Kopf erhoben. Ich schlug die gebogene Klinge beiseite und fuhr ihm mit Kamigoroshi übers Gesicht, sodass er schreiend davontaumelte. Weitere Dämonen schwärmten aus dem Gebüsch und stießen und hackten wild mit ihren Waffen um sich, während sie auf uns zueilten. Sie starben durch mein Schwert, und ich trennte Gliedmaßen von Körpern und Köpfe von Rümpfen, sodass schwarzes Dämonenblut in Fontänen in die Luft stob. Hakaimono ergötzte sich an ihrem Sterben, doch ich distanzierte mich von der Wut des Dämons. Ich war die Hand, die Kamigoroshi führte, das war alles. Ich empfand nichts, während ich die Geschöpfe zurück ins Jigoku schickte.

Als der letzte Dämon gefallen war, wischte ich dampfendes Blut von meinem Schwert, steckte Kamigoroshi trotz des Protests von Hakaimono in die Scheide und sah mich nach dem Mädchen um.

Sie lugte hinter einem Baumstamm hervor und beobachtete mich mit großen dunklen Augen. Überrascht drehte ich mich ganz zu ihr um. Ich hatte halb damit gerechnet, dass sie längst fort und aus dem

Wald geflohen war, während die Dämonen mit ihrem Angriff auf mich beschäftigt waren. Ich bemerkte ein metallenes Glitzern in ihrer Hand und sah das Heft eines Tanto, das sie in der Faust umklammert hielt. Ob der Dolch mir oder den Dämonen galt, konnte ich nicht mit Sicherheit sagen.

»Gütiger Jinkei«, flüsterte sie atemlos. Ihre Augen glänzten, als sie den Blick über die verblassenden dunklen Schleier im Wind schweifen ließ. »Du … das war …« Blinzelnd sah sie zu mir auf, ihre Miene eine Mischung aus Ehrfurcht und Angst. »Wer bist du?«

Nichts. Niemand. Ein Schatten an der Wand, leer und unbedeutend. Ich wandte mich ab, lauschte dem Geräusch von Flammen in der Ferne. »Lauf«, befahl ich dem Mädchen, ohne zurückzublicken. »Verschwinde von hier. Geh zum Dorf am Fuß des Berges. Dort solltest du in Sicherheit sein.«

»Warte!«, rief sie, als ich Anstalten machte weiterzugehen. Zwar hielt ich inne, drehte mich aber nicht zu ihr um. »Dort darfst du nicht hinauf«, sagte sie, und ich hörte, wie sie hinter dem Baum hervorkam. »Es ist zu gefährlich. Dort gibt es noch mehr Dämonen, eine ganze Horde davon. Und einen Oni!«

Ein Oni. Meine Augen verengten sich, noch während Hakaimono vor freudiger Erregung stärker aufflammte, als ich es je gespürt hatte. Seit meinem dreizehnten Lebensjahr brachte ich nun schon gefährliche Yokai für den Schattenclan um. Ich war der jüngste in einer langen Reihe Dämonenjäger der Kage, der Kamigoroshi führte, aber einem echten Oni war ich noch nie gegenübergetreten. Wie mein Sensei mir erklärt hatte, waren diese größten Dämonen des Jigoku etwas ganz anderes als die Monster, gegen die ich bisher gekämpft hatte. Zäh, wild und schier unaufhaltsam, in der Lage, in verblüffendem Tempo Wunden, Knochenbrüche, sogar abgetrennte Gliedmaßen zu regenerieren. Sie waren schwer zu besiegen, selbst mit Kamigoroshi. In der Vergangenheit war mehr als ein Dämonenjäger in den Kampf gegen einen Oni gezogen und hatte nicht überlebt.

Glücklicherweise begegnete man Oni nur selten, da es unglaublicher Macht bedurfte, einen dieser wilden Dämonen aus dem Jigoku herbeizurufen und ihn für die eigenen Zwecke einzuspannen. Unglücklicherweise bedeutete dies, dass, wer auch immer einen Oni hierher in diesen Wald geschickt hatte, wahrscheinlich hinter der gleichen Sache her war wie ich. Lady Hanshou hatte mir nicht verraten, warum sie diese bestimmte Schriftrolle in ihren Besitz bringen wollte, und es stand mir auch nicht zu, danach zu fragen. Meine Mission bestand darin, die Schriftrolle zu besorgen, ganz gleich, welche Hindernisse sich mir in den Weg stellten.

»Dieser Oni«, fragte ich das Mädchen, dessen Blick ich immer noch in meinem Rücken spürte. »Wo ist er?«

»Im Tempel«, erwiderte sie, und ihre Stimme klang kläglich. »Oben auf dem Berg. Er hat jeden dort umgebracht und alles in Brand gesteckt. Nichts ist übrig.«

Mein Mut sank. Wenn die Dämonen den Tempel angegriffen und zerstört hatten, dann war die Schriftrolle längst fort. Zerstört oder in den Händen des Oni. Mit zusammengebissenen Zähnen schlug ich mich in die Bäume. Ich musste nachsehen, ob sich die Schriftrolle noch dort befand, ob ich sie retten konnte. Und falls der Oni tatsächlich im Besitz der Schriftrolle sein sollte, würde ich den Dämon herausfordern und sie zurückholen oder bei dem Versuch ums Leben kommen.

»*Baka!*« Etwas packte den Saum meiner Jacke und zerrte an mir, bis ich stehen blieb. Ich wirbelte herum und konnte mich kaum zurückhalten, Kamigoroshi zu zücken und meine Angreiferin aufzuschlitzen. »Hast du mich nicht gehört?«, fragte das Mädchen, deren dunkle Augen jetzt vor Angst weit aufgerissen waren. »Dort oben sind ein Dämonenheer und ein Oni. Wenn du zum Tempel gehst, werden sie dich umbringen, wie sie es mit allen anderen getan haben.«

Tränen traten in ihre Augen und benetzten ihre Wangen. Auf

einmal begriff ich. »Du bist aus dem Tempel«, stellte ich leise fest. »Du hast alles gesehen.«

Sie nickte und wischte sich mit einem dreckigen Ärmel übers Gesicht. »Alle sind gestorben«, flüsterte sie. »Ich bin nur knapp davongekommen. Mein Meister hat sich geopfert, damit ich entkommen konnte. Er hat selbst gegen den Oni gekämpft, obwohl er wusste, dass der ihn töten würde.«

»Worauf hatten es die Dämonen abgesehen?«, fragte ich und betrachtete sie eingehend. Wenn sie vom Tempel gekommen war, wusste sie vielleicht von der Schriftrolle oder hatte eine Ahnung, wo sie sich befand. »Warum haben sie angegriffen?«, hakte ich nach. »Haben sie etwas entwendet?«

Nur einen Moment lang zögerte sie. Ihre Wangen erbleichten, und sie sah mit ihren dunklen Augen zu mir auf. Aus irgendeinem Grund war da ein Kribbeln auf meiner Haut, und ich unterdrückte das Verlangen, ihrem Blick auszuweichen. »Ich weiß es nicht«, räumte sie ein. »Ich weiß nicht, warum sie gekommen sind oder was sie wollten. Ich weiß nur, dass mein Tempel zerstört ist und die Dämonen jeden umgebracht haben, der mir jemals etwas bedeutet hat. Und wenn du jetzt dort hinaufgehst, wirst du ebenfalls sterben.«

Abermals hielt sie inne und streckte dann die Hand aus, als habe sie eine Entscheidung getroffen. »Komm mit«, sagte sie zu meiner Überraschung. »Bevor die Dämonen uns finden. Ich kann nicht ... ich will im Moment nicht allein sein. Wir können ins Dorf laufen und uns von dort aus überlegen, was zu tun ist.«

»Nein.« Ich trat einen Schritt zurück, weg von ihr. »Du kannst weiter weglaufen. Den Wald verlassen. Aber ich habe etwas im Tempel zu erledigen. Ich muss etwas überprüfen.«

»Was denn?« Ungläubig starrte sie mich an, als ich mich umdrehte und losmarschierte. »Das kann nicht dein Ernst sein. Was ist so wichtig, dass du dafür riskieren würdest, den Schädel von einem Oni eingeschlagen zu bekommen? Warte!«

Sie schlurfte hinter mir her. Ich drehte mich noch einmal um und hob Kamigoroshi, sodass das Mädchen unsicher stehen blieb. »Folge mir nicht«, warnte ich sie, während ihr Blick auf die Klinge fiel. »Geh ins Dorf. Erzähl den Leuten von dem Angriff. Vergiss, was du hier gesehen hast.« Ich steckte das Schwert in die Scheide und brach in die Dunkelheit auf, in Richtung Tempel und der Schlacht, die mich dort oben erwartete. »Was jetzt passiert, ist nicht deine Angelegenheit.«

»Die Schriftrolle befindet sich nicht mehr dort.«

Ich blieb stehen. Langsam drehte ich mich um. Das Mädchen hatte sich nicht vom Fleck gerührt und beobachtete mich mit einer argwöhnischen, beinahe trotzigen Miene, die Kieferpartie angespannt. »Die Schriftrolle«, wiederholte sie, um keinen Zweifel zu lassen. »Du wirst sie nicht finden. Sie ist nicht mehr im Tempel.«

»Wo ist sie?«

Sie zögerte. Ich zückte das Schwert und ging auf sie zu. Ihr Gesicht erbleichte, und sie wich zurück, stieß jedoch nach ein paar Schritten gegen einen Baum. »Ich weiß es nicht«, setzte sie an und erstarrte, als ich Kamigoroshis Kante an ihren Hals legte. »Warte, bitte! Du verstehst nicht.«

»Wo ist die Schriftrolle?«, fragte ich noch einmal und trat näher. »Sag es mir, oder ich töte dich.«

»Sie ist weg!«, entfuhr es dem Mädchen. »Sie ist nicht mehr hier. Meister Isao … er hat das Herannahen der Dämonen gespürt. Er wusste, dass sie hinter der Schriftrolle her waren, also hat er sie fortgeschickt. Vor … vor ein paar Tagen.«

»Wohin?«

»Ich weiß es nicht.«

Ich hob die Klinge etwas an, sodass sie leicht in ihre Haut drückte, und sie stieß ein Keuchen aus. »Ich weiß es nicht!«, beharrte sie und hob den Kopf, um dem Schwert zu entkommen. »Meister Isao hat mir nicht gesagt, wo sie sich befindet. Aber … ich weiß, wer es weiß.«

»Wer?«

Sie hielt inne, und mit ihren dunklen Augen blickte sie kurz zu der Klinge und dann mich an. Wieder verspürte ich dieses seltsame Kribbeln unter der Haut. »Woher weiß ich, dass du mich nicht umbringst, wenn ich es dir verrate?«

»Ich gebe dir mein Wort«, erklärte ich ihr. »Bei meiner Ehre, wenn du mir sagst, was ich wissen will, werde ich dich nicht töten.«

Behutsam schüttelte sie den Kopf. »Das reicht mir nicht, Samurai«, sagte sie, woraufhin ich sie nachdenklich anblickte. Der Schwur eines Kriegers war absolut, seine Ehre gebot, ihn niemals zu brechen, und es war eine Beleidigung, etwas anderes anzudeuten. Für einen Samurai, der sein Wort brach, wäre die Schande so groß, dass Seppuku – ritueller Selbstmord – die einzig mögliche Antwort wäre.

Natürlich war ich ein Shinobi, ein Schattenkrieger, und folgte einem anderen Codex als die Samurai. Wir agierten in der Dunkelheit und führten Aufgaben durch, bei denen sich ein ehrenhafter Samurai vor Entsetzen und tiefster Abscheu krümmen würde. Doch das wusste das Mädchen nicht.

Sie musterte mich weiter, den Kopf nach hinten an den Baumstamm gepresst, das Kinn gereckt, um der tödlichen Klinge an ihrem Hals zu entgehen. Ich hielt das Schwert fest gepackt, sowohl in meiner Hand als auch in Gedanken, denn Hakaimono stachelte mich an, dieses aufsässige, unbedeutende Bauernmädchen umzubringen. »Du kannst mich jetzt töten«, sagte sie, »aber dann wirst du nie finden, wonach du suchst.« Ich verengte die Augen zu Schlitzen, und sie erbebte unter meinem Blick. Der Mut schien sie zu verlassen, als sie tief durchatmete und mich erneut anstarrte. »Ich habe … einen Vorschlag für dich«, verkündete sie. »Also hör bitte zu, bevor du dich entscheidest, mir den Kopf abzusäbeln. Die Dämonen werden mich verfolgen. Sobald sie dahinterkommen, dass die Schriftrolle nicht hier ist, werden sie es auf mich abgesehen haben. Im

Moment befindet sich die Schriftrolle auf dem Weg zu einem anderen Tempel, einem versteckten Tempel, weit weg. Ich muss zu diesem Tempel gelangen, um die Mönche vor dem Angriff der Dämonen zu warnen. Ich habe meinem Mentor versprochen, dass ich es tun werde.«

»Aber du weißt nicht, wo der Tempel ist«, stellte ich fest.

»N… Nein«, gab sie zu. »Ich nicht. Aber Meister Isao hat mir den Namen des Menschen verraten, der es weiß. Ein Priester, der in Kin Heigen Toshi lebt. Er weiß, wo der versteckte Tempel liegt, und kann mir sagen, wohin ich gehen muss. Allerdings glaube ich nicht, dass ich es ohne Hilfe dorthin schaffen werde. Ich kann nicht allein gegen eine Dämonenhorde kämpfen.« Sie taxierte mich, und mir wurde klar, worauf sie hinauswollte. »Aber … *du* tötest Dämonen, und zwar recht geschickt, wie mir scheint. Wenn du … mich begleitest, mich auf der Reise beschützt, dann …« Ihre Stimme verlor sich, doch das unausgesprochene Angebot hing zwischen uns in der Luft, unverkennbar.

Dann bringt sie mich zu der Schriftrolle.

Ich überlegte. Der Clan wäre nicht begeistert. Als Drachenjäger der Kage und Träger von Kamigoroshi sollte ich eigentlich keinen dauerhaften Kontakt zu jemandem außerhalb des Schattenclans haben. Dafür gab es zwei Gründe. Die Kage waren eine Familie der Geheimnisse. Unsere Shinobi waren die besten im ganzen Land und besaßen Talente, von denen der Rest der Welt nichts ahnte. Wir standen den Schatten nahe, und die kami-Beseelten unter uns sprachen deshalb die Sprache der Dunkelheit und des Unbekannten. Der Schattenclan gab nichts von seinen Geheimnissen preis und würde jeden Außenstehenden, der zu viel herausfand, ohne Weiteres umbringen. Ein Bauernmädchen, das mit dem Drachentöter der Kage reiste, würde Besorgnis erregen.

Doch der andere, triftigere Grund war ich selbst. Mir wurde stark davon abgeraten, Kontakt zu Außenstehenden zu haben, weil ich eine Gefahr darstellte und das Risiko bestand, ich könnte mich an den Dämon im Schwert verlieren. Gefühle waren gefährlich, weil Hakaimono sie als Tor in die Seele benutzte. Wut, Angst, Unsicherheit, je stärker das Gefühl war, desto eher gelang es dem Dämon, seinen Wirt zu überwältigen. Man hatte mich gewarnt, unzählige Male, dass es kein Zurück gäbe, sollte Hakaimono jemals vollständig die Kontrolle an sich reißen. Ich würde mich in ein Monster verwandeln, und ihnen bliebe keine andere Wahl, als mich zu töten.

Allerdings befand ich mich auf einer Mission im Auftrag von Lady Hanshou persönlich, der Daimyo des Schattenclans. Ich hatte mein Versprechen gegeben, die Schriftrolle zu beschaffen, und sie erwarteten von mir, dass ich gehorchte, selbst wenn es mich mein Leben und die Leben derjenigen um mich herum kostete. Versagen war keine Option.

»Also«, setzte das Mädchen erneut an. »Haben wir eine Abmachung?«

8
DIE REISE BEGINNT

Yumeko

Der Fremde schwieg, überlegte. Wir standen sehr nah beieinander, und ich konnte jede Feinheit seines Gesichts erkennen – die hohen Wangenknochen, die vollen Lippen, die Narbe, die sich von seiner Stirn bis zu seinem Nasenrücken zog. Seine Augen jedoch ... Sie waren leuchtend violett, die satte, strahlende Farbe einer Schwertlilie, und doch lief mir ein Schauder über den Nacken und den Rücken hinunter, als ich in sie blickte. Sie waren leer, gaben keinerlei Gefühl preis, zeigten kein Mitleid, kein Einfühlungsvermögen oder Verständnis. Kein Anzeichen einer Seele dahinter. Bis jetzt hatte ich noch nie wirklich Angst vor einem Menschen gehabt; sogar trotz Denga-sans Drohungen, Wutanfällen und zahlreichen Bestrafungen hatte ich im Herzen gewusst, dass die Mönche des Tempels der Stillen Winde mir niemals Leid antun würden. Aber dieser Junge ... Er mochte jung an Jahren sein, mit einem Engelsgesicht, aber es war unmöglich, die Wahrheit in seinen Augen zu verkennen. Er war ein Mörder.

Und dennoch könnte dieser seelenlose Mörder möglicherweise meine größte Chance sein, den Tempel der Stählernen Feder lebendig zu erreichen. Bei dem Gedanken klopfte mein Herz unruhig, doch nachdem ich Zeugin geworden war, wie er die Amanjaku abschlachtete, mit welcher Leichtigkeit er sie niedermähte, war mir etwas in den Sinn gekommen – ich hatte eine wilde, riskante, wahrscheinlich sehr gefährliche Idee. Die Dämonen würden mich jagen, sobald sie erkannten, dass die Schriftrolle fort war. Womöglich würde der Oni meine Fährte aufnehmen, und sosehr ich auch Meister Isao und die anderen rächen wollte, konnte ich es mit diesem abscheulichen Ungetüm nicht aufnehmen.

Ich zitterte und spürte, wie sich mein Magen schmerzhaft zusammenzog. Ich konnte nicht begreifen, dass sie tot waren. Dass ich erst am Nachmittag die Kerzen des großen Saals angezündet und mir gewünscht hatte, woanders zu sein. Den Wald hatte ich noch nie verlassen. Ich wusste nicht, wohin ich gehen oder wie ich mit Menschen reden sollte. Mein ganzes Leben lang hatte ich nur mit Mönchen, kami und dem einen oder anderen Yokai im Wald gesprochen. Ich musste die Schriftrolle zum Tempel der Stählernen Feder bringen; ich hatte Meister Isao versprochen, dass ich es tun würde, aber ich war mir nicht sicher, wie ich dorthin gelangen sollte oder was ich tun würde, falls ich Dämonen über den Weg lief.

Aber ... *dieser* Mensch konnte Dämonen töten. Und zwar völlig problemlos. Vielleicht war er so gefährlich wie die Ungeheuer selbst. Wenn er mich beschützte, bekämen es jegliche Dämonen, Yokai oder mordlustige Gesellen, die an die Schriftrolle gelangen wollten, erst einmal mit ihm zu tun.

Es gab da nur ein klitzekleines Problem.

Er war ebenfalls hinter dem Drachengebet her. Ob er wie die Dämonen geschickt worden war, um es zu stehlen, oder aus eigenem Antrieb gekommen war, spielte keine Rolle. Ich spürte die schmale, lackierte Schachtel, die in dem Furoshiki an meiner Schulter versteckt war, und mein Herz klopfte heftig. Wenn er herausfand, dass ich die Schriftrolle besaß, wäre ich ebenso tot wie die Ungeheuer, die sich gerade in Luft auflösten. Ich müsste sehr vorsichtig sein und mir jeden meiner Schritte gut überlegen, ansonsten würde mein »Beschützer« auf mich losgehen.

Für einen Augenblick ereilte mich der ernüchternde Gedanke,

dass Meister Isao dieses Täuschungsmanöver, das Belügen dieses Jungen, damit er mich zum Tempel der Stählernen Feder begleitete, nicht gebilligt hätte. Denga hätte es gewiss als einen weiteren Fall von füchsischer Trickserei und Täuschung betrachtet. Doch ich war keine Kriegerin; ich konnte nichts mit einem Schwert in Stücke hacken, und über die Welt da draußen wusste ich nur, was die Mönche mir beigebracht hatten. Mein Tempel existierte nicht mehr, meine Familie war vor meinen Augen von Dämonen niedergemetzelt worden, und man hatte mir eine schier unmögliche Aufgabe übertragen. Ganz zu schweigen von der Vorstellung, dass man mich einst für eben diese Aufgabe im Tempel der Stillen Winde zurückgelassen hatte. Um irgendwie die Schriftrolle vor allem zu beschützen, das hinter ihr her war. Ich wusste nicht recht, was ich von der ganzen Sache mit der Vision halten sollte, aber ich wusste, wenn ich mir jetzt darüber Gedanken machte, würde ich mich in einer tiefen Grube einbuddeln und nie mehr herauskommen. Das hier konnte ich nicht allein schaffen, und es gab niemanden sonst, der mir helfen könnte. Wie die alte Tanuki erst heute Abend gesagt hatte: Ich war eine Kitsune, eine Yokai. Kein Mensch. Das hier war, worin ich gut war.

Ich hielt dem Blick des Fremden stand, während er sich mein Angebot durch den Kopf gehen ließ, und spürte einen verzweifelten Widerstreit in seinem Innern. Nach einer Weile nickte er, trat einen Schritt von dem Baum zurück und nahm endlich sein schreckliches Schwert von meinem Hals. »Na schön«, sagte er. »Wenn das hier die einzige Möglichkeit ist, an die Schriftrolle zu gelangen, dann bringe ich dich in die Hauptstadt und dann zum Tempel der Stählernen Feder. Aber ...« Seine Augen verengten sich, sie blickten kalt und eisig drein, und er hob das Schwert, sodass sich der Mondschein an der Längsseite des Stahls widerspiegelte. »Wenn du mich hinters Licht führst oder versuchst wegzulaufen, werde ich dich töten. Verstanden?«

Ich nickte, ohne auf die Angst zu achten, die ich verspürte, trotz meiner Erleichterung. Zwar hatte ich nicht die Absicht, mich davonzustehlen, aber ich hegte keinerlei Zweifel daran, dass er keine leeren Drohungen aussprach. Mit einem Seufzen steckte der Junge endlich seine Waffe in die Scheide, und das fahle Licht der Klinge verschwand, sodass wir im Dunkeln standen.

»Zur Hauptstadt sind es zu Fuß drei Wochen«, erklärte er ruhig und sachlich, während er zurücktrat. »Mein Pferd hat heute Abend Reißaus genommen, also werden wir laufen müssen, zumindest bis ich ein neues auftreibe. Bist du gesund genug für den Fußmarsch? Hast du, was du brauchst?«

»Ja«, antwortete ich. Da ich gemeinsam mit asketisch lebenden Mönchen in einem Tempel aufwuchs, hatte ich nie viel besessen, und die wenigen Habseligkeiten, die ich hatte, waren jetzt wahrscheinlich Glut und Asche. Ich hatte meine Sandalen, die Kleidung, die ich am Leib trug, ein Messer und einen Teil einer Schriftrolle von unvergleichlicher, wunscherfüllender Macht, verborgen in meinem Furoshiki. Das würde reichen müssen.

»Ich gehe nicht davon aus, dass du Reisepapiere besitzt, oder?«, erkundigte sich der Junge.

Ich blinzelte. »Nein. Was sind Reisepapiere?«

»Das sind …« Er schüttelte den Kopf. »Egal«, murmelte er und tat die Angelegenheit ab. »Daran lässt sich jetzt nichts ändern. Wir kümmern uns um das Problem, falls es auftauchen sollte.«

»*Ano*«, fügte ich hinzu, als er sich wegdrehte. »Wie heißt du eigentlich?«

Erst zögerte er, dann erwiderte er mit leiser, leerer Stimme: »Kage Tatsumi.«

Kage. Kage war der Schattenclan, eine Familie der Geheimnisse und des verborgenen Wissens, wie ich gelernt hatte. Das schien zu dem düsteren, kaltäugigen Jungen vor mir zu passen. »Ich heiße Yumeko.« Ich versuchte ein Lächeln, auch wenn er es wahrscheinlich nicht merken würde, da er mir den Rücken zuwandte. »Danke, dass du mich in die Hauptstadt bringst, Tatsumi-san. Und dass du mich, du weißt schon, vor den Dämonen gerettet hast.«

Er ließ sich nicht anmerken, ob er mich gehört hatte. Mit einem leisen »Los geht's« trat er vor und verschwand in den Schatten, als wäre er Teil der Nacht selbst. Ich warf einen letzten Blick zum Himmel, zu dem Rauch und der Glut, die sich immer noch über den Baumwipfeln erhoben und das Ende einer Lebensweise kennzeichneten.

Mit geschlossenen Augen flüsterte ich rasch ein Gebet zu Jinkei, dem Kami des Erbarmens, und Doroshin, dem Kami der Straßen, für eine gute Reise und dafür, dass ein jeder an sein Ziel geführt werde, bevor ich mich umwandte und Kage Tatsumi in das Dunkel folgte.

Teil 2

9
Die verweilende Seele

Suki

Das Dasein als Geist war ein echtes Geduldsspiel.

Als Suki noch ganz klein war, erzählte ihre Mutter ihr zu Hause im flackernden Kerzenschein immer Gespenstergeschichten. Am Ende des Tages, wenn Mura Akihito immer noch in seinem Laden war und sich um sein neuestes Meisterstück kümmerte, saß Suki auf einem Schemel, während ihre Mutter fegte oder kochte, und lauschte Geschichten von schönen Frauen, die von ihren Geliebten verraten oder verlassen wurden und sich vor Sehnsucht verzehrten, bis sie daran zugrunde gingen, ihr Sehnen aber über ihren Tod hinaus fortdauerte. In diesen Geschichten waren es immer die Frauen, die an gebrochenem Herzen starben, fiel Suki auf. Die sich vor Kummer das eigene Leben nahmen. Oder die brutal ermordet wurden und zurückkehrten, um sich zu rächen. Manchmal verwandelten sich unmoralische Frauen in etwas Schreckliches und Unnatürliches. Einer gierigen Frau wuchs dann vielleicht noch ein Mund am Hinterkopf, der jegliches Essen verschlang, das er finden konnte. Eine untreue Frau entdeckte möglicherweise, dass ihr Hals im Schlaf unglaublich lang geworden war und ihr Kopf plötzlich ein Eigenleben hatte, Lampenöl aufleckte und kleine Tiere angriff. In den schlimmsten Fällen verwandelte der Kummer, die Eifersucht oder der Zorn der Frau sie in eine Oni, eine Hannya oder gar in eine fürchterliche Riesenschlange – Dämonen, die allesamt ihr Ende durch das Schwert eines großen Samurai fanden.

Schreckliche Schicksale, überlegte die Seele, die einst Suki gewesen war, während sie geräuschlos durch einen schmalen Burgkorridor schwebte. Gewiss waren die Frauen, die zu solchen Ungeheuern wurden, grotesk und bemitleidenswert. Doch im Moment, dachte sie, wäre sie viel lieber auch ein Dämon.

Ein paar Meter vor ihr schlenderte Lady Satomi den schmalen Gang der verlassenen Burg entlang, mit schaukelndem Schirm, ohne sich der Seele bewusst zu sein, die ihr folgte. Nach ihrer entsetzlichen Todesnacht hatte Suki versucht, der Frau auf den Fersen zu bleiben, hatte sie allerdings in den verschlungenen Korridoren der Burg aus den Augen verloren. Ganz auf sich gestellt war der Geist, der einst Suki gewesen war, ziellos zwischen Zimmern, Gängen und Höfen hin und her geschwebt, völlig verwirrt und orientierungslos. Sie war sich sicher gewesen, dass sie, bevor sie ein Geist wurde, eine Zofe am Kaiserpalast gewesen war. Wie sie in diese dunkle, verlassene Burg gekommen war, stellte sie vor ein Rätsel. Das Letzte, woran sie sich erinnerte, war, dass sie eine Seilspule zu einem Lagerhaus in den kaiserlichen Gärten gebracht hatte. Aber diese Burg hier war ganz bestimmt nicht der kaiserliche goldene Sonnenpalast. Alles fühlte sich kalt, leblos und verlassen an. Selbst die Dämonen waren fort. Nachdem Yaburama und die kleineren Dämonen sich an ihrem Körper gelabt hatten, waren sie ebenfalls aus der Burg verschwunden, und ohne Gesellschaft, abgesehen von den Spinnen und Ratten, hatte sie ihr Zeitgefühl in einem Nebel aus Düsternis und Einsamkeit verloren.

Doch heute Abend war Lady Satomi zurückgekehrt und wandelte durch die Gänge der verlassenen Burg, als wäre es ihr allabendliches Ritual. Verblüfft folgte Suki ihr und hielt sich außer Sichtweite, während sie überlegte, was zu tun sei.

Ihr erster Gedanke war natürlich Rache. Satomi unermüdlich heimzusuchen, bis sie vor Schuldgefühlen den Verstand verlor. Doch im Gegensatz zu den Gespenstergeschichten, die ihre Mutter früher erzählt hatte und in denen die Geister ihre Opfer verfluchen und sogar körperlich verletzen konnten, war Sukis Einfluss auf die Welt begrenzt. Sie hatte keinen Körper; ihre substanzlose Gestalt ging durch alles, was sie berührte. Zwar konnte sie mit etwas mentaler Anstrengung als eine Geisterversion ihres alten Ichs erscheinen, doch wenn ihre Konzentration nachließ, wurde sie wieder zu einer leuchtenden Lichtkugel. Sprechen war schwierig, und es war mühsam, sich daran zu erinnern, wie es ging, und selbst dann war ihre Stimme nur ein leises Hauchen. In den Geschichten waren manche Yurei mächtige Onryo, rachsüchtige Geister, deren Wut und Hass sich in verheerenden und manchmal tödlichen Flüchen niederschlug, aber Suki hatte keine Ahnung, wie das zu bewerkstelligen war. Und selbst wenn sie sich ihrer Mörderin tatsächlich zeigte, schien Lady Satomi kein Mensch zu sein, den der Geist einer ehemaligen Zofe aus der Fassung bringen würde.

Also folgte sie der Frau, schwebte ihr geräuschlos durch die leeren Gänge hinterher, bis Satomi das Eingangstor aufstieß und wieder in den Hof hinaustrat.

Er war voller Dämonen. Suki erstarrte mitten in der Luft, zitternd floh sie hinter einen abgestorbenen Busch, um durch dessen Äste zu spähen. Amanjaku jagten über die Steine, knurrten und fuchtelten einander mit primitiven Waffen vor der Nase herum. In der Mitte ragte drohend die schreckliche Gestalt Yaburamas auf und warf seinen Schatten auf die Meute.

Lady Satomi schritt durch das Gewusel, ohne auf die Dämonen zu achten, die sie anzischten und verlachten. Mit gelassener Miene ging sie auf den Oni zu. Aus Sukis Perspektive – sie schwebte hinter einem zerfallenen Mauerstück – schien Yaburama schlecht gelaunt zu sein. Er bleckte die Zähne vor den Amanjaku, die ihm zu dicht auf die Pelle rückten. Als sich Satomi näherte, wich ihr eilig ein grüner Amanjaku aus, und der Oni versetzte ihm einen heftigen Tritt, der ihn über die Mauer beförderte. Lady Satomi sah dem davonsegelnden Dämon mit verwirrter Miene nach, bevor sie den Blick auf Yaburama richtete.

»Nun denn, ich könnte natürlich eine Bemerkung über deine Laune machen, aber wenigstens seid ihr heute Abend pünktlich.« Die Frau schniefte und warf dann einem Amanjaku, der sich zu nah an ihr Gewand herangeschoben hatte, einen warnenden Blick zu. »Aber leider läuft die Zeit davon, und ich habe viel zu tun. Wenn du mir freundlicherweise die Schriftrolle geben würdest, Yaburama, dann können wir diese unangenehme Allianz beenden, und ihr könnt wieder das tun … was auch immer ihr Dämonen tut, bis ihr gerufen werdet. Also …« Sie streckte ihre schlanke weiße Hand aus. »Die Drachenrolle, bitte schön?«

Der Oni stieß ein Knurren aus. »Ich habe sie nicht.«

»Was?« Lady Satomi ließ den Arm sinken, die Augen zu Schlitzen verengt. »Verzeihung, Yaburama, aber das hier *ist* der einzige Grund, weshalb ihr aus dem Jigoku gerufen worden seid, das ist dir doch klar? Weshalb ich euch zu diesem Tempel voller Qi-praktizierender Fanatiker geschickt habe, weil ich mir dachte, ein Oni wie Yaburama würde doch gewiss keine Schwierigkeiten mit ein paar glatzköpfigen alten Männern haben. Was meinst du damit, du hast die Schriftrolle nicht?«

»Die Schriftrolle war nicht im Tempel, Menschlein.« Der Oni blickte wütend auf sie herab. »Ich habe jeden Mönch dort umgebracht, einschließlich des Meisters, und den Tempel bei meiner Suche danach in Trümmer gelegt. Da war keine Schriftrolle.«

»Und du bist dir sicher, dass du *jeden* umgebracht hast?« Satomis Stimme war ganz ruhig; sie hätte genauso gut eine Zofe befragen können, ob diese überall nach ihrer Lieblingsteetasse geschaut habe, anstatt ganz beiläufig das Abschlachten aller Mönche eines Tempels zu besprechen. »Kein Gefolgsmann hat sich durch den Hinterausgang geschlichen und konnte entkommen? Kein Mönch legte sein Qi als Geschirr um ein Spatzentrio und flog über die Mauer?«

»Nein«, knurrte der Oni. »Ich habe jeden getötet. Es gab keine Überlebenden.«

Bei diesen Worten begannen zwei kleinere Dämonen nahe bei den Füßen des Oni auf und ab zu hüpfen und in heiseren, hohen Stimmen zu plappern. Suki verstand nicht, was sie sagten, doch Yaburama wirbelte mit mordlüsterner Miene herum und griff nach ihnen. Ein Dämon jaulte erschrocken auf und entfloh in die Menge, doch der andere war nicht schnell genug und wurde von der gewaltigen Pranke des Oni gepackt. Der kleine Dämon zeterte, ruderte mit den Armen und brabbelte, als der Oni ihn vom Boden hochhob, bis er auf Höhe von dessen Gesicht war. Der Oni raunte ihm in grollendem, unheilvollem Tonfall etwas zu, und der Dämon quiekte eine Antwort, während er sich immer noch machtlos im Griff des Oni wand.

Mit einem Knurren und aufblitzenden Fängen ballte der Oni die Hand zur Faust und zerquetschte den Dämon. Blut spritzte aus dessen Nase und Mund und rann ihm aus den Ohren, bevor er sich in rötlich-schwarze Rauchwirbel auflöste, die sich im Wind davonschlängelten.

Wäre es Suki möglich gewesen, angesichts der Gewalttat und des Blutes zusammenzucken, hätte sie es getan, doch Lady Satomi sah nur belustigt drein. »Oh, lass mich raten«, sagte sie, als der Oni die Faust öffnete, sodass sich der letzte Rauch verflüchtigen konnte. Seine Krallen und Fingerspitzen waren blutverschmiert, doch das schien ihm nicht aufzufallen. »Bei der ganzen Hinschlachterei hast du jemanden durch deine Pratzen schlüpfen lassen. Und jetzt ist er im Besitz der Schriftrolle.«

Der Oni ließ den Arm sinken. »Da war … ein Mädchen«, grollte er und klang dabei leicht verärgert. »Die Amanjaku sind ihr in den Wald nachgejagt, aber ihr gelang die Flucht.« Er hielt inne, und sein Gesicht verfinsterte sich. Seine Augen verengten sich zu Schlitzen, und seine Stimme wurde zu einem tiefen, furchterregenden Grollen. »Mithilfe des Dämonenjägers der Kage.«

Der Dämonenjäger der Kage? Suki sagte der Name nichts, aber die Menge aus kleinen Dämonen verstummte und erstarrte, als würde die bloße Nennung Entsetzen in ihnen auslösen. Sie fragte sich, was für ein Mensch einer Horde wilder Höllendämonen Angst einflößen konnte und ob es jemand war, dem sie jemals begegnen wollte.

»Nun«, sagte Lady Satomi nach einem Moment unangenehmen Schweigens. Ihre Stimme hätte den See im Garten des Kaisers gefrieren lassen können. »Das stellt ein Problem dar, nicht wahr? Sag mal, Yaburama, wenn dieses Mädchen mit dem Dämonenjäger der Kage unter einer Decke steckt, den Hanshou wohl ebenfalls auf die Schriftrolle angesetzt hat, wie werden wir die Rolle dann an uns bringen, ohne eine riesige Horde Dämonen einzubüßen?«

Der Oni entblößte seine Fänge. »Ich werde mich um ihn kümmern.«

»Nein. Du hast schon genug angerichtet.«

Der Oni, der bedrohlich über der Frau aufragte, stieß ein erbostes Grollen aus. Doch Lady Satomi wandte sich einfach von ihm ab und betrachtete die vereinzelten Krähen auf den Mauern und in den verdorrten Bäumen über ihr.

»Höret!«, rief sie, hob eine Hand, und die gefiederten Geschöpfe regten sich, plusterten sich auf und hoben die Köpfe, um mit wachen Augen nach unten zu blicken. »Findet sie, meine Karasu!«, befahl Lady Satomi. »Das Mädchen und den Drachenjäger der Kage. Seid meine Augen, und seht, wo ich selbst es nicht kann, und zeigt mir, womit ich es zu tun habe. Los!«

Die Krähen flogen unter lautem Gekrächze davon, erhoben sich in Spiralen in die Luft und verschwanden in der Dunkelheit. Lady Satomi sah ihnen nach, diesem schwarzen Schwarm, der in die aufgewühlten Wolken flog, bevor sie sich wieder dem Oni zuwandte, der äußerst aufgebracht vor sich hin knurrte.

»Ein Wutanfall ziemt sich nicht, Yaburama«, bemerkte sie und öffnete ihren Schirm, als Regentropfen zu fallen begannen. »Du hattest deine Chance und hast versagt. Falls das Mädchen und der Drachenjäger in der Nähe von Städten reisen, wird es nicht unbemerkt bleiben, wenn ein Oni mit einer Meute Amanjaku auftaucht, und ich will die Kopfschmerzen auf ein Minimum reduzieren, bis ich die Schriftrolle in meinen Händen halte. Es gibt andere, die ich rufen kann, damit sie sich um die Angelegenheit kümmern.« Einen Moment überlegte sie und drehte den Schirm in den Händen. »Kazekira und ihre widerlichen Begleiter schulden mir immer noch einen Gefallen«, sinnierte sie. »Und sie werden nicht die Aufmerksamkeit jeder einzelnen Menschenseele in der Gegend auf sich ziehen. Ja, ich glaube, das wird funktionieren.«

Sie warf dem Oni einen Blick zu, und ihre Stimme wurde zu einem süßlichen Säuseln. »Na, na, Yaburama, das Problem ist nun in guten Händen. Bleib du nur hier, wie ein braves Hündchen, bis ich dich wieder brauche.«

Zuerst dachte Suki, der Oni würde sich vielleicht auf Satomi stürzen und ihren Kopf von dem schlanken weißen Hals reißen. Doch dann stieß er ein Schnauben aus und trat zurück. »Törichte Sterbliche. Du unterschätzt den Dämonenjäger der Kage. Er mag wie ein Mensch aussehen, aber er ist ein schlimmeres Ungeheuer als ich. Denk daran, wenn du meinen Schutz vor seinem Schwert benötigst.«

Satomi hob eine makellos bogenförmige Braue. »Ich werde es mir merken.«

Sie drehte sich um und schlenderte davon, zurück zum Burgtor, während der Schirm hinter ihr auf und nieder wippte. An den Treppenstufen hielt sie allerdings inne und sah direkt zu der Stelle, wo Suki sich versteckte. Über ihre Lippen huschte ein schmales Lächeln. Entsetzt huschte die Seele, die einst Suki gewesen war, in Deckung und wurde unsichtbar. Als sie den Mut aufbrachte, wieder hervorzulugen, war Satomi verschwunden.

10

Der Weg zur Hauptstadt

Tatsumi

Wir wurden verfolgt.

»Tatsumi-san?« Yumeko drehte sich um, als ich mitten auf dem Pfad innehielt und zu den Bäumen hinter uns starrte. »Wonach hältst du Ausschau? Ist da irgendetwas?«

Ich antwortete nicht. Große uralte Kiefern umgaben uns, standen dicht beieinander, Äste erstreckten sich über den Pfad und sprenkelten ihn mit Schatten. Zikaden summten, ihr monotones Lied pulsierte durch den Wald, und ein einsamer Falke, dessen Schatten kurz über den Boden glitt, segelte über uns. Die Luft war kühl, roch nach Harz und Kiefernnadeln, und abgesehen vom Summen der Insekten war alles still. Doch ich spürte, dass etwas nicht stimmte, wie ein dunkler Fleck im äußersten Winkel meines Blickfelds, der sich nie ganz greifen ließ.

Es war drei Tage her, seit das Mädchen und ich von dem Berg geflohen waren, fort von dem zerstörten Tempel der Stillen Winde und den Amanjaku im Wald. Viel gesprochen haben wir nicht auf unserer Wanderschaft; das Mädchen war still und in sich gekehrt, und ich verspürte kein Verlangen, sie in ein Gespräch zu verwickeln. Es war Spätsommer, die Tage waren heiß und schwül, der Himmel drohte jeden Moment mit Regen. Wir kamen an Dörfern mit strohgedeckten Hütten und terrassenförmigen Feldern vorüber, wo Bauern grüne Reissetzlinge in das knöchelhohe Wasser steckten. Bei

Einbruch der Dunkelheit schliefen wir unter Bäumen oder in verlassenen Schreinen, da die Nächte warm genug waren, um es ohne Decken auszuhalten, was ein Glück war, da ich all meine Habseligkeiten verloren hatte, als mein Pferd durchgegangen war. Einschließlich meiner Reisedokumente, des Großteils meiner Shinobi-Ausrüstung und meiner Essensrationen für unterwegs. Erfreulicherweise bedeutete Spätsommer in Iwagoto, dass es reichlich Nahrung in der Wildnis gab, wenn man wusste, wo man danach suchen musste. Pilze, Beeren und alle möglichen Sansai – Wildpflanzen – wuchsen überall, und die Flüsse und Bäche boten Fische, wenn man geschickt genug war, sie ohne Angelschnur zu fangen. Ich war darin unterrichtet worden, mich von der Natur zu ernähren und in der Wildnis zu überleben, also drohte uns nicht der Hungertod. Zu meiner Überraschung stellte ich allerdings fest, dass auch das Mädchen so einiges über Wildpflanzen wusste. Eines Abends, als ich gerade den Fisch säuberte, den ich in einem Bach in der Nähe gefangen hatte, erschien sie und warf einen Arm voll Kakifrüchte neben dem Feuer auf den Boden. Zwar hatte ich nicht viel für Süßes übrig, aber das reife, orangefarbene Obst schmeckte gut zu dem milden Fisch, und wir aßen uns an dem Abend richtig satt.

Auf unserer Wanderschaft schienen keine Dämonen gegenwärtig zu sein, obwohl Hakaimono ungewöhnlich rastlos war, entweder weil er spürte, dass wir von unsichtbaren Augen beobachtet wurden, oder als Reaktion auf die unerwartete Begleitung. Ich war so lange allein gewesen, dass die ständige Gegenwart eines anderen Menschen eine Ablenkung darstellte, sowohl für mich als auch das Schwert. Ich ignorierte das Mädchen so gut es ging und versuchte, nicht ihre manchmal tränennassen Augen zu sehen oder das leise Seufzen und leise Schniefen zu hören, wenn sie zusammengerollt schlief.

Am heutigen Morgen hatte sie mich allerdings mit einem Lächeln und einem fröhlichen *Ohayou gozaimasu, Tatsumi-san* begrüßt, anscheinend hatte sich ihre bedrückte Stimmung gelegt. Wir hatten unseren Weg fortgesetzt, aber am Nachmittag wurde ich das Gefühl nicht los, dass wir beobachtet wurden. Es hatte mich zunehmend beunruhigt und Hakaimono unendlich geärgert, bis ich endlich stehen blieb und die Bäume nach unserem unbekannten Verfolger absuchte. Zwar verriet ich auf diese Weise, dass ich etwas ahnte, aber im Moment würde ich lieber etwas die Stirn bieten, es bekämpfen und töten, anstatt mir Sorgen um eine namenlose Bedrohung zu machen, die ich nicht sehen konnte.

Mein Blick verharrte, als ich den Ursprung meines Unbehagens endlich genau bestimmen konnte. In den Ästen einer Kiefer, die über die Straße ragten, saß eine kleine, vornübergebeugte Gestalt und betrachtete uns, ohne zu blinzeln.

Wieder Krähen. Ich verengte die Augen und starrte den Vogel, der sich aufplusterte, aber nicht von dem Ast verschwand, erbost an. Krähen gab es überall in Iwagoto, landauf, landab. Schwärme von ihnen versammelten sich auf Dächern oder Baumästen, kämpften um Platz, und ihr kehliges Gekrächze tönte zu all jenen hinab, die unter ihnen hinweggingen. Manchmal wurden sie als böse Omen gesehen, Pechbringer, aber größtenteils waren sie ein verbreiteter, ganz alltäglicher Anblick, und niemand schenkte den zänkischen Geschöpfen viel Aufmerksamkeit.

Doch ab und an, besonders wenn ich auf Reisen war, erschien eine vereinzelte Krähe und folgte mir. Beobachtete mich. Den Vogel zu töten bewirkte nichts; kurz darauf tauchte ein anderer auf, wie um meine Bemühungen zu verhöhnen. Oder schlimmer noch, er hielt sich gerade außer Sicht auf und reizte Hakaimono, bis er nach allem schlagen wollte, das sich bewegte. Jedenfalls kannte ich jetzt den Grund meines Unbehagens und wäre bereit, falls mein unbekannter Verfolger entschied, zum Angriff überzugehen.

»Tatsumi-san?«

Als ich mich umdrehte, sah ich, dass das Mädchen mich beobachtete, den Kopf etwas zur Seite geneigt. Ihr war der Vogel auf dem Baum nicht aufgefallen, und ich hatte keine Lust auf Erklärungen. Zumal keiner von uns beiden etwas dagegen tun konnte.

»Es ist nichts«, sagte ich ihr und setzte meinen Weg fort. »Gehen wir weiter.«

Sie nickte und ging neben mir her. Ich betrachtete sie aus dem Augenwinkel, das dunkle, in der Brise flatternde Haar, ihr Blick, der auf den Wald um uns gerichtet war. Im Gegensatz zu den vergangenen beiden Tagen, als sie schweigend hinter mir hergegangen war und dumpf auf den Boden gestarrt hatte. Das Furoshiki-Tuch war um ihre Schultern gewickelt; sie hatte es noch kein einziges Mal abgenommen und vergewisserte sich jeden Abend, dass es gut an ihrem Körper festgebunden war. Ich ging davon aus, dass es ihre letzten armseligen Habseligkeiten barg und sie vielleicht Angst hatte, ich könnte sie bestehlen, auch wenn ich keinerlei Interesse an den Besitztümern eines Bauernmädchens hegte.

»Tatsumi-san«, sagte sie und hörte auf, ein Eichhörnchen auf einem Ast zu beobachten. Das tat sie viel, wie mir aufgefallen war; selbst die kleinsten Dinge schienen sie zu faszinieren. Wie eine Katze, die aufmerksam das Spiel von umherirrenden Sonnenstrahlen und Schatten verfolgte. »Wir haben heute noch nichts zu essen gefunden. Was sollen wir tun?«

»Chochin Machi ist nur ein paar Meilen von hier«, antwortete ich. »Wir werden unsere Vorräte auffüllen, sobald wir die Stadt erreichen.«

Sie nickte freudig. »Es wird gut sein, wieder mal was Richtiges zu essen«, stellte sie fest. »Nicht, dass ich etwas gegen frisch gefangenen Fisch und Kakifrüchte habe, aber allmählich sehne ich mich nach einer Schüssel mit heißem Reis. Und einem richtigen Bett. Wo ich nicht mit Spinnen in der Kleidung aufwache. Nicht dass mir die Spinnen etwas ausmachen würden, aber ich will sie nicht zerquetschen, wenn ich mich umdrehe.« Sie warf mir einen Blick von der Seite zu. »Was ist mit dir, Tatsumi-san?«

Ich zuckte mit den Schultern. Ich war schon tagelang ohne Essen oder Schlaf ausgekommen, sowohl bei meinen Missionen als auch beim Training mit meinem Sensei. Manchmal als Strafe, aber hauptsächlich, um mein Durchhaltevermögen auf die Probe zu stellen, um zu sehen, wie weit ich gehen konnte, bevor ich zusammenbrach. Man hatte mir beigebracht, mit sehr wenig zu überleben. Nahrung, Schlaf und das eigene Wohlbefinden waren nicht so wichtig, wie die Mission zu Ende zu führen.

Das Mädchen atmete tief durch und blickte zum Himmel hinauf, zur Sonne, die langsam hinter der Baumgrenze versank. »Im Tempel würden wir uns jetzt zum Abendessen zusammenfinden«, fuhr sie leise fort. »Viel hatten wir nicht, aber wir aßen dreimal am Tag zusammen. Satoshi hatte hinten einen kleinen Gemüsegarten – dort wuchsen die größten Daikon-Rettiche, die du je gesehen hast.« Sie rümpfte die Nase. »Ich hasse Daikon, und wir hatten so viel davon. Ich habe immer Stücke durch die Spalten im Tempelboden fallen lassen und hatte dann Albträume von kleinen Rettichmonstern, die sich unter den Dielenbrettern versteckten und nach oben gekrochen kamen, um sich mir in den Mund zu schieben, während ich schlief.« Sie hielt inne, und ihre nächsten Worte kamen noch leiser hervor. »Jetzt würde ich ein Dutzend Rettiche essen, wenn es bedeutete, dass ich mich noch einmal mit allen zusammensetzen könnte.«

Darauf hatte ich keine Antwort, also sagte ich nichts. Sie schwieg, dann spürte ich wieder ihren Blick auf mir. »Hast du Familie, Tatsumi?«

»Nein.«

»Aber … du bist ein Samurai.« Sie legte den Kopf schräg. »Du trägst ein Schwert, und du hast das Mon-Wappen des Hauses Kage auf dem Rücken. Das bedeutet doch, dass du zum Schattenclan gehörst, nicht wahr?«

Ich verengte die Augen. Alle großen Häuser hatten ihre eigenen Mon-Wappen, die ihre Abstammung zeigten sowie die Familie, der sie angehörten, doch meiner Erfahrung nach interessierten sich die Bauernleute so wenig dafür, dass sie sie im Allgemeinen nicht voneinander unterscheiden konnten. In ihren Augen waren alle Samurai gleich.

»Woher weißt du das?«, fragte ich sie.

Yumeko blinzelte. »Meister Isao hat mir viel über die verschiedenen Clans und Häuser beigebracht«, erklärte sie. »Er wollte, dass ich ein bisschen über die Welt draußen weiß, falls ich jemals den Tempel verlassen sollte. Schauen wir mal, ob ich mich noch an alle erinnern kann.« Ihre Stirn kräuselte sich. »Die Hino, Mizu, Tsuchi und Kaze sind die vier großen Familien des Feuers, des Wassers, der Erde und des Windes«, sagte sie auf, »während die Kage, Sora und Tsuki die niederen Clans sind – Schatten, Himmel und Mond. Stimmt das?«

»Du hast einen vergessen.«

»Ach ja, richtig!« Yumeko nickte. »Der Sonnenclan ist die Kaiserfamilie, die Taiyo. Aber die meisten von ihnen leben in der Hauptstadt, in der Nähe des Kaisers. Sie verlassen ihre Territorien so gut wie nie, es sei denn, sie besuchen die Daimyos der anderen Clans. Jedenfalls hat mir das Meister Isao gesagt.«

Ich betrachtete sie ernst. »Was weißt du über die Kage?«

»Dass sie die kleinste der niederen Familien sind. Ihr Territorium grenzt an das des Feuerclans, und sie haben etliche Schlachten gegen die Hino verloren, die im Lauf des letzten Jahrzehnts in ihre Ländereien vorgedrungen sind.«

Das stimmte alles. Der Feuerclan war seit jeher der Feind der Kage; selbst zu Friedenszeiten, wenn der Kaiser einen landesweiten Waffenstillstand anordnete, schlugen sich die Hino und die Kage ständig die Köpfe ein. Der Feuerclan war riesig und einflussreich und der Ansicht, wenn ein Clan nicht stark genug war, das eigene Territorium zu verteidigen, sollte es von jemandem übernommen werden, der es konnte. Natürlich waren die Kage anderer Meinung.

Doch das war allgemein bekannt. Zwei Clans, die Fehden über

Territorien führten, das war so alltäglich wie Niederschlag während der Regenzeit, und die Grenzen änderten sich so häufig, dass es selbst den Magistraten schwerfiel mitzukommen. »Was noch?«, fragte ich leise.

»Nun, es heißt, die Samurai der Kage seien nicht wie die anderer Clans. Dass die Krieger der Kage Dunkelheit und fragwürdige Methoden zu ihrem Vorteil einsetzen, wenn sie gegen überlegene Mächte kämpfen. Dass sie mit Schatten verschmelzen oder in einer Rauchwolke verschwinden können und dass ihre Daimyo eine geheimnisvolle Frau ist, die, wie gemunkelt wird, unsterblich sein soll.«

Ich entspannte mich. Das waren alles weitverbreitete Gerüchte, von denen manche auch zutrafen, aber sie wurden vom Schattenclan absichtlich gestreut, um unsere Feinde aus dem Gleichgewicht zu bringen und im Dunkeln tappen zu lassen. Das Mädchen hatte nichts gehört, das die Kage nicht billigten, was gut war, denn die wahren Geheimnisse des Schattenclans sollten Außenstehenden nicht bekannt sein; diejenigen, die zu viel herausfanden, wurden gewöhnlich zum Schweigen gebracht, und zwar prompt und für immer.

Hakaimono fand Gefallen an der Idee und drängte mich, jetzt das Schwert zu zücken und sie niederzustechen. *Du brauchst sie nicht*, schien der Dämon in meinem Kopf zu flüstern. *Ein rascher Hieb und es ist vorbei.* Es gäbe keinen Schmerz. Sie wüsste gar nicht, was sich zugetragen hatte, bis sie bei ihren Vorfahren aufwachte.

Ich schob diese Gedanken von mir. Weder hatte ich den Befehl, das Mädchen umzubringen, noch glaubte ich, dass es eine Bedrohung für den Schattenclan darstellte. Abgesehen davon hatte ich versprochen, sie zum Tempel der Stählernen Feder zu begleiten, und ich brauchte ihre Hilfe, um die Schriftrolle zu finden. Wenn der Clan mir nichts anderes befahl, war das meine erste und einzige Aufgabe.

Die Schatten der Bäume wurden immer länger. Ich spürte weiterhin die Augen der Krähe auf mir, konnte den Vogel aber nicht mehr in den Ästen um uns herum erkennen. Während die Sonne am Himmel immer tiefer sank, begannen Lichtpünktchen aufzublitzen und wieder zu verschwinden. Glühwürmchen trieben durch den Wald und schwebten durch die Luft.

»Tatsumi?«, fragte Yumeko und hielt eine Hand hoch, sodass sich ein Glühwürmchen auf ihren Finger setzte und im Dämmerlicht grün und golden blinkte. Sie brachte es dicht an ihr Gesicht heran und musterte es neugierig, während ihre Haut in ein gespenstisches Licht getaucht wurde. »Die Sonne geht allmählich unter«, sagte sie, ohne zu merken, dass ich innehielt und sie betrachtete. »Sind wir ganz in der Nähe von Chochin Machi?«

»Ja.«

Sie hob den Arm, und das Insekt trudelte in einer Spirale in den Wald davon. »Warum heißt sie Laternenstadt?«

Wir traten unter den Bäumen hervor, und der Weg führte sanft einen Hügel abwärts, auf einen Fluss und eine Reihe Hafenanlagen auf der anderen Seite zu. »Sieh selbst.«

Als sie den Abhang hinabschaute, sog sie langsam die Luft ein.

Chochin Machi lag an den Ufern des Flusses Hotaru und leuchtete wie eine Fackel in der Nacht. Es war keine große Stadt wie Kin Heigen Toshi, die Hauptstadt; sie rühmte sich einer kleinen Burg, einer Handvoll Herbergen, Geschäften und Restaurants und eines Fischereigewerbes, dessen Erträge viel zum Erhalt der Stadt beitrugen. Doch das war es nicht, wofür Chochin Machi berühmt war, oder warum es Pilger und Reisende aus ganz Iwagoto anzog.

In beinahe jeder Straße, an jeder Ecke und jedem Geschäft und Schrein warfen Hunderte roter Papierlaternen ihren sanften Schein in die Dunkelheit und erleuchteten die Stadt. Sie hingen von Dächern und Baumästen, von Eingängen und Markisen und vom Steuer eines jeden Schiffes, das auf dem Fluss trieb. Die strahlende Stadt war meilenweit in jede Richtung zu sehen, und Reisende strömten dorthin, wie Motten zu einer Flamme.

»*Sugoi*«, flüsterte Yumeko. *Unglaublich.* Ihre dunklen Augen waren weit aufgerissen, und die flackernden Lichter der Stadt spiegelten sich in ihnen. »Es ist wunderschön. Die Mönche haben mir nie erzählt, dass es so etwas jenseits des Tempels gibt.« Sie hielt inne und legte dann den Kopf schräg, als lauschte sie auf ein Geräusch im Wind. »Sind das Trommeln?«

Ich unterdrückte ein Ächzen. Spätsommer in Iwagoto war Festsaison, was bedeutete, dass Chochin Machi heute Abend besonders überlaufen sein würde. »Bleib in meiner Nähe«, befahl ich dem Mädchen. »Es ist keine große Stadt, aber wir sollten nicht getrennt werden.«

Ich drehte mich weg und machte mich an den Abstieg, wobei ich hörte, wie sie mir nacheilte. Wir überquerten die gebogene Brücke über den Fluss, wo im Abstand von jeweils einem Meter Laternen auf den Pfosten flackerten, und betraten die in ätherisches rotes Licht getauchte Stadt, Chochin Machi.

Yumeko schaute sich mit großen Augen um, als wir die breite, staubbedeckte Straße hinuntergingen, die den Marktbezirk durchschnitt. Im Gegensatz zu vielen Städten, die bei Sonnenuntergang ihre Pforten schlossen, blühten Chochin Machis Läden nach Einbruch der Dunkelheit auf. Schnüre voller Laternen baumelten über uns und verdeckten teilweise den Himmel, während einzelne Chochin in den Eingängen von Geschäften, Herbergen und Restaurants flackerten und anzeigten, dass diese geöffnet waren. Marktstände verkauften ihre Ware auf den Straßen; es gab alles, von Lebensmitteln über Sandalen bis hin zu winzigen Papierlaternen, beliebten Souvenirs aus Chochin Machi.

Als wir uns dem Stadtkern näherten, erhoben sich abermals die Klänge von Trommeln, tief und dröhnend, in die Nacht. Wir folgten der Menge und erreichten einen großen offenen Platz, wo eine hohe, rot und weiß behangene Holztribüne wie ein Leuchtfeuer in der Mitte stand. Auf der Bühne schlugen zwei Männer mit nacktem

Oberkörper und roten Tüchern, die um ihre Stirn gebunden waren, mit Stöcken auf zwei gewaltige Holztrommeln. Der Trommelwirbel hallte durch die Menge. Über uns hingen Schnüre voller Laternen, die auf dem Tribünendach zusammenliefen und den Platz erhellten, während Menschen in einem Kreis um die Trommler zur Musik tanzten, klatschten und mit den Füßen stampften.

Ich sträubte mich innerlich, und in meinem Kopf regte sich Hakaimono, provoziert von dem Lärm und Trubel. Menschenmengen mochte ich nicht. Zu viel konnte passieren; Gefühle konnten außer Kontrolle geraten, Kämpfe ausbrechen, Menschen in Panik verfallen. Wenn die Versammlung hier in einen Tumult umschlug und Hakaimono die Macht an sich riss, könnte dieses Fest schnell in einem Blutbad enden.

Ich ging ein wenig schneller, in der Hoffnung, von den Lichtern und der Musik wegzukommen in die Dunkelheit, wo ich mich wohlfühlte. Noch während ich damit beschäftigt war, die Menschenmenge zu beobachten, wurde mir plötzlich bewusst, dass Yumeko nicht mehr an meiner Seite war. Als ich mich umdrehte, erblickte ich sie am Rand des Platzes, wo sie den Kreis der Tanzenden betrachtete und auf der Stelle wippte.

Mit mürrischer Miene ging ich zurück und trat neben sie. Ich beugte mich dicht zu ihr, um trotz der Trommeln gehört zu werden. »Yumeko. Was machst du da?«

»Tatsumi-san!« Sie sah mich an, mit strahlenden Augen, und war anscheinend nicht in der Lage stillzuhalten. »Tanz mit mir«, flehte sie und deutete auf die singende, stampfende Meute. »Bring es mir bei.«

Ich schauderte. Tanzen war nicht Teil meines Trainings, da mein Sensei es als frivol und unsinnig erachtete. Ich respektierte die Kunst und die nötige Fertigkeit, ein Instrument zu spielen, aber ich hatte keine Ahnung vom Tanzen und verspürte kein Verlangen, es zu lernen. »Nein.«

»Bitte, Tatsumi-san?« Sie trat einen Schritt zurück, auf den Rand des Kreises zu. Das Dröhnen der Trommeln stieg in die Luft, unterstrichen vom Klatschen der Menge, und sie lächelte mich an. »Bloß ganz kurz. Es macht bestimmt Spaß.«

Spaß. Ich zwang mich, gelassen zu bleiben. Spaß war ein gefährliches Wort bei meinem Sensei. *Macht es Spaß, Tatsumi?*, hatte Ichiro-san oft gesäuselt, gewöhnlich wenn mir eine Aufgabe Probleme bereitete und kurz bevor ich für mein Versagen bestraft wurde. *Da es dir so viel Spaß macht, werden wir das Gleiche morgen noch einmal probieren.* »Dafür haben wir keine Zeit«, sagte ich.

Sie rümpfte die Nase und seufzte dann. »Tatsumi-san, hast du je das Gleichnis von dem Kawauso-Flussotter und der Jade-Prophetin gehört?«, fragte sie. »In dieser Geschichte«, fuhr sie fort, bevor ich antworten konnte, »gab es einen Kawauso, der nichts ernst nahm, für den alles ein Spiel war und der, wo er auch ging, Freude und Leichtsinn verbreitete. Wegen ihm lachten die Menschen, tanzten, sangen und vergaßen ihre Sorgen. Doch eines Tages begegnete der Kawauso der Jade-Prophetin, die ihm sagte: *Das Leben besteht aus Leid. Spaß ist vergänglich und eine Zeitverschwendung. Du musst mit diesen närrischen Spielen aufhören und dich einzig darauf konzentrieren, hart zu arbeiten. Nur in Leiden, Eintönigkeit und Langeweile lässt sich wahres Glück finden.* Der Kawauso nahm sich ihren Rat zu Herzen. Er stellte all seine Spiele ein, arbeitete sich zu Tode und starb als verbitterter alter Yokai ohne Freunde, Familie oder Freude im Leben.«

»Von diesem Gleichnis habe ich noch nie gehört«, sagte ich zweifelnd.

Yumeko grinste. »Natürlich nicht. Es existiert nicht.« Und bevor ich sie aufhalten konnte, trat sie drei Schritte zurück und tauchte in die Menge der Tanzenden.

Ich starrte ihr nach, die Hände an meinen Seiten zu Fäusten geballt, während das Mädchen sich den wogenden Scharen anschloss.

Über uns dröhnten die Trommeln, die Menge sang, und Yumeko tanzte, wiegte den Körper zur Musik und klatschte in die Hände. Während ich sie beobachtete, hielt ich unwillkürlich den Atem an, ohne wegsehen zu können. Nur einen Moment lang war ich von ihr hypnotisiert, wie ihr dunkles Haar durch die Luft schwang und ihre Haut unter dem Laternenschein leuchtete.

Dann rief ich mich zur Vernunft, pirschte am Rand des Platzes entlang und behielt das Mädchen wie auch die Menschen um sie herum im Auge. *Töricht,* sagte ich mir. *Das ist töricht. Zeitverschwendung.* Es hatte nichts mit der Mission zu tun und brachte uns auch nicht näher ans Ziel. *Lass dich nicht von ihr ablenken. Sie ist wichtig für die Mission, sonst nichts.*

Während ich das Mädchen im Blick behielt und dabei langsam im Bogen um die Menge ging, nahm ich aus dem Augenwinkel ein Flattern wahr, wie von einer riesigen Motte oder Fledermaus. Ich griff blitzartig mit meiner Hand in die Luft und packte es, kurz bevor es mich seitlich am Kopf treffen konnte. Zarte, pergamentene Flügel zerknitterten in meinem Griff. Ich ließ den Arm sinken, und als ich die Finger öffnete, kam ein gefalteter Origamikranich zum Vorschein, der zerdrückt in der Mitte meiner Handfläche lag, das Papier pechschwarz und ohne Muster.

Mir wurde für einen Moment ganz beklommen ums Herz. *Eine Vorladung? Jetzt?* Wachsam ließ ich den Blick über die Menge schweifen und suchte nach verborgenen Gefahren, nach Gesichtern, die ich kannte, und Blicken, die zu lange auf mir verweilten. Ich bemerkte nichts Ungewöhnliches, doch ich fühlte mich sehr unbehaglich und war besorgt – nicht um meinetwillen, sondern wegen des Mädchens, das in der Menge tanzte.

Was soll ich tun? Ich kann sie nicht mitnehmen. Sie werden sie umbringen. Ich sah mich um und fragte mich, ob ich mich davonstehlen und Yumeko hierlassen konnte, ob sie bei meiner Rückkehr noch am selben Ort wäre. Doch das war riskant. Ich brauchte das

Mädchen, damit es mich zum Tempel der Stählernen Feder führte, und Yumeko war ohne Weiteres zuzutrauen, dass sie mir nachlaufen würde, wenn ich einfach verschwand. Wenn sie versehentlich den Schattenclan bei der Regelung seiner Angelegenheiten störte, würde man kein Erbarmen mit ihr kennen.

Als ich mich umsah, bemerkte ich ein großes quadratisches Gebäude an der Straßenecke, blaue Vorhänge über der Tür hießen Reisende willkommen. Eine Ryokan.

Die wird ausreichen müssen.

Ich ging um den Kreis aus Tanzenden, fand Yumeko im Meer der Menschen und packte sie am Arm. Sie fuhr zusammen und betrachtete mich mit großen schwarzen Augen, und ich verspürte ein seltsames, mulmiges Gefühl in der Magengegend.

»*Ohiyou*, Tatsumi-san.« Sie blinzelte und schenkte mir dann ein etwas bitteres Lächeln. »Hast du deine Meinung geändert? Hat dich das Gleichnis vom Kawauso und der Jade-Prophetin derart berührt, dass du dich entschlossen hast, es einmal mit Spaß zu probieren?«

Ich starrte sie zornig an. »Das war noch nicht einmal ein echtes Gleichnis.«

»Aber man kann trotzdem eine wertvolle Lektion daraus ziehen. Du willst doch kein böser alter Flussotter werden, oder?«

Mit angespannter Kieferpartie zog ich sie an den Rand des Platzes und wies dann mit einem Kopfnicken zum Ende der Straße. »Siehst du das Gebäude an der Ecke?«, fragte ich verstohlen. »Das mit der größten Laterne und den blauen Vorhängen über dem Eingang?«

Sie blickte über die Köpfe der Menge hinweg. »Die Ryokan?«

Sie wusste also, was eine Herberge war, immerhin. Gut. »Nimm die hier«, sagte ich und ließ drei silberne Tora in ihre offene Handfläche fallen. Die Münzen klirrten aneinander; drei Silberscheiben mit einem in der Mitte eingeprägten fauchenden Tiger. »Geh in die Herberge. Nimm das Geld und miete uns für heute Nacht ein Zimmer. Das sollte für alles reichen.«

Sie betrachtete das Geld in ihrer Hand und richtete den Blick dann wieder auf mich. »Wohin gehst du?«

»Ich habe ... Angelegenheiten zu regeln. Es wird nicht lang dauern.«

»Angelegenheiten.« Sie runzelte die Stirn. »Zu so später Stunde?« Als ich ihr eine Antwort schuldig blieb, blickte sie mich zweifelnd an. »Warum können wir nicht zusammen hingehen?«

»Das ist nicht möglich.«

»Warum nicht?«

Ich wurde ärgerlich und auch etwas unruhig. »Du stellst viele Fragen«, erklärte ich ihr mit kalter Stimme. Fragen waren gefährlich. Fragen würden sie schneller das Leben kosten als alles andere. »Vielleicht gibt es Dinge, die du nicht wissen musst.«

Sie wich zurück, seufzte dann und schloss die Finger fest um die Münzen. »Versprich einfach ... dass du zurückkommen wirst«, sagte sie leise. »Dass du nicht in die Nacht verschwindest und ich dich nie mehr wiedersehe. Schwör mir, dass du zurückkommst.«

»Ich habe nicht die Absicht fortzugehen.«

»Versprichst du es?«

»Ja.«

Sie nickte kurz und trat weg, doch ich streckte unvermittelt die Hand aus und packte sie am Ärmel, sodass sie sich umdrehte. »Ich will das gleiche Versprechen«, erklärte ich ihr, und kurz blickte sie überrascht drein. »Dass du in der Herberge bleibst. Dass du nicht versuchst, wegzugehen oder mir zu folgen. Bleib bis zu meiner Rückkehr auf dem Zimmer, Yumeko. Versprich es mir.«

Sie nickte. »Mache ich.«

»Dann geh.« Ich ließ sie los, und sie lief über die Straße auf die Ryokan zu, die Handvoll Münzen fest umklammert. Ich sah ihr nach, bis sie sich am Eingang unter dem Vorhang hindurchgeduckt hatte, dann machte ich kehrt und ging den Weg zurück, den wir gekommen waren.

Etwas raschelte in meiner Hand. Als ich die Faust öffnete, regte sich der gefaltete Papierkranich und entrollte zerknitterte schwarze Flügel. Mit mehreren Flügelschlägen erhob sich das Papiergeschöpf wie ein sterbender Schmetterling in die Lüfte und sauste davon.

Ich folgte. Der Kranich führte mich an dem Platz vorbei, wo die Trommeln immer noch ihren dröhnenden Rhythmus schlugen, zu einer schmalen Gasse zwischen einer Teestube und einem Stoffladen. Das Origamigeschöpf setzte seinen Weg in die Gasse fort, indem es am Boden entlangflitzte, doch ich blieb am Eingang stehen und blickte in das Dunkel. Über mir erstreckte sich eine einzelne Schnur mit Laternen über gute fünfzehn Meter und erhellte die Holzwände zu beiden Seiten, bevor sie an einer Kreuzung endete. Wachsam gegenüber Angriffen und Bedrohungen von Wesen, die in den Schatten auf mich lauern mochten, trat ich in die Gasse.

Direkt über mir flackerte eine Laterne einmal und ging dann aus. Die nächste folgte und wurde dunkel, ebenso wie auch die nächste und die nächste. Sämtliche Chochin an der Schnur in der Gasse, eine nach der anderen, wurden gelöscht, sodass der schmale Gang nun in totale Finsternis getaucht war.

Ich ging weiter. Dunkelheit war kein Grund zur Sorge; im Schatten fühlte ich mich wohler als im Licht. Ich folgte den erlöschenden Laternen, bis ich die Kreuzung erreichte, und blieb stehen, blickte eine Straße hinunter, dann die andere. Sie führten zwischen Gebäuden entlang und schnitten einen schmalen Pfad zwischen Geschäften und Lagerhäusern, die völlig menschenleer und düster dalagen.

»Hallo, Tatsumi.«

Die leise, hohe Stimme erklang hinter mir. Und obwohl ich sie wiedererkannte, unterdrückte ich das Verlangen, herumzuwirbeln und mein Schwert zu ziehen, sondern zwang mich, mich ruhig und langsam umzudrehen. Eine Gestalt saß im Rahmen des Hintereingangs eines Lagerhauses, in Schatten gehüllt, wo vorher nichts gewesen war. Sein Gewand, schwarz und ohne Musterung, bauschte sich um ihn, und sein langes Haar fiel offen über Schultern und Rücken. Sein Gesicht war weiß geschminkt, mit dicken schwarzen Linien um Augen und das Kinn hinunter. An der Taille trug er ein kurzes Schwert, doch seine Talente lagen nicht im Bereich der Klinge, auch wenn sie ganz genauso tödlich waren. Er war *kami-beseelt,* was gewöhnliche Menschen einen Maho-Tsukai oder Magiemeister nennen würden. In allen Clans gab es ein paar einzigartige Persönlichkeiten, deren Talente das Element ihrer Familie widerspiegelten, doch die Maho-Tsukai waren bei Weitem die stärksten und mächtigsten. Als Kage-Shinobi konnte ich ein wenig Schattenmagie ausführen – unsichtbar werden oder einen Geisterzwilling erschaffen, die Talente der Dunkelheit und Irreführung. Doch in Iwagoto gab es Maho-Tsukai, die das ganze Land gegen einen aufbringen, Feuer und Blitz herbeirufen oder tödliche Wunden in wenigen Augenblicken heilen konnten. Die Magier der Kage waren nicht so beeindruckend in ihrer zerstörerischen Kraft wie die des Feuerclans oder solche Wundervollbringer wie diejenigen des Wasserclans; ihr Oberbefehl über die Nacht und alles darin war subtil, aber nicht weniger gefährlich.

»Jomei-san«, sagte ich und verbeugte mich. Ich spürte, dass sein Blick jeder meiner Bewegungen folgte. »Wie ich sehe, seid Ihr an der Reihe, nach mir zu sehen.«

»Das ist keine sehr nette Begrüßung, Tatsumi-san«, sagte Jomei mit seiner hohen, leisen Stimme. »Wenn es meiner Art entspräche, wäre ich vielleicht gekränkt. Ihr wisst, warum wir das machen müssen.«

»Ich weiß.«

»Kamigoroshi ist nichts, das wir auf die leichte Schulter nehmen«, fuhr Jomei fort, als hätte ich nicht geantwortet. »Wir vom Schattenclan kennen die Dunkelheit besser als die meisten. Wir tanzen jeden Tag mit ihr und wandeln auf einem sehr schmalen Grat zwischen den Schatten und dem Abgrund. Wir kennen das Böse, das in den verborgenen Orten von Iwagoto und in den Seelen der Menschen lauert. Und wir wissen, mehr als jeder andere Clan, wie leicht es ist zu stürzen.

Ihr seid der Träger der Verfluchten Klinge«, fuhr Jomei fort. »Kamigoroshi, Hakaimono, wie auch immer man es nennen möchte – dieses Schwert hat die Seelen von besseren Menschen als Euch verdorben, Kage Tatsumi. Wir haben Euch beigebracht, wie Ihr Euch seinem Einfluss entzieht, haben Euch in der Art der Kage-Shinobi ausgebildet. Und dennoch wissen wir, dass Ihr ein schreckliches Übel bei Euch tragt und Ihr eines Tages der Dunkelheit erliegen könntet.« Seine Augen verengten sich zu Schlitzen. »Und deshalb folgen wir Euch, deshalb sind diese Treffen unverzichtbar. Falls es auch nur den geringsten Hinweis darauf geben sollte, dass Ihr dabei seid, den Kampf gegen Hakaimono zu verlieren, müssen wir uns sofort darum kümmern, bevor Ihr bezwungen werdet und der wahre Dämon freikommt.«

Ich neigte den Kopf. Natürlich hatte er recht. Was war über mich gekommen? Ich hatte noch nie so mit dem Maho-Tsukai geredet. Vielleicht beeinflusste mich Yumekos schlechtes Benehmen. »Vergebt meinen Ausbruch, Meister Jomei«, sagte ich. »Es wird nicht wieder vorkommen.«

»Gut. Nun ...« Jomei lehnte sich zurück und verschränkte die Finger unter dem Kinn, während er mich betrachtete. »Da Ihr Kamigoroshi unter Kontrolle zu haben scheint, was ist mit der Mission? Habt Ihr den Tempel der Stillen Winde erreicht? Ist es Euch gelungen, der Schriftrolle habhaft zu werden?«

»Nein.« Ich richtete mich auf und unterdrückte jegliche Emotion. Ich war eine Waffe. Ich empfand nichts. »Die Schriftrolle war fort, als ich dort eintraf.«

»Fort?« Jomeis Blick wurde strenger. »Was soll das heißen, fort? Wollt Ihr damit sagen, dass die Mission fehlgeschlagen ist?«

»Ein Heer aus Amanjaku griff den Tempel an. Sie wurden von einem Oni angeführt.« Jomei zog die Brauen in die Höhe. Dämonen waren etwas, das der Schattenclan sehr ernst nahm. »Der Meister des Tempels spürte ihr Herannahen«, fuhr ich fort, »und schickte die Schriftrolle weg, bevor sie sich ihrer bemächtigen konnten.«

»Ein Oni.« Die Stimme des anderen Kage war ernst. »Gütiger Kami, wer ruft Oni in dieses Reich? Habt Ihr ihn getötet?«

»Nein.«

Er verzog den Mund. »Tatsumi-san, mir ist klar, dass man Euch beigebracht hat, nur direkt auf das zu antworten, was Ihr gefragt werdet, aber ich werde etwas mehr Informationen brauchen. Bitte gebt mir einen vollständigen Bericht über Eure Mission mitsamt allen wichtigen Einzelheiten. Lasst nichts aus.«

»Wie Ihr wünscht.« Und ich machte mich daran, ihm zu erzählen, was sich in der Nacht zugetragen hatte, alles von dem Kampf gegen die Amanjaku bis zu meiner Begegnung mit Yumeko und meiner Einwilligung, sie nach Kin Heigen Toshi zu begleiten. Ich erzählte ihm von dem Plan, Meister Jiro im Hayate-Schrein zu finden, weil wir hofften, dass er uns den Weg zum Tempel der Stählernen Feder und der Schriftrolle, die mir entwischt war, zeigen konnte.

»Ich verstehe«, sagte Jomei, als ich fertig war. Er legte die Spitzen der Zeigefinger aneinander und tippte sich damit gegen die Lippen. »Der Tempel der Stählernen Feder ist legendenumwoben«, murmelte er. »Man erzählt sich, er werde von übernatürlichen Hütern beschützt, aber keiner weiß mit Sicherheit, wo er sich befindet, ob er überhaupt existiert.« Sein Blick wanderte wieder zu mir, unerbittlich und taxierend. »Seid Ihr Euch sicher, dass Ihr unbedingt dieses Mädchen begleiten müsst, um zu diesem Meister Jiro zu gelangen?«

»Ich kenne den Namen des Schreins«, antwortete ich. »Ich könnte ihn allein finden. Doch der Priester hätte keinen Grund, mir zu offenbaren, was er weiß. Das Mädchen gehörte zum Tempel der Stillen Winde, zu dem Orden, der die Schriftrolle beschützt hat. Er wird mit ihr reden. Und wenn sie mir den Weg zu meinem Ziel zeigen kann, täte ich besser daran, ihr zu folgen.«

Jomei stieß ein Seufzen aus. »Na schön.« Er nickte. »Reist erst einmal weiter mit ihr. Falls dieser Meister Jiro weiß, wo sich der Tempel der Stählernen Feder und die Schriftrolle befinden, müsst Ihr sie um jeden Preis finden. Aber seid vorsichtig. Das Mädchen darf nichts erfahren, was es nicht schon über den Schattenclan gehört hat. Sobald Ihr die Schriftrolle an Euch gebracht habt, kehrt zu Lady Hanshou zurück.«

Ich verbeugte mich. »Ich verstehe.«

»Ich muss Hanshou-sama hiervon unterrichten«, murmelte Jomei. »Dämonen hätten keine Verwendung für die Schriftrolle. Jemand sendet sie.« Er erhob sich mit anmutiger Bewegung und schenkte mir ein mattes Lächeln. »Wir werden Euch im Auge behalten, Tatsumi-san. Enttäuscht uns nicht.«

Ich verbeugte mich noch einmal und als ich mich aufrichtete, war Jomei verschwunden.

Die Laternen flackerten und erwachten dann wieder, eine nach der anderen, zischend zum Leben, sodass die leere Gasse nicht mehr im Dunkeln lag. Ich ging zur Hauptstraße zurück und machte mich auf den Weg zu der Herberge, in die ich Yumeko geschickt hatte.

Ich duckte mich unter dem Vorhang an der Tür durch, richtete mich dann auf und sah mich im Eingangsbereich um. Ein paar Schritte weiter befand sich ein erhöhter Holzboden mit zwei Bänken an den Wänden für Reisende. Am anderen Ende des Raumes führte eine Treppe zum oberen Stockwerk, wo sich, wie ich vermutete, die Gästezimmer befanden. Eine Frau, wahrscheinlich die Wirtin, kam auf mich zugeeilt. Sie lächelte und vollführte dann am Rand des erhöhten Bodens eine tiefe Verbeugung.

»Willkommen, mein Herr«, verkündete sie. »Bitte tretet ein. Braucht Ihr ein Zimmer für die Nacht?«

»Ja«, sagte ich. »Aber vorhin ist schon ein Mädchen gekommen.

In einem roten Kimono mit weißer Schärpe. Sie sollte ein Zimmer für uns gemietet haben.«

»Oh?« Die Wirtin runzelte leicht die Stirn und warf einen Blick zur Tür. »Sie war Eure Begleitung, ja? Nun, sie ist nicht mehr hier.«

Ich verengte die Augen. »Was ist passiert? Wo ist sie?«

»Hier *war* so ein Mädchen«, fuhr die Wirtin fort und klang jetzt nervös. »Ja, erst vor ein paar Minuten. Ein süßes kleines Ding in einem roten Kimono. Aber dann blies aus dem Nichts ein Wind ins Haus. Er war so stark, dass er mich beinahe umgeworfen hätte. Und als ich wieder aufblickte, war das Mädchen fort.«

11

Wiesel im Wind

Yumeko

Es fing mit einem seltsamen Wind an.

Ich hatte ein Zimmer besorgen wollen, das hatte ich wirklich. Und etwas zu essen. Und vielleicht ein Bad nehmen. Aber vor allem etwas zu essen. Ich war am Verhungern, und die Vorstellung, in einem sauberen Zimmer zu sitzen und eine warme Mahlzeit zu mir zu nehmen, anstatt in der Wildnis auf Wildpflanzen herumzukauen, hörte sich wunderbar an. Obwohl ich äußerst neugierig war, wohin Tatsumi ging, schien es eine schlechte Idee zu sein, ihm zu folgen, zumal ich die Drachenrolle in meinem Furoshiki versteckt hatte.

Außerdem hatte er mir versprochen zurückzukehren. Ich musste darauf vertrauen, dass er Wort halten und zurückkommen würde.

Doch dann, als ich über die Schwelle trat, erfasste eine heftige Böe meine Haare und ließ mich vorwärts taumeln. Der Wind wirbelte durch den Eingang, riss an den Vorhängen und löschte die Laternen drinnen und draußen, sodass der Raum auf einmal im Dunkeln lag.

Als ich mich aufrichtete, fiel auf einmal eine Haarlocke von mir zu Boden, glatt durchgeschnitten, wie von einer sehr scharfen Klinge.

Erschrocken riss ich die Augen auf. Als ich den Blick hob, sah ich ein Paar rote Knopfaugen, die mich von einer der Laternen an der Decke beobachteten. Sie gehörten zu einem pelzigen braunen Wesen mit spitzer Schnauze, kleinen runden Ohren und einem länglichen, sehnigen Körper.

Ein Wiesel? Ich runzelte die Stirn. Ein ganz normal aussehendes Wiesel, bis auf ...

Mir stand der Mund offen. Bis auf die langen, sichelförmigen Klingen, die direkt aus seinen Vorderbeinen wuchsen. Sie waren gebogen und sahen gemeingefährlich aus, reichten bis hinter die Ellbogen des Geschöpfes und glänzten in der Dunkelheit des Raumes. *Ganz sicher kein normales Wiesel,* wurde mir klar. Ein Geschöpf, das über Magie oder andere übernatürliche Kräfte verfügte. Ein Yokai.

Wie ich.

Das Wieselding zischte, bleckte scharfe gelbe Fänge, sprang von der Laterne und verschwand.

Noch ein Windstoß schnitt durch die Ryokan, brachte die Vorhänge zum Flattern und ließ mich zusammenfahren, sodass ich rückwärts taumelte. Als ich mein Gleichgewicht wiederfand, spürte ich ein Brennen an der Wange und legte eine Hand ans Gesicht.

Als ich meine Finger wieder vom Gesicht nahm, waren sie blutverschmiert.

Mit klopfendem Herzen blickte ich durch den Eingang. Das Wieselding hockte auf dem Dach einer hölzernen Verkaufsbude auf der anderen Straßenseite und beobachtete mich aus dem Schatten heraus mit seinen glutfarbenen Augen. Ich berührte noch einmal die flache Schnittverletzung an meiner Wange und ließ dann die Hand sinken.

Es will, dass ich ihm folge.

Die anderen Leute im Raum hatten den Eindringling nicht bemerkt. Sie richteten sich wieder auf und wunderten sich darüber, beinahe – zweimal – von einem geheimnisvollen Wind umgepustet worden zu sein. Wenn ich nicht ging, würde das Wieselding vielleicht zurückkommen und andere mit diesen bösartig gebogenen

Klingen verletzen. Abgesehen davon war ich neugierig, fasziniert von der Gegenwart eines anderen Yokai, noch dazu eines vollblütigen. Es mochte normal sein, ihnen im Wald oder in den Bergen zu begegnen, aber sie neigten dazu, große Städte und Orte mit vielen Menschen zu meiden. Wenn der Yokai-Wiesel sich mir hier gezeigt hatte, geschah es aus einem Grund.

Während ich mir mit der Innenseite des Ärmels über die Wange wischte, verließ ich die Herberge und eilte zurück in die Straßen von Chochin Machi.

Der Yokai flog mit dem Wind und sauste von einem Fleck zum nächsten, unsichtbar, sobald er sich fortbewegte, und tauchte dann wieder auf, wenn er auf mich wartete. Ich folgte ihm die Hauptstraße hinab und sah zu, wie er von einem Dach zum nächsten flog und Laternen hinter sich wild zum Schaukeln brachte. Leute strauchelten, während er über ihnen hinweghuschte, und hielten ihre Gewänder und Schirme in den Windböen fest.

»Welch seltsames Wetter«, murmelte jemand, als ich vorübereilte. »Ich wusste gar nicht, dass es in Chochin Machi so stürmisch ist.«

Ich folgte dem Geschöpf eine schmale Gasse hinab und sah zu, wie die Laternen über mir tanzten und hüpften, bis es um eine Ecke bog und wir in einer Sackgasse landeten. Mit einem Windstoß schraubte sich das seltsame Wieselding in die Luft und verschwand. Ich wartete, doch weder der Wind noch der Yokai kamen wieder. Die Luft war unbewegt und still, die Gasse leer.

Ich runzelte die Stirn. *Dieses Wieselding wollte mir also nur einen Streich spielen. Und jetzt habe ich mich verlaufen.* Ich sah mich um und fragte mich, ob ich den Weg zurück zur Herberge finden könnte. Doch ich hatte keine Ahnung, wo ich war. *Denga-san würde das hier urkomisch finden.*

Hinter mir erklang ein leises Lachen, tief und spöttisch. »Aber hallo, kleine Füchsin. Wanderst du ganz allein, ohne jede Begleitung durch die kleinen Seitengässchen?«

Ich schoss herum. Eine Frau stand auf einem Dach, vom Mondschein umrahmt. Sie war groß und schlank, trug einen eleganten Kimono, der mit weißen Wolken vor einem blauen Himmel als Untergrund verziert war. Ihr tintenschwarzes Haar war lang, sie trug es offen, und die dunklen Strähnen flatterten in der Brise. Weite Ärmel umspielten ihre Arme und hingen fast bis zu ihren Fußknöcheln hinab. Sie betrachtete mich mit blassen eisig-blauen Augen.

»Ähm … hallo«, grüßte ich misstrauisch. »Ist das hier Eure Gasse?« Die Frau rührte sich nicht, und ich wich vorsichtig einen Schritt zurück. Wenn sie erkannte, dass ich eine Kitsune war, würde sie den fremden Yokai in ihrem Revier wahrscheinlich nicht gutheißen. »Ich habe mich etwas verlaufen, wenn Ihr mir also nur die richtige Richtung weisen könntet …«

Die Frau verzog verächtlich ihre vollen Lippen, während sie mich von Kopf bis Fuß musterte. »Ungeziefer«, stellte sie fest. Ich sah sie mit gerunzelter Stirn an. »Dreckiges und widerliches Ungeziefer. Genau wie meine Kamaitachi.« Sie hob den Arm, und das Wieselding erschien daraufhin mit einem erneuten Windstoß, der an meinem Haar und meiner Kleidung zerrte. »Aber wenigstens sind die vollblütige Yokai und irgendwie nützlich. Du bist bloß eine erbärmliche kleine Halb-Füchsin, nicht wahr?«

Ich legte die Ohren an. »Also das ist aber nicht sehr nett.« Ich spürte, wie Kitsune-bi an meinen Fingerspitzen aufflammte. »Wir sind uns gerade erst begegnet. Abgesehen davon sind Füchse *kein* Ungeziefer – ich glaube, Ihr verwechselt mich mit einer Ratte oder Kakerlake.« Ängstlich wich ich ein paar Schritte zurück. »Aber ich scheine Euch an einem schlechten Abend erwischt zu haben, also mache ich mich jetzt besser auf den Weg …«

»Oh, du wirst nirgendwohin gehen, Ungeziefer.«

Sie machte eine ausladende Bewegung mit dem Arm, und eine Windböe riss an meiner Kleidung und ließ mich straucheln. Gleichzeitig durchzuckte mich ein heftiger Schmerz im Bein, das Gefühl eines Messerstichs, auch wenn ich nichts sah, das mir eine Verletzung zufügte. Es geschah so schnell, dass mir noch nicht einmal Zeit blieb aufzuheulen, bevor mein Bein nachgab und ich zu Boden stürzte.

Keuchend blickte ich auf und sah, wie ein zweites Wiesel auf der anderen Schulter der Frau auftauchte und mit Knopfaugen in seinem schwarz gezeichneten Gesicht wütend auf mich herabstarrte. Die Kante der Sichel, die aus seinem Vorderbein wuchs, war blutverschmiert.

»Ich heiße Mistress Kazekira«, sagte die Frau. »Ich bin eine der kami-Beseelten, was das gemeine Volk eine Windhexe nennt, und die Kamaitachi sind meine Begleiter. Glaube also nicht, dass du einfach weglaufen kannst, kleines Ungeziefer.« Sie streichelte einem Kamaitachi über den Kopf, doch in der Geste steckte keine Zuneigung, nur Besitzanspruch, und der Wiesel-Yokai zuckte vor ihrer Berührung zurück. Entweder fiel es der Windhexe nicht auf, oder es kümmerte sie nicht. »Und wie ich sehe, bist du so begriffsstutzig wie gewöhnlich«, fuhr sie fort und rieb die Hände aneinander, als wären sie schmutzig. »Ich habe dich nicht für einen Plausch hier herausgelockt. Ich habe dich herbringen lassen, um dich zu töten.«

Mein Magen zog sich zusammen. »Warum?« Mühsam stand ich auf. In mein Bein fuhr ein pochender, brennender Schmerz, als stünde es in Flammen, und beinahe wäre ich wieder zusammengebrochen. Mein Fuchsfeuer war erloschen. Ich hob einen Arm und rief es wieder ins Leben, sodass eine bläulich-weiße Kugel in meiner Hand leuchtete. Es würde keinen Schaden anrichten, aber vielleicht wussten sie das nicht. »Ich habe Euch oder Euren Wieseln nichts getan. Warum tut Ihr das?«

Die Windhexe lachte laut auf, und ihr Haar flatterte wild um sie herum. »Oh, kleines Ungeziefer«, lachte sie glucksend und hob den Arm. Die beiden Kamaitachi kauerten auf ihren Schultern, und ihre Klingen glänzten, während sie mich ins Visier nahmen. »Wenn du da nicht draufkommst, dann bist du wahrlich zu dumm, um am Leben zu bleiben.«

»Ihr seid so laut«, seufzte eine neue, unbekannte Stimme hinter mir. »Zumindest könntet Ihr den Anstand besitzen, sie schnell umzubringen. Der eine oder andere hier will schließlich schlafen.«

Überrascht ließ die Windhexe den Arm sinken, und ich drehte mich nach der Stimme um. Jemand saß auf einem der Fässer in der Nähe der Mauer, umhüllt von den Schatten, die das Dach warf. Er hob den Kopf, stand auf und trat ins Licht.

Mein Herz pochte, ob vor Ehrfurcht oder Angst, wusste ich nicht zu sagen. Vor mir stand ein Mann, groß und schlank, und der Mondschein bildete einen silbernen Lichtkranz um ihn. Seine sich bauschende Robe war makellos weiß, mit rot-schwarzen Bordüren, ohne Muster, Zeichen oder Familienwappen, an denen er sich hätte identifizieren lassen. Sein Haar war sehr fein, sogar noch länger als das der Windhexe, und von einem hellen, unglaublichen Silberton, der Farbe einer polierten Klinge. Auf dem Rücken trug er ein langes gebogenes Schwert, dessen Scheide die eines Katana-Schwerts um etliche Zentimeter überragte, mit einem doppelt so langen Heft. Schläfrige Augen, wie flüssiges Gold, erwiderten meinen Blick und wanderten dann weiter zu der Hexe, die über uns stand.

»Ihr macht einen schrecklichen Lärm«, sagte der Fremde mit dieser tiefen, irgendwie trockenen Stimme, als fände er die Situation amüsant. »Ihr habt Glück, dass Menschen allesamt taub sind, sonst würden sie Euch aus meilenweiter Entfernung hören. Ist wirklich so viel Gerede nötig, um eine kleine Halbfüchsin in einer leeren Gasse umzubringen?«

»Seigetsu-sama«, flüsterte die Hexe. Ihr Gesicht war bleich geworden, und der Wind verebbte, nurmehr ein leises Murmeln war zu hören, während sie den Mann anstarrte. »Was macht Ihr hier? Kennt Ihr dieses Ungeziefer?«

»Das Halbblut?« Der Fremde verzog seinen Mund zu einem

Grinsen. »Nein, ich war nur in der Gegend und wollte ein Nickerchen machen. Aber nur zu, macht weiter.« Er winkte gleichgültig in meine Richtung und machte Anstalten wegzugehen.

Mir sank der Mut. Ich hatte geglaubt, der Fremde würde mir helfen. Er sah mächtig aus, mit seinen goldenen Augen und dem riesigen Schwert; selbst die Windhexe schien Angst vor ihm zu haben. Kazekira lächelte triumphierend und hob den Arm. Ihr Gewand und ihr Haar flatterten wieder im Wind.

»Obwohl …« Der Fremde blieb stehen, rieb sich das Kinn und blickte noch einmal zu der Hexe auf. »Es heißt, Kamaitachi bewegen sich so schnell, dass sie sich nicht mit dem bloßen Auge erfassen lassen. Ich habe mich schon immer gefragt, ob das stimmt.«

Er griff nach hinten, zog seine Waffe über den Kopf, zusammen mit ihrer lackierten Hülle. Während er die Scheide in der linken Hand hielt, ließ er einen Fuß nach hinten gleiten, bis er eine Art Kampfstellung eingenommen hatte, wobei seine leere Hand ein paar Zentimeter vom Heft des riesigen Schwerts entfernt in der Luft verharrte.

»Lasst uns ein Spiel spielen«, sagte der Fremde, und ein boshaftes Lächeln huschte über sein Gesicht, als er die Hexe anstarrte. »Schickt Eure Begleiter, um dieses Halbblut zu töten, und ich versuche, sie aus der Luft mit meinem Schwert zu treffen, bevor sie sie erreichen können. Wenn die Kamaitachi so schnell sind, wie in den Geschichten behauptet wird, sollten sie in keiner Gefahr sein. Wenn nicht, nun …« Er zuckte mit der Schulter. »Ihr könnt Euch immer neue suchen, nicht wahr?«

Die Windhexe versteifte sich. Die beiden Kamaitachi kauerten auf ihren Schultern und wirkten widerwillig. Mein Herz schlug wie wild, während sich das Schweigen in die Länge zog. Der schöne Fremde rührte sich nicht, seine Hand ruhig und reglos über dem Heft seines Schwerts, bereit, im nächsten Augenblick Stahl zu zücken.

Schließlich hob Kazekira das Kinn und schniefte. »So gern ich auch Euer Spiel spielen würde, Seigetsu-sama«, sagte sie in hochmütigem Tonfall, »glaube ich nicht, dass ich meine feigen Wiesel-Ungeziefer dazu überreden kann mitzumachen, also werdet Ihr uns entschuldigen müssen.« Mit einem höhnischen Grinsen sah sie in meine Richtung. »Du kannst dich glücklich schätzen, Halbblut. Heute Nacht wirst du überleben. Aber Seigetsu-sama wird nicht immer zu deinem Schutz da sein. Meine Kamaitachi und ich, wir werden dich bald wiedersehen.«

Ein starker Wind wehte durch die Gasse, wirbelte Staub auf und brachte die Laternen zum Schaukeln. Die Windhexe erhob sich in die Luft, sodass sich ihr Gewand um sie blähte, und schwebte über den Dächern davon. Sekunden später war sie verschwunden.

Als sich der Wind legte, sah ich den Fremden an und beobachtete, wie er sich aufrichtete und die Waffe wieder über seine Schulter schob. Seigetsu-*sama* hatte die Hexe ihn genannt, eine Nachsilbe, die für die Ranghöchsten reserviert war. Hieß das, dass er ein Lord war, vielleicht der Daimyo eines der Großen Clans? Ich hätte nicht gedacht, dass ich jemand so Bedeutendem in einem Seitengässchen von Chochin Machi begegnen würde, allerdings wusste ich nicht viel über die Welt außerhalb des Tempels. Vielleicht machte er einen Abendspaziergang durch die Stadt ... ohne die Begleitung seiner Samurai und Leibwächter. Es schien unwahrscheinlich, aber was auch immer seine Beweggründe sein mochten, jedenfalls wusste ich, dass er genau zum richtigen Zeitpunkt gekommen war.

»*Ano* ...«, stammelte ich, als der Fremde aufblickte und mich diese trägen goldenen Augen in ihren Bann schlugen. Einen Moment kam ich mir fast nackt vor, als lägen all meine Geheimnisse offen dar. Ich schüttelte mich und schenkte ihm ein Lächeln. »Danke.«

Sein Mundwinkel zuckte leicht. »Gern geschehen«, erklärte er schlicht. »Übrigens hast du Glück gehabt. Es ist nicht meine Gewohnheit, selbstvergessene Halbfüchsinnen vor wütenden Kamaitachi zu retten, aber heute Abend habe ich mir gedacht, ich mache eine Ausnahme.« Er betrachtete mich amüsiert. »Du weißt, warum Kazekira hinter dir her war, ja?«

Woher wusste er von der Schriftrolle? Wenn ich es mir recht überlegte, woher wusste es Kazekira? Ich schluckte schwer und spürte deutlich das schmale Etui, das in meinem Furoshiki verborgen war. »Ich habe wirklich keine Ahnung.«

Er hob eine silberne Augenbraue. »Du wirst besser lügen müssen, wenn du am Leben bleiben willst, Halbblut«, erklärte er mir. »Da draußen gibt es viele, die verzweifelt nach der Schriftrolle suchen und die vor nichts zurückschrecken, um sie in ihren Besitz zu bringen.« Ich zuckte zusammen, woraufhin er auflachte und den Kopf schüttelte. »Beruhige dich. Ich habe kein Interesse an dem Drachenwunsch oder an dir. Aber ich habe folgenden Ratschlag für dich – erzähl dem Dämonenjäger nicht von Kazekira.«

Ich spitzte die Ohren. Über Tatsumi wusste er auch Bescheid? Wer *war* er? »Wieso?«

Sein Blick, golden und hypnotisierend, bohrte sich in meine Augen. »Weil mächtige kami-beseelte Hexen nicht grundlos irgendwelche gewöhnliche Bauernmädchen angreifen, kleine Füchsin, ganz besonders mitten in einer Stadt. Der Drachenjäger weiß das. Wenn du ihm erzählst, dass du von einer Windhexe mit Kamaitachi-Begleitern angegriffen worden bist, wird er wissen wollen, warum sie hinter dir her war. Und was wirst du ihm dann sagen?«

»Oh.« Ich biss mir auf die Unterlippe. »Gutes Argument.«

Kopfschüttelnd begann der Fremde wegzugehen, blieb jedoch abermals stehen und beobachtete mich aus dem Augenwinkel. »Du wirst Kazekira wahrscheinlich wiedersehen«, warnte er mich. »Falls dem so ist und der Drachenjäger in Schwierigkeiten gerät, denk an Folgendes.« Er hob eine Hand, deren letzte drei Finger ausgestreckt waren, lang und elegant. »Kamaitachi treten immer zu dritt auf. Ihre Treue untereinander ist unzerbrechlich, und wenn einer bedroht wird, werden die anderen alles daran setzen, ihren Bruder oder ihre Schwester zu retten. Denk daran, und stell dir die Frage, warum Kazekira nur zwei Begleiter hat. Sayonara.«

Bevor ich etwas erwidern konnte, schritt er die Gasse entlang und verschwand in der Dunkelheit.

Das Gehen bereitete mir Schmerzen. Mit zusammengebissenen Zähnen schob ich mich an der Gassenmauer entlang, wobei die Wunde bei jeder Bewegung heftig pochte. Behutsam hob ich den Saum meines Gewands und rechnete mit Unmengen Blut, das zu Boden tropfte. Ich fand die tiefe Wunde problemlos, ein gerader Schnitt direkt über dem Knie. Doch obwohl er recht tief aussah, blutete er nicht.

Als ich auf die Hauptstraße zuhumpelte, verschwamm ein Schatten vor meinen Augen, und auf einmal versperrte mir die helle Kante eines Schwerts den Weg. Ich erstarrte und blickte in Tatsumis verärgertes Gesicht.

Ich wich vor ihm zurück, während er auf mich zudrängte und seine schreckliche Klinge, die zwischen uns in der Luft schwebte, ein schwaches Leuchten auf sein Gesicht warf. Als ich gegen die Mauer stieß, zuckte ich zusammen, da die Bewegung heftige Schmerzen in meinem Bein verursachte und mir ein Keuchen entrang. »*Ite*«, winselte ich. *Autsch.*

Sofort senkte sich die Klinge an meinem Hals ein paar Zentimeter, und Tatsumi sah mich mit gekräuselter Stirn an. »Du bist verletzt«, stellte er fest, und seine kalte Wut schmolz ein wenig. »Was ist passiert?«

»Ich … ähm … ich bin angegriffen worden«, stammelte ich. Da mir wieder einfiel, was Seigetsu gesagt hatte, überlegte ich rasch. »Ich wollte uns ein Zimmer in der Herberge besorgen, aber dann war da dieser seltsame Wind und … etwas hat mich getroffen. Ich bin weggelaufen, und es hat mich hierher verfolgt.«

»Wo ist es jetzt?«

»Es war unsichtbar«, fuhr ich fort, woraufhin seine Augen schmäler wurden. »Oder es war zu schnell. Ich habe nichts gesehen, als etwas mir eine Stichwunde zufügte. Aber einmal habe ich aufgeblickt, und da war dieses ... dieses Wieselding mit Messern, die ihm aus den Beinen wuchsen, und hat an der Ecke eines Dachs gehockt.«

»Kamaitachi? Hier?« Tatsumi trat einen Schritt zurück und musterte die Gasse. Sein Blick streifte über die Dächer. Zwar flammte sein Schwert auf, fast freudig, doch in der Dunkelheit um uns herum war nichts zu entdecken.

»Kama...itachi?«, wiederholte ich, als hörte ich zum ersten Mal davon. »Was ist das?«

»Sichelwiesel«, antwortete Tatsumi, ohne unsere Umgebung aus den Augen zu lassen. »Eine Art Yokai, die mit dem Wind reisen. In den Geschichten heißt es, es gebe immer drei von ihnen, und dass sie eine besondere Methode haben, um ihr Revier zu verteidigen – der eine wirft dich um, der zweite schneidet dich, und der dritte verarztet die Wunde mit Medizin, damit du nicht verblutest. Das alles geschieht beinahe simultan, sodass der Eindringling nicht weiß, dass er verletzt worden ist, bis die Wunde später zu bluten anfängt.« Er nahm den Blick von den Dächern und taxierte mich. »In Wirklichkeit produzieren Kamaitachi eine Art Sekret und beschichten ihre Krallen damit, damit die Schnittwunde nicht gleich blutet, wenn sie einen verletzen. Aber gewöhnlich trifft man sie weiter nördlich an – ich habe noch nie gehört, dass einer in einer Stadt angegriffen hätte. Bist du dir sicher, dass es das war, was du gesehen hast?«

»Ein Wiesel mit riesigen Messern, die ihm aus den Beinen gewachsen sind? Ich bin mir ganz sicher.« Ich war froh, dass er mir zu glauben schien. Ihm von Kazekira zu erzählen, wagte ich nicht. Besser, dies war ein seltsamer, aber willkürlicher Yokai-Angriff, und ich die ahnungslose, unglückselige Besucherin, die zur falschen Zeit am falschen Ort gewesen war. »Es waren nicht sehr nette Wiesel«, knurrte ich und fuhr zusammen, als der pochende Schmerz in meinem Bein wieder einsetzte. »Sind Kamaitachi immer so schlecht gelaunt, oder hatte ich heute Abend bloß Pech?«

Mit einem Seufzen steckte Tatsumi sein Schwert in die Scheide zurück. »Kannst du laufen?«, erkundigte er sich, ohne sich das Bein anzusehen, am dem mich der Kamaitachi verletzt hatte. Ich nickte und stieß mich wieder von der Mauer ab. Schmerz loderte auf, und mein Bein knickte beinahe ein, aber ich biss die Zähne zusammen und humpelte hinter Tatsumi her.

Aufmerksam auf Yokai und jäh aufkommende Winde achtend, folgte ich ihm zurück zur Herberge. Tatsumi ging langsam und gab ein Tempo vor, mit dem ich leicht mithalten konnte, auch wenn seine Hand immer in der Nähe seiner Waffe blieb. Ich suchte die Dächer, Schatten und Menschenmengen von Chochin Machi nach einer Gestalt mit langem, im Wind wehendem Haar ab, doch falls Kazekira und ihre Sichelwiesel in der Nähe waren, blieben sie außer Sicht.

Wieder in der Herberge ließen wir unsere Straßenschuhe am Eingang, wie es Brauch war, und organisierten uns ein Zimmer. Da ich neugierig war, wie das Innere einer Herberge aussah, trat ich eilig durch den Türrahmen, fand allerdings auf der anderen Seite der Tür ein ganz normales Zimmer vor. In seiner Schlichtheit war es elegant, mit warmen hellbraunen Wänden, dicken Tatamimatten und einer Wandnische mit einer einzelnen Ayame-Schwertlilie in einer Vase. Betten gab es keine, da es zu früh war, um die Futons aus dem Wandschrank zu ziehen. Ein niedriger Tisch stand in der Zimmermitte auf dem Boden. Ein Tablett mit einer Teekanne und Tassen war auf den Tisch gestellt worden, und Dampf stieg in sanften Kringeln aus dem Kannenschnabel.

Tatsumi schloss die Tür, zog die Strohsandalen aus, die die Herberge für das Hausinnere zur Verfügung gestellt hatte, und platzierte sie neben die Tür. Ich folgte seinem Beispiel, und er nickte in Richtung eines der Kissen am Tisch. »Setz dich«, befahl er ohne

Erklärung, warum oder was er zu tun gedachte. Ich tat, wie mir geheißen, und ließ mich behutsam auf dem blauen Kissen nieder, den Kiefer angespannt, weil die Bewegung wieder pochenden Schmerz in meinem Bein hervorrief.

Tatsumi kniete am Ende des Tisches, griff unter seinen Obi und zog eine Schachtel aus buntem Papier hervor, die ohne Weiteres in meine Handfläche passen würde. Er legte sie auf den Tisch und öffnete sie vorsichtig, sodass eine kleine Menge von etwas, das wie grüner Staub aussah, zum Vorschein kam. Unter meinen faszinierten Blicken goss er heiße Flüssigkeit aus der Teekanne in eine Tasse und goss dann ein paar Tropfen auf das Pulver.

»Was ... ist das?«, fragte ich.

Ohne auf mich zu achten, vermischte Tatsumi den grünen Staub mit dem Wasser, bis daraus eine Paste wurde. Als er das Papierquadrat hochhob, hielt er es behutsam in der Handfläche und blickte auf. Seine funkelnden violetten Augen sahen in meine, und mir wurde ganz flau im Magen.

»Wo hat der Kamaitachi dich geschnitten?«

Ich zögerte, und mein Herz schlug schneller. Er war so nah. Die Schriftrolle war sicher in dem Furoshiki an meiner Schulter verborgen, aber würde er sie sehen? Würde er nahe genug kommen, um sie zu ertasten?

Tatsumi rührte sich nicht, sein Blick blieb ruhig und seine Miene ausdruckslos, während er abwartete. Ich hielt noch einen Moment lang inne und zog dann vorsichtig den Saum meines Gewands hoch, um ihm den langen, geraden Schnitt an meinem Oberschenkel zu zeigen. Er war rot und sah entzündet aus, und er pulsierte wie ein Dutzend Hornissenstiche, blutete jedoch immer noch nicht. Und ihn so deutlich vor mir zu sehen, steigerte den Schmerz noch.

Tatsumi blinzelte nicht. Mit einer geschmeidigen Bewegung kratzte er die grüne Paste mit zwei Fingern zusammen, griff nach unten und schmierte sie fest auf die Schnittwunde.

»*Ite!*«, schrie ich auf und zog das Bein ruckartig zurück. Mich überraschte sowohl der jähe, schwindelerregende Schmerz in meiner Wunde als auch die lieblose Art, mit der dieser Junge mich behandelte. Er warf mir einen verwirrten Blick zu, als verstünde er meine Reaktion nicht.

»Es ist eine Heilsalbe«, erklärte Tatsumi. »Sie wird die verletzte Stelle betäuben und verhindern, dass sie sich entzündet.« Er streckte erneut die Hand nach meinem Bein aus, und ich zuckte zurück. Er runzelte die Stirn. »Willst du keine Hilfe? Wir müssen uns jetzt um die Wunde kümmern, oder sie wird bald zu bluten anfangen. Lass mich mal sehen.«

»Es tut weh«, stieß ich zwischen zusammengebissenen Zähnen hervor, während ich den Saum meines Gewands zurückzog, um die Schnittwunde erneut zu zeigen. »Ich weiß nicht, ob du jemals von einem Sichelwiesel geschnitten worden bist, Tatsumi, aber das hier ist für mich das erste Mal, und es tut ziemlich weh. Bitte sei sanft.«

»Sanft.« Er warf mir noch einen verwirrten Blick zu, als sei ihm dieser Begriff völlig fremd.

»Ja. Behutsam? Zärtlich? Mir nicht das Gefühl gebend, dass mein Bein gleich abfallen wird?« Er sah immer noch durcheinander aus, und ich überlegte. »Sind bei dir noch nie Verletzungen behandelt worden?«

»Natürlich. Aber immer mit dem Ziel, die Wunden so schnell und effizient wie möglich zu verarzten. Schmerz zu zeigen, ist eine Schwäche – es entblößt dich und zeigt Feinden, dass du verletzlich bist.«

»Oh.« Allmählich verstand ich meinen kühl und gefährlich wirkenden Reisebegleiter ein wenig besser. »Wir sind sehr unterschiedlich erzogen worden, glaube ich.«

Er legte den Kopf schräg und betrachtete mich mit abschätzendem Blick. »Du wurdest nicht dafür bestraft, bei einer Verletzung Schwäche zu zeigen?«

»Nein. Denga-san sagte einmal, ich bräuchte nicht bestraft zu werden, wenn ich mich durch irgendeine Dummheit verletzte, denn die Verletzung sei alles, was ich brauchte, um zu lernen, es nicht wieder zu tun.«

Tatsumi runzelte die Stirn. »Das verstehe ich nicht.«

»Na ja, ich habe gelernt, dass man wirklich nicht um Mitternacht während eines Unwetters auf das Tempeldach klettern sollte. Und dass man bereit sein sollte, in Deckung zu gehen, wenn man aus einem Wandschrank springt, um einem Kampfsportmeister einen Schreck einzujagen. Und wenn man im Wald vor einem wütenden Bären flüchten muss, indem man einen Baum hochklettert, sollte man erst schauen, dass sich unter den Ästen keine Hornissennester verbergen.«

Tatsumi starrte mich nur an und sah ein wenig verblüfft aus. Ich seufzte. »Meister Isao brachte mir bei, stets freundlich und geduldig zu sein, besonders wenn man verletzt ist«, fuhr ich fort. »Er sagte, sich um den Geist zu kümmern, sei ganz genauso wichtig, wie sich um den Körper zu kümmern.« Beim Anblick von Tatsumis ausdruckslosem, ungerührtem Gesicht verstand ich plötzlich. »Zu dir ist noch nie jemand freundlich gewesen, nicht wahr?«

»Deine Wunde blutet«, stellte Tatsumi fest. Erschrocken sah ich nach unten auf mein Bein, wo ein rotes Rinnsal meine Haut hinablief. Bevor das Blut zu Boden tropfen konnte, drückte Tatsumi schnell ein Tuch auf die Wunde, sodass ich die Zähne zusammenbiss und jegliches Gespräch verstummte, während er die Schnittverletzung säuberte und verband. Vielleicht war er ein bisschen weniger grob, aber sanft war er jedenfalls *nicht*.

Zum Glück wurde uns bald darauf auf einem Tablett das Essen gebracht: Schüsseln voll Reis, Schälchen mit sauer eingelegtem Kohl und ein tiefer schwarzer Topf, in dem, sobald der Deckel entfernt war, eine dampfende Auswahl an Gemüse, Fleisch und brodelnder Brühe zum Vorschein kam. Mir lief das Wasser im Mund zusammen. Tatsumi nannte es einen Feuertopf, und ich stopfte mich voll, bis ich keinen einzigen Pilz mehr essen konnte. Doch die Gefahren des Abends waren noch nicht vorüber. Als die Mahlzeit beendet war und das Tablett entfernt, starrte mich mein Gesicht von der lackierten Oberfläche des Tisches an: gelbe Augen und spitze Ohren spiegelten sich in dem dunklen Holz wider. Zum Glück hatte Tatsumi in dem Moment dem Zimmermädchen nachgesehen und bemerkte nicht, dass kurz eine Kitsune sichtbar wurde, die anstatt des Mädchens bei ihm im Zimmer saß. Ich zog mich unter dem Vorwand, meine Wunde würde schmerzen, in eine Ecke zurück und hielt mich so weit wie möglich von dem Tisch und seiner verräterisch glänzenden Oberfläche fern.

Kurz darauf traf das Zimmermädchen wieder ein, um die Futons aus dem Wandschrank zu ziehen und sie auf dem Boden auszubreiten. Ich kroch unter die Decken, während Tatsumi das Licht löschte. Nachdem ich mich heimlich vergewissert hatte, dass sich die lackierte Schachtel sicher und fest in meinem Furoshiki befand, lag ich lange Zeit im Dunkeln und dachte über Kamaitachi, Windhexen und verschiedene Dämonen nach, die hinter der Schriftrolle her waren.

Und über Tatsumi. Kage Tatsumi, den Dämonenjäger des Schattenclans. Ein Junge, der nicht das Geringste über Freundlichkeit, Mitleid oder Gnade wusste. Der skrupellos und gefährlich war und jeden töten würde – Mensch, Dämon oder Yokai –, der sich uns in den Weg stellte. Dem nicht klar war, dass genau die Sache, die er wollte, der einzige Grund für seine Mission, noch nicht einmal drei Meter von ihm entfernt lag. Wenn er je herausfinden sollte, dass ich die Schriftrolle hatte …

Ich erzitterte und drückte das Tuch noch ein bisschen fester an die Brust, bis ich das längliche, harte Schriftrollenetui spürte. Ich wusste, dass ich Angst vor ihm haben sollte; es bestand kein Zweifel daran, dass er mich umbringen würde, falls er entdeckte, dass ich ihn belogen hatte. Nicht nur bezüglich der Schriftrolle, sondern auch über meine wahre Natur. Selbst wenn ich nur eine Halb-Yokai war, bezweifelte ich, dass der Dämonenjäger des Schattenclans sich mit einer Kitsune anfreunden könnte, die sich die ganze Zeit über als Mensch ausgegeben hatte.

Tatsumi war gefährlich, das wusste ich. Doch gleichzeitig konnte ich nicht anders, ich hatte ... Mitleid mit ihm. Er wusste nicht, wie man lächelte oder sich amüsierte. Er konnte sich nicht an den kleinen Dingen erfreuen – lachen, tanzen, das Schöne in der Welt für sich entdecken. Er schien mir ein sehr eintöniges Dasein zu fristen. Das bisschen Tanzen heute Abend hatte auf jeden Fall meine Laune gehoben, und ich wusste, dass Meister Isao und die anderen nicht wollen würden, dass ich Trübsal blies. Ich fragte mich, ob ich Tatsumi zeigen könnte, dass es mehr im Leben gab. Dann wäre er vielleicht nicht so kühl und Furcht einflößend. Es könnte ihm ganz bestimmt nicht schaden, ein wenig zu lächeln. Ich würde nur behutsam vorgehen müssen.

Tatsumi hingegen legte sich nicht auf den Futon, sondern setzte sich lieber in die Ecke gegenüber der Tür, das Schwert auf ein Bein gelehnt. Und als ich früh am nächsten Morgen erwachte, saß er immer noch dort.

12

DER DÄMONENBÄR VON SUIMIN MORI

Tatsumi

Am nächsten Morgen war die künstliche Magie von Chochin Machi mit der Nacht verblasst.

Yumeko und ich brachen im Morgengrauen auf und verließen die Ryokan, bevor die Sonne über den Hügeln in der Ferne aufging. Im grauen vormorgendlichen Licht waren die Straßen so gut wie menschenleer und die in der Luft hängenden roten Laternen dunkel und leblos. Auch die Geschäfte waren geschlossen und dunkel. Nachts zuvor hatte ich mich aus der Herberge geschlichen, um Reisevorräte zu kaufen. Ich hatte meinen Reisebeutel aufgefüllt und so viele haltbare Lebensmittel gekauft, dass sie für mehrere Tage ausreichen würden. Mein Münzvorrat schrumpfte allerdings, vor allem dank des unerwarteten Aufenthalts in der Herberge. Wenn ich allein gewesen wäre, wäre ich nicht in der Ryokan abgestiegen. Yumeko erwies sich als unerwartete Belastung, was meine Zeit und mein Geld anging.

Dann töte sie.

Instinktiv unterdrückte ich meine Gefühle und schützte meinen Geist vor dem Schwert, um ihm nichts zu geben, woran es sich klammern konnte. Die Blutgier nahm ab, und die leichte Feindseligkeit gegenüber Yumeko verschwand, während ich innerlich erstarrte.

Yumeko hielt sich beim Gähnen die Hand vor den Mund, während sie neben mir herlief und kaum merklich hinkte. Die Heilsalbe, eine geheime Mixtur aus Betäubungsmitteln, die von den besten Giftmischern in ganz Iwagoto hergestellt wurde, tat ihre Wirkung. »Jetzt sieht die Stadt ganz anders aus«, stellte Yumeko fest und ließ den Blick durch die leere Straße schweifen. »Sie erwacht wohl erst nach Einbruch der Dunkelheit zum Leben. Schade, dass wir so schnell wegmüssen – ich hätte mir gern mehr davon angesehen. Natürlich ohne von gefährlichen Sichelwieseln attackiert zu werden.« Sie sah mich mit einem Lächeln an. »Was mögen Sichelwiesel, Tatsumi-san?«

»Was?«

»Na, falls wir weiteren Sichelwieseln begegnen sollten, habe ich mir gedacht, dass wir ihnen etwas geben könnten, damit sie uns nicht angreifen.« Sie legte den Kopf schräg. »Du weißt viel über Dämonen und Yokai. Was mögen sie? Mögen sie gebratenen Tofu? Ich mag gebratenen Tofu sehr gern.«

»Ich weiß nicht, was sie mögen.«

Sie seufzte. »Vielleicht versuche ich, ihnen ein Reisbällchen zuzuwerfen.«

Zu dir ist noch nie jemand freundlich gewesen, nicht wahr?

Ich schüttelte mich, als ihre Worte vom Vorabend in meinem Kopf widerhallten und mich nicht losließen. Freundlichkeit? Freundlichkeit bedeutete Verwundbarkeit, sie war ein Luxus für diejenigen, die nicht Jagd auf Dämonen machten. Um nett zu sein, musste man seine Reserviertheit aufgeben, was ich mir nicht leisten konnte, zumal Hakaimono bereit war, die kleinste Ablenkung auszunutzen. Meine verschiedenen Sensei – die Männer und Frauen, die mich ausbildeten – wussten das. Ich war eine Waffe für den Clan, nichts weiter. Freundlichkeit hatte keinen Platz in meinem Leben.

Als wir Chochin Machi verließen und unsere Reise in die Hauptstadt fortsetzten, fiel mir eine einzelne Krähe auf, die auf einer Laternenschnur über der Straße hockte. Ich fragte mich, ob mein geheimnisvoller Beobachter und der Angriff auf Yumeko zusammenhingen, und falls dem so war, wann und wo die Person, die dahintersteckte, es noch einmal versuchen würde.

Ich war bereit, falls es so weit kommen sollte.

Als die Sonne endlich ganz aufgegangen war, hatten wir Chochin Machi bereits weit hinter uns gelassen und folgten dem Fluss Hotaru, der sich in nördlicher Richtung auf die Hauptstadt zuschlängelte. Nach etlichen Meilen wurden die ebenen Felder und das grasbewachsene Ackerland hügeliger, und der Pfad führte weg vom Ufer in die Berge.

Als wir uns dem Wald näherten, blieb Yumeko auf einmal stehen, da ein alter, in die Erde gerammter Holzwegweiser ihre Aufmerksamkeit erregte.

»Betreten des Waldes von Kiba-sama«, las sie langsam, denn das Schild wies Risse auf und war verblasst, die Schriftzeichen waren ziemlich verwittert. »Tretet leise auf. Achtung vor Kiba-sama.« Blinzelnd sah sie mich an. »Oh, das hört sich sehr gefährlich an. Wer ist Kiba-sama? Weißt du das, Tatsumi?«

Das tat ich. In meiner Ausbildung wurde verlangt, dass ich die Geschichten und Legenden aller Dämonen, Yokai und Geister kannte, die es im Land gab. »Kiba-sama«, erläuterte ich, »ist der Name, den die Einheimischen einem Onikuma gaben, einem großen Dämonenbären, der in diesem Wald haust. Den Legenden nach ist Kiba-sama größer als zwei Menschen und so gewaltig, dass er Pferde mit einer Pranke hochheben und sie zurück in seine Höhle tragen kann, um sie zu verschlingen.«

Yumeko riss die Augen auf und warf einen Blick auf den Waldrand. »Wie aufregend! Aber er scheint mir kein angenehmer Zeitgenosse zu sein. Und wenn wir ihm über den Weg laufen?«

»Das ist unwahrscheinlich. Kiba-sama ist schon lange von niemandem mehr gesichtet worden, beinahe zwanzig Jahre lang. Aber wir sollten leise sein, während wir durch den Wald gehen.« Ich warf noch einen Blick auf das Schild. »Es wird erzählt, dass es tief in diesem Wald eine Höhle gibt, wo sich niemals Tiere hinwagen oder Vögel in den umstehenden Bäumen zwitschern. Kiba-sama schläft dort immer noch, seit nunmehr zwei Jahrzehnten. Wenn du also durch diesen Wald gehst, gib kein Geräusch von dir, damit du nicht den großen Dämonenbären von Suimin Mori weckst, der nach zwanzigjährigem Winterschlaf ausgehungert sein wird.«

»Aha.« Yumeko sah noch einmal zum Wald und nickte. »Kein Geräusch. Das kann ich. Die Blätter werden noch nicht einmal ahnen, dass jemand auf sie tritt.«

Die Bäume schlossen sich um uns, als wir den Wald betraten, gewaltige Kiefern und Rotholzbäume, deren Äste den Himmel verdeckten und in deren Schatten der Waldboden dunkel und kühl war. Wir folgten dem Pfad über moosbewachsene Steine und umgestürzte Bäume, zwischen Stämmen uralter Baumriesen hindurch und durch Waldstücke, wo nie Sonnenschein bis zum Boden drang. Der Wald war unnatürlich still; wie die Legende besagte, zwitscherten keine Vögel in den Bäumen, keine Insekten summten, kein Wild und keine kleinen Tiere bewegten sich durchs Unterholz. In der Luft hing etwas Unheilvolles, eine unterschwellige Atmosphäre der Angst, die bewirkte, dass der ganze Wald verstummte.

Wir kamen an eine Schlucht, die jäh zu einem fast vertrockneten Flussbett weit unter uns abfiel. Den Abgrund überspannte eine Brücke aus Seil und Holzplanken, die in der freien Luft leicht schaukelte. Neben einem der Brückenpfosten befand sich ein winziger Schrein für Doroshin, den Kami der Straße und des Reisens, am Wegesrand. Der Boden des Schreins war mit Gaben wie Münzen und verwelkten Blumen übersät. Während Yumeko an den Rand des Abgrunds trat und nach unten spähte, legte ich einen Kupfer-Kaeru auf den Boden des Schreins, schloss dann die Augen und legte die Hände aneinander, um Doroshin in einem kurzen Gebet um eine sichere Reise zu bitten. Ich war mir nicht sicher, ob die Götter das Gebet eines niederen Assassinen erhören würden, besonders wenn

Blut und Dreck an seinen Händen klebten, aber es war zumindest einen Versuch wert. Besser, die Kami ignorierten einen, als dass man ihren Zorn und damit jede Menge Pech riskierte.

Als ich die Augen aufschlug, erblickte ich zu meiner Überraschung Yumeko neben mir, die mit gefalteten Händen und geschlossenen Augen dastand. Als sie die Arme sinken ließ, trat sie zurück und wandte sich mir mit einem Lächeln zu.

»Früher habe ich jeden Abend zu Doroshin gebetet«, erklärte sie mit einem raschen Blick auf den Schrein. »Ich habe immer davon geträumt zu reisen, den Tempel zu verlassen und zu sehen, was es in der Welt da draußen alles gibt, auch wenn es mir Angst gemacht hat. Ich bat Doroshin dann, mir einen Weg zu weisen.« Mit einem Seufzen wanderte ihr Blick zur Brücke und dem, was jenseits davon lag.

Ihr Gesicht verfinsterte sich, doch dann blinzelte sie, schüttelte sich kurz und fing sich wieder. »Auf diese Weise sollte es allerdings nicht geschehen«, murmelte sie, »aber ich bin hier, auf offener Straße, wie ich es mir gewünscht habe. Ich habe mir gedacht, ich sollte mich zumindest bei Doroshin bedanken, für alle Fälle.« Als sie mich wieder ansah, legte sie den Kopf schräg und betrachtete mich neugierig. »Dich hätte ich nicht für jemanden gehalten, der betet, Tatsumi-san.«

»Die Kami sehen jeden«, erwiderte ich nur. »Ich bin von ihrem Augenmerk nicht ausgenommen, und ich trage ein Schwert namens Gottestöter. Wann immer es möglich ist, versuche ich, sie nicht zu kränken.«

Wir betraten die Brücke. Die verwitterten Planken knarzten unter unserem Gewicht und schaukelten hin und her, als wir darübergingen. Unter uns heulte ein beständiger Wind durch die Schlucht und ließ die Brücke schwanken, aber die Seile waren dick und stark, und es bestand keine Gefahr, dass sie reißen würden.

Doch als wir den halben Weg über den Abgrund zurückgelegt hatten, erfasste ein jäher Windstoß die Brücke, sodass sich die Planken aufstellten. Ich verlagerte das Gewicht und ging ein wenig in die Knie, um nicht die Balance zu verlieren, während Yumeko aufschrie und sich am Geländer festklammerte. Als sich der Wind legte und die Brücke nicht mehr schaukelte, hallte schrilles Gelächter über der Schlucht wider, und ich blickte ruckartig zur Klippe.

Auf der anderen Seite der Brücke stand eine Frau und versperrte uns den Weg. Sie war groß und schlank, mit langem schwarzem Haar, und sie trug Geta-Holzschuhe und einen blau-weißen Kimono, der ihren Körper nur notdürftig verhüllte. Ihre eisig blauen Augen glitzerten kalt, während sie uns vom Rand der Schlucht aus beobachtete.

Ich ging ganz in die Hocke, und meine Hand sank auf das Heft meines Schwerts, während Kamigoroshi freudig aufflammte. Die Frau lächelte.

»Der furchterregende Dämonenjäger der Kage!«, rief sie, immer noch lächelnd. »Träger des berüchtigten Kamigoroshi. Euer Ruf eilt Euch beiden voraus. Erlaubt mir, mich vorzustellen.« Sie vollführte eine leichte, spöttische Verbeugung. »Ich heiße Mistress Kazekira, Windhexe der Heulenden Berge, und ich habe Euch erwartet.«

Eine Windhexe. Also waren die Kamaitachi wahrscheinlich ihre Begleiter. Was bedeutete, dass der Angriff auf Yumeko kein Zufall gewesen war, sondern eine Drohung oder eine Warnung an mich.

Ich trat einen Schritt auf die Hexe zu, wobei sich meine Finger fester um das Heft meines Schwerts legten. »Wenn Ihr wisst, wer ich bin, dann wisst Ihr, was passieren wird, wenn Ihr hier gegen mich kämpft«, sagte ich warnend. »Verlasst diesen Ort, bevor ich mir meinen Weg mit dem Schwert mitten durch Euch hindurch bahne.«

Die Hexe lachte. »Na, das ist aber nicht sehr höflich, Kage-san!« Ihre Stimme hallte als Echo über die Kluft. »Jemandem zu drohen, dem Ihr eben erst begegnet seid, noch dazu einer Frau. Wie unverzeihlich dreist. Hat man Euch keine Manieren beigebracht?«

Wind erhob sich um die Hexe herum, sodass ihre Ärmel flatterten und ihr langes Haar wehte. Yumeko stieß ein Keuchen aus und klammerte sich Halt suchend an den Seilen fest, als die Brücke gefährlich von einer Seite zur anderen schwankte. Ich blieb auf den Beinen und verlagerte das Gewicht, um auf den schaukelnden Planken zu balancieren, während die Brücke geschüttelt wurde und wie ein Schiff auf hoher See schwankte.

Die Windhexe erhob sich in die Luft, und ihre Kleider flatterten heftig im Sturm. Grinsend spähte sie auf uns herab. »Nein, ich wäre eine Närrin, einen Streit mit dem Dämonenjäger der Kage vom Zaun zu brechen. Ich kann den Anblick von Blut nicht ertragen. Allerdings fürchte ich, dass ich Euch nicht weitergehen lassen kann.« Sie hob einen Arm und schnippte mit den Fingern, woraufhin der Wind um sie her sogar noch heftiger brauste. »Kamaitachi, hört auf meine Worte! Zerschneidet die Seile, und lasst uns sehen, ob die beiden fliegen können!«

»Yumeko!« Ich drehte mich zu ihr um. »Lauf! Verschwinde von der Brücke.«

Mit einem Aufheulen des Windes rissen die Seile, die unsere Seite der Brücke hielten. Die Holzplanken bäumten sich im Sturm auf, und Yumeko schrie laut, bevor wir nach unten stürzten.

Mir blieb gerade genug Zeit herumzuwirbeln und auf das Mädchen zuzustürzen, um es um die Taille zu greifen, als die Brücke in sich zusammenfiel und herabstürzte. Mit der anderen Hand packte ich eines der Seile mit festem Griff, da schwangen wir auch schon mit dem abgerissenen Brückenteil auf die Klippe zu. Yumeko klammerte sich keuchend an meiner Jacke fest, während ich nach oben blickte und sah, wie die Wand der engen Schlucht direkt auf uns zuraste.

»Halt dich fest«, rief ich und drehte mich so, dass das Mädchen geschützt war. Wir knallten gegen die Wand der Schlucht, glücklicherweise gegen ein Felsstück mit Gebüsch, und die Brücke schwang klappernd neben uns. Der Ruck verschlug mir den Atem und riss beinahe meinen Arm aus dem Schultergelenk. Es bereitete mir Mühe, sowohl Yumeko als auch das Seil festzuhalten.

Mit angespanntem Kiefer sah ich nach oben zur Kante der Schlucht, etwa neun Meter über uns, und verlagerte das Gewicht, sodass ich einen Fuß zwischen die Brückenplanken schieben konnte. Die Anspannung an meinem Arm ließ nach, und ich warf einen Blick auf das Mädchen.

»Yumeko«, stieß ich zwischen zusammengebissenen Zähnen hervor, und sie sah mich mit aufgerissenen schwarzen Augen an. Eine Hand klammerte sich an meiner Haori-Jacke fest, mit der anderen hielt sie das Furoshiki über ihrer Brust gepackt. »Wir werden nach oben klettern müssen. Kannst du dich an dem Seil festhalten?«

Sie nickte und blickte entschlossen drein. Dann griff sie über meinen Kopf und packte das Seil, doch bevor sie anfangen konnte, sich nach oben zu ziehen, ertönte über uns ein schrilles Lachen, und eine Windböe rüttelte an den Planken.

Die Windhexe schwebte an den Rand der Schlucht und spähte zu uns herunter. »Na, ist das keine schreckliche Zwickmühle«, höhnte sie. »Kage-san, wenn Ihr das Mädchen loslasst, könntet Ihr Euch wahrscheinlich aus dieser kleinen Notlage befreien. Natürlich würde sie sofort in den Tod stürzen, aber das würde Euch nichts ausmachen, oder? Nicht dem berüchtigten Dämonenjäger.« Wieder lachte sie, als ein großes braunes Wiesel auf ihrer Schulter erschien und uns mit roten Knopfaugen beobachtete. »Ja, ich schlage Euch einen Handel vor, Kage-san. Gebt mir die Schriftrolle, und ich nehme meine Kamaitachi und verschwinde.«

Yumeko, die sich an mich gedrückt hatte, versteifte sich, und mein eigenes Herz schlug schneller. Ich runzelte die Stirn. Die Hexe war hinter der Schriftrolle her. Vielleicht war sie diejenige, die die Dämonen zum Tempel geschickt hatte. »Ich habe sie nicht«, sagte ich ihr.

»O je, mit Euch macht es aber gar keinen Spaß, Kage-san.« Die

Windhexe verschränkte die Arme. »Wie enttäuschend. Dann werden wir das hier wohl auf die harte Tour machen müssen. Grüßt Kiba-sama von mir.«

Das letzte der Seile riss. Yumeko schrie auf und barg das Gesicht in meiner Jacke, als die Brücke die Wand der Schlucht hinabstürzte und uns mit sich nahm. Ich rutschte den steilen Hang nach unten, zog das Kinn ein und versuchte, die meiste Wucht mit dem Körper aufzufangen. Ein paar Sekunden lang drehte sich die Welt schwindelerregend um mich, dann hörte es endlich auf.

Ich setzte mich auf und sah mich um. Wir waren am Boden der Schlucht angekommen, die zerborstenen Überreste der Brücke im Gestrüpp um uns verteilt. Mir tat alles weh, aber nichts war gebrochen, und die Blutergüsse würden verheilen. Das Mädchen, das mit geschlossenen Augen neben mir lag, bereitete mir viel mehr Sorge. Wenn sie tot war, müsste ich den Tempel der Stählernen Feder allein finden.

»Yumeko.« Ich schob dunkle Haarsträhnen aus ihrem Gesicht und sah eine dünne Linie Blut an ihrer Schläfe. Mein Magen verkrampfte sich, und ich schüttelte ihren Arm. »Hey! Steh auf.«

Ächzend öffnete sie ein Auge einen Spaltbreit. »Sind wir tot?«

Mich überkam ein seltsames Gefühl der Erleichterung. »Nein«, murmelte ich und stand mühevoll auf. »Aber die Windhexe ist ganz in der Nähe. Wir müssen …«

Ich verstummte, als mir auf einmal klar wurde, was sich auf der anderen Seite der Schlucht befand.

»Tatsumi?« Yumeko stand hinter mir auf. »Siehst du sie? Wo …?«

Ich streckte die Hand nach hinten aus und packte sie am Arm, während ich mir einen Finger an die Lippen legte. Sie schwieg, während sie mich anstarrte und dann meinem Blick folgte, bis sie es ebenfalls sah.

Auf der anderen Seite des Flussbettes, etwa vierzig Meter entfernt, öffnete sich der weite Schlund einer Höhle in die Dunkelheit. Am

Eingang lagen Knochen verstreut, weiß und glänzend, und seltsames dunkles Miasma wand und ringelte sich aus dem Eingang.

Yumeko stieß ein Keuchen aus und schlug sich dann die Hand vor den Mund, als sei es ihr wieder eingefallen: *Tretet leise auf. Achtung vor Kiba-sama.*

Schallendes Gelächter und eine Windböe kündigten an, dass sich die Windhexe näherte. Sie schwebte über uns, und ihr Haar und ihre Kleider peitschten um sie her. »Oh, nein, nein, nein, Kage-san!«, rief sie mit schriller Stimme. »Wohin wollt Ihr denn? Ich habe nicht den ganzen Weg auf mich genommen, um Euch dabei zuzuschauen, wie Ihr wie ein verängstigtes Nagetier davonhuscht.« Sie betrachtete die Höhle, lächelte und holte tief Luft. »Oh, Kiiiiiiiiiiiba-sama!«, schrie sie, und ich zuckte zusammen. Ihre Stimme hallte in der engen Schlucht wider, prallte von den Wänden ab, und das Miasma vor der Höhle begann zu kreisen. »Ihr schlaft schon viel zu lange! Aufwachen, aufwachen! Ich habe ein paar Freunde hergebracht, mit denen Ihr spielen könnt!«

Ein tiefes, grollendes Knurren ertönte aus der Höhle und ließ Yumeko zusammenfahren. »So ist es richtig, Kiba-sama!«, rief die Hexe. »Kommt raus! Nach so einem langen Schlaf müsst Ihr ausgehungert sein! Seht, wen ich Euch mitgebracht habe!«

Ein hungriges Brüllen erscholl, und schwere Schritte ließen den Boden erbeben. Ich drehte mich resigniert um, noch während Hakaimono in freudige Erregung geriet. Eine gewaltige pelzige Gestalt füllte den Höhleneingang und stieß ein Gebrüll aus, das die Wände der Schlucht erzittern ließ.

»Kiba-sama«, hauchte Yumeko, als das Ungetüm sich drehte, um uns mit Heißhunger zu betrachten. Der Dämonenbär von Suimin Mori war doppelt so groß wie seine gewöhnlichen Brüder, mit gewaltigen Schultern und klauenbewehrten Vorderpfoten, die Fels zerdrücken konnten. Abgebrochene und zerborstene Pfeile und Speergriffe ragten aus seinem Fell, und in seinen Augen loderte rotes

Feuer, als er sich auf die Hinterläufe stellte und drohend vor uns aufragte.

»Yumeko«, sagte ich, ohne den Blick von meinem riesenhaften Gegner zu nehmen. »Bleib zurück. Such dir ein Versteck, und rühr dich nicht, bis die Lage sicher ist.«

»Du wirst doch nicht gegen dieses Ungeheuer kämpfen, oder?«

»Das schaffe ich.« Ich ließ die Hand auf das Heft meines Schwerts sinken und spürte, wie freudige Erregung und Blutgier durch mich pulsierten. »Das ist, wofür ich geboren wurde.«

Ich zückte Kamigoroshi und spürte, wie die Kraft des Dämons in mir emporstieg und er aufheulte, als das Schwert dem Licht ausgesetzt war. Während Yumeko sich in Sicherheit brachte, stürzte Kiba-sama brüllend auf mich zu und überwand den Abstand zwischen uns in zwei gewaltigen Sätzen. Ich sprang zur Seite, um ihm auszuweichen, spürte allerdings, wie seine riesige Vorderpfote auf die Steine schlug und den Erdboden unter sich zerquetschte. Kiba-sama drehte sich herum, überraschend schnell angesichts seiner Körpermasse, und schlug wieder nach mir. Ich wich den tödlichen Klauen aus und stach mit dem Schwert zu. Die Klinge schnitt tief in das zottelige Fell des Ungeheuers, hinterließ jedoch kaum einen Kratzer, als ich sie wieder herauszog und zurückwich. Frustriert zischte Hakaimono.

Verdammt, sein Fell ist zu dick. Ich muss näher herankommen, um ihm eine tödliche Wunde zuzufügen.

Brüllend stellte Kiba-sama sich auf die Hinterläufe und ragte bedrohlich vor mir auf. Ich sprang beiseite, als das Ungeheuer sich fallen ließ und versuchte, mich unter sich zu zermalmen. Dann rollte ich mich auf die Beine und ergriff das einzelne Kunai, das ich am Körper tragen konnte, um es auf den Dämonenbären zu schleudern. Das Wurfmesser flog direkt auf Kiba-samas Stirn zu, prallte jedoch an seinem dicken Schädel ab und bewirkte wenig, außer ihn zu verärgern.

Der Bär stürzte erneut mit einem Brüllen auf mich los, und ich machte mich sprungbereit. Doch als er näher kam, heulte eine Windböe durch die Schlucht, und etwas traf mich von hinten und zog eine brennende Linie quer über meinen Rücken. Ich geriet ins Taumeln und konnte nur knapp ausweichen, als Kiba-sama in die Wand der Schlucht pflügte, Gestein und Pflanzen zermalmte und ein gewaltiges Loch hinterließ.

Über mir ertönte das Gelächter der Windhexe. »Das wär's fast für Euch gewesen, Kage-san«, spottete sie, als ich ihr für den Bruchteil einer Sekunde einen Blick zuwarf. Etliche Meter weiter löste Kiba-sama sich langsam rückwärts aus der Wand, schüttelte den Kopf und ließ Steine und Staub von sich abrieseln. Wieder lachte die Windhexe. »Achtet nicht auf meine Kamaitachi, und sie werden euch in Stücke schneiden. Achtet nicht auf Kiba-sama, und er wird Euch im Nu verschlingen. Ich frage mich, wie Ihr ... *ite!*«

Ein faustgroßer Stein flog durch die Luft und traf sie seitlich am Kopf. Die Windhexe hielt sich eine Hand an die Schläfe und starrte erbost zur anderen Seite der Schlucht, wo Yumeko mit einem weiteren Stein in der schlanken Hand stand.

»Ihr redet zu viel«, rief das Mädchen wütend, als die Hexe zu ihm herumwirbelte. »Und Eure Stimme ist sehr schrill. Kamaitachi!«, rief sie, während die Windhexe vor Empörung erstarrte. »Hört mir zu! Ich weiß, dass Ihr das hier nicht wollt. Ich weiß, dass Ihr manipuliert worden seid, dass Sie Euch gegen Euren Willen zu ihren Begleitern gemacht hat. Helft uns, und ich werde mein Möglichstes tun, um Euch zu befreien.«

»Schweig still, Ungeziefer!« Die Hexe gestikulierte wild, und ein Wirbelwind kreischte durch die Schlucht, hob Yumeko hoch und schleuderte sie gegen die Wand. Das Mädchen schrie, als es gegen die Schlucht knallte, stürzte zu Boden und sackte vor dem Felsen zusammen.

Yumeko. Ich ballte eine Hand zur Faust, denn ich wusste, dass ich jetzt nicht zu ihr gehen konnte, da sich der monströse Bär zwischen uns befand. Die Windhexe schniefte verächtlich und wandte sich von dem zusammengesunkenen Körper des Mädchens ab. »Maße dir nicht an, unsere Situation zu verstehen«, sagte sie. »Die Kamaitachi gehören *mir*, und so wird es auch bleiben, ganz gleich, was du denkst.«

Kiba-sama machte wieder einen Satz und hieb mit einer gewaltigen Pranke nach meinem Kopf, während er versuchte, mich an der Wand der Schlucht in die Enge zu treiben. Ich sprang zur Seite und rannte die Felswand entlang, um dem Dämonenbären zu entkommen. Doch meine Beine bewegten sich jetzt merkwürdig, eine seltsame Schwäche breitete sich in ihnen aus, und ein Zittern durchlief bei jedem Aufsetzen der Füße meinen Körper. Mit weit aufgerissenem Maul wirbelte Kiba-sama herum und stürzte sich auf mich. Ich hieb auf die Schnauze ein, sodass er mit einem Jaulen zurückwich und ihm Blut aus der Nase lief.

»Oh-hohoho, Ihr leistet ganz schön Widerstand!« Die Windhexe lachte. »Übrigens macht Euch keine Sorgen, falls Euch ein bisschen seltsam zumute sein sollte. Das ist bloß das Gift an den Klauen der Kamaitachi, das Euch allmählich lähmt. In ein paar Minuten solltet Ihr Euch gar nicht mehr rühren können. Richtet Kiba-sama meinen Dank dafür aus, dass er Euch so wunderbar von meinen Kamaitachi abgelenkt hat. Andernfalls wären sie nie so nah herangekommen.«

Gift. Verdammt. Meine Beine fühlten sich taub an, und in meinen Fingern setzte ein Kribbeln ein. Kiba-sama pirschte auf mich zu. Blut und Speichelfäden tropften von seinem Maul, und er taxierte mich mit flackerndem Blick. Hakaimono wütete gegen mich an, kämpfte gegen die Barrieren meines Bewusstseins und forderte Zutritt.

Lass mich gewähren, hallte es wütend in meinem Hinterkopf wider. *Sonst wirst du sterben. Öffne mir jetzt deinen Geist!*

»Nein«, stieß ich durch zusammengebissene Zähne hervor und hob das Schwert. »Noch nicht.«

Mit einem weiteren ohrenbetäubenden Brüllen warf Kiba-sama

sich erneut auf mich. Diesmal sprang ich nicht zur Seite, sondern wich rückwärts aus, duckte mich vor seinen Klauen und den gefletschten Zähnen und hieb zurück, wann immer ich konnte. Das Lachen der Windhexe ertönte, und eine Bö fuhr über mein Bein und brachte mich zum Straucheln. Ich fiel nach hinten, und Kiba-sama stürzte sofort vor, die riesigen Kiefer weit aufgerissen, um mich in Stücke zu reißen.

Jetzt, Hakaimono!

Purpurnes Feuer loderte am Rand der Klinge auf und erhellte die Symbole, die in den Stahl geätzt waren. Sie leuchteten in strahlendem Weiß in den Augen des Bären, der mit einem erschrockenen Schnauben zurückzuckte. Kraft erfüllte mich und verbrannte die Schwäche meines zerbrechlichen Menschenkörpers. Mit einem Fauchen sprang ich auf Kiba-sama zu, stieß mich an seinem kräftigen Vorderlauf ab, um ihm auf den Rücken, zwischen die Schultern, zu springen, wo Speere und Pfeilschäfte aus seinem Fell ragten. Ich hob das Schwert in die Höhe und rammte es dann in sein Genick.

Kiba-sama brüllte auf und stellte sich auf die Hinterbeine, ruderte mit den Vorderläufen und schüttelte den Kopf, weil er mich abwerfen wollte. Ich packte das Ende eines Speeres, der aus seinem Fell ragte, und versenkte das Schwert noch tiefer, während sich der Dämonenbär brüllend aufbäumte. Für den Bruchteil einer Sekunde erblickte ich das Mädchen, das immer noch zusammengesackt auf dem Boden lag, kurz bevor Kiba-sama herumwirbelte und blind in ihre Richtung stürzte.

Du wirst sie nicht anrühren! Mit einem letzten Stoß brach die Spitze von Kamigoroshi vorne aus dem Hals des Bären. Kiba-sama stieß ein ersticktes Brüllen aus, taumelte und stürzte mit einem Krachen, das in der ganzen Schlucht widerhallte, zu Boden. Sein riesiger Leib zuckte mehrere Male, und die Krallen furchten tiefe Rillen in den Erdboden, bevor der große Dämonenbär von Suimin Mori ein letztes Mal erschauderte und reglos liegen blieb.

Mit einem gewaltsamen Ruck befreite ich Kamigoroshi und erhob mich. Ich spürte die wilde Freude des Schwerts, das sich am Kampf, der Gewalt und dem vergossenen Blut ergötzt hatte. Kraft und Adrenalin strömten durch meine Adern, aber wie immer war da Hakaimonos Begehren, gewaltsam in meinen Geist einzudringen, sich einen Weg in meine Seele zu erzwingen. Abermals verschloss ich meinen Geist vor dem Dämon und zwang ihn aus meinem Bewusstsein und zurück in die Dunkelheit, wo er hingehörte.

Als ich mich von dem gewaltigen Kadaver des Dämonenbären gleiten ließ, gaben meine Beine nach, als wäre ihre Muskulatur durchtrennt worden. Ich taumelte, die Klinge fiel aus meinen tauben Fingern, und ich brach neben Kiba-sama zusammen, während ein langsames, spöttisches Händeklatschen durch die Schlucht hallte.

»Bravo, Kage-san, bravo.« Die Windhexe schwebte in mein Blickfeld und grinste auf mich herab. Ich lag keuchend auf dem Rücken, meine Hand bloß einen Fingerbreit von Kamigoroshi entfernt. »Das war ein wahrlich beeindruckender Kampf. Jetzt begreife ich, warum die Dämonen Euch fürchten.«

Verdammt, ich kann mich nicht bewegen! Ich versuchte, mich auf die Ellbogen zu stemmen, mich umzudrehen und mein Schwert zu ergreifen, doch mein Körper fühlte sich an, als bestünde er aus Stein, und ich konnte meine Glieder kaum mehr bewegen. Die Windhexe schwebte näher heran und zog eine kurze Klinge aus dem Ärmel, als sie mit den Füßen den Boden berührte.

»Nehmt es nicht persönlich, Kage-san«, erklärte sie mir und hob die Klinge mit schlanker Hand, die Spitze direkt auf mein Herz gerichtet. Ich versuchte noch einmal, mich zu bewegen, meinen Geist Hakaimono zu öffnen, doch ich konnte mich nicht mehr konzentrieren, die Gegenwart des Dämons drang nur noch verschwommen in mein Bewusstsein. »Aber ich werde Euch schnell umbringen müssen, bevor das Gift nachlässt. Irgendwelche letzten Worte?«

»Wer … hat Euch geschickt?«, stieß ich zwischen zusammengebissenen Zähnen hervor.

»Ach, ich fürchte, das werdet Ihr nicht erfahren, Kage-san«, antwortete die Windhexe mit einem Kopfschütteln. »Ich darf meine Auftraggeber nicht verraten. Was *wäre* dann mit meinem guten Ruf? Und selbst wenn ich es Euch sagen würde, würde es Euch jetzt nicht mehr helfen, denn ich stehe im Begriff, Eure Seele ins Meido zu schicken. Oder ins Jigoku, je nachdem, wie die Götter Euch geneigt sind. Tja«, fuhr sie fort und hob die Klinge noch etwas höher. »Wir sollten es wohl hinter uns bringen. Sayonara, Drachenjäger …«

Ein verschwommener Fleck aus Rot und Weiß glitt durch mein Blickfeld. Yumeko stieß von der Seite gegen die Windhexe und packte sie um die Taille. Beide stürzten zu Boden, wobei die Hexe empört aufkreischte. Aus dem Augenwinkel nahm ich blitzartige Bewegungen wahr, flatternde Gewänder und um sich schlagende Arme, während die beiden Frauen miteinander rangen.

»Fort von mir, du widerliches Ungeziefer!« Mit einem Windstoß wurde Yumeko weggefegt und fiel in etlichen Metern Entfernung zu Boden. Die Hexe stand auf, klopfte sich wütend die Ärmel ab, das Gesicht zu einer hasserfüllten Fratze verzerrt. »Wie kannst du es wagen, mich anzufassen, du dreckiges Geschöpf?«, knurrte sie. »Für diese Unverschämtheit wirst du bezahlen! Du wirst nach Mitleid schreien, während meine Begleiter dich, angefangen bei den Fußknöcheln, in winzige Stücke schneiden und deinen Kopf bis zum Schluss aufheben! Kamaitachi!«, schrie sie und deutete auf das Mädchen. »Tötet sie! Zerschneidet sie langsam. Lasst sie den Tod der tausend Schnitte erleiden!«

Ich hielt den Atem an und wartete auf das Aufheulen des Windes, auf Yumekos Schmerzensschrei, während sie von den Sichelwieseln zerfetzt wurde. Doch in der Schlucht herrschte Stille. Kein Lüftchen regte die Blätter um uns herum, und die Windhexe blickte finster und verwirrt drein.

»Kamaitachi!«, rief sie abermals. »Ihr nutzlosen Faulpelze! Habt ihr mich nicht gehört?«

»Oh, sie haben Euch gehört.« Yumeko schob sich hoch, eine Hand um den Bauch gelegt, in der anderen hielt sie etwas an ihrer Seite. »Aber anscheinend war der einzige Grund, warum sie Eure Begleiter geworden sind, das hier.«

Sie hob den Arm, und ein kleines Elfenbein-Netsuke, ein Schmuckstück, mit dem die Kordel eines Reisebeutels am Obi befestigt wurde, baumelte an ihren zusammengeballten Fingern. Es war in der Form eines Wiesels geschnitzt, das zusammengerollt war, als schliefe es. Im Sonnenschein glitzerte es, und die Windhexe erbleichte bei seinem Anblick.

»Jemand hat mir erzählt, dass Kamaitachi immer in Dreiergruppen unterwegs sind«, fuhr Yumeko schwer atmend fort. »Und ihr Beschützerinstinkt füreinander ist sehr stark ausgeprägt. Ihr habt einen gefangen, um die anderen zu zwingen, Eure Begleiter zu werden, und habt gedroht, ihren Bruder umzubringen, falls sie nicht tun, was Ihr wolltet. Nicht wahr?«

»Du kleine Diebin!« Die Windhexe schwebte auf sie zu, auch wenn ihre Haut jetzt aschfahl aussah und ihre Augen vor Angst weit aufgerissen waren. »Händige mir das sofort aus. Gib es zurück, dann lasse ich dich am Leben!«

Yumeko schüttelte den Kopf, und ein grimmiges Lächeln umspielte ihre Lippen. »Niemand sollte zur Gefügigkeit gezwungen werden, noch nicht einmal Yokai«, sagte sie. »Ich geben ihnen ihren Bruder wieder, damit sie ihre eigene Wahl treffen können.«

»Nein!«, kreischte die Hexe, als Yumeko den Arm zurückzog. »Aufhören! Du weißt ja nicht, was du tust!«

Yumeko schleuderte das Netsuke in die Luft. Es segelte in einem eleganten Bogen nach oben und blitzte im Sonnenschein auf, bis das Schmuckstück mit einem Windstoß und in einem dunklen Streifen quer über dem Himmel zerbarst. Für den Bruchteil einer Sekunde sah ich einen Kamaitachi in der Luft schweben. Er sah benommen aus, bis er sich schüttelte und in einem Wirbelwind verschwand.

Das Gift in meinem Körper ließ endlich nach. Ich schob mich auf die Knie und packte mein Schwert, während die Hexe Klagelaute ausstieß und sich dem Mädchen zuwandte.

»Du kleine Närrin!« Sie hob den Arm und brachte den Wind dazu, wieder um sie herum zu peitschen. Ich stand taumelnd auf, doch meine Beine zitterten, und ich fiel fast wieder hin. »Du hast mich meine Kamaitachi gekostet, aber ich brauche dieses Ungeziefer nicht, um dich zu töten. Ich werde dich auf meine Weise in Stücke ... aaah!«

Mit einer Grimasse ließ sie den Arm sinken und hielt ihr Handgelenk umklammert, wo der sich weit bauschende Ärmel entzweigeschnitten worden war. Ich hob den Blick und sah die drei kleinen Pelzgestalten, die vor Yumeko erschienen und deren gebogene Klingen in der Sonne glitzerten, als sie sich der Hexe entgegenstellten. Ihre Augen leuchteten in wütendem Rot, ihre Mäuler waren weit aufgerissen und entblößten scharfe gelbe Zähne. Bei ihrem Anblick wich die Hexe zurück.

»Nein«, sagte sie, als die Yokai mit einem Wirbel des Windes verschwanden. »Fort von mir! Bleibt weg!«

Mit einem ohrenbetäubenden Kreischen fuhr eine Sturmbö auf die Windhexe herab, zerzauste ihre Haare und riss heftig an ihrer Kleidung. Sie schrie auf, als ihr Gewand zerrissen wurde, sodass Stofffetzen durch die Luft flogen und sich Hunderte Wunden an ihrem Körper öffneten. Yumeko zuckte zusammen und wandte sich ab. Sie schloss die Augen, während die Hexe weiter schrie und der Wind sie weiter umtoste.

Nach einer Weile ließ der Wirbelwind nach und erstarb, die Brise verblasste zu einem leisen Flüstern. Die Windhexe, oder was von ihr übrig war, wankte kurz auf der Stelle, die Augen weit aufgerissen und leer, und brach dann auf dem Felsboden zusammen.

Ich betrachtete sie einen Moment und vergewisserte mich, dass sie wirklich tot war, bevor ich wieder Yumeko ansah. Das Mädchen saß an der Wand der Schlucht, zu seinen Füßen drei Kamaitachi, die mit eingeklappten Klingen dahockten und sie aus ernsten roten Augen taxierten. Ich spannte meinen Körper an und ließ meine Hand auf mein Schwert sinken, doch die Yokai wirkten nicht mehr bedrohlich.

Yumeko lächelte, richtete sich auf und sah absichtlich nicht zur Leiche der Windhexe, die zusammengesunken im Dreck lag. »Ihr seid jetzt frei«, sagte sie leise, und die Kamaitachi legten die Köpfe schräg, als würden sie tatsächlich zuhören. »Ihr schuldet mir nichts. Ich bin froh, dass ich helfen konnte.«

Gleichzeitig senkten die Yokai die Köpfe und verneigten sich. Dann schraubten sie sich unter aufgeregtem Jaulen und Knurren in die Luft, während Wind und Blätter um sie herumwirbelten, und waren verschwunden.

13

Das Lied des Kodama

Yumeko

Wir brauchten den restlichen Nachmittag, um uns aus der Schlucht zu befreien.

»Tatsumi, bleib stehen«, sagte ich, nachdem wir uns etliche Meter von Kiba-samas Höhle entfernt und den Dämonenbären und die Leiche der Windhexe dort zurückgelassen hatten. Er hielt inne und sah mit kalten violetten Augen zu mir zurück. Seit dem Kampf gegen die Hexe und den Bären hatte er nichts gesagt. Ich deutete auf seine zerrissene Haori-Jacke, wo sich allmählich ein dunkler Fleck unterhalb seiner Schultern ausbreitete. »Du blutest.«

Meine Stimme bebte ein wenig. In meinen Ohren dröhnte es, und ich hatte das Gefühl, ich könnte mein Frühstück von mir geben, wenn ich über gewisse Dinge zu sehr nachdächte. Die Begegnung mit der Windhexe, den Kamaitachi und dem großen Dämonenbären fühlte sich surreal an, als hätte eine andere sie erlebt. An den Kampf erinnerte ich mich nur bruchstückhaft: die schreckliche Angst, in die Schlucht zu stürzen, das Beben des Erdbodens, als Kiba-sama aus seiner Höhle kam, die Hilflosigkeit, während ich mit ansehen musste, wie Tatsumi den Bären *und* die Kamaitachi abwehrte. Die Wut, als die Hexe ihren Begleitern befahl, den Dämonenjäger anzugreifen, während er mit dem Bären kämpfte. Ich hatte mir einen Stein aus dem Bach geschnappt, weil ich die Hexe ablenken wollte, und auf einmal fiel mir wieder die

Stimme vom Abend zuvor ein, seine letzten Worte, bevor er verschwunden war.

Kamaitachi treten immer zu dritt auf. Ihre Treue untereinander ist unzerbrechlich. Denk daran und stell dir die Frage, warum Kazekira nur zwei Begleiter hat.

Weil sie ihr nicht helfen *wollten*, war mir klar geworden. Die Wiesel-Yokai waren ihre Begleiter, weil die Windhexe sie zum Gehorsam zwang. Weil sie jemanden als Geisel hielt, den sie unbedingt beschützen wollten.

Den dritten Kamaitachi.

Jedenfalls hatte ich gehofft, dass dem so war. Völlig sicher konnte ich mir nicht sein. Es war ein Wagnis gewesen, aber irgendwie hatte ich helfen müssen, um die Sichelwiesel zu befreien und vor allem um Tatsumi zu retten, der bei dem gleichzeitigen Kampf gegen die Hexe und den Dämonenbären ums Leben gekommen wäre. Ihren Begleitern zuzurufen war das Einzige, das mir in den Sinn gekommen war. Als die Hexe mich gegen die Felswand geschleudert hatte und ich so hilflos und unter Schmerzen dort lag und versuchte, nicht das Bewusstsein zu verlieren, hatte mir eine helle Stimme, leise und heiser, etwas ins Ohr geflüstert.

Unser Bruder. Sie hat ihn in ihrem Obi. Rette ihn und befrei uns alle.

Als ich den Kopf hob, hatte ich einen Streifen braunes Fell gesehen, der sich in Luft auflöste. Außerdem die Windhexe, die vor Tatsumi stand, ein Messer auf sein Herz gerichtet, und schreckliche Angst hatte mich gepackt. Es hatte keine Zeit für Tricksereien gegeben, keine Zeit für Magie, Kitsune-bi oder Illusionen. Mein einziger Gedanke hatte Tatsumis Rettung gegolten.

Es war reines Glück gewesen, dass sich meine Hand bei dem Kampf mit der Hexe auf dem Boden um etwas Kleines und Hartes unter ihrem Obi geschlossen hatte. Und dass es mir gelungen war, es zu packen, just als sie mich wegschleuderte. Was danach geschehen war … bei der Erinnerung drehte sich mir der Magen. Was ich getan hatte, bereute ich nicht; sie hätte uns beide umgebracht, wenn sie gekonnt hätte, und die Kamaitachi waren jetzt frei. Doch das änderte nichts an der Tatsache, dass die Windhexe tot war, in Stücke gerissen von ihren eigenen Begleitern, und ich war diejenige, die den Stein ins Rollen gebracht hatte.

Ich versuchte, mir den Gedanken aus dem Kopf zu schlagen, während wir am Flussufer entlanggingen und nach einer Stelle suchten, wo wir aus der Schlucht klettern konnten. Als das Adrenalin nachließ, spürte ich Schmerzen in meinem ganzen Körper. Außerdem fiel mir der Riss in Tatsumis schwarzer Haori-Jacke auf sowie der dunklere Fleck, der sich auf seinem Rücken ausbreitete.

»Tatsumi«, sagte ich noch einmal und beeilte mich, um ihn einzuholen. »Warte. Du bist verletzt. Wir sollten uns darum kümmern, bevor wir weitergehen.«

Im ersten Moment glaubte ich nicht, dass er anhalten würde. Sein Blick war ausdruckslos, seine Miene immer noch eisig. Doch dann nickte er einmal und trat an den winzigen Bach, der den Boden der Schlucht durchschnitt. Er griff in seine Jacke, kniete nieder und zog vorsichtig ein quadratisches Stück Papier hervor, auf dem beim Auffalten eine Prise des grünen Pulvers zum Vorschein kam.

Ich beobachtete, wie er mehrere Wassertropfen hinzufügte und das Ganze zu der vertrauten Paste vermischte. Dann hielt er inne und blickte auf die Salbe hinab, als käme ihm gerade eben erst etwas in den Sinn.

»Yumeko.« Seine Stimme klang zögerlich, war fast nicht zu hören. Ich trat vor, um ihn besser verstehen zu können, und beugte mich dicht zu ihm. Er atmete aus. »Allein ... komme ich nicht an die Wunde. Könntest du vielleicht ...?«

Im nächsten Moment verstand ich, was er meinte. »O-oh«, stammelte ich. »Natürlich.« Behutsam nahm ich die Salbe entgegen, ohne darauf zu achten, wie sich seine Muskeln anspannten, als meine Finger über seine strichen. »Hast du auch Verbandszeug?«

Er reichte mir eine Rolle aus dünnem weißem Tuch und drehte sich um. Dann zog er die Arme aus seinem losen Hemd und der Jacke und ließ beide Kleidungsstücke nach unten gleiten, sodass sie ihm um die Taille fielen. Zum Glück hatte er mir den Rücken zugekehrt und sah nicht, dass mein Gesicht zu glühen begann. Da die Mönche im Tempel oft ohne Oberbekleidung trainierten oder meditierten, war ich an den Anblick männlicher Oberkörper gewöhnt, aber sie waren mir alle so vertraut gewesen, dass ich mir bei keinem von ihnen Gedanken gemacht hatte. Bei Kage Tatsumi war das etwas ganz anderes. Die spätnachmittägliche Sonne schien auf die breiten Schultern und den Rücken des Kriegers, und ihr Licht fiel auf seine straffe Haut und die schlanke, harte Muskulatur.

Und Narben. Dutzende, die sich zickzackförmig über seine Schultern erstreckten und quer über seinem Rücken Furchen zogen. Manche waren beinahe verblasst, andere waren tiefer und kräftiger. Ich streckte die Hand aus und konnte mich kaum davon abhalten, drei nebeneinanderliegende Narben nachzufahren, die vertikal an seinem rechten Schulterblatt hinabführten. Im nächsten Moment erbebte ich, als ich schlagartig erkannte, was es war.

Das sind ... Krallenspuren.

Ich schüttelte mich und zog den Arm zurück. Die Wunde von den Kamaitachi war ein dünner, gerader Schnitt oben von seinem Schulterblatt bis unter seine Rippen. Blut war bereits aus der Schnittwunde gesickert und seine Haut hinabgelaufen, sodass es die Stoffränder seines Hemds eingefärbt hatte.

Nachdem ich ein quadratisches Stück Tuch in das Wasser des kleinen Bachs getunkt hatte, zögerte ich einen leisen Atemzug lang und begann dann, das Blut um die Wunde herum abzutupfen. Tatsumi beugte sich nach vorn, die Hände auf den Knien, den Kopf geneigt. Er gab kein Geräusch von sich oder zuckte auch nur mit einem Muskel, noch nicht einmal als ich mich der eigentlichen Verletzung zuwandte und sie säuberte, bevor ich die grüne Salbe so sanft wie möglich auf die Wunde auftrug. Seine Muskeln waren angespannt, wie Stahlbänder unter meinen Fingerspitzen, als rechnete er damit, dass ich jeden Augenblick etwas in die Wunde rammen würde. Oder vielleicht machte er sich nur für den Schmerz bereit. Mir fiel wieder ein, was er mir in der Ryokan gesagt hatte, und seine Verwirrung, als ich gegen seine unsanfte Behandlung meiner Verletzung protestiert hatte. Als er gefragt hatte, ob ich nie dafür bestraft worden sei, Schwäche zu zeigen.

Nachdem die Wunde versorgt war, wickelte ich einen Verband um seine Brust und Schulter und knotete ihn mit zitternden Händen fest. »Na schön.« Ich wich zurück. »Das sollte reichen.«

»*Arigatou gozaimasu*«, murmelte er nach kurzem Zögern, als wartete er immer noch auf Schlimmeres. Ich sah zu, wie er wieder sein Hemd und die Haori-Jacke hochzog und hineinschlüpfte, ohne auch nur das Gesicht zu verziehen. Wieder dachte ich an die Narben auf seinem Rücken und an den Schultern. Die Hexe hatte ihn den Drachenjäger der Kage genannt. Warum jagte und tötete er derart gefährliche Geschöpfe?

»Tatsumi«, setzte ich zögerlich an. Zwar war ich mir bewusst, wie riskant es war, diesen gefährlichen Menschen etwas so Persönliches zu fragen, aber ich konnte nicht anders. »Hast du … gegen viele Dämonen gekämpft?«

»Ja.«

»Geht es um Rache?« Ich dachte an den Oni, der beiläufig ein Blutbad in einem Tempel voller Mönche angerichtet und nichts als Tod und Zerstörung zurückgelassen hatte, und mein Blut kochte. »Machst du aus Rache Jagd auf sie? Hat ein Dämon deine Familie umgebracht?«

»Nein.«

»Aber warum …?«

»Yumeko.« Seine Stimme war nicht barsch oder wütend oder bedrohlich, doch die Hoffnungslosigkeit darin jagte mir einen Schauder über den Rücken. Er drehte sich, immer noch auf den Knien, zu mir um. Seine violetten Augen glühten.

Nachdem er das Schwert auf seine linke Seite geschoben hatte, ballte er beide Hände auf den Oberschenkeln zu Fäusten und neigte den Kopf, während ich verblüfft und stumm vor ihm kniete.

»Verzeih mir.« Seine Stimme war feierlich, vollkommen ernst, als spräche er mit einer Daimyo und keinem einfachen Mädchen vom Land. »Du hast mir das Leben gerettet, aber ich kann deine Fragen nicht beantworten. Ich habe meinem Clan Geheimhaltung geschworen, und sie würden uns beide bestrafen, sollte ich mich ihren Befehlen widersetzen. Bitte wähle eine andere Art, wie ich meine Schuld begleichen kann.«

»Tatsumi-san …« In mir regte sich ein schlechtes Gewissen. Damit hatte ich nicht gerechnet. »Ich … du schuldest mir gar nichts«, sagte ich, obwohl er reglos verharrte und den Blick weiter zu Boden gerichtet hielt. »Schließlich habe ich versucht, uns beide zu retten.«

»Die Windhexe hätte mich umgebracht.« Tatsumis Stimme war tonlos, er hatte sich noch immer nicht bewegt oder den Kopf gehoben. »Der Kodex des Schattenclans verlangt Entschädigung. Ein Leben für ein Leben. Ich stehe in deiner Schuld, bis ich mich bei dir revanchieren kann.«

Ich nickte. »Na gut«, sagte ich mit leiser Stimme, während mir allmählich aufging, wie aufrichtig seine Worte gemeint waren. Meister Isao hatte mich im Wesen der Samurai unterrichtet, dass ihr Kodex ihnen alles bedeutete, ihre ganze Lebensart. Eine Schuld beiläufig abzutun oder zu ignorieren, war eine gewaltige Kränkung ihrer Ehre, ein unverzeihliches Verbrechen, das entweder mit dem Tod des Sünders endete oder damit, dass der entehrte Samurai-Krieger sich das Leben nahm. »Dann sehe ich dein Versprechen als bindend an, Tatsumi«, sagte ich, »bis du im Gegenzug mich retten kannst.«

Er neigte den Kopf noch weiter zu einer stummen Verbeugung. Danach gingen wir schweigend durch die Schlucht.

Am Abend, nachdem wir endlich aus der Schlucht gekommen waren, setzte Regen ein. Ich verzog das Gesicht und biss die Zähne zusammen, als dichter Regen durch die Äste auf uns niederprasselte, mein Haar durchnässte und meine Kleidung völlig durchweichte. Tatsumi ging weiter, scheinbar unberührt von Kälte und Nässe. Insgeheim sehnte ich mich nach meinem kegelförmigen Hut und meinem Mino, einem fest aus Stroh geflochtenen Regenmantel, die ich im Tempel hatte zurücklassen müssen.

Der Regen prasselte weiter hernieder, wurde zeitweise zu einem kalten Nieseln, hörte aber nie ganz auf. Als es zu dämmern begann, suchten wir Schutz unter einer alten bogenförmigen Steinbrücke. Zwei Eichen wuchsen in der Nähe, und mehrere knotige Wurzeln schlängelten sich am Boden unter dem Brückenbogen. Auf einer Wurzel hockend sah ich zu, wie Tatsumi ein Loch grub, es mit Ästen füllte und irgendwie ein kleines Feuer entfachte. Es knisterte fröhlich und vertrieb die Kälte ein Stück weit. Ich ächzte, als ich die Wärme auf meiner Haut spürte und allmählich meine klammen Finger auftauten.

»Hier«, sagte Tatsumi leise und ließ ein Reisbällchen in meine Hände fallen. Während ich ein Dankeschön murmelte, beobachtete ich, wie er auf die andere Seite des Lagerfeuers ging und sich hinsetzte, um in die Flammen zu starren.

In der Dunkelheit schimmerte etwas, und meine Nackenhaare richteten sich auf. Als ich aufsah, erblickte ich eine winzige blassgrüne Gestalt, nicht größer als mein Daumen, die mich von einer Wurzel aus einem guten Meter Entfernung beäugte. Sie trug eine runde Pilzkappe auf dem Kopf, und ihre Augen waren wie schwarze Löcher unter dem Hutrand.

Tatsumi folgte meinem Blick, und seine Hand fuhr an sein

Schwert. »Tatsumi, nein«, warnte ich und streckte eine Hand aus. »Es ist ein Kodama, ein Baum-kami. Er wird uns nichts zuleide tun.« Er entspannte sich, ließ die Hand vom Heft sinken, und ich schenkte dem Kodama ein Lächeln.

»Hallo«, grüßte ich leise, während der winzige kami den Kopf neigte und mich beobachtete. »Bitte entschuldigt uns, wir sind nur auf der Durchreise. Hoffentlich stören wir Euren Baum nicht?«

Der Kodama blinzelte nicht. Er betrachtete mich noch ein Weilchen länger, dann tapste er vorwärts, hüpfte auf einen Stein und starrte mich mit pupillenlosen schwarzen Augen an. Ein leises Geräusch erhob sich in der Luft, wie das Rascheln von Blättern, die vom Wind bewegt wurden.

Ich nickte. »Ich verstehe. Wir werden uns an den Pfad halten und uns Mühe geben, auf keine frischen Pflanzen oder Bäume zu treten. Ihr habt mein Wort.«

»Du kannst mit den kami reden.« Tatsumis Tonfall war nicht fragend, auch wenn er etwas überrascht wirkte. »Woher?«

»Die Mönche haben es mir beigebracht«, erwiderte ich. Das war natürlich nicht die ganze Wahrheit; die Geisterwelt – kami, Yokai, Yurei und den Rest des Übernatürlichen – konnte ich schon sehen, so weit meine Erinnerung zurückreichte. Einer der Vorteile – oder Flüche – des Daseins als Halb-Kitsune. Allerdings hatten die Mönche mir die Unterschiede zwischen den unzähligen Geistern in Iwagoto beigebracht. Es gab die neun größeren Kami, die Gottheiten mit eigenem Namen, die in ganz Iwagoto verehrt wurden; Jinkei, Gott des Erbarmens, Doroshin, Gott der Straßen, und so weiter. Die einfachen kami waren kleinere Gottheiten, Natur- und Elementargeister, die es überall gab, in der Erde, am Himmel und an allen Orten dazwischen. Keiner wusste, wie viele kami es auf der Welt gab. Wenn die Menschen von ihnen als Ganzheit sprachen, war es üblich, »die acht Millionen Götter« zu sagen und es dabei bewenden zu lassen.

Doch abgesehen von den kami durchstreiften viele andere seltsame Magiewesen das Land. Yokai waren Geschöpfe des Übernatürlichen, manchmal wurden sie auch Monster oder Bakemono genannt. Sie konnten eine andere Gestalt annehmen oder besaßen eine gewisse magische Kraft. Tanuki, Kamaitachi und natürlich Kitsune waren Paradebeispiele. Als Yurei wurden die vielen ruhelosen Geister bezeichnet, die im Reich der Sterblichen herumwanderten, wie beispielsweise Zashiki Warashi, Onryo, Ubume. Es gab sogar monströse Pflanzen, die es auf Menschen abgesehen hatten, und eine Handvoll Geschöpfe, die in keine Kategorie passten, sodass die Liste an Göttern, Geistern und Monstern unendlich war. Doch obwohl manche Yokai gefährlich waren und manche Yurei böse Absichten hegten, waren sie alle Bewohner von Ningen-Do, dem Reich der Sterblichen, und ihnen gebührte Respekt.

Im Gegensatz zu den Dämonen – den Amanjaku und schrecklichen Oni wie Yaburama. Sie stammten aus dem Jigoku, dem Reich des Bösen und der Verderbnis, und hatten in der Welt der Sterblichen nichts zu suchen.

»Meister Isao und die anderen zollten kami Respekt«, fuhr ich fort. »Es war ihr Streben, mit allen Lebewesen im Einklang zu existieren. Die besonders spirituell Begabten unter ihnen konnten die kami gelegentlich sogar sehen und mit ihnen reden. Ich hatte wohl auch irgendwie das Talent dazu.«

»Haben die Kamaitachi deshalb auf dich gehört?«

»Na ... eigentlich nicht. Ich habe auf *sie* gehört.«

Ein Freund gesellte sich zu dem Kodama. Dann tauchten drei weitere zwischen den Baumwurzeln auf, und noch einer erschien am Rand des Feuers. Als ich den Blick hob, sah ich Dutzende winziger kami auf Steinen und Ästen hocken und uns durch den Regen beobachten. In der Luft erhob sich ein Klang wie Hunderte trockener Blätter, die gleichzeitig raschelten.

Tatsumi, der die wachsende Zahl Kodama um uns her ebenfalls

registrierte, bewegte sich nicht, doch seine Haltung blieb angespannt. Ich spürte, dass er sich sehr große Mühe gab, nicht nach dem Schwert zu greifen. »Was wollen sie?«, erkundigte er sich.

»Ähm ...« Ich schloss kurz die Augen und versuchte, mich auf nur eine Stimme zu konzentrieren. Kodama waren schon im günstigsten Fall schwer zu verstehen. »Langsamer«, sagte ich und hob eine Hand. »Bitte, immer nur einer. Ich verstehe nichts, wenn alle gleichzeitig reden – es ist, als würde man versuchen, einen Tropfen aus einem Wasserfall herauszulösen.«

Das Geräusch flüsternder Äste verstummte. Der erste Kodama auf dem Stein trat vor und plapperte mit seiner sanften Stimme in einer Art Wispern wie raschelndes Laub.

»Sie wollen wissen, ob du der Träger von Kamigoroshi bist«, sagte ich. »Und ob du es warst, der heute Kiba-sama getötet hat.«

Tatsumi blinzelte und blickte dann zu der mittlerweile recht großen Gruppe von Kodama, die uns von den Bäumen aus beobachteten.

»Ich hatte keine andere Wahl.« Seine Stimme war ruhig, weder stolz noch reumütig. »Wäre es möglich gewesen, hätte ich den Kampf vermieden. Aber Kiba-sama hätte uns beide umgebracht.«

Die Kodama brachen abermals in Geplapper aus, es klang wie Tausende Blätter, die im Wind raschelten. Was seltsam war, denn es wehte kein Wind. Nach einer Weile verebbte der Lärm, und drei Kodama näherten sich dem Feuer. Der kami in der Mitte trug ein einzelnes Blatt wie eine Fahne, den Stiel in die Höhe gereckt, und die Blattränder kräuselten sich, während er ging. Obwohl ich den Gesichtsausdruck ihrer winzigen Gesichter nur undeutlich erkennen konnte, beschlich mich das Gefühl, dass es sich hier um eine feierliche Angelegenheit handelte. Die drei Geister marschierten zu Tatsumi und verbeugten sich. Dann trat der Kodama in der Mitte vor, hob das Blatt über den Kopf, in Richtung des Drachenjägers.

»Was ist das?«, fragte Tatsumi argwöhnisch.

»Ein Geschenk«, sagte ich verblüfft und lauschte dem anhaltenden Geplapper der Kodama. »Anscheinend hat Kiba-sama sich vor langer Zeit an seinen Hunger und seine Gier verloren«, übersetzte ich, während ihre Stimmen über mich hinwegwisperten, ein leichtes Kitzeln in meinen Ohren. »Und es verdarb ihn, bis er kein Bär mehr war, sondern etwas Unnatürliches und Beflecktes. Selbst wenn er schlief, konnte das Miasma der Angst, das er produzierte, von allen Lebewesen gespürt werden. Die Vögel sangen nie in Kiba-samas Wald, die Tiere hatten ständig Angst und versteckten sich, und die Menschen wagten sich fast nie in den Wald. Angst hat alles Leben hier erstickt, aber nun, da du ihn zur Ruhe gebettet hast, kann das Land wieder erblühen.

Dieses Blatt ist ein Zeichen, dass du ein Freund des Waldes bist«, fuhr ich fort, während Tatsumi nach unten griff, das Blatt behutsam am Stiel nahm und vor sein Gesicht hob. Es leuchtete matt im Dunkeln, pulsierte in einem weichen grünen Licht. »Solltest du jemals die Hilfe der kami benötigen, flüstere deine Bitte und lass es vom Wind forttragen. Es wird deine Botschaft den Kodama in der Nähe überbringen, die dir helfen werden, wie auch immer sie können.«

Seine Augen verdunkelten sich, und er schüttelte den Kopf. »Das kann ich nicht annehmen«, murmelte er und ließ den Arm sinken.

Die Stimmen der Kodama wisperten über uns und verliehen meiner eigene Frage Ausdruck. »Warum?«

»Ich töte Dämonen. Das ist, was ich tue. Ich habe den Bären nicht aus Erbarmen oder Güte oder sonst etwas umgebracht, sondern einzig und allein um zu überleben. Wenn Kiba-sama uns nicht angegriffen hätte, hätte ich ihn liebend gern dort in seiner Höhle gelassen.«

»Trotzdem«, sagte ich, nachdem ich den Stimmen der Kodama einen Augenblick gelauscht hatte. »Sie möchten es dir geben. Du hast dem Wald heute einen Dienst erwiesen, und die kami begleichen stets ihre Schuld.« Als er immer noch zögerte, fügte ich hinzu, auch wenn die Kodama es nicht ausdrücklich sagten: »Ein Geschenk der kami solltest du wirklich nicht ablehnen, Tatsumi-san. Genauso wie sie eine Schuld immer begleichen, vergessen sie niemals eine Kränkung.«

Er nickte ernst. Das konnte er zumindest nachvollziehen. »*Arigatou gozaimasu*«, bedankte er sich bei dem Kodama direkt vor ihm und neigte den Kopf zu einer Verbeugung. »Ich habe ein solches Geschenk nicht verdient, aber ich werde es annehmen.«

Der winzige kami erwiderte die Verbeugung, richtete sich auf und schwebte dann fort, wie ein Blatt, das vom Wind ergriffen und davongetragen wurde. Auch die übrigen Kodama verschwanden, verschmolzen mit den Bäumen, bis wieder nur Tatsumi und ich da waren.

Er starrte das leuchtende Blatt an, sah zu, wie es in der Dunkelheit flackerte, bevor es in dem Beutel unter seinem Obi verschwand. Doch seine Augenbrauen waren zu einem leichten Stirnrunzeln zusammengezogen, und ich musterte ihn mit schräg gelegtem Kopf. »Stimmt etwas nicht, Tatsumi-san?«

Er schüttelte den Kopf. »Nein. Aber … das Blatt hätte an dich gehen sollen«, sagte er und erwiderte endlich meinen Blick. »Du warst diejenige, die mit den Kamaitachi gesprochen hat. Du bist dahintergekommen, wie man sie befreien kann, damit sie sich gegen die Windhexe wenden. Hättest du das nicht getan, wären wir beide gestorben.«

»Die Belohnung war nicht für das Töten der Hexe«, entgegnete ich sanft. »Sie war dafür, dass du Kiba-sama von seinen Leiden erlöst und den Wald in seinen natürlichen Zustand zurückversetzt hast. Die Kodama kümmern sich nicht so sehr um einzelne Menschenleben als vielmehr darum, dass der Wald gesund ist. Du bist derjenige, der den Dämon getötet hat, also bezeugen sie dir ihre Gunst.«

Tatsumis Stirn blieb gerunzelt. »Ich habe Dutzende Dämonen und Yokai umgebracht«, murmelte er. »Vielleicht auch ein paar kami. Bis heute … wusste ich nicht, dass man mit Yokai sprechen oder vernünftig mit ihnen diskutieren kann.«

»Nicht alle Yokai sind böse«, sagte ich leise und war zu meiner Überraschung leicht gekränkt. »Sie sind Teil der natürlichen Ordnung, genau wie die kami. Manchmal weiß man bloß nicht, was sie wollen, bis man sich mit ihnen unterhält.«

Dazu sagte er eine Weile nichts, sondern starrte gedankenverloren ins Feuer. Ich warf ein paar Zweige in die Flammen, sah zu, wie das Feuer sie verzehrte und fragte mich, was geschehen wäre, hätte die Windhexe mich entlarvt. Würde Tatsumi dann hier mit mir sitzen? Hätte die Tatsache, dass ich ihm das Leben gerettet hatte, auch nur den geringsten Einfluss auf die Entdeckung, dass ich eine Kitsune war? Oder würde er zu seinem schrecklichen glühenden Schwert greifen und mich töten?

Ich habe Dutzende Dämonen und Yokai umgebracht, hatte er mir eben erklärt. Bedeutete das, dass er auch Kitsune getötet hatte? Laut den Mönchen waren meine vollblütigen Verwandten meist nur Betrüger und Opportunisten, aber es gab ein paar Exemplare, die richtig gefährlich waren. Hatte Tatsumis Clan ihn je losgeschickt, einen Fuchs umzubringen, und falls dem so war, hielt *er* alle Kitsune für wilde, verräterische Geschöpfe, die erlegt werden sollten?

»Es gibt da etwas, das du über mich wissen solltest«, sagte Tatsumi und riss mich aus meinen Gedanken. Als ich aufblickte, starrte er immer noch mit grüblerischer Miene in die Flammen. »Etwas, das du für dich entscheiden solltest, bevor wir weiterreisen.«

Ich richtete mich auf, überrascht, dass er freiwillig Informationen preisgab. Auf dem ganzen Weg hatte Tatsumi sich vor jeglichen Erklärungen zu seiner Person, seiner Familie oder seinem Clan gedrückt. Nach seinem gequälten Eingeständnis vor ein paar Stunden hatte ich mir geschworen, nicht weiter in ihn zu dringen und ihm seine Geheimnisse zu lassen. Schließlich hatte ich genügend eigene.

»Du kannst es mir sagen«, antwortete ich. »Es wird mich nicht abschrecken, versprochen. Na ja, es sei denn, du bist in Wirklichkeit ein Yurei, der sich die ganze Zeit über als Mensch ausgegeben hat. Oh, aber wenn das der Fall wäre, würdest du nicht wissen, dass du ein Geist bist, oder?«

Er sah weiterhin ins Feuer. Ich spürte, dass er immer noch im Widerstreit mit sich war, ob er etwas sagen sollte oder nicht. Dann neigte er seufzend den Kopf.

»Es ist ... ein ziemlich hohes Kopfgeld auf mich ausgesetzt«, räumte Tatsumi schließlich ein. »Nicht von den Magistraten oder Clans oder irgendeiner Organisation von Menschen. Von den Dämonen und Yokai. Von der Geisterwelt. Sie wollen meinen Tod. Also genau genommen wollen sie den Tod des Trägers von Kamigoroshi.«

»Warum?«

»Weil Kamigoroshi erschaffen wurde, um Dämonen zu töten«, antwortete Tatsumi. »Das ist sein einziger Daseinszweck. Und nicht nur Dämonen – es funktioniert auch bei Yokai, Geistern, selbst kami. Geschöpfen, die sich nicht mit einer normalen Klinge erschlagen lassen.«

»Oh«, sagte ich. Zwar hatte ich gewusst, dass Kamigoroshi kein normales Schwert war, aber nicht geahnt, dass die ganze Welt der Dämonen und Geister von ihm und seinem Träger wusste. »Du sagst also, wenn ein Geist direkt durch eine Wand käme und versuchen würde, dich zu schnappen, könntest du ihn töten?«

»Ja.«

»Was ist mit Feuerball-Yokai? Sie haben keine Körper. Kann Kamigoroshi sie auch töten?«

»Ich habe etliche auf dem Gewissen.«

»Oni?«

»Ja, Yumeko.« Tatsumi nickte. »Selbst einen Oni, wenn er mich nicht zuerst erwischt. Aber darauf wollte ich nicht hinaus. Im Innern der Klinge … ist der Geist eines Dämons gefangen. Er heißt Hakaimono, und er ist alt, mächtig und sehr zornig. Wer auch immer Kamigoroshi führt, schwebt in ständiger Gefahr, dass Hakaimono von seiner Seele Besitz ergreift.«

Ich sog langsam die Luft ein und versuchte seine Worte zu begreifen. Er trug einen Dämon in seiner Klinge, weswegen ich schon eine Gänsehaut bekam, wenn ich nur einen Blick auf das Schwert warf. »Was geschieht, wenn er in deine Seele dringt?«, fragte ich kleinlaut.

Tatsumi starrte mich mit kaltem Blick an.

»Was glaubst du wohl?«

Jetzt war ich diejenige, die ins Feuer starrte und zusah, wie es knackend loderte. Einen Moment lang empfand ich es als traurige Ironie des Schicksals: So viel hatte ich ihn noch nie reden gehört, doch es ging um etwas, das ich eigentlich nicht hören wollte. »Warum erzählst du mir das jetzt?«

»Du hast mir das Leben gerettet«, sagte Tatsumi. »Ich möchte, dass du verstehst, was es wirklich bedeutet, bei mir zu bleiben.« Er hielt die Klinge in ihrer Scheide hoch ins Licht. »Kamigoroshi ist ein verfluchtes Schwert, Yumeko. Sein Träger ist ebenfalls verflucht. Dämonen und Yokai werden mir immerzu nachstellen, um mich umzubringen, was bedeutet, dass sie auch versuchen werden, dich zu töten. Und ich … ich bin niemand, dem du jemals vertrauen solltest. Ja, es wäre besser, wenn ich dir das Versprechen nie gegeben hätte.«

Ich sah rasch auf. »Was willst du damit sagen, Tatsumi?«

Er zögerte. Das Herz hämmerte mir in der Brust, und mein Magen krampfte sich zusammen, während ich den Blick auf ihn gerichtet hielt. Der Feuerschein tanzte in seinen Augen und flackerte über sein Gesicht. »Bei mir zu sein birgt immer Gefahr«, sagte er nach einer Weile. »Ich werde mein Bestes tun, um dich zu beschützen, wie ich es versprochen habe, aber alle möglichen Feinde werden es auf uns abgesehen haben. Manche könnten sehr mächtig sein. Alle werden versuchen, mich zu töten. Und da ist die ständige Gefahr, die von Hakaimono ausgeht. Ich möchte nur, dass du vollständig im Bilde bist, was das bedeutet.«

»Tatsumi-san.« Ich zögerte, da ich wusste, dass ich meine Worte mit Bedacht wählen musste. Ihm keinen Hinweis darauf geben durfte, dass ich im Besitz des Drachengebets war. Der Gegenstand, hinter dem die Dämonen, Hexen und Yokai tatsächlich her waren. »Ich muss Meister Jiro finden«, erklärte ich ihm. »Ich *muss* zum Tempel der Stählernen Feder gelangen, um sie wissen zu lassen, was Meister Isao und den anderen zugestoßen ist. Ich sehe es als meine Pflicht an, aber obendrein … war es Meister Isaos letzte Bitte. Ich habe ihm versprochen, dass ich den Tempel finden und alle warnen werde. Ich hoffe nur, dass die Dämonen den Tempel der Stählernen Feder nicht vor mir erreichen.«

Er ließ die Schultern hängen. Das Konzept der Pflicht war einem Krieger nur allzu vertraut. Und Tatsumi, so kalt und abgebrüht und gefährlich er auch war, schien nicht zu den Menschen zu gehören, die einen Eid brachen. »Ich habe auch ein Versprechen gegeben«, sagte ich. »Ich reise zum Tempel, Tatsumi-san, mit dir oder ohne dich. Du kannst gern mitkommen. Deine Gesellschaft wäre mir lieb, und ich habe keine Angst. Aber du musst deswegen nicht so trübsinnig sein.«

Blinzelnd sah er zu mir hoch. »Trübsinnig?«

Dass er trübsinnig war, hatte ihm anscheinend auch noch nie jemand vorgeworfen. »Ich glaube, ich habe dich noch nie lächeln gesehen«, erklärte ich ihm. »Meister Isao würde sagen, du schaust wie ein Affe drein, dem versehentlich die letzte Kakifrucht in den Teich gefallen ist.« Er runzelte irritiert die Stirn, und ich musste lächeln. »Ich vertraue dir, Tatsumi. Ich glaube, du bist zu stark, als dass du dich von einem Dämon in Besitz nehmen ließest. Und falls du dir Sorgen machst, dass es Monster und Yokai auf uns abgesehen haben könnten, lass es sein. Ich bin nicht völlig hilflos. Die Windhexe heute habe ich auf jeden Fall überrascht.«

»Das hast du.« Fas unmerklich lächelte er. »Hat dein Meister Isao Menschen oft mit Affen verglichen?«

»Normalerweise nicht. Meistens ging es dabei nur um mich.«

Er lachte tatsächlich leise, und mein Herz machte einen kleinen Sprung. Auch wenn er gleich wieder ernst wurde. »Na gut«, sagte er. »Dann können wir zusammen weiterreisen. Solange ich dich beschützen kann. Bis ich meine Schuld beglichen habe.«

Die Kodama wachten die ganze Nacht über uns.

14

Achtung vor streunenden Hunden

Tatsumi

»Tatsumi, hör mal«, sagte Yumeko am nächsten Morgen. »Man kann die Vögel wieder hören.«

Ich sah sie an. Sie ging neben mir den Pfad entlang, den Kopf nach oben gereckt, und schaute in die Äste. Sonnenschein fiel durch die Blätter und sprenkelte den Waldboden, während etliche kleine, gefiederte Geschöpfe über unseren Köpfen zwitschernd hin und her flogen. Es war mir nicht aufgefallen, bis sie mich darauf aufmerksam gemacht hatte, aber der Wald wirkte heute etwas heller, weniger bedrückend. Dass ich Kiba-sama erschlagen hatte, hatte dem Wald wohl geholfen, genau wie die Kodama gesagt hatten.

Mein Blick verweilte auf Yumeko. Ein leichtes Lächeln umspielte ihren Mund, als sie den Bewegungen der Vögel folgte. Die Sonne glänzte auf ihrem schwarzen Haar. Am Morgen hatte sie eine kleine Portion Reis am Fuß einer der Eichen zurückgelassen, eine Gabe für die Kodama. Selbst wenn es im hellen Sonnenschein kaum vorstellbar war, dass es dort in der Nacht zuvor von kami gewimmelt hatte.

Ich schüttelte mich. Die vergangene Nacht war in vielerlei Hinsicht surreal gewesen. Noch immer konnte ich nicht glauben, dass ich so viel enthüllt hatte, sowohl über mich als auch das Schwert. Die Kage wären wenig erfreut, dass ich ihr von Hakaimono erzählt hatte, doch wenn wir schon gemeinsam reisten, war sie jetzt zumindest gewarnt. Gestern hatte sie mich zweifellos überrascht, indem sie erst mein Leben rettete und dann auch noch in meinem Namen mit den kami sprach. Ich hätte nie gedacht, dass ich einmal in der Schuld eines einfachen Landmädchens ohne jegliche Kampfausbildung stehen würde, aber hinter ihr steckte ganz bestimmt mehr, als ich zunächst angenommen hatte. Ich war ... irgendwie erleichtert, dass die Wahrheit über Kamigoroshi sie nicht verschreckt hatte.

Tief im Innern spürte ich Hakaimonos kalte Belustigung. *Ja,* schien er zu flüstern. *Behalt sie in deiner Nähe. Erzähl ihr, dass es nichts zu fürchten gibt, dass du sie beschützen kannst. Das wird den Moment, wenn du sie niederstreckst, umso mehr versüßen.*

Entsetzt verbannte ich den Dämon aus meinen Gedanken und spürte, wie er verblasste, auch wenn das Echo seines Gelächters in mir widerhallte und mir meinen Fehler verdeutlichte. Ich hatte von Dämonen und Yokai und den Dingen gesprochen, die meinen Tod wollten, aber in Wahrheit stand die größte Gefahr für Yumeko direkt neben ihr.

Ein paar Stunden später verließen wir den Wald und folgten wieder dem Fluss, der sich träge durch ein Tal schlängelte, nordwärts in Richtung Hauptstadt. Laut meinen Schätzungen befanden wir uns ein oder zwei Tage von der Grenze entfernt, die ein Problem darstellen würde. Ich hatte meine Reisepapiere verloren, als mein Pferd vor den Amanjaku geflohen war, und es gab keine Möglichkeit, neue zu besorgen, weder auf legalem Wege noch unter der Hand. Um umherreisende Bauersleute scherte sich niemand, Yumeko würde also keine Schwierigkeiten haben, aber ein Samurai, der unbefugt durch das Territorium eines anderen Clans wanderte, war Grund zur Sorge. Wenn wir ohne richtige Dokumente an einen Kontrollpunkt zwischen den Territorien kamen, würde ich wahrscheinlich auf unbestimmte Zeit festgehalten werden, während entschieden wurde, was mit mir zu tun sei. Da diese Option nicht zur Debatte stand, würde ich einen anderen Weg finden müssen.

Vor uns flatterte etwas Blaues. Es gehörte zu einer Schankstube, die einsam am Rand des Pfades stand. Diese kleinen Holzbauten waren auf den Straßen zwischen Städten recht weitverbreitet: Orte, an denen Reisende haltmachen und eine heiße Mahlzeit erstehen oder sogar ein Bett für die Nacht bekommen konnten, bevor sie zu ihrem Ziel weiterreisten. Blaue Vorhänge hingen über dem Eingang, und eine winzige Tanuki-Statue, die einen Sakekrug hielt, hockte im Fenster und hieß Kundschaft willkommen.

Yumeko blieb mitten auf der Straße stehen und atmete tief durch. »Was ist das für ein Ort?«, fragte sie. »Es riecht wunderbar.«

»Bloß eine Schankstube«, erklärte ich ihr. »Dort kann man eine Mahlzeit bekommen, wenn man das nötige Kleingeld hat. Wir sind wahrscheinlich ein paar Meilen von einer Stadt entfernt …« Ich verstummte, als Yumeko mich mit großen, hoffnungsvollen Augen anblickte, und ich seufzte. »Ich gehe einmal davon aus, dass du schon wieder Hunger hast.«

»Ich habe meinen Reis heute Morgen den Kodama gegeben«, erwiderte sie kleinlaut. »Alles, was ich heute zu essen hatte, war eine Pflaume.«

Ich kramte in meinem Geldbeutel und reichte ihr wortlos ein paar Kupfer-Kaeru, und sie lächelte mir zu, bevor sie zum Fenster der Schankstube eilte und mit zwei Schüsseln voll dampfenden Sobanudeln zurückkehrte. Wir nahmen unser Essen mit an die Seite des Gebäudes, um es dort zu verzehren. Niedrige Holzbänke säumten die Wand, jeweils einen knappen Meter voneinander entfernt, doch nicht alle waren leer.

Ein einzelner Reisender fläzte ein paar Plätze weiter, eine Sakeflasche auf der Holzoberfläche und einen Becher in der Hand. Er war vielleicht ein paar Jahre älter als ich, trug eine zerlumpte Weste und Hose, und sein dunkles rötlich-braunes Haar war zwar nach hinten gebunden, machte aber dennoch einen zerzausten Eindruck. In seinem Obi steckte eine einzelne kurze Klinge, und neben ihm auf der Bank lag ein gewaltiger Bogen aus onyxfarbenem Holz. Er erwiderte meinen Blick und grinste, wobei er den Sakebecher zu einem spöttischen Gruß hob, bevor er den Inhalt in seinen Mund kippte.

Ich achtete nicht weiter auf ihn, da ich Leute von seinem Schlag schon häufig gesehen hatte. Ein Ronin, einer der herrenlosen Samurai, dem durch sein Fehlverhalten oder den Tod seines Herrn sämtlicher Reichtum und alle Titel abhandengekommen waren und der nun ziellos durch die Lande zog. Ein paar wenige Ronins fanden neue Herren, in deren Dienst sie treten konnten, aber viele hielten sich mit Gelegenheitsarbeiten über Wasser, boten sich als Leibwächter oder angeheuerte Schläger an, während wieder andere als Räuber oder Mörder ihr Unwesen trieben. Sie galten als ungehobelt und unzivilisiert, da sie den Ehrenkodex Buschido und alles, wofür sie einst gestanden hatten, aufgegeben hatten, und die Samurai verachteten sie. Denn ihr Leben in Schande war wie eine ständige Mahnung, was einem jeden Samurai zu jeder Zeit widerfahren konnte.

Ich hockte am Rand der Bank, als Yumeko sich neben mir niederließ, bereits völlig auf das Essen konzentriert, das vor ihr stand. Absichtlich sah ich nicht in die Richtung des Ronin, obwohl ich seinen Blick auf uns spüren konnte, während er noch einen Schluck Sake trank, diesmal direkt aus der Flasche. Auf meinen Reisen waren mir zwei Arten von Unruhestiftern begegnet – die Art, die es kränkte, wenn man sie bemerkte, und die Art, die es kränkte, wenn man sie ignorierte. Natürlich gab es auch diejenigen, die einfach auf Ärger aus waren, und die ließen sich unmöglich umgehen. Ich hoffte, dieser Ronin gehörte nicht letztgenannter Gattung an.

»Hey«, ertönte eine Stimme am anderen Ende der Bänke und machte meine Hoffnungen zunichte. Der Ronin beobachtete Yumeko mit einem breiten Grinsen im Gesicht. »Den Blick habe ich gesehen. Wisst Ihr nicht, dass es unverschämt ist, jemanden anzustarren, kleine Lady?«

Yumeko sah blinzelnd von ihrer Schüssel auf, eine Portion Sobanudeln hing ihr von den Lippen. Sie schluckte rasch. »Es tut mir leid, aber ich habe Euch nicht angestarrt«, sagte sie. »Es sei denn, Ihr sprecht von den Nudeln. Dabei bin ich mir ziemlich sicher, dass die Nudeln kein Interesse an Euch haben.«

»Achte nicht auf ihn«, raunte ich ihr leise zu und konzentrierte mich auf mein eigenes Essen. »Er versucht, dich in ein Gespräch zu verwickeln.«

»Das habe ich gehört«, rief der Ronin und setzte sich aufrecht auf die Bank. »Und das war *sehr* unverschämt. Wenn ich immer noch Samurai wäre, müsste ich von Eurem Freund da vielleicht Genugtuung fordern.« Er stand auf, und ich wünschte, ich hätte immer noch die Kunai-Wurfmesser in meinen Armbändern verborgen. Trotzdem wäre er tot, bevor er sich's versah, sollte er auch nur die geringste bedrohliche Bewegung machen.

Hakaimono regte sich, spürte Ärger, und ich unterdrückte die Präsenz des Dämons.

Der Ronin schob sich den Bogen über die Schultern und schlenderte vorwärts, immer noch sein herausforderndes Grinsen im Gesicht. »Zu Eurem Glück«, fuhr er fort, »bin ich bloß ein Ronin, ein räudiger Hund, der keine Ehre mehr besitzt. Ihr wollt wohl nicht riskieren, Eure eigene zu besudeln, indem Ihr ein höfliches Gespräch mit mir führt, was?«

Yumeko legte den Kopf schräg, verwirrt und furchtlos. »Was ist ein Ronin?«

Der Mann zog die Augenbrauen in die Höhe. Damit hatte er wohl nicht gerechnet. »Ähm, also. Es sind … Ihr wisst wirklich nicht, was ein Ronin ist?«

Yumeko schüttelte den Kopf. »Ich habe das ganze Leben in einem Tempel verbracht«, erklärte sie. »Ich weiß nicht viel über die Welt draußen, aber es tut mir leid, falls ich Euch gekränkt haben sollte. Bitte erklärt mir, was ein Ronin ist, damit ich in Zukunft niemanden mehr beleidige.«

Im ersten Moment starrte der Ronin sie nur an. Nach einer Weile lachte er glucksend und schüttelte den Kopf. »Verzeihung, Mylady«, hob er in spöttischem Ton an und vollführte eine übertriebene Verbeugung. »Wie schon gesagt, ich bin ein Ronin. Wir sind dreckige, ungehobelte Barbaren, die zusammen mit unserer Ehre unsere Manieren vergessen haben, also werdet Ihr mir nachsehen müssen, wenn meine Umgangsformen ein wenig eingerostet sind.« Auf diesen Umstand schien er stolz zu sein, denn als er sich wieder aufrichtete, lächelte er. »Sehen wir mal, ob mir wieder einfällt, wie man höflich ist. Ich heiße Hino Okame. Und mit wem habe ich an diesem schönen Nachmittag das Vergnügen?«

»Yumeko«, erwiderte das Mädchen. »Und ich bin keine Lady, bloß ein einfaches Mädchen aus den Bergen. Meine Umgangsformen sind also auch ein wenig eingerostet.«

»Oh?« Neugierig setzte der Ronin sich neben sie, woraufhin meine Hand auf das Heft meines Schwerts sank. Weder der Ronin noch Yumeko schien es zu bemerken. »Ihr kommt also aus den Bergen, was? Was macht Ihr hier?«

»Reisen. Tatsumi und ich sind auf dem Weg in die Hauptstadt.«

»Schon mal in der Stadt gewesen?«

»Nein.« Yumeko schüttelte den Kopf. »Noch nie. Die Welt draußen ist bisher ... seltsam. Aber aufregend.« Sie lächelte und sah die Straße hinab, die sich in Richtung der fernen Berge erstreckte. »Ich lerne so viel dazu. Ich bin immer gespannt, was sich hinter der nächsten Biegung befindet.«

»Ha!« Der Ronin schnaubte. »Na, ich fürchte, mit der Zeit werdet Ihr enttäuscht werden, Yumeko-san. Die Welt ist voller Gauner, Mörder, Lügner und Diebe. Man kann niemandem trauen. Schon gar nicht Ronins. Jemals zuvor wilde Hunde gesehen?« Er grinste wieder, herausfordernd. »Wenn sie glauben, dass man etwas zu essen hat, folgen sie einem eine Zeit lang, aber versucht man, sie zu streicheln, gehen sie einem direkt an die Kehle.«

Ich war mir nicht sicher, ob Yumeko, die so behütet in einem

Tempel aufgewachsen war, verstehen würde, was der Ronin andeutete, doch sie ließ ihre Schüssel sinken und sah dem Fremden fest in die Augen. »Und doch«, sagte sie, »habe ich Geschichten von wilden Hunden gehört, die einen Fremden auf der Straße bis zu ihrem letzten Atemzug verteidigt haben, bloß weil dieser Mensch ihnen eine Krume statt eines Steins hingeworfen hat.«

Der Ronin grinste. »Ihr habt eine seltsame Denkweise, Yumeko-san.« Er schüttelte den Kopf. »Ich wette, Euer grüblerischer Freund dort denkt anders.« Sein Blick glitt zu mir, und seine Augen verengten sich. Ich sah, wie er meine Kleidung und mein Schwert taxierte, und in seinen Augen leuchtete Wiedererkennen auf. »Ihr seid ein bisschen weit weg von zu Hause, nicht wahr, Kage?«, fragte er argwöhnisch. »Was treibt Ihr hier, so tief im Territorium des Erdclans?«

»Mich um meine eigenen Angelegenheiten kümmern.«

»Oho, geheimnisvoll!« Der Ronin lachte und wandte sich erneut Yumeko zu. »Bei jeglichen Mitgliedern des Schattenclans solltet Ihr besser auf der Hut sein, Lady Yumeko. Angeblich lügt ein Kage nie, aber die ganze Wahrheit sagen sie einem auch nicht.«

»Das hört sich aber sehr schwierig an, Okame-san. Wie kann man gleichzeitig lügen und die Wahrheit sagen?«

»Vertraut mir, sie schaffen es.«

Ich stellte meine Schüssel ab und erhob mich, sodass ich dem Ronin zugewandt war, der mich wachsam von der anderen Seite des Mädchens aus ansah. »Ich glaube, es ist an der Zeit, dass Ihr geht«, sagte ich leise.

»Ja, sieht aus, als wäre ich nicht mehr willkommen.« Der Ronin lachte leise vor sich hin und stand von der Bank auf. »Hat aber länger gedauert, als ich dachte.« Er schulterte seinen Bogen und hob vor dem Mädchen eine Hand. »Sayonara, Yumeko-san. Vielleicht sehen wir uns eines Tages auf der Straße wieder.«

»Okame-san«, sagte Yumeko und hielt die Hand hoch. Zwischen ihren Fingern glitzerte etwas. »Hier.«

Verwirrt streckte der Ronin die Hand aus, und sie ließ einen einzelnen Kupfer-Kaeru in seine Handfläche fallen. Stirnrunzelnd blickte der Ronin von der Münze in seiner Hand zu dem Mädchen. »Was ist das?«, fragte er.

Mit einem Lächeln griff Yumeko nach ihrer Schüssel. »Eine Krume.«

Der Ronin schüttelte den Kopf. »Ihr seid ein seltsames Mädchen«, murmelte er, auch wenn er seine Hand schon um die Münze geschlossen hatte, bevor er den Satz beendet hatte. »Aber zur Hölle, über eine Gratis-Münze will ich nicht klagen. Viel Glück auf Eurer Reise, wohin auch immer Ihr unterwegs seid. Ihr werdet es brauchen.«

Mit einem letzten Grinsen in meine Richtung wandte er sich ab und schlenderte davon. Ich sah der einsamen Gestalt nach, bis sie um eine Straßenbiegung ging und verschwunden war. Erst dann nahm ich wieder Platz.

»Das war mein Geld, das du da so großzügig verschenkt hast.«

Sie verzog entschuldigend das Gesicht. »*Gomen*, Tatsumi. Ich zahle es dir so bald wie möglich zurück, versprochen.«

Da dies nicht sehr wahrscheinlich zu sein schien, zuckte ich mit den Achseln und fand mich damit ab, dass ich den Kaeru nie wiedersehen würde. »Ist schon gut«, sagte ich und griff abermals nach meiner Schüssel. »Ich hoffe nur, du hast nicht vor, jedem Ronin, dem wir von hier bis zum Tempel der Stählernen Feder begegnen, Almosen zu geben.«

»Nein.« Sie schüttelte den Kopf. »Der Gedanke war mir noch nicht gekommen. Es schien bloß ... richtig zu sein.« Sie schob sich das Haar zurück und sah nachdenklich aus. »Meister Isao hatte eine Redensart. Er sagte, noch der winzigste Kieselstein, den man in einen Teich fallen lässt, erzeuge Wellen, die höher werden und sich auf eine Art und Weise ausbreiten, die wir nicht begreifen können.« Sie hielt inne und lächelte dann kopfschüttelnd vor sich hin. »Natürlich war das manchmal schlecht für mich, wenn ich Denga oder Nitoru einen ganz kleinen Streich gespielt habe. Die Konsequenzen wurden immer ernster, die Dinge gerieten außer Kontrolle, eine Truppe Affen landete im Gebetssaal, und dann musste ich den nächsten Monat lang die Veranda bohnern.« Ihr Gesicht verzog sich zu einem wehmütigen Grinsen, bevor sie wieder ernst wurde. »Da er nun fort ist«, murmelte sie, »will ich mich an alles erinnern, was er mir beigebracht hat. Hier draußen habe ich das Gefühl, dass ich leicht aus den Augen verliere, was wichtig ist. Ich will nicht die Dinge vergessen, die dafür sorgen, dass ich … im Einklang mit der Welt bin.«

Es hörte sich an, als wollte sie noch etwas sagen, aber ich bohrte nicht nach. Wir aßen unsere Schüsseln schweigend leer und kehrten dann auf die Straße zurück. Als wir weitergingen, fiel mir die Krähe auf, die auf dem Dach der Schankstube hockte und uns nachsah.

»Warum magst du Ronins nicht, Tatsumi?«

Ich warf Yumeko einen verwirrten Blick zu. Nachdem wir die Schankstube hinter uns gelassen hatten, hatte sich die Landschaft zu sanften Hügeln mit vereinzelten Bauernhöfen und strohgedeckten Häusern geöffnet. Reisterrassen an den Hügeln bestimmten die Landschaft, und in der Ferne sah man Miniaturmenschen dazwischen hin und her wuseln und auf den Feldern arbeiten, die das Rückgrat des ganzen Landes bildeten. Es war sehr still auf der Straße, die Yumeko und ich entlanggingen, bis aus heiterem Himmel die unerwartete Frage kam.

Sie legte den Kopf schräg. »Der Ronin. Okame-san«, erläuterte sie. »Er wirkte gar nicht so schlimm, auch nicht anders als sonst jemand, bloß dass er sich als räudigen Hund bezeichnet hat. Warum sollte er das tun? Liegt es daran, dass er Kaninchen jagt? Oder Flöhe hat?«

»Ronins haben keinen Meister«, erklärte ich ihr. »Und keine Ehre. Sie haben Schande über sich gebracht, also ziehen sie durchs Land und tun alles, was sie können, um zu überleben.«

»Ich habe keinen Meister«, sagte Yumeko. »Nicht mehr. Bedeutet das, dass ich auch Schande über mich gebracht habe?«

»Nein. Du bist ein Bauernmädchen.«

»Bauern sind anders als Ronins?«

»Bauern haben von Anfang an keine Ehre«, sagte ich. »Keiner erwartet von ihnen, dass sie über ihren Stand hinaus handeln. Ronins waren früher Samurai und haben ihren Status eingebüßt.«

»Aber sie sind immer noch die Gleichen, nicht wahr?« Yumeko klang verwirrt. »Sie haben bloß ihren Meister und ihren Titel verloren. Das sollte nichts daran ändern, wer sie im Innern sind.«

»Manchmal tut es das schon.«

»Inwiefern?«

»Der Kodex ist alles, wofür ein Samurai lebt«, erwiderte ich. »Ehre definiert sie. Die Pflicht ihrem Meister, ihrer Familie und ihrem Clan gegenüber steht über allem. Wenn sie das einmal verloren haben, sind sie nichts, wertlos. Und jeder sieht sie so.«

»Du sagst dauernd ›sie‹«, stellte Yumeko fest. »Aber du bist auch ein Samurai, nicht wahr, Tatsumi?«

Ich blieb ihr eine Antwort schuldig, und zum Glück bestand sie auf keiner.

Als die Sonne allmählich unterging, verließen wir das Tal und kamen in einen Wald, der immer dichter wurde, je tiefer wir eindrangen. Büsche, Baumstämme und knotige Wurzeln drängten auf die schmale Straße und zwangen uns, darüber zu steigen oder außen herum zu gehen. Über uns ragten Zedern, Kiefern und Kampferbäume in die Höhe, verdeckten den Himmel; die Luft war schwer und still.

Als wir moosbewachsene Steinstufen hinaufstiegen, die auf beiden Seiten von gewaltigen, zerklüfteten Baumstämmen gesäumt wurden, blieb Yumeko stehen.

»Etwas stimmt nicht«, murmelte sie und sah argwöhnisch in die Bäume. »Es ist zu still. Die Vögel haben alle aufgehört …«

Ich zuckte zurück, als ein Pfeil aus den Bäumen schoss und den Stamm hinter mir traf.

Johlendes Gelächter hallte um uns her wider. Gestalten erschienen zwischen den Baumstämmen und versperrten uns die Stufen von oben und unten – ein halbes Dutzend wild aussehender Männer mit Bogen bewaffnet, die uns breit angrinsten. Ein dickbäuchiger Glatzkopf mit einer klobigen Nase tauchte am Kopf der Stufen auf. Er trug einen riesigen Holzknüppel über einer Schulter und grinste mit gelben, schiefen Zähnen auf uns herab.

»Kage-san«, grüßte er, flankiert von zwei kleineren Männern, die mit Pfeilen in unsere Richtung zielten. Er sprach mit heiserer Stimme. »Wie nett von Euch, endlich einzutreffen.«

Blutgier stieg in mir hoch, da Hakaimono, von so vielen Feinden umzingelt, sich lüstern regte. Das Verlangen, das Schwert zu zücken, war beinahe überwältigend. Ich zwang meine Hand weg von der Klinge und starrte den Räuberhauptmann an. »Kenne ich Euch?«, fragte ich mit erzwungener Gelassenheit.

»Nee.« Der dicke Mann torkelte ein wenig, als sei er betrunken, und wies auf jemanden hinter uns. »Aber Okame hat uns alles von Euch erzählt, mein Freund. Ich habe das Gefühl, wir sind praktisch miteinander verwandt.«

»Okame?« Yumeko klang verblüfft, als sie den Kopf drehte und den Ronin, dem wir zuvor begegnet waren, am Fuß der Treppenstufen sah, einen Pfeil in seinem gespannten Bogen. Sein Gesicht war düster, und er wich ihrem Blick aus. »Was macht Ihr da?«

»Er hat die Straße nach Opfern abgesucht«, erklärte ich Yumeko, während ich unsere Lage einschätzte. Zwei Bogenschützen oben auf der Treppe und drei Männer hinter uns, einschließlich des verräterischen Ronin. »Sobald er uns verlassen hat, ist er zu seinen Freunden zurückgekehrt, um sie von unserem Kommen zu unterrichten.«

Yumeko starrte weiter den Ronin an. Ihre Stimme war leise. »Ist das wahr, Okame-san?«

Einen Herzschlag lang herrschte Schweigen, dann hob der Ronin den Kopf mit einem herausfordernden Grinsen. »Vertrau niemals

Ronins, den räudigen Hunden, Yumeko-chan.« Er grinste, und die Männer um ihn herum lachten höhnisch. »In ihren Knochen steckt kein Fünkchen Ehre mehr. Das nächste Mal sollte mir der ungeduldige Samurai besser meinen Kopf abschlagen und ihn in der Sonne verrotten lassen.«

Der dicke Mann lachte glucksend. »Gut gesagt, Hund. Und wir wissen alle, was als Nächstes geschieht.« Er schwang seinen Knüppel mit einem lauten *Klonk* in die Handfläche und grinste mich an. »Samurai, gebt uns alles, was Ihr habt, dann lassen wir Euch am Leben. Wenn nicht, bringen wir Euch um und nehmen es uns sowieso. Oh, und lasst die Kleine hier. Sie kann mir heute Nacht Gesellschaft leisten.«

»Was?« Hinter uns trat der Ronin einen Schritt vor und blickte finster zu seinem Anführer hoch. »Das war nicht der Plan, Noboru!«, rief er die Stufen hoch. »Du hast mir gesagt, wir würden das Geld nehmen und sie ziehen lassen.«

»Hab's mir anders überlegt.« Der Dicke fuhr sich mit der Zunge über die Zähne. »Das war, bevor ich gesehen habe, was für eine hübsche kleine Dienerin er bei sich hat. Ich hatte schon lange keine Frau mehr.«

»Das liegt daran, dass sie dich eine Meile gegen den Wind riechen können.« Die Stimme des Ronin klang jetzt angewidert. »Das war nicht abgemacht. Ich mag zwar ein dreckiger Hund sein, aber wenigstens kein brünstiges Schwein.«

Der Räuberhauptmann blickte wütend drein. »Soweit ich weiß«, sagte er gedehnt, »bin ich der Anführer dieser Gruppe, und du bist der räudige Niemand, den wir aus Mitleid aufgenommen haben. Wenn dir nicht passt, wie wir die Dinge handhaben, Okame, kannst du verschwinden. Aber das Mädchen bleibt. Jungs ...« Er ließ den Blick über seine Männer schweifen und deutete dann auf mich. »Tötet den Samurai. Bringt mir die Kleine.«

15

Die Wirkung von Krumen

Yumeko

Mir sank der Mut, als die Räuber ihre Bogen auf Tatsumi richteten. Der Krieger ging mit der Hand auf dem Schwertheft in die Hocke und wartete ab. Mein Herz raste, und ich spürte Fuchsmagie in meine Finger schießen, sodass ich die Hände zu Fäusten ballte. Für den Bruchteil einer Sekunde hielt alles den Atem an, und die Stille dehnte sich wie eine gespannte Bogensehne.

»Ach, zur Hölle damit!«

Unvermittelt wirbelte Okame herum und versenkte einen Pfeil in der Kehle des Räubers neben ihm, zog ihn wieder heraus und spannte ihn dann erneut, während der Mann mit einem erschrockenen Röcheln zu Boden sank. Okame hob die Waffe und ließ die Sehne los. Ein Bogenschütze am oberen Ende der Treppenstufen, der auf Tatsumi gezielt hatte, stürzte zu Boden, und aus seiner Brust ragte ein Pfeil hervor.

»Okame!«, brüllte der Räuberhauptmann. »Du mieser Verräter! Wie kannst du es wagen, dich gegen uns zu wenden?«

»Hey, ich bin ein ehrloser Ronin-Hund, schon vergessen?«, rief Okame zurück und grinste boshaft, während er einen Pfeil in Richtung seines ehemaligen Anführers schoss. Noboru riss seinen Knüppel hoch, und der Pfeil traf die hölzerne Keule. »So sind wir eben!«

»Töte ihn!«, schrie Noboru dem letzten Bogenschützen zu und fing an, die Stufen hinabzusteigen. »Töte beide!«

Tatsumis Schwert kam zischend frei, während der Krieger die Stufen hochsprang, um dem gewaltigen Räuber die Stirn zu bieten, der auf uns zugeschritten kam. Mich packte die Angst, als Noboru seinen Knüppel in beiden Händen schwang und ihn durch die Luft auf Tatsumis Kopf zufahren ließ. Der Krieger duckte sich, und der Räuber traf mit einem lauten Krachen einen Baumstamm, wo sein Knüppel eine riesige Delle im Holz hinterließ. Kamigoroshi leuchtete auf, fuhr über Noborus hervorquellenden Bauch, und der Räuber heulte vor Schmerz und Wut auf.

Ein Fluchen hinter mir erregte meine Aufmerksamkeit. Am Fuß der Treppe lag Okame mit erhobenem Bogen auf dem Rücken und wehrte verzweifelt das Schwert des anderen Räubers ab, mit dem dieser auf ihn einhackte. Tatsumi war mit dem Räuberhauptmann beschäftigt und sonst war niemand da, der ihm hätte beistehen können. Wenn ich dem Ronin nicht zu Hilfe eilte, könnte er sterben.

Ich zückte mein Tanto und starrte das Messer in meinen zitternden Händen einen Moment lang an. Noch nie hatte ich es gegen einen Menschen eingesetzt, aber ich konnte jetzt nicht auf Fuchsmagie oder Kitsune-bi zurückgreifen. Ich lief die Stufen hinunter, hob das Messer und stach auf den Räuber ein, der gerade Okame angriff. Ich verletzte ihn am Arm. Mit einem Aufheulen zuckte er zurück und starrte mich wutentbrannt an, was Okame gerade genug Zeit gab, sich aufzusetzen, das Schwert an seinem Gürtel zu zücken und es dem Mann durch die Brust zu stechen.

»*Arigatou*, Yumeko-san«, keuchte Okame und richtete sich rasch auf. Quer über seiner Wange klaffte eine Schnittwunde, und aus einer Stichwunde sickerte Blut über seine Weste, aber er grinste immer noch, während er mich kopfschüttelnd betrachtete. »Das war eine tolle Krume, die du mir da zugeworfen hast – aaah!«

Er zuckte heftig zusammen und schnitt eine Grimasse, als ihn ein Pfeil im Rücken traf, der von oberhalb der Treppe auf ihn zugeflogen gekommen war. Ich fing Okame auf, als er nach vorn stürzte, und geriet unter seinem Gewicht ins Taumeln. Er klammerte sich an meiner Kleidung fest, sodass sich das Furoshiki löste und etwas aus dem Tuch fiel. Das glänzende Etui mit der Schriftrolle landete mit einem leisen Klappern auf der obersten Stufe und rollte dann langsam auf die Kante zu.

Das Blut gefror mir in den Adern. Rasch trat ich mit einem Fuß auf das Etui und hielt es auf, bevor es hinunterkullern konnte. Der Ronin war eine schwere, keuchende Last in meinen Armen, während wir beide auf den Rand der Stufen zutaumelten.

»Okame-san«, stieß ich durch zusammengebissene Zähne aus und sah verzweifelt den Ronin an, während ich versuchte, uns beide aufrecht zu halten und die Schriftrolle daran zu hindern, die Stufen hinunterzurollen. »Alles in Ordnung? Kannst du stehen?«

Er hob den Kopf. »*Kuso*«, fluchte er und torkelte einen Schritt zurück. »Verdammt, ich hätte es wohl besser wissen müssen ... als ihm den Rücken zuzudrehen.«

Er wirbelte herum, hob den Bogen und schoss nach oben zum Kopf der Stufen. Der letzte Bogenschütze, der gerade auf Tatsumi gezielt hatte, zuckte zusammen, als ihn ein Pfeil in der Kehle traf, und stürzte rückwärts ins Dickicht. Im selben Moment bückte ich mich, schnappte mir die Schriftrolle von der Stufenkante und stopfte sie dann in mein Gewand, während ich schon wieder die Stufen hochrannte. *In Sicherheit! Glaube ich. Hoffentlich ist Tatsumi zu beschäftigt gewesen, um das hier mitzubekommen.*

Ein donnerndes Krachen ertönte in der Mitte der Treppe, als Noboru vornübersank, zu Boden fiel und den restlichen Weg nach unten rollte. Seine leeren Knopfaugen starrten zu uns hoch, sein Kopf fiel zur Seite. Eine scharlachrote Linie teilte sein Gesicht fast in zwei Hälften. Fröstelnd sah ich weg, während Okame einen leisen Fluch ausstieß.

»Ja ...« Er seufzte und taumelte einen Schritt zurück. »Das war ... unglaublich dumm, Okame.«

Dann brach er auf den Steinen zusammen.

Ich sah mich nach Tatsumi um. Fast ganz oben auf der Treppe wischte der Dämonenjäger gelassen das Blut von seinem Schwert und drehte sich zu mir, das Gesicht und die Unterarme voller blutroter Schlieren. Seine Augen leuchteten purpurn im Dämmerlicht. Nervös fragte ich mich, ob er etwas über die Schriftrolle oder den Ronin sagen würde, doch er steckte bloß seine Waffe in die Scheide zurück und wandte sich ab. »Wir sind hier fertig«, sagte er leise. »Gehen wir, bevor es zu dunkel wird.«

Ich drehte mich zu Okame zurück, der zusammengesunken am Fuß der Stufen lag, und mein Magen verkrampfte sich. »Tatsumi, warte!«, rief ich. Er blieb stehen, und ich nickte zu der reglosen, blutüberströmten Gestalt des Ronin. »Was ist mit Okame?«

Tatsumi blinzelte und legte den Kopf schräg. »Was soll mit ihm sein?«

»Wir können ihn nicht hierlassen. Er ist verletzt.«

»Er hat versucht, uns umzubringen.« Tatsumis Stimme war tonlos. »Er hat uns in einen Hinterhalt gelockt. Diese Räuber hätten kein Erbarmen mit uns gehabt.«

»Letzten Endes hat er uns geholfen«, widersprach ich. »Er ist anders als der Rest. Ich finde nicht, dass wir ihn sterbend zurücklassen sollten.« Tatsumi rührte sich nicht, und ich sah ihn mit einem Stirnrunzeln an. »Schön. Geh du vor. Ich hole dich ein, sobald ich kann.«

Ich ging zu dem Ronin zurück und kniete mich neben ihn, um den Pfeil zu untersuchen, der unterhalb seines linken Schulterblatts herausragte. Der Schaft steckte in der Mitte eines dunklen Kreises aus Blut, der sich langsam über seine Weste ausdehnte.

»Wenn du den Pfeil rausreißt, mach es bloß schnell«, erklang eine angespannte Stimme. Blinzelnd sah ich zu Okames Gesicht und erkannte, dass seine Augen offen und auf mich gerichtet waren. »Pack ihn so nah an der Spitze wie möglich und zieh feste daran.«

»Wird es nicht wehtun?«

»Nee, ich werde dauernd angeschossen. Manchmal schieße *ich selbst* mit Pfeilen auf mich, nur damit ich sie wieder rausreißen kann.«

»Echt?« Mir stand der Mund offen. »Wie ist das überhaupt möglich? Ist es eine Art Übung? Versuchst du auch, den Pfeilen auszuweichen oder sie abzufangen, wenn sie angeflogen kommen?«

»Das war sarkastisch gemeint, Yumeko-san.« Okame schenkte mir ein gequältes Lächeln. »Natürlich wird es wehtun. Aber er muss irgendwann raus. Ich kann nicht mit einem Pfeil in der Schulter in die Stadt spazieren. Reiß ihn einfach raus, und lass mich hier liegen. Ich komme schon klar.«

Beim Anblick des langen Holzpfeils, der dem Ronin aus dem Rücken ragte, zögerte ich und nahm all meinen Mut zusammen. Ich holte einen tiefen Atemzug und streckte die Hände nach dem Schaft aus. Da fiel plötzlich ein Schatten auf uns. Ich hob den Blick und sah gerade noch, wie Tatsumi nach unten griff, den Pfeil packte und ihn mit einer geschmeidigen Bewegung herausriss.

»*Ite!*«, schrie der Ronin und lag zuckend auf den Steinen. »*Kuso! Aua!*« Er starrte uns wütend an und keuchte. »Verdammt, Kage, wenn du mich umbringen willst, schneid mir einfach den Kopf ab und fertig. Du brauchst mich nicht mit falscher Hoffnung quälen.«

Tatsumi schleuderte den blutverschmierten Pfeil zu Boden. »Wollte ich dich umbringen, wärst du längst tot«, stellte er mit tonloser Stimme fest. »Wo ist euer Versteck?«

»Unser Versteck? Warum?« Unter Schmerzen, die Zähne fest zusammengepresst, setzte Okame sich mühsam auf. »Das hier war die ganze Bande. Es gibt niemanden sonst, den du niedermetzeln könntest.«

»Weil ich deinen blutigen Leichnam nicht in die Stadt schleppen will, wenn du aufgrund des Blutverlusts zusammengebrochen bist.« Tatsumi verschränkte die Arme und spähte die Stufen hinauf. »Weil

Yumeko sich weigert, dich sterbend auf der Straße liegen zu lassen. Falls sich euer Versteck in der Nähe befindet, bringen wir dich besser dorthin. Ich gehe einmal davon aus, dass ihr alles Lebensnotwendige wie Wasser und Verbandszeug habt.«

»Wasser, ja. Verbandszeug ... ähm, ich finde bestimmt etwas.«

Überrascht blinzelte ich zu dem Krieger auf. »Du bleibst?«

Er bedachte mich mit einem kühlen Blick aus seinen violetten Augen. »Ich habe versprochen, es zu tun, nicht wahr? Ich habe gesagt, ich würde dich in die Hauptstadt begleiten, und ich muss immer noch meine Schuld begleichen. Also ...« Er griff nach unten und packte den Ronin mit einer geschickten Bewegung, hievte ihn auf die Beine und legte ihm den Arm um die Schultern. Okame jaulte auf und fluchte. Dann murmelte er vor sich hin, dass er tot besser dran wäre. Tatsumi achtete nicht auf ihn. »Na los. Bringen wir's hinter uns.«

16

YOKAI IM MONDSCHEIN

Tatsumi

Meister Ichiro würde dich grün und blau schlagen, wenn er dich in diesem Moment sehen könnte.

Ich ignorierte den Gedanken und konzentrierte mich auf den Versuch, mich und den verletzten Ronin auf unserem Weg durch den Wald aufrecht zu halten, bis wir schließlich inmitten einer Baumgruppe auf das Versteck stießen. Die Räuber hatten in einer verlassenen Holzfällerhütte unweit der Stelle, wo sie ihren Hinterhalt gelegt hatten, Unterschlupf gefunden. Die Hütte selbst war uralt und heruntergekommen. Die Veranda hing durch, das Geländer war morsch und das Strohdach voller Löcher. Drinnen herrschten sogar noch schlimmere Zustände. Der Boden war mit dünnen Matratzen bedeckt und mit schmutzigen Schüsseln, Stäbchen, Würfeln, Decken und leeren Sakeflaschen übersät. Es roch nach Schweiß, Urin und einer Horde ungewaschener Männer. Ich ließ den Ronin auf eine der dreckigen Matratzen fallen und zog mich dann ins Freie zurück, damit Yumeko in Ruhe seine Wunden verbinden konnte.

Draußen lehnte ich mich an einen morschen Pfosten, blickte zum Himmel empor und sah zu, wie die Sonne hinter den Bäumen unterging, während mir düstere Gedanken im Kopf herumgingen.

Was machst du nur, Tatsumi? Du hättest ihn umbringen müssen. Jetzt gibt es noch einen Beteiligten, und wenn der Clan dahinterkommt, befehlen sie dir wahrscheinlich ohnehin, ihn zu töten.

Was mir unter normalen Umständen nichts ausmachen würde. Der Tod eines Ronin, in Ungnade gefallen und auf sich allein gestellt, bedeutete niemandem etwas. Außer vielleicht Yumeko. Aus mir unerklärlichen Gründen hatte sie Gefallen an dem ehrlosen Räuber gefunden. Entweder das, oder sie war nicht in der Lage, sich um ihre eigenen Angelegenheiten zu kümmern. Falls der Clan mir befehlen sollte, ihn umzubringen, würde ich gehorchen, wie ich es immer getan hatte. Doch es könnte dem Mädchen Angst einjagen oder es so erzürnen, dass es fortging, und das konnte ich mir auch nicht leisten.

Ich seufzte. Allmählich wurde alles kompliziert. Erst Yumeko, dann dieser Ronin. *Deshalb hat der Clan dich vor Bindungen gewarnt. Du bist eine Waffe. Bindungen werden dich nur behindern und dazu führen, dass du deine Mission hinterfragst. Denk daran, dass deine Loyalität den Kage gilt, sonst niemandem.*

Aus dem Innern der Hütte drang ein Schrei, gefolgt von Yumekos hastiger Entschuldigung. Ich schüttelte den Kopf. Es war egal. Der Ronin war nur eine kurzzeitige Ablenkung. Sobald wir hier fertig waren, konnten wir uns wieder auf den Weg in die Hauptstadt und dann zum Tempel der Stählernen Feder machen. Ich musste es nur bis dahin aushalten.

Mit einem Flügelschlag landete eine große schwarze Krähe ein paar Meter weiter auf dem Geländer. Sie senkte den Kopf und pickte neugierig an dem morschen Holz herum. Dann betrachtete sie mich mit dunklen Knopfaugen. Wir starrten einander an, reglos in den abendlichen Schatten. Ich glaubte, hinter dem starren Blick der Krähe ein Bewusstsein zu spüren, ein weiteres Augenpaar, das mich aus dem Unbekannten beobachtete.

Ich griff nach meinem Kunai und schleuderte es auf das Geländer. Mit einem *Klonk* traf es das Holz unter der Krähe, und der Vogel flog mit einem erschrockenen, empörten Krächzen davon. Ich sah ihm nach, wie er über das Dach flatterte, dann richtete ich mich auf und trat an das Geländer, um das Messer aus dem Holz zu ziehen.

»Tatsumi.«

Yumeko trat auf die Veranda, und die verwitterten Bodenbretter knarzten leise unter ihrem Gewicht, während ich das Kunai wieder in meinen Ärmel gleiten ließ.

»Die Wunde ist gesäubert und versorgt«, erklärte sie mir. »Wir können aufbrechen, aber Okame sagt, die nächste Stadt liegt einen halben Tagesmarsch entfernt. Wir können genauso gut die Nacht hier verbringen und morgen früh weiterziehen.«

Ich unterdrückte einen Seufzer, während ich den blassen Umriss des Mondes durch die Äste eines Baumes betrachtete. »Wenn es das ist, was du willst.«

Sie legte den Kopf schief, als hätte sie mit Widerspruch gerechnet. »Und du wirst nicht versuchen, Okame-san umzubringen?«, fragte sie.

»Nein.«

»Oder mitten in der Nacht verschwinden?«

»Nein.«

»Oder ihn an einen Baum binden und ihm Süßkartoffeln an die Ohren hängen, bis die Eichhörnchen überall auf ihm herumkrabbeln?«

»… Nein …«

»Oh, das ist eine Erleichterung! Auch wenn das mit den Eichhörnchen eigentlich ganz amüsant gewesen wäre. Denga hat mir das einmal angedroht. Ich habe nicht geglaubt, dass er es ernst meint, aber bei Denga-san konnte ich mir da nie ganz sicher sein.«

»Hey, Kage!« Der Ronin steckte den Kopf aus der Tür, grinste mich an und hielt eine kleine weiße Flasche hoch. »Willst du ein Schlückchen?«, fragte er und schien durch seine Verletzungen nicht im Geringsten beeinträchtigt zu sein. »Vor ein paar Tagen haben wir uns zwei Fässer von einem Wagen geschnappt, und ich finde es schrecklich, guten Sake verderben zu lassen. Komm schon, ich gieß dir was ein.« Er grinste auf recht wölfische Art, und in der Dunkelheit glitzerten seine spitzen Eckzähne. »Als Dankeschön dafür, dass du mir nicht den Kopf abgeschlagen und mich zum Verrotten in der Sonne hast liegen lassen.«

Ich sah weg. »Ich verzichte.« Das Trinken von Sake, Shochu und anderen alkoholischen Getränken wurde von meinen Lehrern im Allgemeinen nicht gern gesehen. Meine Sinne mussten geschärft bleiben, denn ich hatte jederzeit einsatzbereit zu sein.

»Na gut.« Der Ronin zuckte mit den Schultern. »Schade für dich, aber es bringt Pech, allein Sake zu trinken. Na, komm schon, Yumeko-chan. Ich schätze mal, wir müssen den Rest selbst trinken.«

»Ich habe noch nie Sake probiert«, sagte Yumeko und klang ganz begierig darauf, während sie schnellen Schrittes in die Hütte zurückeilte. »Die Mönche haben ihn früher immer zu besonderen Anlässen gereicht, aber mir haben sie nie welchen gegeben. Denga sagte, er würde eher sein Zimmer selbst in Brand stecken, als zuzulassen, dass ich auf den Geschmack komme.«

»Oho, eine Sake-Jungfrau!« Die Stimme des Ronin klang fröhlich. »Na, du ahnst nicht, was du verpasst hast, Yumeko-chan. Und diese Mönche hören sich schrecklich langweilig an. Dir niemals Sake zu trinken zu geben, was für ein Verbrechen! Da müssen wir auf der Stelle Abhilfe schaffen.«

Ich legte eine Hand über meine Augen und bereute auf einmal mein Versprechen, den Ronin nicht umzubringen. Das Mädchen zu beschützen wurde immer schwieriger. Nicht dass es mich kümmerte, was sie tat, aber sie war schön und naiv, und laut eigenem Eingeständnis besaß der Ronin kein Fünkchen Ehre mehr. Unvermittelt schob sich eine Vision vor mein geistiges Auge: die beiden, zusammen, allein und angetrunken vom Sake.

Mit angespannter Kieferpartie stieß ich mich vom Geländer ab, um wieder in die Hütte zu gehen.

Aus dem Augenwinkel erhaschte ich ein Glänzen, und eine kleine weiße Kugel rollte die Veranda entlang auf mich zu.

Ich wich nicht zurück, auch wenn meine Hand zum Heft meines Schwerts schnellte. Wir waren nicht allein. Vielleicht war die Hütte das Zuhause eines Yurei oder eines anderen ruhelosen Geistes, obschon ich mir nicht sicher war, wie die Räuber hier so lange hatten hausen können, ohne dem Geist begegnet zu sein. Die Kugel glitt leise über die Holzplanken, bis sie abdriftete und von der Kante fiel. Sie hüpfte einmal in die Höhe und glitt dann weiter über die Wiese, bis sie an einen Holzstoß prallte.

Da trat ein Kind hinter den Holzscheiten hervor, hob die Kugel auf und lächelte mir zu. Ein Junge von fünf oder sechs Jahren in einem schwarzen Gewand mit Ärmeln, die zu groß waren, Geta-Holzschuhen und einem ausgefransten Strohhut. Sein Kopf war rasiert, nur ein Büschel dunkler Haare stand von seiner Stirn ab, darunter beherrschte ein einzelnes riesiges Auge seine obere Gesichtshälfte und starrte mich quer über die Wiese an.

Hakaimono regte sich. Kein Kind. Noch nicht einmal ein Mensch. Ein Yokai, aber einer, der keine große Bedrohung darstellte. Ich spürte die Enttäuschung des Dämons; wenn der Yokai nicht bedrohlich war, bestand kein Grund für einen Kampf. Gleichzeitig konnte ich jedoch keinen fremden Yokai ignorieren, der aus dem Nichts aufgetaucht war. Besonders wenn er, auf einem Baumstumpf an der Kante des Holzstapels hockend, offensichtlich auf mich wartete.

»*K-konbanwa*, Kage-san«, grüßte mich der Yokai und verbeugte sich, als ich auf ihn zuging. Dieses einzelne glänzende Auge unter der Krempe seines Hutes beobachtete mich weiterhin. »Ist es nicht ein schöner Abend?«

»Wer bist du?«

Der einäugige Junge wand sich bei meinem unfreundlichen Tonfall. Er lehnte sich zurück, griff in sein Gewand und zog eine kleine lackierte Dose hervor. Als er den Deckel abnahm, kam ein weißes, fast quadratisches Stück Tofu zum Vorschein, und er hielt mir die Dose mit beiden Klauen entgegen. »Ein Geschenk«, verkündete er mit einer weiteren Verbeugung. »Oder ein Friedensangebot. Um zu zeigen, dass ich nichts Böses im Schilde führe. Ich bin ein unbedeutendes Nichts, ein unwichtiges Körnchen, die Zeit des großen Dämonenjägers der Kage nicht wert. Also lasst bitte nicht zu, dass Kamigoroshi mir den Kopf abschlägt.«

Hakaimono verhöhnte ihn. Anscheinend hielt er diesen Yokai nicht für wert, getötet zu werden. »Wenn du wahrhaft nichts Böses im Schilde führst, hast du nichts von mir zu fürchten«, erklärte ich dem Geschöpf und ignorierte den dargebotenen Tofu. »Aber du hast abgewartet, bis ich allein bin, bevor du dich gezeigt hast, also nehme ich an, dass du aus einem bestimmten Grund hier bist. Was willst du?«

»Kage-san ist wahrlich gnädig.« Der Yokai setzte sich auf, und eine dicke rote Zunge glitt zwischen seinen Lippen hervor, wickelte sich um das Tofustück und schlürfte es in seinen Mund. Während er sich die Lippen am Ärmel abwischte, betrachtete er mich mit dem riesigen Auge, in dem sich noch nicht einmal ein Funke kindliche Unschuld widerspiegelte.

»Mein Meister hat mich mit einer Botschaft für den großen Dämonenjäger der Kage hergeschickt«, erklärte der Yokai. »Er weiß, was Ihr sucht, und er warnt, Kage-san solle vorsichtig sein, denn es gibt andere, die ebenfalls danach trachten. Diebe, Mystiker und auch Daimyos – viele haben von der Legende des Drachengebets gehört und durchstöbern das Land nach Teilen der Schriftrolle.«

Das Drachengebet? War es das, worauf Lady Hanshou mich angesetzt hatte? Ich wusste, dass die Schriftrolle wichtig sein musste. Wenn die Daimyo des Schattenclans mich losschickte, damit ich sie besorgte, dann rechnete sie mit Ärger der übernatürlichen Art. Meine Begegnung mit der Horde Amanjaku in der Nähe des Tempels hatte diesen Verdacht bestätigt, aber das sagte mir nichts über die Schriftrolle selbst. *Drachengebet,* überlegte ich. Ein uraltes Relikt mit gewaltiger Macht? Eine in der Vergangenheit verloren gegangene, unbezahlbare Schrift? Ich fragte mich, was es wirklich war und warum jemand eine Horde niederer Dämonen – und laut Yumeko einen Oni, den größten Schrecken des Jigoku – geschickt hatte, um in seinen Besitz zu gelangen.

Auch wenn es mir nicht zustand, Fragen zu stellen. Meine Mission lautete, in den Besitz der Schriftrolle zu gelangen, ganz gleich, worum es sich dabei handelte, ganz gleich, wer danach suchte.

»Höre auf die Warnung meines Meisters, Kage-san«, fuhr der Yokai fort und wurde sehr ernst. »Die meisten Sterblichen, die nach dem Drachengebet suchen, verfügen nicht über genug Wissen, um eine Bedrohung darzustellen. Sie haben etwas von der Legende aufgeschnappt, vielleicht genug um zu versuchen, die Teile der Schriftrolle zu sammeln, doch ihre Kenntnisse sind lückenhaft. Sie tapsen völlig im Dunkeln, unwissend und laienhaft. Aber es gibt da jemanden, vor dem sich sogar der Drachenjäger der Kage in Acht nehmen sollte. Jemand, der selbst mit Kamigoroshis Macht mithalten kann.« Er warf einen Blick auf mein Schwert, als fürchte er, es zu kränken, bevor er die Stimme beinahe zu einem Flüstern senkte. »Vor langer Zeit gab es ein Wesen, ein wahrlicher Fluch auf den Seiten von Iwagotos Geschichte. Sein Name ruft selbst jetzt noch Angst und Abscheu hervor. Derjenige, der solchen Hass auf sich gezogen hat, ist in der Vergangenheit vieles genannt worden, aber die meisten kennen ihn als Genno, den Meister der Dämonen.«

Ich richtete mich auf, und Hakaimono war ebenfalls angespannt. Der Name war uns beiden nicht fremd. Der Meister der Dämonen war eine bekannte, wenn auch furchterregende Gestalt aus dem dunkelsten Zeitalter des Landes. Vor vierhundert Jahren, mitten im schlimmsten Bürgerkrieg, den das Land je erlebt hatte, erweckte ein Zauberer namens Genno ein Heer aus Dämonen und Untoten, um die Hauptstadt anzugreifen und den Kaiser zu stürzen. Da das Land so uneins war, wäre seine Strategie beinahe aufgegangen. Der Kaiser wurde getötet, und die kaiserliche Stadt stand am Rande des Zusammenbruchs, als die Clans endlich ihre Zwistigkeiten beilegten und sich gegen die größere Bedrohung zusammenschlossen. Es kostete viele Leben, und das Land wurde beinahe in Stücke gerissen, doch die vereinte Kraft der Clans reichte aus, um das Blatt zu wenden. In der letzten Schlacht wurde Genno erschlagen, die Horden der Untoten zerfielen, und die Dämonen, die Hals über Kopf die Flucht ergriffen, zerstreuten sich in alle Himmelsrichtungen. Doch das war nicht das Ende der Geschichte. Der neue Kaiser gab sich nicht damit zufrieden, dass der Meister der Dämonen umgebracht worden war, sondern ließ ihn obendrein köpfen, seinen Körper einäschern und den Schädel tief in einer heiligen Gruft versiegeln, sodass er sich nie wieder erheben würde, um das Land zu bedrohen.

Das zumindest war die Geschichte.

Ich warf dem Yokai einen finsteren Blick zu, woraufhin er zurückwich. »Der Meister der Dämonen wurde vor über vierhundert Jahren getötet«, sagte ich langsam und versicherte mich, dass ich auch genau begriff, was das einäugige Wesen da gerade andeutete. »Gehe ich recht in der Annahme, dass er irgendwie zurückgekehrt ist?«

Der Yokai nickte zustimmend. »Genau das glaubt mein Meister«, sagte er. »Die Windhexe, die Euch zuvor angegriffen hat, war eine seiner Dienerinnen. Ähm, von Genno-sama, nicht von meinem Meister. Mein Meister würde sich mit einer wie ihr nicht abgeben.« Er kniff das Auge zusammen, als widerte die Vorstellung ihn an. Dann schüttelte er den Kopf. »Aber Genno hat viele Dämonen, Yokai und sogar Menschen, die ihm Gehorsam leisten, und nun, da er nach der Schriftrolle trachtet, wird er versuchen, jegliche Konkurrenz aus dem Weg zu räumen. Also Euch, Dämonenjäger. Und alle in Eurem Umfeld.«

Ich stellte mir Yumeko vor, ihren klaren Blick und ihr fröhliches Lächeln, wie das Licht in ihren Augen erlosch, während ein Dämon sie in Stücke riss. Seltsamerweise erregte die Vorstellung in mir eine Beklommenheit, die ich noch nie zuvor verspürt hatte. »Warum erzählst du mir das?«, fragte ich den Yokai. »Wenn die Schriftrolle so wertvoll ist, warum will dein Meister sie dann nicht auch haben?«

»Ich hinterfrage die Befehle des Meisters nicht«, sagte das einäugige Geschöpf und wurde bei dem Gedanken ein wenig blass. »Mein einziger Zweck besteht darin, ihm auf jede mir mögliche Art zu dienen. Er befahl mir, den Dämonenjäger der Kage davor zu warnen, dass der Meister der Dämonen nach dem Drachengebet sucht und beabsichtigt, Euch zu töten. Hiermit habe ich es getan. Und nun ist meine Aufgabe erledigt.« Er blinzelte mit seinem riesigen Auge und warf mir einen nervösen Blick zu. »Ähm ... ich kann jetzt gehen, ja? Ihr werdet nicht versuchen, mich zu töten, sobald ich mich umdrehe?«

Der Dämon in meinem Kopf drängte darauf, dass ich genau das tun sollte, dieses erbärmliche Wesen erstechen, sobald es mir den Rücken kehrte, ein passendes Ende für derartige Schwäche. Ich unterdrückte den Drang und wies mit einem kurzen Nicken zur Baumgrenze. »Geh«, befahl ich dem Yokai, der sofort vom Holzstapel sprang, allerdings ohne mir den Rücken zuzukehren, wie mir auffiel. »Aber richte deinem Meister Folgendes aus – kommt mir nicht in die Quere. Sollte er mich oder meine Mitreisenden bedrohen, werde ich ihn töten. Das ist meine einzige Warnung. Sollten wir uns auf der Straße als Feinde begegnen, werde ich nicht zögern, ihn zu erschlagen.«

Der Yokai riss sein Auge auf, bis es einem winzigen Vollmond ähnelte, und nickte. »Na...Natürlich, Kage-san«, stammelte er und nickte eifrig, während er immer weiter zurückwich. »Ich werde Eure Botschaft bestimmt ausrichten.« Er warf einen verstohlenen Blick zu den Bäumen, und auf einmal war ich mir sicher, dass dieser »Meister« in der Nähe war und das ganze Gespräch mit angehört hatte. »Na dann«, schloss der Yokai und machte sich bereit, in den Wald zu laufen. »G... Gute Nacht, Kage-san. Hoffentlich beggenen wir uns nicht wieder.«

Er flitzte davon, ein Streifen blasse Haut im Mondschein, und verschwand in den Schatten des Waldes. Ich spürte Hakaimonos vage Abscheu, dass ich dem Yokai nicht das Rückgrat durchtrennt hatte, und ignorierte sie, während ich den Blick durch die Dunkelheit jenseits der Bäume schweifen ließ. Etwas war da draußen. Der geheimnisvolle Meister, der Wert darauf gelegt hatte, mich vor der Rückkehr von Genno dem Zauberer nach Ningen-Do zu warnen, hatte dies nicht aus reiner Uneigennützigkeit getan. Wer auch immer er sein mochte, er war ein weiterer Spieler in diesem Spiel, das ich nur allzu gut kannte. Lady Hanshou, der Kaiser, die Clan-Daimyos – sie waren die Generäle, die Hauptspieler, die wirklich Eingeweihten, und wir waren bloß ihre Figuren auf dem Spielbrett. Ich war ein einzelner Bauer in einer Partie Shogi, wurde von unsichtbaren Kräften verrückt und zog an mir zugewiesene Orte, ohne zu wissen, warum es geschah. So war es schon immer gewesen.

Und nun war allem Anschein nach noch ein General an den Tisch getreten. Genno, der Meister der Dämonen, war zurückgekehrt und sann wahrscheinlich auf Rache. Lady Hanshou würde davon wissen wollen, ebenso die übrigen Daimyos und sogar der Kaiser selbst, aber zuerst einmal war ich meinem eigenen Clan verpflichtet. Sobald die Schriftrolle in meinem Besitz war, würde ich zurückkehren und Lady Hanshou berichten, was ich in Erfahrung gebracht hatte, oder die Informationen vielleicht Jomei oder einem anderen Diener des Schattenclans weitergeben, falls sie auftauchten, um nach mir zu sehen. Bis dahin würde ich meine Mission fortsetzen und mir erst dann Sorgen um Dämonen machen, wenn sie in Erscheinung traten.

Ich drehte mich um und ging zur Hütte zurück, wobei ich den ganzen Weg Augen auf mir spürte.

Als ich durch den Türrahmen spähte, saß der Ronin allein in der Zimmermitte, umgeben von Müll und leeren Flaschen. Yumeko schlummerte auf einer Decke in der Ecke, ein Strohkissen umklammert, und ein umgedrehter Sakebecher lag verloren neben ihr. Der Ronin sah, wo ich hinschaute, und schüttelte seufzend den Kopf.

»Eine halbe Flasche und sie ist über ihrem Becher eingenickt«, sagte er, und ein reuevolles Grinsen machte sich auf seinem Gesicht breit. »Eigentlich schade. Ich hatte gehofft, sie würde im Rausch vielleicht über mich herfallen. Heute Abend werde ich wohl allein trinken, es sei denn, du möchtest dich zu mir gesellen, Kage-san.«

»Nein.« Ich nahm Kamigoroshi vom Gürtel und ließ mich mit dem Rücken am Rahmen im Eingang nieder, sodass ich über der Schwelle ausgestreckt dasaß. Falls da draußen immer noch Yokai herumlungerten und in die Hütte eindringen wollten, müssten sie erst an mir vorbeikommen.

»Zwingt mich, meinen eigenen Sake einzuschenken. Wie krass.« Der Ronin schniefte, goss sich einen Becher ein und trank dann einen Schluck direkt aus der Flasche. »Bloß gut, dass von Hunden wie mir keine Manieren oder irgendwelche gesellschaftlichen Umgangsformen erwartet werden. Also, Kage-san ...« Mit der anderen Hand griff er nach dem Sakebecher und betrachtete mich über den Rand aus schlauen schwarzen Augen. »Was hast du mit Yumeko am Hut? Du gehörst zum Schattenclan, und du bist kein Ronin, warum folgst du also einem einfachen Bauernmädchen den ganzen Weg bis in die Hauptstadt? Sie ist kein Dienstmädchen, so viel ist mir klar. Kein Clanmitglied würde sich derart von einem Dienstmädchen herumkommandieren lassen.« Er goss sich den Becherinhalt in den Mund und schluckte, dann grinste er mich an. »Oder vielleicht ist sie in Wahrheit eine als Bäuerin verkleidete Prinzessin, die nicht erkannt werden will, und du bist ihr Leibwächter. Das würde ein paar Dinge erklären. Dass sie dich herumscheuchen kann, dass du bei allem einlenkst, was sie sagt, sogar einem dahergelaufenen Räuber auf der Straße hilfst.« Er legte eine Pause ein, und als ich nicht antwortete, wurde sein Grinsen größer. »Also, wenn du nichts sagst, Kage-san, nehme ich mal das Schlimmste an.«

Ich lehnte den Kopf gegen den Türrahmen und ließ sein Geplapper über mich hinwegspülen wie Wasser, das sich alsbald zu Dampf verflüchtigte. »Deine Vermutungen sind mir völlig gleich«, sagte ich, woraufhin er ein Schnauben ausstieß. »Nimm an, was du willst.«

»Oh? Dann hättest du wohl nichts dagegen, wenn ich mich ein wenig mit dem kleinen Landmädchen vergnüge.« Der Ronin stellte die Flasche ab und warf einen gierigen Blick in ihre Ecke. Seine Augen funkelten. »Unter diesen Lumpen hat sie einen schönen Körper, und ich verwette meinen letzten Gold-Ryu, dass sie unbefleckt ist. Du wolltest eh nichts mit ihr anfangen, stimmt's, Kage-san? Schließlich ist sie bloß ein Bauernmädchen ...«

Er verstummte, und sein Blick fiel auf mein Schwert, um dessen Heft sich meine Finger geschlungen hatten. Mein Körper war ganz starr geworden, sprungbereit, und unter der Oberfläche brodelte ein neues Gefühl, eines, das ich noch nie empfunden hatte. Ähnlich wie Hakaimonos Gewalttätigkeit und Blutgier, aber anders. Es dauerte einen Moment, bis ich es eingeordnet hatte, denn das Gefühl in meiner Brust war keine Emotion des Dämons. Zum ersten Mal seit Jahren war es mein eigenes Gefühl.

Zorn.

»Aha.« Grinsend griff der Ronin nach der Sakeflasche. »Das habe ich mir doch gedacht. Entspann dich, Kage-san. Ich habe nicht die Angewohnheit, mit irgendwelchen Bauernmädchen zu schlafen, besonders wenn sie einen gefährlichen Leibwächter in der Nähe haben, der mir nur allzu gern den Kopf abschlagen würde.« Er leerte den Rest der Flasche in den Sakebecher und runzelte die Stirn, als nur ein Rinnsal zum Vorschein kam. »*Kuso*. Das ist ein Pech, ich bin bei Weitem nicht betrunken genug. Nun, da hilft nur eines.« Er kippte sich den letzten Tropfen Alkohol hinter die Binde, griff dann nach der Flasche und stand leicht schwankend auf. »Noburo, du Bastard, ich weiß doch, dass du irgendwo einen Geheimvorrat versteckt hast.« Er torkelte los, hielt jedoch inne und sah zu mir zurück. Wieder huschte dieses wölfische Grinsen über sein Gesicht.

»Weißt du«, verkündete er, »wenn ihr auf dem Weg in die Hauptstadt seid, komme ich ein Stückchen mit, glaube ich. Die Straßen hier sind gefährlich – Räuber und alles mögliche Gesindel überfallen ehrliche Reisende. Ich werde euch begleiten und es ein bisschen weniger gefährlich machen. Du kannst der Leibwächter sein, ich bin der Wachhund. In der Gruppe ist man doch sicherer, richtig?« Er lachte glucksend, als ihm die Ironie in den Sinn kam, und warf einen Blick in die Ecke, wo das Mädchen immer noch fest schlief. »Du glaubst doch nicht, dass es Yumeko etwas ausmachen wird, oder? Egal. Ich werde sie morgen fragen, wenn sie aufwacht. Jetzt ...« Er drehte sich um und torkelte in den hinteren Teil der Hütte, auf ein separates Zimmer zu. »Wo ist dieser Sake, Noboru?«, murmelte er. »Glaub ja nicht, dass du ihn vor mir verbergen kannst, ich rieche Alkohol, wo auch immer er sich verstecken mag.«

Ich lauschte, wie er überall herumstöberte und gelegentlich ächzte oder fluchte. Ein paar Minuten später erklang ein Triumphschrei, und dann war nichts zu hören außer dem leisen Klirren von Flaschen. Nach einer Weile hörte selbst das auf, und aus dem Eckzimmer drang kehliges Schnarchen. Ich zog Kamigoroshi in meinen Schoß und wartete auf den Sonnenaufgang, wollte ich doch Yumeko wecken, sobald das Licht den Horizont berührte. Mit ein bisschen Glück wären wir längst über alle Berge, wenn der Ronin völlig verkatert aus seinem Sake-Rausch erwachte.

Denn wenn er uns tatsächlich folgte, müsste ich vielleicht mein Versprechen Yumeko gegenüber brechen und ihn doch umbringen.

17

GASTFREUNDSCHAFT

Yumeko

»*Ite*«, murmelte ich und schirmte mein Gesicht ab, als helle Lichtstrahlen durch die Kiefernzweige fielen und mich schmerzhaft blendeten. »Warum ist die Sonne heute so grell? Und könnte jemand bitte den Vögeln verbieten, so laut zu zwitschern, das wäre sehr nett.«

Tatsumi, der ein paar Schritte vor mir ging, schien sich über die mysteriöse Zunahme von Licht und Geräuschen an jenem Morgen kein bisschen zu wundern. Er sagte nichts, doch ich spürte, dass er insgeheim belustigt war. »Ich kann dich lachen hören, Tatsumi.« Warnend funkelte ich ihn an. »Findest du mein Leid etwa unterhaltsam?« Er gab keine Antwort, und ich rieb mir stöhnend über die Augen, um das Pochen dahinter zu lindern. »Ich bin keinen einzigen Tag meines Lebens krank gewesen«, flüsterte ich. »Ich verstehe nicht, warum mir jetzt schlecht ist.«

»An Alkohol musst du dich erst noch gewöhnen.« Tatsumi warf mir einen Blick über die Schulter zu. »Sake kann für jemanden, der es nicht gewohnt ist zu trinken, sehr stark sein. Das gehört leider zu den Nebenwirkungen.«

»Das ist *normal*?« Meine Gedanken wanderten zur vorherigen Nacht zurück, zumindest soweit ich mich noch erinnern konnte. Das sonderbare, kräftige Getränk, das Okame unaufhörlich in meinen Becher gekippt hatte, hatte in meiner Kehle gebrannt, dann eine wohlige Wärme in meinem Magen entfacht. Ich erinnerte mich, schläfrig geworden zu sein, mir hatte sich der Kopf gedreht, und was danach war, daran konnte ich mich nicht mehr erinnern. »Es fühlt sich an, als würde eine Horde kreischender Affen in meinem Kopf herumtoben«, stöhnte ich. »Warum trinken Menschen überhaupt Sake, wenn sie sich am nächsten Morgen so fühlen? Glaubst du, Okame-san geht es genauso schlecht wie mir? Ich kann mich kaum noch erinnern, worüber wir uns unterhalten haben ...«

Mir wurde eiskalt vor Schreck. Ich konnte mich genau genommen überhaupt nicht erinnern, was abends zuvor gesprochen worden war. Was sonst hatte ich vergessen? Oder getan? Und wenn ich etwas offenbart hatte, das geheim bleiben musste, etwa, was ich in Wirklichkeit war? Wenn ich unfreiwillig etwas preisgegeben hatte, wenn Tatsumi herausfand, dass ich eine Kitsune war ...

Trotz des hellen Sonnenscheins zitterte ich. Ich musste besser aufpassen. Der Dämonenjäger mochte ein Menschenmädchen dulden, das ihn zum Drachengebet führte, aber gewiss keine Yokai. Falls er dahinterkam, dass ich ihn getäuscht hatte, konnte ich mir bildlich vorstellen, wie Kamigoroshi herabfuhr, um meinen Kopf einzufordern.

»Yumeko?«

Ich blickte hoch und bemerkte, dass Tatsumi mich immer noch über die Schulter hinweg ansah. Er runzelte die Stirn und wirkte nachdenklich, fast schon besorgt. »Geht's dir gut?«, fragte er. »Müssen wir anhalten, damit du dich etwas ausruhen kannst?«

Ich schüttelte den Kopf und lächelte bei dem Gedanken, wie beunruhigt er klang. »Nein, Tatsumi-san, mir geht's gut. Ich bin nur ...«

»Huhu!«

Der schwache Ruf kam von der Straße hinter uns. Ich drehte mich um und sah eine dunkle, verschwommene Gestalt in unsere Richtung eilen, einen Arm in die Höhe gereckt. Beim Herankommen verwandelte sie sich in Okame, der schnaufend und keuchend auf uns zukam.

»Endlich ... gefunden«, japste er und stützte die Hände auf die Knie. Schwer atmend blickte er mit einem schiefen Lächeln zu mir hoch. »Dachtest wohl, du könntest mich loswerden, hm? Hat Kage-san dir nicht gesagt, dass ich euch bis zur Hauptstadt begleite?«

Ich spähte zu Tatsumi, der keinen von uns beiden ansah. Sein Blick war auf die fernen Berge gerichtet. »Nein«, erwiderte ich mit einem Stirnrunzeln. »Das hat er nicht erwähnt.«

»Nun, ihr seid Glückspilze, dass ich einen so leichten Schlaf habe.« Okame richtete sich auf und rückte den Yumi-Bogen auf seinem Rücken zurecht. »Und dass ich bereit bin, euch aus der Patsche zu helfen. Denn zufälligerweise weiß ich, dass ihr in die falsche Richtung geht.«

Ich blinzelte. »Wirklich?«

»Tun wir nicht«, erwiderte Tatsumi. »Dieser Fußpfad führt zur kaiserlichen Hauptstraße und von dort direkt zur Hauptstadt. Wir sind auf dem richtigen Weg.«

»Ja, falls ihr einmal außen ums Gebirge herum wandern wollt«, sagte Okame und nickte mit dem Kopf zu den nebelverhüllten Gipfeln, die immer noch im Dämmerlicht lagen. »Was euch viele Tage kosten wird, mindestens. Ich kenne dieses Gebiet wie meine Westentasche, insbesondere die Schleichpfade und geheimen Wege durchs Gebirge.« Mit ausgestrecktem Daumen zeigte er auf sich. »Wenn ihr mir folgt, kann ich euch viel schneller zur Hauptstadt bringen, als wenn ihr die Hauptstraße benutzt. *Und* wir müssten uns nicht mit den kaiserlichen Kontrollpunkten an der Grenze herumschlagen.«

Vollkommen sicher war ich mir nicht, aber ich glaubte fast, bei diesem letzten Satz blickte Tatsumi erleichtert drein. Nun ja, vielleicht nicht wirklich *erleichtert*, aber er schien es zumindest zur Kenntnis zu nehmen. »Es wäre *tatsächlich* gut, die Hauptstadt schneller zu erreichen«, murmelte ich nachdenklich.

»Und nicht zu vergessen, Kage-san«, fügte Okame hinzu, »je schneller wir in Kin Heigen Toshi sind, desto schneller wirst du mich los. Erfolg auf ganzer Linie, nicht wahr?«

Mit versteinerter Miene betrachtete Tatsumi uns schweigend, dann zuckte er die Schultern und drehte sich weg. »Das ist mir gleich«, sagte er mit dem Rücken zu uns. »Solange wir die Hauptstadt erreichen. Und wir uns nicht verlaufen.«

»Gut!«, rief Okame und rieb sich die Hände. »Dann folgt mir bitte. Wir sind im Sonnenland, bevor ihr auch nur bis drei zählen könnt.«

»Hm«, murmelte Okame später am Nachmittag. »Ich war mir ganz sicher, dass es hier einen Pfad gibt.«

Wir befanden uns jetzt tief im Gebirge, nachdem wir die Hauptstraße vor ein paar Stunden verlassen hatten und mitten in die Wildnis gewandert waren. Okame hatte rasch einen Wildpfad gefunden, dem wir durch einen düsteren Wald aus Kiefern und Zedern gefolgt waren, über einen dicken Teppich aus grünem Moos, der Steine, Wurzeln und herabgestürzte Stämme überzogen hatte. Der Ronin war, wie mir auffiel, trotz seiner Verletzung sehr geschmeidig und bewegte sich leichtfüßig durch Unterholz und Gestrüpp, als wäre er Teil des Waldes. Tatsumi ging lautlos hinter mir her, ohne auch nur das geringste Geräusch zu verursachen, weshalb ich mich veranlasst sah, immer mal wieder einen Blick über die Schulter zu werfen und zu überprüfen, ob er noch da war.

Doch als der Pfad unvermittelt an einem kleinen Bergbach endete, blieb Okame mit verschränkten Armen stehen und starrte zum Wasser hinab, als erwartete er, dass ein neuer Weg aus dem Nichts erscheinen würde.

»Nun, das ist sonderbar«, murmelte er und drehte den Kopf in beide Richtungen des Bachlaufs. »Ich erinnere mich nicht, dass der hier gewesen wäre.«

»Du hast dich verlaufen«, erklärte Tatsumi, seine Stimme kalt und schneidend.

»Ich habe mich nicht verlaufen«, protestierte Okame und funkelte ihn finster an. »Ich … Ich bin gerade nur etwas verwirrt, dass hier ein Bach ist, aber das ist nicht weiter schlimm. Ich weiß genau, wo wir sind.« Er kratzte sich im Nacken, die Stirn nachdenklich gerunzelt. Auf der anderen Seite des Bachs trat ein kleiner Sikahirsch anmutig hinter einem Baum hervor, starrte uns an und zuckte mit den großen Ohren. »Wir müssen die Abzweigung verpasst haben«, grübelte Okame, »aber wenn wir uns Richtung Norden halten, sollten wir wieder auf den Weg stoßen. Also …« Er blickte sich im Wald um, und der Hirsch sprang zurück ins Unterholz. »Wenn das die Position der Sonne ist und die Schatten in diese Richtung zeigen …«

»Äh.« Ich deutete mit einem Finger flussaufwärts. »Norden liegt dort, Okame-san.«

»Richtig.« Okame grinste mich an. »Alles wieder klar, Yumeko-chan. Wir sind im Handumdrehen in Kin Heigen Toshi.«

Mehrere Stunden später, die Sonne ging bereits langsam hinter den fernen Gipfeln unter, und Glühwürmchen begannen, durch die Äste zu leuchten, blieb Okame stehen und lehnte sich kopfschüttelnd gegen einen moosbewachsenen Felsblock.

»Okay«, sagte er fröhlich und hob beide Hände in einer hoffnungslosen Geste. »*Jetzt* haben wir uns verirrt.«

Mit einem schaurigen Kratzton löste sich Tatsumis Schwert aus seiner Scheide. Augenblicklich machte Okame einen Satz vom Felsen weg und sprang dahinter, während ich herumwirbelte und mich zwischen dem Ronin und dem Dämonenjäger aufbaute.

»Tatsumi, nein!« Ich hielt beschwichtigend die Hände hoch, während er seinen Blick an mir vorbei auf Okame richtete, in seinen violetten Augen ein harter und grausamer Ausdruck. »Ihn zu töten hilft niemandem.«

»Es würde den Fehler beheben, den ich vorhin begangen habe«, beharrte er. Er sah zu mir, und mein Herz pochte heftig unter seinem gefühllosen Killerblick. Kamigoroshi glühte matt in den Schatten und hüllte die Umgebung in ein blasses, pulsierendes Leuchten. Nicht wie die grässlichen purpurnen Flammen, die ich in der Nacht unserer ersten Begegnung gesehen hatte, aber dennoch beunruhigend. Allein schon dem gezückten Schwert derart nah zu sein, jagte mir eine Gänsehaut über den Rücken, aber ich wich nicht von der Stelle. »Tatsumi-san, jetzt können wir nichts mehr ändern. Wir haben uns verlaufen. Lass uns einfach versuchen, den Weg zurück zu finden und ohne Blutvergießen zur Hauptstadt zu gelangen.«

»Und der Umstand, dass er mit einem Pfeil auf dich zielt, stört dich nicht?«

»Ich ziele nicht auf sie«, tönte Okames Stimme hinter dem Felsen hervor. »Ich ziele auf den Kerl mit dem Furcht einflößenden Schwert. Falls sie jedoch einen Schritt nach rechts gehen könnte, wäre ich ihr sehr verbunden.«

Tatsumis Mundwinkel verzog sich zu einem kalten Lächeln. »Du glaubst, du bist schnell genug, um mich zu treffen, Ronin?«

»Nun, wenn die andere Option ist, hier dumm herumzustehen und abzuwarten, bis du mich mit deinem Schwert in zwei Hälften zerteilst, dann gehe ich das Risiko lieber ein«, gab Okame zornig zurück. Für den Bruchteil einer Sekunde blickte ich zu Ronin und sah, wie er hämisch grinste, sein Blick hart und herausfordernd. »Ich bin kein Adliger. Ich biete dir nicht meinen Kopf an, nur weil mir ein Fehler unterlaufen ist. Wenn du ihn willst, wirst du ihn dir schon holen müssen.«

»Niemand köpft hier irgendjemanden«, erklärte ich bestimmt. »Das wäre einfach nur widerwärtig. Lasst uns einfach versuchen, einen Weg aus dem Gebirge zu finden. Es wird bald dunkel und …« Ich zögerte, und meine Ohren zuckten, doch die beiden Menschen bemerkten es nicht. Den Hang hinab, in einem kleinen Kessel zwischen den Bergen, erspähte ich ein paar schwach schimmernde Lichter. »Moment mal. Ich glaube, dort unten liegt ein Dorf.«

Die beiden Männer richteten sich auf, drehten sich um und starrten ebenfalls ins Tal. »Oh, *dort* liegt es«, sagte Okame und klang selbstzufrieden. »Ich wusste, es muss irgendwo hier sein.« Er ignorierte Tatsumis düstere Miene, senkte den Bogen und steckte den Pfeil zurück in den Köcher. »Nun, worauf warten wir noch?«

Wir bahnten uns einen Weg den Abhang hinab, doch er war steil und tückisch, die Steine mit glitschigem Moos bedeckt, sodass man bei jedem Schritt achtgeben musste, wohin man den Fuß setzte. Es war ein mühsames Unterfangen, aber ich hatte dieses Spiel schon häufig mit den Affen im Wald gespielt, hüpfte von Fels zu Fels und landete so leichtfüßig wie möglich. Okame rutschte einmal aus, schürfte sich die Hände an einem Geröllblock auf und ließ einen beeindruckenden Schwall an Schimpfwörtern los. Tatsumi war natürlich die Geschmeidigkeit in Person und trat so bedächtig von einem Stein zum anderen, dass es aussah, als würde er den lieben langen Tag nichts anderes tun.

Als wir die Talsohle endlich erreichten, war die Sonne bereits hinter den Berggipfeln untergegangen, und die Schatten waren lang geworden. Wir überquerten eine Brücke über einen winzigen Fluss und folgten einem sich windenden Feldweg hin zu einer Ansammlung aus strohgedeckten Hütten, die verstreut in der Ferne lagen. Die Luft im Tal war schwer und feucht; Zikaden schwirrten in den Bäumen, und Glühwürmchen funkelten über den Reisfeldern, wobei ihre Lichter sich in dem dunklen, trüben Wasser spiegelten. Winzige Reissetzlinge waren in fein säuberlichen Reihen auf jedem der terrassenförmig angelegten Felder gepflanzt und würden schon bald zu einem sich wiegenden Meer aus Grün heranwachsen. Am Ufer des sich träge dahinschlängelnden Flusses sah ich ein Netz, das zum Trocknen aufgehängt war, und kleine Fischerboote waren entlang der Böschung vertäut. Das letzte Sonnenlicht glitzerte über dem

Wasser, und das gesamte Tal lag so still und abgeschieden da, als wäre es von der restlichen Welt vergessen worden.

Jenseits der Reisfelder mündete der Fußpfad in eine größere, breitere Straße, die direkt durchs Dorf führte. Ein Schild war an der Kreuzung aufgestellt worden, von Hand gefertigt und beschriftet, leuchtend schwarze Kanji, in senkrechten Reihen auf das Holzbrett gekritzelt. *Ihr seid nun in Yamatori*, verkündete der Wegweiser. *Reisende immer willkommen.*

»Nun, das klingt doch ganz freundlich«, sagte Okame. »Es ist zumindest ein gutes Zeichen. Einige dieser kleinen Dörfer haben eine sehr unschöne Einstellung gegenüber Besuchern. Sie mögen keine Reisenden, sie mögen keine Samurai und insbesondere keine Ronins.«

»Warum?«, wollte ich wissen.

»Weil Ronins die Angewohnheit haben, sich einfach alles zu nehmen, was sie wollen«, erwiderte Tatsumi mit ausdrucksloser Miene. »Und die Bauern können nichts dagegen tun.«

»Hey, Samurai sind keinen Deut besser«, entgegnete Okame und funkelte ihn an. »Glaubst du etwa, sie folgen alle diesem Kodex und dem ganzen Buschido-Unsinn?« Er feixte. »Ich habe Samurai erlebt, die einem anderen Mann die Frau weggenommen und den Mann dann getötet haben, weil er gewagt hatte zu protestieren. Ich habe einen gesehen, der einem Kind den Kopf abgeschlagen hat, weil es sein Pferd aus Versehen scheu gemacht hatte. Ich mag nur ein dreckiger Ronin sein, aber zumindest benutze ich den Kodex nicht als Entschuldigung dafür, alles zu tun, was mir in den Sinn kommt.«

»Was mir in den Sinn kommt?« Tatsumis Stimme war sanft, und er schüttelte den Kopf, fast mitleidig. »Einer, der keinen Funken Ehre in sich hat«, verkündete er, »wird niemals die Taten derer verstehen, die sich von ihr leiten lassen.«

»Sagt der Mann mit dem unheimlichen, glühenden Schwert.«

»Das hat überhaupt nichts damit zu tun.«

»Na klar, weil unheimliche, glühende Schwerter immer aus den reinsten Absichten geschwungen werden.«

»Gibt es etwa noch mehr davon?« Ich blinzelte. »Bisher habe ich erst ein unheimliches, glühendes Schwert gesehen, Okame-san«, sagte ich.

Okame seufzte. »Ich werde dir noch das eine oder andere über Sarkasmus beibringen müssen, Yumeko-chan. Aber nicht jetzt, denn wir werden beobachtet.«

Ich blickte in Richtung Dorf. Mehrere Männer und Frauen hatten sich auf der Straße versammelt, Bauersleute, ihren einfachen Tuniken und der sonnengebräunten Haut nach zu urteilen, und beäugten uns gespannt.

Okame grinste. »Auf jeden Fall wissen sie jetzt alle, dass wir hier sind«, sagte er und begann, auf die Menge zuzusteuern. »Ich schätze, wir sollten sie begrüßen.«

Die Dorfbewohner starrten uns weiterhin an, während wir uns ihnen näherten. Die meisten lächelten und nickten oder senkten den Kopf, als wir an ihnen vorbeikamen, vermieden jedoch jeden Augenkontakt und sahen uns auch nicht ins Gesicht. Mir fielen ein paar Männer auf, die leise untereinander flüsterten, ihre Mienen aufgeregt, angespannt. Eine weißhaarige Frau, die im Eingang ihrer Hütte saß, strahlte uns zahnlos an, mit kleinen, freundlichen Augen in ihrem faltigen Gesicht. Ein kleines Mädchen in einem gelben Kimono hüpfte auf der Stelle und winkte Tatsumi zu, der ein paar Schritte hinter mir und Okame herging. Er ignorierte sie geflissentlich, doch das dämpfte ihren Enthusiasmus keineswegs. Jeder hier schien sich zu freuen, uns zu sehen.

Und dennoch ...

»Willkommen, Reisende!«

Ein Mann kam lächelnd auf uns zu. Seine hohe Stirn schimmerte vor Schweiß, sein dunkles Haar war nach hinten zu einem Haarknoten gebunden. Seine Kleidung war ein kleines bisschen eleganter als die der restlichen Bauern; er trug eine blaugraue Jacke über einer schwarzen Hakama-Hose. Der Mann trat vor und vollführte eine tiefe Verbeugung aus der Hüfte. »Willkommen in Yamatori, verehrte Gäste«, begrüßte er uns, während er sich wieder aufrichtete. »Ich bin Manzo, der Dorfvorsteher. Werdet Ihr länger bleiben, oder seid Ihr nur auf der Durchreise?«

»Nur auf der Durchreise«, erklärte ich, und er blickte mich überrascht an, offensichtlich verwundert, dass nicht Okame oder Tatsumi auf die Frage geantwortet hatte. »Wir werden gleich weiterziehen. Wir wollten Euch nicht stören …«

»Falls Ihr allerdings ein freies Zimmer und ein paar Betten für die Nacht übrig hättet, wüssten wir das sehr zu schätzen«, fügte der Ronin hinzu und trat neben mich. Er bedachte den Dorfvorsteher mit einem entwaffnenden Grinsen und griff in seinen Obi. »Ich kann für die Unannehmlichkeiten bezahlen.«

»Bezahlen? Oh, nein, nein, nein!« Der Mann schüttelte vehement den Kopf und hielt abwehrend die Hand hoch. »Keinesfalls. Ihr seid Ehrengäste in Yamatori. Es bereitet uns nicht die geringste Unannehmlichkeit. Bitte kommt!«

»Nun, das sind doch wahrlich freundliche Leutchen«, murmelte Okame, während wir dem Dorfvorsteher die Straße hinab in Richtung Dorfkern folgten. Menschen lächelten und nickten uns zu, während wir an ihnen vorbeigingen, beäugten uns, während sie an Haustüren lehnten und auf den Wegen zwischen den Häusern herumstanden. Der Vorsteher winkte einem Jungen neben einer Hütte, der uns beobachtete, und das Kind huschte zur Rückseite des Hauses. »Man fragt sich, was hier passiert sein mag, dass sie Samurai so zuvorkommend begegnen?«

»Mir gefällt das nicht«, sagte Tatsumi mit leiser Stimme. »Irgendetwas … stimmt nicht.«

»Du meinst Menschen, die nett zu dir sind? Ja, ich verstehe, das kann einen wirklich aus der Fassung bringen«, schnaubte der Ronin.

Der Dorfvorsteher führte uns eine kleine Anhöhe zu einem größeren Haus hinauf. Dieses hatte ein Strohdach wie alle anderen, aber eine Veranda säumte die Frontseite, und zu beiden Seiten gingen Anbauten ab, ganz im Gegensatz zu den winzigen Hütten, in denen die Bauersleute lebten.

Während wir dem Dorfvorsteher folgten, bemerkte ich einen alten Mönch in einer schwarzen Kutte, der neben dem Pfad unter einem Baum saß und an dessen Schulter ein metallener Stab lehnte. Er nickte mir lächelnd zu, während wir an ihm vorbeitrotteten, und ich blieb stehen, um mich rasch vor ihm zu verbeugen, bevor ich den anderen nacheilte. Als ich sie wieder einholte, bedachte Okame mich mit einem sonderbaren Blick, sagte jedoch nichts.

Wir spazierten durch ein Bambustor in einen kleinen Garten, in dem eine moosbedeckte Laterne neben einem winzigen Teich unter den Ästen einer Kiefer stand. Bei der Erinnerung an den Teich im Tempel der Stillen Winde spähte ich ins Wasser und erwartete Karpfen und fette Goldfische, die mit geöffneten Mäulern auf mich zuschwammen. Enttäuscht stellte ich fest, dass der Teich leer war, im Wasser nichts als ein paar verfaulte Blätter trieben. Auf der Wasseroberfläche war mein Spiegelbild zu sehen, ein Mädchen mit pelzigen Ohren und Augen, die im schwindenden Licht gelb glühten. Unvermittelt seufzte ich auf.

»Kitsune«, sagte der Dorfvorsteher, und mein Herz pochte. Mein Magen verkrampfte sich, hastig drehte ich mich zu dem Mann um, der mir ein nervöses Lächeln zuwarf. »In letzter Zeit hatten wir schreckliche Probleme mit Füchsen«, erklärte der Dorfvorsteher und zeigte auf den Teich. »Gelangen in einfach alles. Meine armen Fische hatten nicht die geringste Chance.«

»Oh«, hauchte ich. Rasch trat ich vom Rand des Wassers zurück und hoffte inständig, dass niemand das kurze Aufblitzen einer Kitsune auf der Oberfläche des Teiches gesehen hatte. »Das tut mir leid.«

Dummer Fehler, Yumeko. Du musst vorsichtiger sein. Das ist nicht der rechte Zeitpunkt, um mit Fischen zu spielen.

Der Dorfvorsteher schob eine Eingangstür auf, die aus massivem Holz gefertigt war, wie mir auffiel, nicht aus Reispapier an einem Rahmen. »Asami!«, rief er, während wir unsere Sandalen unter den Absatz des Holzbodens schoben, bevor wir ihm ins Haus folgten. »Wir haben Gäste! Deck drei weitere Plätze fürs Abendessen.«

»Das ist wirklich nicht notwendig«, sagte ich dem Dorfvorsteher, als eine Frau mittleren Alters in einem dunkelblauen Kimono an der Tür erschien und nach einem kurzen Aufkeuchen wieder verschwand. »Wir haben unsere eigenen Vorräte.« Ich erinnerte mich an die winzige Gemeinschaft von Bauern am Fuß der Berge in der Nähe des Tempels der Stillen Winde. Manchmal erschien ein Bauer vor den Toren des Tempels, um die Mönche zu bitten, ein Gebet für die Felder zu sprechen oder Unglücksgeister von ihren Häusern oder Familienangehörigen zu vertreiben. Die Mönche erwiesen ihnen den Gefallen und nahmen im Gegenzug nur Kleinigkeiten als Bezahlung an: ein Säckchen Gerste oder ein paar krumme Karotten. Die Menschen dort kamen selbst kaum über die Runden, hatte Meister Isao mir erklärt. Die Landwirtschaft war ein schweres Leben; die Dorfbewohner hungerten, da über die Hälfte ihrer Reisernte jedes Jahr als Steuer an den Daimyo des Erdclans abgeführt werden musste. Wenn irgend möglich, wollte ich diesen Menschen kein Essen wegnehmen.

Doch der Dorfvorsteher wollte nichts davon wissen und beharrte darauf, wir seien Ehrengäste in Yamatori und es wäre unentschuldbar, uns nicht dementsprechend zu behandeln. Und so setzten wir uns im Schneidersitz auf dicke Tatamimatten mit lackierten Tabletts vor uns, während die Ehefrau des Dorfvorstehers und seine Töchter uns ein Gericht nach dem anderen servierten. Das meiste war einfache, herzhafte Kost: eingelegter Kohl, gekochte Flussaale in Miso, getrocknete Pflaumen und scheinbar unerschöpfliche Mengen an

Schüsseln mit Reis, in denen kein einziges Körnchen Hirse war, um ihn zu strecken. Laut dem Dorfvorsteher stellten einige der Bauern ihren eigenen Sake her, von dem Okame liebend gern probierte; Tatsumi und ich hielten uns an Tee. Aber egal, wie oft ich meine Reisschüssel leerte, erschien sofort eine neue, fast als wäre Magie im Spiel. Ich konnte mit den Bergen an Essen nicht mithalten, doch Okame stopfte sich mit allem den Magen voll. Tatsumi aß sehr wenig und sprach kein Wort, außer um höflich jeden Nachschlag abzulehnen. Hätte der Dorfvorsteher nicht auch von sämtlichen Speisen gegessen, die uns vorgesetzt wurden, hätte er das Essen wohl überhaupt nicht angerührt.

Schließlich, als kein einziges Reiskorn mehr in mich hineingepasst hätte, erhob sich der Dorfvorsteher vom Tisch und klatschte lächelnd in die Hände. »Ihr müsst müde sein von einer derart langen Reise«, sagte er und blickte aus einem der Fenster, wo ein großer gelber Mond über den Baumwipfeln erschienen war. »Wenn Ihr mir folgen wollt, werde ich Euch zeigen, wo Ihr heute Nacht schlafen könnt.«

Mühsam rappelte ich mich auf und spürte, wie mein Magen sich gegen meine Rippen presste. Ich unterdrückte ein Gähnen. »Ihr seid sehr großzügig«, sagte ich und erntete einen weiteren irritierten Blick des Dorfvorstehers, als wäre er abermals überrascht, dass ich die Sprecherin unserer Gruppe war und nicht der ruhige, schwarz gekleidete Samurai hinter mir. »Aber wir wollen keinesfalls in Eurem zauberhaften Zuhause stören.«

»Das macht uns überhaupt nichts, My…Mylady«, sagte der Dorfvorsteher. »Genau zu diesem Zweck haben wir ein Gästehaus hinten im Garten. Es liegt ruhig und abgelegen vom Rest des Dorfs. Ihr werdet dort nicht gestört werden, das kann ich Euch versichern.« Er bedachte mich mit einem unsicheren Lächeln, während seine beiden Töchter sich draußen vor der Tür herumdrückten, mit großen Augen und … verängstigter Miene? »Bitte, folgt mir.«

Wir verließen das Haus durch die Hintertür, doch auf der anderen Seite des Bambuszauns hatte sich eine kleine Menschentraube versammelt. Als wir durch sie hindurchschritten, trat eine junge Frau vor und lächelte mich an, einen Bund weißen Daikon-Rettichs in der Hand. Mit einer Verbeugung überreichte sie mir das Gemüse und huschte davon, bevor ich etwas sagen konnte.

»Äh ... vielen Dank.« Die Worte waren kaum aus meinem Mund entschlüpft, als eine weitere Dorfbewohnerin auf mich zukam und mir einen ganzen Kohlkopf schenkte. Eine Dritte legte drei Gurken auf den anwachsenden Gemüseberg; ich umklammerte alles, bevor eine der Gaben in den Schlamm rollen konnte. Beide Frauen verneigten sich und wichen, meinen Protest ignorierend, rasch einen Schritt zurück.

Ich blickte zu Okame und stellte fest, dass er ebenfalls von Dorfbewohnern mit Gaben überhäuft wurde. Ein weißbärtiger, alter Mann hängte ihm grinsend eine kürbisförmige Sakeflasche um den Hals, während eine Greisin, höchstwahrscheinlich seine Ehefrau, dem Ronin einen Korb aus Schilfrohr mit getrocknetem Fisch in die Hand drückte. Der Dorfvorsteher tat nichts, um all dem ein Ende zu setzen, und Okames Geschenkestapel wurden unter Lächeln und Verbeugungen weitere Nahrungsmittel hinzugefügt, als wären die Menschen aufrichtig glücklich, ihre Lebensgrundlage zu verschenken.

Tatsumi hingegen blieb unbehelligt, wahrscheinlich weil man seine ablehnende Haltung geradezu spüren konnte, den *Nicht-anfassen*-Blick aus seinen violetten Augen. Doch als ein winziges Mädchen in einem zerlumpten Kimono auf ihn zutapste und ihm eine leicht zerdrückte Kaki anbot, nahm er das Geschenk mit einem feierlichen Kopfnicken an, bevor die Mutter des Mädchens die Kleine mit einer hastigen Entschuldigung fortriss.

Als wir die Menschenmenge endlich hinter uns ließen, waren Okame und ich mit einem Haufen Nahrungsmitteln schwer beladen, und ich konnte kaum über meine Gaben hinübersehen. Ich hoffte, das Gästehaus war nicht mehr weit. Wir folgten dem Dorfvorsteher einen schmalen Schotterweg entlang, kamen an Feldern und Vorratsspeichern für Reis vorbei, schweren Holzhäusern auf Stelzen, die die Ernte vor Nässe schützten. Um das Dorf zeichneten sich die Berggipfel ab, schwarze Silhouetten vor einem sternenbestäubten Himmel. Ein Nachtvogel rief, ein schwermütiges Trällern in der Dunkelheit, Grillen zirpten in den langen Gräsern, und Glühwürmchen leuchteten über den Feldern. Dort draußen hätte es sich friedvoll anfühlen müssen.

Warum fühlte ich mich dann so ... ungeschützt?

Ich warf einen Blick über die Schulter und sah, dass die Dorfbewohner verschwunden waren.

Außer einem.

Der Mönch war zurück, wie eine Statue stand er am Straßenrand. Seine schwarze Kutte verschmolz mit der Dunkelheit, doch sein Stab und der breitkrempige Hut schimmerten im matten Mondlicht. Unter dem Hut war sein Gesicht in Schatten gehüllt, doch ich spürte, dass er uns beobachtete, mich insbesondere.

Ich drehte mich zurück und wäre fast in Okame hineingerannt, da beide, er und der Dorfvorsteher, mitten auf dem Pfad stehen geblieben waren. Mit einem hastigen »*Gomen*« wich ich ihm aus und wäre beinahe mit Tatsumi zusammengestoßen, der geschmeidig beiseitetrat, um einen Aufprall zu vermeiden, und sogar noch geschickt die Gurke auffing, die mir aus dem Arm gekullert war.

»Wie schon gesagt.« Der Dorfvorsteher warf mir einen leicht verdrießlichen Blick zu und zeigte mit einem Finger den Feldweg hinunter. »Ihr könnt das Gästehaus von hier sehen. Folgt einfach dem Pfad.«

Ich spähte über Kohlblätter hinweg in die Dunkelheit und konnte nur mit Mühe ein gedrungenes, abseits gelegenes Haus am Rand der Felder ausmachen. Es ähnelte den anderen Häusern im Dorf, die wir auf unserem Weg gesehen hatten, mit einfachen Holzwänden und einem spitzen Strohdach. Warmes orangefarbenes Licht schien aus den Fenstern und der offenen Haustür, und durch den Türrahmen konnte ich das Flackern einer Feuerstelle sehen. Die Straße wand sich an der Hütte vorbei und führte einen Abhang hinab, bis sie aus meinem Blickfeld verschwand.

»Alles ist bereits für Euch vorbereitet worden«, fuhr der Dorfvorsteher fort, wobei er zu Okame sprach und mich geflissentlich ignorierte. »Ein Feuer ist entzündet und frisches Bettzeug gebracht worden. Hinter dem Haus gibt es einen Bach, solltet Ihr Wasser benötigen, und einen Kochtopf über der Feuerstelle, falls Ihr in der Nacht Hunger bekommt.«

Ich konnte mir nur schlecht vorstellen, wie dies möglich sein sollte; bis zum nächsten Morgen wollte ich nicht einmal an Essen denken. Doch Okame dankte dem Dorfvorsteher, der ihm ein eigentümlich sprödes Lächeln schenkte und sich tief verneigte.

»Ihr ehrt uns mit Eurer Anwesenheit«, sagte der Vorsteher und starrte weiterhin zu Boden. »Ich hoffe, Ihr genießt Euren Aufenthalt in Yamatori, *Oyasumi nasai*.«

»Gute Nacht«, wünschte ich ihm ebenfalls, und der Dorfvorsteher hastete fast im Laufschritt zurück ins Dorf. Als seine Silhouette kleiner und immer kleiner wurde, fiel mir auf, dass der Mönch, der eben noch am Wegrand gestanden hatte, verschwunden war.

18

FLÜCHE UND GAKI

Tatsumi

Irgendetwas stimmte nicht mit diesem Dorf.

Ich spürte es, Hakaimono spürte es, und ich war ziemlich sicher, dass Yumeko es ebenfalls spürte, auch wenn der Ronin nichts zu ahnen schien. Es war nicht nur eine seltsame Atmosphäre aus Begeisterung und Angst, die das Dorf umgab. Oder die Art, wie die Dorfbewohner in beinahe verzweifelter Entschlossenheit ihr Essen verschenkten, trotz des Umstands, dass Bauersleute während der Wintermonate häufig bitteren Hunger zu leiden hatten und Reis für sie wertvoller als Gold war. Ein verdächtiges Verhalten, selbst wenn die Dorfbewohner vielleicht nur unsere Gunst erkaufen wollten, insbesondere falls sie in der Vergangenheit von einem herumziehenden Samurai schlecht behandelt worden waren. Unser Essen war zumindest nicht vergiftet gewesen; ein Teil meiner Ausbildung beinhaltete ein umfassendes Wissen über Toxine und wie sie schmeckten, und die Speisen waren rein gewesen.

Doch es gab andere, kleinere Hinweise, bei denen sich mir die Nackenhaare aufstellten. Die Zäune um die Reisfelder, die Bambushölzer, die zu tödlichen Spitzen geschnitzt waren. Die Häuser mit den befestigten Türen. Der Umstand, dass es keinerlei Tiere im Dorf gab, weder Hunde, Katzen noch Hühner. Yamatori barg ein Geheimnis. Ich wusste nur nicht, ob es eines war, das uns Sorge bereiten sollte.

Das Gästehaus war leer, und die glimmende Kohle, die in der Feuerstelle glühte, warf lange Schatten auf die nackten Holzwände. Yumeko trat über die Türschwelle, dann kniete sie sich hin und schob den Berg Essen mit einem Seufzen in eine Ecke. Der Ronin folgte ihrem Beispiel, behielt jedoch die Flasche Sake und nahm einen tiefen Zug, bevor er sie in seine Jacke steckte.

»Ich weiß nicht, was ihr zwei denkt, aber mir gefällt dieser Ort«, verkündete er und ließ sich vor die Feuerstelle plumpsen. »Schon seit Wochen habe ich nicht mehr so gut gegessen, und es gibt noch viel mehr zu holen, wo das alles hergekommen ist.« Mit einem trägen Lächeln klopfte er sich auf den Bauch. »Den ganzen Weg bis zur Hauptstadt werden wir wie Prinzen speisen.«

»*Baka*«, sagte ich leise. *Idiot.* »Dieses Dorf verbirgt etwas. Sie haben uns nicht aus purer Güte verköstigt. Wir sind zu einem bestimmten Zweck hier.«

Yumeko wirkte erleichtert. »Du spürst es auch«, sagte sie, und ich nickte. »Es ist sonderbar«, fuhr sie fort und blickte zurück zum Dorf. »Ich hatte das Gefühl, als wollten sie, dass wir verschwinden, aber gleichzeitig sollten wir unter allen Umständen bleiben. Jeder hat alles in seiner Macht Stehende versucht, um uns willkommen zu heißen, obwohl sie schreckliche Angst hatten.« Sie zögerte, dann sah sie wieder zu mir, in ihren Augen lag Besorgnis. »Du glaubst nicht, dass sie uns hierhergebracht haben, um uns im Schlaf zu berauben oder zu töten, nicht wahr? Das wäre schrecklich unehrenhaft.«

Auf dem Boden schnaubte der Ronin, der sich auf die Seite gerollt und den Kopf in die Hand gestützt hatte. »Bauern sind ein feiges Pack«, sagte er, als spräche er aus eigener Erfahrung. »Wenn überhaupt, würden sie nur wagen, uns die Kehlen durchzuschneiden, *während* wir schlafen, aber nach dem, was ich gesehen habe, sind sie selbst dafür zu große Schisser.« Er gähnte, kratzte sich am Hals und blickte zur Tür. »Aber wir sollten heute Nacht trotzdem lieber eine Wache aufstellen, nur für alle Fälle.«

Ich ging zur Tür und wollte sie zuschieben, stellte jedoch fest, dass es auf den Laufschienen überhaupt keine Tür gab. Stirnrunzelnd spähte ich zum Dorf und bemerkte, dass sich der Weg um die Hütte schlängelte und hinter uns den Hügel hinabführte. Da mir der Gedanke missfiel, dass das Dorf hinter uns weitergehen könnte, trat ich ins Freie und folgte dem Pfad um unser Häuschen, bis ich zum Rand der Anhöhe kam und sah, was unter uns lag.

Ein Feld aus Grabsteinen, umgeben von einem einfachen Bambuszaun, der am Fuß des Hügels scheinbar willkürlich durchs Gras verlief. Grob gehauene Grabsteine ragten aus der Erde heraus, dazwischen gab es gelegentlich steinerne Laternen und mit Lätzchen versehene Statuen von Jinkei, dem Kami des Erbarmens und der Verlorenen. Vieles, angefangen von den Schildern bis hin zu den Laternen, den Grabsteinen und den Statuen selbst, war mit Moos bewachsen, die Gesichter der Statuen im Laufe der Jahre durch Wind und Wetter stark verwittert. Doch es gab mehrere Grabsteine, insbesondere diejenigen, die unserer Hütte am nächsten waren, die neuer aussahen.

Yumeko tauchte neben mir auf und starrte ebenfalls zum Friedhof hinab. Es war sonderbar, dass ich ihre Gegenwart spüren konnte, einen anderen Körper nah an meinem, ohne das Bedürfnis zu empfinden, einen Schritt zur Seite zu weichen und Abstand zwischen uns zu bringen. »Nun«, meinte sie nach einer Weile. »Das ist ... interessant. Ist es üblich, Ehrengäste einen Steinwurf von einem Friedhof entfernt unterzubringen?«

»Eigentlich nicht«, murmelte ich.

Yumekos Blick ruhte unverwandt auf dem Feld mit den Grabsteinen. »Glaubst du, es könnte ein Yurei sein?«, fragte sie. Der Gedanke schien sie nicht sonderlich zu beunruhigen, als wäre die Vorstellung, einen Geist zu treffen, eher aufregend als angsteinflößend. Ich war weniger fasziniert. Die meisten Yurei waren harmlos und gaben sich damit zufrieden, den Ort heimzusuchen, an dem sie gestorben waren, traurige und tragische Gestalten, aber nicht gefährlich. Es gab aber auch andere – die gefürchtetsten unter ihnen Onryo und Goryo –, die mit Hass oder Eifersucht im Herz gestorben waren und in diese Welt zurückkehrten, um Rache an jenen zu üben, die ihnen unrecht getan hatten. Manchmal währte ihr Groll viele Jahre, gar Jahrhunderte, da der Fluch nicht nur den Menschen galt, die sie betrogen hatten, sondern auch deren Nachfahren.

»Das kommt darauf an«, sagte ich zu Yumeko, ohne all das genauer erklären zu wollen.

»Worauf?«

»Ob sie eine anständige Beerdigung hatten. Ob die gebotenen Begräbnisriten eingehalten wurden, damit sie weiterziehen können. Ob sie ohne starke Emotionen oder unerledigte Angelegenheiten gestorben sind, die dafür sorgen, dass sie weiterhin auf Erden wandeln.« Ich spähte hinüber zum Friedhof. »Also ... ja, es ist gut möglich, dass wir heute Nacht Yurei sehen werden.«

»Zumindest gibt es einen Mönch im Dorf«, sagte Yumeko. »Er hätte die angemessenen Begräbnisriten durchgeführt, nicht wahr?«

Ich runzelte leicht die Stirn und blickte zu ihr. »Welcher Mönch?«

»Der Mönch«, wiederholte Yumeko mit einer Handbewegung in Richtung Dorf. »Er stand beim Haus des Dorfvorstehers, als wir angekommen sind, und dann wieder auf dem Fußpfad hierher. Du hast ihn nicht gesehen?«

»Nein.« Nicht dass ich ihre Behauptung anzweifelte. Wie bei den Kodama und den Kamaitachi schien Yumeko die Begabung zu besitzen, die Geisterwelt zu sehen. Allem Anschein nach besser als ich. Ich wusste, wie man Dämonen und Yokai aufspürte, aber das war normalerweise Kamigoroshis Einfluss zu verdanken, Hakaimonos unstillbarer Mordlust, die sich aufbäumte und mich warnte, wenn ein Geist in der Nähe war. Da mein Dämon kein großes Interesse an Yurei hatte, war ich weniger empfänglich für ihre Gegenwart, außer sie waren sehr mächtig und wollten mir Böses.

»Da *war* ein Mönch«, beharrte Yumeko. »Er trug eine schwarze

Kutte, einen Strohhut und hatte einen Stab mit Metallringen bei sich, die bei jedem Schritt bimmelten.« Gedankenverloren hielt sie inne, dann fragte sie: »Oh, glaubst du, *er* könnte der Yurei sein, der dieses Dorf heimsucht, und dass das der Grund ist, warum sich alle so sonderbar verhalten?«

»Vielleicht.« Geister waren schwerer zu verstehen als Dämonen. Normalerweise fielen sie in den Aufgabenbereich von Priestern oder Onmyojis, die sich um sie kümmerten, indem sie entweder einen Exorzismus durchführten oder den Geist besänftigten, damit dieser weiterzog. Der Clan hatte mich noch nie auf Yurei angesetzt; niemand wusste genau, was mit den Geschöpfen geschah, die Kamigoroshi niederstreckte: ob sie wiedergeboren wurden oder ihr Dasein gänzlich ausgelöscht wurde. Der Gedanke, dass eine menschliche Seele verschwinden könnte, ohne weiterzuziehen, einfach aufhörte zu existieren, war eine grässliche und blasphemische Vorstellung, und selbst die Kage wollten da nichts riskieren. Ich könnte Dämonen und Yokai in Heerscharen töten, aber es war mir verboten, einen Geist niederzustrecken, außer es ging um Leben und Tod.

Yumeko seufzte. »Ich glaube nicht, dass ich heute Nacht ein Auge zutun werde.«

Wir drehten uns um und gingen zurück zur Hütte, wo uns, als wir durch den Türrahmen schritten, lautes Schnarchen empfing. Der Ronin war bereits auf den nackten Bohlen neben dem Feuer eingeschlafen, die Flasche Sake locker in einer Hand. Yumeko schüttelte den Kopf, stieg über seinen Körper und schlich zu einer der Strohmatratzen in der Ecke. Ich machte es mir auf der Türschwelle bequem und löste die Schwertscheide von meinem Gürtel, um sie mir griffbereit in den Schoß zu legen. Ich spürte Yumekos Augen auf mir, als sie sich auf der Matratze zusammenrollte und eine abgewetzte Steppdecke über den Kopf zog.

»Tatsumi-san?«, fragte sie nach ein paar Minuten, in denen sie dem Ronin beim Schnarchen zugehört hatte. Neben dem Feuer hustete Okame auf dem Boden und drehte sich auf den Rücken, sodass ein paar Sekunden Ruhe einkehrte.

»Hm«, schnaubte ich.

»Ich bin ... froh, dass du hier bist.« Ihre Augen, dunkel und leuchtend, beobachteten mich von unter der Decke. »Ich weiß, der Weg ist gefährlich, aber ich fühle mich sicherer, weil du in meiner Nähe bist. Ich könnte niemals allein in einem Dorf schlafen, das von Geistern heimgesucht wird. Also, vielen Dank ... fürs Bleiben.«

Aus irgendeinem Grund krampfte sich mir bei ihren Worten ein wenig der Magen zusammen, und ich hatte nicht den blassesten Schimmer, weshalb. »Wir haben beide ein Versprechen gegeben«, rief ich ihr in Erinnerung. »Du führst mich zum Tempel der Stählernen Feder, und ich beschütze dich auf dem Weg dorthin. Ich bin wegen der Schriftrolle hier, das ist alles.«

»Ich weiß.« Ihre Stimme klang sehr sanft in der Dunkelheit des Zimmers. »Aber ich bin trotzdem froh, dass du dich zum Bleiben entschieden hast. Ich ...« Ein Gähnen unterbrach sie, und sie verbarg es mit einer Hand. »Es könnte vielleicht sogar sein, dass ich heute Nacht einschlafen kann. Weil ich weiß, dass du da bist.« Sie rümpfte die Nase, als der neben der Feuerstelle dösende Ronin ein lautes Schnarchen von sich gab. »Falls Baka-Okame mich nicht wach hält. Gute Nacht, Tatsumi-san.«

Ich gab keine Antwort. Nach einer Weile wurden ihre Atemzüge langsamer und tiefer, während sie allmählich in den Schlaf glitt.

Für einen kurzen Moment gab ich der Versuchung nach, sie genauer zu betrachten. Ihre blasse Haut schien im Mondlicht, das schräg durch die vergitterten Fenster fiel, zu leuchten, ihre Haare fielen wie ein tintenschwarzer Schleier über ihren Rücken und ihre Schultern. Sie atmete ruhig, ihr Gesicht unverstellt im Schlaf, so wie es auch untertags war. Eine pechschwarze Strähne fiel ihr ins Auge, und mich packte das unbegreifliche Verlangen, sie ihr hinters Ohr zu streichen.

Abscheu überkam mich, und ich drehte mich weg, die Hand auf

meinem Bein zur Faust geballt. Warum ließ ich mich in letzter Zeit so leicht ablenken? Ich kannte meine Mission – die Schriftrolle um jeden Preis finden und zu Lady Hanshou bringen. Aber hier war ich, mit diesem Mädchen und nun auch noch einem ungehobelten Ronin an meiner Seite, und hatte das Versprechen gegeben, sie nicht zu verlassen.

Für den Bruchteil einer Sekunde geriet ich ins Schwanken. Für die Spanne eines Herzschlags ließ meine Wachsamkeit nach, und Empörung flammte in mir zu brennender, heiß glühender Wut auf. Mit einem Mal wurde ich von dem überwältigenden Drang überwältigt aufzuspringen, meine nutzlosen Begleiter im Schlaf zu meucheln und zuzusehen, wie ihr Blut über den Boden strömte und zischend in die Feuerstelle spritzte.

Geräuschlos erhob ich mich und trat in den Raum, die Hand auf meinem Schwertgriff. Mein Schatten fiel über das Mädchen, das friedvoll auf der Matratze schlummerte. Es wäre ein Kinderspiel, dachte ich, während mein Blick auf ihren Nacken fiel, so ungeschützt und verletzlich im Mondlicht. Keiner von beiden würde begreifen, dass sie tot waren, bis sie als Yurei oder im nächsten Land erwachten, und dann könnte ich die Schriftrolle auf eigene Faust suchen. Weder brauchte ich das Mädchen, um das zu finden, was mir befohlen worden war, noch musste ich mein Versprechen halten. Ich war der Dämonenjäger der Kage und der beste Shinobi des Schattenclans. Ehre und Menschenleben bedeuteten mir nichts.

Ich schloss meine Hand fester um den Schwertgriff und begann, die Klinge langsam zu ziehen.

Nein, Hakaimono! Es reicht!

Mit aller Gewalt gewann ich die Kontrolle über den Dämonen zurück, schob Kamigoroshi wieder in seine Scheide und wich taumelnd von dem schlafenden Mädchen zurück. Ich schwankte ins Freie, presste mir eine Handfläche aufs Gesicht und atmete schwer, während ich versuchte, die Wut und den Blutrausch aus meinem

Bewusstsein zu verdrängen. Hakaimono kämpfte gegen mich an, war nicht gewillt, so leicht aufzugeben, Zorn und Gier nach Gewalt tobten immer noch in mir. Als ich die Augen schloss, rief ich mir das Mantra in Erinnerung, das mein Sensei mir beigebracht hatte, psalmodierte es stumm, wie ein Mantra.

Sei nichts. Du bist kein Mensch, du bist eine Waffe. Eine Waffe fühlt nichts. Eine Waffe hat keine Emotionen, die sie behindern. Fühle nichts. Bereue nichts. Du bist nichts als ein Schatten, leer und seelenlos. Du bist nichts.

»Ich bin nichts«, flüsterte ich und spürte, wie Hakaimonos Gegenwart aus meinem Bewusstsein schwand. »Ich bin eine Waffe in den Händen der Kage. Ich werde sie niemals verraten oder bei meiner Mission scheitern.«

Als ich die Augen aufschlug, war ich wieder Herr über meine Sinne. Die Wut, Verwirrung und Zweifel waren verschwunden und ließen mich mit einer schrecklichen Erkenntnis zurück. Ich konnte es mir nicht leisten, mir auch nur für einen kurzen Moment eine Blöße zu geben, oder mir erlauben, dass irgendetwas oder irgend*jemand* mich ablenkte. Hakaimono hatte vorerst eine Kampfpause eingelegt, doch es war mir eine ernste Mahnung, was hier auf dem Spiel stand. Ich hatte mich noch rechtzeitig am Riemen gerissen, aber hätte das Schwert Blut geleckt, hätte ich womöglich das gesamte Dorf niedergemetzelt, angefangen mit dem Mädchen, das ich eigentlich beschützen sollte. Vorher hätte sich der Dämon nicht zufriedengegeben.

Yumeko. Ich verengte die Augen zu Schlitzen. Yumeko war eine Ablenkung, faszinierend, verwirrend und gefährlich. Ich wusste nicht, warum sie mich derart in ihren Bann zog, doch das dufte so nicht weitergehen. Hakaimono hatte den rechten Moment abgewartet und mich in falscher Sicherheit gewogen, bevor er versuchte, die Oberhand zu gewinnen. Fast hätte es funktioniert. Ich durfte nicht zulassen, dass das noch einmal vorkam.

Ein leises Klingeln durchschnitt die Stille.

Ich blickte auf. Ein Mönch stand auf dem Weg, der sich an unserer Hütte vorbeischlängelte, seine Gestalt schemenhaft und verschwommen im Mondlicht. Er trug ein schwarzes Gewand, einen breitkrempigen Strohhut und hatte einen Stab mit vier Metallringen, die von seiner Spitze herabbaumelten, in der Hand. Genau wie in Yumekos Beschreibung. Ohne die Augen von mir abzuwenden, hob er seinen Stab, deutete den Pfad hinab und … verschwand.

Argwöhnisch schlich ich ums Haus herum, wusste ich doch, dass Omen der Toten nicht ignoriert werden durften, und spähte den Abhang zum Friedhof hinab.

Er war nicht mehr leer.

Der gesamte Friedhof schimmerte in einem sonderbaren blassgrünen Licht, das die unzähligen Gestalten erleuchtete, die zwischen den Gräbern wankten. Es waren nackte, ausgemergelte Kreaturen mit spindeldürren Gliedmaßen und geblähten, aufgedunsenen Bäuchen. Sie torkelten mit gesenkten Köpfen herum oder krochen durch den Schlamm, ihre aufgerissenen Münder zeigten reihenweise schartige, abgebrochene Zähne.

Gaki.

Ich duckte mich in den Schatten der Hütte, als ich meinen Fehler erkannte. Dieses Dorf *war* verflucht, aber nicht von einem einzigen Yurei. Gaki waren die Geister von habgierigen und boshaften Menschen, die gestorben und zurückgekehrt waren, verflucht mit einem nie versiegenden Hunger. Egal, wie viel sie aßen, waren sie stets am Rand des Verhungerns, nichts konnte sie zufriedenstellen. Sie waren bemitleidenswerte Geschöpfe, und ein einzelner Gaki bedeutete normalerweise keine Gefahr, aber wenn keine Nahrung zu finden war, wurden sie gewalttätig und fraßen alles, lebendig oder tot, um ihren qualvollen Hunger zu stillen.

Während ich die Gaki beobachtete, die zwischen den Grabsteinen umherschlurften, packte mich, gespeist von Hakaimono, eine eiskalte Wut, die langsam durch meine Adern kroch. Die Dorfbewohner hatten es gewusst. Jetzt verstand ich ihre Angst und Anspannung. Wir waren keine »Ehrengäste«, wie der Dorfvorsteher uns Glauben machen wollte: Wir waren Opfergaben an die Gaki.

Vorsichtig zog ich mich zurück, und mit einem Mal bemerkte ich, dass ich nicht allein war. Der Mönch stand neben mir und blickte zu den herumtaumelnden Gaki hinab, das Gesicht im Schatten seines Huts versteckt. Bevor ich irgendetwas tun konnte, hob er den Stab, an dem die Metallringe in der Düsternis schimmerten, und knallte ihn auf die Erde. Die Ringe klirrten, ein metallisches Klappern, das wie ein Gong in der Stille widerhallte, und wie auf Kommando wirbelten die Gaki gleichzeitig herum, ihre leeren, brennenden Augen auf mich gerichtet.

Blitzschnell machte ich einen Satz nach hinten, während die Gaki mit lautem Geheul und durchdringenden Schreien vorstürzten, über den Bambuszaun kletterten und die Anhöhe hinaufkamen. Ich lief in die Hütte, ignorierte den schnarchenden Ronin und packte Yumeko am Arm.

»Yumeko!« Sie blinzelte, als ich sie hochriss, ihre Augen vor Erstaunen weit aufgerissen. »Steh auf!«

»Tatsumi? Was tust du …?«

Sie schrie auf, als eine verrenkte, schlaksige Gestalt im offenen Türrahmen auftauchte. Mit weit aufgerissenem Mund brüllte der Gaki, taumelte vor und schlug mit Fingernägeln, gebogen wie die eines Greifvogels, nach uns. Yumeko keuchte auf. Ich sprang vor sie und zog Kamigoroshi Funken sprühend aus seiner Scheide. Die Klinge glitt durch die knochige Brust des Gaki, und der gequälte Geist heulte auf, als er sich zitternd in Ranken aus schwarzgrünem Nebel verwandelte und in einem Wirbel auflöste.

»Sieh zu, dass der Ronin auf die Beine kommt!«, rief ich, während weitere Gaki vor dem Hütteneingang erschienen, die Augen vor Wahnsinn und Hunger wild lodernd. Breitbeinig stellte ich mich in den Türrahmen, wo ich ihnen mit gezücktem Schwert begegnete, um ihnen den Weg zu versperren. Hakaimono, dessen Zorn besänftigt war, erwachte frohlockend bei der Aussicht aufs Töten und tauchte den Mob in ein purpurnes Licht.

Laut kreischend stürzten die Gaki vor, die Zähne gefletscht, mit den Klauen nach mir schlagend. Ich metzelte sie nieder, während sie wie eine Woge auf mich zurollten, hieb durch Arme, Beine und Köpfe zugleich, zerteilte spindeldürre Körper in Hälften. Die Gaki zeigten weder Angst noch Selbsterhaltungstrieb, als sie auf mich zustürmten und sich mit stumpfsinniger Wut gegen meine Klinge warfen, verrückt geworden von ihrem alles verzehrenden Hunger. Selbst wenn ich eine Gliedmaße abhackte, drängte ihr Besitzer weiter, hieb mit der anderen Hand nach mir oder versuchte, mich zu beißen, wenn er keinen Arm mehr besaß. Sie lösten sich in ätherischen Nebel auf, sobald sie vernichtet waren, doch es kamen immer mehr, eine scheinbar endlose Horde, die den winzigen Eingang der Hütte verstopfte. Eine Klaue stahl sich durch meine Verteidigung und brachte mir eine klaffende Wunde am Hals bei, und der Geruch von Blut schien den Mob in einen noch größeren Rausch zu versetzen.

Etwas surrte an meinem Ohr vorbei, Zentimeter von meinem Gesicht entfernt, und ein Pfeil bohrte sich in die Stirn eines Gaki, der zu einem sich windenden Nebel wurde. Als meine Klinge durch einen weiteren Geist hieb, schoss ein zweiter Pfeil zwischen meinen Armen hindurch, und ein anderer Gaki heulte auf, während er sich auflöste. Durch das Chaos und den Zorn des Kampfes hindurch drängte sich mir die Erkenntnis auf, dass der Ronin entweder ein Meister mit dem Bogen war, wenn er durch einen Türrahmen schießen konnte, vor dem ich mich aufgebaut hatte, oder dass er einfach nur wahnsinniges Glück hatte.

»Was sind das für Geschöpfe?« Ich hörte Yumeko schreien, irgendwo hinter mir. »Was wollen sie?«

»Gaki!«, rief der Ronin zurück, während ein weiterer Pfeil an meinen Rippen entlangschwirrte und einen Angreifer mitten in den aufgeblähten Bauch traf. »Hungrige Geister! Man kann nicht vernünftig mit ihnen reden. Diese Geschöpfe sind am Verhungern und wollen sich alles einverleiben, einschließlich uns.«

Eine weitere Klaue bahnte sich einen Weg in die Hütte und krallte sich an meinem Ärmel fest, zerriss Stoff und ritzte mir die Haut auf. Hakaimono fauchte zornentbrannt auf und drängte mich, ihm freien Lauf zu lassen und seine Macht zu entfesseln, damit er den mitleiderregenden Haufen vor uns niedermetzeln konnte. Ich ignorierte ihn, zwang die Macht des Dämons nieder, da ich im Moment weder mir selbst noch der Klinge traute.

Etwas Kompakteres als ein Pfeil flog an meinem Kopf vorbei und traf einen Gaki mitten ins Gesicht. Er taumelte rückwärts, und auf dem Boden vor ihm landete ein großer Daikon. Mit einem Fauchen ignorierte der Geist das Gemüse und stürzte sich wieder auf mich, und Hakaimono zischte vor Freude, als das Schwert durch seinen dürren Hals schnitt. Der Kopf des Gaki fiel ab, hüpfte einmal neben dem Rettich in die Höhe und löste sich in Dunst auf.

Noch weitere Speiseopfer segelten an meinen Schultern und Armen vorbei, hinein in die wuselnde Masse aus Gaki, die das Gemüse keines Blickes würdigten oder auch nur versuchten, es wegzuschlagen. »Ich glaube nicht, dass sie an normalem Essen interessiert sind«, rief Yumeko, während ich die Zähne zusammenbiss und wünschte, meine Begleiterin würde aufhören, mir Dinge um die Ohren zu schleudern. »Ich denke, sie wollen nur *uns* fressen.«

Auf einmal war ein lautes Rascheln über uns zu hören, und Yumeko stieß ein schrilles Kreischen aus. »Okame, sie kommen durchs Dach!«

»Verdammt!« Es folgte das Zischen einer Bogensehne, dann ein Poltern und Aufheulen über mir, bevor ein Gaki herabstürzte. »Da kommen mehr«, rief der Ronin, als das Geräusch von reißendem Stroh über unseren Köpfen widerhallte und Streu um mich herabrieselte. »Hey, Kage, wie sieht es mit der Meute auf deiner Seite aus?«

Ich metzelte zwei Gaki nieder, die sich auf mich warfen, und gestattete mir für den Bruchteil einer Sekunde, die Anzahl derer zu überfliegen, die herandrängten. »Noch ungefähr ein Dutzend«, keuchte ich und machte einen Satz nach hinten, um Gakiklauen auszuweichen, die mir das Gesicht zerfetzen wollten. »Halt sie mir einfach noch ein paar Sekunden vom Leib. Und beschütz Yumeko.«

Weiteres Zischen und Kreischen ertönte hinter mir, aber ich durfte den Blick nicht von der Meute an der Tür abwenden. Ich hörte das Trippeln von Füßen, einen lauten Fluch von Okame und dann einen Schrei von Yumeko, der mir durch Mark und Bein ging. Nachdem ich den letzten Gaki geköpft hatte, wirbelte ich herum, um zu Yumekos Verteidigung zu eilen, während ich gleichzeitig fürchtete, ihren leblosen Körper, von zwei gierigen Monstern in Stücke gerissen, auf dem Boden zu finden.

Der Ronin lag ausgestreckt auf dem Rücken in der Nähe der Feuerstelle, den Bogen schützend über sich haltend, als wollte er etwas abwehren. Yumeko stand neben ihm, ihr Tanto weit von sich gestreckt, während sich die Überreste eines grünen Nebels um sie kringelten. Ihr Ärmel war aufgerissen, von gierigen Klauen zerfetzt, doch es schien kein Blut geflossen zu sein.

»War das ... der Letzte?«, keuchte sie mit einem Blick zu mir.

Ich nickte bejahend und steckte Kamigoroshi in die Scheide, doch in meiner Brust regte sich ein eigenartiges Gefühl. Sie lebendig und unverletzt zu sehen ... war das Erleichterung, die ich da verspürte?

»Tatsumi.« Yumeko trat vor, und sie sah besorgt zu der Stelle an meinem Hals, wo der Gaki mich gekratzt hatte. Ich spürte, wie Blut aus der Wunde in meinen Kragen sickerte. Auch von meinem Arm tropfte Blut auf die Holzbohlen. »Bevor wir irgendetwas tun, sollten wir deine Wunden versorgen. Hast du noch etwas Medizin übrig?«

Sie kam einen weiteren Schritt auf mich zu, da erinnerte ich mich an ihre Berührung, kühl und sanft auf meiner Haut. So anders als die Heiler vom Schattenclan; die kümmerten sich mit eiligen, groben

Bewegungen um meine Verletzungen, ersparten mir keinerlei Unannehmlichkeiten. Wie bei allem anderen in meinem Leben hatte ich den Schmerz, der von ihrer Behandlung herrührte, als normal erachtet. Auch Meister Ichiro hatte häufig gesagt: Schmerz war etwas Gutes; er bedeutete, dass ich immer noch am Leben war. Doch was Yumeko betraf ... es war das erste Mal seit langer Zeit gewesen, dass ein anderer Mensch mich berührt hatte ... ohne mir wehzutun.

Ich versteifte mich und wich vor ihr zurück. *Keine Ablenkung*, ermahnte ich mich. *Keine Gefühle, keine Schwäche.* Wenn ich mich dem Zauber des Mädchens hingab, mich nach einer Berührung sehnte, die nicht schmerzhaft war, würde Hakaimono diese Schwäche ausnutzen und mich in einen Dämon verwandeln.

»Nicht«, warnte ich sie mit eiskalter Stimme. Sie erstarrte und blinzelte verstört. »Komm mir nicht zu nahe«, fauchte ich und trat einen weiteren Schritt zurück. »Ich brauche deine Hilfe nicht. Ich kann mich um mich selbst kümmern.«

Sie runzelte ihre Stirn und sah mich irritiert und mit noch einem anderen Ausdruck in ihren Augen, den ich nicht kannte, an. Ich ignorierte diesen Blick und das seltsam beklommene Gefühl in meiner Brust, während ich in Richtung des vollen Wassereimers in der Ecke der Hütte an ihr vorbeistürmte. Ich hatte meine Mission zu erfüllen und würde keine Sekunde zögern. Nichts war von Bedeutung, außer die Schriftrolle zu finden und sie Lady Hanshou zu bringen. Eine Waffe stellte die Forderungen ihres Besitzers nicht infrage oder den Zweck, zu dem sie erschaffen worden war. Eine Waffe existierte nur, um zu gehorchen ... und zu töten.

»Hey«, grunzte der Ronin, als ich entschlossen an ihm vorbeimarschierte, und zeigte auf sein Gesicht und die oberflächlichen Wunden auf seiner Haut. »Was ist mit mir? Das ist keine Kabuki-Schminke, klar?«

»Warum sollte ich glauben, dass es Kabuki-Schminke ist, Okame-san?«

Er seufzte. »Schon gut.«

Ich beobachtete, wie Yumeko ein Stofftuch aus ihrem Obi hervorholte, zu Okame schritt und sich dann neben ihn kniete, um sein Gesicht zu behandeln. »Was ist mit den Gaki?«, fragte sie, während sie seine Wange abtupfte. »Glaubst du, es könnte dort draußen noch mehr von ihnen geben?«

»Das hoffe ich nicht. *Ite.*« Er zuckte unter ihrer Berührung zusammen, was ihr ein Stirnrunzeln entlockte. »Verdammt hungrige Geister. Nun ja, sobald der Morgen anbricht, kenne ich mehrere Bauern, die um Gnade winselnd sterben werden.«

Yumeko ließ das Tuch sinken, ihre Augen waren weit aufgerissen. »Warum?«

»Yumeko-chan.« Verzweifelt schüttelte der Ronin den Kopf. »Wenn das keine Falle war, fress' ich einen Besen. Der Dorfvorsteher wusste von den Gaki, verdammt noch mal, das ganze Dorf wusste von ihnen. Wir waren der *Köder* – genauso gut hätten sie uns ein Glöckchen um den Hals binden können. Ich weiß es, und Kage-san weiß es auch, nicht wahr, Samurai?«

»Sie haben unseren Tod billigend in Kauf genommen«, stimmte ich zu und rieb mir selbst Salbe auf die Wunde. »Das war der Grund, warum sie derart darauf bedacht waren, dass wir über Nacht bleiben. Damit die Gaki uns fressen können und das Dorf verschonen.«

»Genau.« Der Ronin nickte grimmig. »Nur dass ich jetzt sehr lebendig und ziemlich wütend bin.« Er nahm Yumeko das Stofftuch aus der Hand, dann erhob er sich und schlenderte hinüber in meine Ecke, wo er zu mir herabblickte. »Na schön, Kage-san«, begann er, »ich denke, ein bisschen Vergeltung würde nicht schaden. Was meinst du, sollen wir die Tür des Dorfvorstehers eintreten, seinen Kopf für die Gaki auf einen Stock aufspießen und das ganze verfluchte Dorf niederbrennen?«

19
Gespräch mit dem Yurei

Yumeko

Das meint er nicht ernst. Ich starrte den Ronin an, der sich erwartungsvoll über Tatsumi beugte. Obwohl sich ein grimmiges Lächeln auf Okames Gesicht geschlichen hatte, funkelten seine Augen gefährlich, sein Blick versprach Rache.

Er meinte es vollkommen ernst.

»Okame-san, das darfst du nicht!«, protestierte ich. »Sie sind nicht einmal bewaffnet. Wir können diese Menschen nicht in ihren Hütten niedermetzeln.«

»*Du* kannst das vielleicht nicht.« Okames boshaftes Grinsen wurde breiter, entblößte seine spitzen Eckzähne. »Ich allerdings kann es nicht sonderlich leiden, an Gaki verfüttert zu werden, insbesondere von verräterischem, verlogenem Bauernpack. Zumindest das Haus des Dorfvorstehers sollte dem Erdboden gleichgemacht und sein Kopf auf einen Pfeiler am Rand der Stadt aufgespießt werden, als Warnung für andere Reisende. Was meinst du, Kage?«

Tatsumi wickelte einen Streifen Stoff um seinen verwundeten Arm und benutzte die Zähne, um ihn festzuzurren. »Nein.«

»Nein?« Der Ronin starrte ihn mit offenem Mund an, während ich vor Erleichterung in mich zusammensank. »Warum zum Teufel nicht? Bist du etwa kein Samurai? Diese Bauern haben gerade versucht, uns zu töten.«

»Meine Mission lautet nicht, Dörfer niederzubrennen.« Tatsumi sah nicht hoch. »Es wäre Zeitverschwendung. Bleib ruhig hier und übe Rache, wenn du willst, das interessiert mich nicht. Yumeko und ich werden diesen Ort bei Sonnenaufgang verlassen.«

Der Ronin schnaubte verächtlich. »Wie du willst«, murmelte er. »Ich schätze mal, das ist ausgleichende Gerechtigkeit – sollen die Bauern doch von ihren eigenen hungrigen Geistern gefressen werden. Ich wette, in ein paar Jahren wird überhaupt kein Dorf mehr übrig sein, nur noch ein Friedhof voller Gaki.«

»Aber warum gibt es hier überhaupt so viele Gaki?«, fragte ich verwundert. »Woher kommen sie? Sprießen sie einfach so aus dem Boden, verhungert und griesgrämig?«

»Gaki sind die Seelen von Menschen, die in ihrem Leben habgierig waren und deren Egoismus großen Schaden angerichtet hat«, sagte Tatsumi. »Sie werden für ihre Habsucht bestraft und bleiben ewig hungrig, bis sie genug gelitten haben und weiterziehen dürfen.«

»Aber die Dorfbewohner hier sind das absolute Gegenteil von gierig«, gab ich zu bedenken. »Ihr habt sie gesehen. Sie waren geradezu besessen davon, Dinge zu verschenken.«

Okame zuckte mit den Schultern. »Vielleicht hoffen sie, nicht als Gaki zurückzukehren, wenn sie unweigerlich gefressen werden. Wahrscheinlich steckt da irgendwo ein schlechter Scherz dahinter, aber ich bin zu müde, um ihn zu durchschauen.«

Ich schüttelte den Kopf. »Irgendetwas stimmt hier nicht«, murmelte ich, ging zur Tür und starrte den Weg hinauf. »Hinter diesem Dorf und den Gaki steckt mehr, als wir auf den ersten Blick sehen. Und ich wette, dieser Mönch hat seine Finger im Spiel.«

»Mönch?« Ich hörte die Überraschung in Okames Stimme. »Welcher Mönch?«

»Der Yurei, der ... ist auch egal. Wir sollten uns mit dem Dorfvorsteher unterhalten.« Ich drehte mich wieder um. Okame beäugte mich ungläubig, doch es war Tatsumis Blick, den ich suchte.

»Ich denke, er kann uns erzählen, was hier los ist. Wir haben den Angriff überlebt – sie werden nicht erwarten, dass wir zurück durchs Dorf spazieren, immerhin glauben sie, dass wir von Gaki gefressen wurden. Ich wette, er wird uns jetzt reinen Wein einschenken.« Tatsumi gab keine Antwort, und ich sah ihn argwöhnisch an. »Willst du denn nicht wissen, was hier los ist, Tatsumi? Bist du kein bisschen neugierig?«

»Nein.«

»Nun, ich schon.«

»Ich auch«, verkündete Okame zu meiner großen Überraschung. »Jetzt wo du es erwähnst, würde ich tatsächlich gern ein kleines Schwätzchen mit unserem freundlichen Dorfvorsteher halten und ihn fragen, weshalb er Reisende den hiesigen Gaki zum Fraß vorwirft. Eigentlich sollten wir ihm sofort einen Besuch abstatten.« Er schritt zum Eingang und spähte vorsichtig hinaus. »Ich sehe keine hungrigen Geister, die irgendwo hier herumlungern«, murmelte er. »Und falls wir auf weitere stoßen sollten, wissen wir, dass sie getötet werden können oder vertrieben oder was auch immer.« Er drehte den Kopf zu uns zurück, ein herausforderndes Feixen im Gesicht. »Dann also zum Haus des Dorfvorstehers! Kommst du mit oder nicht, Kage-san?«

Tatsumi schwieg weiterhin und betrachtete uns mit ausdrucksloser Miene. Schließlich erhob er sich mit einer geschmeidigen Bewegung, steckte Kamigoroshi in den Gürtel und kam auf uns zu. Bei seinem Näherkommen spürte ich ein sonderbares Kribbeln tief in meiner Magengrube, und mein Herz schlug schneller.

»Bringen wir es rasch hinter uns.«

Die Dorfbewohner beobachteten uns, als wir im Dunkeln den Pfad zum Haus des Vorstehers hinaufmarschierten. Wie es schien, schlief niemand in dieser Nacht. Keine Menschenseele war draußen, aber ich sah, wie sie durch die Lamellen ihrer Fenster spähten, die Augen vor Verwunderung und Angst weit aufgerissen. Offensichtlich hatten sie nicht erwartet, dass wir den Angriff der Gaki überleben könnten, und blieben wohlweislich im Schutz ihrer Hütten. Niemand stellte sich uns in den Weg, während wir ins Dorf spazierten, durch das Tor des Dorfvorstehers und die Stufen zu seinem Haus hinauf. Erst jetzt bemerkte ich, dass seine Tür aus schwerem, verstärktem Holz gefertigt war und mehrere lange Kratzspuren die Oberfläche beschädigt hatten.

Wie nicht anders zu erwarten gewesen war, war sie von innen verriegelt. Okame rüttelte ein paarmal daran, bevor er mit einem finsteren Lächeln einen Schritt zurückging. »Kage-san?« Er blickte zu Tatsumi und zeigte auf die Tür. »Wärst du so freundlich?«

Tatsumis Schwert glitt flammend aus der Scheide und schnitt durch das dicke Holz, als bestünde es aus Reispapier. Okame trat vor, hob einen Finger und stupste die Tür an, woraufhin sie mit einem leisen Ächzen zurückschwang.

Wachsam betraten wir das Haus. Der Eingangsbereich war leer, doch ein schwaches Licht drang aus dem hinteren Teil, flackerte über Wände und Böden. Nachdem wir eine Schiebetür geöffnet hatten, sahen wir den Dorfvorsteher, der in der Mitte des Zimmers kniete, seine Gesichtszüge vom Schein einer entfachten Feuerschale neben ihm rot verfärbt.

Sobald sich die Tür öffnete, sank er nach vorn, die Arme weit ausgestreckt, und presste die Stirn auf die Holzbohlen.

»Erbarmen!« Seine erstickte Stimme tönte vom Boden herauf, zitternd und von Angst gepeinigt. »Habt Erbarmen, Mylord. Tötet mich ruhig, aber verschont das Dorf. Sie verdienen Euren Zorn nicht.«

»Nicht?« Okame verschränkte die Arme. »Ihr wollt mir weismachen, dass sie *nicht* versucht haben, uns an die Gaki zu verfüttern? Dass sie nicht den blassesten Schimmer hatten, was heute Nacht passieren würde?« Er schnaubte vollkommen fassungslos.

»Nun, da komme ich mir aber wie ein Narr vor, wo ich tatsächlich dachte, das ganze Dorf hätte uns in eine Falle gelockt, damit wir gefressen werden.«

Stirnrunzelnd sah ich ihn an. »Aber ich dachte, sie *hätten* uns in eine Falle gelockt, damit wir gefressen werden. Das ist doch der Grund, warum sie … oh. Schon wieder Sarkasmus. Alles klar.«

»Bitte.« Der Dorfvorsteher hob das Gesicht nicht von den Dielen. »Habt Erbarmen. Wir sind verzweifelt. Ihr habt gesehen, womit wir es zu tun haben. Ihr wisst nicht, wie es ist, mit diesen Kreaturen leben zu müssen. Wir wussten uns nicht anders zu helfen.«

»Aber sie lassen sich töten.« Die Worte kamen von Tatsumi, seine Stimme hart und unbeeindruckt. »Hätten Eure Dorfbewohner allen Mut zusammengenommen, um sie zu vernichten, dann hättet Ihr nicht mehr so viele Gaki am Hals.«

»Das haben wir versucht! Wir haben versucht, sie zu töten, sie zu verbrennen, ihnen die Gliedmaßen abzutrennen, sie zu vergraben. Egal, was wir getan haben, egal, wie viele wir umgebracht haben, sie kommen jedes Mal zurück.« Vor Verzweiflung ballte der Dorfvorsteher die Hände auf dem Boden zu Fäusten. »Es ist Teil des Fluchs! Der Fluch, mit dem dieser verdammte Mönch uns belegt hat, und jetzt ist es unser Schicksal, für den Rest unserer Tage und darüber hinaus von Gaki heimgesucht zu werden.«

Aha. Allmählich ergab alles Sinn. »Welcher Fluch?«, fragte ich und trat einen Schritt vor. »Wir haben den Mönch gesehen. Ist er derjenige, der für die Gaki verantwortlich ist?«

»Ihr habt ihn gesehen? Jinkei erbarme dich, wird er sich denn niemals zufriedengeben?« Der Dorfvorsteher begann zu zittern und setzte sich mit geschlossenen Augen auf. »Ich schätze, es ist zwecklos, es weiter zu leugnen«, flüsterte er. »Bitte, setzt Euch, dann werde ich Euch das größte Geheimnis und die größte Schande unseres Dorfs erzählen.«

Okame und ich schlichen uns langsam zu ihm und knieten uns

auf die Tatamimatten. Tatsumi blieb lieber stehen und lehnte sich an den Türrahmen, was der Dorfvorsteher nicht zu bemerken schien.

»Dieses Dorf«, begann er, »war schon immer wohlhabend. Die Geschichten besagen, dass mein Ururgroßvater, als er Dorfvorsteher war, eine Übereinkunft mit Ojinari traf, dem Kami der Ernte, und dass das Land immer fruchtbar wäre, solange sie sich darum kümmerten. Selbst nach der Reissteuer am Ende des Sommers, wenn der Daimyo seinen Anteil für sich beanspruchte, hatte das Dorf noch genug zu essen übrig. Die Felder verkümmerten nie, trockneten kein einziges Mal aus. In den Bächen und Seen wimmelte es von Fischen, und die Gärten, wie klein sie auch sein mochten, brachten immer üppige Gaben hervor. Wir waren nicht reich, aber wir mussten niemals hungern. Dabei wussten wir, dass das Schicksal es gut mit uns meinte, dass wir viel größeres Glück als die Bewohner anderer Dörfer hatten, die jeden Winter Hunger litten, und wir dankten dem Kami für seinen Segen.

Doch im Laufe der Jahrzehnte bekamen es die Dorfbewohner mit der Angst zu tun, dass andere ihre Fülle an Nahrung entdecken und versuchen könnten, sie zu bestehlen. Wir sind ein kleines Dorf, abgeschieden vom Rest der Welt – wenn sich die Nachricht herumspräche, würden scharenweise Ronins oder Banditen über uns herfallen und uns all unsere Vorräte rauben. Das Dorf könnte nie wieder in Frieden leben.

So dachten wir wirklich, auch wenn die Argumentation hinkt. Obwohl wir weiterhin jedes Jahr eine reiche Ernte einfuhren, begannen wir, unsere Nahrung zu horten, sie zu verstecken wie Eichhörnchen, die ihre Nüsse vergraben. Den wenigen Reisenden, die es zufällig in unser Dorf verschlug, erzählten wir, dass wir nichts als arme Bauersleute seien, die kaum selbst über die Runden kämen, und scheuchten sie mit leeren Händen weiter.

Und dann, eines Nachts, im kältesten Monat des Winters, kam ein Mönch durchs Dorf. Er ging von Haus zu Haus, bat um eine

Schüssel Reis, eine einzige Kartoffel, irgendetwas, das wir übrig hätten. Das Dorf schickte ihn weg – mein Großvater befahl allen, die Türen zu versperren und den Mönch zu ignorieren, bis er fort war.

Drei Tage hielt er sich im Dorf auf, saß mit nichts als seinem Hut und der Robe gegen die Kälte im Schnee. Er bot an, für geliebte Menschen zu beten, die Felder zu segnen im Tausch für einen Bissen Essen. Sein Flehen wurde nicht erhört. Niemand gab ihm etwas. Sie taten so, als hörten sie ihn nicht, als sähen sie nicht, dass er verhungerte, während er sich kein einziges Mal beschwerte.

Drei Tage später fanden sie ihn vor der Tür des Dorfvorstehers, im Schneidersitz, erfroren. Er hielt einen Papierstreifen in der erstarrten Hand, geschrieben mit Blut aus seinem eigenen Finger, auf dem er unsere Habgier verfluchte.

Drei Monate, nachdem er auf dem Friedhof vor der Stadt beerdigt worden war, fiel die junge Tochter eines Bauern auf eine Kama-Sichel und verstarb. Auch sie wurde auf dem Friedhof bei den übrigen Toten begraben. Doch noch in derselben Nacht kehrte sie zurück, hungrig und gewalttätig. Sie brach in ihr früheres Zuhause ein und riss ihre Familie in Stücke. Im Folgemonat kehrte die Familie ebenfalls zurück, grausam und gefährlich, auf der Suche nach warmem Fleisch, das sie sich einverleiben konnte, und weitere Leben fielen ihrem schrecklichen Hunger zum Opfer.

So begann der Kreislauf«, beendete der Dorfvorsteher seine Geschichte mit dunklen und gehetzten Augen. »In den letzten drei Nächten im Monat, eine für jeden Tag, den wir den Mönch haben verhungern lassen, erheben sich die hungrigen Geister aus ihren Gräbern und suchen das Dorf heim. Sie interessieren sich nicht für normales Essen – Opfergaben wie Reis, Gemüse oder Sake werden keines Blickes gewürdigt. Sie lechzen nur nach lebendigem Fleisch und verleiben sich alles ein, was einst mit ihnen verwandt war. Die Gaki, die Ihr heute Nacht gesehen habt – das sind unsere verstorbenen Angehörigen, alle, die umgekommen sind, seit dieser Mönch seinen letzten Atemzug vor dieser Tür getan hat. Er ist ein Onryo, ein Geist des Grolls, und sein Fluch bestraft uns auf ewig für die Habgier unserer Vorfahren.«

»Warum zieht Ihr nicht einfach von hier weg?«, fragte Okame, als der Dorfvorsteher fertig war. »Scheint die einfachste Lösung zu sein. Packt alles zusammen und gründet ein neues Dorf, lasst den Friedhof und die Probleme mit den hungrigen Geistern hinter Euch.«

»So einfach ist das nicht.« Der Dorfvorsteher schüttelte den Kopf. »Ein paar haben natürlich versucht, aus dem Dorf zu fliehen. Doch der Fluch folgt ihnen. Gaki heften sich ihnen an die Fersen, die Geister ihrer Familien spüren sie auf, wohin auch immer sie gehen, und tauchen jede Nacht anstatt nur an den letzten drei Nächten des Monats auf. Diejenigen, die geflüchtet sind, kommen entweder in panischer Angst ins Dorf zurück, oder sie wurden umgebracht und kehren selbst als hungrige Geister wieder.« Der Dorfvorsteher starrte mit leerem Blick zur Tür. »Es gibt kein Entrinnen. Wir sind hier gefangen, und der Fluch wird andauern, bis keiner von uns mehr übrig ist, bis von uns nichts weiter als die Gaki bleiben.«

»Hm.« Unvermittelt erhob sich Okame. »Nun ja, *eigentlich* hatte ich Euch umbringen wollen, weil Ihr uns den Gaki zum Fraß vorgeworfen habt, aber nach reiflicher Überlegung scheint Euer Leben schon so, wie es ist, ziemlich erbärmlich zu sein.« Er blickte zu mir und grinste verschlagen. »Also schön, dann lasst uns von hier verschwinden, bevor der Fluch auch auf uns übergreift.«

»*Können* wir das denn?«, fragte Tatsumi mit grimmiger Miene. »Oder werden wir von den Gaki ebenfalls verfolgt werden, wenn wir versuchen, von hier wegzugehen?«

»Nein«, sagte der Dorfvorsteher mit ausdrucksloser Stimme. »Eure Vorfahren haben den Mönch nicht verärgert. Der Fluch wird Euch nicht folgen. Ihr könnt gehen und keinen weiteren Gedanken an uns verschwenden. Ich würde Euch das natürlich nicht verübeln. Es ist unsere Bestrafung, nicht Eure.«

»Hat schon einmal jemand versucht, mit ihm zu reden?«, erkundigte ich mich, und der Dorfvorsteher sah mich leblosen Augen an. »Mit dem Mönch? Sein Geist treibt sich immer noch hier herum.«
»Der Mönch.« Der Dorfvorsteher sah zu Tode verängstigt aus. »Gelegentlich haben wir irgendwo im Dorf einen flüchtigen Blick auf ihn erhascht«, sagte er zögerlich. »Aber er verschwindet, bevor wir mit ihm sprechen können. Wir glauben, es ist eher ein Echo des Fluchs, ein Nachhall des Mönches, nicht der Geist selbst.« Er schauderte. »Der Onryo ... den haben wir manchmal auf dem Friedhof gesehen, ein glühender Geist in Weiß, der zwischen den Gräbern wandelt. Doch niemand von uns hat jemals gewagt, sich ihm zu nähern – die Gaki hätten uns in Stücke gerissen.«

»Und er taucht nur auf, wenn die Gaki herauskommen?«, fragte ich.

»Ja. Es ist, als wollte er unsere Not und Angst mit eigenen Augen sehen und sich versichern, dass wir leiden.« Der Dorfvorsteher seufzte. »Ich kreide ihm seinen Zorn nicht an, unsere Vorfahren haben ihm großes Unrecht getan. Doch das Wissen, eines Tages zu einem dieser grausamen Geschöpfe zu werden, die ihre eigenen Familien heimsuchen, schmerzt mich zutiefst. Ich kann mir nicht einmal selbst das Leben nehmen, da ich trotzdem als einer der ihren wiederkehren würde.«

»Yumeko«, sagte Tatsumi mit warnender Stimme vom Flur aus, als könnte er meine Gedanken lesen. Ich gab vor, ihn nicht zu hören, und rappelte mich auf, um meine beiden Begleiter anzusehen.

»Wir müssen ihnen helfen.«

»Was?« Okame warf mir einen ungläubigen Blick zu. »Sich durch einen Friedhof voller Gaki quälen, um mit einem Geist zu quatschen? Für den Fall, dass es dir nicht aufgefallen sein sollte, ich wäre vor ein paar Minuten fast *gefressen* worden. Es wäre mir recht lieb, wenn mir eine weitere Begegnung dieser Art für den Rest meines Lebens erspart bliebe.«

Ich ignorierte den Ronin und warf Tatsumi, der mit verschränkten Armen am Türrahmen lehnte, einen durchdringenden Blick zu. »Wir müssen es tun, Tatsumi-san. Nachdem wir ihre Geschichte gehört haben, wie können wir da einfach von hier verschwinden? Diese Menschen haben genug gelitten – sie sind längst nicht mehr das Ziel seines Zorns. Wenn wir mit dem Mönch reden, könnten wir ihn vielleicht davon überzeugen, den Fluch aufzuheben.«

»Yumeko.« Tatsumis Blick war hart, während er den Kopf schüttelte. »Mit Geistern des Grolls kann man nicht vernünftig reden«, sagte er mit ernster Stimme. »Ihre Wut hat sie zerfressen, und ihre Rache kann niemals gestillt werden. Wenn der Mönch tatsächlich ein Onryo ist, besteht keine Hoffnung, ihn zu beschwichtigen, und es wäre gut möglich, dass sein Zorn sich auf dich richtet.«

Angst packte mich. »Ich bin bereit … dieses Risiko auf mich zu nehmen«, erwiderte ich. »Es wird nicht lang dauern. Ich brauche nur jemanden, der mir die Gaki eine Weile vom Hals hält, während ich mit dem Mönch spreche. Es ist die letzte Nacht des Monats«, rief ich ihm in Erinnerung, als seine Augen sich verengten. »Es ist die letzte Möglichkeit, mit ihm zu reden. Sobald die Dämmerung einbricht, wird er mit den Gaki verschwinden, und wir verspielen unsere Chance, den Fluch zu bannen.«

Tatsumi hielt meinem Blick noch einen kurzen Moment stand, dann stieß er einen tiefen Atemzug aus. »Du wirst mit oder ohne mich mit ihm sprechen, nicht wahr?«, murmelte er.

Ich nickte. »Ich mag zwar weder ein Schwert schwingen noch einen Pfeil abschießen können«, erwiderte ich, »aber ich kann mit Geistern und kami reden. Ich will helfen, und das hier ist etwas, das ich kann.«

Er seufzte wieder und spähte aus der Tür. »Uns bleibt nicht viel Zeit«, sagte er, was mein Herz in meiner Brust höherschlagen ließ. »Sobald die Dämmerung einsetzt und das erste Licht über den Horizont bricht, verblassen Geister. Wenn wir uns mit dem Mönch unterhalten wollen, sollten wir es sofort tun.«

Okame stöhnte auf. »Augenblick mal«, knurrte er, als wir uns zur Tür umwandten. Hastig zog er die Sakeflasche aus seinem Obi und riss den Stöpsel heraus, setzte das Gefäß an seinen Mund und leerte es bis auf den letzten Tropfen. Dann leckte er sich über die Lippen, schleuderte die Flasche dem Dorfvorsteher hin und drehte sich mit einem Grinsen wieder zu uns. »Okay, *jetzt* bin ich fertig.«

Das Dorf lag still da, als wir zurück ins Freie traten. Über unseren Köpfen leuchtete der gleißende Mond herab, zeichnete die Umrisse der Häuser in silbrigem Ton nach und tauchte die fernen Reisfelder in ein dunstiges Licht. Ich sah keine umherwandelnden Gaki, doch als wir uns dem Friedhof näherten, bemerkte ich ein blassgrünes Licht, das vom Fuß der Anhöhe heraufzog.

Vorsichtig schlichen wir um die Mauern des Gästehauses, dann spähten wir den Abhang hinab.

Die Gaki waren zurück. Oder zumindest ein paar von ihnen. Gewiss nicht in der Stärke, mit der sie sich zuvor auf uns gestürzt hatten, aber mehr, als ich erwartet hätte, denn immerhin hatte Tatsumi alle ausgelöscht. Und wir waren bei ihrem Angriff in der Hütte gewesen, was dem Dämonenjäger ermöglicht hatte, einzeln mit ihnen zu kämpfen. Unter freiem Himmel wäre es viel schwerer, eine riesige Meute abzuwehren.

»Und du willst, dass wir dort runtergehen«, sagte Okame seufzend und verzog das Gesicht, während er die Gestalten beobachtete, die taumelnd umherstolperten. »Oje, das wird kein Spaß, aber na gut, dann mal los.«

»Wartet!« Tatsumi hielt den Arm hoch, und wir blieben stehen. »Vielleicht müssen wir überhaupt nicht kämpfen.«

Ich blickte zu ihm. Er zögerte, als würde er mit sich ringen, dann atmete er hörbar aus. »Wenn wir vor aller Augen hinuntermarschieren, stürzen sich die Gaki sofort auf uns. Ich könnte aber möglicherweise eine Technik anwenden, die uns für kurze Zeit unsichtbar macht.«

»Hm.« Okame verschränkte die Arme. »Du bist also doch kami-beseelt. Das habe ich mir schon gedacht. Auch wenn das unheimliche glühende Schwert bereits ein erster Hinweis war.« Er bedachte den schwarz gekleideten Samurai hinter uns mit einem eindringlichen Blick und senkte verschwörerisch die Stimme, während er sich vorlehnte. »Es gibt Geschichten«, erzählte er mir, »dass wenn ein Kind der Kage kami-beseelt geboren wird, es weggebracht und zum Shinobi erzogen wird.«

Ich runzelte die Stirn. »Was sind Shinobi?«

»Schattenkrieger. Geheime Assassine, die im Dunkeln zuschlagen, dir die Kehle von hinten oder im Schlaf durchschneiden.« Okame schnaubte. »Jeder Clan beschäftigt welche – lass dich von all dem Gerede über Ehre auf dem Schlachtfeld nicht hinters Licht führen. Aber es gibt Gerüchte, dass die Shinobi der Kage die Fähigkeit besitzen, durch Wände zu gehen, selbst zu Schatten zu werden … oder unsichtbar.«

»Es gibt auch Geschichten«, sagte Tatsumi mit leiser, schneidender Stimme, »dass all jene, die über diese Shinobi sprechen, einfach verschwinden und nie wieder gesehen werden.«

»Wie gut, dass ich solches Gerede niemals für bare Münze halten würde.«

Ein mattes Klingeln aus der Richtung des Friedhofs erklang zitternd in der Luft.

Wir drehten uns um und spähten den Abhang hinab. Eine gespenstische Gestalt in Weiß spazierte über den Friedhof, und ihr Strohhut samt Stab wippten bedächtig auf und ab, während der Geist zwischen den Grabsteinen und torkelnden Gaki, die ihm keinerlei Aufmerksamkeit zollten, entlangschlich. Er bewegte sich langsam, zielstrebig, eine Spur aus verblassenden Nebelfäden hinter sich herziehend, die sich in der Luft kringelten, bevor er im nächsten Moment hinter einen Zedernstamm trat und verschwand.

»Er ist dort drüben«, flüsterte ich und sah zu dem dunklen Krieger hinter Okame. »Tatsumi, du meintest, du könntest uns zum Friedhof bringen, ohne zu kämpfen?«

Er wich einen Schritt zurück, sein Blick feierlich, als er die Anhöhe hinabspähte. »Ja, aber daran sind ein paar Bedingungen geknüpft. Der Zauber wirkt nur, wenn wir selbst still sind und unbemerkt bleiben. Alles, was lauter als ein Flüstern ist, zerstört die Illusion, genauso wie jede ruckartige Bewegung. Wenn man einem Gaki direkt in die Augen sieht oder seine Aufmerksamkeit auf sich lenkt, wird der Zauber ebenfalls gebrochen. Also sei leise, halt den Kopf gesenkt, und bleib dicht bei mir. Schaffst du das?«

»Was ist mit mir?«, wollte Okame wissen. Tatsumi bedachte ihn mit einem eisigen Blick.

»Je mehr Menschen dort hinuntergehen, desto schwieriger wird es für mich, die Illusion aufrechtzuhalten. Ich schöpfe meine Kräfte bereits völlig aus, indem ich auch nur einen mitnehme – bei zweien wäre unser Vorhaben von vornherein zum Scheitern verurteilt. Es wäre besser für uns alle, wenn du hierbleibst.«

»Du willst mich wohl loswerden, Kage-san? Ich bin tief getroffen. Es wäre eine solche Verschwendung, wenn ich von einem Gaki gefressen werde.«

Tatsumi verengte die Augen zu Schlitzen. »Deine Schwertkunst lässt zu wünschen übrig«, sagte er unverblümt. »Du wärst uns keine Hilfe bei den Gaki, sollten sie die Illusion durchschauen. Yumeko mit deiner Klinge beschützen zu wollen, wäre ein aussichtsloses Unterfangen und würde euch beide nur in Gefahr bringen.«

Okame schniefte. »Du musst mich nicht beleidigen, Kage-san. Zwar habe ich das Recht verspielt, Genugtuung zu fordern, aber ich *kann* immer noch beleidigt sein. Und im Grunde bin ich es auch.«

»Beim Bogenschießen bist du besser«, fuhr Tatsumi fort, als hätte sein Gegenüber überhaupt nichts gesagt. »Sollte die Illusion brechen und sollten die Gaki angreifen, wäre es klüger, wenn du weit weg bist und unseren Rückzug deckst. Du kannst die Gaki töten, bevor sie uns erreichen, und ich muss mir keine Gedanken darüber machen, wie ich dich und Yumeko beschützen kann, sollte das Schlimmste eintreten.«

»Ich ... denke, du hast nicht ganz unrecht. Sosehr es mich auch schmerzt, das zugeben zu müssen.« Seufzend verschränkte Okame die Arme vor der Brust. »Na schön. Mir gefällt die Sache nicht, aber ich weiß so viel über Magie wie über das Binden von Blumengestecken. Ich bleibe hier und jage jedem Gaki, der euch zu nahe kommt, einen Pfeil durch den Schädel. Yumeko-chan ...« Er nickte mir lächelnd zu. »Viel Glück. Lass dich nicht auffressen – du hast gerade angefangen, mein Leben interessanter zu machen.«

»Pass du auch auf dich auf«, erwiderte ich und drehte mich zu dem Samurai um. »Na schön, Tatsumi. Ich bin bereit. Was muss ich tun?«

Er zögerte erneut, dann streckte er die Hand aus und drehte die Handfläche nach oben. »Wir müssen immer verbunden sein«, sagte er, und aus irgendeinem sonderbaren Grund bekam ich ein flaues Gefühl im Magen. »Der Zauber schließt uns beide ein, aber eigentlich ist er nicht für Gruppen gedacht. Wenn wir getrennt werden, können die Gaki dich sehen, also lass nicht los, egal was passiert.«

Ich nickte, nahm einen leisen Atemzug und legte meine Hand in seine. Seine Handfläche war rau vor Schwielen, doch seine Finger, die sich um meine schlangen, waren lang und schmal. Mein Herz pochte schneller.

Tatsumi war vollkommen still geworden und starrte unsere verschränkten Hände an, als müsste er gegen den Instinkt ankämpfen, den Arm zurückzuziehen. Ich spähte in sein Gesicht und bemerkte einen Anflug von Gefühl in seinen violetten Augen, er schien etwas verunsichert, ja sogar ein klein wenig ängstlich. Aber nur für den Bruchteil einer Sekunde, dann wurde seine Miene wieder zu einer ausdruckslosen Maske. Langsam hob er zwei Finger der anderen Hand an sein Gesicht, verengte die Augen und psalmodierte einen feierlichen Gesang, dessen Worte ich nicht verstand.

Ein Flüstern der Macht glitt durch die Luft, mit Tatsumi als seinem Zentrum. Es wirbelte um uns herum, kalt und liebkosend, schien jegliches Geräusch zu dämpfen und die Schatten um uns noch dunkler zu färben. Irgendwo neben uns stieß Okame einen atemlosen Fluch aus. Mit einem Mal fühlte ich mich sehr sonderbar, als wäre meine Körper nicht mehr ganz fest, und das Mondlicht, das von oben auf uns herableuchtete, fiel direkt durch mich hindurch.

Tatsumi öffnete seine violetten Augen und blickte zu mir herab, aber ich konnte mein Spiegelbild nicht in ihnen sehen. »Lass uns gehen«, flüsterte er. »Und nicht vergessen, bleib dicht bei mir, sieh die Gaki nicht an, und lass meine Hand nicht los. Bist du bereit?«

Ich nickte, krallte die Finger fester um seine. Er drehte sich um, und gemeinsam schlichen wir den schmalen, gewundenen Pfad zum Friedhof hinab.

Mehrere uralte Bäume wuchsen zwischen den Grabsteinen, hoch aufragende Zedern und sich dunkel abzeichnende Kiefern. Sobald wir den Rand des Friedhofs erreichten, verließ Tatsumi den Weg und duckte sich in die Schatten dieser Riesen. Gaki torkelten zwischen den Grabsteinen herum; ich hielt den Kopf gesenkt, sah sie jedoch aus den Augenwinkeln, ihre nackten, aufgeblähten Körper, die grotesk im Mondlicht schimmerten. Mein Herz hämmerte, doch wie Tatsumi vorhergesagt hatte, schenkten sie uns ebenso wenig Aufmerksamkeit wie den herabfallenden Blättern, obwohl einige Gaki erschreckend nah kamen. Einmal zog Tatsumi mich grob an einen Baum heran und presste uns beide gegen die Rinde, während ein Gaki um den Stamm getaumelt kam und den Samurai nur um Haaresbreite verfehlte. Ein paar Sekunden lang stand das Geschöpf keinen halben Meter von uns entfernt, sein Atem ein heiseres Krächzen in der Luft, und suchte mit den Augen die Gegend ab, als könnte es spüren, dass *irgendetwas* in der Nähe war. Ich schloss die Finger um mein Tanto, kniff fest die Augen zu und wagte nicht, mich zu bewegen oder auch nur zu atmen. Mein Herz hämmerte, und ich drängte mich so weit wie möglich von Tatsumi weg, in der Hoffnung, dass er das lackierte Etui nicht spürte, das in meinem Furoshiki steckte. Sollte er die Drachenrolle jetzt finden, wäre ein Friedhof voller hungriger Geister das kleinste meiner Probleme.

Schließlich wankte der Gaki davon, und ich spürte, wie Tatsumi sich entspannte. »Weiter«, flüsterte er mir zu, und wir schlichen los, duckten uns am Baumstamm vorbei und bahnten uns einen Weg durch die Grabsteine.

Als wir zwischen zwei Kiefern hindurchschlichen, blitzte etwas am Rand meines Sehfelds auf, sodass ich innehielt und Tatsumi am Ärmel packte.

»Tatsumi-san«, wisperte ich. »Ich glaube, ich sehe den Mönch. Dort drüben.«

Er folgte meinem ausgestreckten Finger. Am anderen Ende des Friedhofs stand ein vereinzelter Grabstein im Schatten dreier riesiger Zedern. Heller Mondschein fiel schräg durch die Äste, erleuchtete den Grabstein und spiegelte sich in einem Stab, an dessen Spitze Metallringe hingen.

»Das Grab des Mönches«, flüsterte ich, als sich ein Teil des Mondlichts mit einem geisterhaften Schimmern vom Grabstein löste und Gestalt annahm. Der Yurei-Mönch mit seinem Strohhut und der Metallstange, die er immer noch in der Hand hielt, begegnete meinem Blick über die Gräber hinweg und hob eine hauchzarte Augenbraue.

»Er kann uns sehen«, knurrte Tatsumi.

Bei dem markerschütternden Schrei, der nun folgte, gefror mir das Blut in den Adern. Ein Gaki sprang über einen Grabstein, die Zähne gefletscht wie ein tollwütiger Wolf. Tatsumi wirbelte herum und riss gleichzeitig Kamigoroshi aus der Scheide, um die spindeldürre Gestalt in der Luft zu zerteilen. Doch seine Hand löste sich dabei aus meinem Griff, und ich spürte das Reißen von Magie, als die Illusion zerfetzt wurde, als sei sie ein Spinnennetz. Überall auf dem Friedhof drehten sich Gaki nach uns um und starrten uns an, ihre Augen glühend vor Hunger, während ein Zischen und Kreischen die Luft erfüllte.

Tatsumi trat vor, und das kalte violette Licht von Kamigoroshi, dieselbe unheimliche Farbe wie die seiner Augen, legte sich über die Steine. »Lauf!«, rief er mir zu und ließ die Klinge vor sich herabsausen. »Rede mit dem Mönch. Ich werde dir den Mob so lange wie möglich vom Hals halten.«

Ich spähte zu den herbeistürzenden Gaki, hin- und hergerissen zwischen dem Verlangen, zu dem Mönch zu eilen, und andererseits, mein Tanto zu packen, um Tatsumi beizustehen. Fuchsmagie brandete in mir auf, kribbelte in meinen Händen, und ich fragte mich, ob ein Schwall Kitsune-bi mitten ins Gesicht die Gaki außer Gefecht setzen würde, selbst wenn dadurch meine wahre Natur ans Licht käme.

Als der erste Gaki sich näherte, schoss etwas durch die Luft und traf ihn im Rücken. Mit einem Heulen kippte er nach vorn, ein Pfeilschaft ragte aus seinem Hals, und im nächsten Moment löste der hungrige Geist sich in grünen Nebel auf. Ein weiterer Gaki zuckte zusammen und wurde über einen Grabstein geschleudert, während ein dritter mit wild um sich schlagenden Armen im Schlamm landete, bevor er sich windend zerfiel.

»Okame«, hauchte ich und warf einen hastigen Blick zum Hügel hinauf. Undeutlich konnte ich eine schmale Gestalt ausmachen, die sich auf dem Dach der Hütte gegen das Mondlicht abzeichnete, da schrie ein weiterer Gaki und stürzte ins hohe Gras. Tatsumi wartete geduldig, mit der Klinge locker an seiner Seite, während die erste Welle aus Geistern immer näher rückte.

»Yumeko.« Seine Stimme war unheimlich ruhig, obwohl ich einen gefährlichen Unterton wahrnahm, einen nicht gänzlich unterdrückten Blutrausch, bei dem sich mir erschrocken die Nackenhaare aufstellten. »Lauf!«

Ich rannte los.

Hastig glitt ich an Grabsteinen vorbei und schlängelte mich zwischen Reihen aus Felsblöcken hindurch, auf der Suche nach dem geisterhaften weißen Schimmern. Die Gestalt wartete im Schatten der Bäume auf mich, stand geduldig neben seinem Grab, ein amüsierter Ausdruck auf seinem blassen, leuchtenden Gesicht. Ich duckte mich hinter einen Grabstein, um einem Gaki auszuweichen, und zuckte zusammen, als seine Klauen mit einem metallischen Kreischen vier weiße Kerben in den Stein kratzten. Er taumelte um das Grab, die Kiefer weit aufgerissen, und griff nach mir, als ein Pfeil durch die Luft zischte und ihn in den Nacken traf. Mit einem gruseligen Wehklagen löste er sich auf, und ich sprintete weiter.

Keuchend stolperte ich an den letzten Grabsteinen vorbei, huschte um einen Baum und stand unvermittelt vor einer durchschimmernden Gestalt in Weiß.

»Nun denn.« Die Stimme des Mönches war wie ein eisiger Windhauch, das Echo einer längst vergessenen Empfindung. Sein Gesicht verschwamm, trübte immer wieder ein. »Diese Nacht steckt voller Überraschungen. Hallo, kleiner Fuchs. Was bringt dich in mein einsames Eckchen hier?«

Ich holte tief Atem, nicht überrascht, dass er wusste, was ich in Wirklichkeit war. Er klang nicht wie ein Onryo, der schreckliche Geist des Grolls, von dem Tatsumi gesprochen hatte. Seine Stimme war ruhig, geradezu freundlich und vielleicht ein bisschen traurig.

»*Konbanwa*, Yurei-san«, setzte ich an, als ein Schrei hinter mir in einem Aufblitzen von purpurnem Licht widerhallte. Wie versprochen hielt Tatsumi die Gaki auf Trab. »Oh«, fuhr ich beklommen fort, »ist es angemessen, Euch Yurei-san zu nennen? Bisher habe ich noch nie mit einem Geist gesprochen.«

Er wirkte eher verwirrt als wütend. Ich wartete keine Antwort ab, für den Fall, dass er Anstoß genommen hatte. »Bitte, Meister Mönch«, flehte ich ihn an und faltete in einer Verbeugung die Hände, »den

Menschen hier ist durch ihre eigenen Angehörigen viel Leid widerfahren. Ich bin gekommen, um Euch zu bitten, den Fluch zu bannen. Euch ist vor vielen Jahren grässliches Unrecht geschehen, aber keiner dieser Menschen ist für Euren Tod verantwortlich. Und es muss schrecklich langweilig sein, als Geist herumzuwandeln. Gewiss ist Euer Wunsch nach Rache längst gestillt.«

»Ach, kleiner Fuchs.« Der Geist des Mönches verneigte sich. »Ich wünschte, ich könnte es. Es war nie meine Absicht, dieses Dorf mit einem derart mächtigen Fluch zu belegen. Ich war ... damals ... wütend. Obwohl die Zeit für mich zu einem verschwommenen, dehnbaren Etwas geworden ist. Ich weiß nicht, wie lang es her ist, seit ich die Habgier dieses Dorfs verflucht habe und mit Vergeltung auf den Lippen gestorben bin. Ich will nur weiterziehen, meine Reise ins Meido oder wo auch immer das Ziel meiner Seele liegen mag, beenden.«

Mit markerschütternden Schreien fanden mehrere Gaki durch Tatsumis Schwert den Tod. Doch nun kringelte sich unheilvoll grünes Licht aus mehreren Gräbern empor, das sich allmählich verdichtete und die Form weiterer hungriger Geister annahm. Ich spürte, wie mir die Haare im Nacken zu Berge standen, doch der Yurei schien nichts zu bemerken.

»Leider bindet mich der Fluch an diese Welt«, fuhr der Mönch fort. »Ich kann nicht weiterziehen, bis er gebrochen ist, und ich scheine ihn nicht selbst bannen zu können. Oder vielleicht ist es mir möglich, aber ich habe vergessen, wie.« Seine Schultern sanken herab, eine geisterhafte Hand glitt an sein Gesicht. »Ich bin müde«, flüsterte er. »Und habe es satt, hier gefangen zu sein, in diesem winzigen Dorf, umgeben von Monstern, die ich in die Welt gesetzt habe. Die ganze Zeit über beobachte ich die Dorfbewohner und hoffe, dass einer von ihnen den Mut aufbringt, den Fluch zu brechen, aber sie haben zu große Angst, sich auch nur in die Nähe des Friedhofs zu begeben. Auch wenn ich es ihnen nicht verübeln kann.« Er blickte gen Himmel, wo ein blassrosa Glühen über den Baumwipfeln zu erkennen war. »Die Morgendämmerung zieht auf«, sagte er. »Die Gaki werden für einen Monat verschwinden, und ich werde weiterhin diesen Ort heimsuchen müssen.«

Ich verlor beinahe die Hoffnung. »Könnt Ihr denn nichts tun?«

Der Geist schüttelte den Kopf und warf mir einen traurigen, schicksalsergebenen Blick zu. »Es war mutig von dir, hierherzukommen, Kitsune«, erwiderte er und wich zurück. »Aber du bist nicht aus diesem Dorf und kannst den Fluch deshalb nicht brechen. Falls der Fluch überhaupt gebannt werden kann ...«

»*Matte* ... wartet!«

Der Schrei hallte hinter mir wider, schrill und verzweifelt. Ich wirbelte herum und sah jemanden im Laufschritt durch den Friedhof hasten, die Arme ausgestreckt, die Hände fest um etwas geschlungen.

»Wartet!«, brüllte er wieder, während ich überrascht blinzelte. *Der Dorfvorsteher? Was tut der hier?* »Bitte«, rief der Dorfvorsteher, und seine Stimme zog die Aufmerksamkeit jedes einzelnen Gaki im Friedhof auf sich. »Meister Mönch, bitte hört mir zu!«

Die Gaki fauchten und jagten ihm hinterher. Mit einem riesigen Satz sprang einer auf einen Grabstein, zögerte kurz und wollte sich auf ihn stürzen, doch ein Pfeil bohrte sich in seinen Rücken, und er fiel laut kreischend vom Stein herab. Als der Dorfvorsteher an Tatsumi vorbeihastete, drehte sich einer der hungrigen Geister um und ließ sich mit ausgestreckten Klauen auf ihn fallen. Tatsumis Klinge zischte herab und säbelte den Gaki in zwei Teile, doch seine Fingernägel rissen dennoch blutige Wunden in den Hals des älteren Mannes. Dieser taumelte, wäre fast gefallen, dann gewann er das Gleichgewicht zurück und rannte weiter.

Ich wich einen Schritt zur Seite, als der Dorfvorsteher uns erreichte und sich augenblicklich der Länge nach hinfallen ließ, um demutsvoll mit dem Gesicht den Boden zu berühren. »Vergebt uns, Meister

Mönch!«, rief er, die ganze Zeit über den Gegenstand hochhaltend, den er getragen hatte: eine volle Schüssel Reis. »Es war Unrecht, dass Ihr so lange leiden musstet. Wir werden nie wieder einen Reisenden hungern lassen, so wie wir es bei Euch getan haben. Bitte ...« Er hielt die Schüssel sogar noch höher, obwohl er weiterhin ausgestreckt im Schlamm lag. »Nehmt dies als Zeichen unserer Reue. Oder, falls Eure Rache es erfordert, biete ich mein eigenes Leben für den Rest des Dorfs an. Verwandelt mich in einen Gaki, zerrt mich ins Jigoku, das spielt keine Rolle. Was auch immer Ihr braucht, um weiterzuziehen und uns in Frieden zu lassen.«

Atemlos blickte ich zum Mönch. Mit überraschter Miene starrte er den Dorfvorsteher an. Hinter uns kreischten und heulten die Gaki, die sich mit geballter Macht auf Tatsumi warfen, und das Zischen von Pfeilen dauerte an, während Okame einen Geist nach dem anderen erledigte, doch beide, der Dorfvorsteher und der Mönch, schienen das Geschehen um sie her längst vergessen zu haben.

Da lächelte der Mönch. Eine einzige silberne Träne rann aus seinem Auge und verpuffte zu Nebel, sobald sie den Boden berührte. »Das war alles, was ich wollte«, flüsterte er. »Eine Schüssel Reis. Ein einziges Zeichen der Güte. Doch selbst im Angesicht der Grausamkeit hätte ich mich von meiner Wut niemals überwältigen lassen dürfen. Dies war gleichzeitig meine eigene Bestrafung.« Seine Gesichtszüge wurden friedvoll, und er verneigte sich leicht. »Ich denke, wir haben alle genug gelitten.«

Die Schreie der Gaki verstummten. Ich blickte mich auf dem Friedhof um und sah, dass die hungrigen Geister reglos herumstanden, mit verloren aussehenden Mienen. Selbst jene, die gegen Tatsumi gekämpft hatten, rührten sich nicht mehr, ihre Arme hingen an ihren Seiten herab, ihre Gesichter waren versteinert. Während ich noch die Gaki beobachtete, begannen sie zu schimmern, wurden durchsichtig und verblassten schließlich. Eine glühende Kugel aus blauweißem Licht stieg aus jedem ihrer Körper auf und erfüllte die

Luft, bis der gesamte Friedhof in einen ätherischen Schein getaucht war. Zurück blieben die Hüllen der Gaki, die sich nun vollends auflösten, ein sich kräuselnder Nebel, der von der Brise weggeweht wurde.

»*Arigatou.*« Als ich das geflüsterte Wort hörte, blickte ich zum Mönch zurück. Auch er verblasste, seine geisterhafte Gestalt wurde schwächer und immer schwächer, während er mich anlächelte. »Vielen Dank«, wisperte er noch einmal. »Du hättest den Fluch nicht allein brechen können, aber dein Mut hat den Weg für diejenigen erleuchtet, die es konnten. Möge der Kami dich segnen, und mögest du niemals das Feuer verlieren, das in deiner Seele brennt.«

»Euch eine sichere Reise, Meister Mönch«, erwiderte ich. »Möge Euer Weg zur anderen Seite kurz und einfach sein, und möge Jinkei Euch den Weg erhellen, damit Ihr niemals stolpert.«

Er verneigte sich vor mir, und im nächsten Moment wurde er zu einem glühenden Lichtkranz, der in die Luft emporglitt und sich dem Rest der Geister anschloss. Kurz schwebten sie über unseren Köpfen, so grell, dass man sie kaum direkt ansehen konnte. Dann, wie auf ein Kommando hin, stoben sie auseinander und flogen in alle Himmelsrichtungen, wurden immer kleiner, bis sie sich in ferne Sterne verwandelten und endgültig aus unserem Blickfeld verschwanden.

Teil 3

20
Blutmagie

Suki

Lady Satomi war zurück.

Und wie es Suki schien, war sie nicht zufrieden.

»Nutzloses Lakaienpack«, murmelte Lady Satomi inmitten eines kleinen, schreckenerregenden Raums. Eine einzige Kerze flackerte auf einem niedrigen Tisch, und ein gesprungener Ganzkörperspiegel, in dem sich der grässliche Zustand des Zimmers abzeichnete, hing in der Ecke. Die Wände waren mit altem Blut beschmiert, der Boden von dunklen, nicht identifizierbaren Flecken gesprenkelt. Lady Satomi stand da, atemberaubend in ihrer blauen, mit Kranichen und Libellen gemusterten Robe, ihr Haar perfekt frisiert und mit Elfenbeinkämmen hochgesteckt. Sie wirkte völlig deplatziert inmitten dieses Grauens, abgesehen von dem, was sie in der Hand hielt. Der Kopf einer großen Krähe lag in ihrer Handfläche, Blut tropfte zwischen ihren Fingern hindurch und besudelte den Saum ihres Kleids. Der Körper des Vogels lag mitten auf dem Tisch, daneben ein kleines Messer in einer Blutlache. Suki konnte den immer noch zuckenden Kadaver kaum ansehen und hatte den Raum verlassen müssen, als die Tat selbst verübt worden war. Die Fähigkeit, durch Wände gleiten zu können, hatte dies zumindest vereinfacht. Lady Satomis Augen waren geschlossen, sie spannte nachdenklich ihre vollen Lippen, als betrachtete sie etwas, das ihr Kummer bereitete. Schließlich stieß sie ein verstimmtes Schnauben aus und öffnete die Augen.

»Zwei Kamaitachi, eine Windhexe und ein riesiger Dämonenbär«, murrte sie und schleuderte den abgetrennten Krähenkopf auf den Tisch, wo er neben seinem erkaltenden Körper landete. »Und Kazekira ist es trotzdem nicht gelungen, sie zu töten und den Teil der Schriftrolle an sich zu bringen. In Stücke gerissen von ihren eigenen Begleitern, wie erbärmlich!« Sie schüttelte den Kopf, nahm ein Stofftuch, das am Spiegel hing, und wischte sich damit das Blut von den Händen. »Ich schätze, das ist der Lohn, weil ich mich auf die Hilfe anderer verlassen habe. Wenn man möchte, dass etwas richtig gemacht wird ...«

Sie nahm das Messer und betrachtete ihr Spiegelbild. Während Suki sie verblüfft beobachtete, senkte die Frau die Klinge an die Innenseite ihres Arms, dann ritzte sie sich die Haut mit einem kurzen, geraden Schnitt auf. Blut schoss aus der Wunde, und Satomi begann, mit tiefer, hypnotischer Stimme zu psalmodieren.

Suki spürte das Flüstern einer schrecklichen Macht in der Luft und zitterte bei dem Versuch, nicht entsetzt aus dem Zimmer zu fliehen. Auf Satomis Arm, den sie in die Höhe gereckt hatte, schwoll die Linie aus Blut an, gerann und wurde fest. Dutzende Beine zappelten dort, und der lange Körper eines Tausendfüßers tauchte aus dem Blut auf und begann, ihren Arm hinaufzukrabbeln.

Satomi lächelte. Mit der anderen Hand zupfte sie das monströse Insekt von ihrer Haut und hielt es zwischen zwei Fingernägeln, während es sich in ihrem Griff heftig drehte und wand. »Na los«, flüsterte sie. »Finde den Dämonenjäger und den Fuchs. Töte die beiden, friss dich an ihren Innereien satt, und kehr mit der Schriftrolle zu mir zurück. Ich warte auf dich.«

Sie schleuderte den Tausendfüßer zu Boden, wo er mit einem Poltern landete. Sogleich huschte er auf angewinkelten gelben Beinen durchs Zimmer, quetschte sich durch einen Spalt in den Holzbohlen und war verschwunden.

Mit einem zufriedenen Nicken ließ Satomi ihren Arm sinken,

ohne das Blut, das nun auf den Boden tropfte, eines Blickes zu würdigen. »Nun, damit sollte die Angelegenheit endgültig erledigt sein«, murmelte sie leise in sich hinein. »Der Dämonenjäger ist recht lästig geworden, aber sobald er tot ist, wird dieser Teil der Schriftrolle endlich mir gehören.« Sie seufzte, als wäre sie von dem Berg Arbeit erschöpft, der noch auf sie wartete. »Jetzt muss ich eine Einladung in den Palast schreiben und jemanden halbwegs Kompetenten finden, der sie zum Hayate-Schrein bringt. Dieses nutzlose neue Mädchen sollte doch zumindest dazu in der Lage sein.«

Sie blickte an sich hinab, als fiele ihr erst jetzt auf, dass sie und ihre prächtige Robe mit Blut besudelt waren, das die Seide verfärbte und immer noch an ihrem Arm hinunterrann. »So eine hässliche Angelegenheit«, seufzte sie. »Und sie ist anstrengend genug, auch ohne dabei heimlich beobachtet zu werden. Hast du alles genau mit angesehen, kleiner Geist, oder wer auch immer in dieser Burg spukt? Ich kann nämlich spüren, dass du mir nachschleichst. Du bist nicht sonderlich geschickt.«

Erschrocken zuckte Suki zurück und trat flammend in Erscheinung. Mit einem Lächeln drehte Satomi sich zu ihr um.

»Da bist du ja. Ts, ts, immer noch hier, Suki-chan?«, fragte die Frau höhnisch, während Suki fassungslos in der Luft schwebte. Satomi schüttelte kichernd den Kopf. »Du arme, verlorene Seele! So schwach und verängstigt, dass du nicht einmal als Rachegeist zurückkehren kannst. Wie erbärmlich! Aber du bist längst völlig bedeutungslos für mich.«

Suki ballte ihre Geisterfäuste und wünschte verzweifelt, sie könnte etwas tun, irgendetwas. Zumindest den Kopf der toten Krähe aufheben und ihn auf die böse Frau schleudern. Satomi kicherte wieder, dann beugte sie sich herab, um das blutige Tuch vom Tisch zu nehmen. »Wenn du in meiner Burg herumspuken willst, kleine Seele«, gurrte die Frau, während sie sich den Arm abtupfte, »dann nur zu. Aber solltest du mir auf die Nerven gehen oder mir in die Quere kommen, so kenne ich ein paar Blutpriesterinnen und Onmyoji, die deine Seele mit größter Freude in eine Wandschriftrolle bannen würden. Oder in einen Spiegel. Oder dich vielleicht in einen Affen stecken.« Sie entblößte ihre Zähne, als sie laut lachte, während sie nach vorn trat. »Wärst du gern ein Affe, Suki-chan? Ich persönlich finde, das wäre eine Verbesserung. Fang!«

Lady Satomi schleuderte Suki das blutgetränkte Tuch ins Gesicht. Instinktiv wich der Geist zurück und riss schützend die Arme in die Höhe. Das Stofftuch glitt geradewegs durch ihre Arme und ihr Gesicht hindurch und traf die Wand hinter ihr. Unwillkürlich spürte Suki, wie ihr Geisterkörper erzitterte. Mit einem stummen Schrei drehte sie sich um und floh durch die Wände der Burg, Satomis grausames Gelächter im Nacken.

21
DIE LEGENDE VON ONI NO MIKOTO

Tatsumi

»Ich glaube, wir haben die Grenze überquert, Kage-san«, verkündete der Ronin und schirmte seine Augen ab, während er mit Yumeko zusammen den Hügel hinabstarrte. »Ich bin ziemlich sicher, dass wir jetzt im Land der Taiyo sind. Die Hauptstadt dürfte nicht mehr weit sein.«

Ich stand im Schatten eines Ginkgobaums, ließ den Blick über die beeindruckende Landschaft vor uns schweifen und kam zu dem Schluss, dass er recht hatte. Vor uns lag eindeutig das Land des Sonnenclans. Wir hatten das Gebiet der Taiyo betreten. Obwohl sie kriegerisch gesehen nicht so mächtig wie der Feuerclan oder zahlenmäßig so überlegen wie der Erdclan waren, waren die Taiyo wahrscheinlich der einflussreichste aller Großen Clans, denn sie stellten die kaiserliche Familie. Sie herrschten über die Hauptstadt Kin Heigen Toshi, und seit Anbeginn der Geschichtsschreibung stammte der Kaiser oder die Kaiserin immer aus dem Sonnenclan.

Das silberne Band eines Flusses, das sich durch das Tal in Richtung der fernen Berge schlängelte, erregte meine Aufmerksamkeit. »Da ist der Hotaru Kawa«, sagte ich. »Wenn wir ihm nach Norden folgen, führt er uns direkt zur Hauptstadt.«

»Genau. Und wir sind hergekommen, ohne die Kontrollpunkte an der Grenze passieren zu müssen, was wirklich unangenehm gewesen wäre.« Der Ronin grinste mich an. »Siehst du, hat doch alles bestens geklappt, Kage-san. Ein Hund findet immer seinen Weg.«

Ich erwiderte nichts. Der Ronin hatte sein Versprechen gehalten und uns durch die Berge geführt, aber er war auch dafür verantwortlich, dass wir uns am Anfang verirrt hatten. Dennoch musste ich ihm zugestehen, dass er sich in dem Dorf mit den Gaki als nützlich erwiesen hatte; seine Fähigkeiten als Krieger hatten im letzten Kampf ganz gewiss geholfen, wenn auch nicht mit dem Schwert. Und wir *hatten* die Kontrollpunkte vermieden, obwohl ich mich nun vor kaiserlichen Beamten und Wachen hüten musste, die womöglich meine Reisepapiere kontrollieren wollten. Bestenfalls, da kam es ganz auf die Umstände an, müsste ich eine saftige Strafe bezahlen, weil ich ohne gültige Dokumente durch das Gebiet eines anderen Clans gereist war. Schlimmstenfalls würde ich eingesperrt und hingerichtet, mein Clan bloßgestellt, meine Familie entehrt werden. Yumeko würde nichts geschehen; niemand beachtete arme Bauernmädchen, und Ronins ernteten höchstens einen müden Blick. Doch ich war ein Samurai der Kage, oder zumindest sah ich wie einer aus, und Samurai wurde in Gebieten, die nicht die ihren waren, mit Skepsis begegnet. Insbesondere wenn besagter Samurai Mitglied des Schattenclans war.

»Es ist schon eine Weile her, seit ich das letzte Mal in der Hauptstadt gewesen bin«, verkündete der Ronin, während sein Blick dem Lauf des Flusses durchs Tal folgte. »Es wird schön werden, sich ein wenig zu entspannen, ein halbwegs anständiges Essen serviert zu bekommen, und vielleicht kann ich dich sogar noch davon überzeugen, ausnahmsweise einmal etwas Spaß zu haben, Kage-san.« Er grinste mich herausfordernd an. »Wenn ich mich nicht recht täusche, hast du noch nie Cho-han gespielt?«

Cho-han war ein Würfelspiel, das in sämtlichen Spielhöllen von Iwagoto beliebt war, schäbigen Spelunken, die von Banditen, Ronins, Gangmitgliedern und Verbrechern besucht wurden. Meine

Missionen für den Schattenclan führten mich manchmal in die dunkelsten dieser Unterwelten, wo ich Dämonen jagte, die sich zwischen Mördern versteckten, aber ehrbare Samurai wagten sich nur höchst selten an diese Orte, und all jene, die es taten, gäben es niemals freiwillig zu.

»Nein«, sagte ich.

»Nein, du hast es nie gespielt, oder nein, ich kann dich nicht überreden, es zu versuchen.«

»Such es dir aus.«

»Ah, na gut. Dein Pech, Samurai.« Der Ronin schüttelte den Kopf und blickte zu Yumeko, die friedlich unter dem Ginkgobaum saß. »Vielleicht wäre Yumeko-chan bereit, es einmal auszuprobieren. Sie kann mit den kami reden, nicht wahr? Sie könnte Tamafuku, den Gott des Glücks, bitten, meine Würfel für ein oder zwei Runden zu segnen.«

Er zog mich auf, und ich wusste, dass er mich aufzog, dennoch regte sich Wut in mir. Ihm war bewusst, welcher Menschenschlag diese Spielhallen aufsuchte, Männer wie Raubtiere mit hungrigen Augen und blutrünstigen Lächeln. Der Gedanke, dass Yumeko von einem Kreis aus raubtierartigen Kerlen umzingelt wurde, deren gierige Augen jede ihrer Bewegungen beobachteten, erfüllte mich mit loderndem Zorn, den ich nicht verstand.

»Tamafuku?« Yumeko, die im Gras saß, neigte den Kopf, und die Grille, die auf ihrem Ellbogen gehockt hatte, hüpfte ins Gras. »Hm, ich könnte es zumindest versuchen«, sagte sie. »Ich habe noch nie mit einem der Großen Kami geredet, nur mit den unbedeutenderen. Weißt du, wo wir Tamafuku finden, damit ich mit ihm reden kann?«

»Nun, es gibt eine riesige Statue von ihm direkt in der Spielhalle«, sagte der Ronin.

»Oh? Lebt er etwa in der Statue? Glaubst du, sie steht auf und vertritt sich die Beine, wenn niemand hinsieht? Es gab mal eine Teekanne im Tempel der Stillen Winde, die das manchmal getan hat, bis Nitoru sie mit einem Tritt durchs ganze Zimmer befördert hat.«

»Schon gut.« Der Ronin seufzte. »Vergiss, was ich gesagt habe.«

Mit einem Gähnen erhob sich das Mädchen und streckte beide Arme über den Kopf. »Zumindest haben wir die Hauptstadt fast erreicht«, sagte sie nachdenklich und starrte ins Tal. »Was *ich* mir wünsche, ist ein Gasthof mit gutem Essen und weichen Futons. Es wäre nett, zur Abwechslung einmal in einem Bett zu schlafen und nicht draußen im Freien. Oder in einer Hütte, in die es reinregnet. Oder in einer Höhle mit einem sehr unbequemen Steinboden.« Sie blickte mit ihren dunklen Augen zu mir, ihr Lächeln wurde breiter. »Im Gegensatz zu einem gewissen Samurai, dessen Namen ich jetzt nicht nenne, können die meisten von uns nicht einfach überall einschlafen.«

Ich versuchte, meine Verwirrung nicht zu zeigen. Ich könnte niemals wie sie schlafen, Arme und Beine ausgestreckt, bäuchlings, ein leichtes Opfer für jeden, der mir die Kehle durchschneiden oder mich hinterrücks meucheln wollte. Der Schlaf kam für mich in kurzen Etappen, in aufrechter Sitzposition, mit dem Rücken zur Wand und Kamigoroshi im Schoß, jederzeit einsatzbereit. Eine bequeme Schlafmöglichkeit war dafür nicht notwendig.

Der Ronin zerrte seine Sakeflasche an der Schnur hervor. »Wenn ihr mich fragt, sind wir immer noch ein paar Tage von der Hauptstadt entfernt«, erklärte er und zog den Korken aus der Kürbisflasche. »Aber es sollten mehrere Städtchen zwischen hier und Kin Heigen Toshi liegen. Ich glaube, Yashigi ist gleich den Fluss rauf.« Er hob die Flasche an die Lippen, doch dann schrie er auf und riss sie von seinem Mund weg. »*Kuso!*«

Ich griff sofort mit der Hand an mein Schwert, und Yumeko blinzelte ihn erschrocken an. »Was ist los, Okame-san?«

»Da ist ... ein ... *Frosch* ... in meinem Sake!«, stotterte der Ronin, entrüstet und angewidert. Er drehte die Kürbisflasche um, schüttelte sie zweimal, und ein kleines grünes Tier plätscherte mit dem Rest der Flüssigkeit ins Gras.

Yumeko brach in schallendes Gelächter aus. Ihre Stimme klang wie Vogelgezwitscher, und ich spürte ein sonderbares Kribbeln auf meiner Haut. »Oh, ärgere dich nicht, Okame-san«, beschwichtigte sie ihn, als der Ronin mit trauriger Miene die leere Flasche anstarrte, als hoffte er, sie würde sich von allein wieder füllen. »Immerhin bedeuten Frösche Glück. Du musst von den kami gesegnet sein.«

»Wohl kaum. Außer sie haben entschieden, mich mit Nüchternheit zu segnen, was sie sich gern sonst wo hinstecken können, vielen Dank auch.«

Ich blickte zu der Stelle, an die der Frosch gefallen war, konnte ihn im Gras jedoch nicht mehr entdecken. Nur ein hellgrünes Wacholderblatt trieb im Wind über den Boden. Der Ronin seufzte schwer und nahm die Kürbisflasche wieder an sich. »Nun, sollen wir aufbrechen?«, murmelte er. »Ich werde viel mehr Sake brauchen, wenn ich weiterhin mit euch beiden reisen soll.«

Wir erreichten Yashigi genau in dem Moment, als die Sonne unterzugehen begann, lange Schatten über das Tal warf und den Fluss purpurrot färbte. Auf der breiten Holzbrücke über dem Hotaru Kawa wimmelte es von Menschen, die in die Stadt strömten oder sie verließen; Händler mit Karren, Ronins, Bauersleute, ein paar berittene Samurai, ein bunt gemischtes Völkchen, das lärmend den Fluss überquerte.

»So viele Menschen«, murmelte Yumeko und blickte sich mit großen Augen um. »Sogar noch mehr als in Chochin Machi. Nie zuvor habe ich so viele Menschen an einem Ort gesehen.«

Neben ihr lachte der Ronin. »Das ist noch gar nichts, Yumeko-chan«, erklärte er ihr. »Wart nur ab, bis du die Hauptstadt siehst.«

Ein kaiserlicher Magistrat, flankiert von zwei berittenen Wachen, trabte hoch zu Ross genau in der Mitte der Brücke entlang, die

Menschentraube vor sich wie eine Welle auseinandertreibend. Unbemerkt schlich ich an den Rand der Straße, den Blick abgewandt, um mit der Menge zu verschmelzen. Der Magistrat und seine Wachen ritten eilig an mir vorbei und weiter über die Brücke, doch mir fiel auf, dass der Ronin mich argwöhnisch beäugte, als sie außer Sicht waren.

Auf der anderen Seite der Brücke führte eine breite Hauptstraße, von der Dutzende Gassen abzweigten, direkt ins Stadtzentrum. Reihen an Holzbauten mit breiten Dachüberständen, die mit blauen Kacheln verziert waren, säumten die Gehwege, rechteckige Stofftücher flatterten in der Brise. Trotz der anbrechenden Dämmerung spazierten immer noch Menschen auf den Straßen: Frauen in Kimonos, durch die Menge stolzierende Samurai, Händler, die vor ihren Geschäften standen und Kundschaft hereinlocken wollten. Ein Tofuverkäufer eilte an uns vorbei, zwei große Holzeimer an einer Stange auf seiner Schuler jonglierend. Ein Dreigespann aus Jungen scharte sich um einen Stand, der gebratenen Aal feilbot, und beobachtete gebannt, wie der Verkäufer lebende Aale aus einem Fass zog, einen Nagel durch ihre Kiemen rammte, um sie zu filetieren, und sie anschließend auf Spießen auf den Grill legte.

Ähnlich wie in Chochin Machi sah sich Yumeko mit großen Augen um, während sie alles in sich aufnahm. Mit großer Begeisterung wies der Ronin im Gehen auf Dinge hin und gab auf jede Frage, die sie stellte, ausschweifende Antworten. Ich sagte kein Wort, während wir uns einen Weg durch die Passanten bahnten, meine Hand fest auf Kamigoroshi, und ich mit den Augen die Menschenmenge nach jeglicher Gefahr absuchte. Das Mädchen und der Ronin waren blind dafür, aber ich hatte seit dem Moment, als wir die Brücke überquert hatten, Blicke auf uns gespürt. Es bestand kein Zweifel: Wir wurden beobachtet.

»Herrje, ich bin am Verhungern«, stöhnte der Ronin und blieb vor einem Restaurant stehen, in dessen Eingang blaue Vorhänge hingen. Eine fette Tanuki-Statue mit einem Strohhut auf dem Kopf und einer Sakeflasche in der Pfote befand sich neben dem Eingang und sollte Reisende hereinbitten. »Was denkst du, Yumeko-chan?«

Yumeko blinzelte die Statue an und verschränkte nachdenklich die Arme. »Ich finde, dass es keine sonderlich naturgetreue Darstellung ist«, verkündete sie mit ernster Stimme. »Ich habe noch nie einen Tanuki mit einem derart großen Hodensack gesehen.«

Der Ronin stieß ein prustendes Geräusch aus, drehte sich weg und klopfte sich hustend auf die Brust. »Er meint, ob wir hier einkehren sollen, Yumeko«, erklärte ich, während der Ronin gegen die Mauer gelehnt keuchte und zustimmend mit der Hand wedelte. »Das ist ein Restaurant, falls du etwas essen möchtest.«

»Oh«, sagte Yumeko stirnrunzelnd. »Nun, natürlich! Ich bin auch ganz schön hungrig. Obwohl ich trotzdem finde, dass ihnen die Statue nicht gut gelungen ist.« Sie schnaubte und marschierte mit gerümpfter Nase daran vorbei. »Wie soll der Tanuki überhaupt gehen können, wenn die Dinger bis zum Boden baumeln? Ich fürchte, er würde sich nur wund scheuern.«

Es gelang mir nur mit großer Mühe, ernst zu bleiben, als ich ihr durch die Tür folgte.

»Willkommen, Sir, willkommen!«, begrüßte der Wirt uns beim Eintreten. Obwohl ich die Nachhut bildete, redete er nur mit mir und würdigte den Ronin und Yumeko keines Blickes. »Werdet Ihr heute Abend bei uns speisen?«

»Wir alle drei«, erklärte ich ihm und erntete einen erstaunten Blick, als er meine Begleiter gemustert hatte. Es kam nicht jeden Tag vor, dass ein Samurai sich mit einem Ronin und einem Bauernmädchen gemeinsam zum Essen hinsetzte. Unter meinem starren, ausdruckslosen Blick verbeugte er sich jedoch hastig und führte uns zu einem niedrigen Tisch in der Ecke. Nachdem er uns erklärt hatte, dass unsere Bedienung gleich da sein würde, verneigte er sich ein weiteres Mal und verschwand.

Eine junge Frau erschien kurz darauf, und beide, Yumeko und der Ronin, gaben begeistert ihre Bestellungen auf, während ich versuchte, nicht darüber nachzudenken, wie dieser Luxus meine letzten Münzen auffraß. Als die Bedienung sich entfernte, goss ich mir eine Tasse Tee ein, nippte schweigend an meinem Getränk und lauschte dem Stimmengewirr um uns herum.

»Es heißt, Oni no Mikoto wäre wieder aufgetaucht«, murmelte der Mann am Tisch hinter uns.

»Der Dämonenprinz?«, fragte sein Begleiter. »Kami beschütze uns! Wo ist er diesmal gesichtet worden?«

»*Omachi*, auf der Brücke vor der Stadt. Zwei Ronins waren gemeinsam unterwegs, und er hat den stärkeren der beiden zum Duell herausgefordert.« Eine Pause, dann fügte er im Flüsterton hinzu: »Der Überlebende sagte, er hätte noch nie jemanden gesehen, der sich so schnell bewegt.«

»Das kommt daher, weil Oni no Mikoto kein Mensch ist«, entgegnete sein Begleiter mit ernster Stimme. »Nun, das wird für Unruhe sorgen, denn sämtliche Narren, die sich für Krieger halten, werden losziehen und hoffen, dass der Dämonenprinz sie als würdig genug befindet, um sie zu einem Duell herauszufordern. *Bakas*.« Der Mann schnaubte verächtlich. »Wohl eher würdig genug zu sterben.«

Die Bedienung kehrte zurück und stellte ein Tablett mit einer bunten Auswahl an Speisen vor uns ab: gekochtes Fleisch, Gemüse und drei Schalen Reis. »Gibt es sonst noch etwas, das ich Euch bringen darf?«, fragte sie, als der Ronin sich mit den Stäbchen bereits ein Stück Hühnchen geschnappt hatte und es sich in den Mund stopfte. Höflich überging sie es.

»Ich habe eine Frage«, sagte Yumeko, während der Ronin weiterhin Essen vom Tablett schaufelte. »Wer ist Oni no Mikoto? Ist er wirklich ein Dämonenprinz? Ich kann mir schlecht vorstellen, dass es einen Oni gibt, der durchs Tal spaziert und Menschen zum Duell herausfordert. Würden die Leute das denn nicht bemerken?«

Yumeko hatte also ebenfalls gelauscht. Aus irgendeinem Grund überraschte es mich nicht. Die Augen der Bedienung weiteten sich ein wenig, und sie senkte die Stimme. »Oni no Mikoto?«, flüsterte sie in theatralischem Tonfall, als wäre dies nicht das erste Mal, dass sie über ihn sprach. »Er ist hier in der Gegend zu unserer berühmtesten Legende geworden. Es heißt, in Mondnächten würde er manchmal auf den Brücken in diesem Tal erscheinen und den Menschen den Weg versperren. Er besitzt den Körper eines Engels und das Gesicht eines Dämons und lässt niemanden über die Brücke, außer er wird im Duell besiegt. Doch er zeigt sich nur jenen, die er als seiner würdig erachtet – die stärksten und geschicktesten Krieger im Land. Anscheinend hat sich die Legende bis weit über die Grenzen des Tals herumgesprochen, denn mit einem Mal kommen Schwertkämpfer aus dem ganzen Land angereist, in der Hoffnung, Oni no Mikoto auf der Straße zu treffen. Doch während der drei Jahre, seit der Dämonenprinz zum ersten Mal aufgetaucht ist, ist es niemandem gelungen, ihn zu besiegen.

Nun denn«, beendete sie ihre Ausführungen, während Yumeko fasziniert an ihren Lippen hing, »falls Ihr durch das Tal reist und auf einer einsamen, von Mondschein erhellten Brücke zufällig auf einen Schwertkämpfer stoßt, könnt Ihr Euch gleichzeitig glücklich und verflucht schätzen – Ihr seid unter den wenigen Auserwählten, die Oni no Mikotos Aufmerksamkeit würdig sind. Dann dreht Euch schnell um und verschwindet. Oni no Mikoto ist kein Mensch. Er ist ein Dämon mit einem Schwert, und er wird Euren Kopf als Trophäe mitnehmen, so wie er es schon bei unzähligen Kriegern vor Euch getan hat.«

»Ha!«, schnaubte der Ronin mit vollem Mund. »Sollte ich auf ihn treffen, würde ich ihn einfach erschießen.«

Die Bedienung wirkte entrüstet. »Ihr könnt Oni no Mikoto nicht einfach erschießen!«

»*Nani?* Warum nicht?«

»Weil«, stotterte die Bedienung, »es … unehrenhaft wäre!«

»Bah, ich bin kein Samurai. Ich folge ihrem Ehrenkodex nicht mehr.« Der Ronin nahm einen ganzen Tintenfisch und stopfte ihn sich in den Mund. »Wenn irgendein Fremder mich umbringen will, weil ich versuche, eine Brücke zu überqueren, dann bekommt er einen Pfeil zwischen die Augen.«

Ich griff nach meiner Reisschüssel, hielt jedoch inne, und ein leichter Schauder packte mich. Ein schwarzer Papierkranich saß in einer Ecke des Tabletts, fast unsichtbar auf der dunkel lackierten Oberfläche. Mir wurde schwer ums Herz, doch ich konnte ihn nicht dort lassen. Während die Bedienung noch nach einer passenden Antwort suchte, legte ich rasch die Handfläche über den Kranich und schob ihn in meinen Ärmel.

Der Bedienung schienen immer noch die Worte zu fehlen. »Ihr könnt nicht … Das ist … Wie barbarisch!« Sie wich einen Schritt zurück und bedachte den Ronin mit einem angewiderten Blick. »Nun, Ihr würdet Oni no Mikoto sowieso nicht zu Gesicht bekommen«, sagte sie in überheblichem Ton. »Jemand wie Ihr ist seiner Aufmerksamkeit nicht würdig.«

»Das hoffe ich doch schwer«, kam die Antwort. »Ich würde jeglichen Respekt vor diesem Dämonenprinzen verlieren, sollte er tatsächlich auftauchen, um einen dreckigen Hund wie mich herauszufordern.«

»Entschuldigt mich.« Ich erhob mich, woraufhin sich alle drei Augenpaare auf mich richteten. Der Ronin runzelte die Stirn, die Backen vollgestopft wie ein Eichhörnchen.

»Wohin gehst du, Kage?«

»Ich muss mich um etwas kümmern, ist nicht weiter wichtig. Ich bin gleich zurück.« Ohne eine Antwort abzuwarten, marschierte ich los, wobei ich spürte, wie sich Yumekos Blick in meinen Rücken bohrte. Der Ronin grunzte und aß ungerührt weiter, während ich mich durch den Vorhang am Eingang auf die Straße duckte.

Draußen war die Sonne längst untergegangen. Viele Geschäfte waren geschlossen, auch wenn es ein paar starrköpfige Verkäufer gab, die ihre Läden bis weit nach Einbruch der Nacht geöffnet hatten. Ich ging zum Rand der Hauptstraße und spürte, wie der Papierkranich sich in meinem Ärmel rührte. Er schlüpfte hinaus und flatterte ein schmales Gässchen hinab, wo er sich in der Dunkelheit verlor. Mit zusammengebissenen Zähnen folgte ich ihm.

Jomei wartete in den Schatten eines Lagerhauses auf mich. Sein geschminktes Gesicht hob sich hell vor dem Schwarz der Mauer ab. Der Papierkranich ließ sich auf seinem Knie nieder und schlug heftig mit den Flügeln, als wäre er tatsächlich am Leben.

»Du hast lang gebraucht.«

Ich verneigte mich, damit er meinen Widerwillen nicht spürte. Warum hatte ich heute gezögert? Dieses Treffen war wie alle anderen. »Vergebt mir, Meister Jomei. Ich wurde aufgehalten. Es gab … Komplikationen.«

»Ja, das habe ich gesehen.« Die Stimme des Magiers klang leicht amüsiert. »Du hast ein interessantes Grüppchen um dich geschart, Tatsumi-san. Jetzt gibt es da nicht nur ein Mädchen, sondern auch noch einen ungehobelten Ronin, der dir folgt. Hättest du die Freundlichkeit, mir zu erklären, warum du ihn noch nicht getötet oder zumindest irgendwo auf dem Weg verloren hast?«

»Er gehörte zu einer Gruppe Banditen, die uns überfallen haben«, begann ich. »Aber dann hat er sich gegen sie gewandt. Yumeko hat … darauf bestanden, ihm zu helfen, nach dem Kampf.«

»Das Bauernmädchen hat dir aufgetragen, den Banditen nicht zu töten«, sagte Jomei. »Und du hast auf sie gehört?«

»Sie ist meine einzige Spur zu Meister Jiro und dem Tempel der Stählernen Feder«, erwiderte ich. »Hätte ich den Ronin umgebracht, hätte es sie womöglich verängstigt oder wütend gemacht. Ich konnte das Risiko nicht eingehen, dass sie allein weiterzieht.«

Jomei zwickte sich mit Daumen und Zeigefinger in den Nasenrücken und schloss kurz die Augen. »Dieses Mädchen wird zu einem immer größeren Problem«, murmelte er. Seine Worte beunruhigten mich. Wenn Jomei der Ansicht war, dass Yumeko eine Gefahr für den Clan darstellte, oder wenn er glaubte, sie sei für meine Mission nicht mehr unabdingbar, würde er den Befehl geben, sie und den Ronin zu töten. Womöglich würde er mir auftragen, mich der beiden an einem abgeschiedenen Wegstück vor der Stadt zu entledigen. Niemand würde es bemerken oder sich dafür interessieren, sollte ein Ronin und ein Bauernmädchen auf einmal spurlos verschwinden. Beide waren gefährlich naiv und viel zu vertrauensselig, was den Dämon an ihrer Seite betraf. Oni no Mikoto mochte in dieser Gegend eine Legende sein, doch ein echter Dämon lauerte in ihrer Mitte und gierte nach Blut, nach ihren beiden Seelen. Sie würden keinerlei Verdacht schöpfen, bis er unvermittelt auftauchte und sie niedermetzelte. Wenn Jomei den Befehl gab, dass ich meine zwei Begleiter töten sollte, wäre es nur allzu einfach, ihn auszuführen.

Und ich … wollte es nicht tun. Der Gedanke erschütterte mich. Niemals zuvor hatte ich einen Auftrag infrage gestellt, niemals bei dem gezögert, was ich zu tun hatte. Wenn mir befohlen wurde, ein Dorf »zu säubern«, weil die Bewohner Blutmagie benutzten, um Dämonen herbeizurufen, schlachtete ich dort jeden Mann, jede Frau und jedes Kind ab. Sollten sie mich ins Jigoku schicken, damit ich O-Hakumon vernichtete, den Herrscher der Hölle höchstpersönlich, dann würde ich keine Sekunde zögern und in den Abgrund springen. Mein Leben gehörte nicht mir. Wie immer stand die Pflicht, dem Schattenclan treu ergeben zu sein, an erster Stelle.

»Soll ich sie töten, Meister Jomei?«, fragte ich leise. Mein Magen krampfte sich zusammen, und mit einem Mal fiel mir das Atmen schwer. Wenn mein Befehl lautete, Yumeko zu beseitigen, dann sollte es so sein. Ich würde meinen Auftrag erfüllen, wie ich es immer getan hatte. Und ich würde hoffen, dass ihr Gesicht mich nicht den Rest meines Lebens verfolgte.

Jomei seufzte. »Nein«, erwiderte er, und ich war zutiefst erleichtert. »Wenn sie dich wirklich zur Schriftrolle führen kann, gibt es keinen Grund, sie jetzt schon zu töten. Sie scheint naiv und arglos zu sein und der Ronin bloß ein törichter Trunkenbold. Reise weiterhin mit ihnen, wenn es sein muss. Solange sie keine Gefahr für die Geheimnisse des Clans darstellen.«

Ich verneigte mich. »Wie Ihr wünscht, Meister Jomei.«

»Wenn ihr die Hauptstadt erreicht, melde dich sofort bei Kage Masao im Viertel des Schattenclans. Er erwartet dich.«

»Verstanden.«

»Oh, und hier.« Der Schattenmagier warf mir etwas zu. Mit einem Klirren fing ich es auf; eine zusammengebundene Schnur, auf die kupferne Kaeru und ein paar silberne Tora aufgefädelt waren. »Dein Sold für den Monat. Weil du wohl eine weitere Person durchfüttern musst. Sei sparsam!«

»Vielen Dank, Meister Jomei.«

»Geh jetzt.« Mit einer Handbewegung entließ mich Jomei. »Kehr zu deinen ›Gefährten‹ zurück, bevor sie sich fragen, wo du abgeblieben sein magst. Und nicht vergessen«, fügte er hinzu, als ich mich ein weiteres Mal verbeugte und auf dem Absatz kehrtmachte, »der Clan wird sie beobachten, und dich auch, Dämonenjäger. Gib uns keinen Grund einzuschreiten.«

Als ich zum Tisch in der Ecke zurückkehrte, war fast das gesamte Essen verputzt. Die Teller waren abgegrast, nichts als Knochen und Reste übrig. Nur meine Schüssel mit Reis stand unberührt am Rand, obwohl der Ronin sie gierig beäugte, als würde er in Erwägung ziehen, sich diese letzte Portion ebenfalls einzuverleiben.

»Tut mir leid, Tatsumi-san«, sagte Yumeko, als ich mich ihr gegenüber auf das Kissen setzte. »Ich habe versucht, Baka-Okame davon abzuhalten, alles aufzuessen, aber er wollte nicht teilen. Wir können mehr bestellen, wenn du möchtest.«

»Hunde teilen nicht, Yumeko-chan.« Grinsend pulte der Ronin

mit einer Fischgräte in seinen Zähnen. »Wir sind schreckliche Vielfraße. Außerdem, wer hat ein Dutzend frittierte Tofubällchen ganz allein verdrückt?«

»Weil du bereits sämtlichen Fisch und das ganze Hühnchen und fast alle Tintenfische gegessen hattest. Hätte ich nicht *irgendetwas* für mich beansprucht, hätte ich überhaupt nichts abbekommen.«

»Das stimmt nicht. Ich habe dir den eingelegten Rettich gegeben.«

»Ich hasse eingelegten Rettich.«

»Nun, dann musst du das nächste Mal schneller sein. Wenn es bei Dieben ums Essen geht, Yumeko-chan, ist sich jeder Mann, jede Frau und jeder Hund der Nächste.«

Ich aß schweigend meinen Reis.

22
Die Augen einer toten Krähe

Yumeko

Ärgere niemals einen hungrigen Fuchs, war ein Sprichwort, das Meister Isao besonders gemocht hatte. Ich hatte mich immer gefragt, weshalb – bis jetzt.

Am nächsten Morgen verließen wir Yashigi und wanderten mehrere Meilen auf einem gewundenen Feldweg durch das fruchtbare Tal des Sonnenclans. Die Berge scheinbar unerreichbar in der Ferne verbleibend, während wir auf unserem Weg dem Flussverlauf folgten, an Bauernhöfen, Tempeln und Schreinen, weiten Auen und dichtem Wald vorbei. Die Landschaft war wunderschön, das Wetter in jeglicher Hinsicht perfekt; ich genoss den Ausblick und das Gefühl der Sonne auf meiner Haut in vollen Zügen.

Der Ronin schien weniger begeistert zu sein.

»*Ite*«, grummelte er und rieb sich den Nacken, als wir im Schatten eines Bambushains stehen blieben. »*Kuso*, mein Rücken schmerzt elendig. Dieser Gasthof muss den unbequemsten Futon der Welt haben. Es hat sich angefühlt, als würde ein verdammter Kiefernzapfen mitten in der Matratze stecken, aber als ich sie hochgehoben habe, war da nichts.«

»Das tut mir leid, Okame-san«, sagte ich. »Mein Futon war so bequem, dass ich glaubte, ich würde auf Wolken schlafen. Vielleicht war es etwas, das du gegessen hast?«

Er funkelte mich finster an, dann wurde sein Blick argwöhnisch.

»Wenn ich mich recht erinnere, bist du kurz vor dem Schlafengehen in meiner Zimmerecke herumgeschlichen«, sagte er vorwurfsvoll. »Du hast nicht zufälligerweise etwas mit meiner unebenen Matratze zu tun, Yumeko-chan?«

»Ich? Was für eine infame Unterstellung, Okame-san. Ich meine, du hast unter deinem Futon nachgesehen, nicht wahr? Es ist nicht so, als könnte ich einen Kiefernzapfen wie ein Staubkorn auf dem Boden aussehen lassen.« Ich lächelte ihn zuckersüß an und warf mir eine eingelegte Pflaume in den Mund. Allmählich begriff ich die Sache mit dem Sarkasmus. »Vielleicht hattest du wegen all der vielen gegarten Tintenfische Bauchweh?«

»Seid still«, knurrte Tatsumi. »Wir werden beobachtet.«

Wir verstummten. Um uns herum lag das Wäldchen still da, vereinzelte Sonnenstrahlen fielen schräg durch den Bambus. Heuschrecken zirpten, und eine leichte Brise fuhr raschelnd durch die Halme, was das Geräusch von sich nähernden Schritten überdeckt hätte. Ich hatte keinerlei Unheil gespürt, aber Tatsumi besaß eine fast übersinnliche Wahrnehmung, was drohende Gefahren betraf. Wenn er behauptete, dass etwas uns beobachtete, dann glaubte ich ihm.

»Ich sehe nichts«, sagte Okame genau in dem Moment, als ich erkannte, was Tatsumi meinte. Jenseits des Wegs hockte eine große schwarze Krähe auf einem Ast, das Federkleid gesträubt wie ein Fächer, mit Knopfaugen, die kein einziges Mal blinzelten, während sie uns anstarrte.

Okame, der meinem Blick folgte, schnaubte verächtlich. »Oh, wie schrecklich, ein Vogel beobachtet uns«, keuchte er und legte seine Hand an sein Herz. »Pass gut auf, Yumeko-chan, sonst kackt er dir noch in die Haare.«

Die Krähe rührte sich nicht. Mit eindringlicher, mürrischer Feindseligkeit beäugte sie uns, und ich spürte, wie mir ein Schauder den Rücken hinunterlief. »Mir gefällt nicht, wie die Krähe uns anschaut«, sagte ich. »Sie sieht ... wütend aus.«

»Wirklich? Für mich sieht sie wie ein Vogel aus«, erwiderte der Ronin. Als ich keine Antwort gab, zuckte er mit den Schultern und zückte seinen Langbogen. »Na gut, dann kümmere ich mich darum.«

In einer einzigen fließenden Bewegung spannte er den Bogen, schoss einen Pfeil in Richtung Baum, und der dumpfe Knall des Pfeils, der sein Ziel traf, ertönte keine Sekunde später. Die Krähe stieß ein ersticktes Krächzen aus und taumelte flügelschlagend vom Ast.

Während sie fiel, war ein sonderbares Kräuseln in der Luft zu spüren, eine leise Explosion von Macht, bei der sich mir die Härchen auf den Armen aufstellten. Jede Art von Magie fühlte sich anders an, das zumindest hatte ich festgestellt. Fuchsmagie flackerte und pulsierte wie kaltes Feuer. Die Qi-Energie der Mönche kitzelte wie die Luft vor einem Sturm. Tatsumis Schattenmagie war fast unsichtbar, aber sie war dennoch da, wenn man sehr aufmerksam war; sie fühlte sich wie ein kühler dunkler Nebel an, der sich einem auf die Haut legte.

Diese hier fühlte sich an, als krabbelte eine Million Spinnen, Maden und Tausendfüßer unter meiner Kleidung. Ich schauderte, doch so rasch, wie das Gefühl gekommen war, verebbte es, während die Magie sich im Wind verteilte und auflöste.

»Na also.« Der Ronin schulterte seine Waffe, ohne den sonderbaren Energiefluss auch nur im Geringsten wahrgenommen zu haben. »Problem gelöst. Keine unheimlichen Vögel mehr. Jetzt können wir weitergehen, oder?«

Tatsumi seufzte. »Gut möglich, dass du die Sache nur noch schlimmer gemacht hast.«

Ich widerstand dem Drang, mit den Armen wild um mich zu schlagen um sicherzugehen, dass keine Insekten in meinen Ärmeln krabbelten, und überquerte die Straße zu der Stelle, wo die Krähe vom Baum gefallen war. Nachdem ich den Stamm einmal umrundet hatte, sah ich den Pfeil im Gras und spähte hinab, fest überzeugt, gleich den Kadaver einer großen schwarzen Krähe zu erblicken.

Ein Schauder durchfuhr mich. Da war kein totes Tier, zumindest nicht im engeren Wortsinn. Der Pfeilschaft, der aus der Erde herausragte, durchbohrte den Brustkorb eines ausgebleichten weißen Skeletts, und zerbrechliche Flügelknochen, verschrumpelt im Gras, waren von Federn umgeben. Der Schädel lag neben einer Baumwurzel, der Schnabel war zu einem letzten, entrüsteten Krächzen geöffnet, ohne das kleinste bisschen Haut. Die Krähe sah aus, als wäre sie seit Monaten tot und nicht erst seit ein paar Sekunden.

Ich schluckte schwer und spürte, wie der Ronin und Tatsumi näher kamen und mir über die Schulter spähten. Okame stieß einen leisen Fluch aus, als ich mich neben Tatsumi drängte und in sein Gesicht emporblickte. »Das ist nicht normal, oder?«, fragte ich mit leiser Stimme. »Ich bin ziemlich sicher, dass das nicht normal ist.«

»Nein«, antwortete Tatsumi, die violetten Augen zu Schlitzen verengt. »Das ist Blutmagie.«

Ein kalter Schauder packte mich. Blutmagie. Meister Isao hatte mir davon erzählt, ein einziges Mal, als eine Art Warnung. Im Gegensatz zu normaler Magie, bei der angenommen wurde, dass die kami-Beseelten von den Göttern selbst auserkoren waren, konnte Blutmagie von fast jedem ausgeübt werden, von den einfachsten Bauern bis zu den ranghöchsten Beamten. Wie der Name schon sagte, nährte Blut die Macht; je mehr Blut vergossen wurde, desto stärker wurde der Zauber. Er konnte Tote wiederauferstehen lassen, Gefühle beeinflussen oder einen Dämon aus den Tiefen des Jigoku herbeirufen. Doch solche Macht forderte einen schrecklichen Tribut. Blutmagie war die Magie des Todes und Verderbens, die Magie des Jigoku. Je öfter man sie benutzte, desto mehr von der eigenen Seele gab man weg, Stück um Stück, und schließlich war man nur noch die Hülle dessen, was einst ein Mensch gewesen war. Irgendwann zerfraß die Dunkelheit des eigenen Handels den Blutmagier, und er wurde zu einem Untertan des Jigoku, zu einem Oni oder anderen Dämon, auf alle Ewigkeit dazu verdammt, im Höllenschlund zu darben.

»Blutmagie.« Beim Anblick des Häufchens aus Federn und Knochen am Fuß des Baums verzog der Ronin den Mund. »Na toll, jetzt habe ich jemands Lieblingsabscheulichkeit getötet. Wahrscheinlich gibt es irgendwo dort draußen einen wutschnaubenden Blutmagier, der genau in diesem Augenblick einen Wara Ningyo mit meinem Abbild formt.

»Eher unwahrscheinlich«, sagte Tatsumi. Wara Ningyo, Strohpuppen als Ebenbild des jeweiligen Opfers, waren ein beliebtes Mittel, um Flüche zu vollziehen, doch man brauchte etwas von dem Menschen – Haare, Blut oder Fingernägel –, damit das Ritual funktionierte. Einmal, als ich jünger und ziemlich sauer gewesen war, weil ich wieder den Boden der Haupthalle hatte bohnern müssen, hatte ich Fuchsmagie eingesetzt, um ein Stück Stroh wie eine Rachepuppe aussehen zu lassen, und hatte sie vor Dengas Schlafraum aufgehängt. Ich unterdrückte ein Seufzen bei der Erinnerung an das, was als Nächstes passiert war. In all den Jahren war es das einzige Mal, dass Meister Isao wahrlich wütend auf mich gewesen war.

Und dann kam mir ein weiterer Gedanke, einer, der mich frösteln ließ. »Jemand hat dieses Ding geschickt«, sagte ich und blickte Tatsumi an. »Um uns zu folgen. Wegen der Schriftrolle.« Rasch fügte ich hinzu: »Weil sie glauben, dass wir sie haben. Oder wissen, wo sie ist.«

»Augenblick mal, was?« Der Ronin starrte mich an, als hätte er auf einmal meine Fuchsohren bemerkt. »Wie es scheint, habe ich wohl die erste Hälfte der Geschichte verpasst«, sagte er. »Jetzt mal von vorn. Wer folgt uns? Was hat es mit dieser Schriftrolle auf sich, von der du da redest?«

Tatsumi gab keine Antwort, aber ich sah, wie er sich versteifte. Offensichtlich wollte er nicht über die Schriftrolle reden, insbesondere in Gegenwart des Ronin. Ich auch nicht. Ich konnte das Etui spüren, verborgen in meinem Furoshiki, mein größtes, schrecklichstes Geheimnis. Doch es ergab Sinn. Meister Isao hatte mich gewarnt, dass viele nach der Schriftrolle suchen würden, Armeen von Menschen, Yokai und Dämonen, die sie unbedingt in ihren Besitz bringen wollten. Skrupellose Gestalten, die vor nichts zurückschreckten, um diese Macht an sich zu reißen. Und wenn das der Fall wäre, dann …

»Wer auch immer diese tote Krähe benutzt, um uns nachzuspionieren«, fuhr ich fort, während ich allmählich die ganzen Zusammenhänge begriff, »könnte auch hinter dem Angriff auf den Tempel stecken. Derjenige, der die Dämonen geschickt hat, damit sie alle töten und die Schriftrolle stehlen.«

Ich blickte zu Tatsumi, der sich immer noch nicht gerührt oder eine Miene verzogen hatte. »Das ist möglich, oder?«, fragte ich. »Dämonen hätten keine Verwendung für die Schriftrolle. Jemand hat sie geschickt. Ein Blutmagier.«

»Ja«, räumte er schließlich ein. »Dämonen … tauchen nicht ohne Grund im Reich der Sterblichen auf«, fuhr er fort, scheinbar unwillig, weitere Erklärungen abzugeben. »Entweder ist ein Mensch von Dunkelheit verzehrt worden und hat sich in einen von ihnen verwandelt, oder sie wurden durch Blutmagie aus dem Jigoku herbeigerufen. Insbesondere Oni sind sehr mächtig, und es ist fast unmöglich, sie über einen längeren Zeitraum zu kontrollieren. Es bedürfte eines talentierten Blutmagiers, um einen heraufzubeschwören und sich seiner zu bemächtigen, selbst für kurze Zeit.«

»Und jetzt auch noch Oni«, seufzte Okame. »Oni, Blutmagier und Dämonen. Sollte ich jetzt schon anfangen zu schreien oder lieber warten, was noch kommt?« Mit einem Blick auf mich schüttelte er den Kopf. »Und da habe ich törichterweise angenommen, du wärst ein einfaches und unschuldiges Mädchen vom Lande, Yumeko-chan. Warum hast du dich mit Dämonen und Blutmagiern eingelassen?«

»Nun ja ...«

»Erklär es später«, schnitt Tatsumi mir das Wort ab. »Wir sollten uns auf den Weg machen.« Mit schmalen Augen suchte er die Straße und die umliegenden Bäume ab. Ich folgte seinem Blick und sah eine weitere Krähe, die in den Ästen eines Baums hockte und uns finster anfunkelte. »Der Blutmagier weiß, dass wir ihn enttarnt haben. Es ist nicht sicher, hier draußen unter freiem Himmel zu sein. Beeilt euch!«

Wir wanderten in zügigerem Tempo den Pfad weiter. Ich dachte an die tote Krähe und den geheimnisvollen Blutmagier, der all unseren Schritten folgen konnte, und mein Magen zog sich zusammen. Wer auch immer die Amanjaku und den schrecklichen Yaburama geschickt hatte, wusste, dass ich im Besitz der Drachenschriftrolle war. Außerdem war er für den Tod von Meister Isao und jedem anderen im Tempel der Stillen Winde verantwortlich. Ich brachte Okame und Tatsumi in Gefahr; zweifellos würde der Blutmagier erneut versuchen, die Schriftrolle an sich zu reißen. Doch bei jedem neuen Versuch könnte ich ein bisschen mehr über diesen Feind erfahren. Wer er war, was er beabsichtigte, und vor allem, wo er stecken könnte. Rache war etwas, wovor Meister Isao mich immer gewarnt hatte, insbesondere weil Yokai sich darin verlieren und derart von Groll zerfressen werden konnten, bis sie völlig von ihm verzehrt wurden. Doch wenn ich jemals demjenigen von Angesicht zu Angesicht begegnen sollte, der meinen Tempel zerstört hatte, würde er die Rache einer wütenden Kitsune zu spüren bekommen.

»Nun, Yumeko-chan.« Okames Stimme riss mich aus meinen finsteren Gedanken. Der Ronin hatte sich zu mir zurückfallen lassen, die Hände hinter dem Kopf verschränkt, und wir marschierten den Pfad gemeinsam hinab. »Normalerweise mag ich es gar nicht, mich in Angelegenheiten zu mischen, die mich nichts angehen«, begann er, »aber ich habe gerade die Wörter *Dämon*, *Oni* und *Blutmagier* im selben Satz gehört, und jedes einzelne davon reicht aus, um mir nachts den Schlaf zu rauben. Nun – und unterbrich mich, falls mir etwas entgangen sein sollte –, ich bin gerade Zeuge geworden, wie sich ein Vogel aufgelöst hat, nachdem ich ihn erschossen habe, weil irgendjemand, der tote Krähen zum Leben erwecken kann, sich wegen einer Schriftrolle für uns interessiert. Habe ich das richtig verstanden?«

»Im Großen und Ganzen.« Ich runzelte leicht die Stirn. »Auch wenn ich glaube, dass er weit mehr kann, als nur Krähen zum Leben erwecken. Das wäre eine sehr sonderbare Fähigkeit, außer er hat ein echtes Faible für Krähen.«

»Na gut. Ich denke, ich verdiene zumindest den Versuch einer Erklärung, und ich bin nicht so dumm, den Kerl da vorne mit dem unheimlich glühenden Schwert zu fragen.« Er nickte zu Tatsumi, der einige Schritte vor uns ging. »Wahrscheinlich hätte er mir den Kopf schon abgesäbelt, bevor ich nur den Mund aufmachen könnte. Ich wüsste es also durchaus zu schätzen, wenn du mir erzählen könntest, was los ist, Yumeko-chan. Ich habe es mit Gaki, Yurei und nun einer untoten Krähe zu tun bekommen. Werde ich auch in Zukunft gegen Dämonen kämpfen müssen?«

»Das ist durchaus … möglich«, stotterte ich und erklärte rasch, was in jener Nacht vorgefallen war, als die Dämonen den Tempel angegriffen hatten, wobei ich Okame dieselbe Geschichte auftischte, die ich auch Tatsumi auf die Nase gebunden hatte. Dass Meister Isao ein drohendes Übel gespürt und die Schriftrolle vor der Ankunft der Dämonen hatte wegbringen lassen. Ich berichtete ihm von dem Oni und den Amanjaku und meinem Versprechen an Meister Isao, den anderen Tempel vor den Dämonen zu warnen. Und dass ich Meister Jiro im Hayate-Schrein finden müsse, um zu erfahren, wo der Tempel der Stählernen Feder lag. Als ich geendet hatte, bedachte Okame mich mit einem süffisanten Lächeln, als ergäbe etwas, das ich gesagt hatte, keinen rechten Sinn.

»Hm, eine Horde Dämonen greift deinen Tempel genau in dem

Moment an, als Kage-san mit dem Dämonenjägerschwert auftaucht«, murmelte er nachdenklich. »Das hört sich sehr praktisch an. Ich vermute mal, er war nicht da, um den Sonnenuntergang zu bewundern.«

»Tatsumi scheint nicht gerade zu den Menschen zu gehören, die den Anblick von Sonnenuntergängen zu genießen wüssten, Okame-san.«

»Das stimmt.« Okame seufzte. »Nun, was ist so besonders an dieser Schriftrolle, dass der Dämonenjäger der Kage und eine ganze Horde Jigoku-Monster hier auftauchen, um sie zu stehlen?«

»Ich ... Ich weiß es nicht«, stammelte ich. »Meister Isao hat nie darüber gesprochen, warum sie so bedeutend ist.«

Schuldgefühle packten mich. Ich fühlte mich schlecht wegen meiner Lügen, aber vermutlich war es besser, dass der Ronin so wenig wie möglich über die Schriftrolle wusste. Das Letzte, was ich brauchte, war noch jemand, der den Drachen heraufbeschwören wollte. Zu viele wussten bereits über die Schriftrolle Bescheid.

»Hm.« Okame verschränkte die Arme, seine Miene ungewöhnlich düster. »Dein Meister Isao hat diese Schriftrolle also weggeschickt, höchstwahrscheinlich zu einem anderen Tempel, und Kage-san hat sich einfach so bereit erklärt, dich dorthin zu begleiten, hm?«

»Nein, ganz so ist es nicht gewesen. Ich habe ihn darum gebeten.«

»Und er hat zugestimmt. Der ungesellige Lass-mich-in-Ruhe-oder-ich-bring-dich-um-Samurai des Schattenclans hat zugestimmt, ein einfaches Bauernmädchen durch mehrere Ländereien zu einem geheimnisumwobenen Tempel zu begleiten, der irgendwo auf der anderen Seite des Landes versteckt liegt?«

»Äh. Ja?«

Der Ronin schüttelte den Kopf und beugte sich zu mir. »Siehst du denn nicht, was hier los ist?«, murmelte er mit leiser Stimme. »Er bringt dich doch nicht aus reiner Herzensgüte zu diesem Tempel. Er will die Schriftrolle, Yumeko-san.«

»Natürlich will er sie. Jeder will die Schriftrolle, Okame-san.« Wiederum spürte ich das lackierte Etui, das unter dem Furoshiki an meine Haut drückte, und ich musste mich regelrecht zwingen, die Stelle nicht zu berühren. »Aber ich habe Meister Isao versprochen, den Tempel der Stählernen Feder vor dem Dämonenangriff zu warnen, und ich glaube nicht, dass ich es allein dorthin schaffen würde, insbesondere wenn ein Blutmagier hinter mir her ist. Du hast gesehen, wie Tatsumi kämpft. Sein Schwert wurde erschaffen, um Dämonen zu töten. Mit ihm an meiner Seite habe ich die beste Chance, den Tempel lebendig zu erreichen.«

»Und was passiert, wenn du dort ankommst und er von den Mönchen verlangt, dass sie die Schriftrolle herausrücken?«

»Dazu … Dazu muss ich mir noch etwas überlegen.«

Er schüttelte den Kopf. »Na dann, viel Glück, Yumeko-chan. Ich persönlich weiß nicht, was angsteinflößender ist – ein Oni oder ein wütender Dämonenjäger der Kage. Ich hoffe, du weißt, was du tust.«

Das hoffte ich auch.

Die Sonne ging bereits unter, und wir waren noch mehrere Meilen von der nächsten Stadt entfernt. Die Schatten wurden immer länger, und die ersten Sterne erschienen schon am Himmel. Ich beschleunigte meinen Schritt, um Tatsumi einzuholen.

»Es wird spät, Tatsumi-san. Sollten wir uns nicht langsam nach einem Schlafplatz umsehen?«

»Bis Sagimura ist es nicht mehr weit«, erwiderte er. »Wenn wir keine Pause einlegen, erreichen wir das Dorf noch vor der Stunde des Keilers. Ich würde heute Nacht lieber unter einem Dach schlafen als draußen im Freien.«

Ich schauderte. Er spürte es also auch. Die drohende Gefahr, die Augen, die ständig auf uns gerichtet waren. Im Grunde fühlte ich mich umso beklommener, je näher wir Sagimura kamen. Es war nicht nur, dass etwas uns beobachtete, sondern auch, dass etwas sich unaufhaltsam auf uns zubewegte. Uns verfolgte. Sich an uns heranpirschte.

Und wenn *Tatsumi* nicht unter freiem Himmel kampieren wollte, dann wollte ich dem, was auch immer dort draußen war, ganz bestimmt nicht begegnen.

Der Mond am Himmel sah aus wie eine silberne runde Scheibe. Die Straße führte uns nun zu einer Brücke, die sich über den Hotaru spannte. Auf der anderen Seite, hinter weitläufigen Reisfeldern, konnte ich das matte Funkeln von Lichtern ausmachen, die zu Sagimura gehörten. Es gab nur ein Problem.

Ein Fremder stand genau in der Mitte der Brücke, vom Mondlicht beschienen, und hielt ein schimmerndes Katana-Schwert locker an seiner Seite.

23

DER DÄMON AUF DER BRÜCKE

Tatsumi

»Oni no Mikoto«, flüsterte Yumeko.

Der Schwertkämpfer wartete in der Mitte der Brücke auf uns, reglos wie eine Statue. Ich wusste nicht, was ich mir unter dem Dämonenprinzen vorgestellt hatte, aber gewiss nicht die hochgewachsene Gestalt vor uns. Er trug eine dunkelblaue Hakama-Hose und Sandalen, aber seine Brust war unbedeckt, und seine fein modellierten Muskeln wurden vom Mondlicht beschienen. Langes weißes Haar, nicht ungewöhnlich im Land der Taiyo, fiel ihm offen bis über die Hüfte. Eine weiß-rote Oni-Maske bedeckte sein Gesicht, der Mund klaffte zu einem breiten, Fangzähne entblößenden Grinsen auf, gewundene Hörner wuchsen aus der Stirn. Sein Schwert schimmerte an seiner Seite, leicht gebogen und tödlich.

»Oh, verdammt«, murmelte Okame. »Es ist wirklich Oni no Mikoto oder jemand, der sein Bestes gibt, um ihn nachzuahmen. Wie gut, dass ich mich von Legenden nicht einschüchtern lasse. Oder von diesem dämlichen Ehrenkodex. Keine Sorge, Kage-san«, sagte er und lächelte mich an. »Ich kümmere mich darum.«

In einer einzigen fließenden Bewegung spannte er die Sehne seines Bogens und schnalzte einen Pfeil in Richtung der Gestalt auf der Brücke. Mein Blick folgte dem Geschoss, wusste ich doch, dass der Ronin ein begnadeter Schütze war, und ich fragte mich, ob ich wohl als Nächstes zu sehen bekäme, wie der Fremde mit einem Pfeil in der Brust rückwärtstaumelte.

Oni no Mikoto rührte sich nicht. Weder duckte er sich, noch wich er einen Schritt zurück. Sein Schwert zuckte in die Höhe, ein Aufblitzen von Silber in der Dunkelheit, und schlug den Bolzen beiseite. Der Pfeil knallte klappernd gegen das Geländer, bevor er in den Fluss fiel.

»*Sugoi.*« Und das von Yumeko, ihre Stimme ehrfurchtsvoll. »Das war ... sehr schnell.«

Der Ronin stieß einen leisen Atemzug aus. »Ja«, sagte er halb verärgert, halb beeindruckt. »Das bestätigt es wohl. Wir sollten uns eine andere Brücke suchen.«

»Es gibt keine andere Brücke.« Ungeduldig starrte ich Oni no Mikoto an. Der Dämonenprinz musterte uns schweigend, scheinbar völlig unberührt davon, dass gerade auf ihn geschossen worden war. Ich konnte seinen Gedankengang regelrecht spüren, das Gewicht seines Blicks, der uns nacheinander musterte. Dann, ganz langsam, hob er die lange, schimmernde Klinge und zeigte damit bedächtig auf mich, bevor er sie wieder an seine Seite sinken ließ.

Okame schnaubte. »Sieht so aus, als wärst du gerade herausgefordert worden, Kage-san. Lieber du als ich, auch wenn ich mir zumindest wegen der Ehre und einem fairen Kampf keine Sorgen hätte machen müssen. Ich schätze, du wirst das Duell annehmen. Willst wohl nicht riskieren, Schande über ... keine Ahnung, wahrscheinlich alles zu bringen. Über dich, deinen Clan, deine Kinder, dein Vieh, die Straße, auf der du gehst, die Sandalen an deinen Füßen, die Reisbällchen in deiner Ta...«

»Wirklich? Selbst die Reisbällchen?« Yumeko sah ihn stirnrunzelnd an. »Ich wusste nicht, dass man sein Essen entehren kann.«

»*Alles* kann entehrt werden, Yumeko-chan. Da kannst du jeden x-beliebigen Samurai fragen. Natürlich würden sie dir für eine solch ehrlose Frage wahrscheinlich den Kopf abschlagen.«

»Genug.«

Das kam von Oni no Mikoto. Seine Stimme war ruhig und wohlklingend und hatte etwas Kultiviertes an sich, das meine Aufmerksamkeit erregte. Definitiv kein umherziehender Ronin oder Bandit; er klang fast wie Kage Masao, der gebildete Höfling und Berater von Lady Hanshou. »Kage-san«, fuhr der Dämonenprinz fort, »falls es Euch bisher nicht bewusst gewesen sein sollte, so fordere ich Euch hiermit zu einem Duell heraus, um zu beweisen, wer der Bessere von uns beiden ist. Solltet Ihr den Fluss überqueren wollen, müsst Ihr zuerst mich besiegen. Natürlich dürft Ihr auch auf dem Absatz kehrtmachen und von dannen ziehen, ohne dass ich Euch daran hindern werde. Feiglinge interessieren mich nicht.«

Kamigoroshi flammte auf, begierig und fast vergnügt. Ich ignorierte das aufgeregte Pulsieren des Schwerts und bedeutete Yumeko und dem Ronin mit einer Handbewegung, ein paar Schritte von mir wegzutreten. »Was ist mit meinen Gefährten?«

»Das Mädchen darf passieren, falls es das möchte. Der Ronin …« Ich spürte, wie sein Blick unter der Maske zu Okame wanderte, und seine Stimme nahm leicht an Schärfe zu. »Ich würde vorziehen, ihn in Sichtweite zu behalten, wenn auch nur, um keinen Pfeil im Rücken zu riskieren, sobald er die Brücke überquert hat.«

Für einen Samurai wäre eine solche Aussage ein unverzeihlicher Affront, denn sie unterstellte einen feigen Angriff aus dem Hinterhalt, doch der Ronin zuckte nur gleichgültig mit den Schultern.

»Meinetwegen müsst Ihr Euch keine Sorgen machen.« Der Ronin steckte den Bogen ein und lehnte sich gegen das Brückengeländer. »Unter gar keinen Umständen lasse ich mir dieses Spektakel entgehen. Es ist nur schade, dass es hier keine Spielhallen gibt, um Wetten abzuschließen. Ich würde als reicher Mann davongehen.«

Ich konnte die Verachtung fast körperlich spüren, die uns von dem maskierten Mann vor mir entgegenschlug. Wetten, insbesondere auf das Leben eines anderen Menschen, waren etwas, woran sich Kriminelle, Händler und Gesindel ergötzten. Keine anständigen Samurai.

»Yumeko«, sagte ich und bemerkte, dass sie sich in der Nähe des Geländers herumdrückte. »Du solltest von hier verschwinden. Sagimura liegt auf der anderen Seite der Brücke – such ein Gasthaus und warte dort auf uns. Diese Angelegenheit hier sollte nicht lang dauern.«

»Was? Ich rühre mich nicht vom Fleck.« Yumeko funkelte Oni no Mikoto an, dann drehte sie sich zu mir, ihre Augen voll widerstreitender Gefühle. »Dies ist ein Duell auf Leben und Tod, oder?«, stellte sie fest.

Ich blickte meinen Gegner an. Es gab verschiedene Arten von Duellen. Einige benutzten Bokken, hölzerne Übungsschwerter, um ohne Blutvergießen zu beweisen, wer der Stärkere war. Bei anderen Duellen ging es darum, wer den ersten Treffer landete, und obwohl sie einen tödlichen Ausgang nehmen konnten, endeten sie meist ohne Todesopfer. Unter geschickten Samurai wurden Iaijutsu-Duelle bevorzugt, bei denen zwei Schwertkämpfer mit nicht gezückten Klingen eine Armlänge voneinander entfernt standen und der Erste, der sich bewegte, seine Waffe zog und seinen Gegner traf, der Gewinner des Wettkampfs war. Auch sie konnten tödlich sein, aber der Tod stand nicht von vornherein fest.

»Ja«, sagte Oni no Mikoto ruhig. »Da ich der Herausforderer bin, gestatte ich Euch, die Art des Duells zu wählen, die Ihr bevorzugt, sei es nun Iaijutso oder etwas anderes. Aber es wird nicht damit enden, wer den ersten Hieb landet, es gibt keine Gnade und keine Kapitulation. Es wird bis zum Tod gekämpft. Nur einer von uns wird diese Brücke heute Nacht lebendig verlassen, es sei denn, Ihr dreht Euch um und verschwindet.«

»Warum?«, wollte Yumeko wissen. »Was bringt es Euch, Menschen zu töten? Seid Ihr wirklich ein Dämon?«

»Ein Dämon?« Der maskierte Fremde klang bestürzt. Er starrte sie an, dann schüttelte er den Kopf. »Das würdest du nicht verstehen«, sagte er sanft. »All jene ohne eine wahre Passion können niemals den Drang nach Perfektion nachvollziehen. Ich bin kein Dämon. Ich bin nur ein Künstler, der seit Jahren keine Leinwand hat, auf der er üben kann. Ich habe mein Leben der Schwertkunst verschrieben, um das Verhältnis zwischen mir und der Klinge zu perfektionieren. Aber sich mit Holzschwertern zu duellieren oder gezwungen zu sein, beim ersten Treffer aufzuhören – das wäre, als malte man ein Bild mit nur der Hälfte der Farben. Die ›sicheren‹ Duelle, die ich gefochten habe, waren wie eine Fußfessel und haben mir nichts gebracht. Der einzige Weg, mein Können wahrlich auf die Probe zu stellen, ist ein Kampf ohne Einschränkungen. Erst dann weiß ich, ob ich Perfektion erreicht habe.«

»Aber … Ihr tötet Menschen«, sagte Yumeko. »Ihr liegt auf Brücken auf der Lauer und überfallt Reisende, nur um zu zeigen, dass Ihr ein besserer Schwertkämpfer seid. Warum?«

»Auf der Lauer?« Der Fremde klang amüsiert. »Was für eine abscheuliche Vorstellung. Wärst du ein Mann, würde ich dich mit dem Schwert auffordern, deine Beleidigung zurückzunehmen. Oni no Mikoto liegt nicht *auf der Lauer*. Ich fordere andere zum Duell heraus, und dann überlasse ich ihnen die Entscheidung. Jeder kann den Kampf ablehnen. Es gab viele, die einen stärkeren Gegner erkannt und die Herausforderung abgelehnt haben, ohne selbst das Gesicht zu verlieren. Ich kämpfe nicht gegen Menschen, die meiner nicht würdig sind. Wenn sie ihre Unterlegenheit akzeptieren, erspart mir das kostbare Zeit, was ich zu schätzen weiß. Aber allzu oft sind meine Gegner prahlerisch und vermessen und haben eine viel höhere Meinung von sich, als ihr Können es rechtfertigen würde. Ich hoffe, dies ist hier nicht der Fall.

»Nun denn, Kage-san.« Die blasse Oni-Maske wandte sich wieder mir zu. »Ich erwarte untertänigst Eure Antwort. Werdet Ihr, wie es viele vor Euch getan haben, auf dem Absatz kehrtmachen und gehen?

Oder werdet Ihr Oni no Mikoto ehrenvoll entgegentreten und heute Nacht mit ihm die Klingen kreuzen?«

»Weder noch.«

Ich spürte seine Überraschung, obwohl die Dämonenmaske nichts preisgab. Der Ronin lag falsch; die Ideale von Ehre und Respekt bedeuteten mir wenig. Ich besaß keinen Stolz, keine Würde. Trotz allem Anschein war ich kein Samurai, ich war ein Kage-Shinobi, jemand, der aus den Schatten zuschlug, der sich Finten und Tricks bediente, um seine Feinde zu überrumpeln. Shinobi wurden als ehrlose Assassine erachtet, denn wahre Buschi ließen sich nicht herab, sich im Dunkeln zu verstecken. Ich hatte mein ganz eigenes Ehrgefühl und folgte dem Kodex des Schattenclans, denn Buschido hatte für mich keinen so hohen Stellenwert wie das Erfüllen meiner Mission, und zwar um jeden Preis.

Hätte ich diesen Kampf vermeiden können, hätte ich es getan. Aber Oni no Mikoto war ein störendes Hindernis, und es würde zu viel Zeit kosten, ihn zu umgehen. »Ich würde hier lieber nicht kämpfen«, sagte ich zu ihm und spürte, dass Hakaimono sich rasend vor Wut aufbäumte. »Aber Ihr seid mir im Weg, und ich habe eine Aufgabe zu erledigen. Unsere Klingen werden sich nicht kreuzen, ich werde mir direkt durch Euch hindurch einen Pfad auf die andere Seite schlagen.«

»Ausgezeichnet!« Oni no Mikoto klang begeistert. »Ihr ehrt mich mit Eurer Zusage. Dann kommt, Kage-san. Lasst uns herausfinden, wessen Können größer ist.«

»Yumeko«, sagte ich, ohne den Blick von meinem Gegner zu lösen, »halt dich raus. Das ist mein Kampf, verstanden? Versuch nicht, dich einzumischen.«

Aus den Augenwinkeln sah ich, wie sie einen Schritt auf mich zukam. »Stirb nicht«, sagte sie leise. »Du hast versprochen, mich zum Tempel der Stählernen Feder zu bringen. Es wäre unhöflich, dein Versprechen zu brechen, indem du dich töten lässt, Tatsumi-san.«

»Ich werde nicht sterben«, versicherte ich ihr. Währenddessen regte sich Hakaimono stärker, eine anschwellende Woge aus Gewalt und Blutrausch. »Geh«, wiederholte ich. »Bring dich in Sicherheit. Das hier wird rasch vorüber sein.«

Der Ronin stieß sich vom Geländer ab. »Das sollte interessant werden«, sagte er und schlich mehrere Meter die Brücke entlang, um uns genügend Platz zu verschaffen. Nach kurzem Zögern folgte ihm Yumeko.

Ich stand Oni no Mikoto über der Mitte des Flusses gegenüber, während der Mond auf uns beide herabschien und die Brücke erhellte. Eine kalte Brise fuhr vom Wasser her über die Holzbohlen, bauschte meine Kleidung und fuhr ihm durch die langen Haare.

»Besitzt Euer Schwert einen Namen, Kage-san?«, fragte Oni no Mikoto.

»Warum?«

Er zuckte mit den Schultern. »Ich bin ein Gelehrter der Klinge. Ich habe die Geschichte von Iwagotos Schwertkunst, seine geschicktesten Krieger und Waffenschmiede studiert, und im Laufe der Jahre sind die Namen einiger weniger Klingen immer wieder aufgetaucht. Das Schwert des Kaisers, Morgenröte. Die beiden Doppelklingen des berühmten Duellanten Mizu Sasaki. Sollte Euer Schwert einen Namen tragen, würde ich ihn sehr gern erfahren. Es wäre mir eine große Ehre, meine Klinge mit einer Waffe aus den Geschichtsbüchern zu kreuzen.«

»Es steckt keine Ehre in dem Namen dieses Schwerts.«

Oni no Mikotos Kopf neigte sich leicht zur Seite, als sähe er mich zum ersten Mal. »Ihr seid ... vom Schattenclan«, sagte er bedächtig. »Es gibt nur zwei berühmte Schwerter, die von den Kage hervorgegangen sind. Sasori, die Klinge des Daimyo des Schattenclans ... und das verfluchte Schwert, das Zerstörung über das Land brachte und die Kage fast vollständig ausgelöscht hat.«

Ich spürte, wie ich ungewollt lächeln musste, als ich mich selbst

Worte sagen hörte, die nicht gänzlich von mir stammten. »Ein wahrer Oni wüsste es besser, als sein Schwert gegen Kamigoroshi zu erheben.«

»Dann ist es also wahr«, flüsterte Oni no Mikoto mit einem Hauch von Ehrfurcht in der Stimme. »Ihr seid im Besitz des Gottestöters, des verfluchten Schwerts der Kage.«

Ich holte tief Atem, kämpfte das andere Bewusstsein nieder und war wieder allein Herr meiner Stimme. »Ihr dürft gern auf dem Absatz kehrtmachen«, sagte ich leise zu ihm, während ich spürte, wie Hakaimono sich verärgert aufbäumte. »Kamigoroshi interessiert sich nicht, wessen Seele er verzehrt, sei es nun die eines Menschen oder Dämons. Es ist immer noch genügend Zeit zu verschwinden. Ihr habt es selbst gesagt – es ist keine Schande, sich einem überlegenen Gegner zu beugen.«

»Kage-san.« Oni no Mikoto trat vor. Er zitterte, aber nicht aus Angst, wie ich erkannte, sondern aus reiner Vorfreude. »Das ist der Kampf, den ich schon mein ganzes Leben herbeisehne. Lange habe ich auf einen würdigen Gegner gewartet, einen, bei dem ich über die Grenzen meines Könnens wachsen darf. Wie viele können von sich behaupten, sich mit diesem legendären Schwert duelliert zu haben? Wie viele können von sich behaupten, ihre Klinge mit dem Schwert gekreuzt zu haben, das fast im Alleingang einen der Großen Clans vernichtet hat? Nein, Kage-san, auf diesen Kampf werde ich nicht verzichten.« Beidhändig, mit festem Griff, hob er seine eigene Klinge, und das gebogene Schwert glitzerte zwischen uns wie ein heller Mondstrahl. »Ich bin Oni no Mikoto, die ungeschlagene Klinge der Taiyo, und es wäre mir eine Ehre, gegen Euch zu kämpfen.«

Ich zögerte einen weiteren Moment, dann zückte ich langsam Kamigoroshi. Es pulsierte begierig, während es aus seiner Scheide glitt, und ein unheilvolles purpurnes Licht ergoss sich über die Bohlenbretter.

Von Angesicht zu Angesicht standen wir auf der Brücke da,

regungslos, und der Wind zerrte an unseren Haaren und unserer Kleidung. Ich verharrte in angespannter Haltung, Kamigoroshi locker an meiner Seite, während Oni no Mikoto seine Klinge mit beiden Händen hoch erhoben hielt. Die Zeit schien sich zu verlangsamen. Jeder von uns taxierte seinen Gegner, suchte nach seinen Stärken und Schwächen, wartete auf den Moment, wenn wir beide uns wild in den Kampf stürzen würden.

Noch nicht, dachte ich, als Oni no Mikoto eine winzige Bewegung vollführte, einen Fuß hinter den anderen schob. Mein Griff um Kamigoroshi wurde fester, meine Muskeln spannten sich an, und Hakaimonos Ungeduld flammte auf, er gierte nach Blut. *Er wird schnell sein. Mach dich bereit ...*

Mit einem lauten Krachen und Splittern von Holz brach ein riesiges schlangenartiges Geschöpf von unten durch die Brücke, bäumte sich genau zwischen uns auf und erhob sich fünf Meter in die Höhe. Blasses Licht reflektierte von seinem harten Panzer, und Dutzende gelbe Insektenbeine huschten über die Bohlen, während das Tier auf die Brücke krabbelte. Sein knollenförmiger, karmesinroter Kopf drehte sich ruckartig zu mir herum, und grüner Eiter tropfte von zwei sichelartigen Unterkiefern, als sich der Omukade, ein riesiger, menschenfressender Tausendfüßer, mit einem durchdringenden Zischen auf mich stürzte.

24
DER GROSSE OMUKADE

Yumeko

Das Herz rutschte mir in die Hose.

Ein monströser Tausendfüßer türmte sich auf, überragte Tatsumi und Oni no Mikoto um einige Meter, was sie selbst wie winzige Insekten aussehen ließ. Der segmentierte Rückenpanzer des Tiers war pechschwarz, sein Kopf leuchtend rot, und zwei tödliche Mandibeln öffneten sich wie ein Paar Sicheln, als er sich auf Tatsumi stürzte.

Der Krieger duckte sich, sprang zur Seite und fuhr in einem Aufblitzen aus purpurnem Licht mit Kamigoroshi über den Rücken des Tausendfüßers. Doch die Klinge kratzte nur kreischend über das Chitin, das ihn wie eine Rüstung schützte, hinterließ zwar einen Riss im Rückenpanzer, schaffte es jedoch nicht, ihn zu durchdringen.

»Mist!« Okame wich hastig zurück, während sich das Monster blitzschnell auf Tatsumi zubewegte, Dutzende Beine, die über die Holzbretter klackerten, und sich erneut auf ihn stürzte. Wiederum sprang der Dämonenjäger beiseite, und die Scheren versanken im Geländer hinter ihm, glitten durch das Holz, als wäre es Reispapier. Tatsumi hieb auf den riesigen Yokai ein, diesmal auf die leuchtend gelben Beine. Mit einem Schwall grünem Wundsekret fielen drei abgetrennte Körperglieder polternd auf die Brücke, zuckend und wild um sich schlagend, doch der Omukade wirbelte herum und folgte dem Samurai, ohne im Geringsten beeinträchtigt zu sein.

Ein Pfeil prallte von dem glänzenden Rückenpanzer ab, dann noch einer und ein dritter. »Verdammt!«, knurrte Okame und feuerte einen vierten Pfeil auf den Kopf des Monsters. Dieser Pfeil schlitterte über den Schädel hinweg, ohne dass der Tausendfüßer auch nur aufblickte. »*Kuso!*«, fauchte der Ronin und griff nach einem weiteren Pfeil. »Zäher, hässlicher Mistkäfer. Jeder Zentimeter ist gepanzert. Im nächsten Moment wird er Kage-san aufgefressen haben und sich dann uns vorknöpfen.«

Mit einem Mal tauchte Oni no Mikoto auf, sprang über den langen, sich windenden Körper des Tausendfüßers und riss sein Schwert hoch. Der Omukade, der immer noch Tatsumi zugewandt war, bemerkte den maskierten Schwertkämpfer nicht, bis der Dämonenprinz seine Klinge herabsausen ließ. Wie Kamigoroshi rutschte sie kreischend am dicken Rückenpanzer des Monsters entlang, und der Tausendfüßer wirbelte mit einem lauten Zischen herum.

Jeder Zentimeter ist gepanzert. »Okame«, keuchte ich und drehte mich zum Ronin um, der einen weiteren Pfeil in die Sehne rammte. »Die Augen! Die Augen sind ungeschützt! Ziel auf die Augen!«

»Was?« Okame senkte den Bogen und blickte kurz mich, dann den Tausendfüßer mit offenem Mund an. Der riesige Yokai schlug in der Mitte der Brücke wild um sich und schnappte nach Tatsumi und Oni no Mikoto, während diese verzweifelt versuchten, seinen riesigen Scheren auszuweichen. Tatsumi stieß mit Kamigoroshi zu, als der Kopf des Tausendfüßers sich herabsenkte. Das Monster glitt zurück, wütend mit den Kiefern knirschend.

»Verdammt, es bewegt sich zu stark«, knurrte Okame, den Bogen auf den riesigen Yokai gerichtet. »Und sein Augapfel hat die Größe einer Kaki; es ist ziemlich schwer, einen Treffer zu landen. Wenn das Miststück nur endlich aufhören würde, so herumzuwackeln, ich brauche bloß eine Sekunde, in der es ruhig ist …«

Ich schluckte schwer. »Versuch es weiter«, sagte ich und trat einen Schritt vor. »Ich sorge dafür, dass dieses Monster stillhält.«

Während ich zum Rand der Brücke schlich, beobachtete ich den Kampf, der in der Mitte wütete: Tatsumi und Oni no Mikoto, die mit aller Macht versuchten, ihre Schwertklingen in den Panzer des Tausendfüßers zu stoßen, vergeblich. Der Tausendfüßer hatte weitere Beine verloren, die verstreut und matt zuckend auf den Holzbohlen lagen, doch der Verlust seiner Gliedmaßen schien ihn wenig zu kümmern. Mit hämmerndem Herzen steckte ich Daumen und Zeigefinger in den Mund und tat, was Denga-san immer erbost hatte.

Ein langer, schriller Pfiff hallte über die Brücke. Bei dem gellenden Geräusch erstarrte der Omukade und sah hoch. Für den Bruchteil einer Sekunde traf mich sein kalter Knopfaugenblick, bevor ein Pfeil über meinen Kopf schwirrte und genau ins Zentrum eines knollenförmigen schwarzen Auges traf.

Der Jokai heulte auf. Sein riesiger Körper wand sich in wilder Raserei, schlug gegen Pfosten und Brüstung, zertrümmerte Balken und zersplitterte Holz. Tatsumi und Oni no Mikoto tauchten blitzschnell beiseite, doch der Dämonenprinz wurde von dem sich windenden Schwanz getroffen, der ihn zum Rand der Brücke und über das Geländer schleuderte. Ich beobachtete, wie sein schlanker Körper in den Fluss stürzte, die langen blassen Haare hinter ihm her wehend, bevor er auf die Wasseroberfläche prallte und unterging.

Und dann, als ich zurück zur Brücke sah, funkelte der Omukade mich mit seinem anderen, unverletzten Auge an, die Unterkiefer zitternd vor Wut.

Nun, damit galt seine Aufmerksamkeit jetzt wohl mir.

Ich drehte mich um und rannte los, während das Monster mir mit einem lauten Kreischen und unzähligen Beinen, die über die Brücke schlitterten, nachstürzte. Ich wagte keinen Blick über die Schulter, doch das Geräusch von wütend aufeinanderklappernden Kiefern bedeutete mir, dass der Tausendfüßer gefährlich schnell näher kam.

Baum, Baum, ich brauche einen Baum!

Da erspähte ich schließlich eine krumme Kiefer am Rand des Flussufers, schwenkte ab und rannte auf sie zu, wobei ich im Laufen geschickt ein Blatt vom Boden aufklaubte. Als ich mich dem Baum näherte, flüsterte ich ein paar Wörter Fuchsmagie und warf das Blatt genau in der Sekunde in die Luft, als ich hinter den Baumstamm tauchte. Gebannt hoffte ich, dass keiner der anderen gesehen hatte, wie die zweite Yumeko unvermittelt erschienen war, die sich nun am Fuß der Kiefer zusammenkauerte.

Auf der anderen Seite des Baumstamms hielt ich den Atem an und betete, dass der Omukade die Illusion nicht durchschaute. Ich hätte mir keine Sorgen machen müssen, denn mit einem schrillen Kreischen, das meine Ohren zum Klingeln brachte, krachte der Tausendfüßer mit dem Kopf voraus in die Kiefer. Ich spürte das kräftige *Ratsch* seiner Kieferknochen, die durch die falsche Yumeko bissen, sich tief ins Holz bohrten und den Baum zum Wanken brachten.

Als der Tausendfüßer bei dem Versuch sich zu befreien, heftig um sich schlug, sprang ich zum ersten ausladenden Ast, zog mich hoch und griff sofort nach dem nächsten. Dank der vielen Jahre, die ich auf dem alten Ahornbaum im Tempelgarten mit Klettern verbracht hatte, war es ein Kinderspiel, den Baumstamm zu erklimmen, wobei ich aus Angst vor dem Monster unter mir ein ungeahntes Tempo vorlegte.

Ich hatte es halb den Baum hinaufgeschafft, als der Omukade sich mit einem Splittern von Rinde losgerissen hatte. Als ich nach unten sah, traf ich seinen leeren, seelenlosen Blick, als er die Kiefer hinaufspähte und im nächsten Moment ein wütendes Schnauben ausstieß. Mit klappernden Scheren begann er zu klettern, und Dutzende hellgelber Beine bewegten sich beängstigend rasch den Baumstamm hinauf.

Ich kletterte höher, das Zischen und Kratzen des Yokai im Ohr, während er mich verfolgte. Als die Äste immer dünner und schmaler wurden, verlangsamte sich das Tempo des Tausendfüßers. Doch sein Körper war so lang, dass er selbst die höchsten Zweige mühelos erreichen konnte, obwohl der Baum allmählich schwankte und unter dem Gewicht des Monsters ächzte.

Schließlich saß ich in der Falle. Ich hatte die Baumkrone erreicht, und der Tausendfüßer näherte sich unaufhaltsam. Hastig zog ich mein Tanto heraus, kletterte so hoch wie nur irgend möglich und beobachte den dicken karmesinroten Schädel des Untiers, der sich an den Ästen unter meinen Füßen vorbeidrängte. Mit laut aneinanderschabenden Mandibeln schlängelte er sich den Stamm hinauf in meine Richtung. Die Kiefer knarzte seufzend, und der Baumstamm neigte sich und schwankte gefährlich, doch er hielt.

Während der Yokai immer näher kam, konnte ich jedes noch so kleine Detail auf seinem widerlichen segmentierten Körper erkennen. Die obere Hälfte der riesigen Kreatur war mit einem schimmernden schwarzen Panzer bedeckt, von dem Pfeile und Schwerthiebe abprallten. Doch die Unterseite, zwischen den Dutzenden umherkrabbelnden Beinen, sah weicher aus, fast fleischig. Doch wie man unter den Tausendfüßer gelangen sollte, war die große Frage.

Mit der einen Hand hielt ich mein Tanto in die Höhe und begann mit der anderen, meine Magie zu sammeln, in der Hoffnung, dass ein verzweifelter Schwall Fuchsmagie in sein Gesicht ihn ablenken oder lang genug erschrecken könnte, damit ich ... irgendetwas ... tun könnte.

»Yumeko!«

Eine vertraute Stimme ertönte unter mir, und zwar nah. Ich wagte einen Blick hinab und sah Tatsumi auf einem tieferen Ast stehen, Kamigoroshi in der Hand, das in purpurne Flammen gehüllt war und ein unheimliches Licht auf den Dämonenjäger warf. Seine Augen schienen karmesinrot zu glühen, während er eine Hand in meine Richtung ausstreckte.

»Spring«, befahl er, woraufhin sich mein Magen verkrampfte. »Jetzt!«

Ich schluckte. »Es geht ganz schön weit nach unten, Tatsumi.«

»Ich fange dich auf«, erwiderte er. »Versprochen. Beeil dich!«

Nun, wenn ich mich entscheiden müsste, ob ich lieber von einem Tausendfüßer gefressen wurde oder in den Tod stürzte, dann war mir Letzteres irgendwie lieber. Als der Omukade zischend auf mich zukrabbelte, nahm ich all meinen Mut zusammen und sprang. Ein Schrei ballte sich in meiner Kehle, während ich in die Tiefe trudelte. Ich hatte kaum Zeit, in Panik zu geraten, da packte mich auch schon etwas um die Taille, und ich wurde aufgefangen. Tatsumi zog mich auf den Ast und stellte mich auf die Füße, Kamigoroshi immer noch in der anderen Hand. Ich war überrascht, wie stark er war, wie geschickt er jemanden auffangen konnte, einhändig, auf einem Ast stehend, ohne das Gleichgewicht zu verlieren.

Als ich ihm ins Gesicht blickte, lief mir ein Schauder über den Rücken. Seine Augen glühten *tatsächlich*, ein sanftes karmesinrotes Licht, das in ihren Tiefen schimmerte und ihn unmenschlich aussehen ließ.

»Bist du verletzt?«, fragte er, und seine Stimme klang ebenfalls ungewohnt. Tiefer, irgendwie dunkler, aber angespannt. Als würde er gegen etwas ... ankämpfen.

»Die Unterseite ist ungeschützt«, erklärte ich ihm und sah, dass seine Augen sich verengten. »Nur der Rücken ist gepanzert, nicht der Bauch. Du musst ihn von unten treffen.«

Er riss die Augen auf und nickte. Über uns schwang der Omukade seinen Kopf samt Körper in Richtung unseres Asts, zischend und mit den Kiefern klappernd. Immer noch den Arm um mich, ließ Tatsumi sich unvermittelt fallen und landete auf einem tieferen Ast. Ich unterdrückte einen gellenden Schrei und widerstand dem Drang, mich an seiner Haori-Jacke festzukrallen, während er mich auf die Beine stellte und den langen Körper des Omukade beobachtete, der schlängelnd durch das Geäst über uns kroch. Der Kopf des Geschöpfs spähte zu uns herab, es fauchte und begann, in wilder Hast die Verfolgung aufzunehmen.

»Kannst du ihn weglocken?«, fragte Tatsumi mit leiser Stimme.
»Ihn dazu bringen, dich zu jagen?«

Mir dämmerte, was er im Sinn hatte, und ich nickte zitternd. »Ich glaube, das könnte ich schaffen«, keuchte ich, als der Omukade kieferknirschend über uns durch die Äste glitt.

Tatsumi nickte. »Los!«, befahl er, und wir flohen, kletterten den Baumstamm hinab und ließen uns auf tiefere Äste fallen, während wir versuchten, den riesigen Yokai abzuhängen, der sich wie eine Schlange durch das Astwerk wand. Als wir etwa die Mitte des Baums erreicht hatten, stellte ich überrascht fest, dass Tatsumi verschwunden war oder ich ihn zumindest durch die Blätter und Äste nicht mehr sehen konnte.

Etwas zischte an meinem Gesicht vorbei und ließ mich erschrocken innehalten, da prallte ein Pfeil klirrend an der ledrigen Haut des Tausendfüßers ab. Mit einem wütenden Zischen hielt der Yokai inne und drehte den Kopf suchend nach dem plötzlichen Angreifer herum, vielleicht erinnerte er sich an den Pfeil, der ihn vorhin im Gesicht getroffen hatte.

»Okame, nicht!«, rief ich und starrte zum Ronin hinab. Er stand mit grimmiger Miene unter dem Baum und hatte den gespannten Bogen auf den Tausendfüßer gerichtet. Bei meinen Worten zögerte er und ließ seine Waffe sinken, doch in diesem Moment der Ablenkung griffen meine Finger statt nach dem Ast ins Leere, und ich fiel, taumelte mehrere Meter nach unten. Ich schlug wild um mich und spürte, wie meine Handfläche gegen einen weiteren Ast schlug, der meinen Sturz auffing. Ich hörte Okames entsetzten Schrei, während ich dort baumelte, mit meinen Beinen nach Halt suchend, und mich verzweifelt mit der anderen Hand am Ast festkrallte.

Etwas Warmes tropfte auf meine Knöchel. Als ich hochblickte, sah ich knapp einen Meter über mir zwei schimmernde schwarze Kneifer, die sich weit öffneten, um mir den Kopf abzubeißen. Im selben Moment bewegte sich ein verschwommener Schatten über mich hinweg. Mit vollem Tempo lief Tatsumi über einen Ast und trieb Kamigoroshi durch den entblößten Bauch des Tausendfüßers.

Der Omukade bäumte sich kreischend auf, als er in einer Fontäne aus grünem und gelbem Wundsekret in zwei Hälften gerissen wurde. Der obere Teil des Untiers, nun abgetrennt vom Rest des Körpers, rutschte von den Ästen des Baums und stürzte rücklings zu Boden, wobei seine Beine in dem verzweifelten Versuch sich aufzurichten heftig ruderten.

»Der Kopf, Okame!«, schrie ich über das wilde Zischen des riesigen Yokai hinweg, der weiterhin beharrlich zappelte und sich wand, zu zäh, um selbst nach all dem zu sterben. »Schlag den Kopf ab … das sollte ihm den Rest geben!«

In diesem Moment begriff der Ronin und drehte sich zu dem herabgestürzten Monster um. Doch bevor er etwas tun konnte, schritt Oni no Mikoto zu dem zappelnden Yokai, hob sein Schwert und brachte es in einer herabsausenden Bewegung unter die immer noch klappernden Scheren des Tausendfüßers. Der knollenförmige karmesinrote Kopf rollte zurück, das Zucken der Beine erstarb, und die tödlichen Unterkiefer hörten auf sich zu bewegen, als der riesige Yokai sich endlich geschlagen gab.

Ich stieß einen Seufzer der Erleichterung aus, dann versuchte ich, mich auf den Ast zu hangeln, doch meine Hände begannen abzurutschen, und der Gedanke, den Angriff eines riesigen Omukade überlebt zu haben, nur um vom Baum zu fallen und mir das Genick zu brechen, erschien mir wie ein schlechter Scherz.

Der Ast wackelte, und ein Paar Tabi-Stiefel tauchten neben meinen Fingern auf. Ich blickte hoch und erspähte Tatsumi, der über mir stand, Kamigoroshi locker an seiner Seite. Seine Miene war eiskalt, und ein befremdendes Lächeln umspielte seine Lippen, als würde die Situation ihn amüsieren und er darüber nachgrübeln, was er als Nächstes tun sollte.

»Tatsumi?«, keuchte ich, während er weiterhin tatenlos dastand und mich betrachtete. »Was … Was tust du da? Hilf mir!«

Einen weiteren Moment lang geschah nichts, und er beäugte mich auf eine Art, die mich frösteln ließ. Kamigoroshi flackerte pulsierend auf, und in dem unheimlichen Licht leuchteten Tatsumis Augen rot, die Pupillen wie die einer Katze zu Schlitzen verengt.

Dann rutschte eine meiner Hände ab, und ich schrie erschrocken auf, als ich den Ast nicht mehr spürte.

Seine starken Finger schlossen sich in stahlhartem Griff um mein Handgelenk, rissen mich hoch und zogen mich zurück auf den Ast. Keuchend umklammerte ich seine schwarze Haori-Jacke, und das Herz hämmerte mir in den Ohren, während ich darauf wartete, dass meine Arme zu zittern aufhörten und mein Puls wieder normal schlug.

»Yumeko.« Tatsumis Stimme war angespannt, doch diesmal klang er wie er selbst. Er war angespannt, hatte die Arme fest an die Seiten gepresst, sein Herzschlag raste unter meiner Handfläche. Auf einmal bemerkte ich, dass wir sehr eng beieinanderstanden, sich unsere Körper fast berührten, unsere Gesichter nur Zentimeter voneinander entfernt waren. Das schmale Ende der Schriftrolle bohrte sich schmerzhaft in meine Rippen.

»*Gomen!*« Mit hochrotem Kopf löste ich mich von ihm und wich einen Schritt zurück, das Gewicht leicht verlagernd, um auf dem dünnen Ast die Balance zu halten. Tatsumi entspannte sich, musterte mich jedoch weiterhin eindringlich, seine Gesichtszüge waren zwar grimmig, seine Augen aber wieder normal. Und selbst durch die Verlegenheit hindurch verspürte ich eine gewisse Erleichterung. Da war keine Spur mehr von dem angsteinflößenden, rotäugigen Tatsumi, den ich noch vor wenigen Sekunden zu sehen geglaubt hatte.

Vielleicht hatte ich es mir in dem unheimlichen Licht, das Kamigoroshi ausstrahlte, auch nur eingebildet.

»*Hey!*«, rief eine Stimme von unten. »Yumeko-chan? Kage-san? Bei euch beiden alles in Ordnung?«

»*Hai*, Okame!«, antwortete ich. »Uns geht es gut. Wir sind gleich unten.«

Ein paar Minuten später hatten wir uns alle am Fuß des Baums versammelt. Der monströse Kadaver des Omukade zeichnete sich bedrohlich neben uns ab, teils auf dem Boden, der Rest immer noch von den Ästen herabbaumelnd.

»Das«, sagte Okame an Tatsumi und mich gewandt, »war widerlich. Seht euch nur dieses Ungetüm an! Es interessiert mich nicht, wie alt oder außergewöhnlich dieses Tier war, es gibt keinen logischen Grund, dass Insekten jemals so groß werden sollten.«

»Es muss uralt sein«, sagte ich und starrte den gewaltigen Kadaver an. »Aber ... warum hat es uns aufgelauert? Es ist fast so, als hätte es genau gewusst, wo wir sind.«

»Das ist nicht von Bedeutung.«

Der Dämonenprinz wandte sich an Tatsumi. »Das Monster ist tot«, verkündete er, als wäre der Umstand, von einem riesigen Tausendfüßer angegriffen worden zu sein und ihn getötet zu haben, eine Banalität. Etwas, das er jeden Tag vor dem Abendessen tat. »Wir haben obsiegt, und die Nacht ist noch jung. Und da es keine weiteren Unterbrechungen mehr geben wird, Kage-san, lass uns mit dem Duell fortfahren!«

25

Ein Vorschlag für den Dämonenprinzen

Tatsumi

»*Nani?*« Yumeko starrte ihn an. »Jetzt?« Mit einer ausladenden Handbewegung winkte sie in Richtung des riesigen Kadavers, aus dem eine grünliche Flüssigkeit in das zertrampelte Gras sickerte. »Wir haben es knapp geschafft, nicht von einem riesigen Tausendfüßer gefressen zu werden. Ist das wirklich der richtige Zeitpunkt, um den Kampf fortzusetzen?«

»Das Duell wurde ausgesprochen und angenommen«, sagte Oni no Mikoto in nüchternem Tonfall. »Vergessen wir die Unterbrechung, doch die Ehre verlangt, dass wir weitermachen, bis ein klarer Sieger ermittelt ist. Kage-san.« Er verneigte sich leicht vor mir. »Sollen wir zurück auf die Brücke? Ich bin bereit.«

Ich nickte erschöpft. Wenn das der einzige Weg war, den Fluss zu überqueren, dann musste ich den Kerl eben niederstrecken. Eigentlich wollte ich es nicht unbedingt; er hatte sich im Kampf gegen den Omukade bewährt und war nicht geflohen, obwohl es die klügere Entscheidung gewesen wäre. Und meine flüchtigen Blicke auf seine Schwertkunst hatten mir verraten, dass er äußerst geschickt und schnell war, vielleicht der beste Schwertkämpfer, den ich in meinem Leben gesehen hatte. Er wäre wahrlich ein tödlicher Gegner.

Doch er würde mich nicht passieren lassen, und ich musste immer noch meine Mission erfüllen. Wenn er dieses Duell wollte, dann würde ich ihm zumindest einen ehrenvollen Tod schenken.

»Moment mal.« Yumeko trat vor, als wir uns gerade in Richtung Brücke bewegen wollten. »Oni no Mikoto, halt!«

»Bauernmädchen.« Oni no Mikoto drehte sich um, und seine Stimme, wenn auch höflich, war kühl. »Du reist mit Kage-san, weshalb ich annehme, dass du entweder seine Dienerin bist oder jemand, der unter seinem Schutz steht. Aber Bedienstete erteilen Samurai keine Befehle. Nur eine gut gemeinte Warnung, denn der nächste Krieger, auf den du triffst, könnte womöglich Anstoß daran nehmen.«

Yumeko blinzelte, zuckte jedoch nicht zusammen oder wich zurück. »*Gomen*«, sagte sie zu Oni no Mikoto. »Hätte ich mich verbeugen müssen? Ich hätte mich verbeugen müssen, nicht wahr?«

Der Ronin lachte. »Eigentlich hat er wohl eher erwartet, dass du dich vor seinen Füßen in den Schlamm wirfst und untertänigst vor ihm katzbuckelst. Das ist für gewöhnlich das, was geschieht, wenn Bauersleute auf einen Samurai treffen.«

»Es tut mir leid«, fuhr Yumeko fort. »Ich wollte niemanden beleidigen. Ich bin in einem Tempel aufgewachsen und musste bisher noch nie Samurai ansprechen. Äh, außer Tatsumi-san und ihn scheint es nicht zu kümmern.« Bei ihren Worten hob ich eine Augenbraue, doch niemand sah zu mir. »Ich bin nicht sonderlich gut darin, was Umgangsformen betrifft«, erklärte Yumeko. »Aber es sollte wirklich keine Beleidigung sein. Soll ich mich jetzt vor Euch in den Staub werfen, Oni-sama?«

»Nein.« Oni no Mikoto seufzte. »Nur … was in aller Welt willst du, Mädchen?«

»Wenn Oni-sama mir eine Minute seiner kostbaren Zeit schenken könnte«, erwiderte Yumeko, »und den Blick auf das rechte Auge des Omukade richten würde. Was seht Ihr da?«

Der Dämonenprinz spähte zu dem Yokai. Der Kopf des Omukade lag auf der Erde, sein Maul aufgerissen, ein paar seiner Beine zuckten immer noch im Todeskampf. »Einen Pfeil«, sagte Oni no

Mikoto mit einem Blick auf das verletzte Auge, wo die Pfeilspitze im Licht des Mondscheins unschwer zu erkennen war. Er zögerte, zählte eins und eins zusammen und nahm dann einen tiefen Atemzug. »Na gut …«

Er spähte zu Okame. »Nun, dann bist du wohl derjenige, der auf das Monster geschossen hat«, sagte er, als wäre es ihm eben erst in den Sinn gekommen. »Auf der Brücke, gleich zu Beginn des Angriffs, konnten Kage-san und ich nichts gegen den Yokai ausrichten. Keiner unserer Hiebe hat ihn durchdrungen, aber …« Er sah wieder zum Auge. »Etwas hat ihn weggelockt. Das warst du.«

Der Ronin zuckte mit den Achseln. »Ich habe das Untier vielleicht getroffen«, entgegnete er und nickte zu dem Mädchen, »aber Yumeko-chan hat seine Aufmerksamkeit auf sich gelenkt und mir erklärt, wohin ich schießen muss. Wenn Ihr jemandem danken wollt, nicht als Futter für einen Tausendfüßer geendet zu sein, dann dankt ihr.«

»Ich verstehe.« Oni no Mikoto drehte sich wieder zu Yumeko zurück. »Dann stehe ich wohl in deiner Schuld«, sagte er, und obwohl seine Haltung steif war, blieb seine Stimme höflich. »Das war, was du wolltest, nicht wahr, Mädchen? Die Gefälligkeit eines Samurai. Na schön.« Er stellte sich aufrecht hin. »Ich werde dir einen Wunsch erfüllen. Aber sei dir dessen bewusst – ich werde mein Duell mit Kage-san nicht abblasen.« Sein Blick wanderte zu mir. »Das ist ein Kampf, auf den ich warte, seit ich mein Schwert erhoben habe, und den werde ich mir nicht entgehen lassen. Du darfst mich um alles bitten, nur nicht darum.«

»Na schön, Oni-sama«, meinte Yumeko. »Wenn Ihr nicht zustimmt, auf den Kampf zu verzichten, dann gewährt mir Folgendes: Verschiebt das Duell.«

Der Dämonenprinz wirkte überrascht. »Verschieben?«

»Ja«, bekräftigte sie. »Ich habe eingesehen, dass dieser Kampf Euch wichtig ist, aber ich habe ebenfalls eine bedeutsame Mission zu erfüllen, und Tatsumi hat bereits versprochen, mich zu begleiten, bis sie erledigt ist. Er ist meine Eskorte auf dem Weg in die Hauptstadt, und ich kann nicht erlauben, dass er stirbt, bevor meine Aufgabe vollbracht ist.«

»Du kannst nicht … erlauben.« Oni no Mikoto blinzelte sie hinter seiner Maske an. Er war sprachlos. Unvermittelt vollführte er eine tiefe Verbeugung aus der Hüfte. »Vergebt mir, Mylady«, sagte er in ernstem Tonfall. »Ich war mir Eures Standes nicht bewusst. Ich habe Euch für ein einfaches Bauernmädchen gehalten, aber wenn Kage-san Euer Yojimbo ist, habe ich einen schweren Fehler begangen. Ich bitte Euch für meine Fehleinschätzung demütig um Verzeihung.«

Ich runzelte die Stirn, leicht verärgert über seine Vermutung. Ich war niemands Leibwächter. Niemand außer den Kage selbst erteilte mir Befehle. Allerdings wollte ich die Schlussfolgerung des Schwertkämpfers nicht korrigieren. Wenn er glaubte, dass Yumeko eine Lady war und ich ihr Yojimbo, der für ihren Schutz auf der Straße sorgte, sei's drum. Es könnte uns später Fragen ersparen.

»Ja, Ihr solltet Euch schämen«, unterbrach der Ronin mit einem Fingerzeig auf das Mädchen. »Ganz offensichtlich könnte ein einfaches Bauernmädchen niemals unter dem Schutz des berüchtigten Dämonenjägers der Kage stehen, denn Bauern können keine Missionen oder Ziele oder sonst irgendetwas Wichtiges im Leben haben, außer vielleicht der Aufgabe, Samurai zu dienen. Natürlich muss sie eine Schreinmaid oder eine wandernde Onmyoji sein. Das ist die einzig logische Erklärung, nicht wahr, Oni-san?«

Wäre die Erklärung von irgendjemand anderem gekommen, dann hätte sie Sinn ergeben. Yumeko war in einem Tempel aufgewachsen und redete die ganze Zeit von ihrem Meister Isao. Mönche, Schreinmaiden und Onmyoji besaßen einen anderen Stand in Iwagoto; sie waren kein Teil der Kriegerkaste, sondern streng genommen Bauern, aber wegen ihrer Weisheit und Erleuchtung wurden sie respektiert und als Lehrer, Meister ihrer Künste oder spirituelle Berater geschätzt. Insbesondere Onmyoji wurden von Samurai und Bauersleuten gleichermaßen verehrt, sie waren Rutengänger, Exorzisten, Wahrsager und Experten der Geisterwelt, und ihre Talente waren heiß begehrt. Da viele Onmyoji durchs Land reisten und normalerweise mit allen Arten von Geistern zu tun hatten, seien es nun Yokai oder ruhelose Dämonen, hatten sich unsere Wege mehr als einmal gekreuzt.

Es war unwahrscheinlich, wenn auch nicht gänzlich unmöglich, dass Yumeko eine herumziehende Onmyoji war und sich die Hilfe des Dämonenjägers des Schattenclans erbeten hatte, damit er als ihr Leibwächter fungierte. Doch ich war nun schon lang genug mit dem respektlosen Ronin unterwegs, um seinen versteckten Sarkasmus und seine Verachtung für die Kaste der Krieger zu kennen und zu wissen, dass er sein Gegenüber an der Nase herumführte, ohne ihm direkt eine Lüge aufzutischen.

»Aber Okame-san«, begann Yumeko, »ich bin keine …«

»Außerdem«, fiel der Ronin ihr lautstark ins Wort, »ist dies denn der rechte Zeitpunkt, um weiterzukämpfen? Ihr seid in den Fluss gefallen, und Kage-san sieht erschöpft aus. Wenn dies tatsächlich das Duell Eures Lebens sein soll, wollt Ihr dann wirklich jetzt fortfahren, wo keiner von Euch beiden in Höchstform ist?«

»Hmm.« Der Dämonenprinz verschränkte die Arme. »Ein ausgezeichnetes Argument«, gestand er unwillig ein. »Wenn wir jetzt die Schwerter kreuzen, wie will ich dann wissen, ob Können den Kampf entschieden hat oder nur einfach Glück beziehungsweise Pech? Wenn wir uns duellieren, müssen wir beide gut vorbereitet sein und dürfen nichts dem Zufall überlassen. Na schön.« Er nickte entschieden und wandte sich an Yumeko. »Mylady«, sagte er, »bitte gestattet mir, Euch und Eure Gefährten in die Hauptstadt zu begleiten oder wo auch immer Eure Reise Euch anschließend hinführen mag.«

Sein Angebot überraschte mich. Yumeko richtete sich auf. Anscheinend hatte auch sie seine Entscheidung nicht erwartet. »Warum?«

»Ich kenne mich in Kin Heigen Toshi aus«, fuhr Oni no Mikoto ungerührt fort. »Ich lebe seit vielen Jahren dort, und mein Name öffnet Türen und Tore. Es wäre mir eine wahre Freude, Euch meine Hilfe anbieten zu dürfen, während Ihr Euch um Eure Aufgabe in der Hauptstadt kümmert.«

»Wir brauchen keine Hilfe«, erklärte ich ihm. »Vielen Dank, aber wir kommen gut allein zurecht.«

»Vergebt mir, Kage-san.« Oni no Mikoto klang amüsiert, als er zu mir blickte. »Aber wir sind eben von einem riesigen Untier angegriffen worden. Ich mag nicht viel über Dämonen wissen, doch ich liege mit meiner Vermutung gewiss nicht falsch, dass dies kein zufälliger Überfall war. Das Leben eines Dämonenjägers muss gefährlich sein«, fuhr Oni no Mikoto fort. Seine Worte beunruhigten mich. Hier war noch jemand, der viel zu viel über den Schattenclan und Kamigoroshi wusste. Noch jemand, den ich womöglich töten musste, sollte der Clan es anordnen. »Insbesondere, wenn er als Leibwächter für eine Onmyoji arbeitet. Die Straße vor uns könnte von Gefahren und bösen Kreaturen nur so wimmeln – Euren Schützling und Euch selbst zu beschützen, wäre ein schwieriges Unterfangen, sollten es auch weiterhin Dämonen auf Euch abgesehen haben.«

Er spähte zu dem Baum und dem riesigen Tausendfüßer, der um die Äste gewunden war. »Ich darf nicht zulassen, dass Ihr sterbt, bevor wir unser Duell beendet haben«, sinnierte Oni no Mikoto. »Das wäre eine Schmach für uns beide. Aus diesem Grund werde ich mit Euch kommen und Euch jegliche Unterstützung zuteilwerden lassen, die in meiner Macht steht. Sobald Eure Mission erledigt ist und Yumeko-san nicht mehr Eures Schutzes bedarf, können wir fortführen, was wir begonnen haben.«

Der Ronin warf den Kopf in den Nacken und lachte schallend. »Ich liebe die Art, wie Samurai denken«, verkündete er grinsend.

»Nun denn, Ihr begleitet uns also um sicherzugehen, dass Kage-san am Leben bleibt, damit Ihr ihn später töten könnt.« Er schüttelte heftig den Kopf. »Herrje, ich kann kaum erwarten, wohin das führen wird.«

»Ich wusste nicht, dass Oni-sama in der Hauptstadt so bekannt ist«, sagte Yumeko, während der Dämonenprinz den Ronin höflich, aber entschieden ignorierte. »Finden die Menschen die Maske eigentlich furchterregend?«

»Ah. Natürlich«, erwiderte Oni no Mikoto. »Vergebt mir meine Unhöflichkeit, ich habe mich noch nicht richtig vorgestellt.« Er griff nach oben und zog die Oni-Maske vom Kopf, woraufhin ein glattes, bartloses Gesicht erschien, nur ein paar Jahre älter als ich. Kleine Details stachen sogleich heraus: hohe Wangenknochen, ein leicht spitzes Kinn und das blasse, elegante Aussehen, das ihn als einen Adligen des Hofes auswies. Er hatte schmale, fast feminine Gesichtszüge, und seine eindrucksvollen Augen waren noch mit Schwarz betont. Ich hatte schon mehr Schminke an Adligen gesehen, selbst an Männern, aber es war schier unmöglich, ihn irrtümlicherweise für etwas anderes als einen Aristokraten zu halten.

»Ich bin Taiyo Daisuke«, verkündete er mit einer höflichen Verbeugung vor Yumeko. »Es ist mir eine Freude, Euch kennenzulernen, Yumeko-san. Vielen Dank noch einmal für die Ehre, Euch auf Eurer Mission begleiten zu dürfen. Als herumziehende Onmyoji müsst Ihr viel gesehen haben.«

»Taiyo«, wiederholte der Ronin und klang ungläubig. »Ihr gehört zur kaiserlichen Familie?«

»Der viertgeborene Sohn von einem der vielen Cousins des Kaisers«, erwiderte Taiyo Daisuke mit einem leicht verlegenen Lächeln. »Glücklicherweise sind zwei meiner Brüder gut verheiratet und haben bedeutende Posten am Hof inne, und der dritte ist ein kaiserlicher Magistrat, weshalb ich mir keine Mühe geben muss, die Erwartungen meiner Familie zu erfüllen.«

Der Ronin feixte. »Das ist keine besonders samuraihafte Einstellung, Taiyo-san. Werdet Ihr für einen derart unehrenhaften Gedanken keinen Seppuku begehen müssen?«

»Mein Clan weiß, dass ich alles, was nötig ist, tun würde, um die Ehre der Taiyo zu schützen«, sagte der Dämonenprinz unbefangen. »Im Moment wird nichts von mir erwartet. Und so habe ich Zeit, mich um meine eigenen Angelegenheiten zu kümmern.«

»Also auf Brücken herumzulungern und starke Krieger zu Duellen herauszufordern«, sagte der Ronin.

»Und nun auch noch Lady Yumeko und ihren Gefährten in die Hauptstadt zu eskortieren«, berichtigte ihn der Adlige. »Yumeko-san?« Er lächelte das Mädchen an und zeigte zu den fernen Lichtern über dem Fluss. »Ich würde vorschlagen, die Nacht in Sagimura zu verbringen. Die Herberge dort ist schlicht, aber zweckmäßig und das Personal sehr aufmerksam. Ich habe meine Aufenthalte immer genossen, wenn ich die Hauptstadt verließ, um auf Pilgerfahrten zu gehen.«

»Pilgerfahrten«, schnaubte der Ronin. »So nennt Ihr das also?«

Der Adlige schwieg. Der ehemalige Dämonenprinz verfügte über ein ausgezeichnetes selektives Hörvermögen, das musste man ihm lassen.

»Sollen wir jetzt gehen, Lady Yumeko?«, fragte er sie. »Wenn wir uns beeilen, könnten wir die Herberge erreichen, bevor das Abendessen serviert wird.«

Yumeko erwiderte sein Lächeln, und für den Bruchteil eines Moments bäumte sich etwas in mir auf. »Das hört sich wundervoll an«, sagte sie, wie ausgewechselt bei der Erwähnung von Essen. »Vielen Dank, Taiyo-sama.«

»Ich bitte Euch, Yumeko-san.« Der Samurai hielt eine Hand hoch. »Taiyo-sama ist mein Vater. Wir vier haben gerade gekämpft und gemeinsam einen riesigen Tausendfüßer getötet. Ich denke, wir haben es uns verdient, einander beim Vornamen zu nennen. Einfach Daisuke, wenn du willst.«

»Daisuke-san«, wiederholte Yumeko, immer noch mit einem Lächeln im Gesicht. »Vielen Dank.«

»Nun denn.« Taiyo Daisuke trat einen Schritt zurück und spähte über den Fluss. »Ich glaube, das ist das allererste Mal, dass jemand Oni no Mikoto auf einer Brücke getroffen und es auf die andere Seite geschafft hat.« Sein Blick fiel auf die Oni-Maske, die er immer noch locker in der Hand hielt, und er lächelte wehmütig. »Ich schätze, die brauche ich nicht mehr«, murmelte er. »Wie auch immer die Sache ausgehen wird, ob mit einem Sieg oder einer Niederlage, ich habe das Gefühl, dass Oni no Mikotos nächstes Duell sein letztes sein wird. Also ...«

Mit weit ausholender Bewegung schleuderte er die Maske in die Luft. Sie stieg bogenförmig in die Höhe, wirbelte rot und weiß, bevor sie träge im Fluss landete. Einen Moment lang trieb sie auf der Wasseroberfläche, ein kleines blasses Oval, das sich hell von dem Schwarz abhob. Dann tauchte die fauchende Oni-Fratze unter, als die Strömung sie in die Tiefe zog und sie aus unserem Blickfeld verschwand.

26

Die Hauptstadt

Yumeko

Meine Augen taten mir schon weh von all dem Herumschauen.

Kin Heigen Toshi, die Stadt der Goldenen Ebene, war schon lange, bevor wir auch nur ihre beeindruckenden Tore erreichten, zu sehen. Gebaut an der Stelle, wo zwei Flüsse – der Hotura und der Kawa no Kin, der Goldene Fluss – sich trafen, dehnte sie sich meilenweit in jede Richtung aus.

Die dicht bebaute innere Stadt war von Wasser umschlossen und steilen Steinmauern geschützt, doch das Stadtgebiet war längst über den Festungsgraben geschwappt und breitete sich immer weiter auf der Grasebene aus. In meinem ganzen Leben hatte ich noch nie so viele Häuser gesehen; aus der Ferne wirkte es, als wäre das gesamte Tal mit Dächern, Mauern, Brücken und Straßen überzogen.

Fast genau im Zentrum, auf einem steil abfallenden Hügel und umgeben von einem gewaltigen steinernen Befestigungswall, türmte sich eine prunkvolle Burg in die Höhe und überragte die gesamte Stadt. Während die unteren Mauern weiß und mit dunklem Holz eingefasst waren, waren die Dächer und oberen Stockwerke mit einem Material überzogen, das an reines Gold erinnerte, denn es glänzte strahlend hell unter dem wolkenlosen Himmel, fast zu grell, um es mit bloßem Auge zu betrachten.

»Seht nur, der Sonnenpalast!«, verkündete Daisuke und klang fast so stolz, als hätte er die Burg höchstpersönlich entworfen. »Sitz des Kaisers und das Herz von Iwagoto.«

»So etwas habe ich noch nie gesehen«, gestand ich ein, während ich die Augen mit der Hand gegen das gleißende Licht abschirmte. »Besteht er wirklich aus Gold?«

»Blattgold, Mylady«, erwiderte Daisuke. »Die Mauern und Dächer sind vergoldet. Leider müssen wir erst noch einen Weg finden, eine Burg aus reinem Gold zu erbauen. Obschon Kaiser Taiyo no Ryosei es versucht hat, bis die Bauern eine Revolte anzettelten.«

»Wie es scheint, fanden sie es nicht gut zu verhungern, während ihr Kaiser sich einen Palast aus Gold errichtet«, fügte Okame hinter uns an. »Undankbares Pack!«

Daisuke überging ihn. Seit der Nacht auf der Brücke hatte er sich umgezogen, trug nun eine taubengraue Hakama-Hose und eine himmelblaue Haori-Jacke mit silbernen Wolken, die den Saum und die sich bauschenden Ärmel zierten. Das Wappen der Taiyo, eine gleißende Sonne in einem Kreis, war auf beide Schultern gestickt. Bei Tageslicht, mit seinen beiden Schwertern, die an seinem Obi steckten, und den langen weißen, zu einem Zopf geflochtenen Haaren, sah er vom Scheitel bis zur Sohle wie ein adliger Krieger aus.

Ganz im Gegensatz zu Okame, der hinter uns an einem Baum lehnte, das Ende eines Strohhalms zwischen den Zähnen. Oder Tatsumi, der etwas abseits von uns stand, ein dunkler Schemen, der fast völlig mit den Schatten der Äste verschmolz. Ich spürte, dass die beiden uns beobachteten, der eine mit kaltem, wachsamem Blick, der andere mit spöttischer Belustigung, und ich fragte mich, ob einer von ihnen je einmal von irgendeinem Anblick völlig überwältigt gewesen war.

»Als sie errichtet wurde«, fuhr Daisuke fort, ohne die bohrenden Blicke in unserem Rücken zu bemerken, »verlangte der damalige Kaiser, Taiyo no Kintaro, eine Burg, die heller als die Sonne selbst strahlte, damit jeder im Umkreis von vielen Meilen den Einfluss unserer Familie sehen konnte. Seit ihrem Bau ist sie nicht weniger als vier Mal bis auf die Grundmauern niedergebrannt, allerdings immer wieder zu ihrer alten Pracht restauriert worden. Seit mehr als siebenhundert Jahren regiert ein Taiyo von diesem Palast aus.«

»Die Burg ist wunderschön«, sagte ich und kniff die Augen zusammen, als die Sonne sich in einem Dachziegel spiegelte und mich blendete. »Auch wenn ich mich frage … ist jemand, der in der Nähe des Palasts wohnt, an sonnigen Tagen schon einmal erblindet?«

Er lachte. »Man lernt, im Sommer nicht direkt hinzusehen.«

Wir folgten dem Weg, der sich bald zu einer breiten Prachtstraße weitete, mit unzähligen Menschen, die in die Hauptstadt eilten oder von dort kamen. Als wir die Brücke in die Stadt überquerten und unter den hohen, ausladenden Toren hindurchmarschierten, schlug mein Herz vor Aufregung schneller. Alles hier war so imposant! So groß und laut und schnell. Ich fühlte mich so klein, während wir an einem Dutzend Läden und Marktständen vorbeispazierten, und konnte nicht aufhören, alles mit offenem Mund anzugaffen.

Da spürte ich ein Zerren an meinem Ärmel, und Tatsumi riss mich in letzter Sekunde zur Seite, als ein Mann, der einen zweirädrigen Karren hinter sich herzog, an uns vorbeirannte. Er rief mir etwas zu, möglicherweise eine Entschuldigung oder aber eine wüste Beschimpfung, und hastete die Straße weiter hinab, ohne das Tempo zu drosseln.

»*Oi*, war das wirklich nötig?«, rief ich ihm hinterher, dann drehte ich mich zu Tatsumi um, der eine Augenbraue hob. »*Gomen*«, entschuldigte ich mich. »Ich schätze, ich sollte ein bisschen besser auf meine Umgebung achten.«

»Das wäre wohl ratsam.«

»Oh, entspann dich, Kage-san«, unterbrach uns Okame, der zielstrebig auf uns zukam. »Sie war noch nie zuvor in der Hauptstadt – natürlich ist sie abgelenkt. Nun denn, Yumeko-chan …« Er grinste mich an. »Wir haben nun ganz offiziell die Hauptstadt erreicht. Gibt es etwas, das du dir ansehen willst? Wo du hingehen willst? Ich könnte dir die interessantesten Orte zeigen, wenn du ein bisschen Touristin spielen möchtest. Natürlich könnten wir auch abwarten, bis die Sonne untergeht. *Richtig* spannend wird Kin Heigen Toshi erst im Dunkeln.«

»Wirklich? Wie das?«

»Wir sind nicht wegen der Sehenswürdigkeiten hier.« Tatsumis Stimme war ausdruckslos. »Wir können nicht ziellos in der Stadt herumlaufen – wir haben einen Auftrag zu erfüllen. Außerdem ...«, sagte er an den Ronin gewandt, »hattest du gesagt, du hättest geschäftlich in der Hauptstadt zu tun. Solltest du dich nicht darum kümmern?«

Okame zuckte mit den Schultern. »Ich habe nichts Wichtiges zu erledigen«, erklärte er beiläufig und winkte ab. »Ich kann jederzeit langweilig und verantwortungsbewusst sein und mir eine Arbeit suchen. Es gibt immer irgendwelche Händler, die einen Leibwächter, oder Spielhallen, die einen Rausschmeißer bräuchten. Aber es war so spannend, mit euch beiden zu reisen, dass ich wohl noch ein bisschen länger bei euch bleiben will. Warum, Kage-san?« Er grinste wölfisch, selbst als Tatsumi verärgert die Augen zusammenkniff. »Du willst mich doch nicht etwa loswerden, oder?«

»Yumeko-san.« Zu Okames Glück schaltete Daisuke sich ein, bevor Tatsumi sein *Ich-werde-dich-killen*-Gesicht aufsetzen konnte. »Dieser Auftrag von dir ... wohin müssen wir, um ihn zu erfüllen? Ich wohne schon mein ganzes Leben in dieser Stadt. Ich kenne hier fast alles. Wenn du mir deine Mission anvertrauen darfst, könnte ich dir wahrscheinlich den Weg weisen.«

»Ich ... ja. Ich muss den Hayate-Schrein finden«, erklärte ich ihm und rief mir Meister Isaos letzte Anweisungen ins Gedächtnis. »Es ist wichtig, dass ich mit dem Hohepriester dort rede. Er hat Informationen, die ich brauche, damit ich meinen Weg weitergehen kann.«

»Der Hayate-Schrein«, wiederholte Daisuke langsam und nickte.

»Ja. Ich weiß, wo er ist, aber er liegt genau auf der anderen Seite der Stadt, im Winddistrikt. Wir werden einige Stunden dorthin brauchen. Schließlich ist Kin Heigen Toshi sehr groß.«

»Das macht nichts«, sagte ich. »Ich muss ihn finden – es ist wichtig, dass Tatsumi und ich ihn so schnell wie möglich erreichen. Würdest du uns hinführen, Daisuke-san?«

Er lächelte. »Natürlich.«

Kin Heigen Toshi verlor nichts von seiner Faszination, während wir Taiyo-san durch die Straßen folgten. Gebäude erhoben sich um uns herum: Teehäuser und Tempel, Badeanstalten und Schreine, Herbergen, elegant in ihrer Einfachheit, und noble Anwesen der Wohlhabenden und Einflussreichen. Geschäfte und Verkaufsstände, wo alles von Strohsandalen und Sonnenschirmen bis hin zu exotischen Gewürzen und Schmuck von jenseits des Versengten Meeres feilgeboten wurde, säumten die Straßen. Daisuke gab Erklärungen zu den Plätzen und Gebäuden, an denen wir vorbeikamen, wies auf Besonderheiten hin und erzählte ein wenig von ihrer Geschichte, wenn es sich um Tempel, Schreine oder andere historisch bedeutsamen Orte handelte. Der Adlige war tatsächlich sehr bewandert, was die Stadt betraf, und ich hing fasziniert an seinen Lippen. Einmal merkte Okame an, dass wir eine Abkürzung durch einen Bereich nehmen könnten, den er Rotlichtbezirk nannte, und dann könnte *er* mir alles über dieses Viertel erzählen. Doch bevor ich fragen konnte, was er meinte, drehte Daisuke sich um und warf ihm einen derart vernichtenden Blick zu, dass er sein Angebot eiligst zurücknahm.

Wie gewöhnlich bildete Tatsumi die Nachhut, so lautlos wie ein uns folgender Schatten, ohne dass er auch nur einmal versucht hätte, sich an unserem Gespräch zu beteiligen. Als wir in eine schmale Gasse bogen, die auf der einen Seite von einem Kanal und auf der anderen von einer Mauer gesäumt wurde, ließ ich mich zurückfallen, um neben ihm zu gehen.

Er beäugte mich, nicht gänzlich argwöhnisch, aber doch erwartungsvoll. »Ist das nicht unglaublich, Tatsumi?«, murmelte ich und beobachtete einen Eisvogel, der in einem Streifen aus leuchtendem Blau über den Kanal schoss. »Ich hätte niemals geglaubt, dass es einen solchen Ort auf der Welt gibt.«

»Hm.«

»Meister Isao hat nicht viel von den Ländereien außerhalb des Tempels erzählt«, fuhr ich fort. »Ich denke, er und die anderen hatten Angst, die Außenwelt könnte mich weglocken. Hätte ich gewusst, dass es gleich hinter den Tempelmauern Orte wie diesen gibt, hätte er womöglich sogar recht behalten.«

Tatsumi gab keine Antwort, und ich sah ihn stirnrunzelnd an. »Du bist sehr schweigsam, Tatsumi-san.«

»Ich bin immer schweigsam.«

»Ja, aber in letzter Zeit bist du noch grüblerischer als sonst«, beharrte ich. »Stimmt etwas nicht? Bist du auf etwas Spitzes getreten?«

»Wir sollten uns auf unsere Mission konzentrieren«, erwiderte er in leicht schroffem Tonfall. »Und nicht mit Adligen Touristen spielen oder mit Ronins Spielhallen und Rotlichtbezirke besuchen. Das hier ist keine Vergnügungsreise.«

»Das weiß ich.« Mit einem Blick auf den Aristokraten, der ein Stück vor uns ging und sich mit Okame unterhielt, senkte ich die Stimme. »Aber Daisuke-san bringt uns zum Hayate-Schrein ... es wäre unhöflich, die beiden nicht mitzunehmen.«

Er sah weg. »Wir brauchen sie nicht. Sie werden uns nur im Weg stehen, sie sind ein Klotz am Bein. Sobald wir wissen, wo der Tempel liegt, sollten wir uns von ihnen trennen.«

»Er hilft uns, Tatsumi. Okame hat uns ebenfalls geholfen, im Gaki-Dorf. Wir können sie nicht einfach zurücklassen. Außerdem, was ist mit deinem Duell mit Daisuke-san?«

Er sah mich zweifelnd an. »Willst du etwa, dass einer von uns beiden stirbt?«, fragte er mit sonderbar spröder Stimme. »Oder willst du mich überhaupt nicht in deiner Nähe haben? Vielleicht würdest du es vorziehen, wenn der Ronin und der Adlige dich zum Tempel eskortieren.«

»Natürlich nicht.« Ich runzelte die Stirn angesichts seiner abrupten Feindseligkeit. »Das habe ich nie gesagt, Tatsumi-san.«

»Nein?« Seine Stimme wurde leiser, war fast nicht mehr zu hören. »Vielleicht solltest du es sagen.«

»Hey, ihr beiden!«, rief Okame von weiter vorn. »Was auch immer ihr da hinten zu flüstern habt, kann das nicht warten? Unser Führer meint, der Schrein ist gleich auf der anderen Straßenseite.«

Ich hastete an zwei Jungen mit Angelruten vorbei, um Daisuke und den Ronin an der Straßenecke einzuholen. Direkt gegenüber erhob sich ein Torii-Tor vor einer Steintreppe, die geradewegs einen bewaldeten Hügel hinaufführte.

»Das ist der Eingang zum Hayate-Schrein«, sagte Daisuke und spähte die steilen Stufen hinauf, unbeeindruckt von dem Gedanken, sie erklimmen zu müssen. »Auch wenn es etwas spät ist, den Priester aufzusuchen«, fügte er mit einem Blick durch die Äste gen Himmel hinzu. Die Sonne war vor wenigen Minuten untergegangen, und die ersten Sterne zeigten sich. »Erwartet er dich, Yumeko-san?«

»Nicht, dass ich wüsste«, erwiderte ich und spürte, dass Tatsumi neben mir stehen blieb. »Aber ich muss unbedingt mit ihm reden. Noch heute Abend, wenn irgend möglich.«

»Na schön.« Okame seufzte und betrachtete schicksalsergeben die Treppe. »Priester zuerst, Spielhalle später. Und vielleicht danach noch etwas Spaß im Rotlichtviertel. Heute Nacht gibt's viel zu tun, ich hoffe, ihr zwei könnt mithalten.« Bei seinen Worten sah er insbesondere Daisuke an, als wartete er gespannt auf die Antwort des anderen. Der Adlige seinerseits ignorierte ihn und hob die Hand in Richtung Treppe.

»Das ist deine Mission, Yumeko-san. Wir folgen dir.«

Ich holte tief Atem, erleichtert und zugleich nervös. Ich hatte es fast geschafft. Nur noch ein paar Stufen, bis ich den ersten Teil meiner Mission erledigt hatte. Das Auffinden von Meister Jiro, der mir sagen konnte, wo der Tempel der Stählernen Feder lag. Meine Reise war hier nicht zu Ende, wir mussten immer noch zum Tempel gelangen, und ich hatte nicht den blassesten Schimmer, wo dieser sich befand, doch ich konnte mir lebhaft vorstellen, wie wir mehrere unbekannte Ländereien durchqueren und in den unwirtlichsten, trostlosesten Gebieten suchen müssten, verfolgt von Blutmagiern und Dämonen. Ich müsste die Schriftrolle weiterhin geheim halten, vor Dämonen *und* meinen eigenen Gefährten. Vor einem gefährlichen, unbeirrbaren Dämonenjäger, der mich womöglich töten würde, sollte er herausfinden, dass ich ihn getäuscht hatte und die ganze Zeit über im Besitz der Schriftrolle gewesen war. Das hier war nicht das Ende, weit gefehlt. Es war ein weiterer Anfang, und im Moment drehte sich mir der Kopf angesichts dessen, was vor mir lag.

Ein Schritt nach dem anderen, kleiner Fuchs. Da erinnerte ich mich an Meister Isaos Stimme, seine Worte, wann immer ich einen Berg an Hausarbeiten zu erledigen oder eine besonders schwierige Aufgabe zu lösen hatte. *Die Spinne webt ihr Netz nicht in Sekundenschnelle, ebenso wenig wie der Albatros mit nur wenigen Flügelschlägen über Ozeane fliegt. Viele erachten das, was sie tun müssen, als unmöglich, und dennoch bewältigen sie ihre Aufgaben meisterlich, denn sie … fangen einfach an.*

Ein Schritt nach dem anderen. Zögerlich setzte ich den ersten Schritt, dann noch einen, bis ich die Straße überquert hatte und vor dem Torii stand. Jenseits des Tors lag geheiligter Boden, das Reich der kami. Ich verneigte mich respektvoll vor den Geistern, deren Land ich nun betreten würde, und begann, die Stufen hochzusteigen.

Es war eine außergewöhnlich steile, lange Treppe, und ich achtete gewissenhaft darauf, auf einer Seite der Stufen zu bleiben, da die Mitte des Wegs den kami vorbehalten war. Der Rand der Treppe war abgenutzt, durch den Gebrauch und die Zeit verwittert, weshalb es wichtig war, genau aufzupassen, wohin man trat. Als ich die letzte

Stufe erreicht hatte, erspähte ich auf einem Sockel neben der Treppe eine Komainu-Statue, den Löwenhund, der den Schrein vor bösen Geistern beschützte, sein Maul zu einem Furcht einflößenden Fauchen aufgerissen. Ein weiteres steinernes Podest befand sich direkt gegenüber, doch dieses war leer, als hätte der zweite Hüter entschieden, seinen Posten zu verlassen.

Kurz fragte ich mich, was mit ihm geschehen war; Komainu-Wächter gab es immer paarweise. Doch der Gedanke war rasch vergessen, als ich unter einem zweiten Torii hindurchschritt und den kleinen, wenn auch eleganten Schrein auf der anderen Seite des winzigen Vorhofs sah. Der Haiden oder der Gebetssaal, der auf einer erhöhten Plattform stand, zu der man über vier Steinstufen gelangte, hatte dieselbe zinnoberrote Farbe wie das Torii-Tor. Ein geweihtes Seil hing über dem Eingang, was anzeigte, dass dieses Gebäude heilig war. Jenseits des Haiden lag der Honden, der Hauptschrein, wo die kami beherbergt waren, und niemand außer den Priestern und der jeweiligen Schreinmaid durften ihn betreten.

»Sieht aus, als wäre niemand hier«, sagte Okame nachdenklich. Kein einziger Mensch befand sich in der Nähe des Haiden, der Vorhof war leer, ebenso wie der traditionelle Reinigungsbrunnen neben dem Eingang. Doch an einem Ort wie diesem, wo das einzige Geräusch der Wind in den Kiefern und das Rieseln von Wasser im Brunnen war, war die Gegenwart der kami überall zu spüren. Selbst der respektlose Ronin mit seiner großen Klappe schien die Stille nur ungern zu stören. »Vielleicht sollten wir in den Nebengebäuden nachsehen? Die Unterkünfte der Priester müssten hier auch irgendwo sein, nicht wahr?«

Daisuke blickte über den Vorhof zum Haiden und runzelte nachdenklich die Stirn. »Bevor wir irgendetwas tun, sollten wir zuerst den kami unseren Respekt zollen«, verkündete er mit ehrfurchtsvoller Stimme. »Wir sind hier Gäste, und ich hege nicht den Wunsch, mir Unglück ins Haus zu holen, indem ich sie beleidige.«

»Ich schätze, du hast recht«, sagte Okame. »Obwohl normalerweise allein meine Gegenwart ausreicht, um andere zu beleidigen. Das ist wohl mein ganz eigenes Talent.«

Zur Vorbereitung für unser Gespräch mit den kami versammelten wir uns um den Reinigungsbrunnen, einen steinernen Trog mit Kellen, die auf dem Rand verteilt lagen. Daisuke tauchte einen der langen hölzernen Schöpflöffel ins Wasser und goss etwas über seine linke Hand, dann über seine rechte, bevor er mit einem Finger über seine Lippen glitt und die Kelle behutsam zurücklegte. Ich folgte seinem Beispiel und bemerkte, dass Okame es mir gleichtat, auch wenn sein Gesichtsausdruck leicht verkniffen war, während er das extrem kalte Wasser über seine Hände rieseln ließ, sich den Mund ausspülte und das Wasser dann in die Büsche spuckte. Selbst Tatsumi führte das Ritual durch, wusch sich bedächtig die Hände und benetzte sich auf ruhige, routinierte Art die Lippen.

Nach der zeremoniellen Reinigung drehten wir uns um und bahnten uns einen Weg zum Haiden auf dem oberen Treppenabsatz. Es war ein elegantes Gebäude mit einem grün gedeckten Dach, das sich an den Ecken nach oben wölbte, und leuchtend roten Säulen darunter. Eine hölzerne Spendenurne stand vor dem verschnörkelten Gitter, das am Fenster des Haiden angebracht war. Fasziniert beobachtete ich, wie Daisuke eine silberne Tora in die Urne steckte und dann an dem Seil zog, das daneben hing.

Ein Läuten ertönte von einer großen Glocke über uns, und augenblicklich verspürte ich überall um uns herum ein Erwachen, als wären jäh Dutzende Augenpaare auf uns gerichtet. Die kami des Schreins hatten uns bemerkt. Ich hoffte, sie würden keinen Anstoß an einer vermessenen Halb-Kitsune nehmen, die in ihr Reich eingedrungen war.

Daisuke, der die jähe Aufmerksamkeit um ihn herum nicht zu bemerken schien, verneigte sich einmal und dann ein zweites Mal. Er hob die Hände vor sein Gesicht und klatschte zweimal, langsam und bedächtig, dann schloss er die Augen zu einem stillen Gebet. Als er fertig war, wiederholte Okame das Ritual, warf einen kupfernen Kaeru in die Spendenbox, läutete an der Glocke und klatschte zweimal, bevor er die Augen zum Gebet zukniff.

Während ich mich in Geduld übte und darauf wartete, dass ich an die Reihe kam, bemerkte ich Tatsumi, der immer noch am Fuß der Treppe stand. Mit verschränkten Armen blickte er zum Torii-Tor auf der anderen Seite des Vorhofs. Er wirkte angespannt, hatte die Lippen aufeinandergepresst, ein harter Ausdruck lag in seinen Augen, als fühlte er sich hier nicht wohl. Ich stieg die Stufen zu ihm hinab.

»Geht's dir gut, Tatsumi-san? Du siehst ein bisschen blass aus.«

»Alles in Ordnung.«

»Wirst du dir von den kami etwas wünschen? Vielleicht darum beten, dass unsere Mission gut ausgeht?«

Er schüttelte den Kopf. »Die kami würden jemanden wie mich nicht erhören.«

»Warum?«

»Weil es eine Reinheit des Herzens und des Körpers bedarf, um die Götter anzurufen«, erwiderte Tatsumi. Sein Blick glitt zu seiner geöffneten Handfläche, und seine Augen verdunkelten sich. »Selbst wenn ich mich tausendmal waschen würde, ist meine Seele rettungslos verdorben, sodass mir niemals vergeben werden könnte. Die kami wollen nichts mit mir zu tun haben.«

»Oh.« Ich dachte einen Moment über seine Worte nach. Es klang schrecklich traurig, von den Göttern geächtet zu werden. »Dann sag ihn mir«, bot ich an.

Blinzelnd starrte er mich an. Ich begegnete seinem verwunderten Blick und lächelte. »Deinen Wunsch, Tatsumi. Wenn du um irgendetwas bitten könntest, genau in diesem Augenblick, was wäre es? Ich werde an deiner Stelle zu den kami beten.«

»Yumeko …« Seine Augen wurden weicher. Für den Bruchteil einer Sekunde ließ er seine kalte, ausdruckslose Miene fallen, und bei der Verletzlichkeit, die ich nun erblickte, zog sich mir der Magen zusammen.

»Entschuldigt bitte.«

Wir drehten uns um, und jegliche Sanftmut verschwand aus Tatsumis Gesicht, es war, als würde sich eine Tür schließen. Ich spähte in den Vorhof und stellte fest, dass wir nicht länger allein waren.

Ein paar Meter von uns entfernt stand eine junge Frau, einen Besen in beiden Händen, und betrachtete uns mit ernster Miene. Sie war allerhöchstens ein oder zwei Jahre älter als ich und trug die traditionelle rote Hakama-Hose und makellos weiße Haori-Jacke einer Miko – einer Schreinmaid. Ihre glatten schwarzen Haare, die sogar noch länger als meine waren, waren im Nacken mit einer einfachen roten Schleife zusammengebunden, und ihre dunklen Augen funkelten missbilligend, als sie einen Schritt vortrat.

»Es tut mir leid«, verkündete sie, ihren Blick abwechselnd auf Daisuke und Okame gerichtet, während sie die Stufen zu uns herabkam. »Aber der Schrein ist abends geschlossen. Die Öffnungszeiten enden, sobald die Sonne untergegangen ist. Wenn Ihr ein Gebet sprechen oder Euch etwas von den kami wünschen wollt, dann kommt bitte … morgen wieder.«

Ihre Stimme verlor sich, als sie mich ansah. Mein Magen krampfte sich zusammen, als unsere Blicke sich trafen, und für einen Moment glaubte ich, sie könnte mich sehen. Mich *wirklich* sehen, mein wahres Ich. Mein Herz pochte wie wild, und ich hielt den Atem an, während ich fürchtete, die Schreinmaid könnte laut *Kitsune!* rufen und mich vor allen entlarven.

»Bitte entschuldigt vielmals«, sagte Daisuke und trat vor. Die Miko löste ihren Blick von mir, um den näher kommenden Adligen zu mustern, der sie anlächelte, als er den Fuß der Treppe erreichte.

»Wir wollten nicht unerlaubt eindringen«, fuhr Daisuke fort, während ich immer noch wie festgefroren wartete, gespannt, was die

Schreinmaid als Nächstes tun würde. »Wir suchen den Oberpriester. Könnt Ihr uns sagen, wo er ist?«

»Wer möchte das wissen?«

Ich holte rasch Atem. »Ich«, sagte ich und trat von Tatsumi weg. Die Miko blickte mich ruhig an, ihre dunklen Augen abschätzend, doch sie zeigte nicht auf mich und schrie *Dämonenfuchs*, weshalb ich hoffte, dass ich mich getäuscht hatte. »Ich komme vom Tempel der Stillen Winde«, erklärte ich ihr, während sie mich weiterhin ruhig ansah. »Ich bin weit gereist, um diesen Ort zu finden. Bitte, es ist wichtig, dass ich mit ihm rede. Könnt Ihr mir sagen, wo er ist?«

Ihr Blick ruhte noch einen langen Moment auf mir, dann drehte sie sich um. »Komm mit mir«, befahl sie nur und begann, den Vorhof zu durchqueren. Eilig folgten wir ihr um den Schrein herum zu einer Reihe kleinerer, schlichterer Gebäude. Vor den Stufen der Veranda, die das erste Haus umschloss, wandte sie sich um, sodass wir wie angewurzelt stehen blieben, und zeigte mit einem Finger auf mich.

»Du. Folg mir. Nur du – der Rest deiner Gefährten muss hier warten.« Sie sah zu den anderen, als erwartete sie Protest, und verengte die Augen. »Der Oberpriester ist im Moment sehr beschäftigt. Ich möchte ihn nicht mit einer Gruppe von Besuchern stören, die durch seine Räumlichkeiten laufen. Ich bringe das Mädchen zu Meister Jiro, damit sie mit ihm sprechen kann – alle anderen, bitte macht es Euch bis zu unserer Rückkehr bequem.«

»Oh.« Ich drehte mich zu meinen Begleitern um und fragte mich, was sie davon hielten. Okame zuckte mit den Achseln, Daisuke deutete auf die Stufen, eine Aufforderung, der Schreinmaid zu folgen. Ich spähte zu Tatsumi, der kaum merklich nickte. Vermutlich glaubte er, dass eine zierliche Miko keine große Gefahr darstellte, oder vielleicht kümmerte es ihn auch einfach nicht. »Na schön.«

Ich folgte ihr die Treppe hinauf, eine hölzerne Veranda entlang und an mehreren Zimmern vorbei, wo Stimmengemurmel durch das Shoji-Paneel zu hören war. Am Ende der Veranda schob die Miko eine Tür auf und bedeutete mir einzutreten. Ich kam ihrer Aufforderung nach und stand nun in einem kleinen, fast vollkommen leeren Zimmer mit einem Boden aus geflochtenen Bambusmatten, einem niedrigen Tisch und einer einzigen Blume in einer Nische. Der Oberpriester war nirgends zu sehen.

Die Tür schloss sich mit einem lauten Klicken. Hastig wirbelte ich herum und sah, wie die Miko einen Streifen weißes Papier aus ihrer Haori zog und ihn auf den Türrahmen presste, das Kanji-Zeichen für *Barriere* in klarer schwarzer Tinte auf die Oberfläche geschrieben.

Ein Ofuda? Ich spürte das Pulsieren von spiritueller Energie, die sich von dem Papierstreifen aus auf den Wänden ausbreitete. Die Härchen an meinen Armen stellten sich auf, als eine schimmernde Mauer aus Macht das Zimmer umschloss, ähnlich wie die Qi-Barriere, die von Mönchen erschaffen wurde, allerdings bestand diese aus reiner Magie, gespeist von den kami und der Weltenenergie.

Die Schreinmaid drehte sich um und funkelte mich mit ihren schwarzen Augen an. »Ich habe eine Sperre um diesen Raum gelegt«, verkündete sie. »Keine Geister, Dämonen oder Yokai können herein oder heraus, und niemand von draußen wird uns hören. Deine Freunde, falls sie denn deine Freunde sind, werden nicht kommen, *Kitsune.*«

Meine Ohren legten sich flach an meinen Kopf, während ich einen Schritt zurückwich, und Fuchsmagie wallte in mir auf. Sie hatte mich also doch durchschaut. »Ich bin nur hier, um mit Meister Jiro zu sprechen«, sagte ich in einem Tonfall, von dem ich hoffte, dass er beruhigend klang. »Ich bin nicht hier, um Unruhe zu stiften.«

»Nein?« Der Blick der Miko verengte sich. »Hast du geglaubt, du könntest hier einfach hereinspazieren und ich würde eine Yokai nicht erkennen, wenn sie genau vor mir steht? Selbst eine Halb-Yokai. Ich spreche jeden Tag zu den kami. Ich sehe ihre Welt so klar und deutlich wie meine eigene.« Sie zeigte zur versiegelten Tür. »Diese Männer dort draußen … keiner von ihnen weiß, was du in Wirklichkeit bist, nicht wahr, Fuchs? Du führst sie alle an der Nase herum.« Ein kaltes Lächeln legte sich auf ihre Lippen. »Ich hingegen lasse mich nicht so leicht täuschen.«

»Ich bin hier, weil ich Hilfe brauche«, beharrte ich. »Ich komme vom Tempel der Stillen Winde. Mein Meister hat mich geschickt, um den Oberpriester des Hayate-Schreins zu finden.«

»Warum?«

»Weil …« Ich schloss die Augen. Keinesfalls wollte ich gegen die Miko kämpfen, aber es war offensichtlich, dass sie mir kein Wort glaubte. Sie sah nur eine Kitsune, und der Ruf der spitzbübischen Füchse eilte mir voraus. Wenn ich mit dem Priester sprechen wollte, musste ich an der Schreinmaid vorbei.

»Weil …« Ich seufzte wieder und griff in meinen Furoshiki. »Ich das hier habe.«

Die Augen der Schreinmaid weiteten sich, als ich das lackierte Etui mit der Schriftrolle herauszog und hochhielt. Das Blut wich aus ihrem Gesicht, und sie taumelte einen Schritt nach hinten, während sie den Gegenstand in meiner Hand anstarrte, als wäre es eine lebende Schlange. »Bei allen Kami«, flüsterte sie. »Das ist … Du hast ein Stück der Schriftrolle.« Einen Moment stand sie da, dann beugte sie sich mit zu Schlitzen verengten Augen vor. »Wer weiß sonst noch davon?«, fauchte sie. »Die Männer dort draußen – ist einem von ihnen bewusst, dass du im Besitz des Drachengebets bist?«

Ich schüttelte den Kopf. »Niemand von ihnen weiß, dass ich die Schriftrolle habe«, versicherte ich ihr. »Oder zumindest diesen Teil.« Ich zögerte einen Moment, verzog das Gesicht. »Aber es gibt … einen, der danach sucht, der zu meinem Tempel geschickt worden ist, um die Schriftrolle zu stehlen.«

»Der Samurai in Schwarz«, riet die Miko. »Der Krieger des Schattenclans. Wer ist er?«

»Sein Name ist Kage Tatsumi«, erklärte ich ihr. »Er trägt ein Schwert namens Kamigoroshi bei sich.«

Sie schloss die Augen. »Der Dämonenjäger der Kage«, wisperte sie. »Ich hatte gespürt, dass etwas Böses in der Nähe ist. Es ergibt wohl Sinn, dass Hanshou ihn geschickt hat.« Sie öffnete ihre Augen, wütend und verängstigt zugleich, funkelte sie mich an. »Wie konntest du diese Kreatur in den Schrein bringen?«, fragte sie ungläubig. »Weißt du denn nicht, wie gefährlich er ist, was er den Geistern antun könnte, die diesen Ort ihr Zuhause nennen?«

»Ich habe ihn gebraucht«, erwiderte ich. »Er hatte zugestimmt, mir zu helfen ...«

»Weil er die Schriftrolle will«, fiel sie mir ins Wort. »Das ist der einzige Grund, weshalb *du* immer noch am Leben bist, Kitsune, der einzige Grund, weshalb der Dämonenjäger dich nicht umgebracht hat. Wenn er herausfindet, dass du sie besitzt ...«

»Mein Tempel wurde angegriffen«, sagte ich. »Ein Oni fiel über uns her, hat jeden niedergemetzelt und wollte die Schriftrolle stehlen. Ich bin mit Müh' und Not entkommen.« Schaudernd erinnerte ich mich an das Grauen, an den riesigen Oni und die wütende Dämonenhorde, die in den Saal gestürzt waren, und das entsetzliche Gemetzel, das anschließend folgte. Ich musste mühsam den Kloß in meiner Kehle hinunterschlucken, bevor ich fortfahren konnte. »Vor seinem Tod hat Meister Isao mich hierhergeschickt. Er meinte, der Oberpriester werde wissen, wo der Tempel der Stählernen Feder zu finden ist.«

»Wo das zweite Stück des Drachengebets aufbewahrt wird«, beendete die Miko meine Ausführung mit ernstem Ton und seufzte. »Ja, ich erkenne, dass du die Wahrheit sagst.« Sie trat einen Schritt zurück und rieb sich die Augen, als schmerzten diese. »Obwohl ich nicht verstehe, warum die Mönche eine Yokai mit etwas so Wichtigem beauftragt haben. Wahrscheinlich waren sie verzweifelt.«

Ich ignorierte die Verachtung in ihrer Stimme und steckte das

Etui zurück in meinen Furoshiki. »Mein Name ist Yumeko«, sagte ich zu ihr. »Meister Isao und die Mönche haben mich großgezogen. Ich habe mein ganzes Leben in dem Tempel verbracht. Mir wurde die Geschichte des Drachen erst vor Kurzem anvertraut, aber ich habe versprochen, auf die Schriftrolle aufzupassen. Ich habe nicht die Absicht, sie Dämonen oder bösen Menschen in die Hände fallen zu lassen. Ich bin einen weiten Weg gekommen, habe gegen Banditen und Gaki und einen Omukade gekämpft, um mit dem Oberpriester zu sprechen.« Meine Ohren stellten sich leicht auf, während Verzweiflung und Wut in mir aufwallten. »Wenn ich wirklich die Yokai wäre, für die Ihr mich haltet, dann hätte ich die Schriftrolle in einen Fluss geworfen und sie hinaus aufs Meer treiben lassen.«

»Du hast recht. Es tut mir leid, Kitsune.« Die Schreinmaid richtete sich auf, wurde förmlicher. »Ich entschuldige mich für meine Unverblümtheit«, erklärte sie. »Man kennt mich unter dem Namen Reika, und ich bin die oberste Schreinmaid im Hayate-Schrein. Außerdem bin ich die Einzige, die abgesehen von Meister Jiro von dem Drachen weiß.«

»Dann kennt Ihr die Legende. Und wisst alles über die Schriftrolle und den Wunsch des Drachen.«

»Ja.« Reika nickte. »Meister Jiro hat mir von der Schriftrolle, dem Drachengebet und den Folgen erzählt, die eintreten würden, wenn der Drache heraufbeschworen wird. Aber es gibt etwas, das er mir nicht offenbart hat, nämlich wo sich der Tempel der Stählernen Feder befindet.« Sie lächelte bitter. »Wahrscheinlich zu meiner eigenen Sicherheit.«

»Ich muss unbedingt zum Tempel der Stählernen Feder«, sagte ich. »Ich habe versprochen, den Mönchen dort die Schriftrolle zu bringen. Werdet Ihr mir gestatten, mit Meister Jiro zu sprechen?«

»Das würde ich«, erwiderte die Miko, »wenn ich wüsste, wo er ist.«

Ich blinzelte. »Er ist nicht hier?«

Reika schüttelte den Kopf. »Vor drei Tagen«, erklärte sie, »kam ein Bote mit einer Nachricht für Meister Jiro, in der er zum Kaiserpalast gerufen wurde. Er ist zu dem Treffen aufgebrochen und hat mir bis zu seiner Rückkehr die Leitung des Schreins übertragen. Das war das letzte Mal, dass ich ihn gesehen habe.« Ihre Lippen wurden schmal, und sie schüttelte den Kopf. »Ich hätte ihn nicht gehen lassen dürfen. Kurz davor hat er mir offenbart, dass er wegen des Treffens ein ungutes Gefühl habe, und hat mich gewarnt, auf der Hut zu sein. Ich hätte darauf bestehen müssen, dass er hierbleibt. Und jetzt ist er verschwunden, und ich habe nicht den blassesten Schimmer, was geschehen ist.«

»Seid Ihr zum Palast gegangen, um nach ihm zu suchen?«

Sie bedachte mich mit einem amüsierten Blick. »Das habe ich versucht, aber man kann nicht einfach ungeladen im Kaiserpalast auftauchen«, schnaubte sie. »Die Wachen haben mich jedes Mal an den Toren abgewimmelt. Sie behaupteten, niemand hätte etwas von Meister Jiro gesehen oder gehört.« Die Miko machte eine frustrierte Handbewegung. »Aber ich weiß, dass er dort ist. Ich weiß, dass er sich zu einer Frau namens Lady Satomi aufgemacht hat und nicht zurückgekehrt ist.« Sie beäugte mich argwöhnisch. »Und dann taucht im Schrein eine Kitsune mit einem Teil der Drachenrolle auf und fragt nach dem Weg zum Tempel der Stählernen Feder. Wie könnte ich nicht glauben, dass die beiden Ereignisse zusammenhängen?«

Ich wollte ihr gerade antworten, da ging ein Zittern durch die Luft, das mir einen Schauder den Rücken hinunterjagte. Reiko drehte sich um, die Augen weit aufgerissen, als die Klinge eines Schwerts durch die Schiebetür schnitt und den Ofuda in zwei Teile säbelte. Die Türfüllung fiel mit einem Klappern zu Boden und gab den Blick auf Tatsumis schlanke, dunkle Silhouette im Rahmen frei. Kamigoroshi war gezogen und glühte im Dämmerlicht.

27

Von Schatten gerufen

Tatsumi

Irgendetwas stimmte nicht.

Ich hatte beobachtet, wie Yumeko mit der Schreinmaid verschwunden war, und spürte Hakaimonos Unruhe in meinem Bewusstsein. Sobald wir das Torii-Tor passiert hatten, war der Dämon zurückgewichen. Dies hier war geheiligter Boden, geweiht von Priestern und gegen alles Böse gefeit. Dämonen waren an diesem Ort nicht willkommen. Obwohl Hakaimonos Gegenwart durch das Schwert überdeckt war, bereitete es mir dennoch Unbehagen, hier zu sein. Zu allem Übel hegte Hakaimono einen besonders hasserfüllten Groll gegen Priester, Schreinmaiden und spirituelle Menschen jeglicher Art. Als die Miko aufgetaucht war, hatte ich den fast überwältigenden Drang niederkämpfen müssen, ihr den Kopf vom Leib zu reißen.

Dennoch ging von der Schreinmaid selbst nichts Böses aus, und als sie dem Rest von uns bat zu warten, während sie mit Yumeko allein zum Priester ging, war ich zwar misstrauisch geworden, doch ein Einwand meinerseits hätte uns unserem Ziel keinen Schritt näher gebracht. Insbesondere wo es andere Wege gab, ihre Unterhaltung zu belauschen, ohne physisch anwesend zu sein.

Gemächlich schlich ich bis zur Ecke des Gebäudes und lehnte mich in gespielt lässiger Pose mit verschränkten Armen gegen das Geländer. Während der Ronin auf den Stufen lümmelnd seine Sakeflasche hervorholte und der Adlige schweigend zum Rand des Steingartens spaziert war, legte ich heimlich zwei Finger auf meine Lippen und murmelte im Flüsterton ein paar Worte.

Um mich herum wurde alles still. Geräusche verblassten, waren wie gedämpft, als läge die Welt auf einmal unter Wasser. Ich schloss die Augen, neigte leicht den Kopf zur Seite und konzentrierte meine Sinne auf das Gebäude hinter mir.

Das Wispern von Stimmen zog an meinen Ohren vorüber, während ich mein Bewusstsein in die Räume gleiten ließ, auf der Suche nach Yumeko. Dies war eine besondere Technik des Schattenclans, eingesetzt von einigen unserer Shinobi, mit der sie ein vertrauliches Gespräch in einem anderen Zimmer, über einen Hof hinweg oder in einem belebten Restaurant belauschen konnten, ohne selbst in Erscheinung zu treten. Da es bei meinen Aufträgen normalerweise um das Töten ging und nicht das Einholen von Informationen, setzte ich die Fertigkeit höchst selten ein, denn wenn man einen Großteil seiner Aufmerksamkeit auf etwas anderes richtete, war der eigene Körper verwundbar. Doch im Schrein schien es sicher zu sein; es gab hier keine Dämonen, abgesehen von dem einen, der in meiner Klinge versteckt war. Sofern es dem Ronin nicht langweilig wurde und er sich entschied, mir auf die Nerven zu fallen, könnte ich in Ruhe dem Gespräch von Yumeko und der Schreinmaid lauschen.

Doch während ich tiefer in das Gebäude drängte und Stimmen hörte, von denen ich annahm, es seien weitere Miko, die über Alltägliches redeten, prallte ich auf einmal gegen eine Wand. Keine echte; ich glitt mühelos durch Holz oder Stein oder Reispapier. Aber eine Wand aus Magie, die vor Energie schimmerte, hielt mich zurück.

Eine Barriere?

Ich schlug die Augen auf, und meine Magie zerstreute sich in alle Winde. Der Ronin lungerte weiterhin trinkend auf der Treppe herum, während der Adlige den gepflegten Steingarten im Schatten einer Kiefer zu bewundern schien.

Hastig stieß ich mich vom Geländer ab, drehte mich um und marschierte an der Veranda entlang und dann die Stufen hinauf. Dabei eilte ich an dem Ronin vorbei, der mir einen verwirrten Blick zuwarf.

»Hey, wohin willst du, Kage-san? Ich dachte, wir sollen hier warten.«

Ohne ihn eines Blickes zu würdigen, eilte ich weiter die Veranda entlang und zog im Gehen mein Schwert. Mit einem leisen Seufzen drängelte der Ronin hinter mir her und wollte wissen, was ich vorhatte, doch ich blieb nicht stehen. Ich hatte die Schreinmaid unterschätzt, hatte blind angenommen, sie würde keine Bedrohung darstellen. Das war nicht nur eine einfache Barriere, auf die ich gestoßen war, es war ein kompliziertes Siegel, das jedes Geräusch und jegliche Magie blockierte, sodass weder etwas nach innen vordringen konnte, noch nach außen drang. Wenn Yumeko sich in diesem Zimmer befand und die Miko sie angreifen wollte, könnte keiner von uns hören, was dort vor sich ging.

Als ich mich dem letzten Zimmer näherte, spürte ich zunehmend die Magie, die gegen mich drückte, mich aufzuhalten versuchte. Ich sah den fast unsichtbaren Schimmer, der die Tür verriegelte, und verengte die Augen zu Schlitzen. Entschlossen riss ich Kamigoroshi hoch, zielte und führte das Schwert herab, wo es durch den Türrahmen schnitt und die Barriere zerfetzte, die in tausend Stücke riss.

Die Tür fiel polternd neben mir zu Boden. Ich starrte ins Zimmer, während Yumeko und die Schreinmaid herumwirbelten, die Augen bei meinem Anblick weit aufgerissen.

»Du!« Die Schreinmaid kam scheinbar furchtlos auf mich zu, selbst als Hakaimono sich vor Hass aufbäumte und forderte, sie wie die Tür in zwei Hälften zu zerteilen. »Kamigoroshi, du bist hier nicht willkommen. Verschwinde und nimm deinen menschlichen Wirt mit!«

»Wie es scheint, ist der Oberpriester heute nicht da.« Ich betrat den Raum, und die Miko wich einen Schritt zurück. Mit einem Blick über ihre Schulter vergewisserte ich mich, dass es dem Mädchen gut ging, bevor ich mich an die Schreinmaid wandte. »Du hast uns getäuscht, um Yumeko allein hierherzubringen. Hast du wirklich geglaubt, eine Barriere könnte mich aufhalten?«

Missmutig zog die Miko einen weiteren Ofuda aus ihrem Ärmel und schwenkte ihn wild vor sich her. »Verschwinde von hier, du Widerling!«, befahl sie erneut. »Wenn du noch einen Schritt näher kommst, werde ich den Hüter des Schreins rufen, damit er dich hinausjagt.«

»Tu das ruhig«, sagte ich und spürte, wie Hakaimono vor Vorfreude aufflammte, »und du wirst einen Hüter weniger haben.«

»Tatsumi, warte!«

Yumeko trat zwischen uns. »Alles ist gut«, beschwichtigte sie mich, während sich der Adlige und der Ronin ebenfalls in den Raum schoben. Ich konnte ihr Entsetzen spüren, als sie die Szene erfassten: ich mit dem gezückten Schwert vor der Schreinmaid, die mit einem Ofuda vor meinem Gesicht herumfuchtelte. Und zwischen uns ein schmächtiges Mädchen. »Mir geht's gut, Tatsumi. Hier droht keine Gefahr. Reika-san hat mir gerade erzählt, dass Meister Jiro verschwunden ist und sie unsere Hilfe braucht, um ihn zu finden.«

»Was?«, rief die Miko, offensichtlich ebenso überrascht wie der Rest von uns. Yumeko drehte sich halb um und spähte hinter sich, während die Schreinmaid stirnrunzelnd den Arm senkte.

»Das ist doch, was Ihr wolltet, oder, Reika-san?« Yumeko legte den Kopf schief, als läge die Lösung klar auf der Hand. »Meister Jiro finden. Und wir brauchen seine Hilfe, um zum Tempel zu gelangen. Also sollten wir uns gegenseitig unter die Arme greifen. Nicht wahr, alle miteinander?« Yumeko blickte uns drei eindringlich an. »Daisuke-san? Okame-san? Ihr werdet auch helfen, stimmt's?«

»Natürlich«, rief der Ronin sogleich. »Einer Freundin von Yumeko-chan helfen wir immer gern. Überlasst es einfach uns.« Er zögerte, kratzte sich am Nacken. »Auch wenn es ganz hilfreich wäre, wenn ich wüsste, was zum Teufel hier los ist.«

Seufzend senkte ich mein Schwert. Schreinmaiden, Ronins, Bauersleute, Yurei. Gab es irgendjemanden, dem Yumeko nicht auf Anhieb blind vertraute? »Du sagtest, der Oberpriester sei verschwunden?«, fragte ich die Schreinmaid, die mich argwöhnisch betrachtete, dann jedoch nickte. »Wie lang ist das her?«

»Drei Tage«, antwortete die Miko und trat mit einem verärgerten Blick auf die Tür zurück, die zerfetzt im Rahmen lag. »Ihr könnt genauso gut hereinkommen.« Mit einem Seufzer winkte sie uns weiter ins Zimmer. »Setzt Euch, und ich werde Euch alles erzählen.«

Behutsam traten wir über die zerstörte Türverkleidung und ließen uns vor dem niedrigen Tisch nieder, genau gegenüber der Miko. Und wir lauschten gebannt, als sie uns vom Oberpriester erzählte, der rätselhaften Einladung in den Palast und seinem Treffen mit einer Frau namens Lady Satomi.

Bei dem Namen setzte Taiyo-san sich auf, er schien etwas zu wissen. Yumeko bemerkte es ebenfalls.

»Kennst du sie, Daisuke-san?«, fragte das Mädchen.

»Jawohl.« Die Miene des Adligen wurde leicht säuerlich. »Nicht persönlich, aber ich weiß, wer sie ist. Jeder im Palast weiß das. Sie ist die Lieblingskonkubine des Kaisers. Vor weniger als einem Jahr ist sie in die Stadt gekommen und hat ihren Einfluss seitdem stetig ausgebaut. Es gibt Menschen, die glauben, der Kaiser begünstige sie zu sehr, dass eine einfache Konkubine keinen solchen Status erlangen dürfte, doch jeder, der seine Stimme zu laut gegen sie erhebt, wird diskreditiert, aus der Stadt verbannt, oder ihn ereilt ein noch schlimmeres Schicksal. Und …«

Er verstummte. »Und?«, hakte ich sanft nach.

Er atmete hörbar aus. »Es ist nichts. Bauerntratsch, nichts, womit sich ein ehrbarer Buschi befassen würde. Doch in letzter Zeit gibt es ... Gerüchte, Getuschel über Lady Satomi. Die Diener fürchten sich vor ihr, und sie scheint ihre Zofen nie länger als ein, zwei Monate zu behalten. Da war ein kleines Dienstmädchen ... Suki lautete ihr Name, wenn ich mich recht entsinne, die kürzlich Lady Satomis Gemächern zugewiesen worden war. Als sie gerade im Palast anfing, bin ich ihr zufällig über den Weg gelaufen.« Stirnrunzelnd klopfte er sich mit den Fingern auf den Arm. »Seitdem habe ich sie nicht wiedergesehen.«

Yumeko legte den Kopf schräg. »Was ist ihr zugestoßen?«

»Das weiß ich nicht.« Der Adlige schüttelte den Kopf. »Ich führe nicht Buch über Lady Satomis Zofen, aber meines Wissens arbeitet inzwischen schon ein neues Mädchen für sie. Wenn das, was Ihr sagt, die Wahrheit ist und der Oberpriester verschwunden ist, wirkt es tatsächlich verdächtig. Aber was will Lady Satomi mit Meister Jiro?«

»Genau das werde ich sie fragen«, sagte die Schreinmaid, »sobald ich im Palast bin.«

Die Kiefer des Adligen pressten sich fest aufeinander. »An Eurer Stelle wäre ich sehr vorsichtig«, warnte er sie. »Lady Satomi mag kein Krieger sein, doch sie ist der Liebling des Kaisers und eine Dame des Hofes. Innerhalb der Palastmauern verfügt sie über erstaunlich viel Macht und Einfluss. Sie wäre eine gefährliche Gegnerin, solltet Ihr sie unverblümt zur Rede stellen. Wenn Ihr nicht gar den Zorn des Kaisers selbst auf Euch zieht.«

»Daisuke-san«, sagte Yumeko, als sei ihr gerade eine Idee in den Sinn gekommen. »Du bist ein Adliger der kaiserlichen Familie. *Du* könntest uns in den Palast schleusen, oder?«

»Ich ...« Sprachlos starrte der Adlige sie einen Moment an, dann nickte er. »Ja«, räumte er schließlich ein. »Das könnte ich. Etwas

Planung wäre wohl erforderlich, aber ich denke, es könnte mir gelingen.«

Mir auch, dachte ich und ärgerte mich aus irgendeinem mir unerfindlichen Grund über das Lächeln, das Yumeko ihm zuwarf. Hakaimono bäumte sich auf, geweckt durch meine jähe Entrüstung, und ich kämpfte das Bewusstsein des Dämons nieder.

»Allerdings«, fuhr der Adlige fort, »gibt es ein strenges Protokoll, das es einzuhalten gilt. Ich kann nicht einfach durch die Tore des Kaiserpalasts spazieren und ein Treffen mit Lady Satomi verlangen. Ein solch unehrenhaftes Verhalten würde den Ruf meiner Familie zerstören, uns zum Gespött des Hofes machen, und mein Vater müsste aus Scham womöglich Seppuku begehen. Und wenn Lady Satomi entscheidet, dass sie sich bedroht fühlt, könnte sie den Hof gegen euch aufbringen, euch verhaften oder gar hinrichten lassen. Das ist nichts, was wir auf die leichte Schulter nehmen dürfen. Ein falscher Schritt bei Hofe könnte für uns alle verheerende Folgen haben. Aber …« Er zögerte, überlegte einen Moment, bevor er nickte. »Ja, natürlich. Das könnte funktionieren. Ich glaube, ich weiß einen Weg.«

»Was schwebt dir vor, Daisuke-san?«, fragte Yumeko.

»Morgen Abend«, fuhr der Adlige fort, »feiert der Kaiser sein alljährliches Mondfest in den Gärten des Palasts. Es ist ein sehr bedeutendes Ereignis und eine große Ehre, eine Einladung zu erhalten, weshalb alle wichtigen Adligen und Familien anwesend sein werden.«

»Einschließlich Lady Satomi«, vermutete die Miko.

»Ganz gewiss. Meine Familie ist natürlich längst eingeladen. Die Kunst wird sein, den Rest von euch durch die Tore zu schleusen. Ein schwieriges Unterfangen, aber ich glaube, nicht unmöglich.«

»Und Ihr würdet das für uns tun?« Die Schreinmaid starrte den Adligen argwöhnisch an. »Vergebt mir, Taiyo-san«, sagte sie, als er fragend eine Augenbraue hob. »Aber Ihr … seid ein Adliger. Nicht nur das, Ihr gehört der kaiserlichen Familie an. Warum solltet Ihr einer Schreinmaid, einem Ronin und einem Mitglied des Schattenclans helfen, ein Fest des Kaisers zu besuchen?«

»Lady Reika.« Der Adlige bedachte sie mit einem feierlichen Blick. »Ich habe Suki-san nur ein einziges Mal gesehen«, sagte er. »Für gewöhnlich nehme ich das Kommen und Gehen der Dienerschaft im Palast nicht wahr, doch dieses Treffen, kurz, wie es war, hatte etwas Besonderes an sich. Ich fand heraus, dass sie die Tochter eines begnadeten Handwerkers ist und ein Ohr für schöne Musik besitzt. Sie war mir gegenüber … ehrlich, eine Seltenheit im Kaiserpalast.« Er runzelte die Stirn, ein Ausdruck von Verachtung stahl sich auf sein Gesicht. »Das Zeremoniell bei Hofe verändert sich nie. Jedes Jahr ist es genau gleich – schmeichelnde Worte, die die pure Gehässigkeit unter der Fassade aus Anstand und Schmeichelei verbergen. Ein Lächeln kann ebenso gefährlich wie ein Schwert sein, und ein falsches Wort bedeutet den Unterschied zwischen großem Wohlwollen und ewiger Schande. Als ich das Mädchen traf, war es erfrischend, ausnahmsweise einmal mit jemandem zu sprechen, der sich nicht um Gefälligkeiten kümmert oder dem es wichtig ist, den Schein zu wahren. Um Suki und ihres Vaters willen erachte ich es als meine Pflicht herauszufinden, ob die Gerüchte über Lady Satomi reiner Bauerntratsch sind oder ob ein Fünkchen Wahrheit in ihnen steckt.«

»Wow«, unterbrach ihn der Ronin. »Ein Adliger, dem tatsächlich auffällt, dass ein Bauer ein echter Mensch ist. Pass lieber auf, Taiyosan – als Nächstes fängst du noch an, Hunden den Hof zu machen und dich mit Affen zu unterhalten.« Bei seinen Worten runzelte Yumeko überrascht die Stirn, und Okame beeilte sich fortzufahren, bevor sie nachfragen konnte. »Doch das erklärt immer noch nicht, *wie* du einen Ronin, eine Priesterin und … sie …« Er machte eine Kopfbewegung in Yumekos Richtung, »heimlich in den Kaiserpalast schmuggeln willst.«

»Euch heimlich auf das kaiserliche Fest schmuggeln?« Der Adlige schien wirklich entsetzt zu sein. »Was für ein schändlicher Gedanke. Ich mag die höfischen Feste etwas eintönig finden, Okame-san, aber ich bin nicht so gelangweilt, um Hochverrat in Erwägung zu ziehen.« Mit einem verächtlichen Schnauben gab er uns zu verstehen, dass er gekränkt war. Dann fuhr er fort: »Eine bedeutende Onmyoji und ihr Yojimbo sind allerdings etwas ganz anderes. All jene, die Onmyodo ausüben, die uralte Kunst von Yin und Yang, sind hochangesehene Menschen. Der Kaiser selbst zieht bei politischen Fragen Onmyoji zurate, damit sie ihm die Karten legen oder die Zukunft des Landes vorhersagen. Ich bin sicher, dass er Yumeko-san und ihre Gefährten freudig willkommen heißen wird.«

Ich sah, wie die Schreinmaid Yumeko einen fragenden Blick zuwarf; vielleicht durchschaute sie, dass das Mädchen weder eine Onmyoji noch jemand mit magischen Fähigkeiten war. Doch sie berichtigte die Vermutung des Adligen nicht, ebenso wenig wie Yumeko selbst. Nur dem Ronin schien der Gedanke, den Kaiser zu treffen, irgendwie Unbehagen zu bereiten.

»Nun, dann ist es entschieden«, antwortete die Schreinmaid. »Morgen Abend werden wir der Mondfeier des Kaisers beiwohnen, Lady Satomi suchen und herausfinden, was mit Meister Jiro geschehen ist. Sind wir uns alle einig?«

»Ja«, sagte Yumeko sogleich. »Und sobald wir Meister Jiro aufgespürt haben, können wir endlich zum Tempel der Stählernen Feder weiterziehen.«

»Klingt nach großem Spaß«, stimmte der Ronin zu, die Hände aneinanderreibend. »Ich bin noch nie zuvor in den Palast eingeladen worden. Ich kann es kaum erwarten, ihn aus der Nähe zu sehen.«

»Abgemacht«, sagte der Adlige. »Obwohl ich vielleicht anmerken darf ...« Er blickte zu Yumeko, dann zu dem Ronin. »Die Feierlichkeit des Kaisers zieht Adlige aus ganz Iwagoto an. Alle wollen einen guten Eindruck hinterlassen, sehen und gesehen werden. Und normalerweise möchte man nicht aus der Menge herausstechen. Vielleicht wäre eine neue Garderobe … eine vernünftige Entscheidung.«

Der Ronin schnaubte. »Mit anderen Worten, taucht nicht bei Hof auf und seht aus wie dreckige Bauern?«

»Wenn möglich.«

»Miss Reika?«

Ich drehte mich nach der Stimme um, den jähen Anflug von Mordlust niederkämpfend. Hakaimono war wütend, dass die Episode mit der Miko nicht in Gewalt geendet hatte, und ging nun auf alles in seiner Nähe los. Zwei Schreinmaiden, wahrscheinlich diejenigen, die ich in den angrenzenden Zimmern gehört hatte, tauchten auf der Veranda auf und spähten vorsichtig in den Raum.

»Miss Reika«, wiederholte die eine. »Es tut mir schrecklich leid, Euch zu stören, aber da sind Samurai am Eingang, die nicht gehen wollen. Sie behaupten, sie würden einen der Ihren suchen.«

»Vielen Dank, Minako-san«, sagte die Schreinmaid, während sich mein Magen zusammenkrampfte. »Bitte richte ihnen aus, dass ich sogleich bei ihnen bin.« Nachdem die beiden Miko sich verbeugt hatten und davongehuscht waren, bedachte die Schreinmaid uns mit einem aufgebrachten Blick.

»Wie es scheint, versetzt eure Anwesenheit den Schrein noch weiter in Aufruhr«, erklärte sie. »Jetzt habe ich Samurai vor meinen Toren, die die kami verstimmen und die Miko ängstigen. Ich frage mich, wer von euch dafür verantwortlich ist?«

»Hey, Ihr braucht gar nicht in meine Richtung zu schauen«, sagte der Ronin und hob empört die Hände, als die Schreinmaid ihn finster anfunkelte. »Für gewöhnlich pflege ich mich nicht mit Samurai zu umgeben, Anwesende ausgenommen. Wenn überhaupt, hat es wohl mit dem noblen Taiyo zu tun, weil man erfahren möchte, warum ihr feiner Blaublüter sich mit solchem Gesindel herumtreibt.«

»Nein«, erwiderte ich leise und erhob mich, was sämtliche Blicke auf mich lenkte. »Es sind die Kage. Sie sind meinetwegen hier.«

Entschlossen trat ich über die zertrümmerten Türpaneele hinaus aus dem Zimmer. Aus irgendeinem Grund wusste ich, dass die Mitglieder des Schattenclans hier waren, um mich abzuholen, und ich wollte nicht, dass sie die Gesichter derer kannten, mit denen ich reiste. Doch ich war nicht sehr weit gekommen, als leise Schritte hinter meinen widerhallten und ich *ihre* Stimme vernahm.

»Tatsumi, warte!«

Ich drehte mich um. Yumeko war mir hinaus auf die Veranda gefolgt und beobachtete mit gehetztem Blick, wie ich davoneilte. »Was ist mit deinem Versprechen?«, fragte sie flüsternd. »Wir müssen immer noch Meister Jiro finden, und du hast gesagt, wir würden gemeinsam zum Tempel der Stählernen Feder reisen.«

»Das habe ich nicht vergessen.« Ein sonderbarer Widerwille packte mich, und ich sträubte mich zu gehen. »Wir treffen uns im Palast«, sagte ich. »Such nicht nach mir. Wenn die Zeit gekommen ist, werde ich dich finden.« Sie wirkte immer noch verunsichert, und ich warf ihr ein mattes Lächeln zu. »Versprochen.«

Es waren tatsächlich die Kage, die am Eingang des Schreins warteten, vier Samurai in dunklen Hakama und Haori, dem Schwarz und Violett des Schattenclans. Keine große Überraschung. Die Männer der Kage waren überall und hatten meine Anwesenheit wahrscheinlich in der Sekunde bemerkt, als ich einen Fuß in die Hauptstadt gesetzt hatte. »Kage Tatsumi«, sagte einer bei meinem Herankommen und verbeugte sich kurz. »Meister Masao wünscht Euch zu sprechen. Wenn Ihr bitte mit uns kommen wollt.«

Ich folgte meinen Clanmitgliedern durch die dunkler werdenden Straßen von Kin Heigen Toshi, während das Sonnenlicht schwand und Laternen flackernd zum Leben erwachten. Wir gingen schweigend, und die Menschenmenge teilte sich vor uns, als wir durch die Stadt schritten. Eine Gruppe Samurai, die auf der Straße entlangmarschierte, reichte normalerweise aus, um die meisten Menschen zu nötigen, höflich auf die andere Seite zu wechseln, doch ein Trupp

Samurai des Schattenclans war ein Garant für noch mehr Zurückhaltung. Während die Hino-Familie für ihren Jähzorn berüchtigt war und die Taiyo allseits bekannt dafür war, so stolz wie wunderschön zu sein, hatten die Kage sich den Ruf erworben, unheilvoll und wenig vertrauenswürdig zu sein. Ein Leumund, der uns ganz recht kam. Der Schattenclan besaß viele Geheimnisse; es war besser, wenn das Kaiserreich ein solches Verhalten von uns erwartete. Es hielt die Menschen davon ab, ihre Nasen zu tief in unsere Angelegenheiten zu stecken und zu erfahren, dass sie jeden Grund hatten, uns mit Argwohn zu betrachten.

Der Schattendistrikt, wo die Kage-Familie ein Anwesen innerhalb der kaiserlichen Stadt unterhielt, lag am Rand von Kin Heigen Toshi, westlich des Palasts. Als ein Zufluchtsort fernab der Heimat für den kleinsten der Großen Clans, schmiegte es sich in eine Ecke der äußeren Befestigungsmauer, weit weg von der lärmenden Geschäftigkeit der inneren Stadt, aus den Augen und aus dem Sinn der Menschen. Was den Kage sehr recht war. Wie der Name nahelegte, waren die Straßen im Schattendistrikt schmal und dunkel, mit wenigen Laternen, die die Finsternis durchbrachen. Während ich durch vertraute Straßen und Gassen marschierte, spürte ich Augen auf mir, die mir unsichtbar folgten, doch Hakaimono rührte sich nicht einmal. Shinobi schlichen hoch oben über den Dächern, lautlos und tödlich, behielten alles im Auge, was innerhalb des Territoriums des Schattenclans vor sich ging. Ironischerweise machte ihre Gegenwart den Kage-Distrikt zu einem der sichersten in ganz Kin Heigen Toshi; kein Entführer, Dieb oder Mörder wagte es, in einem Viertel zuzuschlagen, dessen Krieger die Dunkelheit besser kannten als sie selbst.

Das Gebiet der Kage lag am Ende des Schattendistrikts, hinter einem Kanal mit träge fließendem schwarzem Wasser, in dem Gerüchten zufolge reizbare Kappa spukten, eine Art menschenfressender Fluss-Yokai. Aufgrund der vielen Shinobi in dem Viertel und des Umstands, dass Hakaimono noch nie die Gegenwart von Yokai in der Nähe des Kanals gespürt hatte, bezweifelte ich den Wahrheitsgehalt dieser Geschichte und hielt es für viel wahrscheinlicher, dass die Kage sie selbst in Umlauf gebracht hatten, um Neugierige abzuschrecken.

Das Anwesen der Kage selbst war von hohen Steinmauern umgeben und von schwarz gekleideten Samurai geschützt, doch ich wusste, dass noch weitere Shinobi in geheimen Verstecken lauerten und uns auf Schritt und Tritt beobachteten, während wir die Tore passierten. Sobald wir die hohe, eisenbeschlagene Eingangstür durchschritten hatten, verneigten sich sämtliche Samurai bis auf einen und verschwanden, sodass ich in der Obhut eines einzigen Buschi zurückblieb. Ich folgte ihm eine Treppe hinauf in das Anwesen, das kleiner als Hakumei-jo, die Stammburg des Schattenclans, war, jedoch keinesfalls weniger elegant.

Und keinesfalls weniger unübersichtlich. Beide Grundrisse waren absichtlich so entworfen worden, um Besucher in die Irre zu führen, und all jene, die keine gründlichen Kenntnisse der baulichen Eigenarten des Kage-Anwesens besaßen, verliefen sich schon bald hoffnungslos in seinen labyrinthartigen Korridoren. Zusätzlich gab es viele verborgene Zimmer, Falltüren, Geheimgänge und versteckte Hohlräume zwischen Wänden und Böden, in denen Shinobi Eindringlingen auflauern oder spurlos verschwinden konnten. In Hakumei-jo gab es angeblich geheime Räume, Tunnel und Durchgänge, von denen nicht einmal die Shinobi wussten, und der einzige Mensch, der sämtliche Geheimnisse des Schattenclan-Palasts kannte, war die Architektin, die ihn geplant hatte. Doch sie hatte keine Unterlagen hinterlassen, keine Baupläne oder Notizbücher, und am Ende ihr beeindruckendes Wissen mit ins Grab genommen.

Zum Glück hatte ich das Anwesen des Schattenclans schon mehrmals besucht und war mit dem Grundriss hinlänglich vertraut. Und im Gegensatz zur Burg Hakumei wurde die Einrichtung hier auch nicht mehrmals im Jahr ausgetauscht und umgestellt, weshalb ich die Orientierung nicht verlor, während ich meinem Führer durch die langen, verwinkelten Korridore des Kage-Anwesens folgte.

Als wir jedoch um eine weitere Ecke bogen, schälte sich ein Männertrio aus den Schatten und versperrte uns den Weg. Sie trugen dunkle Roben, und ihre Gesichter waren weiß geschminkt, mit schwarzen Zeichen auf Wangen und Stirn. Die Maho-Tsukai des Schattenclans.

»Du kannst abtreten«, befahl der Anführer dem Samurai. »Kehr auf deinen Posten zurück. Von hier ab übernehmen wir den Dämonenjäger.«

Der Krieger verneigte sich tief, machte auf dem Absatz kehrt und verschwand, ohne einen Blick über die Schulter zu werfen. Der Magier wartete, bis die Schritte in der Dunkelheit verhallten, bevor er seine pechschwarzen Augen auf mich richtete.

»Kage Tatsumi«, murmelte er, während die anderen vortraten und sich um mich herum versammelten. Ich zwang mich zu einer ausdruckslosen Miene, zwang mich dazu, meine Hände starr an meinen Seiten herabhängen zu lassen, obwohl ich mir gerade bildhaft vorstellte, wie ich sie alle niedermetzelte, den Korridor mit ihrem Blut tränkte. Die schwarz geschminkten Lippen des Magiers verzogen sich zu einem matten Lächeln, als könnte er meine Gedanken lesen. »Ich kann deinen Hass von hier aus spüren, Dämonenjäger«, sagte er in einem heiseren Flüsterton. »Du weißt, was nun kommt, und willst uns unbedingt töten, nicht wahr?«

»Hakaimonos Wünsche sind nicht die meinen, Meister Limone«, erwiderte ich bedacht. »Ich habe alles im Griff, mich selbst und meine Waffe.«

»Wirklich?« Der Maho-Tsukai grinste mich an. »Meister Jomei sieht das anders. Du bist in der Gesellschaft eines Mädchens, eines Ronin und nun auch noch eines Samurai gesichtet worden. Noch dazu eines Adligen der Taiyo. Hast du geglaubt, wir würden dein ungewöhnliches Verhalten nicht bemerken? Hast du die Regeln vergessen?« Er durchbohrte mich mit seinem schonungslosen, düsteren Blick. »Was haben wir dich gelehrt in Bezug auf deinen Umgang mit jenen, die nicht dem Schattenclan angehören? Antworte mir!«

»Ich habe so wenig wie möglich, am besten überhaupt nichts mit jenen außerhalb des Schattenclans zu tun«, erwiderte ich gehorsam. »Ich soll jeden Kontakt mit Menschen auf das Allernötigste beschränken. Wenn mir dies nicht möglich ist, soll ich mich so verhalten, wie die gesellschaftlichen Normen es verlangen, bis ich mich so rasch wie nur irgend möglich ihrer Gegenwart entziehen kann.«

»Und warum ist das so, Drachenjäger?«

»Weil mein Dasein sie in Gefahr bringt«, zitierte ich auswendig. »Weil Menschen Gefühle wecken, die Hakaimono ausnutzen wird, um sie gegen mich zu verwenden und mich zu schwächen.«

»Und wenn das passiert?«

»Verliere ich die Kontrolle, und die Kage werden gezwungen sein, mich auszuschalten.«

Meister Limone nickte. »Das weißt du«, sagte er barsch. »Du weißt, dass du immer allein arbeiten musst. Menschen führen dich nur in Versuchung, lenken dich ab oder, noch schlimmer, lösen die Gefühle in dir aus, die zu unterdrücken wir dich ein Leben lang gelehrt haben. Der Dämonenjäger der Kage darf *niemals* seiner Wut, Angst, Frustration oder Trauer nachgeben. Jede Emotion bringt Hakaimono näher an die Oberfläche, und solltest du die Kontrolle über das Schwert verlieren, wird das den Kage große Schande und Schmach einbringen, da wir das Chaos beseitigen müssen, das du hinterlässt.«

»Ich verstehe, Meister Limone. Aber ...«

»Aber?«, zischte der Maho-Tsukai. »Es gibt kein *Aber*, keine Entschuldigung. Du bist ein Nichts, Dämonenjäger. Du existierst nur, um den Kage zu dienen. Deine persönlichen Gefühle bedeuten nichts, denn du solltest überhaupt keine haben.« Er richtete sich auf, trat einen Schritt zurück und musterte mich eindringlich. »Wie es scheint, lässt die Entschlossenheit des Dämonenjägers der Kage nach. Vielleicht wäre eine Neueinschätzung seines mentalen Zustands vonnöten.«

Zorn erfüllte mich, und ich kämpfte den Drang nieder, Kamigoroshi zu ziehen und mir gewaltsam einen Weg nach draußen zu bahnen, doch ich wusste, dass Limone meine Reaktion genau beobachtete. Eine Neueinschätzung bedeutete, mich tagelang geistigem und körperlichem Stress auszusetzen, um zu entscheiden, ob ich weiterhin Herr meiner Sinne war. Es bedeutete, an zwei Steinsäulen angekettet und mit Bambusruten geschlagen zu werden, damit sie herausfanden, ob ich mich dem Dämon hingäbe. Es bedeutete, meine Hände in glühende Kohlen zu tauchen, um zu beweisen, dass ich jeden noch so gearteten Befehl befolgte, oder reglos vor einer hölzernen Zielscheibe zu knien, während andere Shinobi Shuriken und Kunai an meinem Gesicht vorbeischleuderten.

Doch mit Limone und dem Rest der Maho-Tsukai, die mich beobachteten und meine Reaktion einschätzten, gab es nur eine einzige akzeptable Antwort. Mit einer tiefen Verbeugung aus der Hüfte richtete ich den Blick zu Boden und spürte Limones Augen im Nacken. »Mein Leben und mein Körper gehören dem Schattenclan«, murmelte ich, während Hakaimono vor wütender Entrüstung zusammenzuckte. »Wenn die Kage es von mir verlangen, werde ich mich fügen.«

»Nein, Tatsumi-kun«, ertönte eine neue Stimme hinter mir. »Nicht dieses Mal.«

»Masao-san!«, rief Limone, als der Höfling in den Korridor geschlendert kam. Gekleidet in einen feinen, sich aufbauschenden Kimono aus purpurner Seide, an dessen einer Seite mehrere goldene Bambushalme eingestickt waren, stach er zwischen den schlichten schwarzen Roben der Maho-Tsukai heraus. Die beiden Begleiter Limones wichen zurück, doch der Anführer der Maho-Tsukai blieb entschlossen stehen, während Kage Masao den Korridor wie ein Schwan ausfüllte, der seine Flügel entfaltete.

»Guten Abend, Meister Limone«, begrüßte Masao ihn. »Bitte verzeiht die Störung, Meister Limone, aber ich fürchte, ich muss einschreiten. Der Dämonenjäger kommt mit mir.«

Limones schwarze Lippen wurden schmal. »Der Dämonenjäger steht unter unserer Aufsicht«, hielt der Maho-Tsukai dagegen, während Masao hinter seinem weißen Seidenfächer ihn gelangweilt betrachtete. »Es obliegt unserer Verantwortung zu bestimmen, ob er für sich oder die Einwohner von Iwagoto eine Bedrohung darstellt.«

»Tatsumi-kun führt eine sehr wichtige Mission für Lady Hanshou höchstpersönlich aus.« Masao klappte seinen Fächer zusammen und lächelte den finster dreinblickenden Maho-Tsukai an. »Er hat keine Zeit, von Eurem Schlägertrupp weggebracht und gefoltert zu werden.« Limone versteifte sich, doch das Lächeln des Höflings war wie eingefroren in seinem Gesicht. »Keine Sorge, Limone-san. Wenn er die Kontrolle über sich verliert und jemanden auffrisst, werde ich persönlich die volle Verantwortung übernehmen.«

»Ganz wie Ihr meint.« Der Maho-Tsukai trat mit sauertöpfischer Miene zurück. Der Sieg ging an den Höfling, und ich atmete erleichtert auf. »Dann überlassen wir ihn Euren *fähigen* Händen, Masao-san. Ich bin sicher, Ihr wisst, was zu tun ist, wenn Hakaimono auf der Bildfläche erscheint.« Er feixte, und sein Gesichtsausdruck bedeutete genau das Gegenteil, als hoffte er, ich würde die Kontrolle verlieren und den Höfling in Stücke reißen, aber Masao nickte nur gelassen.

»Oh, Ihr schmeichelt mir, Meister Limone.« Der Höfling klappte seinen Fächer mit einer raschen Handbewegung wieder auf, eine blasse Röte auf den Wangen. »Eines solchen Lobes bin ich nicht würdig. Doch dank Eurer ausgezeichneten Ausbildung und Anleitung bin ich überzeugt, dass mir keinerlei Gefahr droht. Tatsumi-kun hat gewiss die gründlichste Erziehung genossen. Und falls der Junge die Kontrolle verlieren sollte, würde Lady Hanshou den Tod ihres zuverlässigsten Ratgebers zweifelsohne *Euch* anlasten. Sie ist natürlich die gütigste und wohlwollendste aller Herrscherinnen, und ihre Bestrafungen sind allein den niederträchtigsten Geschöpfen vorbehalten.«

Unter seiner Schminke schien Limone zu erblassen. »Ja. Nun gut.« Er wich zurück, mit einem Mal darauf erpicht, uns schnellstmöglich aus den Augen zu treten. »Dann werden wir uns jetzt zurückziehen. Guten Abend, Masao-san.«

»Gleichfalls, Limone-san.«

Als die Maho-Tsukai sich umdrehten und den Korridor hinabschlichen, verwandelte sich Masaos freundliches Lächeln in ein grimmiges Fletschen, und er schloss seinen Fächer. »Bleib bei deiner Magie und dem Manipulieren der kami, Limone-san«, flüsterte er. »Versuch nicht, das Spiel bei Hofe mit einem Meister seines Fachs zu spielen.«

Als er den Fächer in seinen Obi steckte und mich ansah, verschwand die boshafte Maske, als sei sie nie da gewesen. »Tatsumi-kun«, sagte er mit einem Strahlen. »Verzeih, dass ich dich warten ließ. Willst du ein Stück mit mir gehen?«

Wir bewegten uns den Korridor hinab in die entgegengesetzte Richtung, die Limone und die anderen beiden Maho-Tsukai eingeschlagen hatten. Ich war froh, ihnen entronnen zu sein, aber sonderbarerweise fühlte ich mich in Kage Masaos Gegenwart so unwohl, als wären lebendige Giftschlangen unter seinem Gewand versteckt, auch wenn ich nicht wusste, wieso ich so empfand.

»Wie mir zu Ohren gekommen ist, war der Tempel der Stillen Winde bei deinem Eintreffen bereits zerstört«, erklärte Masao, nachdem wir ein oder zwei Minuten schweigend nebeneinander hergegangen waren.

»Ja, Meister Masao«, erwiderte ich. »Amanjaku hatten alle getötet, und die Schriftrolle war längst fort. Es gab Berichte über einen Oni, aber ich habe ihn nicht gesehen.«

»Dämonen«, murmelte Masao nachdenklich und klang erbittert.
»Hm, Jomei hatte demnach recht. Ein Sterblicher ruft sie aus dem Jigoku herbei, was bedeutet, dass sie ebenfalls hinter der Schriftrolle her sind. Lady Hanshou wird nicht erfreut sein.« Er seufzte und bedachte mich mit einem Seitenblick. »Dieses Mädchen, mit dem du dich zusammengetan hast und das Limone fast einen Herzinfarkt beschert. Wer ist sie?«

»Die einzige Überlebende aus dem Tempel«, erklärte ich ihm. »Sie behauptet, ihr Meister habe ihr erzählt, wohin er die Schriftrolle bringen ließ, aber nicht, wie man dorthin gelangt. Das ist der Grund, weshalb wir in die Hauptstadt gereist sind – es gibt hier jemanden, der weiß, wo der verborgene Tempel liegt. Ich habe versprochen, sie zu begleiten, sobald sie in Besitz dieser Information ist.«

»Ich verstehe.« Masao gab nicht den kleinsten Hinweis, was er davon hielt. »Und vertraust du diesem Mädchen?«

»Ich …« Ich zögerte. *Vertrau niemandem*, war Meister Ichiros oberste Regel. *Glaub nur deinen eigenen Sinnen*, hatte er mich immer gewarnt. *Yokai täuschen. Bei allem haben sie Hintergedanken, und in der Sekunde, wenn deine Wachsamkeit nachlässt, schlitzen sie dir hinterrücks die Kehle auf.*

Ich hatte seine Warnung natürlich beherzigt. Alles, jeder, den ich traf, wollte mich töten, mir Böses oder mich auf irgendeine Weise manipulieren, davon musste ich ausgehen. Diese Haltung hatte mir bei mehr als einer Gelegenheit das Leben gerettet, etwa als das schluchzende Kind am Fluss sich mit gefletschten Fangzähnen auf mich gestürzt oder die verängstigte Frau in dem dunklen Gässchen versucht hatte, mich mit ihren Haaren zu erdrosseln.

Yumeko hingegen … Es war sonderbar und womöglich gefährlich, aber ich … fühlte mich fast wohl in ihrer Gegenwart. Oder zumindest fürchtete ich nicht, in dem Moment, in dem meine Wachsamkeit nachließ, von ihr niedergestochen zu werden. Meister Ichiro würde mich bei lebendigem Leib häuten, fände er heraus, dass ich diese Gedanken hegte, doch Yumeko war anders, sie war aufrichtig neugierig und bescheiden. Sie hatte mir das Leben gerettet, sie verlangte nichts von mir, und sie war der erste Mensch, der mich berührte, ohne dass es mir Schmerzen verursachte.

»Ich vertraue darauf, dass sie mich zur Schriftrolle führen wird«, erklärte ich dem Höfling. »Ich vertraue darauf, dass sie alles in ihrer Macht Stehende tun wird, um dorthin zu gelangen.«

»Gut.« Masao nickte. »Dann hilf ihr auch weiterhin. Beschütz das Mädchen vor den Dämonen und Blutmagiern, die versuchen werden, euch aufzuhalten. Tu, was auch immer nötig ist, damit eure Mission ein voller Erfolg wird. Und sobald sie dich zur Schriftrolle geführt hat und sie in deinem Besitz ist, tötest du sie.«

Ein eiskalter Stich bohrte sich in meinen Magen, doch ich nickte einmal und antwortete mit ausdrucksloser Stimme. »Verstanden.«

»Ausgezeichnet.« Masao lächelte erfreut. »Ich verstehe nicht, warum Limone derart besorgt war. Offensichtlich wirst du tun, was getan werden muss, um deinen Auftrag für Lady Hanshou zu erledigen. Nun denn, Tatsumi-kun, was ist der nächste Schritt? Wo ist die Person, die weiß, wo sich die Schriftrolle befindet?«

»Das wissen wir nicht«, sagte ich und erntete einen irritierten Blick von dem Höfling. »Eigentlich sollte er im Hayate-Schrein sein, aber vor drei Tagen wurde er zum Kaiserpalast gerufen und ist seitdem verschwunden.«

»Zum Palast gerufen? Von wem?«

»Lady Satomi.«

»Oh? Die Konkubine des Kaisers?« Masao presste die Lippen aufeinander und überlegte. »Es gibt Gerüchte über ihre Grausamkeit, aber nicht mehr als bei den meisten im inneren Kreis des Hofes. Nun, bist du ebenfalls Teil dieses kleinen Spielchens, Lady Satomi? Höchst ... interessant.« Ein verschlagener Ausdruck legte sich auf seine Gesichtszüge, bevor er sich besann und mich wieder ansah. »Bei einer Frau von Satomis Stand wird es schwierig werden, in ihre

Nähe zu gelangen«, sagte er. »Ich nehme an, du wirst über die Mauer klettern, aber was dann? Wie hast du vor herauszufinden, was sie weiß?«

»Morgen Abend findet im Palast eine Feierlichkeit statt …«, begann ich, und Masao schnippte mit den Fingern.

»Natürlich. Das Mondfest des Kaisers, wie konnte ich das vergessen?« Einen Moment lang betrachtete er mich mit einem amüsierten Lächeln auf den Lippen. »Wie schade, dass du nicht auf normalem Wege teilnehmen kannst, Tatsumi-kun. Ich kann mir lebhaft vorstellen, wie die Damen des Hofes dich wie ein Rudel gieriger Wölfe anstarren würden.«

»Ich bin nicht sicher, ob ich Euch recht verstehe, Meister Masao.«

»Das glaube ich dir gern.« Unvermittelt drehte Masao sich um und presste mir die Spitze seines Fächers unter das Kinn, sodass ich gezwungen war, zu ihm hochzublicken. Ich erstarrte, als er mich musterte, mein Gesicht eindringlich beäugte. »Ichiro und Limone haben es dir wahrscheinlich nie gesagt«, murmelte er, »aber wusstest du, dass du außergewöhnlich hübsch bist, Tatsumi-kun? Wie schade, dass sie dich ausgewählt haben, der Träger dieses verfluchten Schwerts zu sein. Welch vergeudetes Potenzial. Bei Hofe wäre natürlich die richtige Kleidung erforderlich, aber trotzdem.« Seine Augen funkelten, als er den Fächer senkte, einen Schritt zurücktrat und auf eine Weise lächelte, die mich für einen Augenblick ängstigte. »Nun, tu dein Bestes, Dämonenjäger. Und viel Glück bei Lady Satomi. Ich fürchte, der kaiserliche Hof wird eine größere Herausforderung für dich darstellen, als du im Moment glauben magst.«

28

Die Mondfeier

Yumeko

Ich erkannte das Mädchen im Spiegel kaum wieder.

Ihr Gesicht kannte ich. Das war das Einzige, was mir vertraut war. Alles andere – Haare, Schminke, Kleidung – erschien mir fremd und sonderbar.

Ich stand im Zimmer der Schreinmaid, die Türen und Fenster fest geschlossen mit dem ausdrücklichen Befehl, nicht gestört zu werden, und starrte in dem kleinen ovalen Spiegel über der Kommode die Kitsune an. Die mehrlagige rot-weiße Robe, deren Saum mit Goldfäden durchsetzt war und ein wunderschönes Muster aufwies, war bei Weitem das eleganteste Kleidungsstück, das ich jemals getragen hatte. Gleichzeitig war sie schwer, bedeckte fast meine Zehen und war recht unbequem, insbesondere die weiten, bauschigen Ärmel. Mein Haar war gekämmt, die Spitzen geschnitten, und es hing in einem ordentlichen, mit roten und goldenen Seidenschleifen verzierten Zopf an meinem Rücken hinab. Ein spitzer Hut saß hinter meinen schmal zulaufenden Fuchsohren auf meinem Kopf; missbilligend strich ich sie zurück, und der Hut glitt nach hinten und fiel zu Boden.

Reika seufzte. »Das darfst du nicht tun, wenn du im Palast bist«, rügte sie mich, hob die Kopfbedeckung von der Tatamimatte auf und setzte sie mir wieder auf den Kopf. »Wenn du sie alle an der Nase herumführen und ihnen weismachen willst, dass du eine angesehene Onmyoji bist, darfst du nicht bei jeder Kleinigkeit zusammenzucken.«

»Diese Robe ist so schwer«, sagte ich naserümpfend. Ich konnte meinen Schwanz, der sich gegen die Rückseite meiner Beine presste, unter dem Stoff spüren, und verlagerte nervös das Gewicht. Zumindest verdeckte der unbequem feste Stoff die Schriftrolle gut, die immer noch in dem Furoshiki versteckt war. »Ich werde alle paar Schritte über meine eigenen Füße stolpern. Kann ich nicht einfach meine Magie einsetzen, um meine normale Kleidung wie die hier aussehen zu lassen?«

»Fuchsmagie ist nichts als Illusion und Schwindel«, erwiderte die Miko, und die Geringschätzung in ihrer Stimme erinnerte mich an Denga-san. »Sollte im Kaiserpalast entdeckt werden, dass du ein Halb-Yokai bist, wirst du nicht nur hingerichtet werden, auch alle anderen, die mit dir in Verbindung stehen, werden bestraft. Der Ronin, der Adlige und der Dämonenjäger der Kage – alle könnten getötet werden, nur weil du es eine Nacht lang möglichst bequem haben willst. Möchtest du dieses Risiko wirklich eingehen?«

Ich schnaubte. »Kann ich nicht wenigstens ein Paar Geta-Schuhe anziehen, damit ich nicht strauchle und jeder meinen Schwanz sieht, wenn ich falle?«

Sie verzog das Gesicht. »Ich könnte den Saum ein paar Zentimeter hochstecken, das dauert nur eine Minute.«

Sie kniete sich neben mich und begann, am Stoff meiner Robe zu ziehen, während sie mich anzischte stillzustehen. Als ich wieder in den Spiegel sah, verlor ich mich in meinen Gedanken. Nachdem Tatsumi uns gestern Abend verlassen hatte und mit seinen Clanmitgliedern in die Stadt verschwunden war, hatte Reika Okame und mir freundlicherweise Zimmer für die Nacht angeboten. Daisuke hatte sich ebenfalls verabschiedet und war zum Anwesen seiner Familie im Sonnendistrikt zurückgekehrt, obwohl er versprochen hatte, am nächsten Abend wiederzukommen, um uns zum Palast zu begleiten.

Am Nachmittag hatte Reika ein paar Mikos entsandt, um Gewänder zu finden, die einer Onmyoji »meines Ranges« würdig waren, und darauf gepocht, dass Okame ebenfalls auf den Markt ging, um sich neue Kleidung zu kaufen – etwas, das nicht sofort nach »dreckigem Ronin« aussah. Anfangs hatte der Ronin gespottet, doch die Schreinmaid hatte darauf bestanden, dass sie unsere Mission nicht wegen seines törichten Stolzes aufs Spiel setzen würde, und ihn regelrecht aus dem Schrein gejagt mit den drohenden Worten, den Hüter des Schreins auf ihn zu hetzen, sollte er nicht endlich losziehen. Nachdem der Ronin schließlich ihrem Befehl nachgekommen war, wandte sie ihre Aufmerksamkeit mir zu.

»Wie lauten die Namen der letzten fünf Kaiser?«, fragte Reika, immer noch am Saum meiner Robe kniend. Ich unterdrückte ein Stöhnen. Den ganzen Morgen über hatte sie mir einen Vortrag über das Hofzeremoniell gehalten, die dortigen Sitten, was gesellschaftlich akzeptiert war und welches Verhalten »ungehobeltes Landei« bedeutete. Bei all den Dingen, die es allein zu beachten gab, wenn man sich nur verbeugte, schwirrte mir der Kopf, ebenso angesichts der Liste an Gesprächsthemen, die für diese Jahreszeit als unangebracht erachtet wurden. Wurde einem eine Frage gestellt, galt es als unhöflich, mit einem schlichten Ja oder Nein zu antworten; besser waren ein Gedicht und ein Vers, mit so vielen Vergleichen und Floskeln wie nur irgend möglich.

»Äh ...«, wand ich mich, wohl wissend, dass Reika eine Antwort erwartete. Eine Onmyoji meines Ranges, hatte sie zuvor erklärt, würde natürlich die Geschichte der königlichen Familie in Iwagoto kennen. »Taiyo no Genjiro, Taiyo no Eiichi, Taiyo no Fujikata, Taiyo no ... äh ... Kintaro?«

»Jetzt rätst du nur«, sagte die Schreinmaid. »Und du darfst am königlichen Hof nicht ständig ›äh‹ und ›hm‹ sagen. Bauersleute und Bürgerliche stottern. Adlige niemals.«

Seufzend verlagerte ich mein Gewicht auf das andere Bein und erntete ein missbilligendes *Ts* von der Schreinmaid. Schlagartig vermisste ich Tatsumi; obwohl er nie viel sagte, war seine Gegenwart immer spürbar. Nun fragte ich mich, wo er jetzt steckte, was er gerade tat. Ich hoffte auf ein Wiedersehen und dass wir uns wie versprochen im Palast treffen würden. Ebenfalls hoffte ich, dass ich am kaiserlichen Hof in kein Fettnäpfchen treten und uns alle verraten würde.

»Na also«, sagte Reika, als sie sich erhob und die Knie abklopfte. »Ich denke, du bist so bereit, wie du jemals sein wirst.« Während sie einen Schritt nach hinten wich, verschränkte sie die Arme vor der Brust und betrachtete mich mit kritischem Auge, bevor sie einmal nickte. »Das müsste genügen. Du siehst wie eine Onmyoji aus, zumindest auf den ersten Blick. Der Sonnenuntergang naht, und ich muss mich ebenfalls vorbereiten. Warum schaust du nicht nach, ob der Ronin schon zurück ist? Und bitte, mach dich nicht schmutzig, noch bevor wir den Palast erreicht haben.«

Während ich mir Mühe gab, nicht auf den Saum meiner Robe zu treten, ging ich nach draußen.

Okame lehnte am Geländer, als ich hinaus auf die Veranda trat, und bei meinem Anblick zog er seine Augenbrauen hoch. »*Sugoi*«, rief er leise und beugte sich überrascht vor. »Yumeko-chan, du siehst … anders aus. Ich hätte dich kaum wiedererkannt.«

Ich grinste ihn an. »Ich dich auch nicht, Okame.« Der Ronin hatte sich rasiert, sein Spitzbart war gestutzt und gepflegt, anstatt ihm buschig über das Kinn zu wuchern, und seine rotbraunen Haare waren im Nacken zu einem festen Pferdeschanz gebunden. Seine weiße Hakama-Hose und die braune Haori-Jacke waren nicht sonderlich elegant, aber sie waren neu und sauber und saßen perfekt. Er sah nicht gerade wie ein Adliger aus, doch zumindest wirkte er nicht wie ein ziellos umherstreunender Ronin. »Du siehst fast respektabel aus.«

»Halt deine Zunge im Zaum«, erwiderte er und blickte weg, während ihm die Röte den Hals hinaufstieg. »Ich kann nicht glauben, dass ich mit einem Haufen hochnäsiger Adliger am kaiserlichen Hof herumstolzieren werde und so tun muss, als wäre ich ein Samurai.«

Ich neigte den Kopf zur Seite. »Warum hasst du die Samurai so sehr, Okame-san?«, fragte ich. »Tatsumi meinte, Ronins wären einmal selbst Samurai gewesen, bevor sie ihren Meister verloren haben. Was ist mit deinem passiert?«

Er bedachte mich mit einem schiefen Lächeln. »Das ist eine lange Geschichte für einen anderen Tag, Yumeko-chan. Sagen wir einfach, irgendwann hat es eine Zeit gegeben, als ich uneingeschränkt an Ehre und Pflichtgefühl und den Kodex der Buschido geglaubt habe. Aber das ist viele Jahre her, ich war jung und dumm und allein darauf bedacht, mich zu beweisen.«

»Was ist geschehen?«

»Die grausame Realität hat mich eingeholt«, sagte der Ronin mit einem Feixen. »Und ich habe erkannt, dass der hochgeschätzte Kodex der Buschido Unsinn ist. Es gibt keine Ehre auf der Welt, insbesondere unter Samurai. Es hat nur gedauert, bis ich ein Ronin wurde, damit ich das verstand.«

Bei der unterschwelligen Verbitterung in seiner Stimme fragte ich mich, was ihn zu dem gemacht hatte, der er nun war. »Irgendwann musst du mir die Geschichte erzählen.«

»Das werde ich. Aber im Moment haben wir größere Sorgen. Etwa wie wir die Feier des Kaisers überstehen können, ohne als Scharlatane entlarvt zu werden. Vergiss nie«, fuhr er fort und tippte mir mit einem Finger sanft an den Ärmel, der auf die Veranda herabhing, »ich bin ebenso wenig ein Yojimbo wie du eine Onmyoji. Und sich als eines von beidem auszugeben, kommt einem Todesurteil gleich, sollte es irgendjemand herausfinden.«

»Ich weiß«, sagte ich. Reika hatte es mir heute Morgen in aller Ausführlichkeit dargelegt. Sobald Okame verschwunden war, hatte sie mich in ein Zimmer gezerrt, die Tür hinter uns zugeschlagen und mir eine Standpauke gehalten, dass ich eine zu leichtsinnige Lügnerin sei. Ich log Daisuke an, eine Onmyoji zu sein, ich log Okame an, ein Bauernmädchen zu sein, und ich log den Dämonenjäger der Kage an, ein normales menschliches Wesen zu sein. Bis jetzt hatte ich Glück gehabt, hatte sie gesagt und mich wie eine kleine wutschnaubende Katze angefunkelt. Insbesondere da ich mit dem berüchtigten Dämonenjäger der Kage reiste.

Und heute Abend, fuhr sie fort, befänden wir uns innerhalb der Mauern des Kaiserpalasts, umgeben von Adligen, Samurai, Aristokraten und dem Kaiser höchstpersönlich. Wo wir alle hingerichtet werden würden, falls herauskommen sollte, dass wir nicht die waren, für die wir uns ausgaben. Dies sei nicht eines meiner Kitsune-Spielchen, hatte Reika gewarnt. Hier ginge es buchstäblich um Leben und Tod. Weshalb ich endlich anfangen solle, die Sache ernst zu nehmen.

Ich kaute auf meiner Lippe. Sie hatte recht. Ich zog viele Menschen in diese verrückte, erfundene Geschichte mit hinein, und die Lügen stapelten sich unaufhaltsam aufeinander. Früher oder später würde dieser Turm zusammenbrechen. »Bist du sicher, dass du mit uns kommen willst, Okame-san?«, fragte ich und blickte den Ronin an. »Du schuldest mir nichts, das weißt du hoffentlich. Du kannst jederzeit aussteigen.«

»Machst du Witze?« Der Ronin bedachte mich mit seinem wölfischen Grinsen, und seine Augen blitzten. »Vergiss die Verpflichtungen, so viel Spaß wie im Moment hatte ich schon seit Jahren nicht mehr. Als Samurai war ich nie wichtig genug gewesen, um zu den rauschenden Festen des Kaisers geladen zu werden. Es ist Ironie des Schicksals, dass ich mit einem Taiyo dort auftauchen werde, den Stolzesten der Stolzen, und die Blicke auf ihren verkniffenen, hochnäsigen Gesichtern sehe.«

»Aber es ist gefährlich. Was passiert, wenn unsere Tarnung auffliegt?«

»Es ist doch gerade die Gefahr, die den Spaß bringt, Yumeko-chan«, sagte Okame. »Keiner der Adligen wird fragen, ob du wirklich eine Onmyoji bist – das wäre eine Unverschämtheit sondergleichen. Solange du nicht zustimmst, die Zukunft vorauszusagen, Karten legst oder einen Dämon austreibst, dürfte nichts schiefgehen.« Mit einem Achselzucken lehnte er sich gegen das Geländer, seine Miene war unbekümmert. »Darüber würde ich mir keine Gedanken machen. Die Affen am Hof werden viel zu beschäftigt sein, mit stolzgeschwellter Brust vor dem Kaiser herumzuscharwenzeln und zu versuchen, einander auszustechen, um uns viel Aufmerksamkeit zu schenken.«

»Es gibt dort Affen?« Ich blinzelte verblüfft. »Nun, dann wird es zumindest unterhaltsam sein. Aber Affen machen schrecklich viel Unordnung, stört sie das denn nicht?«

»Das war grausam, Okame-san«, sagte eine neue Stimme, und Taiyo Daisuke bog um die Ecke des Gebäudes. Er trug einen prächtigen Kimono aus dunkelblauer Seide, mit einem Muster aus goldenen Miniatursonnen an den Ärmeln und der Vorderseite des Kleidungsstücks, und hielt einen farbenfrohen Seidenfächer in beiden Händen. Seine langen weißen Haare waren im Nacken zusammengebunden und zeichneten sich schimmernd gegen die dunkle Seide des Kimonos ab. »Du solltest Yumeko-san nicht solche Lügen erzählen. Zumindest ein paar von ihnen werden zu sehr damit beschäftigt sein, den Ruf eines Rivalen durch Tratsch zu zerstören oder eine vorteilhafte Ehe zu arrangieren, um viel herumzuscharwenzeln.«

Mit einem Blick zu mir lächelte er und senkte den Kopf in einer respektvollen Verbeugung. »Lady Yumeko«, sagte er mit feierlicher Stimme, »ich habe das dringende Bedürfnis, mich für mein rüpelhaftes Verhalten an jenem Abend zu entschuldigen, als wir uns zum ersten Mal begegneten. Es ist ein glücklicher Zufall, dass die Kirschblüten bereits verwelkt und abgefallen sind, denn gewiss würden sie stille Tränen vergießen, müssten sie mit deiner Schönheit konkurrieren.«

»Äh …« Ich war nicht ganz sicher, wie ich auf seine Worte reagieren sollte; nie zuvor war mir ein solches Kompliment gemacht worden. Zum Glück schob Reika genau in dem Moment die Tür auf und gesellte sich zu uns auf die Veranda, wodurch sie mich davor bewahrte, eine höchst unangemessene Antwort zu stammeln. Die Miko trug immer noch ihren roten Hakama und den weißen Haori der Schreinmaiden, doch ihre Haare waren hochgesteckt und mit Schleifen und winzigen Glöckchen geschmückt. Zwei weitere Miko tauchten hinter ihr auf, ähnlich gekleidet, und beide starrten mit leicht geöffnetem Mund den atemberaubend eleganten Aristokraten an. Daisuke, der solche Reaktionen höchstwahrscheinlich gewohnt war, ignorierte sie höflich.

»Hört auf!« Reika versetzte einer der Miko mit ihrem Ärmel einen leichten Schlag, was die Frau zusammenzucken ließ. »Ihr beide. Ihr seht wie zwei nach Luft schnappende Karpfen aus. Bringt mich heute Abend nicht in Verlegenheit. Taiyo-san«, fuhr sie fort, drehte sich um und verneigte sich vor Daisuke, was die goldenen Glöckchen in ihrem Haar zum Klingeln brachte. »Vergebt mir, dass wir Euch mit diesen Unannehmlichkeiten Eure kostbare Zeit stehlen. Ich kann Euch meine Dankbarkeit nicht tief genug versichern.«

»Aber nicht doch, Reika-san«, erwiderte Daisuke. »Ich bin froh, helfen zu können. Und eine Veränderung in der Hoflandschaft tut allen gut. Sollen wir gehen? Die Sonne geht unter, und es ist ein langer Fußweg bis zum Palast.«

»Einen Moment, bitte«, sagte die Schreinmaid, und wir blieben stehen. »Es gibt noch jemanden, der mitkommt.«

Mit einem raschen Griff in ihren Ärmel zog sie einen Ofuda heraus, einen weißen Papierstreifen, mit dem heilige Magie gelenkt wurde. Das Kanji-Zeichen für *Loyalität* stand darauf, der gleiche Ofuda, mit dem sie mir bei unserem ersten Treffen vor der Nase herumgefuchtelt hatte. Die Schreinmaid schloss die Augen, psalmodierte leise, und die Luft um sie herum begann sich vor Macht zu kräuseln.

»Hüter des Hayate-Schreins«, hörte ich sie flüstern. »Treuster Beschützer, komm zu mir.«

Der Wind um sie zerstreute sich in alle Richtungen, rüttelte an den Ästen über unseren Köpfen. Mit angehaltenem Atem warteten wir.

Ein pelziges Tier trottete um das Gebäude und kam am Fuß der Treppe zum Stehen. Es war ein Hund, klein und schmächtig, mit spitzen Ohren, rötlich-orangem Fell und weißem Bauch, dessen buschiger Schwanz sich fest um sein Hinterteil kringelte. Ein karmesinrotes Halsband, ein einfaches Seil, hing um seinen Hals, und eine goldene Glocke baumelte genau in der Mitte herab.

Inu! Ich kämpfte den jähen Drang nieder zurückzuspringen, die Veranda entlangzulaufen und mich in einem der Zimmer zu verstecken, die Tür fest zwischen uns verschlossen. Hunde hatte ich noch nie gemocht, und das Gefühl schien auf Gegenseitigkeit zu beruhen. Einmal, als ich im Wäldchen vor dem Tempel spazieren gewesen war, hatten mich zwei Dorfhunde, ausgehungerte, magere Tiere, gesichtet und die Verfolgung aufgenommen. Keiner meiner Tricks hatte bei ihnen funktioniert; sie hatten die Bilder von knurrenden Bären und fliehenden Hasen keines Blickes gewürdigt, als hätten sie intuitiv gewusst, dass sie nicht real waren. Um meinen Verfolgern zu entkommen, war ich schließlich auf einen Baum geklettert, wo ich bis Einbruch der Nacht geblieben war, bis Denga nach mir gesucht und sie verjagt hatte.

»Kit… Kitsune?«, rief Okame, woraufhin ich zusammenzuckte und ihn erschrocken ansah. Der Ronin starrte den Hund mit einem verständnislosen Ausdruck im Gesicht an. »Der Hüter dieses Schreins ist ein Kitsune?«

»Das ist kein Fuchs«, entgegnete ich, erleichtert und ein klitzekleines bisschen verärgert. »Es ist ein Hund. Also wirklich, Okame, er sieht doch überhaupt nicht wie ein Fuchs aus.«

»Das ist Chu«, sagte Reika mit ruhiger Stimme, woraufhin der

Hund zu ihr aufblickte und mit dem Schwanz wedelte. »Er ist der Hüter des Hayate-Schreins. Zumindest eine Hälfte davon.« Ihre Augen verdunkelten sich, sie runzelte die Stirn. »Ko, die andere Beschützerin, ist in jener Nacht verschwunden, als Meister Jiro wegging. Ich denke, sie ist entweder vom Oberpriester gerufen worden oder hat gespürt, dass er in Gefahr schwebt, und ist ihm gefolgt, denn keiner von beiden ist zurückgekehrt.«

»Er ist ein wenig klein für seine Art«, sagte Daisuke in einem Tonfall, der aufmunternd klingen sollte. Okame schnaubte verächtlich.

»Klein? Er ist ein Zwerg. Wie zum Teufel soll dieses Wollknäuel der Hüter von irgendetwas sein, außer er beschützt den Schrein vor Spatzen und Ratten?«

Chu legte die Ohren an und entblößte knurrend zwei Reihen scharfer weißer Zähne.

Reika seufzte. »Das ist die Gestalt, die ihm erlaubt, mir in die Stadt zu folgen«, erklärte die Schreinmaid dem Ronin. »Wenn er diesen Körper annimmt, ist er quasi unsichtbar. Er wird sogar durch die Tore des Kaiserpalasts schlüpfen können und kaum Aufmerksamkeit auf sich ziehen. Eines seiner vielen Talente – Menschen nehmen seine Anwesenheit überhaupt nicht zur Kenntnis.« Ein leicht boshaftes Lächeln legte sich auf ihre Lippen, während sie den Ronin beäugte. »Chu ist nicht nachtragend, aber ich an deiner Stelle würde es mir zweimal überlegen, ob du ihn beleidigst. Seine wahre Gestalt ist viel ... beeindruckender.«

Okame hob skeptisch eine Augenbraue, sagte jedoch nichts weiter. Chu streckte sich anmutig und trottete los, als wollte er die Führung übernehmen, und wir folgten ihm über den Innenhof und die Treppe des Hayate-Schreins hinunter. Als wir durch das Torii-Tor traten, bemerkte ich, dass beide Steinsockel leer waren.

»Oh, Yumeko-san, bevor ich es vergesse ...« Daisuke drehte sich lächelnd zu mir um, während wir in die Straßen des Winddistrikts eintauchten. »Ich habe mit einem meiner Onkel über dich gesprochen«, begann er, »und er war sehr interessiert, dass eine Onmyoji heute Abend das Fest besuchen wird.«

»Oh? Das war nett von dir. Dein Onkel hört sich nach einem sehr freundlichen Mann an.«

»Ja, und er freut sich darauf, dich kennenzulernen. Du musst wissen, vor ein paar Monaten gab es einen schrecklichen Skandal um den letzten Onmyoji des Kaisers – Gerüchte über Verrat und Blutmagie, Mordanschläge, über die hinter vorgehaltener Hand getuschelt wurde. Es war ein schreckliches Durcheinander. Am Ende wurden der Onmyoji und seine Gehilfen hingerichtet, doch die Stelle des Hofwahrsagers konnte noch nicht wieder besetzt werden. Mein Onkel glaubt, der Kaiser wäre entzückt, eine Onmyoji zu treffen, die ihm die Zukunft vorhersagt.« Daisukes strahlendes Lächeln wurde sogar noch breiter, noch während mir allmählich schwante, was seine Worte bedeuteten, und ich den Drang niederkämpfen musste, aus Angst meine Ohren anzulegen. »Wenn heute Abend alles gut läuft, Yumeko-san, hast du vielleicht eine Audienz mit dem Kaiser von Iwagoto höchstpersönlich.«

Trotz meiner Nervosität war es praktisch unmöglich, nicht tief beeindruckt von der Pracht des Kaiserpalasts zu sein. Hoch oben auf dem Hügel fing das goldene Bauwerk die letzten schwindenden Lichtstrahlen auf und glühte wie eine eigene kleine Sonne. Bei unserem Näherkommen erhaschte ich einen flüchtigen Blick auf vergoldete Dachornamente: goldene Fische, Drachen und Phönixe, die sich als Silhouetten vor dem Firmament abhoben, schmückten die geschwungenen Ecken und blickten tief unten auf uns Normalsterbliche herab.

Während wir auf die riesigen Tore zusteuerten, bemerkte ich zwei Samurai neben dem Eingang, in ihren traditionellen Rüstungen, die Yari-Speere in die Höhe gestreckt. Ich sorgte mich, dass sie vortreten und uns mit gekreuzten Waffen den Weg versperren könnten. Doch sie rührten sich nicht, auch wenn der ältere den Kopf drehte, als Daisuke auf sie zumarschierte, und den Mund unter seinem Schnurrbart zu einem Grinsen verzog.

»Oh, Daisuke-sama!«, rief er in schroffem, doch gleichzeitig fast liebevollem Tonfall. »Wann seid Ihr zurückgekehrt? Wie ist Eure Pilgerfahrt nach Sagimura verlaufen?«

»Sehr gut, Fujio-san«, antwortete Daisuke. »Ich bin froh, mir die Zeit zum Reisen genommen zu haben. Es war ... sehr erleuchtend.«

Hinter ihm prustete Okame. »Das glaube ich gern«, murmelte er und fing sich von Reika einen Klaps auf den Arm ein. Das Augenmerk der Wache glitt zu ihr und den anderen beiden Schreinmaiden.

»Ah«, sagte er und nickte einmal. »Wohl Unterhaltung für die kaiserliche Feier. Es ist schon eine Weile her, seit das letzte Mal ein Kagura-Tanz im Palast aufgeführt wurde.« Er ließ seinen Blick zu mir wandern, nahm meine Robe und meinen spitzen Hut wahr und hob überrascht seine Augenbrauen. »Ist das ... eine Onmyoji, Daisuke-sama? Das Glück scheint Euch hold zu sein, nicht wahr? Seine kaiserliche Hoheit wird entzückt sein.«

Daisuke lächelte nur, als wir an den Wachen vorbeischritten und durch die Tore des Kaiserpalasts traten, doch mein Herz, das sich seit unserem Aufbruch aus dem Schrein allmählich beruhigt hatte, begann wieder heftig zu klopfen. Jenseits des Tors lag ein riesiger, offener Innenhof mit weiteren patrouillierenden Samurai. Dahinter, über den Baumkronen und vorbei an einem wahren Labyrinth aus Mauern, Toren und Zinnen, zeichnete sich der Kaiserpalast wie ein glitzernder goldener Berg am Himmel ab.

Ohne zu überlegen stürmte ich in Richtung des fernen Palasts, zögerte jedoch, als Daisuke mich zurückrief. Rasch drehte ich mich um und sah, wie er und die anderen von der Burg weggingen, zu einem der Tore auf der entgegengesetzten Seite des Innenhofs.

»Wir wollen nicht zum Palast selbst, Yumeko-san«, erklärte er, sobald er bemerkte, was mein Ziel gewesen war. »Die Feier findet in den Palastgärten statt, dort drüben.« Er zeigte zur weit entfernten Mauer, wo ein sanftes Glühen über großen und buschigen Bäumen zu sehen war. »Bitte hier entlang. Wir sind fast da.«

Einen kurzen Moment lang war ich etwas enttäuscht, dass ich den goldenen Palast nicht aus der Nähe zu Gesicht bekommen würde, doch dieses Gefühl währte nicht lange, als wir das Tor passierten und die kaiserlichen Gärten betraten.

Mein erster Gedanke war, dass ich mich in einem äußerst gepflegten Wald befand. Bei näherer Betrachtung stellte ich jedoch fest, dass dies nicht stimmte. Jeder Baum, jeder Busch, jeder Stein, jede Blume und jeder Kiesel schien mit akribischer Sorgfalt und nach reiflicher Überlegung seinen Platz gefunden zu haben. Sämtliche Büsche waren zu symmetrischen Formen gestutzt, jeder Baum stand vollkommen senkrecht und hochgewachsen, die Äste in perfekten, ordentlichen Winkeln. Kein einziges Blatt oder auch nur eine Blüte oder ein Rindenstück lag auf dem Gras oder wurde über den Rasen geweht; selbst jetzt sah ich einen Mann, bei dem es sich wohl um eine Art Hausmeister handelte, neben einer Chrysantheme stehen, wo er eine unschöne Blüte von einer der Stauden zupfte, bevor er sie in einen Beutel stopfte und davonhastete.

Es war zweifelsfrei ein prächtiger Garten, atemberaubend und Ehrfurcht gebietend. Und ungefähr so leblos wie ein Kirschblütenbild, das an einer Wandrolle hing. Es gab kein natürliches Wachstum, nicht das freudvolle Chaos eines echten Waldes. Der Garten des Kaisers fühlte sich genau so an, wie ich mir in diesem Moment vorkam, eingezwängt in eine elegante, wenn auch unbequeme Robe, dafür bestimmt, jeden Betrachter zu beeindrucken, doch am liebsten hätte ich sie abgestreift und wäre ganz natürlich herumgelaufen.

»Wunderschön, nicht wahr?«, murmelte Daisuke und ließ den Blick mit einem heiteren Lächeln über die Umgebung wandern. »Alles hier ist mit solcher Präzision geplant. Die Burg beschäftigt einhundert Diener und fünfzig Gärtner, Meister ihres Fachs, die alles sauber und makellos halten.«

»Es ist hübsch«, stimmte ich ihm zu. »Aber es wäre sicher schrecklich schwierig, wenn hier irgendetwas leben würde. Die Gärtner würden einen Nervenzusammenbruch erleiden, wenn auch nur ein einziges Kaninchen in die Blumen hoppeln würde.«

Der Weg durch die Gartenanlage war hell erleuchtet von Chochin-Laternen, die aufgereiht an Schnüren hingen, und wir folgten den auf und ab pendelnden orangen Lichtern, bis wir zu einem weiteren Tor kamen, an dem ein streng dreinblickender Samurai erst Okame und dann mich beäugte, bevor er sich an den Adligen wandte.

»Taiyo-sama«, sagte er mit einer Verbeugung. »Bitte vergebt mir, aber die Feier des Kaisers ist geladenen Gästen vorbehalten. Eure Familie ist bereits eingetroffen, aber ich kenne Eure Begleiter nicht. Ich muss darum bitten, dass sie mir ihre Einladungen zeigen, andernfalls darf ich sie nicht eintreten lassen.«

»Ich habe sie eingeladen«, sagte Daisuke beiläufig. »Das ist Yumeko-san, eine hoch angesehene Onmyoji aus dem Reich des Erdclans und ihr Yojimbo, Hino Okame. Sie sind als meine Gäste hier.«

Der Samurai grunzte und sah über Daisukes Schulter zu mir, bevor sein Blick zu Reika und den beiden Schreinmaiden hinter uns glitt. »Und was ist mit denen da?«

Reika und die anderen verneigten sich förmlich. »Bitte verzeiht«, sagte die Miko. »Wir sind vom Hayate-Schrein, um heute Abend den Kagura-Tanz für den Kaiser aufzuführen.«

Die Wache runzelte die Stirn. »Ich habe nichts davon gehört, dass eine Onmyoji zugegen sein wird«, sagte er verbissen und funkelte mich wieder an. »Sie ist sehr jung. Ich habe ganz gewiss noch nie von ihr gehört. Woher wissen wir, dass sie erfahren genug ist, um vor den Kaiser zu treten?« Seine Kiefer spannten sich an, und er nickte mit dem Kinn in meine Richtung. »Wem habt Ihr zuvor gedient? Welchem Lord habt Ihr aufgewartet?«

»Entschuldigung«, sagte unvermittelt eine Stimme und ersparte mir eine Antwort. Ein Mann trat vor, dünn und zerzaust, seine Kleidung zerknittert, die Haare standen ihm struppig zu Berge. Er war kein Samurai oder Adliger; seine Kleidung, wenn auch nicht ganz so abgewetzt und ramponiert wie die vieler Bauern, war äußerst schlicht. Außerdem war er staubig und roch nach Sägespänen und Holzwolle.

Beim Anblick des Neuankömmlings trat der Samurai sogleich einen Schritt vor, um ihm den Weg zu versperren, und vergaß uns für einen Moment. »Halt! Wie bist du hier hereingekommen? Was ist dein Begehr?«

Der Mann schniefte und richtete sich auf. »Ich suche nach jemandem«, verkündete er mit näselnder, wenn auch selbstbewusster Stimme. »Ich habe die Erlaubnis, hier zu sein. Ich muss sofort mit dem Magistrat sprechen.«

Daisuke berührte mich am Arm. »Komm«, sagte er leise, während der Samurai, diesmal mit lauterer Stimme verkündete, dass dieser Bereich tabu sei. Der Adlige wirkte bestürzt, als wollte er dem Neuankömmling etwas sagen, doch er scheuchte uns beherzt weiter. »Wir müssen uns das weder ansehen, noch möchte ich einen Samurai in Verlegenheit bringen, der nur seine Pflicht erfüllt. Lassen wir ihn seine Arbeit machen und verdrücken uns lieber still und heimlich.«

Schweren Herzens wandte ich mich von dem Mann ab, der nun in schrillem Ton mit der Wache stritt und mit seinen dünnen Ärmchen wedelte. Der Samurai spähte nicht einmal in unsere Richtung, als wir durch das Tor traten und mit den Schatten dahinter verschmolzen. Okame fing meinen Blick auf und grinste, aber ich konnte sein Lächeln nicht erwidern.

An der Wache vorbei folgten wir einer Bambuswand, bogen um eine Ecke und betraten eine große, offene Fläche am Rand eines malerisch schönen Sees. Eine rot-goldene Pagode thronte auf einer Insel in seiner Mitte, verbunden mit einer Brücke, die sich anmutig über das

Wasser wölbte. Shamisen-Musik wehte durch die Luft, gespielt von einer älteren Frau, die auf einem Läufer kniete und die Saiten mit geübter Hand zupfte. Über unseren Köpfen bildeten die verschiedenen Kordeln aus Laternen ein Dach aus schwebenden Lichtern, die ein helles, fröhliches Licht über den Pulk aus Menschen warf, der sich vor uns drängte. Einen Moment lang konnte ich nichts weiter tun, als das Meer aus bunten Roben ehrfurchtsvoll zu betrachten, jede leuchtender und extravaganter als die letzte. Die meisten Frauen trugen mehrlagige Kimonos, aufwendig bestickt und derart schwer aussehend, dass ich mich fragte, wie sie es schafften, sich überhaupt zu bewegen. Einige der Männer trugen Hakama-Hosen und Jacken mit steifen, angeschnittenen Ärmeln, während andere in Gewänder gehüllt waren, die denen der Frauen in ihrem prachtvollen Glanz in fast nichts nachstanden.

Da spürte ich einen leichten Stoß, als Okame sich neben mich stellte und über den Rasen zu einer Stelle nickte, wo eine Estrade vor einem breiten Paravent errichtet war. Auf einem Kissen vor einem lackierten Tisch, umgeben von attraktiven Frauen und beeindruckenden Samurai, saß ein gut aussehender Mann in einem leuchtend gelb-weißen Gewand und nippte an einer goldenen Tasse.

Ich schluckte schwer. »Ist das …?«, flüsterte ich unnötigerweise.

»Taiyo no Genjiro, der einhundertdreiundvierzigste«, murmelte der Ronin mir ins Ohr. »Der Sohn des Himmels und Kaiser von Iwagoto.«

»Daisuke-san!«

Ein Mann kam auf uns zu, wobei er sich an einzelnen Menschen und durch kleine Grüppchen an Adligen vorbeischlängelte. Er hatte weiße Haare und einen spitz zulaufenden Kinnbart und winkte dem Adligen an unserer Seite zu. »Onkel Morimasa«, sagte Daisuke und drehte sich mit einer kleinen Verbeugung zu mir. »Bitte entschuldige mich, Yumeko-san. Ich bin gleich zurück.«

Ich nickte. Der Adlige schritt davon und lächelte seinem Verwandten zu. Doch er war nur ein paar Meter gekommen, als zwei adlige Damen vor ihm auftauchten und ihm den Weg versperrten. Daisukes höfliches Lächeln schwand keine Sekunde, und er schien gebannt an ihren Lippen zu hängen, wobei er gleichzeitig elegant an ihnen vorbeischlich, nur um von einer weiteren Adligen in Beschlag genommen zu werden. Wie die Dinge lagen, würde es noch eine Weile dauern, bis er sich aus der Menschentraube um ihn herum befreit hatte.

Bedächtig ging ich zum Rand des Rasens, stellte mich neben eine perfekt zurechtgeschnittene Azalee und blickte mich um, während ich mich verwundert fragte, welche dieser eleganten, herumstolzierenden Damen Lady Satomi sein könnte. Ich fragte mich ebenfalls, ob sich irgendwo in dem Meer aus Gewändern Tatsumi befand, verborgen durch einen Tarnzauber oder eine Verkleidung. Ich stellte ihn mir in einem eleganten schwarzen, mit purpurnen und goldenen Mustern verzierten Kimono vor, und seine violetten Augen leuchteten auf, als sie meine in der Menge erblickten.

»Du bist errötet, Yumeko-chan«, bemerkte Okame mit einem Grinsen, während er sich zu mir herabbeugte, um mir ins Gesicht zu spähen. »Woran denkst du gerade?«

»N... Nichts!« Ich drehte mich weg. Meine Wangen fühlten sich flammend heiß an, und der Ronin neben mir lachte leise. »Ich habe bloß ... *ano* ... an Kleidung gedacht, und dass mir sehr warm ist und wie angenehm es wäre, sie auszuziehen. Und ... *so* habe ich das nicht gemeint, Okame-san, hör auf zu lachen!« Ich wagte nicht, mich zu ihm umzudrehen. »*Baka*. Sei ernst! Wir müssen nach Lady Satomi suchen ...«

Und dann hob eine der Frauen, die dem Kaiser am nächsten saßen, den Kopf und starrte mich direkt an.

Hinter meiner Robe, vergessen und unbemerkt von jedem, begann Chu zu knurren. Mit einem Mal juckte es mich überall, als würden Insekten in meinen Ärmeln krabbeln und über meine Haut huschen. Die Frau hielt meinen Blick gefangen, und ein mattes Lächeln wölbte ihre vollen, geschminkten Lippen. Sie war eine außergewöhnliche Schönheit und stach zwischen den anderen Adelsdamen hervor in ihrem karmesinroten und schwarzen Kimono, der an einigen Stellen lockerer als an anderen saß. Nicht unschicklich, sondern verführerisch.

Etwas kroch durch meine Haare, direkt am Schädel entlang. Stirnrunzelnd hob ich den Arm, bekam etwas Langes und Dünnes zu fassen und zog es von meinem Kopf.

Ein rot-schwarzer Tausendfüßer wand sich zwischen meinen Fingern und rollte sich zusammen, um mich zu beißen. Mit einem heftigen Ruck schleuderte ich ihn weg und schaffte es nur knapp, einen Schrei zu unterdrücken. Das Insekt landete im Gras, und Chu stürzte sich sofort darauf, packte es mit den Zähnen und schüttelte es wie eine Ratte. Okame, dem das Lachen im Hals stecken geblieben war, stieß einen Fluch aus.

Mit klopfendem Herzen spähte ich zurück zu der Frau, die über etwas lachte, das der Kaiser gesagt hatte, und nicht mehr zu mir sah. Doch ich wusste, dass sie für den unerwünschten Besucher verantwortlich war, und ein eisiges Frösteln packte mich, während ich mit einem Mal alles durchschaute. *Sie* war die Person, die hinter allem steckte. Dem riesigen Tausendfüßer, den untoten Krähen, den Dämonen, die den Tempel zerstört hatten, alles nur *ihret*wegen. Die unsichtbare Hand hinter allem. Die Bluthexe am Hof des Kaisers.

Ich zitterte, ohne zu wissen, ob aus Angst oder Wut, und spürte, wie Reika sich neben mich stellte und ebenfalls zu der rot gekleideten Frau starrte. Chu knurrte immer noch leise zu meinen Füßen, doch niemand in unserer Nähe schien den Hund zu bemerken. »Nun«, sagte Reika sanft, »nach dem zu urteilen, wie Chu sich aufführt und wie aschfahl dein Gesicht geworden ist, habe ich das untrügliche Gefühl, dass wir unsere Lady Satomi gefunden haben.«

Ich nickte. Die Frau spähte für den Bruchteil einer Sekunde in meine Richtung, ein selbstgefälliges Triumphieren in den Augen, und ich ballte die Hände zu Fäusten. Wenn dies tatsächlich Lady Satomi war, beschlich mich auch noch das Gefühl, dass sie uns die Sache nicht leicht machen würde.

»Yumeko-san.«

Daisuke kehrte zurück, den größeren Mann von vorhin im Schlepptau, und beide kamen lächelnd auf mich zu. Gewaltsam riss ich den Blick von Lady Satomi und drehte mein Gesicht den Adligen zu. »Yumeko-san«, wiederholte Daisuke, »das ist mein Onkel, Taiyo Morimasa.«

»Seid gegrüßt«, sagte ich zu dem älteren Taiyo. Dann, als mir jäh einfiel, wo ich war, verneigte ich mich tief und sagte: »Es ist mir eine Ehre, Eure Bekanntschaft zu machen.«

»Die Ehre ist ganz meinerseits, Yumeko-san«, erwiderte Morimasa. Er war Daisuke wie aus dem Gesicht geschnitten, nur seine Haare waren im Knoten eines Kriegers auf dem Kopf zusammengebunden, und er hatte einen ordentlich gepflegten Spitzbart. »Ihr ehrt uns mit Eurer Anwesenheit. Wir hatten schon seit geraumer Weile keinen Onmyoji mehr am Hof. Vergebt mir meine Unverfrorenheit, aber Euer Name ist mir nicht bekannt. Unter welchem Meister habt Ihr gedient? Mir sind Gerüchte zu Ohren gekommen, dass der große Tsuki no Seimei einen Wettbewerb abhielt, um einen neuen Lehrling auszuwählen.«

»Ich ... habe keinem Meister gedient«, sagte ich und suchte verzweifelt nach einer Antwort. »Ich hatte ... äh ... einfach das nötige Talent, schätze ich. Ich habe es mir selbst beigebracht.«

»Erstaunlich«, sagte der ältere Mann. »Und in einem solch jungen Alter. Wirklich erstaunlich. Nun, damit ist es entschieden – Ihr müsst heute Abend vor Seiner Durchlaucht auftreten. Es wäre uns eine große Ehre, wenn eine solch talentierte Onmyoji vor dem gesamten Hof ihr Können zeigt. Was meint Ihr, Yumeko-san? Werdet Ihr uns mit Eurem Talent beglücken?«

Ich fühlte mich gefangen wie ein Hase, der zusammengekauert in der Falle saß, während sich von allen Seiten Wölfe näherten. Okame und Reika schienen sich ebenso unwohl in ihrer Haut zu fühlen, doch keiner von ihnen kam mir mit einer Ausrede zu Hilfe. Dies war keine Bitte. Selbst ich mit meinem begrenzten Wissen über die Sitten und politischen Ansichten in Iwagoto wusste, dass die Aussicht, dem Kaiser zu dienen, die größte Ehre darstellte, die jemandem widerfahren konnte, und sie auszuschlagen ein unverzeihlicher Affront war. Auch wenn meine Weigerung keine Gefängnisstrafe oder Hinrichtung nach sich zöge, würde unsere Mission genau hier enden. Falls wir Meister Jiro finden wollten, musste ich die Farce aufrechterhalten.

Obwohl ich nicht den blassesten Schimmer hatte, was ich tun sollte.

»Gewiss, Taiyo-san«, sagte ich zu Morimasa, woraufhin Okame zusammenzuckte und mich erstaunt anstarrte. »Es wäre mir eine Ehre.«

»Yumeko-chan!«, platzte es aus dem Ronin heraus, dann schien er sich wieder zu fassen. »Äh ... bitte entschuldigt«, sagte er zu Morimasa mit einer raschen Verbeugung. »Ich bin ihr Yojimbo, weshalb es meine Aufgabe ist, mich um sie zu sorgen. Gelegentlich kann sie recht unbesonnen sein. Yumeko-chan«, fuhr er im Flüsterton fort und sah mich mit weit aufgerissenen Augen an. »Bist du *sicher*, dass du das kannst?« Gleichbedeutend mit *Was zum Teufel tust du da?* »Wenn du die Sache vor dem Kaiser vermasselst, betrifft uns das alle.«

»Dein Yojimbo hat womöglich recht«, sagte Reika in einem Tonfall missbilligender Resignation. »Obwohl ich in diesem Fall nicht weiß, was dir anderes übrig bleibt, als zuzustimmen.«

»Natürlich musst du zustimmen«, unterbrach Daisuke sie, gleichzeitig irritiert und leicht gekränkt. »Den Kaiser zu treffen, vor ihm und dem gesamten Hof aufzutreten ... es gibt keine größere Ehre.«

»Ganz genau«, sagte ich zum Ronin und rang mir ein Lächeln ab.

»Du hast Daisuke-san gehört. Wann wird sich mir jemals eine weitere Chance bieten, den Kaiser zu treffen? Keine Sorge, ich weiß, was ich tue.« *Das hoffe ich jedenfalls.*

Okame blickte zweifelnd drein, doch ich drehte mich um und sah wieder zu Morimasa. »Bitte verzeiht die Unterbrechung, Taiyo-san«, entschuldigte ich mich bei dem Adligen, der leicht verwundert die Stirn runzelte. »Wie gesagt, es wäre mir eine Ehre, heute Abend vor Seiner Durchlaucht aufzutreten.«

»Wundervoll!« Er strahlte. »Seine Exzellenz wird erfreut sein. Wenn Ihr mir folgen wollt.«

Mit einem letzten aufmunternden Lächeln in Richtung des besorgten Ronin und der Schreinmaid trat ich vor und folgte Morimasa durch den Garten.

Adlige starrten mich an, beäugten mich voll Belustigung, Neugierde und Argwohn, während ich an ihnen vorbeischritt. Ein paar feixten höhnisch und spotteten hinter ihren Fächern, ihre Verachtung war unverhohlen. Vielleicht durchschauten sie meine Onmyoji-Verkleidung, oder vielleicht war ich nicht elegant genug gekleidet. Ich versuchte, sie zu ignorieren und mir zu überlegen, was ich zum Kaiser sagen würde, obwohl das Hämmern meines Herzens und die Übelkeit in meinem Magen es mir erschwerten, mich zu konzentrieren.

»Wartet hier einen Moment«, sagte Morimasa und blieb im Schatten eines Hains stehen, ein Stück von der Tribüne des Kaisers entfernt. »Wenn die Zeit gekommen ist, werde ich Euch ankündigen. Wenn Ihr Euren Namen hört, tretet vor und zeigt Euch vor seiner Hoheit, aber haltet mindestens fünf Meter Abstand zum Rand der Estrade. Verstanden?«

»Ja.«

Er nickte, drehte sich weg und ging auf die Tribüne und die Männer und Frauen zu, die sich dort versammelt hatten. Da Lady Satomi auf der anderen Seite des Kaisers saß, konnte ich sie nicht sehen, aber zum Glück beruhte das auf Gegenseitigkeit.

Ich holte tief Atem, um meine Nerven zu beruhigen, da legte sich von hinten eine Hand über meinen Mund und riss mich zurück in den Schatten der Bäume.

»Ich bin's«, flüsterte eine tiefe, vertraute Stimme und unterband das Aufwallen von Kitsune-bi in meinen Fingerspitzen. »Ich lasse dich jetzt los, aber mach niemanden hier auf uns aufmerksam, indem du schreist.«

»Tatsumi!«, wisperte ich und wirbelte auf dem Absatz herum, als er mich wieder freigab. »Du hast mich zu Tode erschreckt! Warum bist du …?«

Ich blinzelte und verstummte allmählich. Denn der Tatsumi vor mir war nicht der Kage-Samurai, mit dem ich vom Tempel der Stillen Winde fortgereist war. Er war vollständig in Schwarz gekleidet, abgesehen von einem zerlumpten karmesinroten Schal, der hinter ihm in der Brise zu flattern schien. Anstelle von Sandalen trug er Zehenstiefel, die knapp unterhalb des Knies aufhörten, Armschienen und eine ärmellose einfarbige Jacke, die viel enger geschnitten war als seine übliche Haori. Eine Maske bedeckte seinen Mund und seine Kieferpartie, verbarg die Hälfte seines Gesichts, auch wenn die Augen über dem Stoff eindeutig die seinen waren, von einem kalten, durchdringenden Violett.

»Was tust du da, Yumeko?«, fragte Tatsumi, seine Stimme war sanft, aber eindringlich. Sein Blick schien in der Dunkelheit zu lodern.

»Äh…« Ich vergewisserte mich, dass uns niemand sehen konnte. Die Luft schimmerte, als ich den Kopf drehte, und mit einem Mal spürte ich die dunkle, kühle Berührung von Tatsumis Schattenmagie, die uns umgab. »Vor dem Kaiser von Iwagoto auftreten?«

»Du bist *keine* Onmyoji.« Tatsumis Augen verengten sich. »Du verfügst über keinerlei Magie. Mit den kami zu sprechen, ist nicht dasselbe, wie jemandem die Zukunft vorherzusagen. Aber genau das wird der Kaiser von dir erwarten. Wenn du als Scharlatan entlarvt wirst, werden sie dich hinrichten.«

»Ich weiß, aber was soll ich sonst tun, Tatsumi?«, flüsterte ich. »Ich kann die Bitte des Kaisers schlecht abschlagen.«

»Ich kann dich von hier wegbringen.« Tatsumi trat näher. »Jetzt sofort. Niemand wird uns sehen … wir werden denselben Zauber nutzen wie im Gaki-Dorf. Sobald es wieder sicher ist, werde ich zurückkehren und nach Meister Jiro suchen. Wir müssen nicht mit dieser Satomi-Frau reden. Im Gegensatz zu den meisten Menschen komme ich in fast jedes Gebäude hinein.«

»Was ist mit den anderen?«

»Die anderen interessieren mich nicht.« Tatsumis Stimme war tonlos. »Meine Mission lautet, uns zum Tempel der Stählernen Feder zu bringen. Wenn du geschnappt und hingerichtet wirst, endet der Auftrag hier.«

Er hob sachte die Hand, und seine Knöchel näherten sich meiner Wange. Ich sah ihm in die Augen und nahm eine tiefe innere Zerrissenheit wahr.

»Tatsumi …«

»Du darfst nicht sterben, Yumeko.« Seine Hand kam keinen Millimeter näher, doch er zog sie auch nicht zurück, und seine Stimme klang sehr sanft. »Wir haben uns beide das Versprechen gegeben, den Tempel der Stählernen Feder gemeinsam zu finden. Ich brauche dich, damit du mir den Weg weist. Die Mission ist noch nicht zu Ende.«

»Alles wird gut.« Behutsam hob ich den Arm und nahm seine Hand. Als sich unsere Haut berührte, zuckte er zusammen, und dann, fast zögerlich, schlossen sich seine Finger um meine. Ich sah ihm fest in die Augen und lächelte. »Ich weiß, was ich tun muss, Tatsumi. Vertrau mir.«

Einen Moment lang hielt er meinen Blick gefangen, seine Stirn war gerunzelt, ein Schatten verdüsterte seine Augen, dann nickte er einmal. Rückwärts trat ich aus den Bäumen und spürte, wie sich die zarten Magiefäden mit jedem Schritt weiter auflösten, bevor ich mich zur kaiserlichen Estrade umwandte.

Mein Blick fand Taiyo Morimasa, dessen Augen sich vor Erleichterung weiteten, als hätte er nach mir gesucht und mich bislang nicht gesehen. Mit wild fuchtelnden Handbewegungen winkte er mich zu sich. Dem Drang widerstehend, zurück zu den Bäumen zu spähen, holte ich tief Luft, reckte das Kinn und schritt auf das Podium und den Kaiser von Iwagoto zu.

29
Des Kaisers Schicksal

Tatsumi

Ich beobachtete, wie das Mädchen mit selbstbewusstem Schritt davonging, in Richtung des Kaisers in Gold, der auf seiner Estrade wartete, umgeben von Adligen und Samurai. Die Augen des gesamten Hofes folgten ihr, jeder Blick ruhte auf der schlanken Gestalt in dem sich bauschenden Rot und Weiß, deren langer Zopf hin und her pendelte. Sie sah nicht verängstigt aus, nicht einmal angespannt, doch ich spürte so ein merkwürdig flaues Gefühl in meiner Magengegend, das mich dazu bewegte, sie von hier weg und in Sicherheit zu bringen. Mich auf sie zu stürzen, uns beide in Dunkelheit zu hüllen und sie wegzuzaubern. Oder wenn das nicht möglich war, Kamigoroshi zu ziehen und jeden niederzustrecken, der eine Bedrohung darstellte, Adlige, Samurai und Kaiser gleichermaßen, um das Mädchen zu retten, das mit unerschrockenem Mut auf die Person zuschritt, die ohne Weiteres ihren Tod befehlen konnte.

Ich spürte immer noch ihre Hand, ihre weichen Finger, die sich in meine Handinnenfläche geschmiegt hatten, und ich presste die geballte Faust gegen mein Bein. Yumeko durfte heute Abend nicht sterben. Sie gehen zu lassen, war töricht gewesen. Ich wusste nicht, was sie vorhatte, ob sie überhaupt einen Plan hatte, aber ich hatte eingewilligt, ihr zu vertrauen. Einem Bauernmädchen ohne das kleinste bisschen Magie, das abgeschirmt vom Rest der Welt in einem Tempel aufgewachsen war, das mutig und bescheiden und klug, aber letztendlich keine Onmyoji war – ich ließ sie vor den mächtigsten Mann in ganz Iwagoto treten, mit nichts als ihrer Versicherung, ihr werde nichts passieren. Ich sah, wie der Ronin, die Schreinmaid und die Adligen mit dem Rest der Menschenmenge begierig nach vorn drängten und einen Halbkreis hinter dem Mädchen bildeten, und meine Brust zog sich krampfhaft zusammen. Zum ersten Mal wünschte ich, ich könnte dort sein, inmitten des Gedränges, anstatt am Rand des Lichts zu lauern und mich in den Schatten zu verstecken.

Großer Kami, dachte ich unvermittelt, *pass auf sie auf. Tamafuku, Gott des Glücks, wenn du heute Abend irgendjemandem deine Hilfe gewährst, dann ihr.*

Yumeko hielt fünf Meter vor der Estrade des Kaisers inne, sank auf die Knie und verneigte sich so tief, dass ihre Hände und Stirn den Boden berührten. Es wirkte unbeholfen, ihre Haltung nicht steif genug, und ihre Finger waren nicht in der richtigen Position, aber zumindest hatte sie eine ungefähre Vorstellung davon, wie man sich in Gegenwart des mächtigsten Mannes des Landes zu verhalten hatte. Und es schien dem Kaiser zu genügen, denn er lächelte und streckte seine Hand, die in einem weiten goldenen Ärmel verborgen war, aus.

»Onmyoji Yumeko«, sagte er mit klarer, hoher Stimme. »Willkommen im Palast der Sonne.«

»Eure Durchlaucht ehrt mich«, erwiderte Yumeko und richtete sich langsam auf. »Ich bin nicht würdig, hier zu sein, aber ich werde mein Bestes tun, um Euch zu unterhalten.«

Ich spürte, wie die Zuschauer mit Missbilligung und Verachtung auf ihre Worte reagierten, besonders die Adligen und Hochwohlgeborenen. Yumekos einfache Herkunft offenbarte sich uns unvermittelt in der Art, wie sie redete, ohne jegliche feine Nuancen oder die schmeichelnde, blumige Sprache des Hofes. Jäh blitzte das Bild vor meinem geistigen Auge auf, wie ich in ihre Mitte stürzte und sie alle in blutige Fetzen hackte, und ich war nicht ganz sicher, ob es Hakaimonos Gedanken waren oder meine eigenen.

»Mein Berater erzählte mir, Ihr hättet Onmyodo ohne einen Meister erlernt«, fuhr der Kaiser fort, und ein Murmeln ging durch die Menschenmenge. »Stimmt das? Ihr habt Euch das uralte Wissen wahrhaftig selbst angeeignet?«

»Ja, Eure Hoheit. Das stimmt.« Sie gab keine weitere Erklärung, obwohl es offensichtlich war, dass der Hof darauf wartete.

»Erstaunlich«, rief der Kaiser und lehnte sich zurück. »Wirklich erstaunlich. Natürlich müsst Ihr uns Euer Talent vorführen, Yumeko-san.« Er hob beide Arme, und die goldenen Ärmel bauschten sich wie Segel. »Ihr habt meine Erlaubnis, mir die Zukunft vorauszusagen«, verkündete er großspurig. »Was hat die Zeit für den größten Kaiser der Welt zu bieten? Wagt einen Blick in die Zukunft und berichtet dem Hof, was Ihr seht.«

Stille legte sich über den Garten. Yumeko zögerte, dann richtete sie sich langsam, theatralisch auf, um erhobenen Hauptes vor dem Kaiser dazustehen. »Die Zukunft«, sagte sie, und ihre Stimme hallte über die Menge, »ist ein sich stets wandelnder Strom. Jede Entscheidung, jede Wahl, die wir treffen, lässt uns einen anderen Pfad betreten. Einen flüchtigen Blick vom Schicksal eines anderen zu erhaschen, zeigt Hunderte unterschiedlicher Möglichkeiten zugleich auf. Es ist niemals eine Aufgabe, die leichtfertig oder unüberlegt vollbracht werden sollte.« Sie hob die Arme, als schöpfte sie aus der Macht der kami, und eine jähe Windbö strich ihr durch Haar und Gewand, blähte es leicht. »Lasst uns sehen, was die Zukunft für Euch bereithält, Eure Hoheit.«

Die Zuschauer standen nun vollkommen reglos da, hingen gebannt an ihren Lippen. Der Kaiser selbst beugte sich vor, die Hände auf die Knie gestützt, und starrte die Gestalt in der eleganten Robe an. Einen Moment lang vergaß ich, dass es Yumeko war, das Bauernmädchen, das ich aus dem Tempel der Stillen Winde gerettet hatte. In der Mitte des Platzes, die Arme ausgestreckt und mit dem Licht, das über ihre Haare und das leuchtend karmesinrote Gewand schimmerte, sah sie tatsächlich wie eine ehrwürdige Onmyoji aus, deren Macht pulsierte, während sie sich darauf vorbereitete, dem Kaiser von Iwagoto die Zukunft weiszusagen.

Yumeko brachte die Hände zusammen und stützte ihr Kinn darauf ab, zwei Finger in einer vertrauten Geste nach oben gereckt. Sie schloss die Augen, und der Hof schien den Atem anzuhalten. Für einen kurzen Augenblick schwieg das Mädchen. Kein Lüftchen rührte sich, sämtliche Blicke waren auf die rot gewandete Gestalt gerichtet, die allein vor dem Kaiser stand.

»Taiyo no Genjiro.« Yumekos Stimme, leise, wie sie war, ließ mehrere Adlige zusammenzucken. »Herr über den Sonnenpalast.« Sie hielt inne, dann sagte sie in klarem und deutlichem Tonfall: »Es gibt einen Eindringling in Eurem Garten.«

Der Kaiser richtete sich auf, so wie viele andere Aristokraten und Samurai. Ein paar Buschi blickten sich bereits hastig um, die Hände auf ihren Schwertgriffen, und ein Gemurmel ging durch die Menschenmenge. Ich drückte mich tief in die Schatten, während Hakaimono sich rührte und forderte, sie niederzustrecken, bevor es zu spät war.

Würde sie mich wirklich enttarnen? Kage Masaos Frage bezüglich meines Vertrauens in sie kam mir wieder in den Sinn, und das Blut gefror mir in den Adern. *Würdest du mich heute Abend verraten, Yumeko, nur um deine eigene Haut zu retten?*

»Er ist sehr nah«, fuhr Yumeko fort, ihre Stimme ruhig und ernst. »Er hält sich in den Schatten versteckt. Beobachtet Euch und Eure Gäste, während wir hier reden.« Ein paar Frauen keuchten erschrocken auf und pressten sich näher aneinander, und ein Samurai zog sein Schwert halb aus der Scheide. Meine Hand glitt zu Kamigoroshi, die Finger knapp über dem Griff, während Yumeko weiterredete.

»Er ist äußerst gerissen, dieser Eindringling«, sagte das Mädchen. »Still und unbemerkt hat er bereits eine Spur der Verwüstung hinterlassen, und sollte ihm erlaubt werden, weiter frei umherzulaufen, wird er auch künftig alles zerstören, was ihm in die Quere kommt.«

»Wo?«, keuchte der Kaiser, halb von seinem Sessel aufgesprungen. »Wo ist der Eindringling?«

»Er ist nah«, wiederholte Yumeko und drehte sich einmal um die halbe Achse. Ich erstarrte, als das Mädchen in meine Richtung wirbelte, doch sie drehte sich weiter, weg von der Stelle, wo ich in den Schatten kauerte. »Er ist …« Sie zögerte, zeigte dann mit der Hand auf kunstvoll zurechtgestutzte Büsche am Rand des Lichtscheins. »Dort.«

Der gesamte Hof drehte sich um und starrte zu dem Fleck, auf den sie deutete. Einen kurzen Moment bewegte sich niemand oder wagte auch nur zu atmen. Der Hof war vor berauschter Faszination erstarrt, unfähig sich zu rühren oder wegzusehen. Am Fuß eines Kirschbaums raschelte es laut in einem Busch, was den Zuschauern, die in der Nähe des Strauchs standen, ein entsetztes Keuchen entlockte.

Ein kleines braunes Kaninchen hoppelte aus dem Gebüsch ins Freie.

Ein erleichtertes Ausatmen ging durch die Menschenmenge, auch wenn die Frauen, die dem »Eindringling« am nächsten waren, spitze Schreie ausstießen, bevor sie erkannten, worum es sich handelte. Das Kaninchen setzte sich auf und zuckte mit den Ohren, während es die Menschen neugierig beäugte, die es ihrerseits verwirrt und erschrocken anstarrten.

Ein Ruf hallte über die Gartenanlage. Ein Mann in schlichter Kleidung, mit schmutzbesudelten Händen und Grasflecken an den Knien, stürzte vor, die Augen weit aufgerissen, nachdem er das Tier auf dem Rasen erblickt hatte.

»*Usagi!*«

Ohne auf die Blicke der Adligen zu achten, spurtete der Mann – höchstwahrscheinlich ein Gärtner – auf das Kaninchen zu und vollführte mit ausgestreckten Händen einen Hechtsprung. Das Usagi wirbelte hastig herum und hüpfte zurück ins Gebüsch, während der Mann bäuchlings im Gras landete und mit den Händen in den Zweigen verschwand. In seiner verzweifelten Suche grub der Gärtner in den Blättern und kroch einmal um den Busch herum, bevor ihm auffiel, dass er beobachtet wurde.

Er drehte sich mit aschfahlem Gesicht um und blinzelte den gleichermaßen erstaunten Hof an, dann presste er die Stirn in der tiefsten aller Verbeugungen in den Rasen.

»Bitte verzeiht mir!«, rief er, doch in diesem Moment sprang das Kaninchen blitzartig an ihm vorbei. Mit einem Keuchen sprang der Gärtner auf, einen Stock in der Hand, und jagte das Tier bis zum Rand der Bäume, wo beide in der Dunkelheit verschwanden.

Stille senkte sich über die Menschenmenge. Alle starrten weiterhin in die Schatten, als wüssten sie nicht, was sie sonst tun sollten. Ich blickte zu Yumeko, die ruhig vor der Tribüne stand, ein kleines, triumphierendes Lächeln im Gesicht.

Langsames Klatschen durchbrach die Stille, was einige der Adligen auffahren ließ. Der Kaiser erhob sich und brachte die Hände zusammen, während sich ein breites Lächeln auf seinem bartlosen Gesicht ausbreitete.

Der Rest des Hofes brach in schallenden Applaus aus. Jubel erfüllte die Luft, als die Menschenmenge sich wie auf ein Zeichen hin zu dem Mädchen in der Mitte des Gartens umdrehte. Yumeko verneigte sich, nahm die Anerkennung bescheiden entgegen, während der tosende Beifall über die Bäume emporstieg und sich im Wind zerstreute.

30

Die Viper im Seidengewand

Yumeko

Ich ließ den Applaus über mich hinwegbranden, lauschte dem Anschwellen und Abflauen und gestattete mir einen winzigen Seufzer der Erleichterung. Wer hätte geahnt, dass so etwas Simples, ein imaginäres Kaninchen, im richtigen Augenblick den Kaiser verzaubern könnte? Der Auftritt des Gärtners war natürlich nicht geplant gewesen, doch seine Reaktion hatte gewiss geholfen, den Hof zu überzeugen, dass das, was sie sahen, real war. Ich hoffte, dem Mann würde nichts geschehen, dass das Auftauchen eines kleinen Kaninchens in der makellosen Gartenanlage des Kaisers keine Bestrafung nach sich zöge, aber es war zu spät, mein Handeln nun zu bereuen.

Denga, wenn Ihr mich jetzt sehen könntet, dachte ich und lächelte still in mich hinein, als ich Daisukes, Okames und Reikas Blicke in der Menge auffing. *Mit meiner nichtsnutzigen Fuchstrickserei habe ich gerade den mächtigsten Menschen in ganz Iwagoto und seinen gesamten Hofstaat hinters Licht geführt. Ich habe es weit gebracht, seit ich die Teekanne im Zimmer habe tanzen lassen.*

»Brillant!« Als der Applaus verebbt war, trat der Kaiser von seinem Podium herab und blickte strahlend in meine Richtung. »Erstaunlich. Welch ein beeindruckendes Talent Ihr besitzt, Yumeko-san. Würdet Ihr in Erwägung ziehen, es in die Dienste des Landes zu stellen?« Ich sah ihn überrascht an, und er erwiderte meinen Blick mit einem Lächeln, eine Handbewegung über die Bäume zum Palast vollführend, der sich mit seinem goldenen Schimmer vor dem Nachthimmel abzeichnete. »Es gibt an meinem Hof eine offene Stelle für einen kaiserlichen Onmyoji. Jemanden mit Euren Fähigkeiten könnte ich gewiss gut gebrauchen.«

Ups. Nun ja, anscheinend kann man seine Sache auch zu gut machen. Meine Gedanken überschlugen sich, denn ich wusste, dass es schreckliche Folgen nach sich ziehen konnte, dem Kaiser eine Bitte auszuschlagen, selbst jetzt noch. »Euer Gnaden ehrt mich«, sagte ich mit einer tiefen Verbeugung. »Ich danke Euch für das Angebot, aber es gibt eine ... sehr wichtige Mission, die ich noch zu erfüllen habe, ein Versprechen, das es einzulösen gilt, bevor ich einwilligen kann.«

»Ah. Natürlich.« Der Kaiser nickte; selbst er würde nicht vorschlagen wollen, ich solle mein Wort brechen und dadurch Schande über mich bringen. »Nun, wenn Ihr Eure Mission erledigt habt, denkt darüber nach, zum Palast zurückzukehren, Yumeko-san. Ihr seid jederzeit bei Hofe willkommen.«

Ich verneigte mich. »Eure Hoheit ist zu gütig.«

»Mein letzter Onmyoji hat mich vor dem Nahen des Großen Drachen gewarnt«, fuhr der Kaiser fort, und mir stockte das Herz vor Schreck. »Ich hielt die Geschichte bloß für einen uralten Mythos, aber er war fest überzeugt, in seinen Visionen die Wiederkehr des Drachen gesehen zu haben.« Der Kaiser runzelte die Stirn. »Leider stellte sich später heraus, dass er ein Anhänger von Blutmagie war, und er wurde hingerichtet, und die Worte eines Blutmagiers sind vergiftet und unglaubwürdig. Aber es wäre mir eine Freude, einen weiteren Onmyoji an meinem Hof zu haben, damit er mich unterrichten kann, ob der Herold tatsächlich erscheint und was ich tun kann, um seine Macht für mich zu nutzen.«

Ich spürte ein Krabbeln unter meiner Kleidung und blickte auf, direkt in Lady Satomis dunkle Augen. Sie funkelte mich über die Schulter des Kaisers hinweg feindselig an. Doch nur für einen kurzen Moment, bevor sie sich lächelnd an den Kaiser wandte und jegliche Spur von Bedrohlichkeit unter einer wunderschönen Porzellanmaske verschwunden war.

»Mylord«, gurrte sie und klimperte mit ihren langen, dichten Wimpern. »Der Mond geht auf. Wollt Ihr ihn nicht vom Seepavillon aus betrachten? Das Wasser ist heute Abend glasklar … Ihr solltet ihn zusammen mit seinem Spiegelbild bewundern können.«

»Ah, natürlich. Alle!«, rief der Kaiser, klatschte in die Hände und zog die Aufmerksamkeit des Hofes auf sich. »Lord Mond hat seine Reise über das Firmament angetreten. Lasst uns zum Ufer des Sees flanieren, um dem Mond unsere Aufwartung zu machen. Ich freue mich schon sehr, die wunderschönen Gedichte zu hören, die Ihr zu Ehren seiner Reise heute Nacht verfasst habt.«

Die Menschenmenge zerstreute sich und spazierte in Richtung See. Einschließlich des Kaisers, der mich vergessen zu haben schien, sobald er sich von mir abgewandt hatte, während sein Yojimbo hastig an seine Seite eilte. Lady Satomi hingegen verschwand nicht, sondern musterte mich weiterhin, ein mattes Lächeln im Gesicht. Kein Adliger, keine Wache und kein Samurai schien sie zu bemerken, alle drängten zum Seeufer, sodass wir allein zurückblieben.

»Nun.« Sie betrachtete mich abschätzig von oben bis unten, und ein Gefühl überzog meine Haut, als sei sie von brennenden Schürfwunden bedeckt. »Das war unterhaltsam.«

Während ich versuchte, die Panik zu überspielen, die mich gepackt hatte, spürte ich das Gewicht der Schriftrolle unter meiner Robe und fragte mich, ob Satomi sie auch irgendwie wahrnahm. Ob sie einen Oni herbeirufen würde, genau hierher, um mich wie ein Ei zu zerdrücken. Ich schauderte, dann holte ich tief Atem, um mich zu beruhigen und Satomi in die Augen zu blicken.

»Dem … Dem Kaiser hat es gefallen.«

»Der Kaiser ist ein Kind, das sich mit Illusionen und billigen Tricks beeindrucken lässt. Er kennt den Unterschied zwischen

Scharlatanerie und wahrer Macht nicht.« Sie verzog ihren roten Schmollmund zu einem höhnischen Lächeln. »Ich hingegen bin nicht so leichtgläubig.«

Ich spürte, wie Fuchsmagie in mir aufstieg, und ballte die Hände zu Fäusten, damit das auflodernde Kitsune-bi nicht in meine Fingerspitzen sprang. »Ihr habt uns verfolgt«, beschuldigte ich sie im Flüsterton. »Diese toten Vögel gehören Euch, nicht wahr?« Sie hob spöttisch eine fein geschwungene Augenbraue, und ich unterdrückte ein Knurren, da ich wusste, dass ich mich nicht auf sie stürzen und ihr die Wahrheit mit Gewalt entringen konnte. »Ihr habt mich und Tatsumi beschattet, seit wir den Wald verlassen haben«, sagte ich leise. »Habt Ihr die Dämonen zum Tempel geschickt?«

»Welch grässliche Unterstellung!« Lady Satomi legte sich ihre Hand an die Brust, als wäre sie entsetzt. »Gewiss würde niemand erwarten, dass jemand in meiner Position sich mit derartigen Dingen beschäftigt. Tote Vögel? Dämonen?« Ein boshaftes Lächeln umspielte ihre Lippen, und ihre Stimme senkte sich zu einem bedrohlichen Wispern. »Blutmagie wird mit dem Tode bestraft, kleiner Fuchs. Ebenso wie das Belügen des Kaisers von Iwagoto. Deine kleine Vorstellung hat nur funktioniert, weil ich es erlaubt habe. Dies ist ein Hof voller Marionetten, und ich habe sämtliche Fäden in der Hand. Wem, denkst du, werden sie glauben, wenn gewisse Dinge ans Licht kommen?«

»Satomi-san.«

Daisukes Stimme ertönte hinter mir, während ich mich zusammennehmen musste, um nicht von der Stelle zu weichen, vor dieser bösen Frau nicht klein beizugeben. Lady Satomis verschlagene Miene war wie weggeblasen, als sie den Adligen anlächelte, der sich zu uns gesellte. Okame und die Schreinmaid tauchten ebenfalls neben mir auf, und ein schwaches, kaum hörbares Knurren drang vom Boden herauf, als Chu zu der Frau hochsah und die Zähne fletschte. Lady Satomi würdigte den Hund keines Blickes.

»Guten Abend, Taiyo-san«, grüßte sie und verneigte sich vor Daisuke, der ihr im Gegenzug zunickte. »Habt Ihr den bemerkenswerten Auftritt unserer talentierten Onmyoji hier gesehen?« Sie nickte mir lächelnd zu, und es wirkte vollkommen aufrichtig. »Ich kann mich nicht erinnern, wann ich das letzte Mal so verblüfft gewesen bin. Ich konnte kaum glauben, dass es echt war.«

»Lady Yumeko ist in der Tat talentiert«, stimmte Daisuke ihr mit einem kleinen Lächeln in meine Richtung zu. »Es ist eine Ehre, sie hier zu haben.« Er wandte sich wieder zu Satomi, und seine Worte klangen gestelzt höflich. »Satomi-san, dürften wir womöglich einen kurzen Moment Eurer Zeit rauben? Es wird nicht lang dauern.«

»Natürlich, Taiyo-san«, erwiderte Lady Satomi. »Es wäre mir eine Freude. Was kann ich für den Sohn des ehrenwerten Hironobu-sama tun?«

Reika trat vor. Sie runzelte ihre Stirn, was zeigte, dass sie sich nicht im Geringsten zum Narren halten ließ. »Meister Jiro, vom Hayate-Schrein«, sagte sie, ohne um den heißen Brei herumzureden. »Habt Ihr den Namen schon einmal gehört?«

»Hmm? Sollte ich?«

»Ihr habt nach ihm geschickt«, fuhr Reika fort, während Wut in mir aufflammte, wusste ich doch, dass die Frau mit uns spielte. »Vor drei Tagen bekam er eine Einladung aus dem Palast, um sich mit Euch zu treffen. Er ist nicht zum Hayate-Schrein zurückgekehrt. Seitdem wurde er nicht mehr gesehen.«

»Meister Jiro«, sagte Lady Satomi nachdenklich, als versuchte sie sich zu erinnern. »Meister Jiro. O ja, jetzt fällt es mir wieder ein! Ich habe ihn zum Tee in den Palast gebeten, damit er mir Antworten auf ein paar einfache Fragen gibt. Ein grässlicher, rüpelhafter kleiner Mann. Er war ausgesprochen unhöflich zu mir.« Sie lächelte Reika matt an. »Sollten Priester denn nicht die Säulen der Menschlichkeit und Weisheit sein? Offen gestanden fand ich ihn schrecklich ermüdend und abstoßend.«

Die Miko betrachtete Lady Satomi mit ausdrucksloser Miene, weigerte sich, sich von ihr reizen zu lassen. »Wo ist er?«, fragte sie, ihre Stimme überraschend ruhig. Lady Satomi lächelte sie süßlich an.

»Oh, er ist in Sicherheit«, erwiderte sie und winkte gleichgültig mit ihrem Fächer. »Im Grunde ist er ganz in der Nähe. Auch wenn Ihr ihn ohne mich leider nicht finden werdet. Selbst Euer kleiner Shinobi, der uns heimlich aus den Schatten beobachtet, würde es nicht schaffen, seinen Aufenthaltsort ausfindig zu machen.«

Erschrocken holte ich tief Atem, was Satomi dazu bewegte, ihr Lächeln auf mich zu richten. »Dachtet Ihr tatsächlich, ich würde nicht mitbekommen, dass sich der Dämonenjäger der Kage in den Palast geschlichen hat?«, gurrte sie. Dann wurde ihre Stimme sehr tief. »An diesem Hof geschieht nichts ohne mein Wissen. Ich weiß, dass er uns in diesem Moment belauscht, und sollte er mich töten, werdet Ihr niemals Euren kostbaren Meister Jiro finden, und seine Mission wird scheitern.«

»Dann werdet Ihr uns zu dem Priester führen«, sagte Okame, und sie hob eine Augenbraue und blickte in seine Richtung. »Sofort!«

»Interessant.« Lady Satomi blickte den Ronin an, als wäre er ein besonders starrköpfiger Hund. »Und was, wenn ich fragen darf, glaubt Ihr, könnt Ihr gegen mich ausrichten? Mich hier und jetzt angreifen, im Garten des Kaisers?« Sie kicherte. »Mit Ausnahme von Taiyo-san, dessen Familienehre und guter Ruf gewiss einen grässlichen Makel abbekämen, würdet Ihr alle vor Sonnenaufgang hingerichtet werden.«

»Es gibt andere Wege«, erwiderte Reika. »Ich bin sicher, der Kaiser wäre sehr interessiert …«

»Oh, passt lieber auf, *womit* Ihr mich beschuldigt, Mädchen.« Die Stimme der Frau war schneidend wie Seidengarn, mit dem sich Kehlen durchtrennen ließen. »Wir wollen doch nicht, dass plötzlich *andere* Geheimnisse enthüllt werden.« Sie sah in meine Richtung, die Drohung in ihren Augen unübersehbar. »Oder?«

»Außerdem habt Ihr mich nicht ausreden lassen«, fuhr Lady Satomi fort und zog einen Schmollmund. »Versteht Ihr, ich *könnte* mich natürlich weigern und zusehen, wie Ihr Euch alle aufplustert wie kleine Spatzen. Aber so amüsant das auch wäre, weiß ich doch gleichzeitig, dass ich dann den Rest der Nacht belästigt werden würde. Wenn nicht von Euch, dann vom Dämonenjäger der Kage, der unser Gespräch gewiss gerade belauscht. Weder hege ich den Wunsch, den Zorn der unsterblichen Daimyo des Schattenclans auf mich zu ziehen, noch möchte ich mich ständig umschauen müssen, wenn ich die Säle des Palasts durchschreite. Das wäre mit der Zeit doch sehr ermüdend.« Sie seufzte. »Also ja, ich werde Euch zu Eurem Priester bringen. Ich habe sowieso keine weitere Verwendung für den alten Narren. Im Grunde tut Ihr mir sogar einen Gefallen, wenn Ihr ihn mir vom Hals schafft.« Mit einer zierlichen weißen Hand vollführte sie eine ausladende Geste in Richtung der beeindruckenden Landschaft, die sie umgab. »Ein kleiner Spaziergang durch den Garten macht Euch hoffentlich nichts aus? Im Mondschein ist er besonders schön.«

Daisuke verengte die Augen und spähte zu der Stelle, wo der Kaiser und seine Gäste sich am Seeufer versammelt hatten. »Der Konkubine des Kaisers ist gewiss nicht gestattet, sich allein davonzustehlen, mitten in der Nacht«, sagte er in einem Tonfall eisiger Höflichkeit. »Insbesondere mit einer Gruppe Fremder. Es wird zumindest Spekulationen oder Gerüchte geben. Werdet Ihr keine Eskorte brauchen, Lady Satomi?«

»Ihr seid anbetungswürdig«, gurrte sie. »So ein braver Junge, der sich sorgt, dass mein Ruf besudelt werden könnte.« Sie kicherte, und Reikas finsterer Blick verdüsterte sich noch. »Seid unbekümmert, Taiyo-san. Der Kaiser und seine Gäste werden mich nicht vermissen. Sie werden nicht einmal merken, dass ich fort bin. Und selbst wenn sie es täten, so ist der heutige Sake besonders stark – bis morgen werden sie alles vergessen haben. Nun denn«, fuhr sie fort und trat einen Schritt zurück. »Sollen wir gehen? Wenn ich mich nicht recht irre, brennt Ihr förmlich darauf zu erfahren, ob der Priester gesund und munter ist. Folgt mir, meine kostbaren kleinen Entlein. Ich werde Euch zeigen, wo er ist.«

Argwöhnisch folgten wir der Frau um das Seeufer, fort vom Kaiser und dem Rest des Hofes, tiefer hinein in die Gartenanlage. Als die Schatten sich immer dichter um uns legten, ertappte ich mich dabei, wie ich die Büsche absuchte und auf eine Bewegung wartete, ein leichtes Kräuseln der Dunkelheit, das nicht hierhergehörte. Ich fragte mich, ob Tatsumi uns folgte, seine Beute im Auge behielt, während wir an Bäumen vorbeiliefen, weg von der Menschenmenge und allem Vertrauten.

Ich überlegte auch, ob sie tief in den Gärten, außer Sichtweite von Wachen oder Zeugen, versuchen würde, uns mit Blutmagie zu töten. Es war unwahrscheinlich, wir waren zu viert, gar zu sechst, wenn man Tatsumi und Chu mitzählte. Ihre Erfolgschancen schienen verschwindend gering, aber ich wusste nicht, wie Blutmagie funktionierte oder wie stark ihre Zauberkräfte waren. Vielleicht konnte sie Schwärme toter Krähen herbeirufen oder Skelette aus der Erde zum Leben erwecken. Meines Erachtens war es ratsam, sehr auf der Hut zu sein.

In der Nähe der äußeren Palastmauer stießen wir auf etwas, das wohl ein altes Lagerhaus war, ein großes, rechteckiges Gebäude mit einem Spitzdach und einer Tür an der Stirnseite. Es erinnerte mich an die Lagerhäuser, die ich in Bauerndörfern gesehen hatte, nur dass diese kleiner waren und auf Stelzen standen, um die Ernte vor Regen und Ungeziefer zu schützen. Eine bedrohliche Aura hing wie ein Schleier über dem Gebäude, und mein Magen verkrampfte sich vor Furcht.

»Ein Lagerhaus?« Reika musterte das Bauwerk, dann funkelte sie die Frau an, die bedächtig zur Tür schritt. »Ihr habt Meister Jiro in ein *Lagerhaus* gesperrt?«

»Was für ein geschmackloser Vorwurf. Ich bin tief gekränkt.« Lady Satomi blieb nicht stehen, als sie den Eingang erreichte. Sie drückte die Holztür auf und drehte sich zu uns um. So unter dem Türbogen stehend, hob sich ihre karmesinrote Robe gegen das Schwarz des Innenraumes ab. Sie warf uns ein grausames Lächeln zu. »Euer Meister Jiro ist nicht hier drinnen«, erklärte sie, »doch der Weg, um zu ihm zu gelangen, liegt im Innern. Folgt mir, wenn Ihr Euch traut, kleine Entlein. Hinein in die Dunkelheit.«

Sie trat rückwärts über die Türschwelle und verschwand in den Schatten.

»Beeilung!«, rief Reika und hastete ihr nach. »Wir dürfen sie nicht verlieren.«

»Wartet!«

Überraschenderweise war es Okames Stimme, die durch die Nacht schnitt und die Miko innehalten ließ. Der Ronin starrte das Lagerhaus mit zu Schlitzen verengten Augen und verschränkten Armen an. »Ich mag nicht viel über Bluthexen und das Hofzeremoniell wissen«, sagte er, »aber ich erkenne eine Falle, wenn sie direkt vor mir liegt.«

Reika drehte sich zu ihm um. »Wir können jetzt nicht aufgeben«, sagte sie. »Ich werde nicht zulassen, dass diese Frau damit durchkommt. Bleibt hier, wenn Ihr Angst habt – ich werde Meister Jiro finden, mit oder ohne Eure Hilfe.«

»Ich habe nicht gesagt, dass ich Angst habe«, erwiderte er in scharfem Ton. »Natürlich gehen wir rein. Ich finde bloß, wir sollten nicht naiv in einen Hinterhalt marschieren, wenn dieses Lagerhaus voller Dämonen, Monster oder riesiger Tausendfüßer sein könnte, die uns auffressen wollen?«

»Ist es nicht«, erklang eine Stimme über uns.

Wir blickten hoch. Eine Gestalt, ganz in Schwarz, hockte auf dem Dach des Lagerhauses, eine dunkle Silhouette gegen den Mond. Ein karmesinroter Schal flatterte hinter ihm im Wind. Mein Herz machte einen Satz, Chu legte knurrend die Ohren an, und Okame schnaubte.

»Da steckst du also«, sagte der Ronin, als Tatsumi mit einem Sprung anmutig vor dem Lagerhaus landete. Chus Knurren wurde lauter, doch die Schreinmaid sprach ein leises Wort, und der Hund verstummte. »Hast du dich doch endlich durchgerungen, hier aufzutauchen, hm, Kage-san?«, fuhr Okame fort. »Ich werde meine letzte Bemerkung über Shinobi nicht wiederholen, die ich vor ein paar Tagen geäußert habe und die mir eine Morddrohung eingebracht hat. Ich werde einfach hier stehen und in aller Ruhe abwarten, wie sie sich bewahrheitet.«

»Kage-san«, sagte Daisuke und starrte Tatsumi an. »Du bist ein … Shinobi?«

»Er ist der Dämonenjäger der Kage«, unterbrach Reika ihn mit ausdrucksloser Stimme. »Natürlich ist er das. Wie kann Euch das auch nur überraschen? Außer …« Sie wandte sich an Tatsumi. »Kage-san, Ihr sagtet, es gäbe keinerlei Dämonen oder andere Kreaturen im Lagerhaus, stimmt das?«

Während dieses ganzen Wortwechsels hatte Tatsumi nichts gesagt, sein Blick hatte allein auf mir geruht. Bei Reikas Frage blinzelte er und sah zu der Schreinmaid, wobei sich die kalte Maske des Dämonenjägers blitzschnell wieder auf sein Antlitz legte.

»Ich habe keine gespürt«, erwiderte er. »Es gibt keine Dämonen, aber …« Er blickte zum Eingang der Halle, seine Augen verengten sich zu violetten Schlitzen. »Da ist etwas. Nichts Lebendiges, aber … es ist mächtig. Es stinkt nach Blutmagie und Tod. Was auch immer dort drinnen ist, ist nicht von dieser Welt.«

Mit einem metallischen Kreischen zückte Daisuke sein Schwert, und in der rasiermesserscharfen Klinge fing sich das Mondlicht. »Dann werden wir ihm ehrenvoll entgegentreten.«

»Ich hatte befürchtet, dass du das sagen würdest.« Okame schnaubte leise und zog in einer ausladenden Bewegung seinen

Bogen über den Kopf. »Dann ein weiteres Mal direkt in die Klauen des Todes. Solange es nicht wieder ein riesiger Tausendfüßer ist.«

»Das ist nicht sehr wahrscheinlich«, erwiderte ich, als wir uns alle in Bewegung setzten. »Ich glaube nicht, dass ein riesiger Tausendfüßer durch die Tür passt. Außer sie hat ihn im Innern des Lagerhauses herbeigerufen, aber wie soll er sich dort drinnen bewegen?«

Tatsumi schob sich neben mich. »Bleib in meiner Nähe, Yumeko«, sagte er sanft. »Wenn das die Blutmagie ist, die uns verfolgt hat, ist sie vor allem auf uns gerichtet.«

Ich nickte. Mit Reika an der Spitze, die einen Ofuda vor sich hielt, und Chu zu ihren Füßen marschierten wir über den Rasen und schlüpften in die Finsternis des Lagerhauses.

31

DER SPIEGEL OHNE SPIEGELBILD

Tatsumi

Die Bluthexe ist in der Nähe.
Nachdem wir durch den Türrahmen getreten waren, konnte ich das Pulsieren von dunkler Macht in der Luft spüren und umklammerte Hakaimonos Heft fester. Das Schwert kämpfte gegen mich an, wusste es doch, dass etwas hier war, wollte mit seiner Klinge Blut und Fleisch durchschneiden. Mordlust stieg in mir auf, erfüllte mich mit dem unwiderstehlichen Drang zu töten, aber ich war mir gleichzeitig deutlich der Gegenwart Yumekos neben mir bewusst. Aus den Augenwinkeln konnte ich sie sehen, spürte ihr Wesen in der Atmosphäre um mich herum, und war hin- und hergerissen zwischen dem fast schmerzhaften Verlangen, das Mädchen zu beschützen und ihr den Kopf vom Hals zu schlagen.

Konzentrier dich, ermahnte ich mich und Hakaimono. *Dein Ziel lautet, den Priester zu befreien.*

Im Raum hinter der Tür war es stickig und warm, es roch modrig. Kisten, Säcke und Holzfässer stapelten sich in Reihen, Gartenwerkzeuge lehnten entlang der Wände und auf den Holzverschlägen. Eine einzige Laterne hing von einem Balken und warf flackerndes orangenes Licht auf den Boden, doch der Rest des Lagerhauses war in Dunkelheit getaucht.

»Wo versteckt sich die Bluthexe?«, murmelte der Ronin in die Stille.

Ein leises Kichern antwortete ihm, es kam aus den Schatten. »Kein Grund, gleich unhöflich zu werden. Hier entlang, kleine Entlein. Folgt dem Klang meiner Stimme.«

Vorsichtig taten wir, wie uns geheißen, schlichen um die gestapelten Kisten und Fässer herum, bewegten uns langsam in Richtung der Rückwand des Gebäudes, wo ein schwacher karmesinroter Schimmer in der Ecke glühte.

Lady Satomi wartete am Ende des letzten Stapels auf uns, ihre Gesichtszüge in ein rotes Leuchten gehüllt. Es stammte aus der Ecke des Gebäudes von einem großen Ganzkörperspiegel, in dessen Tiefe sich das Bild der lächelnden Frau spiegelte. Ein schmutziges Laken lag zerknüllt auf dem Boden neben dem Spiegel, er war wohl bis eben noch verhüllt gewesen. Die gesamte Szenerie schien von einer unterschwelligen Boshaftigkeit zu pulsieren.

Yumeko warf einen Blick auf die Frau in der Ecke, sprang jäh zurück und nahm hinter mir Deckung, wobei sie meinen Arm berührte, was meine Sinne in Alarmbereitschaft versetzte. Ich starrte sie an. Sie hatte sich hinter meinem Rücken ganz klein gemacht, als hätte sie vor dem Spiegel Angst. Vermutlich spürte auch sie die Dunkelheit, die von ihm ausging, den Umstand, dass er etwas Unnatürliches war.

»Was für eine List ist das, Hexe?«, fragte die Schreinmaid und riss ihren Ofuda wie ein Schwert in die Höhe.

»Das? Das ist ein Spiegel«, erwiderte Satomi betont langsam. »Üblicherweise wird er benutzt, um sich zu vergewissern, dass man salonfähig ist. Vielleicht solltet Ihr Euch auch einen anschaffen?«

»Das habe ich nicht gemeint! Wo ist Meister Jiro? Ihr sagtet, Ihr würdet uns zu ihm führen.«

»Wirklich? Ihr habt wohl recht. Nun denn …« Die Frau hob den Arm und zog vorsichtig aus ihrer Frisur eine Haarnadel, lang und spitz, mit einer Elfenbeinkugel am Ende. Für einen Moment hielt Satomi sie vor sich, und das Metall glitzerte im Licht, bevor sie die andere Hand ausstreckte und sich die Spitze in den Zeigefinger stieß. Ihr Gesicht blieb ausdruckslos, während sie sich die Nadel, ohne auch nur mit der Wimper zu zucken, tiefer in die Haut bohrte.

Ein Blutstropfen quoll aus der Einstichstelle und schwoll an ihrer Fingerkuppe wie eine Zecke an. Unter unseren Blicken hob Lady Satomi ruhig die verletzte Hand und presste den Blutfleck auf die Oberfläche des Spiegels. Als das Glas begann, sich wie eine Pfütze, in die ein Stein geworfen worden war, zu kräuseln, lächelte die Frau.

»Euer hochgeschätzter Meister ist hier drinnen«, sagte sie zur Schreinmaid und blickte uns alle der Reihe nach an, die Provokation in ihrer Stimme unüberhörbar. »Versucht ruhig, ihn zu retten.«

Und mit diesen Worten trat sie vor, *in* den Spiegel, und verschwand durch das Glas.

Lautstark stieß der Ronin einen Fluch aus. »Warte, *was*? Was zum Teufel ist hier gerade passiert? Jeder hat das gesehen, oder? Ihr habt alle gesehen, wie sie in den Spiegel gesogen wurde. Was war das?«

»Blutmagie«, sagte ich in grimmigem Tonfall, während Yumeko um meinen Arm herumspähte. Das Spiegelbild im Spiegel war jetzt verzerrt, das Bild verschwommen und undeutlich. Ein einzelner roter Fleck trübte immer noch das Glas, schien auf der Oberfläche zu schweben. »Lady Satomi ist eine Blutmagierin«, bestätigte ich, als unsere grotesken Spiegelbilder zu uns zurückstarrten, ein Wirbel aus unkenntlichen Kreisen. »Eine mächtige, wenn ich mich nicht recht täusche. Der Spiegel dient als Tor zu einem anderen Ort. Das ist kein Anfängerzauber.«

»Ein Tor?« Yumeko drückte sich immer noch hinter mir herum. »Wohin führt es?«

»Das spielt keine Rolle.« Erneut trat die Schreinmaid mit entschlossener Miene vor. »Wenn Meister Jiro auf der anderen Seite ist, dann werde ich ihn finden. Egal, was sich mir in den Weg stellt.«

»Immer langsam, Jungspund!«, protestierte der Ronin. »Ich liebe es, in sonderbare Spiegel zu springen und all solches Zeug, aber was, wenn er uns in einen Höllenschlund voller Dämonen ausspuckt? Oder Tausendfüßern?«

Mit einem lauten Jaulen stürzte Chu vor, hüpfte durch den Spiegel und verschwand in einem Streifen aus Orange und Weiß durch das Glas. Während der Rest von uns ihm schockiert nachstarrte, tauchte er mit einem Satz zurück durch den Spiegel wieder auf und warf uns einen ungeduldigen Blick zu, bevor er erneut hindurchsprang.

»Okay«, sagte der Ronin achselzuckend. »Das reicht mir.«

Mit geschlossenen Augen trat ich durch das Tor und spürte, wie magische Fäden über meine Haut glitten, kalt und klammernd, als ginge man im tiefsten Winter durch ein Spinnennetz. Nachdem ich die Augen wieder geöffnet hatte, war auch Kamigoroshi bebend erwacht, und ich blickte mich um.

»O Kami!«, hörte ich Reika flüstern.

Wir sechs – fünf Menschen und ein Hund – standen unter einem uralten Torii-Tor, das einst farbenfrohe Holz halb verrottet und zu Asche zerfallen. Vor uns erhoben sich die verwüsteten, zerstörten Überreste von dem, was einst ein Dorf oder eine Stadt gewesen war. Häuser und Gebäude lagen in Schutt und Asche, die Mauern abgebröckelt, Dächer eingestürzt. Von einigen Bauwerken waren nichts weiter als ein paar geschwärzte Balken und verkohlte Ruinen übrig. Trümmer lagen überall verstreut, die Luft roch nach Tod, nichts rührte sich in den Schatten. Keine Spur von Menschen oder irgendetwas Lebendigem. Dieser Ort, was auch immer er einmal gewesen sein mochte, war nun ein Dorf der Yurei.

»Wo ist sie?«, murmelte die Schreinmaid und blickte sich mit verengten Augen um. »Wohin ist die Hexe bloß verschwunden?«

»Und wo zum Teufel sind wir?«, stieß der Ronin hervor, und sein Atem beschlug in der Luft, bevor er von der beißend kalten Brise davongefegt wurde. »Nun ja, und das mag ein noch größerer Anlass zur Besorgnis sein ... ich sehe nirgendwo einen Spiegel. Wie sollen wir zurückkehren?«

Die Blutmagierin war wie vom Erdboden verschluckt. Und es gab auch keinen Spiegel. Das zerstörte Dorf lag schweigend und leer da, kein Schimmern von blasser Haut oder Flattern von Kimonoärmeln blitzte inmitten der Zerstörung auf. Eine halb verbrannte Fahne wehte traurig an einer Stange, das einzige Geräusch in der ansonsten absoluten Stille.

»Das ist das Familienwappen der Yotaka«, sagte der Adlige mit Blick auf den sich kräuselnden, halb verbrannten Stoff. »Vasallen der Sora-Familie. Was bedeutet ... wir sind im Territorium des Himmelsclans?« Erstaunt schüttelte er den Kopf. »Aber, das kann nicht sein. Das Land der Sora liegt Hunderte Meilen von der kaiserlichen Stadt entfernt.«

Das erklärte den jähen Temperatursturz. Das Gebiet des Himmelsclans lag an der nördlichen Grenze Iwagotos und beanspruchte die eiskalten Kori no Hari-Gipfel als Herrschaftsbereich. Den schneebedeckten Bergen in der Ferne nach zu schließen, die sich jenseits des Dorfs erhoben, waren wir wahrscheinlich am äußersten Rand der Ländereien der Sora-Familie. »Satomi ist eine Blutmagierin«, rief ich ihnen grimmig in Erinnerung. »Wir haben es mit keiner Anfängerin zu tun. Wahrscheinlich besitzt sie mehrere dieser Tore, überall verstreut im ganzen Palast, für den Fall, dass sie überhastet fliehen muss oder einen abgelegenen Ort braucht, um ihre Blutmagie in Ruhe durchzuführen.«

»Oh, das ist ja großartig«, fauchte der Ronin. »Na los, lasst uns alle der Bluthexe durch den Todesspiegel folgen, ohne zu wissen, was sich auf der anderen Seite befindet. Oh, seht nur, ein leeres, zerstörtes Dorf mitten im Niemandsland, was hier nur sein könnte? Gewiss keine Dämonen oder Gaki oder ...«

»Yurei«, flüsterte Yumeko.

»Oder Geister«, pflichtete der Ronin ihr bei. »Stimmt, ich bin sicher, dass es hier in der Gegend gewiss keine wütenden Geister gibt.«

»Nein«, sagte das Mädchen und zeigte die Straße hinab. »Seht nur!«

Wir drehten uns um. Ein kleiner glühender Ball blau-weißer Leuchtkraft schwebte, wo vorher nichts gewesen war, still in der Mitte der Straße. Er hüpfte einmal, dann glitt er lautlos weiter, einen langen Schweif aus Licht hinter sich herziehend, bevor er wieder auftauchte, knapp einen Meter über dem Boden.

»*Hitodama*«, flüsterte die Schreinmaid. »Eine menschliche Seele, die in dieser Welt gefangen ist.«

»Ein Geist?«, fragte der Adlige nachdenklich.

»Ja und nein.« Die Stimme der Miko war voll Mitgefühl. »Yurei sind die Geister der Verstorbenen. Dies ist die Seele eines Menschen, der aus irgendeinem Grund nicht weiterziehen kann.«

»Allem Anschein nach will er, dass wir ihm folgen«, bemerkte Yumeko, als das Licht zögerlich weghüpfte und dann zurückkam, sanft pulsierend in der Dunkelheit.

Der Ronin stieß laut hörbar einen Atemzug aus. »Nun, hier in der Nähe gibt es nichts«, sagte er. »Lasst uns nachsehen, wohin dieser glühende kleine Ball uns führen will.«

Vorsichtig folgten wir der schwebenden Lichtkugel, die unter Balken hindurchtauchte und sich um verkohlte Säulen und durch die Skelette von Wachtürmen schlängelte, die auf die Straße gestürzt waren. Das Dorf lag, abgesehen von unseren eigenen Schritten und unserem Atem totenstill da. Vor uns bewegte sich die glühende Kugel in gleichmäßigem Tempo, immer nah genug, um in unserem Blickfeld zu bleiben, jedoch gleichzeitig einen gebührenden Abstand haltend. Schließlich machte das Dorf einem Wald Platz, und die Kugel schwebte durch die Bäume, bis sie am Fuß einer Anhöhe verharrte. Eine Steintreppe, stellenweise rissig und mit Wurzeln überwuchert, erhob sich durch das Dickicht und führte den Hügel hoch. Das schimmernde runde Etwas wartete, bis wir die erste Stufe erreicht hatten, bevor es die Treppe hinaufglitt und nicht mehr zu sehen war.

»Beeilt Euch!«, rief die Schreinmaid, während sie und der Hund die Führung übernahmen. »Ich kann spüren, dass Meister Jiro in der Nähe ist. Wir dürfen seine Spur nicht verlieren.«

»Komm, Tatsumi-san«, drängte mich Yumeko, da ich zögerte. »Wir müssen weiter.«

Dies war, grübelte ich, während wir die Treppe hochzusteigen begannen, ein sehr sonderbares Grüppchen, das sich da um mich geschart hatte. Zwar war ich es gewohnt, Dämonen, Blutmagier und mörderische Yokai aufzuspüren, doch ich war immer allein gewesen. Nicht in Gesellschaft eines Ronin, einer Schreinmaid, eines Adligen und eines Hundes. Und eines Bauernmädchens, das in meinen Gedanken herumspukte und dessen Gegenwart ich immerzu spüren konnte.

Auf unserem Weg durch den dunklen, unbekannten Wald fragte ich mich einen Moment lang verwundert, ob einer der anderen diese Situation ebenso sonderbar fand wie ich, ließ diesen Gedanken aber wieder fallen. Letztendlich spielte es keine Rolle, was sie glaubten oder ob sie bei der Verfolgung einer gefährlichen Blutmagierin umkommen würden. Sie oblagen nicht meiner Verantwortung. Mein Ziel lautete, den Priester aufzuspüren, der uns verraten konnte, wo sich der Tempel der Stählernen Feder und die Schriftrolle befanden. Nichts anderes war von Bedeutung.

Insbesondere weil ich bereits den Befehl erhalten hatte, eine von ihnen zu töten, sobald dies hier vorüber war.

Die Treppe endete vor den Toren einer uralten Burg, deren spitze Dächer sich bis hoch zum Vollmond zu erstrecken schienen. Das Tor war geöffnet, und seine Flügel knarzten im Wind, durch die Öffnung war ein Innenhof zu sehen, ausgestorben und dunkel wie das Dorf unten im Tal.

»Leer«, sagte Yumeko nachdenklich, während wir uns vorsichtig dem Eingangstor näherten. »Ich frage mich, was in der Burg geschehen ist?«

»Und mit all den Menschen im Dorf?«, fügte der Ronin hinzu.

Ich erwiderte nichts, obwohl ich die Antwort zu kennen glaubte. Einen Oni und eine Horde Dämonen aus dem Jigoku herbeizurufen, erforderte eine Unmenge an Blut, mehr als die Blutmagierin in ihrem Körper hatte.

Höchstwahrscheinlich waren alle Leute aus dem Dorf geopfert worden.

Der Hitodama erschien wieder, schwebte im Eingang der Burg. »Er wartet auf uns«, sagte die Schreinmaid und ging schneller. »Beeilt euch! Meister Jiro ist hier.«

»Ein Frontalangriff ist nicht ratsam«, sagte ich rasch, was die Schreinmaid zögern ließ. Sie funkelte mich finster an und nickte in Richtung des Tors. »Wenn dies hier das Versteck der Bluthexe ist, bezweifle ich, dass sie allein ist. Und sie erwartet uns. Wenn Ihr jetzt dort hineingeht, könntet Ihr von Dämonen oder Schlimmerem angegriffen werden.«

»Was schlagt Ihr vor, Dämonenjäger?«

»Ich gehe hinein. Genau dazu bin ich ausgebildet worden. Ich werde den Priester finden und zurückkehren, bevor mich wer immer da drinnen ist auch nur bemerkt hat. Ihr Übrigen müsst nicht mitkommen.« *Und ich muss mir keine Gedanken machen, wie ich für Yumekos Sicherheit sorge.*

»Wir sollen also hier draußen warten und Meister Jiros Leben in Eure Hände legen?«, erkundigte sich die Schreinmaid. »Nichts für ungut, Kage-san. Ich weiß zwar, Ihr seid ein erfahrener Schwertkämpfer, aber als Träger von Kamigoroshi seid Ihr in keinerlei Hinsicht vertrauenerweckend. Ich werde Meister Jiros Sicherheit gewiss nicht in jemandes Obhut geben, der nur wegen der Informationen hier ist, die er besitzt. Leider muss ich darauf bestehen, mit Euch zu kommen.«

»Bedauerlicherweise muss ich ihr recht geben«, fügte der Ronin grinsend hinzu. »Und ich habe nie so richtig gelernt, auf Befehl ›Sitz‹ zu machen. Du weißt, wie das Sprichwort lautet – was der Welpe nicht lernt, lernt der Hund nimmermehr.«

»Die Bluthexe wird versuchen, dich aufzuhalten«, unterbrach ihn der Adlige, sein ernster Blick auf mich gerichtet. »Sie könnte Dämonen und Bestien und alle möglichen Horrorgestalten heraufbeschwören. Und du schuldest mir immer noch ein Duell, Kage-san. Vergib mir, aber ich kann nicht zulassen, dass du schon jetzt stirbst.«

Ich sah zu Yumeko, die mir ein scheues Lächeln schenkte. »Ich komme ebenfalls mit«, sagte sie mit ruhiger Stimme. »Wir sind schon so weit gemeinsam gereist. Du wirst dich ihr nicht allein stellen müssen.«

Allein ist besser, dachte ich. *Allein bedeutet, dass ich andere nicht in Gefahr bringe.*

Ein eisiges Frösteln überkam mich. Warum hatte ich diese Gedanken? Die Sicherheit anderer Menschen war nichts, was ich jemals zuvor in Erwägung gezogen hatte. Vielleicht hatte Meister Limone recht; ich hatte mich nicht mehr unter Kontrolle, meine Sorge um andere war ein gefährliches Zeichen, dass ich nicht mehr Herr meiner Gefühle war. Wenn dies hier vorüber war, würde ich mich freiwillig der »Neueinschätzung« des Maho-Tsukai fügen und hoffen, dies könnte jede noch so unterschwellige Verbundenheit zerstören. Die Prozedur wäre schrecklich, und womöglich würde ich nicht überleben, aber es war ein notwendiges Übel.

Yumeko beobachtete mich immer noch, in ihren dunklen Augen lag ein furchtsamer Ausdruck. Ich verdiente diese Besorgnis nicht, doch das konnte ich ihr nicht verraten. Stattdessen sagte ich: »Tut, was ihr nicht lassen könnt«, bevor ich in Richtung des Tors und der Burg dahinter marschierte.

Von der Bluthexe gab es keine Spur, als wir durch die hölzernen Torflügel den Burghof betraten. Überall lag Schutt, geborstene Steine, umgestürzte Fässer, ein paar zertrümmerte Wagen, alles wahllos über den Innenhof verstreut. Zwischen den Steinen fielen mir mehrere Rüstungen und matt glänzende, ausgebleichte Knochen ins Auge, die meine Vermutung bestätigten, was mit den hiesigen Samurai geschehen war. Zerbrochene Speere ragten aus der Erde heraus, Pfeile steckten in Pfosten und Balken, Katanas rosteten dort vor sich hin, wo sie fallen gelassen worden waren, und funkelten matt im Mondschein.

»Sieht aus, als hätte hier ein Kampf stattgefunden«, sagte der Adlige mit nachdenklicher Miene.

»Oder ein Massaker«, fügte der Ronin hinzu und stupste mit seinem Bogen die obere Hälfte einer Rüstung an. Ein Brustkorb löste sich, fiel aus dem Metall, und Okame verzog das Gesicht. »Ich hoffe, ich liege völlig falsch, aber dieser arme Kerl hier scheint in zwei Hälften gerissen worden zu sein.«

Hakaimonos Bewusstsein, das sich vor Vorfreude und Mordlust immer weiter in den Vordergrund gedrängt hatte, seit wir durch das Tor getreten waren, wurde vollkommen still. Eiseskälte kroch mir den Rücken hinauf, und ich erstarrte, mein Blick glitt über den Innenhof.

Hoch, sagte mir eine innere Stimme. *Schau hoch!*

Ich blickte nach oben. Zu den Spitzdächern der Burg, die sich deutlich gegen den Mond abzeichneten.

Etwas Dunkles, Großes erhob sich dort, vom Mondlicht angestrahlt, ein riesiger Schatten mit breiten Schultern und schwarzen Hörnern, die sich in die Luft bogen. Selbst aus der Entfernung konnte ich seine Augen sehen, die wie glühende Kohlen in der Nacht brannten, und die schwarze Zottelmähne, die ihm den Rücken hinabfiel. Das Geschöpf klopfte sich mit einem eisenbeschlagenen Tetsubo an die Schulter, und langsam legte sich ein breites Grinsen auf sein Gesicht, als unsere Blicke sich trafen. Blitzschnell kauerte er sich zusammen und stieß sich mit einem gewaltigen Satz vom Dach ab.

»Oni!«, schrie ich und zog mein Schwert, als die riesige Kreatur mit einem lauten *Rumms* im Innenhof landete. Unter ihm erzitterte der Boden, und das Kopfsteinpflaster zerbarst. Staub und Steinsplitter flogen in die Luft, und wir alle stoben zurück, während der Oni sich zu seiner vollen Größe von knapp fünf Metern aufrichtete und spöttisch auf uns herabgrinste.

»Der Dämonenjäger der Kage«, polterte der Dämon, und seine brennenden purpurroten Augen bohrten sich in meine. »Auf dich habe ich gewartet.«

Um uns herum war mit einem Mal ein Wuseln, als Dutzende kleinerer Dämonen auf den Mauern erschienen und sich aus den Schatten schälten. Die Amanjaku fauchten kichernd und schwenkten ihre primitiven Waffen, während ihre glühenden Augen wie purpurne Glühwürmchen um uns zu schweben schienen. Einige von ihnen trugen Teile von gestohlenen Samurai-Rüstungen – einen viel zu großen Helm oder Schulterpanzer – und fuchtelten in einer blasphemischen Parodie der Ehrenbezeugung mit den Wakizashis der Gefallenen herum.

Der Hund der Schreinmaid gab ein jaulendes Kläffen von sich, machte einen Satz nach vorn und sprang über die Trümmer auf den Dämon in der Mitte des Innenhofs zu.

»Chu!«, rief die Miko, als der Dämon wie beiläufig seinen Knüppel auf das Tier herabsausen ließ. Der Tetsubo bohrte sich in den Boden, zertrümmerte Steine und hinterließ ein klaffendes Loch, verfehlte jedoch den kleinen Hund, der über das Kopfsteinpflaster jagte, die Stufen zur Burg hinaufflitzte und durch die geöffnete Flügeltür verschwand.

»Chu, warte!« Die Schreinmaid lief ihm nach, kam dann jedoch taumelnd zum Stehen, als erinnerte sie sich jäh an den riesigen Dämon, der ihr den Weg versperrte. Schnaubend schwang er seine Waffe wieder an die Schulter.

»Erbärmliches Tierchen. Nicht mal groß genug für ein Appetithäppchen. Aber ich mache mir eh nichts aus Hunden.« Er richtete seinen brennenden Blick wieder auf mich, was ungezähmte Vorfreude in mir aufflammen ließ. »Dann komm her, Dämonenjäger«, knurrte er. »Es ist dein Blut, nach dem ich lechze, deine Innereien, die ich auf dem Boden verteilen will. Kämpf allein gegen mich oder mit diesem kümmerlichen Haufen an Sterblichen, das interessiert mich nicht. Ich werde euch alle zu Brei zermalmen und eure Knochen verstreuen, damit die Amanjaku sich um euch streiten können.«

»Los!«, befahl ich den anderen und zwang meine Stimme, ruhig zu klingen, während ich mir das böse Lachen verbiss, das in meiner Kehle aufstieg. »Folgt dem Hund, findet Meister Jiro. Ich kümmere mich um den Oni.«

»Was? Vergiss es.« Der Ronin trat vor, sein Bogen bereits gespannt, den Mund zu einem trotzigen Grinsen verzogen, als er die Dämonen um uns betrachtete. »Ich sehe hier noch viel mehr Monster als nur den großen, hässlichen Mistkerl dort in der Mitte. Ich kann dir zumindest das Kleinvieh vom Hals halten, während du ihm den Kopf abschlägst.«

»In der Tat«, fügte der Adlige hinzu und schwang sein Schwert vor sich. »Du darfst heute Abend nicht sterben, Kage Tatsumi. Lady Yumeko«, fügte er hinzu, den Blick auf die riesige Kreatur gerichtet. »Sorge dich nicht um Kage-san. Ich werde nicht zulassen, dass er fällt. Darauf gebe ich dir mein Ehrenwort, ich werde kämpfen, als wäre sein Leben mein eigenes.«

Der Oni lachte dröhnend. »Gut«, knurrte er und kam einen Schritt vor. Steine knackten unter seinem Gewicht, und die Luft um ihn flirrte vor Hitze. »Gut! Kommt her, ihr Sterblichen. Ich langweile mich schon seit Tagen. Versucht zumindest, den Kampf interessant zu gestalten.«

»Tatsumi«, flüsterte Yumeko, und für einen kurzen Moment beruhigte die Intensität ihrer Stimme die Wut in mir, durchdrang meinen Blutdurst und das boshafte Frohlocken. »Das ist der Oni, der den Tempel zerstört und jeden Mönch getötet hat. Sei bitte vorsichtig. Aber wenn möglich … reiß ihn für mich in Stücke.«

Das wilde Gelächter des Oni dröhnte in der Luft, steckte die Amanjaku an, die ekstatisch aufkreischten und gackerten. »Ja, Dämonenjäger«, höhnte er, als Hakaimono sich erhob und mein Sichtfeld schwarz und rot färbte. »Reiß mich in Stücke, wenn du kannst.«

Ich fletschte die Zähne zu einem unbeherrschten Grinsen. »So erpicht darauf zu sterben, Yaburama?«, hörte ich mich sagen, und für den Bruchteil einer Sekunde erhaschte ich ein entsetztes Aufflackern in den Augen des Dämons. »Du warst schon immer ein hinterhältiger Mistkerl, selbst im Jigoku. Es wird mir eine Freude sein, dich dorthin zurückzubefördern.«

Das Gesicht des Oni verzerrte sich vor Wut, und er stürzte sich laut brüllend auf mich, während sein Knüppel mit brutaler Wucht herabsauste. Mit dem Zorn von einhundert Dämonen fauchte ich zurück und machte einen gewaltigen Satz, um ihm entgegenzutreten.

32

Entfesselte Fuchsmagie

Yumeko

Ich schauderte, als Tatsumi ein Fauchen ausstieß, anders als alles, was ich jemals gehört hatte, und mit einem gewaltigen Satz auf den Oni zusprang, dessen riesiger Tetsubo herabsauste, um ihn zu zerschmettern. In allerletzter Sekunde wirbelte Tatsumi zur Seite, sodass die Eisenkeule ihn um wenige Zentimeter verfehlte und stattdessen in den Stein einschlug. Da schoss Tatsumi vor, und Kamigoroshi blitzte purpurn in der Dunkelheit auf, versetzte dem Arm des Dämons eine tiefe Schnittwunde, woraufhin eine Blutfontäne aufspritzte. Das Blut zischte, als es den Boden berührte, Rauch kräuselte sich von den Pfützen in die Luft empor, und der Oni heulte auf.

Mit ohrenbetäubend lautem Kreischen und Geschrei stürzten die Amanjaku vor und schwärmten im Innenhof aus, da hoben Daisuke und Okame ihre Waffen. Die Bogensehne des Ronin summte, schoss einen Pfeil nach dem anderen ab, und Dämonen jaulten im Todeskampf. Daisuke hastete vor, um sich zwischen uns und die Horde zu bringen. Einen Moment lang verharrte er vollkommen reglos, nur sein weißes Haar kräuselte sich im Wind. Dann, als der erste Amanjaku ihn erreichte, explodierte er regelrecht, sein Schwert blitzte auf, während er in raschen Bewegungen damit die Dämonen durchbohrte, so schnell, dass er bereits den nächsten Angreifer erreicht hatte, bevor der letzte Amanjaku erkannte, dass er tödlich getroffen war.

»Yumeko!«, rief Reika und riss meine Aufmerksamkeit vom

Kampfgeschehen los. »Hier entlang, bevor es zu spät ist. Wir müssen Meister Jiro finden!«

Ein Bellen hallte im Innenhof wider. Chu, der uns vom Türrahmen aus entgegenblickte, wirkte ungeduldig. Reika rannte in seine Richtung los, trat einen Amanjaku beiseite, während sie über einen Schutthaufen sprang, und der Dämon jaulte vor Schmerz auf. Mit einem letzten Blick auf die drei Menschen, die im Schatten des gewaltigen Oni von unzähligen Amanjaku umzingelt waren, folgte ich der Miko.

Dämonen liefen uns nach, hüpften von den Mauern und krochen unter den Veranden hervor, ein wuselnder Schwarm aus roten, blauen und grünen Monstern. Ich hechtete neben einem blassblauen Dämon entlang, wich dem Speer aus, den er auf mich schleuderte, und sprang über einen zweiten, der mit einer Kama-Sichel auf mein Bein zielte. Fuchsmagie erwachte in mir, aber bevor ich auch nur darüber nachdenken konnte, ihnen Kitsune-bi entgegenzuschleudern, rief Reika »Licht« und warf einen Ofuda auf eine Gruppe Dämonen vor uns. Das Papier explodierte in einem grellen Blitz, der dafür sorgte, dass der Mob kreischend zusammenzuckte und die kleinen Biester ihre Gesichter schützend mit den Händen abschirmten. Wir rannten zwischen ihnen hindurch, sprangen die Stufen zur Veranda hinauf und duckten uns durch den Torrahmen der Burg.

»Schließ die Tür!«, schrie Reika, wirbelte herum und rammte die Schulter in einen der schweren Holzflügel, während Chu bellend um ihre Füße tanzte. Meine Handflächen legten sich auf den zweiten, ich drückte so fest zu, wie ich nur konnte, und die Türen knarzten widerstrebend, als sie schließlich zuschwangen. Reika schob genau in dem Moment ein eingekerbtes Kantholz durch die Griffe, als von außen am Holz gerüttelt wurde und das wütende Stimmengewirr der Amanjaku ertönte.

»Na also«, keuchte sie und wich einen Schritt zurück. »Das sollte sie fürs Erste aufhalten.« Ich wagte einen raschen Rundumblick und sah eine dunkle Halle mit Holzsäulen in der Mitte, auch wenn alles darin – Shoji-Wandschirme, Fusuma-Raumteiler, Regale und Keramik – zertrümmert und mit Dreck bedeckt war.

»Da war aber jemand nicht sonderlich ordentlich«, erklärte ich. »Ich schätze mal, Dämonen haben kein Händchen fürs Aufräumen. Glaubt Ihr, es könnte noch mehr von ihnen geben?«

»In der Burg? Jinkei erbarme dich, ich hoffe nicht.« Reika klopfte sich den Staub von den Händen. »Die wichtige Frage lautet jedoch, wo ist Meister Jiro? Das hier ist eine riesige Burg. Wie sollen wir ihn nur finden?«

Mit einem leuchtenden Glühen schwebte der Hitodama durch eine der Wände, umkreiste uns und huschte einen schmalen Korridor hinab. Ich nickte.

»Folgen wir dem Licht«, sagte ich, doch genau in diesem Moment tauchte am anderen Ende der Halle ein Amanjaku mit einem riesigen Knochen in der Hand auf. Bei unserem Anblick zeigte er mit dem Knochen in unsere Richtung und stieß ein schrilles Jaulen aus, das durch die Flure der Burg dröhnte.

Ich legte die Ohren an, als eine Antwort aus wildem Geschrei und lautem Zischen aus der Dunkelheit widerhallte. »Ich schätze, damit wäre wohl eine der Fragen beantwortet.«

»Los!«, rief die Miko, während Chu dem Hitodama hinterherjagte und das Geräusch von scharrenden Klauen um uns erscholl. Wir flohen, folgten dem tanzenden Licht die langen Korridore hinab, durch leere Zimmer mit zerfetzten Wandpaneelen und umgekippten Möbeln, während wir das Fauchen der Dämonen vernahmen, die allmählich aufholten.

Als wir um eine Ecke bogen und durch eine weitere Tür hasteten, befanden wir uns in einer großen, weitläufigen Halle aus poliertem Holz und mit hohen Decken. Zerrissene, dreckige Tatamimatten bedeckten den Holzboden, die Wände waren mit Halterungen für Waffen gesäumt. Nun waren diese leer, doch ich konnte mir gut vorstellen, dass die Halle einst ein Übungsraum für Schwertkämpfe gewesen war.

Schrecklicherweise ging es hier für uns nicht weiter. Auf der anderen Seite des Raums grinste uns ein großer Amanjaku mit einem Samurai-Helm auf dem Kopf triumphierend an, während weitere Dämonen durch ein Loch in der Wand hereinströmten und uns zischend und kichernd umringten. Wir wirbelten herum und erkannten, dass der Weg, den wir gekommen waren, ebenfalls versperrt war. Die Dämonen hatten uns eingekesselt und feixten, während sie sich Zentimeter um Zentimeter vorschoben, Klingen, Speere und Klauen in unsere Richtung gereckt.

Mit klopfendem Herzen zog ich mein Tanto, während Reiko sich neben mich schob und Chu uns knurrend und zähnefletschend Rückendeckung vor den sich nähernden Dämonen gab. Die Biester lachten und kicherten, ihre karmesinroten Augen leuchteten im Blutrausch und dem Wissen, dass wir in der Falle saßen.

»Was jetzt?«, flüsterte ich und erinnerte mich schlagartig an das erste Mal, als ich auf eine Horde Dämonen gestoßen war. Diesmal würde Tatsumi nicht auftauchen, wir waren auf uns allein gestellt.

Reika zog einen Ofuda heraus und warf mir einen ungeduldigen Blick zu. »Was meinst du mit ›was nun‹?«, fauchte sie. »Der Dämonenjäger ist nicht hier, *Kitsune*!«

Oh.

Ich spürte, wie ich grinsen musste, doch ich verkniff es mir schnell. Kein Tatsumi. Kein Dämonenjäger, keine ahnungslosen Menschen, die mich für etwas hielten, das ich nicht war.

»Chu!«, rief Reika und holte mit dem Ofuda aus, der zu glühen begonnen hatte. »Wächtergestalt, jetzt!«

Sie schleuderte den Streifen Papier in die Luft, wo er in Richtung des Hundes trudelte und in einem Lichtstrahl explodierte. Der kleine orange Hund warf jaulend den Kopf zurück, und im nächsten Moment schwoll er zu seiner zehnfachen Größe an. Sein Fell veränderte die

Farbe, verwandelte sich in ein leuchtend grelles Rot, und eine goldene Mähne fiel geschmeidig um seinen Hals. Jetzt hatte er die Größe eines Ochsen, mit breiten Schultern, einem krausen Schwanz und einem dicken, grobschlächtigen Kopf, eine Kreuzung aus Hund und Löwe. Ein Komainu, wie ich ehrfurchtsvoll erkannte, die lebende Inkarnation der Statuen, die neben dem Torii-Tor des Schreins wachten. Chu oder der Hütergeist, zu dem er geworden war, stieß ein markerschütterndes Knurren aus, das die Holzvertäfelung zum Erzittern brachte, und ließ mehrere Dämonen mit einem einzigen Schlag seiner riesigen Tatze durch die Luft fliegen.

Kreischend schwärmten die Amanjaku in der Halle aus, ihre Aufmerksamkeit auf das majestätische Tier in der Mitte des Raums gerichtet. Als ich einen Schritt zurücktrat, spürte ich das vertraute Aufwallen von Fuchsmagie in meinen Fingern, und diesmal tat ich nichts, um sie zurückzuhalten. Die Horde Dämonen, die mir am nächsten war, stürmte auf mich zu. Da hob ich die Arme, während blaues Feuer in meinen Fingerspitzen tanzte, und schleuderte ihnen eine Woge Kitsune-bi in ihre Gesichter.

Die Amanjaku schreckten kreischend vor den übernatürlichen Flammen zurück und bedeckten sich die Augen, als der Schwall Fuchsfeuer durch die Halle toste und alles in ein blau-weißes Licht tauchte. Das Feuer brannte nicht, nichts stand in Gefahr, in Schutt und Asche gelegt zu werden, doch in den Sekunden des Tumults, der nun folgte, schnappte ich mir eine Handvoll Streu vom Boden und warf sie in die Luft, bevor ich ihm Fuchsmagie hinterherjagte.

Als das Streu herabtrudelte, erklang ein leises Ploppen, von Rauch begleitet, und ein Dutzend Yumekos und Reikas füllten die Halle. Die Amanjaku kreischten entsetzt auf. Als die Repliken sich verteilten und die Amanjaku begannen, in Panik auf sie einzustechen, hob ich einen Kieselstein auf und warf ihn auf den behelmten Dämon, sodass ein zweiter Chu sich mit einem lauten Knurren vor ihm materialisierte. Der Dämon heulte auf und taumelte rückwärts, stach wild mit der Klinge um sich und verlor seinen Helm, der über die Holzbohlen rollte und vor einer Säule liegen blieb.

Hastig lief ich am Rand des Tumults entlang und hielt Ausschau nach dem echten Chu und der wahren Reika, in der Hoffnung, dass es ihnen gut ging. Die Schreinmaid stand in der Mitte des Raums, reinigende Ofudas in jeder Hand, und schleuderte sie auf die vorbeisausenden Dämonen. Wo die Papierstreifen einen berührten, folgte eine Explosion an Macht, und der Amanjaku zerfiel krümmend zu Rauch, nachdem sein Geist vertrieben worden war. Chu sprang um sie herum und schlug mit riesigen klauenbewehrten Vorderpfoten nach Dämonen, die zu nah kamen, oder zermalmte sie zwischen den Zähnen. Im Moment machte es den Anschein, als kämen sie einigermaßen klar. Der Hitodama schwebte über ihnen, tauchte den Raum in ein düsteres Licht, wartete auf uns.

Ich sprintete zu der Stelle, wo der Helm vergessen neben der Säule lag, schnappte ihn mir und setzte ihn mir auf den Kopf. Fuchsmagie blitzte auf, und in einem Wirbel aus weißem Rauch veränderte sich mein Erscheinungsbild. Als ich an mir hinabblickte, sah ich nicht mehr die elegante weiße Robe der Onmyoji, ich sah unter zerrissenen Lumpen einen gedrungenen, hässlichen Körper mit eitriger roter Haut und gebogenen Krallen. Ich kicherte, und das Lachen klang böse und kratzend in meinen Ohren.

Ein grüner Amanjaku huschte auf mich zu, fauchte und schnatterte und deutete wild gestikulierend in den Raum. Ich verstand nichts von dem, was er sagte, falls er denn überhaupt Worte benutzte, aber offensichtlich war er der Meinung, dass ich der Anführer der Dämonenhorde war, was sich für ihn leider als ein bedauerliches Missverständnis herausstellte. Ich erstach den Amanjaku mit meinem Tanto, und er blinzelte mich erschrocken an, bevor er sich in kringelnde Rauchfäden verwandelte und in Luft auflöste.

Nun, das ist nützlich.

Mit einem Satz tauchte ich ins Chaos und begann, ahnungslose

Dämonen aufzuschlitzen, woraufhin sie sich in Rauchwolken auflösten. Sie wurden von den gut ein Dutzend Repliken abgelenkt, die immer noch durch den Raum tanzten. Zu meinem großen Glück waren die Amanjaku nicht sonderlich schlau, sondern jagten mit irrwitziger Entschlossenheit Illusionen meiner selbst durch die Halle und hackten auf sie ein, bis sie mit einem leisen Knall zu weißem Rauch verpufften und ein einzelner vertrockneter Halm zu Boden rieselte. Sobald dies geschah, hielten die Amanjaku es für einen Sieg, denn sie sprangen erfreut auf und ab und ballten überheblich die Fäuste in die Luft, bevor sie sich auf die nächste Replik stürzten. Geschickt bahnte ich mir einen Weg durch das Chaos, stach einen Dämon nach dem anderen nieder und schickte sie zurück ins Jigoku.

Ein wütender Schrei ließ mich innehalten. Gerade noch rechtzeitig sah ich hoch, um der Wakizashi des befehlshabenden Amanjaku auszuweichen, dessen Helm ich genommen hatte. Der Dämon zischte und beschimpfte mich, bleckte die Zähne und ließ seine Waffe in einem kurzen, grimmigen Bogen herabsausen. Ich duckte mich, wehrte seinen Angriff mit meinem kürzeren Dolch ab und wich rückwärts zurück, bis ich gegen eine der Säulen prallte, dann ließ ich mich blitzschnell fallen, bevor der Amanjaku mit seinem Schwert auf meinen Kopf einhieb. Die Klinge traf den Pfeiler und verfing sich für den Bruchteil einer Sekunde im Holz, was ich sogleich ausnutzte, um mir im Rollen ein Blatt vom Boden zu schnappen. Der Befehlshaber der Amanjaku riss sein Schwert aus dem Pfeiler, wirbelte herum und sah sich mit zwei Abbildern seiner selbst konfrontiert. Einer trug einen Helm, der andere nicht.

Einen Moment lang verengte der Amanjaku verwirrt die Augen, als versuchte er zu entscheiden, welcher wer war. Dann stürzte er sich mit einem schrillen Jaulen auf mich, den Dämon mit dem Helm, und versenkte seine Klinge tief in meine Brust.

Das zumindest glaubte er. Der falsche Amanjaku heulte auf und riss an dem Schwert, bevor er in einem Wirbel aus weißem Rauch explodierte. Dem Befehlshaber der Amanjaku blieb kaum genug Zeit, vor Entsetzen zu blinzeln, bevor ich durch den Rauch stürzte und ihm den Dolch ins Herz bohrte.

Während der Dämon sich fauchend in durchsichtige Fäden der Dunkelheit auflöste, wurde mir schlagartig die Stille im Raum bewusst. Ich spürte, wie sich feindselige Augen in meinen Rücken bohrten, wirbelte herum und fand mich im Schatten eines knurrenden Chu wieder, dessen Lefzen von seinen riesigen Reißzähnen zurückgezogen waren und der sich anschickte, sich auf mich zu stürzen.

»Chu, warte! Ich bin's.« In einem Wirbel aus Rauch schüttelte ich die Illusion ab, während ich gleichzeitig feststellte, wie unglaublich groß der Hundegeist aus der Nähe war. Als der Nebel sich verzog, riss ich mir das Blatt vom Kopf und hielt es ihm vor die Nase. »Kein Dämon«, erklärte ich, und seine Nasenlöcher zuckten. »Nur eine Kitsune. Eine, die nichts als nette Dinge über dich gedacht hat, seit du in winziger Hundegestalt aufgetaucht bist. Siehst du?«

Der Komainu wirkte vollkommen unbeeindruckt; mit einem abschätzigen Schnauben drehte er sich um und tappte zurück zu Reika, die allein in der Mitte der Halle stand. Die Schreinmaid hielt einen Ofuda zwischen den beiden Fingern, der, wie ich nun erkannte, für mich bestimmt gewesen war. Von den Amanjaku waren nichts als ein paar gestohlene Waffen und Teile von Rüstungen übrig. Die Repliken waren ebenfalls verschwunden, Streu wehte träge über den Boden.

Ich atmete einmal tief durch. »Nun, das war ... aufregend«, stellte ich fest, während Reika die Arme sinken ließ und die Ofuda irgendwo in ihre Kleidung steckte. Chu schüttelte sich und schrumpfte auf normale Hundegröße zusammen. Ich zitterte, nicht aus Angst, sondern aus Erregung, so viel Fuchsmagie auf einmal verwendet zu haben. Nie zuvor in meinen sechzehn Jahren war mir gestattet gewesen, meine volle Kraft zu entfesseln, wirklich zu sehen, was meine Magie bewerkstelligen konnte. Das Wissen, wozu ich fähig war, war aufregend und berauschend und ein kleines bisschen angsteinflößend. War das die Macht, vor der Meister Isao mich gewarnt hatte?

Kitsune-Magie ist die Macht der Illusion. Du magst glauben, dass sie nur für Unfug zu gebrauchen ist, aber etwas zu sehen, das nicht da ist, oder Menschen glauben zu lassen, dass du jemand anders bist, kann eine gefährliche, schreckliche Macht sein. Setze sie mit Bedacht ein, denn andernfalls wirst du zu einem Werkzeug des Chaos.

»Deine Ohren sind zu sehen«, bemerkte Reika mit entschiedener Stimme, was mich aus meinen Gedanken riss. »Normalerweise kann ich einen schwachen Umriss sehen, aber jetzt sind sie vollständig entblößt. Wahrscheinlich eine Nebenwirkung, weil du so viel Macht benutzt hast.«

Ich schluckte und widerstand dem Impuls, nach oben zu greifen und sie zu berühren. »Denkt Ihr, sie werden wieder verschwinden?«, fragte ich und wusste, wenn meine Ohren sichtbar waren, war es mein Schwanz höchstwahrscheinlich auch. Das wäre ein echtes Problem, falls Tatsumi oder einer der anderen mich sah. »Was werden wir tun, wenn sie nicht wieder verschwinden, bevor wir die Burg verlassen?«

»Uns darüber den Kopf zerbrechen, wenn es so weit ist«, antwortete die Schreinmaid. »Wir müssen weiter.« Sie blickte zum Hitodama, der immer noch in der Nähe der Decke schwebte und sanft glühte. »Falls du wirklich hier bist, um uns zu helfen«, sagte sie, woraufhin die leuchtende Kugel leicht erzitterte, »dann geh voran. Und lass uns hoffen, dass keine weiteren ›Überraschungen‹ auf uns warten.«

Der Hitodama zögerte einen Moment. Dann schwebte er von der Decke herab, kreiste einmal durch den Raum und wehte durch eine andere Tür hinaus.

Keine weiteren Dämonen lauerten uns auf unserem Weg durch die zerstörte Burg auf; entweder waren sie geflohen, oder wir hatten tatsächlich alle getötet. Die kleine Lichtkugel schlängelte sich zielsicher durch schmale Gänge, weitere zertrümmerte Zimmer und führte uns schließlich zum oberen Absatz einer Holztreppe, die hinab in die Dunkelheit führte.

»Er ist in der Nähe«, murmelte Reika, während Chu schwanzwedelnd zu ihr hochspähte. »Ich kann seine Gegenwart spüren. Beeilt euch!«

Nachdem wir die Treppe hinabgestiegen waren, betraten wir einen großen Raum. Fackeln, an denen unheilvoll rote Flammen züngelten, standen in den Ecken, und Zellen mit dicken Holzgittern säumten die Wände, aber sie waren allesamt leer.

In der Mitte des Raums saß ein Mann in zerlumpter, einst weißer Robe auf dem harten Steinboden, im Schneidersitz, die gewölbten Hände in seinem Schoß ineinandergelegt, als würde er meditieren. Sein Kopf war geneigt, seine Schultern gekrümmt, und er rührte sich nicht, als Reika seinen Namen rief. Handschellen baumelten an seinen Handgelenken, rostige schwarze Ketten, die ihn an den Steinboden fesselten. Ein kleiner weißer Hund, das Abbild von Chu, lag reglos neben ihm.

Beide waren von einer flackernden, fast unsichtbaren Machtkuppel umschlossen, ein Schutzschild, ähnlich wie der, den ich in der Nacht gesehen hatte, als der Tempel der Stillen Winde angegriffen wurde. Doch dieser war viel bedrohlicher, strömte Bosheit und Verderben aus und verursachte mir eine Gänsehaut, je näher wir kamen.

»Blutmagie«, flüsterte die Schreinmaid und klang gleichzeitig wütend und entsetzt. Sie zog einen weiteren Ofuda heraus und hob ihn vor sich in die Höhe, zögerte einen Moment, während das Papier vor Energie aufflammte, dann schleuderte sie es gegen den Schild. Der Ofuda flatterte durch die Luft und traf flach auf die Kuppel, das Kanji-Zeichen für *Reinigung* mitten auf die Oberfläche geschrieben, bevor der Schutzschild einmal, zweimal flackerte und dann auseinanderstob wie Wespen, die aus einem Nest schwärmten.

»Meister Jiro!« Reika und ich stürmten auf ihn zu. Als wir näher kamen, bemerkte ich, dass sich die schwarzen Ketten um den Priester auflösten und zu einer Linie aus dunkelrotem Schlamm zerschmolzen.

»Meister Jiro«, wiederholte Reika und kniete sich vor ihn, während Chu winselnd mit der Schnauze gegen die zusammengerollte Gestalt des weißen Hundes stupste. »Meister, könnt Ihr mich hören? Geht es Euch gut?«

Pfeifende, keuchende Atemzüge waren zu hören, und Meister Jiros Schultern zitterten, als er den Kopf hob. Sein Gesicht war ausgemergelt, seine Wangen fahl und seine Augen eingesunkene Höhlen. Das eingefallene Gesicht des Priesters erinnerte leicht an einen Totenkopf. Mit gerunzelter Stirn blinzelte er Reika an, scheinbar verunsichert, ob er richtig sah.

»R… Reika-chan?«, flüsterte er. »Bist du … wirklich hier?«

»Ja, Meister Jiro«, erwiderte die Schreinmaid mit sanfter Stimme. »Ich bin hier. Als Ihr nicht zurückgekehrt seid, wusste ich, dass etwas nicht stimmt. Wir sind hier, um Euch zu retten. Könnt Ihr stehen?«

»Das … weiß ich nicht.« Der Priester versuchte aufzustehen, dann sackte er stöhnend in sich zusammen. »Ich bin schwach«, flüsterte er. »Diese Frau … hat Blutmagie benutzt, um mich hier gefangen zu halten. Sie hat mich ausgefragt, und als ich ihr nicht das gegeben habe, was sie wollte, hat sie angefangen, meine Lebensenergie aus mir herauszusaugen. Die von Ko ebenfalls.« Er blickte zu dem reglosen, stillen weißen Hund neben sich. Chu hatte den Versuch aufgegeben, ihn mit sanftem Stupsen zum Aufstehen zu bewegen, und saß nun winselnd und kläglich dreinblickend da. »Ich wollte sie nach Hause schicken«, murmelte der Priester, »aber sie hat sich geweigert, mich zu verlassen. Die Dämonen … sie hätten mich sogar noch mehr gequält … wäre sie nicht hier gewesen.«

Während ich die weiße Hündin betrachtete, erkannte ich mit einem Mal, dass sich ihre Seite hob und senkte, ganz leicht, aber unverkennbar. »Sie ist am Leben«, versicherte ich dem Priester und trat um Reika herum. »Sie ist nicht verloren. Wir können Euch beide retten.«

Er spähte mich an und wirkte müde und verwirrt. »Kitsune?«, murmelte er kopfschüttelnd. »Ich...Ich halluziniere also doch.«

Unvermittelt sprang Chu auf und wedelte heftig mit dem Schwanz, als die weiße Hündin sich mit einem Mal rührte. Sie hob den Kopf und sah sich irritiert um, bevor sie mich einen knappen Meter von sich entfernt bemerkte und ihre Lefzen sogleich nach oben zog, um winzige Fangzähne zu entblößen. Rasch wich ich einen Schritt zurück und versteckte mich hinter Reika, während die Hündin sich unsicher aufrichtete. Ihren finsteren Blick immer noch auf mich gerichtet, wankte sie zitternd zum Priester, dessen Gesicht sich bei ihrem Anblick erhellte.

»Kommt, Meister Jiro«, sagte Reika, legte ihm einen Arm um die Schultern und zog ihn sanft auf die Beine. Er schwankte, aber schließlich gelang es ihm, das Gleichgewicht zu halten. »Wir verschwinden von diesem Ort. Lasst uns nur hoffen, dass die anderen immer noch am Leben sind, damit wir diesem Oni nicht noch einmal begegnen.«

»Oni?«, keuchte der Priester, während mein Magen krampfte. »Yaburama ist immer noch hier?«

»Ihr kennt seinen Namen?«, fragte ich. Der Priester wurde aschfahl, er blickte mich mit angstvollen Augen an.

»Leider ja. Yaburama ... ist ein Monster. Er ist einer der vier mächtigen Dämonen des Jigoku, ein Oni-General von O-Hakumon höchstpersönlich.« Meister Jiros Gesicht verzog sich vor Angst und Abscheu. »Ich weiß nicht, wie diese Frau, selbst mit ihrer machtvollen Blutmagie, etwas wie Yaburama in diese Welt zitieren konnte, ohne dass er sich sofort auf sie stürzt. Sogar niedere Dämonen sind schwer zu kontrollieren – um bei einem Oni wie Yaburama auch nur die geringste Hoffnung zu haben, dass man ihn sich unterwerfen kann, muss man ein außergewöhnlich mächtiger Blutmagier sein.«

»Wir müssen von hier verschwinden«, sagte ich zu Reika, die nickte. »Tatsumi und die anderen kämpfen in diesem Moment gegen den Oni – wir müssen ihnen helfen. Meister Jiro, Ihr seid der Oberpriester, könnt Ihr etwas tun, um Yaburama aufzuhalten?«

»Es tut mir leid, Kitsune«, erwiderte Meister Jiro, und in seinen Augen lag aufrichtiges Mitleid. »Ich bin dankbar für deine Unterstützung, auch wenn mir deine Beweggründe nicht ganz klar sind, aber wir haben gegen einen solch mächtigen Oni keine Chance. Die Dämonengeneräle sind quasi unsterblich. Wenn deine Freunde zurückgeblieben sind, um gegen Yaburama zu kämpfen, dann sind sie höchstwahrscheinlich längst tot.«

33

Yaburamas Leichtsinn

Tatsumi

Es war ein harter Kampf.

Ich tauchte zur Seite, als der Tetsubo des Oni herabsauste, sich in die Erde bohrte und Steine in hohem Bogen wegschleuderte. Geschwind rollte ich mich ab, musste aber sofort wieder zurückspringen, als der riesige Knüppel über den Boden kratzte, mich nur um wenige Zentimeter verfehlte und mehrere Amanjaku traf, die herangewuselt waren, um mich aus dem Hinterhalt anzugreifen. Sie flogen durch die Luft, bevor sie zu kringelnden Rauchfäden explodierten und ins Jigoku zurückkehrten. Der Oni grunzte.

»Wirst du bloß um mich herumhüpfen, Dämonenjäger?«, forderte er mich feixend heraus und stürzte sich erneut auf mich, wobei der Eisenknüppel bei jedem Aufprall Löcher in den Stein schlug. »Oder wirst du tatsächlich gegen mich kämpfen?«

Ich fletschte die Zähne. Als der Tetsubo ein weiteres Mal auf mich herabschoss, stürzte ich vor, zwischen Yaburamas baumstammbreite Beine, und hieb auf die Rückseite seiner Oberschenkel ein. Der Oni fauchte und wirbelte herum, zerschmetterte den Boden mit seinem Knüppel, während ich zurücksprang. Zeitgleich bahnte sich der Adlige mit seinem Schwert einen Weg durch mehrere Amanjaku, sprintete hinter den Oni und versetzte ihm eine Stichwunde am anderen Bein.

Yaburama heulte auf. Hastig drehte er sich um, zielte mit einem gewaltigen Tritt auf den Sterblichen, den er nur um Haaresbreite verfehlte, woraufhin dieser an ihm vorbeistürmte und weitere Amanjaku in die Luft schleuderte. Die Wunden an seinen Beinen schienen Yaburama nicht zu schwächen, er machte einen Satz und landete mit einem Krachen zwischen uns, was den Boden erdbebengleich erzittern ließ. Ich verlor nicht das Gleichgewicht, doch der Adlige taumelte, fiel auf ein Knie, und der Oni riss seinen Knüppel hoch, um ihn mit voller Wucht über die Steine zu schleudern.

Da schoss ein Pfeil durch die Luft und traf das Monster mitten in die Stirn. Mit einem lauten Fauchen bäumte der Oni sich auf. Ich wagte einen raschen Blick über die Schulter und sah, dass der Ronin auf den Wachturm neben dem Tor geklettert war. Er schoss einen weiteren Pfeil auf den Oni, dessen Gesicht sich zu einer Fratze verzogen hatte und der nun schnaubend den Arm hob, um ihn mit der Schulter abzufangen.

In diesem Moment der Ablenkung flüsterte ich eine kurze Zauberformel und hechtete auf den Oni zu, während ein Schatten-Tatsumi auftauchte und sich mir anschloss. Yaburama sah uns im letzten Augenblick kommen und schwang den Knüppel – auf den Falschen. Ich tauchte unter seinen Beinen hindurch und ließ mich auf die Knie fallen, schnellte in Richtung seines Gesichts in die Höhe und schlitzte ihm mit Kamigoroshi die Kehle auf.

Dunkles, dampfendes Blut spritzte aus der Wunde unter dem Kinn des Oni. Instinktiv warf ich den Arm in die Höhe, um mein Gesicht zu schützen, doch es brannte trotzdem durch meine Kleidung, brodelte wie flüssiges Feuer, als es meine Haut berührte. Ich taumelte rückwärts, fiel zu Boden und presste die Zähne gegen den Schmerz zusammen, während ich darauf wartete, dass der Oni in die Knie ging.

Fast zu einfach.

Yaburama brach in tiefes Lachen aus.

Seine Stimme hallte über den Innenhof, tief und spöttisch. »Ist das alles?«, höhnte der Oni und riss sich den Pfeil aus dem Gesicht, ohne den zweiten in seinem Arm auch nur zu bemerken. »Ist das alles, was ihr Menschen zu bieten habt? Glaubt ihr, ihr könnt den Dämonengeneral des Jigoku so leicht bezwingen?« Lachend schüttelte er den gehörnten Kopf, dann drehte er sich um und riss ein mannshohes Stück Mauer aus der Burg und stemmte es in einer Klaue hoch. Mit glühenden Augen lächelte er auf uns herab. »Lasst mich euch zeigen, wie furchtbar falsch ihr liegt.«

Der Adlige und ich erstarrten, sprungbereit, doch Yaburama richtete sich auf, holte mit dem Arm aus und schleuderte den Gesteinsbrocken über den Innenhof. Nach mehrmaligem Überschlag krachte er gegen den unteren Teil des Wachturms, zertrümmerte die Stützen und ließ das Bauwerk mit einem lauten Tosen und einer gewaltigen Staubwolke in sich zusammensacken.

»Okame-san!«, schrie der Adlige, während der Oni triumphierend brüllte und den Knüppel in die Höhe riss. Die restlichen Amanjaku kicherten.

Als die Überreste des Wachturms auf den Ronin herabprasselten, der diesen Angriff gewiss nicht überlebt haben konnte, drehte Yaburama sich mit glühenden Augen um und funkelte uns an. »Das langweilt mich«, knurrte er. »Ich habe es satt, gegen unbedeutende Menschen zu kämpfen. Amanjaku!«, brüllte er und hob den Kopf. »Tötet den Adligen! Häutet ihn, fresst ihn, tragt seine Haut als Mantel, das interessiert mich nicht weiter! Aber schafft ihn mir aus den Augen. Ich möchte jetzt allein gegen den Dämonenjäger kämpfen.«

Die niederen Dämonen kreischten vor Aufregung und stürzten vor, kreisten den Adligen wie ein Schwarm Ameisen ein, die sich über einen Grashüpfer hermachten. Die Dämonen, die ihm am nächsten waren, lösten sich sofort auf, als der ehemalige Oni no Mikoto sie niedermetzelte, er vollführte mit seiner Klinge immer noch atemberaubend schnelle Hiebe. Doch da waren Dutzende

Amanjaku, eine scheinbar endlose Horde, und in ihrer Überzahl begannen sie allmählich, ihn zurückzudrängen.

Ich stürzte vor, um den Schwarm ein wenig auszudünnen, da knallte der riesige Tetsubo des Oni auf den Boden zwischen uns. »Wohin willst du, Dämonenjäger?«, knurrte Yaburama und schritt zwischen mich und die Schar Amanjaku. »Der Kampf findet hier statt. Muss ich dich daran etwa erinnern?«

Mit unmenschlicher Wucht schwang er den Tetsubo auf mich herab. Ich wich zur Seite aus, als der Knüppel in den Stein krachte, und hieb auf die Hand des Oni ein, die die Waffe hielt, wobei ich einen klauenbewehrten Finger abtrennte. Yaburama schnaubte verärgert auf und anstatt sich zurückzuziehen, harkte er mit der Waffe über den Boden. In letzter Sekunde gelang es mir, beiseitezuspringen, doch die unerwartete Bewegung brachte mich aus dem Gleichgewicht, und der zweite Schlag traf mich an der Schulter. Schmerz explodierte in meinem Körper, während ich durch die Luft geschleudert wurde und mehrere Meter entfernt auf dem Boden landete, dann unter Qualen mit einer Rolle zum Stehen kam. Kamigoroshi war aus meiner Umklammerung gerissen worden und schlitterte über die Steine in die entgegengesetzte Richtung.

Benommen versuchte ich mich zu orientieren, doch der Boden erzitterte, und ein klauenbewehrter Fuß landete auf meiner Brust und presste mich zurück auf die Steine. Die Luft wich aus meinem Körper, meine Rippen bogen sich und drohten zu bersten, als der riesige Oni lächelnd auf mich herabspähte.

»Eine schmachvolle Art zu sterben, Dämonenjäger«, murmelte Yaburama, während ich die Zähne zusammenbiss, um nicht nach Luft zu japsen. In meinem Innern baute sich etwas auf – eine anschwellende Flut der Verzweiflung, der Wut und des Hasses. »Zermalmt wie eine Kakerlake, nichts als ein Fettfleck unter meinem Zeh. Wie ungeheuerlich beschämend.« Er lachte dröhnend und verlagerte das Gewicht auf meine Brust; Knochen zersplitterten in einer blendenden Explosion der Pein, und ich konnte den winselnden Schmerzensschrei nicht unterdrücken, der sich in meiner Kehle regte. »Aber keine Sorge«, fuhr der Oni fort, während ich unter Todesqualen aufkeuchte. »Das ist bald vorüber. Und sobald ich dich getötet habe, werde ich deine Freunde in Stücke reißen. Dieses kleine Menschenmädchen sieht besonders lecker aus. Ich werde ihr den Kopf abtrennen, sie so auswringen, dass ihre Innereien zu Brei zermalmt werden, und sie wie einen süßen Pfirsich verschlingen.«

Yumeko. Ich konnte keinen vernünftigen Gedanken mehr fassen. Etwas tief in meinem Innersten barst, und eine Woge der Dunkelheit rauschte über mich hinweg. Ich verspürte einen kurzen Stich des Entsetzens und der Verzweiflung und dann nichts mehr.

»Tut es weh, Dämonenjäger?« Yaburama senkte den Arm und brachte das Ende des Tetsubos ganz nah an mein Gesicht. »Ich unterbreite dir ein Angebot. Fleh um Gnade, dann zerquetsche ich dir den Schädel, anstatt dich wie ein Insekt zu zertreten. Nun, was sagst du? Bereit, mich anzuflehen?«

»Dich anflehen?« Ich sah hoch, begegnete dem Blick des Oni und lächelte. »Ich habe eine bessere Idee. Wie wäre es, wenn ich dich in Einzelteilen ins Jigoku zurückschicke?«

Yaburama fletschte die Fangzähne. »Du aber zuerst.«

Er hob den Fuß, stampfte mit aller Wucht auf, und die Welt verlöschte wie eine ausgeblasene Kerze.

34

DER ZERSTÖRER

Hakaimono

Ich bin frei.
Ich hob die Arme, als Yaburamas Fuß auf meinen Kopf herabsauste, und umklammerte das widerwärtige Körperteil des Oni mit beiden Händen. Ich hörte das überraschte Grunzen des Oni, spürte, wie er noch fester zutrat, um mich am Boden zu zermalmen. Immer noch dem Glauben verhaftet, dass ich dieser sterbliche Schwächling war.
Du warst schon immer ein Narr, Yaburama.
In einer einzigen fließenden Bewegung setzte ich mich auf, stieß ihn weg und erhob mich. Yaburama taumelte mehrere Schritte zurück, bevor er das Gleichgewicht zurückgewann und erschrocken auf mich herabblickte.
Ich grinste, spürte endlich wieder Luft auf meiner Haut, sah die Welt durch meine eigenen und nicht die verweichlichten, armseligen Augen meines menschlichen Wirts. Ich atmete tief ein und ließ den Geruch nach Blut, Gewalt und Tod meine Lungen füllen, bevor mein Blick zu dem Oni schweifte, der über mir emporragte.
»Was ist los, Yaburama? Hast du jemand anderen erwartet?«
Er stieß ein bellendes Lachen aus und schüttelte den gehörnten Kopf. »Da bist du ja«, knurrte er und kam einen Schritt auf mich zu. »Ich dachte schon, ich muss deinen Wirt zu Brei zerstampfen, bevor er die Kontrolle verliert.« Er lachte gehässig, sah mich aus verengten

karmesinroten Augen an. »Wie lang ist es jetzt schon her ... Hakaimono?«

»Zu lang. Über vierhundert Jahre.«

Yaburama schnaubte, dann ging er in die Hocke, um mich auf Augenhöhe zu betrachten. »Du bist ein bisschen ... kleiner als in meiner Erinnerung.«

Ich feixte, als ich mein Spiegelbild im blutroten Blick des Oni sah. Menschengröße, weil ich diesen erbärmlichen Körper mit meinem Wirt teilen musste, und Kage Tatsumi war sogar noch kleiner als ein durchschnittlicher Menschenmann. Zumindest erkannte ich mich noch wieder; nach vierhundert Jahren gestaltloser Stimme, eingesperrt in einer Klinge, tat es gut, meinen wahren Körper zu sehen. Onyxfarbene Haut, weiße Mähne, Hörner, Klauen, Reißzähne; fast hätte ich vergessen, wie ich aussah.

Doch das war unwichtig. Ich war frei. Endlich war ich draußen, und da war ein ganzes Land, an dem ich Rache üben konnte. So viel Zerstörung, die ich verursachen, Leben, die ich nehmen, Blut, das ich vergießen konnte. Es würde herrlich werden. Mal sehen, ob es den Narren diesmal gelingen würde, mich zurück in ein Schwert zu bannen.

Aber zuerst ...

Yaburama hockte immer noch auf Augenhöhe da, mit einem höhnischen Grinsen im Gesicht, das seinen Mund verzerrte. Ich ballte die rechte Hand zur Faust, holte aus und versetzte dem Oni einen Schlag mitten auf sein Kinn.

Er flog rückwärts. Seine Füße hoben sich für einen Moment vom Boden, bevor er mit einem dröhnenden Rumms in die Steine krachte, dass die Erde nur so zitterte. Ich lachte auf, spürte ich doch, wie die Macht durch meine Muskeln peitschte, meine alte Stärke zu mir zurückkehrte. Noch nicht gänzlich, aber das würde sich bald ändern.

»Hast du vergessen, mit wem du redest, Yaburama?«, rief ich, während der Oni sich mit benommenem Blick mühsam auf die

Beine rappelte. Mit ausgestrecktem Arm öffnete ich die Finger, und Kamigoroshi flog über die Steine in meine Hand. »Hast du vergessen, dass ich die Vier Generäle befehligt habe? Dass die stärksten Dämonen, die das Jigoku jemals hervorgebracht hat, mich aus gutem Grund fürchteten?«

»Du kannst mich mal!«, knurrte Yaburama und richtete sich zu seiner vollen Größe auf. Blut strömte ihm von den Lippen am Kinn hinab, und er wischte es sich mit dem Handrücken weg. »Diese Tage sind vorüber, Hakaimono. Du bist schon zu lange fort gewesen. Ein Krieg zieht herauf, und ein neuer Dämonenmeister wird kommen, der das Land in Chaos und Verwüstung stürzt.« Er hob seinen Tetsubo, die blutigen Fangzähne zu einem Fauchen gefletscht. »Wie schade, dass du das nicht erleben wirst.«

Mit einem gewaltigen Knurren stürzte er sich auf mich und schwang den Tetsubo in einem wilden Bogen nach unten. Dem ersten Angriff konnte ich ausweichen, duckte mich unter dem zweiten hindurch und dann, als die Waffe direkt auf meinen Kopf hinabsank, stählte ich mich und riss meine leere Hand in die Höhe, um das Ende des Knüppels mit meiner Handfläche aufzufangen.

Yaburamas Augen quollen hervor. Er stemmte sich gegen den Knüppel, versuchte mit aller Gewalt, ihn in meinen Schädel zu rammen, aber weder ich noch der Tetsubo bewegten sich auch nur einen Zentimeter. Ich lächelte ihn aus dem Schatten der Waffe an und krallte die Klauen ins Holz.

»Ich bin Hakaimono, der Zerstörer«, knurrte ich ihn an. »Der stärkste Dämon, den das Jigoku jemals gekannt hat. Und bald wird sich das gesamte Reich daran erinnern, warum das so ist!«

Den Tetsubo zur Seite stoßend sprang ich in die Luft, während Yaburama nach hinten taumelte, wild mit den Armen ruderte und erneut das Gleichgewicht verlor. Als er sich wieder fing und den Knüppel erneut mit einem wütenden Fauchen schwang, ließ ich Kamigoroshi blitzschnell herabsausen. Die Klinge bohrte sich in den

Unterarm des Oni, schnitt durch Fleisch und Muskeln und Knochen, bevor sie auf der anderen Seite wieder herauskam. Der Tetsubo und ein Teil von Yaburamas Arm landeten mit einem dumpfen Knall auf den Steinen, und Yaburama heulte gepeinigt auf.

Als ich den Boden berührte, wirbelte ich herum und stürzte mich auf den taumelnden Oni. Verrückt vor Schmerz und Wut, mit einem blutigen Armstumpf, der dampfende Blutlachen auf den Boden ergoss, knurrte Yaburama mich an und hieb mit seiner anderen Klaue auf mich ein. Ich duckte mich, rollte unter ihr hindurch und ritzte ihm dabei das Bein auf. Der Oni taumelte, schwankte wie eine Eiche im Sturm, dann brach er zusammen, sein Körper stürzte nach hinten, während sein abgetrenntes Bein an Ort und Stelle liegen blieb. Der Oni landete rücklings auf dem Boden und blieb einen Moment keuchend liegen, wobei ihm das Blut schwallartig aus dem Arm- und Beinstumpf spritzte und sich über die Steine ergoss.

Lächelnd schritt ich gemächlich auf den nach Luft japsenden Oni zu, sprang auf seine Brust und zeigte mit dem blutigen Schwert auf sein Gesicht. »Nun, das war lustig«, sagte ich ruhig. »Es gibt nichts Besseres als ein gutes, altmodisches Massaker, um das Blut in Wallung zu bringen. Tatsumi hatte für wahre Brutalität nichts übrig. Oh, tut mir leid, du hattest etwas gesagt, nicht wahr? Etwas in der Art, dass ich in dieser verfluchten Klinge für weitere vier Jahrhunderte verrotten soll?«

»Du kannst mich mal, Hakaimono«, keuchte Yaburama. »Du bist schon viel zu lang in Kamigoroshi gefangen. Du weißt nicht, was in den letzten Jahrhunderten geschehen ist.«

Lächelnd hob ich das Schwert über den Kopf. »Ich bin sicher, ich werde es herausfinden.«

Yaburama fauchte und versuchte sich aufzurappeln. In einem Aufblitzen von Stahl brachte ich Kamigoroshi herab und schnitt durch den kräftigen Hals, wobei ich sicherstellte, ihn diesmal gänzlich von seinem Körper abzutrennen. Der Kopf des Oni trudelte nach hinten und rollte ein paar Meter den Boden entlang, bevor er schließlich zum Liegen kam. Seine Kiefer waren noch im Tod vor Zorn zusammengepresst.

Ich warf meinen Kopf in den Nacken, füllte meine Lungen und stieß ein triumphierendes Knurren aus. Entzückt hörte ich meine Stimme, die in der Luft dröhnte und über den Spitzen der Burg widerhallte. Frei! Es gab so viel zu tun; so viele Leben, die ich nehmen, so viel Zerstörung und Angst und Chaos und Tod, die ich über dieses armselige Reich bringen würde. Ich war zurück, und diese Welt würde teuer für die Jahrhunderte bezahlen, die ich weggesperrt gewesen war.

Ein Keuchen ertönte vom Eingang der Burg, und ich lächelte.

Als ich mich auf Yaburamas Brust stehend umdrehte, erspähte ich das Mädchen oben auf der Treppe, hinter ihm die Schreinmaid, zwei Hunde und einen alten Menschenpriester.

35

DER DÄMON DER KLINGE

Yumeko

»Jinkei bewahre uns«, hörte ich Reika hinter mir in einem Ton flüstern, der mir einen kalten Schauder über den Rücken jagte. Ich konnte nichts erwidern, starrte nur in die Mitte des Innenhofs, zu der Gestalt, die sich im Mondlicht abzeichnete. Zu der pechschwarzen Haut und der wilden Mähne aus weißen Haaren, den Hörnern, Fangzähnen und Klauen. Zu dem Dämon, der immer noch Tatsumis Gesicht trug. Tatsumi oder das Ding, in das er sich verwandelt hatte, drehte sich auf dem rauchenden Leichnam des geköpften Yaburamas um und hielt Kamigoroshi in der Hand. Die Klinge schimmerte rot vor Blut und loderte in der Dunkelheit. Der Kopf des Oni lag einen Meter vom Körper entfernt, und Rauchkringel kräuselten sich aus beidem, während sie sich langsam auflösten, zurück ins Jigoku entschwanden. Yaburamas Tod hätte mich glücklich stimmen müssen, der Oni, der den Tempel der Stillen Winde zerstört und jeden Bewohner getötet hatte, lag kopflos mitten im Innenhof. Ich hätte ein Gefühl von rachsüchtiger Befriedigung verspüren müssen, zumindest eine Art Erleichterung.

Doch genau in diesem Moment, als ich die Gestalt dort oben auf dem Leichnam stehen sah, durchflutete mich nichts als grenzenlose Angst. Denn der Oni, der jetzt statt Yaburama dort war und mich aus Tatsumis Körper anlächelte, war hundertmal schrecklicher.

»Ah, da bist du ja, Yumeko-chan.« Die Stimme ließ mich zusammenzucken, der Klang meines Namens, der aus dem Mund des Dämons kam. »Ich hatte mich schon gefragt, wann du endlich auftauchst.«

Er sprang in die Luft, so hoch, es machte fast den Anschein, als flöge er, bevor er knapp vor uns herabsegelte. Chu fauchte und nahm jäh seine wahre Gestalt an, die Muskeln fest angespannt, um sich auf den neuen Oni zu stürzen, doch Meister Jiros Stimme knisterte in der Luft.

»Chu, nein! Er ist viel zu mächtig. Bleibt alle beisammen!«

Als Tatsumi mit einem lauten Krachen am Rand der Treppe landete, zog der Priester einen zerknitterten Ofuda heraus, auf den das Kanji für *Schutz* geschrieben stand. Zwischen zwei Fingern brachte er den Streifen Papier nah an sein Gesicht und schloss die Augen, während der Dämon grinsend die Stufen heraufgepoltert kam und eine Spur aus Blutspritzern hinterließ.

Eine kuppelförmige Barriere baute sich flackernd auf, ein schwaches, fast unsichtbares blau-weißes Schimmern in der Dunkelheit, das mich, Reika, Meister Jiro und die beiden Hunde umschloss. Chu war rasch zu seiner winzigen Gestalt zurückgeschrumpft, aber er war immer noch ein pralles Muskelpaket. Ich sah, dass Meister Jiro vor angespannter Konzentration zitterte und sich Schweißtropfen auf seiner Stirn bildeten, während Tatsumis angsteinflößende Gestalt die Treppe heraufkam, einen knappen Meter vor uns stehen blieb und uns durch die schützende Barriere hindurch anlächelte.

»Oh, das wäre doch überhaupt nicht nötig gewesen«, sagte er in einer tieferen, gruseligen Version von Tatsumis Stimme. »Ich wollte doch nur ein kleines Pläuschchen mit Yumeko-chan hier halten.« Seine kalten roten Augen bohrten sich durch die Mauer aus Magie in meine, und er lachte verächtlich auf. »Hm, du bist also nichts weiter als ein verschlagener Fuchs, der sich für einen Menschen ausgibt«, sagte er nachdenklich. »Ein schwaches, kleines Halbblut – kein Wunder, dass ich nicht gespürt habe, was du in Wirklichkeit bist. Wie hinterlistig von dir. Ich frage mich, welche anderen Lügen du Tatsumi aufgetischt hast?«

Ich zitterte, zwang mich jedoch, dem schrecklichen Blick des Monsters zu begegnen. »Wo ist er?«

»Tatsumi? Oh, der ist immer noch irgendwo hier drinnen.« Mit einer gebogenen schwarzen Kralle tippte sich der Dämon an den Kopf. »Ich schätze, er kann alles sehen und hören, was hier passiert, genau wie ich damals. Er ist allerdings nicht stark genug, um mich zu vertreiben, sobald ich einmal die Oberhand gewonnen habe. Das ist noch keinem Sterblichen gelungen.« Sein höhnisches Grinsen wurde breiter, während er mich betrachtete. »Ich wollte dir persönlich danken, kleiner Fuchs«, sagte er. »Immerhin ist es dein Verdienst, dass ich hier bin.«

Eiseskälte packte mich. »Was meinst du?«, flüsterte ich.

»Nun, normalerweise kann ich Tatsumis Mauer nicht durchbrechen … er hält sich und seine Gefühle fest verschlossen und gibt mir keine noch so kleine Möglichkeit, in seinen Verstand vorzudringen. Aber in deiner Nähe ist er jeden Tag nachlässiger geworden. Du lenkst ihn ab, weckst Gefühle in ihm. Lässt ihn daran zweifeln, wer er ist und was er will. Mehr Einladung brauche ich nicht. Sein letzter Gedanke heute Abend, bevor er sich völlig verloren hat, galt dir.«

Ich sank auf den Steinen in die Knie, Entsetzen und Kummer drückten mich nieder wie das schwerste Gewand. *Nein*, dachte ich verzweifelt. *Tatsumi. Du darfst nicht verloren sein … meinetwegen.*

Der Dämon ging in die Hocke, balancierte auf den Fußballen, sodass er mir direkt in die Augen sehen konnte. »Nur für den Fall, dass du dich dann besser fühlst«, sagte er in gespieltem Flüsterton, »er kann jedes Wort hören, das wir sprechen, aber er kann nichts dagegen tun. Und ich muss dir sagen, nachdem ich so lang in seinem Bewusstsein eingesperrt gewesen war, sind sein Schmerz und seine Verzweiflung köstliche Gefühle. Oh, und willst du noch etwas wissen?« Er beugte sich nah zu mir vor und senkte seine Stimme noch weiter. »Er hat tatsächlich angefangen, dir zu vertrauen, kleiner Fuchs«, wisperte er. »Nie zuvor in seinem Leben hat Tatsumi jemandem vertraut – sein Clan hat jede Bindung oder Schwäche bestraft.« Er hob seine Hand, deutete mit einer gebogenen schwarzen Kralle auf meine Stirn. »Aber allmählich hat er *dir* sein Vertrauen geschenkt, einer Kitsune, die ihn belogen, ihn von Anfang an hintergangen hat. Und jetzt sieht er ganz genau, was du bist und wie du ihn betrogen hast.«

Ich schloss die Augen, meine Kehle schnürte sich zu. »Lass ihn gehen«, flüsterte ich und spürte die grausame, belustigte Miene des Oni durch die schützende Barriere.

»Wie bitte?« Die Stimme des Oni war höhnisch. »Was war das?«

Als ich die Augen wieder aufschlug, spähte ich hoch und begegnete dem purpurroten Blick des Dämons. »Lass ihn ziehen«, sagte ich, und diesmal zitterte meine Stimme nicht. »Kehr ins Schwert zurück oder du wirst erleben, wozu eine Kitsune fähig ist.«

Der Dämon lachte. Er richtete sich zu seiner vollen Größe auf, überragte mich, und seine gebogenen Fangzähne schimmerten, als er mich angrinste, bevor er einen Schritt zurücktrat. »Du bist unterhaltsam, kleiner Fuchs«, sagte er. »Und genau aus dem Grund lasse ich dich auch noch ein bisschen länger am Leben. Aber keine Sorge – ich werde dich und jeden, der dir am Herzen liegt, schon sehr bald töten. Wenn du es am wenigsten erwartest, wird einer deiner Freunde sterben. Der Ronin, der Adlige, der Priester, die Schreinmaid und die beiden Welpen. Ich werde euch alle umbringen, und Tatsumi wird gezwungen sein, tatenlos zuzusehen, wie ich jede Gliedmaße einzeln aus deinem Körper reiße. Das ist seine Bestrafung, weil er mich so lange Zeit in seinem störrischen Kopf eingesperrt hat.« Seine Augen glitzerten, und für einen Moment sah ich ungebändigte Wut und grenzenlosen Hass in den Tiefen seines Innersten, und das Blut gefror mir in den Adern. »Also sei unbesorgt. Wenn wir uns wiedersehen, das verspreche ich, wird dein Tod langsam und qualvoll sein.«

Mit diesen Worten beugte er sich vor, streckte bedächtig die Hand aus und legte sie auf den Schutzschild, der bei seiner Berührung brodelnd zischte und wild flackerte. Rauch stieg von seinen krallenbewehrten Fingern auf, kringelte sich in die Luft, doch es schien ihn nicht zu stören. Lächelnd drängte sich der Dämonen-Tatsumi vor und senkte die Stimme zu einem heiseren Flüstern. »Solltest du glauben, du könntest mich aufhalten, Yumeko-chan, so verlange ich von dir, dein Bestes zu geben. Das Spiel hat gerade erst begonnen.«

Er trat einen weiteren Schritt zurück, ging in die Hocke und machte einen Sprung hoch in die Luft, hinauf auf das Dach der Burg. Ein weiterer Sprung ließ ihn noch höher schnellen, ein schwarzer Schatten, der sich immer weiter fortbewegte. Einen Augenblick lang hielt er auf dem höchsten Turm inne, eine gehörnte Gestalt, die sich als Silhouette vor dem Mond abzeichnete, und seine wilde Mähne bauschte sich hinter ihm, bevor er sich auf der anderen Seite der Burg hinabfallen ließ und verschwand.

Nachdem wir ein paar Minuten gesucht hatten, fanden wir unseren fehlenden Gefährten. Der Ronin lag unter dem zusammengestürzten Wachturm begraben, festgenagelt von Balken, doch er kämpfte ermattet, sich selbst zu befreien. Wie durch ein Wunder schien er, abgesehen von einem großen Bluterguss auf der Stirn und mehreren Wunden an Armen und Beinen, unversehrt zu sein.

»Du besitzt das Glück der kami höchstpersönlich«, murmelte Reika und klang gegen ihren Willen beeindruckt, während sie Stoffstreifen um seine vielen Verletzungen band. »Das oder dein Kopf ist härter als eine Kanonenkugel.«

»Ha, mein Dickschädel ist berüchtigt«, sagte Okame stolz und klopfte sich mit den Fingerknöcheln an den Kopf. »Nichts kommt da durch.«

»Ich bin nicht sicher, ob du damit prahlen solltest.«

Bei Taiyo Daisuke verhielt es sich anders. Nachdem wir das Schlachtfeld durchkämmt hatten, führte Chu uns zu einer einsamen

Ecke des Innenhofs. Der Adlige kniete auf den Steinen in einer Blutlache, mit gesenktem Kopf, das Kinn auf der Brust. Überall um ihn herum lagen zerbrochene Waffen und Teile von Rüstungen, das Schwert hielt er fest umklammert in der Hand.

Eine geisterhafte Gestalt war an seiner Seite, ein Mädchen in schlichter Kleidung, dessen Haare fest im Nacken zusammengebunden waren. Mit der Hand berührte sie seine Wange, ein wehmütiges Lächeln auf den Lippen, bevor sie sich mit einem Zittern auflöste. Eine weiß glühende Kugel, das Licht, das uns zu Meister Jiro geführt hatte, erhob sich von der Stelle, wo sie gerade noch gestanden hatte, und schwebte über die Mauer.

»Daisuke-san.« Ich schniefte, als Chu sich dem gefallenen Adligen näherte, die Ohren vor hoffnungsvoller Erwartung gespitzt. »Kannst du mich hören? Lebst du noch?«

Der Körper des Samurai rührte sich nicht. Ich schluckte den Kloß in meiner Kehle hinunter und wollte mich gerade umdrehen, um die anderen zu holen, da jaulte Chu und schob die Nase unter die leere Hand des Adligen.

Bebend hoben sich die Finger, als wären sie an einem Faden befestigt, und tätschelten den Hund zwischen den Ohren. Ich keuchte auf, und der Samurai reckte den Kopf, bevor er die Augen im Dunkeln zusammenkniff.

»Yu...meko-san«, murmelte er, als ich einen erstickten Atemzug ausstieß. »Du bist wohlauf. Habt ihr ... Meister Jiro gefunden?«

Ich nickte schweigend, und er entspannte sich. »*Yokatta*«, flüsterte er, und ein erleichterter Ausdruck legte sich auf sein Gesicht. »Aber ... was ist mit dem Dämon? Wo ist ... Kage-san?«

Der Druck in meiner Brust wurde größer. »Fort«, sagte ich rasch. »Yaburama ist tot, aber Tatsumi ... ist nicht mehr unter uns.«

»Dann ... habe ich versagt.« Der Adlige ließ den Kopf sinken. »Ich konnte ihn nicht beschützen.«

»Nein«, erklärte ich, und der Adlige blickte unvermittelt auf. »Er ist nicht tot, Daisuke-san. Yaburama konnte ihn nicht besiegen. Das ist nicht, worüber wir uns im Moment Sorgen machen müssen. Tatsumi ist ...«

Ein Dämon. Sogar noch schlimmer als Yaburama. Und es ist allein meine Schuld.

»Vergib mir, Yumeko-san«, sagte Daisuke, der immer noch mit schmalen Augen zu mir hochspähte. »Entweder habe ich einen Schlag auf den Kopf abbekommen, oder ich halluziniere wegen des Blutverlusts, aber sind das da ... verzeih meine Unhöflichkeit ... Ohren?«

»Ja, sie ist eine Kitsune«, ertönte eine aufgebrachte weibliche Stimme, und Reika trat neben mich, einen bandagierten Ronin im Schlepptau. »Sie war die ganze Zeit über eine Kitsune, seitdem Ihr sie kennt, Ihr beide. Das ist nichts Neues, und im Moment haben wir größere Probleme. Taiyo-san ...« Sie blickte zu Daisuke, und ihr Gesicht wurde weich vor Mitleid. »Wir müssen Eure Wunden versorgen. Könnt Ihr stehen?«

Daisuke, der immer noch meine Ohren anstarrte, nickte schmerzgepeinigt, dann zuckte er zusammen. »Gebt mir bitte einen kurzen Augenblick.«

Unvermittelt trat Okame vor, legte sich den Arm des Adligen um die Schultern und zog ihn hoch. Daisuke presste die Zähne gegen den Schmerz zusammen, und der Ronin stützte ihn, bis der Adlige mit beiden Beinen fest auf dem Boden stand.

»Okame-san«, murmelte er, als er das Gleichgewicht wiedergefunden hatte, sich jedoch weiterhin an den Ronin lehnte. »Ich bin erfreut ... dich unverletzt zu sehen. Vergib mir meine Schwäche. Ich schäme mich zutiefst, dass ich weder dir noch Tatsumi-san habe helfen können.«

Der Ronin schnaubte. »Ich habe nicht mehr viel gesehen, nachdem dieser verfluchte Oni den Turm zum Einstürzen gebracht hat«, erwiderte er, »aber wenn ich mich nicht recht täusche, hast du ganz allein die gesamte Horde an Wadenbeißern ausgeschaltet. Ich weiß nicht, wie du es geschafft hast, aber für mich hört sich das nicht nach einem Schwächling an.«

Der Adlige lächelte ihn matt an. »*Arigatou Gozaimasu.*«

Seufzend blickte Okame zu mir und der Schreinmaid. »Nun denn«, sagte er mit gespielter Fröhlichkeit. »Yumeko-chan ist eine Kitsune, der Priester ist gerettet, und Kage-san hat anscheinend den Verstand verloren, den Oni in kleine Stücke geraspelt und ist abgehauen. Was für eine Nacht! Sonst noch etwas?«

»Lady Satomi«, erwiderte Reika. »Die dürfen wir nicht vergessen. Wir wissen immer noch nicht, wo sie steckt oder was sie vorhat. Sie hat uns auf jeden Fall hierher gelockt, um uns zu töten, aber nun, wo wir Meister Jiro gefunden haben, wird sie es wohl nicht mehr wagen. Allerdings müssen wir einen Weg finden, um von hier zu verschwinden, und zwar schnell.«

»Da stimme ich dir voll und ganz zu«, sagte eine weitere Stimme. Meister Jiro stieg über die Trümmerhaufen und verstreuten Rüstungen. Ko war an seiner Seite, und der Oberpriester sah ernst aus, als er sich zu uns gesellte. »Wir haben keine Zeit zu verlieren. Wir müssen ...«

Seine Beine zitterten, und er wäre fast gestürzt, hätte Reika nicht sanft seinen Arm gepackt. Ich schnappte mir einen Holzeimer aus dem verwüsteten Innenhof und stellte ihn verkehrt herum vor den Priester, der sich mit einem Stöhnen darauf niederließ. Einen Moment lang saß er dort, schwer atmend, dann hob er den Kopf.

»Die Zeit arbeitet jetzt gegen uns«, keuchte Meister Jiro und starrte uns alle nacheinander an, auch wenn sein Blick schließlich bei mir verharrte. »Yumeko-san ... bist du im Besitz der Drachenrolle?«

Ich nickte matt. Ich fühlte mich innerlich und äußerlich ganz taub. »Ja, Meister Jiro.«

Seine Augen verengten sich. »Du musst sie zum Tempel der Stählernen Feder bringen. Die Mönche dort werden sie sicher verwahren. Nichts ist wichtiger, als die Schriftrolle zum Tempel zu bringen, verstehst du? Der Drache darf nie wieder in diese Welt beschworen werden. Reika-chan«, fuhr er fort, und die Schreinmaid richtete sich sogleich auf, »wir werden mit ihr gehen. Sie auf der Reise beschützen. Wir dürfen nicht zulassen, dass die Schriftrolle in die Hände von bösen Menschen wie Lady Satomi fällt.«

»Ja, Meister Jiro.« Die Schreinmaid verneigte sich. »Ich verstehe.«

»Hey, ihr dürft uns nicht vergessen!«, fiel Okame ihr ins Wort. »Ich bin nun schon so lange mit dabei, habe gegen Dämonen und Blutmagier gekämpft und mir jetzt sogar von einem Oni in den Hintern treten lassen. Ich habe das Gefühl, als hätte ich es mir verdient, weiter mit Yumeko-chan zu reisen, zumindest bis wir diesen Tempel des Stählernen Vogels erreicht haben oder wohin auch immer sie geht.«

»Fürwahr.« Daisukes Stimme war angespannt vor Schmerz, aber entschlossen. »Auch ich werde Yumeko-san begleiten. Um mein Versagen bei Kage-san wiedergutzumachen, wird meine Klinge an ihrer Seite bleiben, bis meine Schuld beglichen ist. Das gelobe ich.«

»Ich werde die Schriftrolle zum Tempel bringen«, erklärte ich dem Priester. »Das habe ich bereits versprochen. Aber …« Meine Kehle war wie zugeschnürt, und ich holte tief Atem, um dieses Gefühl loszuwerden. »Tatsumi«, flüsterte ich. »Können wir ihn retten? Kann der Dämon ausgetrieben werden?«

Meister Jiro neigte den Kopf. »Um diese Frage zu beantworten«, begann er, »musst du wissen, mit wem du es zu tun hast, und die blutige Geschichte kennen, die damit einhergeht.« Er blickte zu Daisuke, der immer noch gegen Okame lehnte, und sein Mund wurde schmal. »Taiyo-sans Wunden müssen verarztet werden«, erklärte er. »Und Lady Satomi könnte hier immer noch irgendwo lauern, ganz zu schweigen von Hakaimono. Wir müssen fliehen. Aber sobald wir in Sicherheit sind, werde ich euch die Geschichte vom Schattenclan, dem Drachengebet, einer Frau namens Lady Hanshou und dem verfluchten Schwert mit dem Namen Kamigoroshi erzählen, das sie alle verbindet.«

Epilog

Im goldenen Palast des Kaisers war alles ruhig. Die Mondfeier war herrlich verlaufen, und jeder war mit einem wohligen Gefühl der Zufriedenheit in seine Gemächer zurückgekehrt. Oder zumindest in einer vom Alkohol benebelten Glückseligkeit. Der Kaiser im Besonderen schlief tief und fest in einer dem Sake geschuldeten Regungslosigkeit auf seinem Futon, seine nächtliche Ruhe nicht von Albträumen gestört, die ihn seit Neuestem heimsuchten.

In den opulent eingerichteten Räumlichkeiten des kaiserlichen Flügels, in einem in Schatten gehüllten Schlafzimmer schimmerte ein großer, frei stehender Spiegel, und die lächelnde Gestalt von Lady Satomi trat durch das Glas. Sie wischte sich imaginären Staub von ihrer prächtigen Kleidung, spazierte zu ihrem Schreibtisch, setzte sich auf den Stuhl und entzündete eine Kerze. Dann zog sie die oberste Schublade auf und holte einen in ein Seidentuch gehüllten Gegenstand hervor, legte ihn auf die Schreibtischplatte und lüftete den Stoff.

Ein nackter Schädel starrte sie an, leere Augenhöhlen, dunkel und blind. Während Satomi wartete, erwachten sie flackernd zum Leben und wurden von einem unheilvollen purpurnen Glühen erhellt, das gespenstische Schatten auf die mit Reispapier tapezierten Wände warf. Satomi senkte den Kopf zu einer Verneigung.

»Alles verläuft genau nach Plan, Meister«, murmelte sie leise. »Yaburama sollte den Jungen inzwischen getötet und die Schriftrolle in seinen Besitz gebracht haben. Der Priester wird den Überlebenden erzählen, wo sich der Tempel der Stählernen Feder befindet, und wir werden ihnen einfach folgen, bis sie dort ankommen. Dann wird auch das zweite Stück der Schriftrolle Euch gehören.«

Die Flammen in den Augenhöhlen pulsierten, und ein krächzendes Flüstern erhob sich zwischen den grinsenden gelben Zähnen. »Ich fürchte, Ihr habt den Dämonenjäger der Kage unterschätzt, Lady Satomi«, hauchte er. »Yaburama ist einer der stärksten Oni des Jigoku, weshalb ich ihn für Euch herbeigerufen habe. Aber Hakaimono ist ein wahres Monster. Sollte er auftauchen und sollte es Yaburama nicht gelingen, den Jungen rasch genug zu töten, dann bahnt sich vielleicht ein weiteres Problem an.«

»Macht Euch keine Sorgen, Meister.« Satomi lächelte. »Alles ist unter Kontrolle. Schon bald werdet Ihr im Besitz der zwei letzten Teile des Drachengebets sein, wir werden den Drachen herbeirufen, und Ihr werdet über dieses Land herrschen, wie es Euch vorbestimmt ist.«

»Und Ihr werdet Euch nicht gegen mich wenden, so wie Ihr es bei allen anderen getan habt?«

»Natürlich nicht, Meister!« Satomi legte sich die Hand auf die Brust und klang aufrichtig bestürzt. »Ich bin Eure treu ergebene Dienerin. Alles, was ich tue, tue ich für Eure ruhmreiche Rückkehr.«

Das Licht in den Augen des Schädels verblasste, schrumpfte auf Stecknadelgröße und hob sich nur noch matt gegen das Schwarz ab. »Vergesst niemals, wer Euer Meister ist, Lady Satomi«, röchelte die heisere Stimme, die gemeinsam mit dem Licht schwächer wurde. »Ihr seid eine talentierte Bluthexe, allerdings ebenso ersetzbar wie jeder Sterbliche, und ich besitze eine ganze Armee an Yokai und Dämonen, die allein mir gehorchen. Enttäuscht mich nicht. Ich warte auf eine Nachricht von Eurem Erfolg.«

Mit einem Lächeln auf ihren Lippen verneigte Satomi sich leicht, und als sie den Kopf hob, war das Licht in den Augen des Schädels bereits erloschen, und sie war wieder allein.

Nachdem das Glühen verblasst und die Dunkelheit zurückgekehrt war, erstarb auch Satomis Lächeln, und sie bebte vor Wut.

»Ihr glaubt, Ihr seid so schlau, Meister«, flüsterte sie dem Schädel zu. »Aber nur eine sterbliche Seele kann den Drachen heraufbeschwören, und Eure Armee aus Dämonen kann Euch den Herold nicht bringen. Wenn die Zeit gekommen ist, um den Wunsch auszusprechen, wird es nicht um Eure ruhmreiche Rückkehr gehen, das kann ich Euch versichern.«

Sie lächelte wieder und erhob sich von ihrem Schreibtisch, drehte sich um und bemerkte überrascht, dass sie ihrer Zofe direkt gegenüberstand.

»Du?« Sie runzelte verärgert die Stirn, und ihre Miene verdunkelte sich. Sie versuchte, sich an den Namen des neuesten Mädchens zu erinnern, und scheiterte kläglich. »Ich habe nicht nach dir gerufen. Was tust du hier, du nutzloses Ding?«

Die Augen des Mädchens hoben sich, um ihrem Blick zu begegnen, ein Aufblitzen von Gold in der Dunkelheit, kurz bevor sie Lady Satomi die Klinge eines Schwerts in die Brust rammte.

Satomis Mund öffnete sich. Fassungslos starrte sie auf das glänzende Stück Stahl in ihrem Oberkörper, auf das Blut, das allmählich am Rand hervorquoll. Ein purpurner Faden rann aus ihren Lippen und tröpfelte ihren Hals hinab, während ihre Augen zum Gesicht der Zofe glitten.

Das Mädchen verzog die Mundwinkel zu einem höhnischen Lächeln. Es folgte eine tonlose Explosion aus weißem Rauch, und als er sich wieder legte, stand ein Mann vor ihr, seine Klinge immer noch in ihrer Brust versenkt. Er war wunderschön, seine langen Haare das leuchtendste Silber, wie poliertes Metall, seine Augen ein mattes Gold.

»Gute Nacht, Lady Satomi«, hauchte der betörende Fremde, seine Stimme tief und kühl. »Ich glaube, Ihr habt genug für eine Epoche getan.«

»Ihr ...«, keuchte Satomi, als sie ihn schließlich erkannte. »Ihr seid ...«

Er zog das Schwert heraus und köpfte sie in einer einzigen fließenden Bewegung. Blut spritzte an die Wand und über die Sammlung aus gefalteten Kranichen auf dem Schreibtisch, und Satomis Kopf landete mit einem dumpfen Poltern auf dem Boden. Ihr letzter Gesichtsausdruck, als der Schädel langsam über die Dielenbretter kullerte, war blankes Entsetzen.

Der Fremde, der im Schlafgemach der Ermordeten stand und die Augen des Schädels in seinem Rücken spürte, musste lächeln.

»Ich fürchte, ich kann nicht erlauben, dass der Junge jetzt schon stirbt«, murmelte er, während das Blut aus Satomis Leichnam sich über dem Fußboden verteilte und in die Ritzen sickerte. »Und der kleine Halbfuchs ist … interessant. Ich frage mich, ob sie stark genug ist, um den Dämonenjäger zurückzuholen?« Amüsiert grinste er in sich hinein. »Hakaimono könnte bei diesem Spiel womöglich einen ebenbürtigen Gegner gefunden haben. Aber das müssen wir wohl erst noch abwarten und sehen, was das Mädchen tut.«

»Meister?«

Seigetsu blickte nach unten, als ein kleiner Yokai von der Größe eines Kindes mit einem einzigen, riesigen Auge in der Mitte der Stirn ins Zimmer tappte. Als der Yokai auf den kopflosen Leichnam hinabblickte, rümpfte er die Nase, dann sah er zu Seigetsu hoch.

»Die Wachen kommen, Meister. Wir sollten fliehen, solange wir noch können.«

»Dann geh«, sagte Seigetsu. »Warte nicht auf mich. Ich werde zu dir stoßen, sobald ich hier fertig bin.«

Der kleine Yokai verneigte sich tief, trippelte davon und verschwand durch die Tür, sodass Seigetsu wieder allein war.

Sein Blick wanderte zu einer Zimmerecke, zum Ganzkörperspiegel und der geisterhaften Gestalt eines Mädchens, das davor schwebte. Er hob eine silberne Augenbraue, und auf seinen Lippen erschien ein mattes Lächeln.

»Satomi ist tot«, sagte er zu der Geistergestalt, die ihn mit großen blassen Augen beobachtete. »Wenn du hier bist, um Rache zu üben, dann kannst du weiterziehen. Das habe ich bereits übernommen.« Er wischte das Blut von seiner Klinge, schob sie in ihre Scheide und drehte sich weg. »Wer auch immer du sein magst«, sagte er auf dem Weg zur Tür, »ich hoffe, du findest Frieden. Sayonara.« Seine schlanke Gestalt glitt durch den Türrahmen, hinaus auf die Veranda, und entschwand aus ihrem Blickfeld.

Sukis Geist schimmerte, formte sich zu einer Kugel aus matt glühendem Licht. Einen Moment lang zögerte sie, bevor sie über den Boden und den blutüberströmten Kopf von Lady Satomi schwebte und ihre Gesichtszüge in einen blassen Schein tauchte. Dann erhob die Lichtkugel sich in die Luft und flog durch die Tür, folgte dem wunderschönen Mann die Veranda hinab, und beide verschwanden hinaus in die Nacht.

GLOSSAR

Amanjaku: niedere Dämonen von Jigoku
Arigatou: vielen Dank
Ayame: Schwertlilie
Baba: respektvolle Anrede für eine alte Frau
Baka/Bakamono: Narr, Idiot
chan: respektvolle Anrede für Frauen oder Kinder
Chochin: Papierlaterne
Daikon: Rettich
Daimyo: Feudalherr und Feudalherrin
Doroshin: Kami, Gott der Straße
Furoshiki: ein Tuch zum Zusammenpacken der eigenen Habseligkeiten auf Reisen
Gaki: hungrige Geister
Geta: Holzschuhe
Gomen: eine Entschuldigung; es tut mir leid
Hai: Zustimmung; ja
Hakama: Hosenrock mit weit geschnittenen Beinen
Hannya: ein Dämon, normalerweise weiblich
Haori: Kimonojacke
Hitodama: die menschliche Seele
Inu: Hund
Ite: Aua, autsch
Jigoku: Das Reich des Bösen, die Hölle
Jinkei: Kami, der Gott des Erbarmens
Jorogumo: Spinnenyokai

Kaeru: Kupferfrosch, Währung von Iwagoto
Kago: Sänfte
Kama: Sichel
Kamaitachi: Yokai, Sichelwiesel
kami: niedere Gottheiten und Naturgeister
Kami: wichtige Gottheiten, die neun bekannten Götter von Iwagoto
kami-beseelt: all jene, die magische Fähigkeiten besitzen
Karasu: Krähe
Katana: Schwert
Kawauso: Flussotter
Kitsune: Fuchs
Kitsune-bi: Fuchsfeuer
Kodama: kami, ein Baumgeist
Konbanwa: Guten Abend
Kunai: Wurfmesser
Kuso: ein weitverbreitetes Schimpfwort
Mabushii: ein Ausdruck für »so hell«, wie das gleißende Licht der Sonne
Majutsushi: Magier, jemand, der Magie benutzt
Meido: das Reich des Wartens, in dem die Seele treibt, bevor sie wiedergeboren wird
Miko: eine Schreinmaid
Mino: Regenmantel aus geflochtenem Stroh
Mon: Familienwappen oder Emblem
Nande: ein Ausdruck, der »warum« bedeutet
Nani: ein Ausdruck, der »was« bedeutet
Netsuke: ein geschnitztes Schmuckstück, um die Kordel eines Reisebeutels am Obi zu befestigen
Nezumi: Rattenyokai
Ningen-Kai: das Reich der Menschen
Nogitsune: ein böser wilder Fuchs

Obi: Schärpe, Gürtel
Ofuda: Papiertalisman, der magische Fähigkeiten aufweist
Ohiyou Gozaimasu: Guten Morgen
Omachi Kudasai: Bitte warten
Omukade: ein riesiger Tausendfüßer
Onikuma: ein Dämonenbär
Oni: ogerartige Dämonen aus dem Jigoku
Onmyoji: Anhänger von Onmyodo
Onmyodo: eine okkultische Magie, die sich hauptsächlich auf hellseherische Fähigkeiten und Wahrsagen beschränkt
Onryo: Yurei, ein rachsüchtiger Geist, der all jene, die ihm unrecht getan haben, mit schrecklichen Flüchen belegt und ins Unglück stürzt
Oyasumi nasai: Gute Nacht
Ryokan: Herberge
Ryu: Golddrache, Währung von Iwagoto
Sake: alkoholisches Getränk aus fermentiertem Reis
sama: respektvolle Anrede eines Ranghöheren
san: eine formelle, respektvolle Anrede, häufig zwischen Gleichgestellten
Sansai: essbare Wildpflanze
Sensei: Lehrer
Seppuku: ritueller Selbstmord
Shinobi: Ninja
Shogi: ein Taktikspiel, ähnlich dem Schach
Shuriken: Wurfstern
Sumimasen: Es tut mir leid; Entschuldigung
Tabi: Zehensocken oder Zehenschuhe
Tamafuku: Kami, der Gott des Glücks
Tanto: kleiner Dolch
Tanuki: Yokai, kleines Tier, das einem Waschbären ähnelt, beheimatet in Iwagoto

Tatami: geflochtene Bambusmatte
Tetsubo: großer Zweihänderknüppel
Tora: Silbertiger, Währung von Iwagoto
Ubume: Yurei, ein Geist, der im Kindbett gestorben ist
Usagi: Hase
Wakizashi: kürzeres Schwert als das Katana
Yamabushi: Bergpriester
Yojimbo: Leibwächter
Yokai: ein Geschöpf mit übernatürlichen Kräften
Yurei: ein Geist
Zashiki Warashi: Yurei, ein Geist, der dem von ihm heimgesuchten Haus Glück bringt

Yumekos Reise geht weiter:
der zweite Teil der großen magischen Fantasysaga

Dämonen, Drachen und ein verfluchter Samurai – das Schicksal des ganzen Reiches liegt in den Händen des Fuchsmädchens.

heyne-fliegt.de

heyne›fliegt